EDIÇÕES BESTBOLSO

Ofensas pessoais

Scott Turow nasceu em Chicago, em 1949, e estreou na literatura em 1977 com o livro *O primeiro ano*, um relato de suas experiências como estudante de direito em Harvard. Dez anos depois publicou *Acima de qualquer suspeita*, best-seller que o consagrou. O escritor é um mestre da literatura de suspense de tribunais, seus livros são sucessos instantâneos, chegando sempre ao topo das principais listas de mais vendidos em todo o mundo. Turow é sócio de um escritório de advocacia em Chicago e em 2002 participou de uma comissão federal para discutir a pena de morte ao lado de políticos e dos maiores juristas dos Estados Unidos.

SCOTT TUROW

OFENSAS PESSOAIS

Tradução de
ALVES CALADO

1ª edição

EDIÇÕES
BestBolso

RIO DE JANEIRO – 2013

CIP-BRASIL. CATALOGAÇÃO NA PUBLICAÇÃO
SINDICATO NACIONAL DOS EDITORES DE LIVROS, RJ

Turow, Scott, 1949-
T858o Ofensas pessoais / Scott Turow; tradução Alves Calado. – 1ª ed. – Rio de Janeiro: BestBolso, 2013.
12x18 cm

Tradução de: Personal Injuries
ISBN 978-85-7799-398-7

1. Ficção americana. I. Alves-Calado, Ivanir, 1953-. II. Título.

CDD: 813
13-01797 CDU: 821.111(73)-3

Ofensas pessoais, de autoria de Scott Turow.
Título número 348 das Edições BestBolso.
Primeira edição impressa em setembro de 2013.
Texto revisado conforme o Acordo Ortográfico da Língua Portuguesa.

Título original norte-americano:
PERSONAL INJURIES

www.edicoesbestbolso.com.br

Design de capa: Sérgio Campante sobre foto Getty Images ("Sillhouette of three businessmen meeting in lobby."). Imagem de H. Armstrong Roberts/ Getty Images.

Impresso no Brasil

ISBN 978-85-7799-398-7

Para Gail Hochman

Bem-vindo, gentil enganador!
Melhor dos ladrões; que com uma chave fácil
Abris a vida e, sem que percebamos,
Nos roubais até de nós mesmos.

JOHN DRYDEN, *All for Love*

O começo

1

Ele sabia que isso era errado, e que iriam pegá-lo. Disse que tinha consciência de que esse dia estava chegando.

Sabia que tinham sido estúpidos, disse-me; pior, gananciosos. Sabia que deveria ter parado. Mas, de algum modo, sempre que pensava em parar, perguntava-se como só mais uma vez poderia piorar as coisas. Agora sabia que estava encrencado.

Reconheci a cantilena. No decorrer de mais de vinte anos, as pessoas sentadas na cadeira de couro em frente à minha mesa só haviam encontrado algumas velhas canções, sempre as mesmas, na vitrola automática. "Não fui eu que fiz." "Foi o outro quem fez." "Por que estão pegando no meu pé?" A escolha dele, "Desculpe-me", era mais fácil de ouvir. Mas todos queriam me ouvir cantando a mesma canção: "Talvez eu consiga tirá-lo desta." Geralmente eu dizia isso, mesmo sabendo que dificilmente seria possível. Mas é um negócio complicado ser a única esperança de alguém.

Esta é uma história de advogado, do tipo que os profissionais adoram ouvir e contar. Sobre um processo. Sobre um cliente. Seu nome era Robert Feaver. Todo mundo o conhecia como Robbie, mesmo que ele estivesse ficando velho demais para isso; 43 anos, disse, quando perguntei sua idade. O ano era 1992, a segunda semana de setembro. Os metidos a saber de tudo tinham finalmente desistido de prever que Ross Perot ia ser o próximo presidente dos Estados Unidos, e as palavras "ponto" e "com" ainda não tinham sido apresentadas uma à outra. Lembro exatamente do período porque na semana anterior eu tinha voltado à Virgínia para enterrar meu pai. Sua morte, que eu presumira que aceitaria no correr dos anos como a ordem natural das coisas, impregnara todos os meus momentos despertos com sonhos remotos, de modo que até mesmo minha mão, quando eu pensava nisso, parecia não fazer parte do corpo.

Os problemas de Robbie Feaver eram mais urgentes. Na noite anterior três agentes especiais do Departamento de Inteligência Criminal da Receita tinham ido a sua casa; um para falar e dois para ouvir. Como seria de se esperar, usavam paletós esportivos baratos e amarrotados, e eram sérios, mas educados. Entregaram-lhe uma intimação para um júri de instrução, requisitando todos os registros financeiros de sua empresa de advocacia, e fizeram perguntas sobre suas declarações de renda. Sensatamente, ele se recusara a responder.

– Faça como quiser – respondeu o único agente que falava. Mas queriam lhe dizer duas coisas. Boas e más notícias. As más primeiro.

Eles sabiam. Sabiam no que Robbie e seu sócio, Morton Dinnerstein, estavam envolvidos. Sabiam que durante vários anos os dois haviam depositado ocasionalmente, numa conta secreta no River National Bank, onde a empresa não tinha outros negócios, uns cheques que recebiam ao vencer ou obter acordos em seus processos por danos pessoais. Sabiam que, com a conta no River National, Dinnerstein e Robbie haviam pagado as parcelas de praxe do que tinham recebido: dois terços para os clientes, um nono para os advogados que lhes indicavam esses clientes e quantias variadas para peritos ou escreventes do tribunal; todo mundo recebera sua parte. Menos o imposto de renda. Sabiam que havia anos Feaver e seu sócio vinham usando cheques para retirar dinheiro e reduzir o saldo médio da conta, jamais pagando um centavo de imposto.

– Vocês estão ferrados – acrescentou o agente. Robbie riu, brevemente, repetindo as palavras.

Não perguntei como Robbie e seu sócio poderiam acreditar que um esquema tão ingênuo daria certo. Havia muito eu estava acostumado às encrencas idiotas em que as pessoas se metiam. Apesar disso, o fato era que a armação havia funcionado muito bem durante anos. Uma conta bancária que não pagava juros tinha pouca probabilidade de atrair a atenção da Receita. Francamente, era digno de nota que tivesse atraído, uma situação que inevitavelmente seria considerada coincidência absurda ou, ainda mais interessante, traição.

Feaver recebera os agentes em sua sala de estar. Estava empoleirado num sofá de seda clara, tentando se conter. Sorrir. Ficar frio. Abriu a boca para falar mas foi interrompido pela sensação inesperada de uma gota gélida de suor descendo pela lateral do corpo até ser absorvida na faixa elástica da cueca.

– E a boa notícia? – perguntou, esforçando-se mais.

O agente disse que estavam chegando lá. A boa notícia era que Robbie teria uma oportunidade. Talvez houvesse algo que ele pudesse fazer por si próprio. Algo que uma pessoa com uma difícil situação familiar deveria considerar.

Então o agente atravessou o saguão de mármore e abriu a porta da frente. O promotor federal, Stan Sennett, estava na soleira da porta. Feaver reconheceu-o da TV; um homem baixo, magro, extremamente bem-vestido. Alguns insetos giravam loucos na luz acima do seu cabelo repartido com cuidado. Ele cumprimentou Feaver com a expressão que usava no tribunal, tão desprovida de humor quanto uma lâmina de machado.

Robbie jamais exercera um dia de advocacia criminal, mas sabia o que significava a presença de um promotor federal à sua porta tarde da noite. Significava que o canhão maior estava apontado direto para ele. Significava que queriam transformá-lo num exemplo. Significava que ele jamais se livraria.

Aterrorizado, Robbie Feaver encontrou o único pensamento útil.

– Quero um advogado – falou.

– É seu direito – reagiu finalmente Sennett. Mas talvez Robbie devesse ouvi-lo primeiro. Assim que Sennett atravessou o limiar com seu sapato engraxado, Robbie repetiu o que dissera.

– Não posso prometer que o trato será o mesmo amanhã – disse-lhe Sennett.

– Advogado – repetiu Feaver.

Então os agentes intervieram, fazendo-lhe recomendações. Se ele ia procurar um advogado, que fosse bom, experiente. Que falasse com o advogado e ninguém mais. Nem a mamãe. Nem a esposa. E certamente não com seu sócio, Dinnerstein. O promotor federal entregou seu cartão a um dos agentes, e o agente entregou-o a Feaver. Sennett aguardaria o telefonema do advogado de Feaver. Enquanto descia para a escuridão, o promotor perguntou por cima do ombro se Robbie tinha alguém em mente.

Ao ouvir meu nome, Sennett disse a Feaver, com um sorriso seco, que era uma escolha interessante.

– Eu não sou dedo-duro – disse-me Robbie Feaver. – É esse o jogo, certo, George? Eles querem que eu entregue alguém.

Perguntei se ele tinha alguma ideia de quem seria.

– Bom, é melhor que não seja o Mort. Meu sócio? Nunca. Não há o que dizer sobre Mort.

Feaver e Dinnerstein eram amigos desde a infância, disse-me ele; foram vizinhos, cresceram juntos no enclave judeu de Warren Park, aqui em DuSable, e colegas de quarto na faculdade de direito. Mas a conta secreta era conjunta, os dois tinham feito depósitos e preenchido cheques para retiradas em dinheiro, e nenhum dos dois declarara os rendimentos. Havia uma quantidade de papéis suficiente para incriminá-los a ponto de ser improvável que a Receita precisasse da ajuda de alguém para colocar qualquer dos dois na prateleira de troféus.

Perguntei se haveria algo mais que o governo pudesse querer saber sobre Mort, ou sobre qualquer outra pessoa, mas Feaver balançou um dos ombros, parecendo perdido.

Eu não conhecia Robbie Feaver bem. Quando ele telefonara de manhã, lembrara-me de que havíamos nos encontrado várias vezes na portaria do edifício LeSueur, onde ficavam os nossos escritórios, e do trabalho que ele fizera para a Ordem dos Advogados do condado de Kindle, havia dois anos, na época em que eu era presidente. Minhas lembranças sobre ele eram vagas e não necessariamente agradáveis. Avaliado segundo os reflexos que restavam de uma criação sulista, era o tipo de sujeito que poderia ser descrito simplesmente como "demais". Tinha aparência boa demais, e era bem consciente disso. Empertigado demais, cabelo escuro bem-cuidado demais. Mantinha-se bronzeado em todas as estações do ano e gastava muito dinheiro com roupas, ternos italianos cheios de estilo e gravatas de seda, acompanhadas por joias em profusão. Falava muito alto e num tom muito ansioso com desconhecidos no elevador. Na verdade, ele falava demais em qualquer lugar; parecia inspirado em Descartes: falo, logo existo. Mas agora eu via uma virtude aparente: ele poderia ter contado tudo isso. Diminuído pelo medo, mantinha um ar de honestidade, pelo menos com relação a si próprio. Como cliente, portanto, na primeira impressão ele parecia bastante razoável.

Quando perguntei o que o agente queria dizer a respeito de sua família, ele se agitou um pouco.

– Esposa doente – falou –, mãe doente. – Numa guerra constante contra a instituição médica. Feaver, como muitos advogados que cuidavam de danos pessoais, absorvera o jargão dos médicos. Sua mãe estava numa casa de repouso. – AVC – falou, querendo dizer derrame. Sua mulher, Lorraine, estava pior. Havia quase dois anos fora diagnosticada com Esclerose Lateral Amiotrófica (ELA), ou, mais comumente, doença de Lou Gehrig. E estava num caminho inevitável para a paralisia total e, finalmente, a morte.

– Resta-lhe no máximo um ano até que as coisas fiquem realmente feias; ninguém tem certeza. – Feaver permaneceu estoico, mas seus olhos pretos não deixaram de fitar o tapete. – Quero dizer, eu não posso deixá-la. Não em termos práticos. Não há quem cuide dela.

Era o que o agente dera a entender. Feaver falaria, ou então estaria na penitenciária quando sua mulher chegasse ao ponto de total necessidade de amparo ou falecesse. A mortalha escura dessa perspectiva baixou sobre nós dois.

No silêncio que se seguiu, peguei o cartão de Sennett, que Feaver deixara sobre minha mesa. Sem ele, eu poderia ter questionado se Robbie realmente identificara o homem certo à sua porta. O promotor federal, com 92 assistentes e várias centenas de casos para inspecionar, normalmente não participaria diretamente num caso comum de sonegação, mesmo sendo contra um advogado bem-sucedido que cuidava de danos pessoais. O que quer que Stan Sennett tivesse ido dizer na noite anterior na casa de Robbie, devia ser uma paulada.

– O que Sennett quis dizer quando falou que George Mason seria uma escolha interessante? Ele odeia você ou acha que você é um galinha-morta? – perguntou Feaver.

Era complicado, respondi. Eu acreditava que, em determinados estados de humor, Stan diria que eu era um amigo íntimo.

– Bem, então isso é bom, não é? – perguntou Feaver.

Quando se tratava de Stan Sennett, eu nunca sabia a resposta. Algumas vezes amigos, falei. Sempre rivais.

2

Como é comum entre os burocratas de alto posto, a sala do promotor federal era imensa. O tapete velho tinha alguns pontos puídos onde restavam apenas alguns fiapos embolados, e as cortinas de seda esverdeada cobriam as paredes do lado norte provavelmente desde os anos 1950. Mas o espaço poderia ser medido em hectares. Havia um banheiro com chuveiro e uma saleta reservada e, na extremidade do espaço principal, uma enorme mesa de reuniões do tipo fornecido pelo governo. Vários animais ameaçados de extinção, confiscados de um taxidermista ilegal por inspetores do Departamento de Pesca e Vida Selvagem, estavam expostos numa grande fileira de caixas de mogno. Uma águia-calva e uma cobra pintalgada ladeavam algo que parecia um sagui. Sentado a uma mesa do tamanho de uma tumba, Stan Sennett, um daqueles homenzinhos morenos e impulsivos que geralmente tornam-se advogados, levantou-se para me cumprimentar.

– Olá, Georgie – disse ele. Eu atribuí aquele raro bom humor à ânsia de Stan para falar sobre Feaver.

– Colombiano – falei à sua secretária quando ela ofereceu café. Durante um minuto o assunto girou em torno de detalhes pessoais. Stan mostrou as fotos de sua filha única, Asha, uma menina de 3 anos, morena e linda, que ele e sua segunda esposa, Nora Flinn, haviam adotado depois de anos de inúteis tratamentos de fertilização *in vitro*. Falei sobre o progresso tranquilo de meus dois filhos na faculdade e contei um pouco de vantagem sobre minha mulher, Patrice, uma arquiteta que tinha acabado de ganhar um concurso internacional para construir um espetacular museu de arte em

Bangkok. Stan, que estivera na Tailândia em 1966, contou-me algumas histórias engraçadas sobre o país.

Nos momentos em que estava mais relaxado, Stan Sennett podia ser um deleite, uma inteligência com estilo, um divertido colecionador de fatos misteriosos e um observador aguçado dos puxa-saquismos e das fofocas nos círculos políticos locais. No resto do tempo, era preciso enfrentar um pacote mais complicado; uma mente de mil mega-hertz e um caldeirão de emoções fervilhantes capaz de escaldar qualquer pessoa por perto antes que Stan conseguisse fechar a tampa.

Ele tinha sido o primeiro a se formar da nossa turma da Faculdade de Direito de Easton. Nos tribunais, é possível pegar carona para sempre no turbilhão de sucesso do curso de direito; mas Stan deixara de lado a riqueza ou os pináculos da política em Washington que geralmente recompensam o tipo de intelecto advocatício como o dele. Ele era um promotor. Depois de assessorar o desembargador-chefe Burger, voltara ao condado de Kindle para entrar na promotoria, ascendendo com mérito indiscutível até se tornar o principal assessor de Raymond Horgan. No início dos anos 1980, quando seu primeiro casamento acabou, entrou para o Departamento de Justiça dos Estados Unidos. Primeiro foi para San Diego, depois para Washington, e tinha acabado de chegar de volta à Califórnia quando o presidente Bush nomeou-o promotor federal. Não havia estabelecido relações com qualquer departamento policial e não tinha ambições políticas. Portanto, imaginara que completaria seu mandato de quatro anos, a terminar no ano seguinte, sem ficar comprometido pelas intrigas e rivalidades que haviam irrompido após a morte de nosso lendário prefeito e executivo do condado, Augustine Bolcarro.

Como a maioria das pessoas, eu era cauteloso com o lado mortífero de Stan, mas nós sempre tínhamos sido companheiros no direito. Quando estudantes, compartilhávamos o aprendizado: ele me informava sobre as implicações mais profundas dos processos que estudávamos; eu, pelo que sei, fui a primeira pessoa a lhe dizer que um cavalheiro não enfiava a gravata nas calças. Na prática, tínhamos sido opositores constantes desde que ele se tornou assistente de promotoria, enquanto eu estava no primeiro emprego como defensor público. Sempre estivemos ligados por uma admiração mútua que chegava às raias da inveja. Meu comportamento informal, de um bem-nascido, que para mim era uma fachada falsa e, portanto, uma espécie de fardo, representava um ideal para Sennett, creio, para quem sinceridade e charme excluíam-se reciprocamente. Em primeiro lugar, impressionavam-me as habilidades de Stan, mas ainda mais seu comprometimento e determinação.

Alguns advogados de defesa, como meu amigo Sandy Stern, não toleraram a rigidez de Sennett ou seus métodos deselegantes, como a intrusa visita tarde da noite à casa de Feaver. Mas nos 25 anos em que eu estava ali, Stan foi o primeiro promotor federal a demonstrar uma independência destemida. Ele começara uma era, há muito necessária, de tolerância zero para com as tramoias e os negócios sujos que sempre tinham sido vistos como característica da justiça local, e enfrentava poderosos interesses comerciais, como a Companhia de Seguros Moreland, o maior empregador privado do condado de Kindle, e que mesmo assim Stan processara por fraude. Resumindo, o objetivo de Sennett era deixar que a luz da lei entrasse nos cantos obscuros do condado, e, como seu amigo, eu costumava me pegar aplaudindo por trás da máscara de horror que era necessário usar como advogado de defesa.

Por fim, ele falou do meu novo cliente.

– Sujeito estranho, admito – disse Stan com um olhar calculado. Nós dois sabíamos que, mesmo vestindo ternos Armani, Robbie Feaver era o típico ambicioso do condado de Kindle, com sotaque do South End e perfume demais. – Não, ele deve ser peculiar. Porque aquilo que os dois fizeram com aquela conta no River National foi bem estranho. A firma de Feaver & Dinnerstein deixou de declarar um rendimento anual de menos de um milhão durante uma década. A média estava mais ou menos em quatro. Espero que você já soubesse disso, George, quando definiu o seu honorário. – Um leve sorriso surgiu rapidamente; a vingança adequada de um homem que sempre vivera de um salário do governo. – É estranho estar fraudando o governo em impostos quando se declara números assim, não é?

Encolhi os ombros. A explicação só fazia sentido para eles, mas no correr dos anos eu aprendera que o desejo de dinheiro só era limitado pela razão pura nos pobres.

– E veja que estranho, George. Eles chegavam a passar meses sem sacar nessa conta, depois, *bum*, eram 10, 15 mil em dinheiro numa semana. E no meio-tempo, George, os dois sacavam regularmente nos caixas eletrônicos. Então por que esse apetite súbito por dinheiro vivo? E para onde estava indo?

Para fora do país. Para drogas. O de sempre. Para não mencionar vícios mais eternos não banidos pelo código criminal federal.

– Alguma coisa por fora? – perguntou Stan, quando mencionei essa alternativa. – E como! O seu colega precisa de um odômetro na braguilha. – Ele revirou os olhos, esquecendo-se de que seu primeiro casamento terminara por causa de uma fraqueza por uma das secretárias da Promotoria. Falei da esposa doente e Sennett deu um risinho malicioso. Segundo ele, Robbie Feaver fora sacralizado havia muito tempo no salão da fama da Grand Avenue, a área de prostituição de alto nível frequentemente chamada de rua dos Sonhos.

– Mas Mort é um sólido pai de família – disse ele. – E o seu cliente costuma ver mais camas do que uma arrumadeira de hotel. Ele não está financiando uma amante. De modo que não é para aí que o dinheiro vai. Quer saber minha teoria, George? Acho que é o dinheiro vivo que eles estão escondendo, e não os rendimentos.

Sennett desentortou um clipe de papel e girou-o entre os dedos. Atrás da mesa enorme ele parecia aconchegado como um gordo gato doméstico. Ali estava o Stan essencial, o garoto moreno e minguado, sempre doido para se firmar como a pessoa mais inteligente que ele conhecia. Seu nome de nascimento era Constantine Nicholas Sennatakis, e ele fora criado nos fundos do restaurante da família. "Você já esteve lá", tinha me dito secamente quando nos conhecemos na faculdade de direito. "As páginas do menu são revestidas de plástico e um dos parentes fica acorrentado à caixa registradora", dissera ele. Quando assumiu o cargo de promotor federal, ele se demorou contando no discurso as lutas dos pais. Mas a maior parte de toda aquela ópera étnica, toda aquela luta, fora deliberadamente esquecida. O personagem público de Stan era o tipo de homem que mal estalava os dedos quando a música tocava; em particular, com amigos e colegas, ele era capaz de assumir a pose engraçada de um iniciado corrompido pelo conhecimento de todas as coisas. Mas apesar de seu hábil disfarce, Stan herdara a luta do imigrante. Todo o seu mundo costumava ser posto à prova num processo, como se ele tivesse uma obrigação inevitável de se erguer e prosperar em toda oportunidade. Como resultado, sofria suas perdas muito mais intensamente do que saboreava as muitas vitórias. Mas sem dúvida sabia que estava vencendo agora.

– Você não vai perguntar como eu tropecei naqueles caras e na máquina particular de dinheiro deles? – Eu teria perguntado, se soubesse que ele iria responder. Mas aparentemente Stan estava contente demais para abrir mão de seu comportamento misterioso de sempre. – Os nossos amigos da Companhia de Seguros Moreland – disse. – Eles nos deixaram com a pulga atrás da orelha.

Eu poderia ter pensado nisso. O famoso processo de Stan contra a Moreland, por uma série de vendas fraudulentas com as quais a companhia se fartara durante os anos 1980, teve como sentença uma multa espantosa, mais de 30 milhões de dólares, e também um período de condicional em que eles foram obrigados a cooperar com o promotor federal na correção de qualquer irregularidade que conhecessem. Não fiquei surpreso em descobrir que o pessoal da Moreland aproveitara a oportunidade para abrir o bico não somente a respeito de si próprios, mas também de seus inimigos naturais, os advogados que a processavam.

Praticamente em todos os processos por danos pessoais o verdadeiro réu é uma companhia de seguros. Pode-se processar o vizinho cuja árvore caiu sobre sua casa, mas é a companhia de seguros que pagará os danos e contratará os advogados de defesa, e que frequentemente se sente antagonizada pelo advogado da outra parte. Eu percebi que, com toda a probabilidade, um dos cheques que a Moreland pagara no correr dos anos à Feaver & Dinnerstein fora rastreado até a conta secreta dos sócios. Mas, infelizmente, os registros da Moreland haviam revelado mais do que isso.

– O seu cliente é um opositor durão – disse Stan. – De algum modo, a cada vez que a Moreland tinha um caso grande contra esses sujeitos, a companhia simplesmente não conseguia ganhar. Mas agora ela aprendeu a fazer acordo. Especialmente porque todos os processos em que o seu cliente pede um ressarcimento de seis dígitos sempre terminam diante de um número muito pequeno de juízes. E sabe de uma coisa? Nós examinamos os registros no tribunal e descobrimos que o padrão é o mesmo para outras companhias. Sempre que a Feaver & Dinnerstein está para receber um grande pagamento, é a mesma coisa: sentenças ruins, grandes acordos. E com os mesmos quatro juízes julgando as causas, George... mesmo havendo 19 juízes na Vara de Direito Cível... e supostamente todos podendo ser designados aleatoriamente para os processos. – Sennett lançou um olhar rígido. – Agora sabe para onde eu acho que o caso vai, George?

Eu sabia. Boatos de negócios escusos haviam pairado como algum odor impossível de ser rastreado nos tribunais do condado de Kindle desde que eu chegara ali, quando saí da faculdade de direito. Dizia-se que os juízes que recebiam propina eram cuidadosamente isolados. Havia coletores de dinheiro e palavras em código. E os advogados que pagavam não contavam histórias. Segundo diziam, era uma facção pequena, uma sociedade secreta cujas alianças eram intensas e antiquíssimas, remontando havia décadas às escolas de segundo grau, a igrejas, aos velhos tempos da promotoria, a sindicatos, e teriam, até mesmo, ligações com a máfia. E as ligações eram sempre denunciadas na política acalorada do partido.

Aquelas suspeitas graves costumavam ser repetidas pelos que perdiam nos tribunais do condado de Kindle. Mas nos meus momentos mais inocentes gostava de descontá-las, acreditando que a amizade, e não o dinheiro, explicava o favoritismo óbvio que eu, como todos os outros advogados, havia testemunhado ocasionalmente no correr dos anos. Em nome do meu cliente, eu estava cético.

– Vou lhe dizer o que atrai minha atenção para isso – respondeu Stan. – O tio de Morton Dinnerstein é Brendan Tuohey. – Sennett deu um tempo para que a lembrança do nome fizesse efeito. – A irmã mais velha de Brendan é mãe de Mort Dinnerstein. Ela criou Brendan depois que a mãe deles morreu. E ele é dedicado a ela. E ao filho dela. Parece-me que Tuohey andou dando uma tremenda mão ao sobrinho Mort.

Como Stan esperava, havia me apanhado de surpresa. No fim dos anos 1960, quando eu chegara ao condado de Kindle, um Tuohey se casar com um Dinnerstein ainda era visto como miscigenação. Mais ainda, agora Brendan Tuohey era o juiz-presidente da Vara Cível* em que eram julgados todos os casos de danos pessoais. Ex-policial ex-assistente da promotoria, Brendan era célebre por suas intricada conexões políticas, sua cordialidade céltica e sua ocasional maligni dade violenta. Na maioria das áreas, entre os repórteres, por exemplo ele era conhecido como uma pessoa competente e difícil, mas justa. O nome de Tuohey era um dos mais mencionados quando se especulava sobre quem substituiria o velho juiz Mumphrey e ficaria com os vastos poderes de chefe de todo o Tribunal Superior do condado de Kindle. Brendan fizera minhas orelhas coçarem no ano em que fui presidente da Ordem dos Advogados. Mas tanto Stan quanto eu podíamos lembrar do mandato de Tuohey na Vara Criminal, quando havia boatos persistentes de que ele era visitado com frequência por Toots Nuccio, conhecido mediador entre a polícia e os criminosos.

Perguntei, em tom conciliatório, se Stan achava justo condenar Robbie Feaver por causa dos parentes de seu sócio, mas Sennett já perdera a paciência com minha temporização.

– Só faça o seu serviço, George. E eu farei o meu. Fale com o seu cliente. Há alguma coisa aí. Nós dois podemos ver. Se ele dançar conforme a nossa música, nós lhe daremos uma folga. Se ele não falar, vai para a penitenciária por sonegação. Pelo maior tempo de pena que eu conseguir. E com essa quantidade de dólares, estamos falando de muitos anos. Robbie Feaver tem uma chance agora. Se ele não aproveitá-la, não venha se rastejando daqui a seis meses, desfiando seu rosário sobre a pobre esposa e a situação terrível em que ela está.

---

*Em inglês, Common Law Claims Division. O *common law* é a base do sistema jurídico dos países anglo-saxões. Nesta obra optou-se pela adaptação do termo para Vara Cível, pois é a divisão responsável pelos casos de danos pessoais no Brasil. A base do sistema jurídico brasileiro é romano-germânica. *(N. do E.)*

Stan encostou o queixo no peito e me olhou gravemente. Tinha se tornado o Stan Sennett do qual pouca gente gostava, ou conseguia enfrentar. Atrás dele, visto pela janela, um gancho balançava num imenso guindaste de construção a um quarteirão de distância, carregando um trilho e um temerário trabalhador em cima. Nesta cidade eles eram todos índios americanos que, supostamente, não conheciam o medo. Eu os invejava. De algum modo, a morte de meu pai aguçara minha antiga preocupação com a falta de ousadia.

Enquanto isso, Stan confundia meu silêncio com desdém. Era uma das recompensas ocasionais de nossa amizade o fato de ele ser vulnerável à minha opinião a seu respeito, talvez porque soubesse que muito dela era favorável.

– Eu o ofendi? – perguntou ele.

– Não mais do que o usual.

Ele contraiu os lábios e se levantou. Pensei que iria me conduzir para a saída. Stan tinha esta forma de anunciar abruptamente que uma reunião havia terminado. Mas, em vez disso, empoleirou-se na frente de sua comprida mesa de mogno. Lembrei de novo que eu sempre quisera perguntar como ele chegava às 16h30 com a camisa branca sem um amarrotado. Mas o momento, como de costume, não era adequado.

– Escute – disse ele. – Quero lhe contar uma história. Posso? É de abalar o coração, de modo que se prepare. Você já ouviu aquela de quando eu soube que ia ser promotor?

Eu achava que não.

– Bom, eu não conto com frequência. Mas vou contar agora. Teve a ver com o irmão do meu pai, Petros, a quem os garotos chamavam de Peter. O tio Peter era a ovelha negra. Era dono de uma banca de jornais, em vez de um restaurante. – Isso se destinava a ser uma piada, e Stan permitiu-se brevemente um sorriso menos contido. – Se você quer falar de trabalho duro, e eu escuto os advogados jovens por aqui virarem a noite e reclamarem de trabalho duro, aquilo, meu amigo, *aquilo* era trabalho duro. Acordar às 4 horas da manhã. Ficar naquela bancazinha de esquina no pior tempo possível. Frio de rachar. Chuva, neve. Sempre lá. Entregando jornais e pegando moedas. Fez isso durante duas décadas. Finalmente, perto dos 40 anos, Petros estava pronto para dar seu grande passo. Uns sujeitos que ele conhecia tinham um posto de gasolina aqui na esquina da Duhaney com Plum. Bem no Centro. O lugar era uma mina de ouro. E eles estavam saindo. E Petros comprou. Pegou cada moeda que possuía, tudo que havia economizado em vinte anos de trabalho duro. E, claro, por acaso havia algumas coisas que o tio Peter não sabia. Como o fato de que a esquina, na verdade todo o quarteirão, estava programado para ser demolido segundo o novo plano urbanístico para o Centro, que foi anunciado apenas dois ou três dias depois de o tio Peter fechar o negócio. Quero dizer, foi uma fraude descarada, uma sujeira digna do condado de Kindle. E cada centavo do meu tio havia ido embora.

"Eu era só um garoto, mas que diabo, tinha lido meu livro de educação cívica. Falei com ele: tio Petros, por que não vai ao tribunal, abre um processo? E ele me olhou e gargalhou. Ele disse: 'Um homem pobre como eu? Não tenho como comprar um juiz.' Ele não disse 'Não tenho como contratar um advogado'. E não tinha. Mas ele percebia que qualquer pessoa que conhecesse antecipadamente o plano urbanístico do Centro não poderia ser vencida no Tribunal Superior do condado de Kindle.

"E então eu decidi que ia ser promotor. Não apenas advogado. Um promotor. Soube de repente que era a coisa mais importante que eu poderia fazer, para garantir que os Petros do universo deixassem de ser sacaneados. Eu pegaria os juízes corruptos e os advogados que pagavam a eles, e todos os outros bandidos que tornavam o mundo tão sujo e injusto. Foi o que falei a mim mesmo quando tinha 13 anos.

Sennett fez uma pausa para se recuperar, cutucando distraído os relevos da borda da mesa. Este era o Stan em sua melhor forma, e ele sabia que era impressionante.

– Bom, essa merda já foi muito longe neste condado. Muita gente boa já desviou os olhos, esperando ser persuadida de que não é verdade. Mas é. Ou dizendo a si próprias que é melhor do que nos velhos maus tempos. O que não é desculpa. – Em algum ponto ali, enquanto ele se inclinava para a frente querendo dar ênfase, meu coração se encolhera. Mas o que o energizava era ardor, e não algum tipo de censura. – E então fiquei vigiando. E esperando. E agora tenho minha chance. Augie Bolcarro está morto e esse negócio vai morrer com ele. Ouça atentamente, porque ou vou pegar o filho da puta do Tuohey e todo o seu séquito nojento, ou entrar pelo cano na tentativa. Não vou mandar uns dois pés-rapados para a junta e deixar Tuohey se tornar chefe do tribunal dentro de um ano e fazer tudo de novo, numa escala maior, que é como a coisa sempre aconteceu por aqui.

"E eu sei como as pessoas falam de mim. E sei o que pensam. Mas isso não é pela grande glória de Stan Sennett. Conhece o ditado? 'Se você atirar contra o rei, é melhor matar o rei'."

Falei que era uma paráfrase de Maquiavel. Stan revirou aquilo na cabeça durante um segundo, sem certeza de ter gostado da comparação.

– Bom, se eu atirar em Tuohey e errar (*se* eu errar, George) vou ter de sair da cidade quando deixar este cargo. Sei disso. Nenhuma empresa de advocacia irá se aproximar de mim. Porque nem eu nem eles poderemos pôr os pés num tribunal do estado. Mas vou fazer assim mesmo. Porque não vou admitir que isso continue sem contestação. Não enquanto eu estiver por aqui. Você vai me perdoar, George. Por favor me perdoe. Mas é isso que eu devo ao meu tio Petros e a todas as outras pessoas deste condado e deste distrito. George, isto é o certo a fazer, droga.

3

– Isso não começou como você pensa – disse Robbie Feaver. – Mort e eu não fomos até Brendan e dissemos: cuide de nós. Nós não tínhamos do que cuidar, para começo de conversa. Mort e eu dávamos duro defendendo trabalhadores de graça e pegando casos que eram derrota certa. Até que há cerca de dez anos, antes mesmo de Brendan ser nomeado juiz-presidente lá, tivemos nossa primeira chance verdadeira de marcar pontos. Era a causa de um bebê com problemas. O médico, usando um fórceps, tratou a cabeça do neném como se fosse uma noz. E foi a guerra de sempre. Eu reivindiquei 2,2 milhões de dólares, o que levou a companhia de seguros a entrar na causa para defesa. E eles sabiam que eu não era nenhum Peter Neucriss. Fizeram com que gastássemos dinheiro como se houvesse uma árvore de dólares no fundo do quintal. Tive de conseguir especialistas médicos. Não um. Quatro. Obstetrícia. Anestesia. Pediatria. Neurologia. E comoção no tribunal. Tivemos despesas de 125 mil dólares, muito mais do que podíamos. Fomos ao banco pedir dinheiro, Mort e eu, hipotecando a minha casa e a dele.

Eu já tinha ouvido a história várias vezes. Essa apresentação era para Sennett, uma oferta, uma sessão extraoficial que dava ao próprio Stan a oportunidade de avaliar Robbie. Era uma semana depois de eu ter visitado Stan em seu escritório, e estávamos sentados sobre os ricos brocados de uma sala no hotel Dulcimer House, reservada em nome da Petros Corporation. Sennett trouxera um sujeito de aparência tranquila chamado Jim, com cara de lua, mas agradável, que eu identifiquei como agente do FBI mesmo antes de Stan apresentá-lo, porque usava gravata numa tarde de domingo. Eles se inclinavam para a frente, atentos, em suas elegantes poltronas de encosto redondo enquanto Robbie se apresentava ao meu lado no sofá.

– O juiz a quem fomos designados era Homer Guerfoyle. Não sei se vocês se lembram do Homer. Já morreu há muito tempo. Mas era um típico rato de rua do condado de Kindle à moda antiga, puxa-saco de político, filho de contrabandista, tão torto que quando o enterraram tiveram de enfiá-lo no chão como se fosse um saca-rolhas. Mas quando ele finalmente entrou no tribunal, achou-se um nobre do reino. Não estou brincando. Eu sempre senti que ele preferiria "sua alteza" a "meritíssimo". A mulher dele tinha morrido e ele havia se juntado a uma socialite alguns anos mais velha. Deixou crescer um bigodinho e começou a ir à ópera e a caminhar pela rua com chapéu de palha, no verão.

"Bom, no outro lado do processo estava Carter Franch, um homem da elite, que tinha estudado em Groton e em Yale, e Guerfoyle o tratava como um ícone. Exatamente o homem que Homer gostaria de ser. Ele simplesmente ficava empertigado e implorava sempre que ouvia a conversa fiada de Franch.

"Até que um dia Mort e eu estávamos tomando café da manhã com Brendan e começamos a expor nossas preocupações, falando do julgamento que se aproximava, do grande caso que era e como íamos ser maltratados e terminar sem nossas casas. Nós não passávamos de cachorrinhos contando os problemas para o sábio tio de Mort. 'Bom, eu conheço Homer há anos', disse Brendan. 'Ele costumava percorrer as delegacias para nós na empresa Boylan. Homer é legal. Tenho certeza de que ele vai dar um julgamento justo a vocês'."

– Era ótimo que *ele* achasse isso – disse Robbie. Em seguida, ergueu os olhos e todos nós oferecemos sorrisos condescendentes para induzi-lo a continuar. – Nosso caso prosseguiu muito bem. Sem percalços. Logo antes de apresentarmos o último perito, que iria testemunhar sobre o que constitui um atendimento razoável num parto a fórceps, eu convoquei o médico... o réu, como testemunha hostil... só para definir algumas coisas sobre os procedimentos. Terminei com a pergunta usual, que sempre dá bons resultados: "O senhor faria isso de novo?" "Não, visto o que aconteceu", respondeu. Bastante justo. Nós terminamos, e antes que a defesa começasse, as duas partes fizeram as moções-padrão para conseguir um veredicto direcionado, e, que um raio me caia sobre a cabeça, Guerfoyle foi favorável a mim. Robbie ganhou uma responsabilidade por nocaute técnico! Homer disse que a culpa era do doutor; ao dizer que não usaria os fórceps de novo ele admitiu não ter sido cuidadoso. Mesmo eu não tendo sugerido nada nesse sentido. Franch simplesmente levou um susto. Mas como a única questão então eram os danos pessoais, ele não teve outra opção senão fazer um acordo. Um milhão e quatrocentos mil. De modo que eram quase 500 mil para Mort e eu.

"Dois dias depois eu estava diante de Guerfoyle entrando com uma moção para outro caso, e ele me levou até a sua sala por um breve momento. 'Digamos, é um resultado maravilhoso, Sr. Feaver.' Blá-blá-blá. E parecia que eu tinha tanto cérebro quando um toco de árvore. Não entendi. Realmente não. Eu estava dizendo coisas do tipo: obrigado, juiz, muito obrigado, apreciei realmente, nós trabalhamos muito naquele caso. 'Bom, nós nos vemos, Sr. Feaver.'

"Na semana seguinte, um sujeito que trabalha para Brendan, Kosic, encostou Mort no canto numa festa familiar e disse: 'O que vocês fizeram para emputecer Homer Guerfoyle? Nós temos muito respeito por Homer. Eu confirmei que ele sabia que você é sobrinho de Brendan. Nós ficamos numa situação incômoda por vocês não terem demonstrado respeito.' Segunda-feira, Mort e eu estávamos de volta ao escritório olhando um para o outro. *No comprende*. 'Emputecido'? 'Sentindo-se desrespeitado'?

"Adivinha o que aconteceu depois? Eu cheguei com a ordem de encerramento do processo e Guerfoyle não quis assinar. Disse que tinha ponderado sobre o caso. Sozinho de novo. Estava pensando que talvez devesse ter deixado o júri decidir se o doutor tinha admitido culpa. Até mesmo Franch ficou perplexo, porque no julgamento o juiz estava agindo como se estivesse surdo quando Franch levantara exatamente o mesmo argumento. Então nós adiamos o caso para mais instruções. E quando eu estava saindo, o oficial de justiça, um tremendo sacana chamado Ray Zahn, ficou ali só balançando a cabeça para mim.

"Assim, como dois patetas, Mort e eu juntamos todas as peças do quebra-cabeças. Nossa, Mort, você acha que ele quer dinheiro? É, Rob, acho que ele quer dinheiro. Alguém precisa financiar o novo estilo de vida de Homer, certo?

"Ficamos pensando naquilo durante mais ou menos um dia. Por fim, Mort disse: não. É isso: não. De jeito nenhum. Não há como. Ele não dormiu. E estremeceu três vezes. Teve um ataque. A prisão seria um alívio comparado àquilo.

"O Mort é assim. Um fraco. O cara desmaiou na primeira vez em que foi ao tribunal. O que colocou toda a carga em cima do Robbie aqui. Mas digam, o que eu deveria fazer? E não venham com citações de Confúcio. Digam coisas do mundo real. Será que eu deveria abandonar um pagamento de cerca de 500 mil dólares, ir para casa e começar a fazer as malas? Será que eu deveria dizer àquela família, que ficou com um bebê de cérebro moído: desculpe por aquelas falsas esperanças, aquele milhão de dólares que nós dissemos que vocês ganharam, será que a gente estava viajando de LSD? Quanto tempo vocês acham que se passaria antes de eles conseguirem um advogado em cuja palavra conseguissem confiar? Vocês acham que eu deveria ter chamado o FBI na hora? Que diabo isso significaria para o tio de Mort? E quanto a nós? Nesta cidade, ninguém gosta de dedo-duro.

"Assim, com ou sem Mort, só havia uma resposta. E era como dar gorjetas na Europa. Quanto é o bastante? E onde você faz isso? É cômico, verdade. Onde está aquela pós-graduação em suborno quando você realmente precisa dela? Então fui ao banco e descontei um cheque de nove mil, porque acima de dez mil eles informam aos federais. E coloquei num envelope com nosso depoimento e levei para o oficial de justiça, Ray. E, cara, minha boca ficou tão seca que eu não seria capaz de lamber um selo. Que diabo eu diria se tivesse entendido errado? 'Opa, isso aí era o meu depósito bancário?' Eu tinha colocado tanta fita adesiva no envelope que ele teria de abri-lo com uma granada de mão. E falei: 'Por favor, entregue isto ao juiz Guerfoyle, e diga que sinto muito pelo erro de comunicação'."

"Eu tinha algo para resolver em outra sala de julgamento, e quando ia saindo, o oficial de justiça, Ray Zahn, estava me esperando no corredor, com um olhar tremendamente sério. Ele andou comigo uns 30 metros e, juro por Deus, dava para ouvir minhas meias chapinharem. Por fim passou o braço pelo meu ombro e sussurrou: 'Da próxima vez, não esqueça de alguma coisa para mim.' Em seguida, me entregou uma ordem assinada por Homer, aceitando o acordo e encerrando o caso."

Uma década depois, Feaver estava remexendo o seu penteado elaborado, que caía sobre o seu colarinho, sentindo o alívio ainda vivo na memória.

– Então foi isso. Eu inventei uma história para o Mort, dizendo que Guerfoyle tinha parecido entender que nós iríamos derrubá-lo na apelação e havia recuado. Depois eu fui baixar a cabeça para a guarda de honra de Brendan, seus dois auxiliares inseparáveis, Rollo Kosic e Sig Milacki. Quando eu estava saindo, Sig disse: "Se você tiver um caso especial como este, ligue para mim." De modo que eu simplesmente continuei a partir daí.

Ele deu de ombros diante da inevitabilidade das más ações que se seguiram, e olhou novamente em volta para ver as reações. Eu sugeri que ele descesse para tomar um café. Sennett estava revirando os olhos antes que Robbie saísse pela porta.

– Isso é um conto de fadas sobre Mort – disse ele.

Eu quase bati com os cílios no esforço para fingir surpresa, mas naturalmente tinha dado um bom aperto no meu cliente. Mesmo assim Feaver jurou que durante uma década Dinnerstein ficara sem saber, e que era exatamente como Brendan Tuohey, o tio coruja gostava das coisas. Através da sociedade Mort recebia metade dos lucros decorrentes da corrupção montada por Tuohey, mas sem risco. Robbie fazia sozinho os pagamentos aos juízes.

Feaver afirmou que Mort fora enganado até mesmo quanto à natureza da conta secreta no River National. Há muitos profissionais, como enfermeiras, donos de funerárias e policiais, que costumam recomendar um advogado para alguém que tenha se envolvido num dano sério. As regras éticas proíbem que o advogado compartilhe com não advogados o pagamento do processo que ele recebe, mas a enfermeira ou o policial que tinham entregado o cartão de Robbie podiam pedir mesmo assim, e Robbie não era o primeiro advogado que cuidava de danos pessoais a decidir que era melhor pagar do que deixar que alguém esquecesse seu número de telefone. Robbie dizia a Mort que o dinheiro da conta do River National era para isso (como de fato acontecia com uma parte). Se a Ordem dos Advogados, instituição que licencia advogados, tomasse conhecimento, poderia ir atrás de Mort por ter ajudado nessas tramoias, mas a explicação de Robbie protegia Dinnerstein de processos criminais, pelo menos no nosso estado. Nem mesmo as violações de impostos batiam com as diretrizes processuais, já que Robbie, em sua versão, deixara Mort acreditar que o rendimento que não estavam declarando era totalmente compensado por aqueles gastos desagradáveis. Isso era conveniente demais para Stan.

– Ele está encobrindo o sócio, George, e isso é burrice. Não importa que tipo de trato nós façamos, quando eu conseguir a prova de que seu cliente está mentindo a respeito disso, ele vai pegar o expresso para a geladeira.

Eu conhecia Morton Dinnerstein quase tão bem quanto conhecia Feaver, o que quer dizer que não conhecia muito bem, a não ser por encontros casuais no edifício LeSueur. Segundo minha compreensão limitada, ele era o estudioso da dupla, o que deveria levar apelações e moções e que cuidava dos documentos, enquanto Robbie fazia o show no tribunal. Era o tipo de arranjo que dava certo em muitas firmas. Eu não tinha tanta certeza quanto Stan de que Feaver estava se arriscando à penitenciária pelo seu colega. Mort era uma criatura meio extraterrestre, com uma massa esquisita de cabelos meio louros e ralos que brotavam em pequenos tufos desarrumados como capim. Mancava perceptivelmente e seu jeito ameno era caracterizado por uma leve gagueira e piscadelas insistentes que se introduziam nas longas pausas, enquanto ele procurava palavras. A ingenuidade de Mort, e a simbiose de toda uma vida entre os dois, fazia com que parecesse possível Feaver estar contando a verdade. Argumentei isso por um bom tempo com Sennett, com pouco resultado.

Outro absurdo sobre o relato de Robbie, segundo a perspectiva de Sennett, era que Feaver jamais lidara diretamente com Brendan Tuohey. Robbie reconhecia que os arranjos secretos feitos para ele com vários juízes ocorriam sob a força gravitacional da influência de Tuohey. A história que para Feaver não passava de um boato, era que Brendan recebia "comissão", uma porcentagem do que os juízes recebiam de Robbie e de alguns outros advogados. O dinheiro era passado aos dois intermediários que agiam como uma barreira intransponível entre Brendan e qualquer coisa corrupta: Rollo Kosic, o qual Tuohey instalara como seu oficial-chefe, e Sig Milacki, um policial que já fora parceiro de Brendan na rua. Para chegar a Brendan, Sennett precisaria deles, ou de alguma outra testemunha que Feaver pudesse arranjar.

– Acredite, Stan – disse Feaver a ele quando voltou. – Não importa o quanto você acha que odeia Brendan, você pode entrar na fila atrás de mim. Eu conheço Brendan a vida inteira, e já tive minha cota de histórias. Eu adoro o Mort, mas você acha que *gosto* do modo como Brendan me transformou em moleque de recados? A não ser pelo fato de que ele tem gente que poderia cortar minha língua e transformá-la em gravata, eu adoraria entregá-lo a você. Só que não posso. Brendan é arisco como um gato, e duas vezes mais cuidadoso. Quer pegá-lo? Boa sorte.

Sennett pareceu adorar o desafio. Seus olhos se iluminaram rapidamente com a energia notável que ele mostrava inevitavelmente contra qualquer opositor sério. Em seguida, pediu que Robbie continuasse dando os detalhes possíveis. No correr dos anos, Robbie fizera "entregas" a muitos juízes, e tinha lembrança nítida de cada uma das ocasiões e dos envelopes de dinheiro passados secretamente a vários coletores em banheiros masculinos, cafés e tavernas, e, muito mais raramente, diretamente aos juízes. Apesar de Stan suspeitar de que Feaver estivesse protegendo Mort, ou de seu desapontamento por Robbie não poder levá-lo direto a Tuohey, era fácil ver que ele estava empolgado, ao mesmo tempo em que tentava manter sua típica aparência de contenção.

– Há algum motivo para você não continuar fazendo entregas? – perguntou Sennett a Feaver quase no fim da sessão. – Se nós deixarmos você trabalhando, tudo parecendo exatamente como sempre, você estaria disposto a usar um grampo contra todo esse pessoal e gravar as entregas?

Essa era a pergunta pela qual já esperávamos. Era a grande carta que Feaver podia colocar sobre a mesa para não ir para a cadeia. Mas ao ouvir a proposta em voz alta, ele segurou o queixo comprido e seus olhos escuros assumiram um ar de reflexão. Eu podia vê-lo rememorando as emoções fortes das últimas tardes que nós havíamos passado juntos, quando ele falara de Sennett e de suas táticas de terror e se angustiara com os dilemas cruéis que estava enfrentando. E então, como era de sua natureza, deixou tudo aquilo de lado. Inclinou-se para a frente no sofá para encarar o promotor federal e o agente supervisor especial enviado de Washington. Não perdeu tempo com rancor. Simplesmente disse a dura verdade, como se eles o houvessem forçado:

– Que outra escolha eu tenho?

4

Toda negociação bem-sucedida é suscetível à observação de Tolstoi sobre famílias infelizes: elas terminam no mesmo lugar, mas cada uma chega lá por seu próprio caminho. De sua parte, Feaver estabeleceu objetivos simples ao barganhar com o governo. Diferentemente da maioria dos advogados que eu representara, ele parecia resignado com a perda da licença profissional. De qualquer maneira isso era inevitável para alguém que admitisse subornar juízes, e a prática o tornara rico. Ele não pretendia perder seu dinheiro diante das reparações e multas que o governo pudesse cobrar. Mais importante, não queria saber de penitenciária, não tanto por si próprio, pelo que disse, mas para que pudesse cuidar da mulher durante o declínio inevitável.

Por outro lado, a exigência principal de Sennett era de que Robbie fosse tratar de suas más ações levando um gravador, e que concordasse em testemunhar mais tarde. Por esse motivo, Stan também insistiu numa condenação, sabendo que a credibilidade de Feaver diante de um júri aumentaria se ele confessasse culpa pelas mesmas práticas que estava acusando os outros de fazer. Finalmente, o papel de Feaver como agente do governo tinha de permanecer em segredo absoluto, particularmente para Dinnerstein, que poderia abrir o bico para o tio.

Depois de dias discutindo o assunto, fizemos um trato exigindo que Robbie admitisse que fraudara uma instituição pública por meio de suborno a vários juízes. Presumindo que Robbie entregasse o que prometera, o governo se afastaria das diretrizes federais para sentenças e concordaria com uma condicional e multa de 250 mil dólares.

Todo mundo sentiu-se razoavelmente satisfeito com o arranjo – menos o Departamento de Justiça, mais especificamente o UCORC, sigla em inglês para o Comitê de Revisão de Operações Sigilosas, que controlava todas as operações clandestinas dirigidas contra funcionários públicos. O UCORC fora estabelecido na esteira do ABSCAM – o ferrão do FBI apontado para o Capitólio, para acalmar a recente agitação do Congresso com relação aos perigos das operações sigilosas para cidadãos inocentes. Os cidadãos inocentes que preocupavam o UCORC agora eram as pessoas do outro lado dos casos que Robbie estaria resolvendo. O UCORC disse, curto e grosso, que o governo não poderia participar na privação de um dia honesto no tribunal para os opositores e seus advogados.

Sennett esteve várias vezes em Washington, para negociar. Por fim, o UCORC achou que o problema poderia ser resolvido caso Feaver só trabalhasse em processos falsos. A ideia era que, assim como tinham representado o papel de xeques árabes no ABSCAM, os agentes do FBI podiam fazer o papel dos advogados de defesa e dos promotores em processos fictícios nos quais Feaver trabalharia. Mas toda essa invenção exigiria uma operação muito mais elaborada e cara do que Sennett havia imaginado. Stan levou muitas semanas para conseguir aprovação de seus pedidos de verbas e pessoas com o Departamento. Até então já era fim de outubro, e naturalmente, nesse ponto, o UCORC disse não de novo.

A dificuldade, eles percebiam agora, era que Robbie Feaver era um bandido confesso. O governo não poderia permitir que ele continuasse praticando advocacia legalmente. Se Robbie entrasse em qualquer tipo de tramoia que poderia ser esperada de um advogado corrupto, a culpa seria deles. E, mais pertinente, o plano de Sennett não oferecia salvaguardas para impedir que ele continuasse a pagar suborno nos casos verdadeiros em que ainda estaria trabalhando para manter sua cobertura. De fato, o UCORC exigia que Feaver exercesse a advocacia sob vigilância policial. Robbie reclamou, mas no fim admitiu que um agente do FBI poderia ser lotado em seu escritório para fingir que era o novo assistente que ele e Mort já haviam concordado em contratar, para permitir que Feaver passasse mais tempo com a esposa. Para explicar o fato de que o assistente estaria praticamente grudado nele, Sennett sugeriu que fosse designada uma agente, alguém que pudesse fingir ser a última das muitas ligações de Robbie no escritório. No fim de novembro, a mulher proposta para o papel, conhecida como Evon Miller, veio de avião, para que todos pudéssemos nos apresentar.

Por orientação de Sennett, cada um de nós chegou separadamente numa sala do Dulcimer House. Jim, o agente que comparecera à reunião na qual Robbie havia contado tudo, estava sentado com Stan quando cheguei. Jim se tornara uma presença constante, e eu já havia percebido que o UCORC o designara para comandar a operação. A nova agente foi a última a chegar. Ela falou a senha "Petros" e a porta se abriu, revelando uma mulher de trinta e poucos anos, estatura mediana, compleição atlética e forte e aparência agradável. A primeira impressão era de uma garota comum, esperta, de nariz arrebitado e estilo sincero, sem presunção. Usava jeans e camisa polo, e um pouquinho de maquiagem nos olhos por trás dos óculos estreitos de aros finos; seu cabelo cor de bronze estava puxado para trás, num rabo de cavalo. Mas mesmo ali, junto à porta, parecia pouco à vontade. A sobrancelha estava franzida e ela avançou resoluta pela sala, apertando as mãos sem olhar nos olhos de ninguém. Tentando seu galanteio usual, Feaver ofereceu-lhe um suco do frigobar, que ela aceitou com um sorriso educado.

– Então, Evon... – Robbie pronunciou o nome como todos nós havíamos pronunciado, como se fosse uma variação de "Yvonne", mas ela corrigiu balançando a cabeça.

– Evon. Minha mãe queria que fosse dito do outro modo, mas ninguém dizia assim.

Eu captei o riso rápido de Sennett, uma raposa no meio dos arbustos. "Evon Miller" era um codinome inventado para ela na sede do FBI em Washington, juntamente com sua carteira de motorista e o cartão do seguro social. Robbie não percebeu que, segundo o jargão, ela estava "contando seu mito".

– É exatamente como meu sobrenome – disse ele, animado. - As pessoas se confundem o tempo inteiro. O meu é pronunciado como "favor".

Ela conseguiu dar um riso morno, mas não pareceu totalmente persuadida de que tivessem tanto em comum. Feaver prosseguiu, decidido a conquistá-la:

– Isso me faz lembrar de uma pergunta que eu vivo fazendo às pessoas quando as conheço: *você prefere números pares ou ímpares*? – Por seu olhar com as pálpebras apertadas, dava para ver que ela reconheceu a frase como uma tentativa de descontração. Sem dúvida ela fora alertada com relação a Robbie, e não estava engolindo o flerte.

– Eu gosto de números pares – acrescentou ele, com um sorrisinho fútil diante do trocadilho. Ela assentiu em silêncio e foi para o outro lado da sala, e Sennett nos pediu para sentar a fim de falarmos dos arranjos necessários para que ninguém na firma de Feaver questionasse Evon ou as causas fictícias.

– Você disse que ela era uma agente do Bureau ou uma carcereira? – perguntou Feaver mais tarde. Para mim ela não pareceu má. Robbie, pelo que suspeitei, estava perturbado com o fato de vir a ser vigiado 12 horas por dia em seu próprio escritório. Mas a verdade era que nenhum de nós, Robbie, eu e até mesmo Stan, sabia qualquer coisa sobre a verdadeira identidade de Evon Miller, assim como não sabíamos sobre Jim ou os outros agentes disfarçados que vieram trabalhar no caso. O Projeto Petros, como a operação estava sendo rotulada então, corria estritamente segundo as regras do "saber necessário", significando que todos os atores, fossem eles os agentes, Robbie ou Sennett, supostamente receberiam apenas as informações necessárias à representação de seus papéis. Isso minimizaria o risco de que segredos críticos vazassem e derrubassem toda a fachada.

Os únicos fatos que ficamos sabendo sobre o verdadeiro passado de Evon Miller chegaram-nos de modo tortuoso, principalmente porque no início Stan tivera reservas com relação a ela. Ele a achara mais hesitante do que esperava, e, além disso, tinha medo de que seu estilo discreto pudesse denunciá-la, já que Evon parecia uma companheira improvável para alguém tão refulgente quanto Robbie. Em particular, Feaver divertiu-se com essa preocupação; disse que não era conhecido como "especialmente exigente". De qualquer modo, Jim, que recebera do UCORC o controle dos agentes, manteve sua escolha. Estava impressionado com a história pessoal dela, que o fez acreditar que tinha resistência para enfrentar os rigores da vida sob disfarce.

– Parece que ela competiu nas Olimpíadas – explicou-me Sennett numa manhã. Em seguida, ele encolheu um dos ombros, sem saber mais do que isso. Estávamos no Warz Park, onde Stan corria alguns quilômetros às 6 da manhã. A mania de segredo de Stan era tão intensa que ele ainda não havia informado sobre Feaver a ninguém em seu escritório. Assim, para evitar perguntas, nós nos encontrávamos frequentemente ali. Eu havia comprado um vistoso agasalho de corrida e o acompanhava uma ou duas vezes na pista antes que, aparentemente por acaso, nós nos encontrássemos num banco. Nesse dia havíamos nos encontrado para que eu pudesse lhe entregar documentos: a cópia final, assinada, da proposta de acordo de Robbie, e sua confirmação de que recebera o detalhado protocolo escrito da operação sigilosa feito pelo UCORC. Ambos os documentos estavam escondidos nas dobras do jornal da manhã. O Dia de Ação de Graças já havia passado. E o inverno, como uma infecção, começava a se procriar no vento.

Enquanto pegava casualmente o jornal, Stan me contou o pouco que ficara sabendo sobre Evon Miller. Confidencialmente, Jim deixara escapar esse único detalhe sobre as Olimpíadas para tranquilizar Stan. Os motivos de Sennett para me contar, de novo como um suposto segredo, eram mais objetivos.

– Faça o seu cliente saber que ela é mais forte do que aparenta – disse. – Não o deixe pensar que vai poder dominá-la ou ser mais esperto do que ela. Ele é um jogador, nós veremos. – Um sorriso me escapou, como acontecia frequentemente ao confrontar o machismo promotorial de Stan, mas isso o deixou irritado. Eu estava correndo sem sair do lugar, para me manter aquecido, e Stan levantou-se do banco, mostrando o jornal onde os documentos assinados estavam escondidos.

– Eu tenho todo o material aqui, George. Cada vale e cada promissória. Não restou nada no banco do Feaver. Não deixe que ele me sacaneie. E não só por minha causa. Por ele. Se ele aprontar, pelo modo como Washington redigiu as diretrizes, nós vamos ter de encerrar tudo e cair em cima dele com os dois pés. Faça-o entender.

Garanti que Robbie reconhecia que, se Stan o pegasse mentindo, sem dúvida terminaria na prisão. Mas Stan encostou um dedo no meu peito para dar ênfase.

– Estou lhe falando como amigo – disse ele, e repetiu mais uma vez antes de voltar a seguir pelo caminho enquanto descia a escuridão: – Nós veremos.

Como eu disse, esta é uma história de advogado. Não somente porque é um relato do impacto fatídico da lei, mas no sentido de que eu narro, como acontece frequentemente com os advogados, para aqueles que não podem falar por si mesmos. Testemunhei em primeira mão muitos dos acontecimentos do Projeto Petros, uma vez que Robbie insistia, como fizera a partir do momento em que Sennett havia aparecido em sua porta, para que eu estivesse presente sempre que Stan estivesse. Minhas memórias são reforçadas pelas centenas de horas de conversas que tive no correr dos anos com os participantes, e também pelo tipo de detrito histórico que a lei costuma deixar para trás: fitas, transcrições e volumes de relatórios do FBI, chamados de 302.

No entanto, só com isso, a narrativa seria incompleta. A verdade da lei jamais termina estritamente com a prova. Depende também do que os advogados chamam de "inferência", e daquilo a que as almas menos restritas se referem como "imaginação". Boa parte da atividade cotidiana de Robbie era observada apenas pela agente de codinome Evon Miller, e para um relato integral eu imaginei livremente as perspectivas dela. Não posso dizer se ela concordaria com tudo que lhe atribuo. Evon me contou o que podia, mas boa parte de sua versão está para sempre trancada por trás de regulamentos do FBI. Minhas suposições, minhas conjecturas e inferências – minha imaginação – jamais seriam aceitas num tribunal. Mas eu as vejo como a única avenida para a verdade integral que a lei – e uma história – sempre exige. Quanto ao meu papel, espero não parecer aqueles antigos guerreiros cuja glória só aparenta crescer no correr dos anos. Nada houve de heroico em minha participação no Petros. A verdade desconfortável é que, assim que ouvi o que Stan Sennett tinha em mente naquele primeiro dia em seu escritório, eu não quis ter participação nenhuma na defesa de Robbie Feaver.

Como advogado, eu vivia segundo um lema solene: jamais ofender um juiz. Eu ria de todas as piadas deles. Quando davam uma sentença contra mim, mesmo que fosse absurda, eu agradecia. Evitava solenemente qualquer discussão sobre a capacidade ou o temperamento de qualquer pessoa que atuasse no tribunal, viva ou morta. Raramente vi um juiz que não tivesse rancores – é uma das prerrogativas do poder não questionado – e eu sabia que os rancores gerados contra a pessoa que defendesse Robbie Feaver iriam durar. Não porque todos os nossos juízes fossem corruptos. Pelo contrário. A maioria deles sentia, com bons motivos, que vinha levantando suas saias havia anos para evitar os campos enlameados do condado de Kindle. Agora ficariam manchados de qualquer jeito. Os jornais publicariam charges editoriais representando o tribunal como uma caixa registradora; bêbados em estádios e bares fariam piadas grosseiras sempre que um juiz tirasse uma nota de 20 dólares do bolso. Tendo trocado os ganhos da advocacia particular pela estima da magistratura, se sentiriam trapaceados no bazar da vida. E a primeira pessoa contra a qual se voltariam seria eu, que, diferentemente de Stan ou Robbie, seria visto como alguém que escolheu participar pela motivação suja dos emolumentos.

Assim, enquanto caminhava pela Marshall Avenue, voltando do escritório de Stan naquele dia de meados de setembro, eu tentava imaginar como sair do caso. Poderia pedir um pagamento absurdo. Ou afirmar que subitamente fora convocado para um julgamento que consumiria todo o meu tempo. Mas sabia que não seria bem-sucedido com nenhuma dessas opções.

Em termos mais simples, eu não podia suportar um contraste tão desfavorável entre mim e Sennett, que tinha acabado de fazer o discurso valoroso sobre o seu tio Petros. Jamais entendi totalmente minha eterna disputa com Stan, mas sempre senti que eu estava correndo atrás. Parte disso era por ter escolhido o lucro da advocacia particular, enquanto ele levava a vida mais casta de funcionário público; parte era porque, como advogado de defesa, eu me desviava, protelava e me desculpava enquanto ele, como promotor, lançava golpes duros em favor do que acreditava ser bom e justo. Mas naquele momento, pouco depois da morte de meu pai, eu percebi que havia um modo em que eu sempre me comparara a Stan no medo.

Aos 22 anos, com meu diploma de Charlottesville, eu fora trabalhar num cargueiro que transportava minério, e que com o tempo me trouxe ao condado de Kindle. Eu entrara intencionalmente para a Marinha Mercante para evitar o Vietnã. Mas na verdade estava fugindo do mundo hermético dos meus pais no sul da Virgínia, escapando das implacáveis pretensões sociais e, mais ainda, da exortação de meu pai em favor dos credos invioláveis de um cavalheiro sulista. Tendo sido também advogado, meu pai aderia ao que considerava certo – Cristo, o país, a família, o dever e a lei. No final da vida, enquanto via colegas menos capazes e com menos princípios serem promovidos a postos da magistratura que ele desejava, descobriu que sua virtude inabalável marcou-o para muitos olhos, provavelmente inclusive os do filho, como um bocado idiota.

Na democracia crua do condado de Kindle, onde honra não era uma questão de classe social, eu me sentira livre para levar uma vida de acomodações adultas razoáveis. Mas quando meu pai se foi, temi subitamente ter jogado fora muitas coisas que ele havia exaltado. Eu era um homem decente, mas raramente corajoso. Era por isso que, no momento, Sennett parecia tão formidável. Como meu pai, ele era uma pessoa rigorosa, de padrões, um purista, que acreditava piamente – e descompromissadamente – no abismo enorme que existe entre o bem e o mal. Na infância, Stan fora por pouco tempo um seminarista que se preparava para entrar no sacerdócio da Igreja Ortodoxa Grega, e eu sempre senti que em sua mente, como na do meu pai, lei e Deus não estavam muito distantes. Mas, diferentemente do meu pai, Stan tinha fibra para reconhecer que neste mundo as coisas boas não acontecem por acaso. Agora eu percebia que um pedaço de mim sempre vira Stan como o homem que eu poderia ter sido caso me mostrasse mais decidido a ser um filho leal.

Por isso sabia que não teria paz interior se virasse as costas para Robbie Feaver. Lembrei os versos de Frost sobre a estrada que não é tomada. E então, como o poeta, virei-me para seguir Robbie e Sennett por aquele caminho desconhecido.

Janeiro de 1993

5

O edifício LeSueur, onde Robbie e eu tínhamos nossos escritórios, fora construído logo antes do colapso econômico da década de 1920. Fica numa parte do Centro chamada de Point, uma protuberância de calcário do Meio-Oeste que o rio Kindle, em seu curso rápido no correr das eras, optou por evitar e não atravessar. O edifício homenageia o explorador missionário francês, Père Guy LaSueur, cujo sobrenome foi perpetuamente mal grafado pelo colonos iletrados que o seguiram dois séculos depois para esta região.

O LeSueur foi construído na era do decô. Náiades, parecendo ter sido abandonadas na praia, abrigavam modestamente sua nudez por trás dos adornos de folhas em relevo no centro das elaboradas grades de bronze que decoram os elevadores, as entradas de ventilação e boa parte do saguão. Uma cúpula de vidro fosco, desenhada por Louis Tiffany, ergue-se sobre o átrio central de sete andares, e atrai frequentes grupos de turistas que costumam impedir a passagem de inquilinos que saem apressados para o trabalho. Geralmente é a lei, e não a arte, que preocupa os ocupantes. Mais da metade do espaço do prédio sempre foi alugada por advogados, uma vez que o LeSueur está num local privilegiado, o centro de um triângulo formado pela Federal Square, pelas Cortes Criminais do Estado e pelo depósito de reciclagem arquitetônica que é o Tribunal Superior de Justiça do condado de Kindle e o Departamento de Justiça.

No fim de novembro um advogado chamado James McManis alugou uma suíte na área mais barata do oitavo andar do LeSueur. McManis, que aparentava cerca de 50 anos, estava começando tarde na advocacia particular. Durante muitos anos, segundo explicou a vários advogados do prédio a quem se apresentou com satisfação, trabalhara para a Companhia de Seguros Moreland, no escritório regional de Atlanta, encarregado de processos por danos pessoais. McManis contou uma história complicada sobre sua saída da Moreland para que a mulher pudesse cuidar da mãe idosa em Greenwood County, e disse que a mudança fora apoiada pelo conselho geral da empresa, que concordara em ajudá-lo no começo, com a firma particular, contratando-o para fazer a defesa de vários processos de danos pessoais abertos no condado de Kindle contra os segurados da Moreland. Ouvindo a história de McManis, era impossível evitar a impressão de que ela fora um tanto modificada, e que na verdade McManis era mais um homem de meia-idade dispensável, cortado em mais uma implacável redução de pessoal, tão comum nos Estados Unidos durante a recessão.

Jim McManis montou rapidamente uma equipe de funcionários. A intervalos de alguns dias havia sempre um novo empregado – uma secretária, um investigador, uma recepcionista, um escriturário, um assistente –, cada um dos quais era apresentado casualmente aos escritórios vizinhos. Todos, claro, eram agentes do FBI vindos de locais distantes do condado de Kindle. Visto que já em meados de janeiro a firma de James McManis tinha quatro causas contra a Feaver & Dinnerstein, era normal que Robbie e sua assistente, Evon Miller, fizessem visitas ocasionais ao escritório do andar de baixo. Eu também. Meu disfarce, o que relutei antes de aceitar era o de um advogado que havia referendado aqueles casos, que colocara os reclamantes em contato com Feaver e que receberia uma parte dos emolumentos em troca de trabalhar com ele nos processos. Além disso, levado por Stan Sennett, McManis entrara para o Comitê da Civilidade nos Tribunais da Ordem dos Advogados do condado de Kindle. Desse modo, Sennett também se tornou um visitante frequente à firma de McManis.

Cada um de nós ia ao escritório de Jim pelo menos uma vez por semana, com muito mais frequência nos primeiros dias. Íamos a intervalos combinados antecipadamente, sempre munidos com uma caixa ou um envelope como adereço. Ao chegar na recepção revestida por um belo lambri de carvalho vermelho, eu me sentia como se estivesse assistindo à TV por dentro do cenário. Todo mundo estava desempenhando um papel, mas até que as portas forradas de aço da sala de reuniões estivessem fechadas, todos mantinham uma atmosfera convincente de trabalho sério, com telefones tocando, impressoras gemendo e os vários "funcionários" indo de um lado para o outro. Na verdade, o que cada um deles estava fazendo não me era dito. Mas num dos primeiros encontros foi deixada aberta uma porta num armário de parede da sala de reuniões, onde eu percebi uma quantidade de equipamentos elétricos, objetos com luzes piscando e painéis digitais.

A mulher que chamávamos de Evon Miller foi a primeira a responder a um anúncio em busca de um assistente que a Feaver & Dinnerstein colocou no *The Lawyers Bulletin* no início de janeiro. Foi entrevistada no dia seguinte por Mort, Robbie e a gerente da firma, Eileen Ruben. Chegou vestindo um conjunto azul elegante, blusa branca com babados e um colar duplo de pérolas que provavelmente usara quatro vezes desde que havia ganhado de presente pela formatura na faculdade. Seus óculos haviam sido substituído por lentes de contato, e para a aparência jovial que Sennett preferia, ela também passara pelo salão da Elizabeth Arden da Michigan Avenue em Chicago, à custa do Bureau. Isso incluíra tingimento do cabelo num louro luminoso, um corte moderno e permanente, com cachos caindo sobre uma orelha.

No primeiro dia de "Evon Miller" após sua contratação, Robbie percorreu com ela os corredores bem iluminados da firma. Explicou-lhe a divisão de ambientes, apresentou outros funcionários com gracejos desajeitados e, sem modéstia, alardeou a decoração luxuosa. Exóticas peças contemporâneas, com figuras em resina, esculturas em néon e relógios enormes, estendiam-se pelas paredes revestidas por um papel sedoso, cor de pêssego. A sala de reuniões era dominada pela mesa mais comprida que ela já vira fora de um museu: um granito rosado, oval, rodeado por poltronas de design italiano, com a superfície polida brilhando à luz oblíqua das grandes janelas do trigésimo quinto andar do LeSueur. Feaver se referia à sala como "o palácio".

– Olha, nós exageramos em nome da representação – disse ele. – Sabe o que eu quero dizer?

Ela não sabia.

– No meu primeiro serviço como advogado, trabalhei para Peter Neucriss. Você já ouviu falar de Peter, não é? Todo o mundo ouviu falar de Peter; o mestre dos desastres, como os jornais o chamam. *Peter* pode estar sendo subestimado. Nós somos Feaver & Dinnerstein. Quem são eles? Os doutores arrogantes que vêm aqui para prestar depoimentos, nossos clientes, que na maior parte são pessoas humildes vindas de apartamentos e bangalôs, todos querem saber uma coisa: esses caras são bem-sucedidos? Eles vencem? Então é preciso ostentar. Aí você dirige um Mercedes, veste Zegna, e seu escritório dá a impressão de que Robin Leach vai passar pela porta a qualquer instante. Eu disse a Mort, quando nós começamos: pense em Beverly Hills.

Beverly Hills, pensou Evon. E trouxe à mente os figurões da cidade grande que ela começou a conhecer na infância quando duas estações de esqui brotaram como espinhas no rosto limpo das montanhas próximas. Homens morenos, falantes, cheios de si, trambiqueiros como Feaver, com seu ar de dono do mundo e um estilo que fazia você pensar se, como uma lesma, ele deixaria um rastro pelo caminho. Mas ela já era uma agente havia dez anos e já lidara com sua cota de baixarias e impertinências. Como agente recruta em Boston, trabalhara com viciados em drogas, e todo mundo sabia que essas pessoas eram as piores. Seu serviço, disse a si mesma, seria ficar de olho aberto, certificar-se de que esse garoto fizesse o que tinha de fazer, que se mantivesse totalmente na linha e não usasse a mão-boba nesse processo. Além disso, pensava, não importava mesmo se o sacana tinha sarna ou pose. Certo, câmbio e desligo.

Haviam chegado ao escritório de Feaver. A secretária dele, Bonita, uma latina de boa aparência e pele suave, com o cabelo destruído por uma torrente de cosméticos e sombra aplicada nos olhos como pintura a dedo, viera recebê-la. Feaver manteve seu papel de novo patrão, detalhando os deveres de uma assistente. Ela iria programar depoimentos, marcar intimações e interrogatórios, cuidar da papelada do tribunal e até mesmo encontrar-se com clientes para pegar informações e dar apoio.

– E outra coisa – estava dizendo ele –, você e Bonnie resolvam isso, mas eu não leio a correspondência. Há 15 anos fiquei com úlceras no estômago por causa da correspondência. Depois fiz 40 anos e percebi que a vida é curta demais. Porque uma coisa é mais certa do que a gravidade: na correspondência só chegam más notícias. Sem dúvida.

"Primeiro, há sempre moções. A tragédia da minha existência. Do lado oposto do processo há uma firma de defesa sendo paga por hora. De modo que é dinheiro no bolso deles para preencher cada moção maluca em que possam pensar, sem qualquer chance. Moções para encerrar o caso. Moções para julgamento sumário. Moções para reconsiderar uma moção anterior. Moções para declarar Porto Rico um Estado. Não dá para acreditar. E nós estamos numa contingência. Ninguém me paga para responder a essa porcaria. E se eu ganhar dez moções e perder a décima primeira, o caso inteiro desmorona.

Feaver prosseguiu descrevendo os desastres que poderia encontrar em sua caixa de correspondência a cada manhã. Havia cartas de clientes que tinham caído de amores por outros advogados e os estavam dispensando, não raro depois de anos de trabalho; alertas urgentes de Ordens dos Advogados sobre legislações inspiradas pelo *lobbie* das companhias de seguro. E, claro, jamais os cheques valiam o que os advogados de defesa mereciam nos casos resolvidos.

– Só más notícias – concluiu. Bonita em pé diante da mesa de tampo de vidro, deu um risinho indulgente, depois saiu, fechando a porta a pedido do chefe. Os ruídos baixos do escritório, dos telefones, das máquinas e das urgências foram isolados, e Evon sentiu uma tensão súbita. Não ficara sozinha com ele antes. Robbie apontou o queixo para ela de um modo familiar.

– Então, qual é o seu nome verdadeiro? – perguntou em voz baixa.

Ela ficou imóvel por um instante.

– Evon.

– Ah, qual é! Eu estou me sentindo numa festa à fantasia. Você sabe o *meu* nome.

– Meu nome é Evon Miller, Sr. Feaver.

Ele perguntou de onde ela realmente vinha, se era casada. Ela manteve seu mito, sem qualquer expressão.

– Meu Deus! – disse ele.

A sala de Feaver era grande, com um sofá de couro, uma escrivaninha e mesas de estilo contemporâneo, de vidro e madeira. O piso era coberto por um imenso tapete oriental, um Bokhara vermelho-vinho, no centro do qual ela estava de pé. Evon retesou o queixo e falou com ele em voz baixa e dura. Disse que não estavam brincando de charadas. Praticava o que lhe fora ensinado: jamais ceda. Jamais. Nem por um segundo. Desse modo, você não se preocupa com a possibilidade de alguém ouvi-la ou flagrá-la.

– Você se acostuma a romper o disfarce e acaba fazendo besteira quando vem a pressão, tão certo quanto o sol nasce – disse ela.

– Ah, não se preocupe comigo quanto a desempenhar um papel. Sou profissional. – Ele apontou para o pequeno aparador, atrás, onde estava uma foto de sua esposa. A foto mostrava Lorraine antes que a doença a tomasse. Dentro da larga moldura de prata, Rainey, como era às vezes chamada, permanecia uma bela mulher de cabelos negros, olhos quase da cor de uma ametista e um maxilar proeminente, um elemento irregular que, de algum modo, elevava sua aparência para além do simplesmente bonitinho ou agradável. Mas era para uma foto ao lado que Robbie quisera apontar um ótimo close dele, com maquiagem de teatro e roupa de pirata, aparentemente cantando. "Show da Ordem dos Advogados, 1990" estava gravado numa placa de ouro falso na base da moldura. – Olhe, nós vamos passar muito tempo juntos. Estou tentando descobrir um pouquinho sobre você. Pelo que imagino, eles não poderiam simplesmente arrastá-la. Então você não tem filhos. Certo?

Evon jamais fora perita em pessoas, e de algum modo ele percebera isso; sabia que ela não conseguiria dribá-lo educadamente.

– Não – disse ele. – Sem filhos. E imagino que seja solteira, também. Essa seria a primeira exigência deles. Não esperariam que alguém casado fosse passar um ano inteiro longe de casa. Divorciada, ou nunca entrou nessa? É isso que está me deixando curioso.

– Já basta.

– Relaxe. – Ele estava se divertindo, recostado numa poltrona reclinável de couro de braço cromado, atrás da mesa. – Eu já sei das Olimpíadas.

Isso finalmente incendiou-a; descobrir que mesmo sob disfarce aquele único detalhe desgraçado estava desfilando quilômetros à sua frente como um estandarte. De modo igualmente rápido ela se inclinou sobre a mesa, ignorando um tremor furtivo nos olhos dele que, pelo que ela suspeitou imediatamente, era um breve esforço para olhar por dentro de sua blusa.

– Escute, senhor, os 302, os relatórios que eu li, diziam que alguns daqueles caras têm amigos realmente perigosos. Não foi isso que você nos contou? Então é melhor agir como se sua vida estivesse correndo risco, meu chapa, porque, pelo que eu posso ver, está.

Ele franziu os lábios e estufou uma das bochechas, cuja barba muito densa, mesmo raspada, parecia fazer a pele ficar azul. O homem era peludo como um urso. Alguns pelos renegados do peito espiavam por cima do colarinho.

– E quanto a uma gravação? – perguntou ele. – George diz que você talvez esteja usando um gravador.

Na verdade eu tinha dito que era improvável que o governo fizesse isso. Em horas de fita era provável haver centenas de observações casuais que poderiam ser embaraçosas tanto para Robbie quanto para Evon num interrogatório de tribunal. E havia questões complicadas de sigilo entre cliente e advogado no caso de um microfone aberto num escritório de advocacia. Mas na burocracia transitória de Washington onde o que era prático frequentemente significava pouco comparado a traseiros camuflados, sempre havia a possibilidade de o UCORC ter feito questão de gravar, para ter prova inequívoca de que haviam mantido Feaver na linha.

– Você vai me responder? – perguntou Feaver, enquanto ela se voltava para a porta.

– Não.

– O que significa que está grampeada.

– Se eu fosse você, meu irmão, presumiria que sim.

Eu lhe dissera isso, já que Evon era obrigada a relatar qualquer ato de desonestidade que pudesse prejudicar a credibilidade futura de Robbie como testemunha para o governo.

– Eu *sabia* que você estava grampeada. – Ele estava tão satisfeito consigo mesmo que chegou a bater palmas.

– Olhe, que droga, eu não estou grampeada. Agora vista o disfarce e o abotoe de cima a baixo.

– E o que você me diria se *estivesse* grampeada?

Ela já estava cheia. Rodeando a escrivaninha, pôs a mão no ombro dele por um instante.

– Escute, normalmente eu diria: se você quer se matar, vá em frente. Mas a contrapartida é que, se a sua vida está na linha, a minha também. Então ou você se ajeita ou eu acabo com essa porcaria inteira e você pode ir para a cadeia, que é o seu lugar.

Feaver ficou em silêncio por um instante. Pensou na mão com unhas pintadas que ela havia retirado do seu ombro, e depois virou o rosto comprido para Evon.

– Ei. – Ele deu-lhe um riso torto, com o intuito de parecer afável. – Nós só estamos fodendo um com o outro.

Ele conseguiria uma meia verdade.

– Vamos pegar um monte de bandidos – gritou enquanto a agente se retirava.

Ela virou-se e apontou para ele:

– Eu pensei que nós já tínhamos apanhado um.

VOU CHAMÁ-LA DE EVON porque era assim que ela chamava a si própria. Uma vez ela me disse que na adolescência passara por um período de paixão religiosa, quando sua completa devoção a Deus pareceu retirá-la da vida normal, como se ela tivesse adquirido o poder de levitar ou de sair de seu o corpo. E agora sentia algo parecido, um risco sem limites em ser Evon Miller. Enterrara os detalhes dentro de si. Trinta e quatro anos, família mórmon. Nascida em Boise. Três anos de faculdade na Boise State. Casada com o namorado do ensino médio, Dave Aard, mecânico de voo da United com quem fora morar em Denver. Divorciada desde 1988. Colecionara uma centena de fatos de um passado imaginário com o qual temperava conversas de improviso. Quando falava consigo mesma, chamava-se de Evon. Comia a comida da qual Evon Miller gostava, ia olhar as vitrines das lojas preferidas por Evon, cujo gosto por saias mais curtas, cores mais fortes e brincos maiores era, graças a Deus, só um pouquinho mais ousado que o dela. E à noite, eu tinha certeza, ela sonhava os sonhos de Evon Miller.

Havia seis semanas o ASAC, o agente especial encarregado do Departamento de Inteligência de Des Moines, Hack Bielinger, a chamara em seu escritório. Na verdade não era um escritório, e sim um cubículo com uma porta. Nas mãos gordas ele segurava um teletipo, em papel amarelo e grosseiro. Bielinger era como muitos dos supervisores do Bureau que ela tivera. Era difícil gostar dele, um sujeito que subira porque realmente não tinha jeito para trabalhar na rua e que ainda tendia a se ressentir com os agentes que supervisionava e que eram bons na calçada. Era um homem pequeno e meticuloso – as pessoas sempre especulavam que ele enganara a exigência de altura –, um renascido que não entendia o que havia de errado em falar de Jesus durante o almoço.

– Tenho algo interessante para você – disse ele.

Ao ler o teletipo, ela sentiu como se alguém tivesse ligado um gerador em seu coração. A mensagem era do DI, o escritório do diretor interino do FBI.

POR FAVOR AVISAR DE PRONTIDÃO AG. ESP. REFERENCIADA PARA ACEITAR TAREFA EM SERVIÇO SECRETO IMINENTE. DIV. K. CTY. PERÍODO INDETERMINADO, EST. 6 MESES – 2 ANOS. DISFARCE TOTAL.

Bielinger não estava sorrindo. Na verdade, estava tenso. O DI queria isso, portanto ele tinha de transmitir. Assim era Bielinger. Disse que recebera um telefonema havia uma semana, meio extraoficial. Dissera a eles que ela seria boa para isso.

– Eles querem um profissional paralegal. – Bielinger deu de ombros. O motivo era um mistério, mas significava que ele deveria ter perguntado: por que ela? O que há de tão especial nela? Os homens do Bureau sempre tinham as mesmas reações: hoje em dia as garotas davam sempre a primeira lambida em cada pirulito.

O agente que comandaria a operação fora conhecê-la. Disse para chamá-lo de Jim, sem sobrenome; tudo nesse negócio era estritamente à base do "saber necessário". Mas ela gostou dele. Inteligente. Sóbrio. Calmo. Encontrava-se em algum ponto do lado luminoso dos 50 anos. Tinha boa aparência, apesar de ter-se tornado um tanto corpulento ao se aprofundar na meia-idade, usava óculos grandes e tinha cabelos grisalhos que caíam numa franja juvenil sobre a testa. Não disse de onde vinha, mas ela imaginou que fosse de Washington. Jim tinha um estilo quartel-general, e conhecia todos os nomes certos. Pela largura dos ombros, pelo volume sob camisa, dava para ver que já fora atleta. Evon recebeu isso como um bônus. Ele tinha aquela aura contida de bem-estar, um aspecto de sucesso esportivo que ela observara em muitos outros, especialmente homens, mas que de algum modo jamais se assentara nela.

– É difícil – disse Jim, a respeito do que estava propondo. – Uma vez trabalhei sob disfarce durante quase um ano. – Ele descreveu o caso. Tinha trabalhado em Wall Street. Deveria bancar um bandido que administrava as operações escusas de uma grande casa de corretagem, um executivo quieto e carrancudo que manipulava a contabilidade e receptava títulos roubados. Era uma grande armação. Eles conseguiram prender chefões da LCN – La Cosa Nostra. Mais um prego no caixão dos Gambino.

– Tenho orgulho do que fizemos. E na noite de sexta-feira os outros agentes sempre tratam você como um herói, especialmente se você está pagando a cerveja. – Um riso maroto se iluminou e desapareceu, uma indulgência momentânea sujeita à vigilante disciplina. – Mas é difícil. E solitário. E perigoso. Vidas de pessoas dependem do que você consegue fazer, por isso você fica paranoico a cada minuto, cada hora. É desgastante. – E repetiu: – É desgastante.

Ela tentou absorver isso respeitosamente, mas disse o que sabia que iria dizer antes que eles começassem: estava preparada. Ele queria saber por quê.

– Glândulas suprarrenais calibre 44? – respondeu Evon. Ele provavelmente já lera isso em sua ficha pessoal: era a primeira mão que se levantava para ajudar num apuro, em fins de semana, noites, mesmo com os policiais do local; ainda viciada na reação impensada que vivenciara pela primeira vez no campo de jogo.

– Deve ser alguma coisa além disso – disse o homem que ela conhecia então como McManis. – Você vai passar por muita coisa. – Estavam numa salinha de reuniões desenxabida, no Departamento de Inteligência de Des Moines; os gestos dele faziam um certo contraste com o barulho dos telefones e a agitação ao lado. Os olhos dele cinza-claros, não se desviavam dela. No Bureau viviam tentando entrar na cabeça das pessoas. O teste de classificação que ela fizera depois da faculdade incluía uma parte psicológica, e uma pergunta que ainda lhe vinha de vez em quando em meio à turbulência tenebrosa dos pesadelos. "Se sua mãe e seu pai estivessem se afogando, qual dos dois você salvaria?" Algum dia teria de descobrir a resposta certa.

Naquele momento deu de ombros para o olhar observador dele. Era difícil citar qualquer grande motivo. Queria o serviço. Quem sabia por quê? Mas a reação dele fizera soar algo dentro de Evon.

– Eu aposto que você descobrirá – disse ele.

6

Nas suas informações iniciais, Robbie confirmara o que o governo já havia detectado, ou seja, que em qualquer época havia apenas alguns juízes na Vara Cível com quem ele poderia "falar". Sennett achava isso peculiar, já que Tuohey tinha poder de veto sobre todas as nomeações em sua divisão. Robbie via isso como característico de Brendan, que tinha um instinto exótico para evitar ser exposto. Tuohey queria que a Vara Cível fosse conhecida por seu grupo de juízes capazes e resolutamente honestos. A reputação deles iria envolvê-lo numa aura de integridade, enquanto as poucas exceções poderiam ser descartadas como entulho típico do partido, inevitável num judiciário eleito.

Da dúzia de juízes para quem Feaver entregara dinheiro no correr dos anos, muitos tinham ido embora, estavam aposentados ou haviam sido transferidos para outros departamentos. Se o Projeto Petros corresse perfeitamente, Robbie tentaria garantir provas contra eles, como parte do jogo decisivo. Mas, para começar, o foco estaria nos quatro juízes que trabalhavam então nos processos de direito consuetudinário, com quem Feaver ainda estava negociando. Com esses juízes haveria uma chance de armar subornos que, quando gravados, dariam ao governo a melhor oportunidade de usá-los contra Tuohey.

Quando Robbie revelou os nomes dos quatro juízes, eu fiquei chocado com relação a dois, porque conhecia ambos. Sherm Crowthers era um dos melhores advogados de defesa da cidade quando comecei na profissão; era um defensor feroz, irado, que, embora nem sempre amado, era profundamente admirado tanto por suas habilidades quanto pelos obstáculos que superava como homem negro. Ouvir o nome de Sherm fez meu coração encolher.

Silvio Malatesta, o outro juiz da lista de Robbie que eu conhecia, inspirou a simples descrença. Malatesta era um profissional meticuloso, de óculos, que jamais parecia se distanciar do universo de seu próprio caráter, através do qual importantes noções jurídicas estavam sempre deixando rastros como estrelas cadentes. Para mim era espantoso o fato de ele nem sequer vivenciar os apetites materiais que levavam à corrupção.

Quanto aos outros dois nomes, eu provavelmente teria adivinhado sozinho, se algum dia tivesse a iniciativa de fazer esse tipo de difamação em voz alta. Gillian Sullivan era uma bêbada que havia uma década vinha para o tribunal de porre, e sobre quem tínhamos recebido reclamações frequentes durante minha época como presidente da Ordem dos Advogados. Caminhando através de sua vastidão alcoólica, Sullivan provavelmente pouco conseguia distinguir o certo ou errado. Barnett Skolnick era irmão do falecido Knuckles Skolnick, que havia sido próximo do antigo executivo do condado, Augustine Bolcarro. Barney era o típico antigo puxa-saco de partido, que, na minha mente, era feito para receber envelopes de dinheiro.

O primeiro problema que Stan enfrentava para montar esses processos era que, a não ser no caso de Skolnick, que podia ser tentado a receber dinheiro diretamente de Robbie, todos os outros lidavam estritamente com intermediários – um funcionário, um parente, uma amante. De certa forma, Sennett gravaria vários pagamentos a esses coletores de dinheiro, iria confrontá-los, fazer um acordo e conseguir que eles gravassem a entrega de dinheiro aos juízes. Mas esses intermediários tinham sido escolhidos porque haviam demonstrado lealdade e havia pouca certeza de que algum um deles poderia ser cooptado. Caso contrário, o Projeto Petros podia render pouco além de alguns peixes pequenos.

Para contrabalançar isso, Sennett esperava criar inicialmente os "casos inventados", aqueles processos imaginários, para que os juízes pudessem emitir uma série de sentenças absurdas a favor de Robbie. Assim, mesmo que o coletor de dinheiro não concordasse, Stan poderia ir contra o juiz convocando algumas testemunhas especializadas para atestar que nenhum jurista honesto poderia ter tomado aquelas decisões. Mas, inflexível, Feaver insistiu que tal abordagem jamais teria sucesso.

– Vocês ainda não entenderam – disse ele a Sennett. – Nós temos juízes que ganham 90 mil dólares por ano, e advogados que ganham milhões. Imaginem o que quiserem, digam que é uma gorjeta, um tributo ou uma garantia para a próxima vez, mas eu tenho processos que devo ganhar e quero me certificar de que os juízes não fiquem confusos. Talvez eu receba um pouco de ajuda quando as coisas forem para qualquer um dos lados. Mas se eu entrar com um vira-lata e pedir ao juiz para agir como se o bicho fosse a Lassie, algo que, em dez anos, juro por Deus que nunca fiz... se eu fizer isso, o melhor que conseguirei é que o juiz não fale comigo de novo. Pior; Brendan pode ficar desconfiado e mandar alguém me esfaquear, e tudo o que sobrará para fazer no escritório de advocacia de James McManis será passar o aspirador de pó e apagar as luzes. Isso pode ser meio espantoso para vocês, mas todo mundo lá percebe que vocês estão aqui. Se eles fizerem alguma coisa ridícula, vão saber muito bem que um de vocês... – a palavra "panacas" estava a meio caminho dos lábios quando Robbie conseguiu refreá-la; ele levou um instante melhorando a postura e puxou os punhos da camisa – ...a Comissão Judiciária, a Ordem dos Advogados ou vocês, um de vocês, vai atacá-los por trás.

Assim, cada demanda – um sumário dos fatos que, segundo o reclamante, lhe garantia um pagamento pelos danos que sofrera – tinha de ser construída de modo a permanecer nos limites em que a vitória para Robbie fosse razoável, mas não necessária. No primeiro processo, a firma de Robbie supostamente representava Peter Petros. Sem qualquer dúvida Peter se embebedara feito um gambá num jogo de basquete dos Hands. Enquanto gritava uma frase obscena para os juízes, ele caiu por cima da grade da arquibancada. Sua sobrevivência deveu-se apenas ao estado de relaxamento causado pelo álcool e por ter caído sobre a cobertura de um carrinho de cachorro-quente antes de bater no piso de concreto do estádio. Petros processou o fictício fabricante da grade, a Standard Railing, afirmando que, devido ao perigo inerente de sentar-se na arquibancada, a Standard era automaticamente culpada por não construir um produto que impedisse Peter de se acidentar. Em defesa da Standard, o escritório de advocacia de James McManis redigiu imediatamente uma moção para repudiar o processo, afirmando que, mesmo que tudo o que Peter dissera fosse verdade, pela lei ele não tinha motivos para um processo. Os argumentos legais haviam sido pensados para que a decisão da moção fosse duvidosa.

Em 12 de janeiro Evon foi com a outra assistente, Suzy Kraizek, entregar a demanda no Tribunal do condado de Kindle, um procedimento corriqueiro. O passo seguinte, conseguir que o caso fosse para o que Robbie se referia como um juiz "bom", é que representava o primeiro desvio. Para fazer isso, Robbie deixou um recado por telefone no escritório de Sig Milacki. Milacki, antigo parceiro de Brendan na polícia, era agora o elemento de ligação com os policiais do xerife que atuavam como seguranças do tribunal. Robbie simplesmente pediu um número de processo para uma demanda nova, *Petros versus Standard Railing*. O que aconteceu em seguida nunca foi dito a Feaver, e ele não tinha motivos para perguntar. Mas, com o passar dos anos, tornara-se evidente que Milacki passava o recado a Rollo Kosic, chefe oficial do juiz-presidente, que de algum modo passava por cima do sistema informatizado do tribunal que designava os casos aleatoriamente. Quando Evon voltou ao tribunal na segunda-feira para pegar uma cópia do processo Petros, o juiz Silvio Malatesta, um dos quatro pecadores de Robbie, tinha sido designado.

Nós nos encontramos de novo no escritório de McManis, onde o pessoal do governo começou a preparar uma armadilha para Malatesta e, antes dele, para seu coletor de dinheiro, um escrevente mal-humorado chamado Walter Wunsch. Segundo o costume arraigado que governava essas questões com a firmeza de uma prática religiosa, Robbie só entregaria o pagamento a Walter no fim do caso. Mas tanto Stan como McManis queriam uma gravação anterior. McManis achava que Robbie devia adquirir experiência em usar um gravador numa situação de menos pressão do que a de passar dinheiro; Stan estava ansioso para conseguir evidências ao vivo, já que o UCORC lhe exigia prestações de contas a cada trinta dias, o que significava que podiam encerrar todo o projeto quando estivessem insatisfeitos com seu progresso. Robbie concordou em, no curso comum da situação, fazer uma visita a Walter quando redigisse a resposta à moção para encerramento do caso feita por McManis, só para certificar-se de que Malatesta reconhecia os méritos da posição do reclamante. Com isso, começaram os arranjos para que Robbie saísse com o equipamento de gravação pela primeira vez assim que a moção e a resposta fossem emitidas, dentro de aproximadamente duas semanas.

Depois da reunião, Robbie e eu fomos à minha sala. Eu saí para falar com minha secretária por um instante, quando voltei encontrei-o numa pose reflexiva diante das janelas grandes e antigas, desfrutando minha paisagem do centro da cidade. As novas estruturas de aço, esguias como aeroplanos, misturavam-se aos prédios dos anos 1920 cujos topos geralmente davam alguma impressão de estilos arquitetônicos do passado, como espiras góticas, cúpulas italianas, e até mesmo um com capacete brilhante de ladrilho cerúleo, como alusão a uma mesquita do Oriente Médio. No oeste, as águas do rio estavam misteriosas e cor de fumaça sob o céu invernal do Meio-Oeste. A estação sombria começara; naqueles dias parecíamos viver sob uma tampa de panela.

Perguntei a Robbie se os preparativos para a gravação estavam prontos.

– Creio que sim – respondeu ele. Eu achei que o medo da detecção o fazia parecer desanimado. Mas acabei descobrindo que sua preocupação estava em outro lugar. – Vou atravessar a ponte – disse quando me olhou de novo.

Até então, eu tinha visto aquilo tudo principalmente segundo meu ponto de vista. Meu serviço era evitar que Robbie fosse para a prisão, e eu estava adorando o meu aparente sucesso. Apesar disso, Robbie enfrentava muitas perdas: sua carreira de advogado e o dinheiro que vinha com ela. Para não mencionar a reputação. Mas agora ele ia fazer o primeiro grande rompimento com tudo o que possuía. Se a gravação desse certo, ele trairia Walter Wunsch de um modo que qualquer amigo e conhecido consideraria imperdoável. A comunidade à qual ele sempre pertencera seria esquecida. O homem junto à janela, que no primeiro dia me dissera que não era um rato, sem dúvida olhava não tanto para a cidade, mas para si próprio.

SEGUNDO O PROTOCOLO do Projeto Petros, especificado pelo UCORC, Evon deveria acompanhar Feaver a cada encontro profissional – depoimentos, reuniões, idas ao tribunal, até no contato com novos clientes – para ficar de olho. O dia de Robbie costumava começar cedo, com idas a tribunais de condados distantes. Assim, depois dos primeiros dias com Evon, o cenário armado exigia que Feaver a apanhasse todas as manhãs. Chegarem juntos ao escritório também ajudaria a criar a impressão de um romance.

Uma equipe de cobertura do FBI a acomodara em South River, num lugar que já fora um armazém de peças de automóvel, grande como uma fortaleza. O edifício, como muitos em South River, fora recentemente transformado num labirinto intrigante de apartamentos, com poucos corredores comuns. A equipe escolhera o prédio porque era o maior no caminho de Feaver para o escritório e de volta para casa, e isso facilitava o anonimato. Vivendo sob disfarce, ela deveria evitar novos conhecidos, já que até mesmo as perguntas mais amigáveis poderiam fazê-la tropeçar. A partir do momento em que Feaver deixava Evon, depois das 18 horas, até o esguio Mercedes branco aparecer na esquina na manhã seguinte, ela se sentia como se estivesse vivendo numa cabine de isolamento.

Mas raramente seguiam em silêncio durante o longo trajeto de carro todo dia. Quando não estava ao telefone, que ele podia discar num pequeno painel acima dos controles de temperatura, Feaver fazia discursos sobre qualquer assunto que lhe vinha à mente. E ela vinha pensando numa expressão usada por seu pai: o sujeito transbordava pela boca como se tivesse arrebentado um cano. Será que ele guardava algum pensamento? Aparentemente ele a estava familiarizando com os detalhes do trabalho, mas sem dúvida sentia que estava apenas fazendo as honras da casa. Feaver também foi rápido em reconhecer que o carro era o único lugar em que podia confortavelmente abandonar o disfarce. Não houvera outros problemas na firma, mas no Mercedes ele era como um estudante bagunceiro, que precisava de uma válvula de escape para poder se comportar na sala de aula. Vivia tentando descobrir detalhes sobre a identidade dela, ou comentando as reuniões deles com Sennett e McManis. Ela olhava pela janela e observava a área metropolitana ficando rapidamente para trás, ou fechava os olhos para sentir o conforto luxuoso do banco do carona.

A placa de prata no porta-malas identificava o carro como um S600 – topo de linha, disse-lhe Feaver várias vezes. O couro cor de creme, com os minúsculos furos de respiração, dava a sensação de sapatos de pelica que ela jamais poderia comprar, e a madeira escura do painel fazia-a lembrar-se de um museu. No entanto, era o silêncio que mais a impressionava. Naquela coisa, lá fora era realmente lá fora. A porta pesada batia com um som abafado que fazia lembrar uma caixa de joias.

Feaver era fascinado por seu Mercedes, que ele comprara havia apenas alguns meses. Frequentemente falava do preço absurdo, 139 mil dólares, sem se abalar com o fato de o carro ter custado mais do que algumas das casas de quatro quartos dos novos condomínios pelos quais eles passavam. Seguro dentro da cabine elegante e da sensação de fortaleza, Robbie costumava se transformar num elemento aleatório. Ziguezagueava como se estivesse numa espaçonave. No caminho de volta do tribunal de Greenwood County, ele parava para visitar a mãe, que estava numa casa de repouso, ou visitava Sparky, um cambista que vendia ingressos para um jogo dos Hands e que Robbie ia mandar para um advogado que lhe referendara um caso. Além disso, Feaver adorava fazer compras. Era aficionado por liquidações e marcas famosas, e frequentemente fazia compras compulsivamente nos shoppings centers. Sob a luz brilhante das lojas, ele examinava a mercadoria, depois ligava do carro para a mulher e descrevia o que ia levar para casa, como se fosse um caçador de grandes animais.

Feaver sentia-se em casa em todos os lugares onde entrava: ele era conhecido, e tinha amigos de décadas e histórias intermináveis. Para Robbie, o mundo inteiro era em certa medida uma fraternidade estudantil, um lugar para contar vantagens e piadas de mau gosto e para dar gargalhadas estrondeantes. Chegando para um depoimento no qual esperava estripar os opositores, cumprimentava o outro advogado com entusiasmo. Na camisaria onde comprava roupas caras, Robbie tinha seu próprio vendedor, Carlos, um refugiado cubano que o recebia com o abraço de um irmão. A loja era cheia de homens como Robbie, com cortes de cabelo bem-feitos e um ar de espetáculo, sujeitos que avaliavam o caimento das roupas no espelho com o mesmo olhar meticuloso que ostentavam ao caminhar pela avenida.

Na terceira semana de janeiro, a propósito de nada, Feaver disse que tinha de ir ver Harold, que por acaso era um cliente que se machucara muito numa colisão com um caminhão de entregas. Evon mal conseguia olhar o sujeito. Ele estava curvado para um dos lados numa cadeira de rodas e tinha feridas nos braços e no rosto. Mas Robbie pegou a mão de Harold e, com grande animação, disse que ele estava ótimo. Conversou durante quase vinte minutos sobre os melhores momentos da temporada de basquete. Depois, no carro, disse a Evon que estava decidido a manter Harold vivo. Os réus – o fabricante do veículo, o departamento de rodovias do estado e a empresa de transporte – tinham arrastado o processo durante quase nove anos, na esperança de que Harold morresse. Se ele morresse, um processo que atualmente valia 20 milhões de dólares por danos compensatórios por cuidados permanentes poderia render 20 por cento disso, a maior parte dos quais se destinaria a cobrir seu plano de saúde. Nada sobraria para a mãe de Harold, uma mulher de meia-idade, usando um vestido largo, que os recebera. Ela cuidara do filho desde que a mulher dele o abandonou, pouco depois do acidente.

– E quanto ao seu honorário? – perguntou Evon secamente. – Também iria diminuir, não é?

– Ei, se você conhecer Peter Neucriss, antes de cumprimentá-la ele vai falar de todas as coisas boas que está fazendo pelo mundo, por defender pessoas que sofrem abusos. Eu não. Pelas regras desse jogo, nós damos dinheiro às pessoas para compensar-lhes a dor, e todo o mundo que pisa no campo sabe como vamos marcar pontos: os juízes, o júri, eu, o cliente, as pessoas que estão do outro lado. É o dinheiro. Quanto ganhamos, quanto vai para eles. Independentemente do que as pessoas disserem, deixe-me fazer uma tradução rápida: você pode enfeitar o neném e fazer com que ele diga mamãe, mas ele está realmente falando dó-ré-mi. – Robbie assentiu com firmeza. – Este é o jogo.

Como sempre, era exasperante sua presunção de que todas as pessoas achavam que ele havia pensado em tudo.

– Qual é "o jogo", afinal? – perguntou ela de súbito. – É sempre a desculpa. E eu nunca entendo. Você está querendo dizer "eu fiz a jogada", como nos esportes? Ou "eu estou jogando tudo para o alto"? Ou "eu joguei sujo com você"?

– Isso mesmo – disse ele.

– Ora, qual é?

Ele balançou a mão na frente do nariz, descartando a dificuldade que ela tentava provocar. Estavam nos subúrbios, uma região de casas recém-construídas, com telhados inclinados e poucos enfeites no exterior. Da rodovia ela viu dois garotinhos a distância, jogando bola no frio.

– Merda – disse Feaver, incapaz como sempre de suportar o próprio silêncio. – É só "O Jogo". É a vida, sabe? Na verdade não tem sentido, a não ser obter prazeres, e nem mesmo isso acrescenta algo no fim. Você pensa que qualquer coisa dessas faz sentido quando a gente vê de longe? Você acha que Deus fez o universo com ordem? Essa é a piada da lei. Nós gostamos de fingir que ela torna a vida mais razoável, mas está longe disso.

Ela suspirou, o que o fez insistir no assunto.

– Diga-me que sentido há em Lorraine estar doente como está. Há algum? Por que ela? Por que agora? Por que aquela doença filha da puta? Não acrescenta nada. Ou olhe para nossos casos: um torneiro com 48 anos. A máquina para e ele a desliga para consertar. O supervisor volta, imagina que algum brincalhão está sacaneando-o como faz duas vezes por dia, e aperta o interruptor. A mão é cortada ao meio. Um bombeiro de licença está na casa de alguém lavando as janelas. Ele saiu durante dois minutos para pegar mais detergente e o menininho sobe num banco para olhar para fora, e despenca pela janela aberta. Morto ao chegar ao Mount Sinai. Ou Harold, pelo amor de Deus. Num minuto é um alegre vendedor na estrada, no outro é uma almôndega numa cadeira de rodas. É "O Jogo". A bola bate numa pedra no campo, pula por cima da sua luva, e você perde o campeonato mundial. Você vai para a casa e chora. Na verdade lá fora é o caos e a escuridão, e quando fingimos que não é, é somente "O Jogo". Ou "A Peça". Nós estamos no palco, dizendo nossas falas. Fazendo o papel daquilo que tentamos ser no momento. Um advogado, um cônjuge. Mesmo sabendo que a vida é muito mais aleatória e confusa do que suportamos reconhecer, certo? – Seus olhos negros se fixaram nela, apesar do tráfego da rodovia. Alguma coisa em sua intensidade era assustadora. – Certo? – perguntou ele de novo.

– Não.

– Por que não?

Ela cruzou os braços, pensando se ele merecia uma resposta.

– Eu acredito em Deus.

– Eu também. Mas ele me fez, e isto é o que eu penso.

Um som exasperado brotou involuntariamente em Evon. Será que ela não sabia? Quem mandou tentar argumentar com um advogado?

NUMA DAQUELAS MANHÃS de janeiro, Feaver e Evon estavam no Mercedes a apenas alguns quarteirões do trabalho quando ficaram presos num engarrafamento onde todos buzinavam. Adiante deles, a distância, surgiu uma fumaça pesada que a princípio parecia neblina decorrente do ar gélido, pairando acima das luzes piscantes sobre uma barricada de cavaletes listados e veículos de emergência. Aproximando-se centímetro a centímetro, eles acabaram por ver um grupo de trabalhadores do Departamento de Esgoto com roupas acolchoadas e capacetes, inclinados sobre uma grade amarela que tinham montado ao redor de um bueiro aberto. O trabalho que faziam não era visível, a não ser seus gritos para dois colegas que haviam descido. Uma mulher jovem, de capacete, balançava uma bandeira vermelha, desviando o tráfego para apenas uma pista. Ela os fez parar e Feaver baixou a janela, deixando entrar um sopro súbito de frio.

– Por que é que a garota mais bonita está sempre segurando a bandeira? – perguntou a ela. A mulher era afro-americana, bonita, de rosto largo, olhos grandes e malares altos que se alargaram com um sorriso enorme enquanto sinalizava para ele ir em frente.

– Como você a conhece? – perguntou Evon enquanto o Mercedes saltava para a frente no tráfego.

Ele pareceu perplexo.

– Não a conheço.

– E você simplesmente disse aquilo?

– Claro. Por que não?

– Porque ela poderia se incomodar.

– Ela pareceu incomodada?

– Mas qual é o sentido, posso perguntar? Qual é o sentido de dizer aquilo? – Seu tom de voz era cauteloso, esperando não ser incendiário. Mas Evon sempre quis fazer essa pergunta a um homem com aquele tipo de comportamento.

– Ela é bonita. Você acha que é fácil ficar bonita com um capacete de operário? Eu não acho. Você acha que o fato de ela ser bonita é acidental? Quero dizer, ela acordou de manhã, amarrou um lenço na cabeça, mesmo sabendo que estaria usando capacete. Olhou para o bumbum nos jeans. Para quem ela estava fazendo isso? – Robbie não estava usando sobretudo, e pousou a mão comprida, com a qual estivera gesticulando, na gravata brilhante. – Para mim. Para um milhão de caras como eu. Por isso eu digo obrigado. É só.

– Só isso?

– Talvez algum dia eu passe de novo por algum entroncamento onde ela esteja trabalhando. Talvez o sinal feche. Talvez ela esteja simplesmente saindo para o almoço. Quer dizer, eu posso imaginar qualquer situação. Mas, neste momento, é obrigado. Só.

Assim era Feaver. Não era um desbocado, não era o tipo de panaca que está sempre fazendo a ereção saltar como se fosse um palhaço numa caixa de surpresa. Mas mesmo assim mantinha-se alerta, um míssil atraído pelo calor, disparando pelo céu e esperando travar em algo. Ficava perto demais quando estava falando. Sua mulher estava em casa, morrendo um pouco a cada dia, e ele não usava aliança. Entrando em seu carro todas as manhãs, Evon quase engasgava com a mistura enjoativa de cheiros doces de sua água-de-colônia, spray para cabelo, creme de barbear e loção para o corpo. Ele próprio era a coisa mais valiosa que possuía, e gostava de fazer propaganda disso, como se o simples poder de sua vaidade pudesse conquistar uma mulher.

Quando ela conhecera McManis em Des Moines, ele avisara:

– Nosso IC – informante confidencial, era o que ele queria dizer, um termo educado para dedo-duro – aparentemente tem grande reputação como mulherengo. Você terá de desempenhar o papel, e ele é o tipo que pode querer misturar realidade e ficção. – Jim lhe determinara três regras. Primeira, não aceitar nada que a incomodasse; eles a apoiariam totalmente. Segunda: não ficar ofendida, porque ela não iria mudá-lo.

– E terceira – dissera McManis, hesitando por tempo suficiente para ela entender que esta era a importante. – Não caia na conversa.

Não havia a menor chance, ela respondeu. Até então não houvera muitos problemas. Uma vez, na sala de Robbie, ela recebera um olhar de lado enquanto ele perguntava, quase descuidadamente, quando é que Bonita deveria se deparar com os dois transando no sofá de couro, uma parte do roteiro de que Evon ainda tentava escapar. Ela o paralisara com um olhar rápido e não o ouviu mais falar sobre isso.

Mas não havia uma mulher na firma que não a tivesse alertado. As funcionárias se reuniam para tomar café e almoçar numa área estreita que era chamada de "a cozinha", um lugar jamais visitado por mais de um minuto por algum homem, para pegar café ou o saco de papel pardo que continha seu lanche. Mantendo a personagem, Evon mencionara casualmente como Robbie vinha sendo gentil por passar para pegá-la todos os dias de manhã. Oretta, uma das arquivistas, ironizara.

– Garota, por você entrar no táxi dele, cedo ou tarde ele vai cobrar a corrida. – O riso agudo e lascivo das mulheres reverberou nos armários de aço.

Mais tarde, enquanto estava arquivando, Bonita certificou-se de pegar Evon no corredor.

– Quando comecei aqui eu era solteira; você sabe, nós fizemos umas festinhas. – Ela não mencionou o nome, mas olhou por cima do ombro e apontou os tufos de cabelo preto na direção da sala de Robbie. Bonita não teria passado pela entrevista sem atrair a atenção de Robbie. Ela usava todas as roupas um tamanho menor do que o normal, expondo sempre seus belos contornos. – Mas logo logo voltei a me encontrar com Hector. E você sabe, se você tem um relacionamento, ou algo do tipo, ele vai flertar um pouco, mas não vai forçar a barra, se você realmente levar a coisa a sério. Ele quer que você goste dele. Ele é assim. Como um garotinho. - Bonita bateu a gaveta comprida de volta no recesso na parede. - E você vai gostar dele.

Dentro dos círculos de sombra, os olhos escuros de Bonita brilharam com a luz penetrante da convicção. Em seguida ela se afastou, deixando Evon com uma momentânea sensação próxima do pavor.

7

O zeloso guardião de todos os equipamentos piscantes abrigados no armário da sala de reuniões era um especialista em eletrônica designado para o Projeto Petros, chamado Alf Klecker. Era um pirata alegre, corpulento, de cara redonda, com mais cabelo ruivo e encaracolado do que eu pensaria que o FBI tolerasse. Klecker, pelo que vim a saber, tinha passado muitos anos em Washington, como um "encarregado do saco preto", que fazia as invasões sub-reptícias quando um juiz aprovava a instalação de um grampo. Era famoso no FBI por ter permanecido mais de 24 horas num armário de material de limpeza do prédio do Senado para não ser detectado durante o escândalo ABSCAM.

Imediatamente antes da tarefa corrente, Alf estivera no "mundo negro" do Bureau, trabalhando no que os agentes chamavam de FCI, a contrainteligência externa. Chegou em 27 de janeiro para preparar Robbie para o primeiro encontro gravado com Walter Wunsch, carregando uma sacola de equipamentos que só então estavam sendo liberados para uso doméstico. Segundo disse, gravadores estavam fora de cogitação. E o transmissor de rádio padrão que os IC - informantes confidenciais - geralmente usavam, o T4, tornara-se perigoso, pois qualquer garoto com um interceptador de rádio da polícia poderia captar o sinal. Em vez disso, Alf trouxera um equipamento chamado FoxBIte. Fora desenvolvido por um técnico aposentado do Bureau, que licenciara o projeto para seus ex-patrões cobrando uma fortuna. Tinha mais ou menos metade do tamanho de um maço de cigarros, com cerca de 2 centímetros de espessura, e pesava apenas 170 gramas. Não continha metal suficiente para disparar os magnetômetros do tribunal, e não gravava em fita, mas em cartões de memória, que depois eram baixados num computador. Para permitir a audição, e ter uma segurança no caso de o FoxBIte falhar, Robbie também usaria uma unidade transmissora ligeiramente maior, "um saltador de frequência digital", como Alf o chamava, que transmitiria um sinal criptografado através de uma série de canais aleatórios. Uma unidade de reprodução de campo, programada para receber e gravar o sinal do FoxBIte, estaria num furgão de vigilância estacionado perto do tribunal.

Robbie balançou a cabeça enquanto avaliava o peso das duas unidades.

– Eu tenho uma caneta que grava num microchip – disse ele a Klecker.

– Meu filho – disse Alf –, se você deixar um advogado de defesa solto com o tipo de fidelidade que o seu microchip proporciona, haverá 12 pessoas confirmando com a cabeça quando ele disser que o réu estava dizendo "grama", e não "grana". Sem ofensa, George.

Tudo bem, eu disse. Nós cinco, Evon, Robbie, McManis, Alf e eu entramos na pequena sala de reuniões. O projeto da suíte de McManis tornava esse o lugar mais seguro, já que não era visível da recepção. A mobília era um tanto espartana: uma mesa comprida de reuniões rodeada por cadeiras de vinil preto, um contraste com as melhorias luxuosas deixadas pelo inquilino anterior. A sala particular de McManis e a de reuniões tinham, cada uma, duas paredes forradas com o mesmo carvalho vermelho da entrada. Um caro tapete Karastan, rosa, abafava o som.

– Este brinquedinho lhe garante a maior fidelidade possível – disse Alf. – Dá para dizer que tipo de salto o sujeito tem no sapato. Sem brincadeira.

Klecker mostrou o coldre com velcro que ele prenderia na parte interna da coxa de Robbie para segurar o equipamento. A ponta do minúsculo microfone multidirecional, preta e menor do que a unha do meu dedo mindinho, sairia pela parte superior do zíper, escondido sob a braguilha da calça. Por esse motivo, Feaver fora instruído a usar um terno preto. Segurando as duas unidades de encontro à perna, ele continuou em dúvida.

– Esse negócio vai parecer que pesa duas toneladas.

– Robbie, todos os IC dizem isso na primeira vez em que usam um gravador preso ao corpo – disse McManis. Tanto Robbie quanto eu tínhamos passado a gostar de McManis. Jim era o tipo de pessoa tranquila, inabalável, que os agentes do FBI são na televisão. Eu sabia que ele era advogado formado; se não fosse, o UCORC não lhe permitiria fazer o papel. Mas fora isso, sua formação, como a de todos os agentes que trabalhavam sob disfarce, era opaca. Muito depois de o Projeto Petros estar terminado, fiquei sabendo que seu pai era detetive aposentado na Filadélfia, o que, de algum modo, não foi surpresa. Eu sempre reconhecera em Jim o ar invejavelmente acomodado de um homem contente com suas origens e com as melhorias que tinha feito em sua vida.

Jim tranquilizou Robbie, lembrando que todos os equipamentos estavam nos devidos lugares. Evon estaria usando um fone de ouvido, escondido debaixo de uma madeixa no lado comprido de seu cabelo. Esse fone captava um sinal infravermelho adicional do FoxBIte, permitindo que ela ouvisse a conversa com Wunsch. Ela estaria do lado de fora, para o caso de algo dar errado. O próprio Jim estaria embaixo, com Alf, no furgão de vigilância, preparado para chamar a cavalaria, caso necessário.

– Tudo está coberto – disse ele.

– Espero que sim. – Feaver tinha um medo quase supersticioso de Tuohey e estava convencido de que, se fosse apanhado com o gravador, seria morto ou pelo menos seriamente ferido antes de sair do tribunal.

– Acho que é melhor você sair agora – disse Klecker a Evon. Ele estava esperando que Feaver baixasse as calças para prender o suporte.

– Certo – disse Robbie. – Queremos que ela consiga concentrar a mente no trabalho.

– É isso mesmo – disse Evon.

Sennett chegou quando ela estava do lado de fora, e os dois entraram juntos na sala de reuniões enquanto McManis repassava as últimas formalidades com Robbie. Para cada gravação Feaver deveria assinar um formulário de consentimento. A lei federal determina que, antes que o governo grave qualquer pessoa, deve haver uma ordem de interceptação assinada por um juiz, ou um consentimento por uma das pessoas que participará da conversa. O protocolo do UCORC também exigia que o FoxBIte fosse ligado e desligado através de um controle remoto que ficaria com um dos agentes, garantindo que Robbie não tivesse qualquer interferência sobre o que seria gravado. McManis apertou o interruptor e ocupou uma cadeira, dirigindo discretamente a voz em direção ao microfone na linha da cintura de Robbie.

– Aqui é o agente especial NSD James McManis – disse ele. Só meses depois eu descobri que "NSD" significava "nome sob disfarce". Ele deu a data e a hora e descreveu a reunião que aconteceria entre Feaver e Wunsch.

Evon e Robbie esperaram enquanto Sennett repetia instruções de último minuto. Faça Walter falar. Confirmações ou negativas com a cabeça e expressões faciais não seriam capturadas pelo gravador. Feaver franziu a testa e mexeu os ombros, e disse serem técnicas de relaxamento sugeridas por Stanislawsky. Finalmente, McManis ergueu o polegar e todos nós fizemos fila na porta da sala de reuniões para apertar a mão de Robbie, que ainda estava gelada quando foi a minha vez.

O TRIBUNAL SUPERIOR e departamento de justiça do condado de Kindle, ou tribunal de justiça, foi construído nos anos 1950, e sua arquitetura reflete aquele período confuso na América em que, convenientemente, todos os prédios eram quadrados. Tem as proporções de um arsenal, ocupando meio quarteirão, e altura equivalente, construído em tijolo amarelo com reboco interno de 15 centímetros, e fora encomendado a partir da duradoura gratidão de Augie Bolcarro a vários sindicatos profissionais. Para fazer jus à grandiosidade da lei, uma cúpula clássica, à maneira de Bulfinch, foi disposta em cima do prédio, deixando sangrar uma luz fraca através de uma rotunda central. Também há uma variedade de decorações simples de concreto, espaçadas ao longo da cornija lisa, com máscaras da justiça e outras figuras gregas, e um pórtico móvel preso por correntes esverdeadas. O prédio sempre foi conhecido como "o Templo", um termo tão gasto pelo tempo que perdera as inflexões irônicas com que era pronunciado nos primeiros anos da estrutura.

Fiéis à visão que ele fazia de si próprio como um veterano do palco, os tremores de Feaver tinham praticamente cessado assim que o drama foi posto em movimento. Ele saiu animado do elevador do oitavo andar e levou Evon em direção ao corredor dos fundos, para a sala do escrevente do juiz Malatesta, Walter Wunsch. Walter entrara para o Tribunal Superior do condado de Kindle aos 19 anos, quando o chefe do comitê de seu bairro arranjou-lhe o primeiro emprego de ascensorista, cargo que algum nomeado por um patrono continuou a ocupar até dois anos atrás, muito depois de os elevadores serem totalmente automatizados. Naqueles dias Walter também era chefe de zona eleitoral e suplente de vereador, um homem com considerável força política. Segundo Robbie, havia décadas ele vinha trabalhando como coletor de dinheiro para vários juízes.

Walter era anguloso, de nariz comprido, e soturno. Segundo a descrição de Feaver, Wunsch, vestido com disciplina germânica com ternos de lã grossa mesmo no calor do verão, ficava de pé atrás de sua mesa, com as mãos sempre nos bolsos, enquanto dava opiniões rígidas sobre todos os assuntos. Segundo foi revelado pelas gravações, ele tinha um senso de humor azedo, cortante, que me lembrava em particular, o de Sennett.

– Sabe como algumas pessoas sempre falam com você como se te odiassem? – explicou Robbie para nós. – Com sarcasmo, zombando? Walter é assim. Só que ele não fala brincando. – O mau humor de Wunsch era atribuído a uma infância difícil, mas Robbie conhecia poucos detalhes.

Nesse dia Walter estava em sua sala, contemplando carrancudo as pilhas de papéis do tribunal sobre a mesa, quando Robbie e Evon chegaram à sua porta. Ele ergueu os olhos de má vontade.

– Ei, Walter! – gritou Robbie. – Como estava o Arizona? Tempo bom? – Robbie financiara uma viagem de golfe para Walter no final do outono, depois de terminar um longo processo por danos que tivera resultados muito bons para Robbie e seu cliente.

– Quente demais – disse Walter. – Quarenta e um graus durante dois dias. Eu andava pela rua encostando às paredes dos prédios, tentando encontrar um pouquinho de sombra. Estava me sentindo uma barata suja.

– E a patroa, gostou?

– Você precisa perguntar a ela. Ela ficou feliz porque eu não pude jogar golfe. Acho que disso ela gostou; não sei do resto. – Walter empurrou papéis de um lado para o outro da mesa, e perguntou qual era o assunto.

– Uma petição. – Robbie virou-se para Evon pedindo o documento e apresentou-a, estabelecendo com tranquilidade o disfarce da agente. Walter tentou ser simpático, mas não conseguiu. Seu sorriso, como Robbie comentara, era maligno. Independentemente do humor, ele não tinha uma aparência muito agradável; era pálido e tinha pele áspera. Tinha ombros estreitos e era barrigudo, um daqueles homens finos a quem a natureza dera um montículo quase cômico de gordura. Seu nariz grande e vermelho se desviava perceptivelmente na ponta, e quase já não tinha cabelo. O que restava eram fios grisalhos gordurosos, que atravessavam o topo da cabeça.

– Tudo certo, moça – disse Robbie. Em seguida, passou o braço em torno dos ombros de Evon para que Walter visse, sabendo que ela estava no palco e não poderia oferecer qualquer resistência. – Por que não me dá um segundo com Walter? Quero contar a ele uma história picante.

Evon sentou-se num banco de madeira do outro lado do corredor, ao alcance do infravermelho.

– É a sua última? – Evon escutou Walter perguntando, assim que ela saiu.

– Última o quê?

– É, certo – disse Walter.

– Eu gostaria de ter tantas quanto as pessoas acham.

– O que seria mais ou menos um décimo do que você diz.

– Walter, antes você gostava de mim.

– O atum custava 29 centavos a lata. Então, durante quanto tempo ela vai servir para você?

– Algum. – A voz de Robbie, em seguida, parecia desmanchar. – Ela é capaz de sugar uma bola de golfe de dentro de uma mangueira de jardim, Walter.

Evon estremeceu e, num reflexo, olhou pelo corredor. Na sala de Wunsch houve uma longa pausa enquanto ele se demorava, talvez com pensamentos desconsolados sobre a esposa.

– Então, o que você tem, além de dicas sobre jardinagem? – perguntou finalmente.

Evon pôde ouvir o envelope fazendo barulho enquanto Robbie entregava petição. Ele pediu que Walter se certificasse de que o juiz iria lê-la.

– Silvio lê cada palavra. Meu Deus, algumas vezes eu me pergunto se ele acha que é a Virgem Maria. Não creio que ele já tenha descoberto que há algo chamado embromação. – Nesse ponto, houve um barulho quando o envelope pousou sobre outra pilha de processos num dos armários. A avaliação de Walter sobre o mérito da súmula era clara.

– Walter, eu tenho que ganhar este caso.

– Você sempre tem que ganhar o caso. Pelo menos é o que acha.

– Este é bom. Culpabilidade óbvia. Meu cliente teve danos cerebrais. É corretor na bolsa de futuros. Este é um caso de um milhão de dólares, se eu conseguir ultrapassar essa moção idiota para rejeitar o processo. A seguradora vai ter de entrar no jogo. É só uma questão de tempo.

– É, dano cerebral. Isso deve explicar por que ele contratou você. Você vai alugar essa cadeira ou já está saindo?

A roupa de Robbie fez barulho, raspando no microfone, e sua voz ficou mais baixa. Enquanto ouvia, Evon pôde sentir o drama se aguçar. Este era o momento. Ele ia colocar Walter na armadilha. Devia ter se inclinado sobre a mesa.

– Preste atenção neste processo, Wally. Certifique-se de que ele veja o caso do modo certo.

– Eu só trabalho aqui.

– Certo – sussurrou Robbie. – Certo. E por isso é sempre Natal.

– Você é um jardineiro, Feaver. Cheio de esterco. Sai dessa!

– Faça-me feliz, Walter.

– Eu achava que ela estava aí para isso.

Evon estava do outro lado do corredor quando Robbie abriu a porta, e as duas últimas frases foram audíveis, mesmo sem o fone de ouvido. Outras pessoas poderiam ter ficado embaraçadas, mas Walter, avistando-a, lançou um olhar insultuoso e direto por cima do nariz torto, antes de se virar para enfrentar os muitos papéis sobre a mesa.

A GRAVAÇÃO FOI um sucesso. Assim que Robbie voltou, Klecker ligou o áudio para Sennett, para mim e alguns outros agentes disfarçados. Ele fora impecável, nenhum sinal de nervosismo enquanto fazia um esforço sutil para levar Walter a se incriminar. Stan deu os parabéns, mas estava visivelmente chateado com a ambiguidade das respostas de Wunsch.

– Por que ele diz que apenas trabalha aqui? Ou que o juiz é a Virgem Maria?

Feaver estava impaciente, cansado pelo esforço e atrasado para uma reunião em que faria um acordo com o advogado de uma seguradora. Também achei que ele queria um tapinha nas costas mais caloroso.

– Stan, é assim que ele fala – disse Robbie. – Ele não vai se curvar para o microfone e dizer: "Eu sou um tremendo bandido." Eu estava pisando no pé dele naquele momento. Mas ele vai aceitar o dinheiro. Acredite.

Antes de Feaver sair aproveitei um segundo sozinho com ele para tranquilizá-lo sobre o que ele fizera. Ao voltar para a sala de reuniões, fomos recebidos com uma gargalhada. Por algum motivo, fora provocada por Evon. Ela estava encostada nos armários de carvalho com uma expressão acanhada, e quando viu Feaver disse-lhe imediatamente que estava na hora de irem.

Assim que os dois se acomodaram no Mercedes, ele perguntou o que acontecera.

– Nada.

Ele insistiu na pergunta.

– Foi o Alf – disse ela por fim. – Se é que você precisa saber. Alf estava dizendo o que achou do meu olhar quando eles repetiram aquela frase.

Por trás dos óculos de sol, à luz forte do inverno, Feaver pareceu demorar um pouco para lembrar do que ela estava falando. A bola de golfe. A mangueira de jardim. Como Evon poderia ter previsto, ele não se abalou.

– Ei, Walter acreditou. – Ele sorriu. – Talvez porque você tenha um maxilar de aparência forte.

– Mais provável que eu tenha um estômago forte. Os homens são doentes. Por que você precisa contar vantagem?

– Ora, Walter não ouviu metade do que poderia ouvir de mim. – Em seguida Robbie começou a contar sobre uma jurada com quem flertou durante toda a última semana de um julgamento, mas interrompeu a história. – Diabo, esqueça da jurada. Walter trabalhou para uma *juíza* com quem eu andei transando.

– Uma juíza!

– É uma longa história.

– Deve ser. – Uma policial com colete de tecido fluorescente sinalizou para que eles se apressassem no cruzamento, em meio ao tráfego do fim de tarde.

– Olhe, esse é o meu jogo, certo? Ele me dá uma vantagem com sujeitos como Walter, que fantasia o tipo de vida que levo. Algumas pessoas, não sei, adoram pensar que estão perdendo alguma coisa. Mas é só um jogo, certo? Quero dizer, isso vai enlouquecer você, mas eu parei de trair Rainey quando ela ficou doente. Não posso explicar. Eu praticamente não dava folga depois que nos casamos. Mas agora... – Ele deu de ombros em seu sobretudo de caxemira escuro. – Parece baixaria. Desleal. De qualquer modo, dentro de pouco tempo eu estarei sozinho. – Os olhos dele não estavam visíveis por trás dos óculos, o que era ótimo. Sua casualidade ocasional com as verdades mais cruas a deixava confusa, mas ela ainda não queria permitir que ele a desviasse com táticas de choque.

– Você gostou de me degradar. E não diga que foi apenas um jogo.

– Ah, ótimo. Certo. "Degradar." "Desumanizar." Vamos ouvir tudo. Os grandes sucessos de Gloria Steinem. Por que as mulheres sempre acham que as necessidades do homem surgem à custa dela? Como você acha que ele se sente em ser arrastado pela vida por seu cacete?

– Mandarei um cartão de solidariedade.

– Ei – disse ele –, você nunca vai encontrar um homem que gosta mais de mulheres do que eu. Elas são a melhor coisa do planeta. E não estou falando simplesmente na horizontal. As mulheres mantêm o mundo íntegro.

Evon o olhou para ter certeza de que ele não estava zombando. Mesmo assim, não se convenceu. Na calçada, um sujeito estava puxando uma mala com rodinhas. Usava pulôver de lã clara, botas de náilon e, apesar do clima de janeiro, estava de short. Um esquiador indo para as férias, pensou Evon. Por um momento, enquanto continuava balançando a cabeça e pensando em Feaver, sentiu uma angústia por causa da velocidade, do espaço e da neve que sempre fariam parte de seu lar.

– Olhe – disse Feaver. – É o disfarce. Goste dele ou não. Esse é o nosso disfarce. Certo?

– Esse é o disfarce – disse ela, resignada.

– Então pare de lutar contra, certo? Você vive me dizendo que eu vou estragar esse negócio, depois pula uns 3 metros de altura quando eu dou só um sorriso caloroso. Relaxe, certo? Não vou fazer nada errado com você. Entendi o quadro geral. Acredite.

– E que quadro é esse?

Ele ficou meio rabugento enquanto mexia nos controles de temperatura do painel de nogueira.

– Posso lhe dar um conselho? Olha, eu já trabalhei como ator. Você sabe disso, certo? Está no meu currículo, ou no dossiê, ou o que vocês tiverem sobre mim.

– Você me disse. O show da Ordem.

– Por favor – disse ele – aquilo foi atividade de aposentadoria. Não. Na escola, na faculdade, esse era o meu sonho. Eu queria estar no palco. Trabalhava como garçom no Kerry Room. Cheguei até o The Open Door. Eu queria isso *demais*. Costumava ficar suado só de estar perto de alguém que eu tinha visto representar, mesmo que a pessoa só tivesse caminhado pelo palco fazendo papel de mordomo. Queria que ela me tocasse e me passasse um pouco daquilo. Obviamente é por isso que eu adoro julgamentos. Sabe, porque eu sou um canastrão frustrado.

Com suas luvas, ele apertou mais o volante de madeira, aparentemente esmagado pela profundeza de sua paixão proibida. Depois de um instante, lembrou o que queria dizer.

– Bom, você pode dizer a todo o mundo na firma que o seu nome é Evon Miller, de Idaho, sem sequer tremer. Mas você fica com o estômago embrulhado ao pensar em tocar na minha mão. É como se estivesse dizendo: eu posso fazer um papel, posso dizer todas aquelas mentiras, mas não posso fazer *aquilo*. Aquilo é quem eu sou. E isso é amadorismo, francamente. "O trabalho do ator está dentro dele." É o que Stanislawsky dizia. Você não pode julgar ou tentar manter um pedacinho de si como uma coisa sagrada. É como tomar LSD. Não entre numa viagem se você vai ficar preocupada com a possibilidade de voltar ou não.

Ela respondeu dizendo que não sabia disso, mas sorriu olhando em direção à sua janela, onde um pequeno trecho embaçado ia diminuindo no hálito quente das entradas de ar. Ele era bom no que fazia. Do modo como colocava a coisa, parecia uma piada inocente. Precisamos fazer isso para manter o calor.

– Certo – disse ele. – Aqui vai um exemplo. Uma vez eu trabalhei com Shaheen Conroe, como substituto. Você já viu *The Point*, na TV?

Evon nunca vira o programa. O nome da atriz só significava alguma coisa porque aparecia frequentemente na lista de lésbicas famosas e assumidas que as revistas gostavam de publicar ultimamente.

– Que talento ela tem. Nós estávamos fazendo *Oklahoma!* Ela era Annie, a garota que não consegue dizer não, e eu era Ali Hakim, o sujeito com quem ela estava traindo o marido.

– Você ganhou o papel por causa da habilidade especial?

Ele franziu a testa e ignorou a pergunta dela.

– Certo, o negócio é o seguinte: Shaheen nunca fez segredo de suas tendências. Ela tinha um caso *louco* com uma das maquiadoras. Aberto e notório. Mas nós dávamos um beijo no palco, e por causa daquele minuto ela mal podia esperar para ir atrás de mim. Inteirinha. Quero dizer, depois, eu ficava com medo de me virar e encarar a plateia. Porque durante trinta segundos ela deixava de ser ela própria. E é isso que a torna grande. A entrega. Isso é que é talento.

– Espere. – Evon estava segurando o apoio de braço. – Espere. Vejamos se eu estou entendendo. Você é tão quente que até mesmo qualquer sapatão seria incapaz de deixar de agarrá-lo?

O carro sacudiu brevemente quando ele pisou no freio.

– Ora, não é isso!

– O diabo que não é!

– Você acha que eu estava cnamando você de lésbica?

– E não estava? Não que eu ligue para isso.

– Ei, isso é coisa sua, não minha.

– Quero dizer, tem de ser, não é? Por que outro motivo eu estaria virando a cara para uma oportunidade tão maravilhosa?

– Minha nossa! – respondeu ele. Tinham chegado ao escritório do outro advogado. Ele lançou-lhe um olhar incendiário e parecia à beira de um ataque. Mas em vez disso abriu as trancas das portas e saiu rapidamente. Pela primeira vez não tinha muito mais a dizer.

8

Quem é Peter Petros, e por que eu não sei nada sobre esse processo?

O bilhete de Dinnerstein estava grudado no processo que Evon deixara em seu cubículo. Aparentemente Mort Dinnerstein o vira quando por acaso tinha vindo procurar outra coisa. Todos sabiam que esse momento chegaria. Mesmo assim, o bilhete deixou o coração de Evon chacoalhando como uma campainha enquanto ela saía correndo para encontrar Feaver.

McManis jamais se cansara de lembrá-la que Dinnerstein era a pessoa mais perigosa nesse caso. Ninguém tinha mais probabilidade de abrir o bico sobre o Projeto Petros, e se ele fizesse isso, não haveria como impedi-lo de ir direto ao seu tio Brendan. Mas era difícil ver Mort como ameaça, com sua leve gagueira e o constante tom de desculpas. Na infância ele contraíra pólio, o que o deixara ligeiramente manco, situação que vinha piorando na meia-idade como se efeitos colaterais da doença estivessem se assentando. Mort era alto, na verdade, e com boa compleição, mas dava uma impressão meio infantil. Havia alguns anos, quando tinham começado a ganhar aquilo que Robbie chamava de "dinheiro de verdade", ele tentara orientar Mort, apresentando-o aos vendedores da alfaiataria elegante, no centro da cidade. Os ternos não pareciam se ajustar a Mort. As calças lhe caíam da cintura, de modo que ele tinha dificuldade para manter a camisa dentro da calça, e os caros tecidos italianos viviam se prendendo nas quinas da mesa.

Já eram amigos havia quase quarenta anos, reunidos pela primeira vez quando o pai de Feaver abandonara a família, e sua mãe, Estelle, pedira à vizinha Sheilah Dinnerstein para cuidar de Robbie enquanto estivesse trabalhando. Os dois ainda não haviam se cansado um do outro. Em geral, Robbie reservava os horários de almoço para Mort, e todas as manhãs, depois de chegar junto com Evon, ele e Mort passavam alguns minutos no que chamavam "reunião de negócios". Aparentemente discutia-se tudo, menos negócios. Quando Evon chegava, a maior parte da conversa que entreouvia era sobre as duas famílias. Robbie tinha uma forte ligação com os dois filhos de Dinnerstein. Mort, por outro lado, era a única pessoa que respondia às perguntas sobre Lorraine ou a mãe de Robbie com mais do que um gesto filosófico.

No trabalho, Feaver afirmava que os dois jamais tinham tido um desacordo. Mort tremia que nem vara verde na sala do tribunal. Em compensação, fazia todas as coisas que Robbie desprezava, como administração do escritório, redação de textos, interrogatórios, depoimentos de rotina e, especialmente, o consolo interminável aos clientes, que em geral sentiam-se profundamente vitimizados.

A renomada paciência de Mort estava sendo testada quando Evon chegou com Robbie à sua porta. Mort, que ganhara a sala de canto no cara ou coroa, havia decorado o ambiente em estilo colonial. Os aparadores e o tampo da mesa estavam atulhados de fotos de sua família – a mulher e os três filhos eram morenos – e muitas lembranças de esportes: bolas de basquete autografadas, litografias de astros do atletismo, um ingresso emoldurado da única participação dos Trappers numa final de campeonato, havia quase vinte anos. No momento, Mort estava falando no viva-voz com uma mulher que se mostrava ansiosa para que a firma processasse seu senhorio.

– Meu namorado estava bêbado. O Hal, sabe? Ele entrou. Disse algumas coisas. Eu disse algumas coisas. Ele me jogou pela janela. Eu quebrei o braço. Meu joelho está terrível. – A voz da mulher era nasal, áspera, agitada. Ela parou nesse ponto. Mort coçou o topo da cabeça com o cabelo ralo e encaracolado. Todos os dias havia possíveis clientes que os contatavam vindo do nada, a maioria sem qualquer fato que pudesse gerar um processo. Vários chegavam à recepção. Mas a maioria telefonava, em decorrência de um grande anúncio da Feaver & Dinnerstein nas páginas amarelas. Robbie evitava esses contatos, direcionando-os para Evon. Em apenas três semanas, ela falara com duas pessoas que esperavam processar algum ramo do governo por não tê-las protegido de contatos indesejados com extraterrestres. Mas raramente Mort evitava as pessoas. Ele tinha um instante para todo o mundo. Nas raras circunstâncias em que a reclamação parecia ter algum potencial, ele repassava o telefonema para os advogados mais jovens, em início de carreira, ou mesmo, nos casos mais isolados, pegava o caso para a firma. Mas, como no ditado, as boas ações de Mort raramente ficavam sem punição.

– Você disse que queria processar o seu senhorio – lembrou ele à mulher.

– Ei, você é advogado?

Dinnerstein olhou para o viva-voz.

– Bom – disse ele – na parede há um diploma com o meu nome.

– Não, diga a verdade. Você é advogado? Eu posso processar alguém que esteja na cadeia?

– Pode. Não valeria grande coisa.

– Certo. Está me ouvindo? Já que eu não posso processar meu namorado, preciso processar meu senhorio.

– Porque o seu *namorado* jogou você pela janela?

– Porque não havia tela na janela.

– Ah – disse Mort. Ele pensou. – Você se importaria terrivelmente se eu perguntasse o seu peso?

– Não é da sua conta.

– Entendo, e espero que você me perdoe, mas se um reclamante pesasse mais do que a fada Sininho, não creio que qualquer júri da América acreditaria que uma tela poderia oferecer alguma proteção.

A mulher demorou-se um pouco, pensando na situação.

– É, mas quando eu caí, caí numa poça. E eu ouvi dizer: uma amiga minha ganhou um bocado de dinheiro porque o senhorio dela deixou água empoçada.

– Bom, sim, se você escorregar na poça. Não se cair nela.

– Você é mesmo advogado?

Mort encerrou o telefonema o mais educadamente possível.

– Você deveria ter perguntado se ela se afogou na poça – disse Robbie. – Temos bastante evidências de falta de oxigênio no cérebro dela.

Mort deu de ombros para o leve ataque à sua boa natureza. O que ele poderia fazer? A provocação era de praxe entre os dois homens, e nem Mort pôde conter um riso quando Robbie lembrou-o da observação sobre a fada Sininho. Apesar da fala excessivamente mansa, Mort tinha um riso agudo que costumava ricochetear pela sala. Robbie e ele tinham mil piadas secretas que nem sempre Evon conseguia entender.

– Eu estava pensando em falar com você sobre este caso – disse Robbie por fim. E entregou o processo de Peter Petros. Desde o início, Robbie soubera que não poderiam ocultar de Dinnerstein os casos falsos. Em geral, os sócios concordavam nas questões em que investiriam o tempo da firma e, além disso, cedo ou tarde Mort acabaria pegando uma pasta que não reconheceria, já que uma de suas principais funções era corrigir os potenciais erros gerados pelos descuidos de Robbie. Na época, McManis parecia mais preocupado com o que poderia acontecer do que Sennett, que achava que Robbie seria capaz de cuidar de Mort. Mesmo assim, várias horas haviam sido gastas planejando esse momento.

A ideia original fora fazer com que vários agentes disfarçados desfilassem pela firma, fingindo ser novos clientes. Mas Stan pensou a tempo em algo bem mais simples. Se, e quando, Mort descobrisse os processos, haveria uma pessoa perfeita para culpar: eu. George Mason, vizinho de prédio, havia me tornado uma nova fonte de referências. Como ex-presidente da Ordem dos Advogados, Mason era extremamente rigoroso e não admitia trabalhar naquelas demandas, uma exigência ética para o caso de receber uma percentagem por ter dado a referência. Consequentemente, as entrevistas com os clientes tinham acontecido no meu escritório, e Mason chegara a redigir um rascunho do processo. Por isso Mort não fizera parte dos preparativos usuais.

Eu era o único que não considerava esta ideia de boa inspiração. Diferentemente de alguns advogados de defesa que se veem como soldados numa guerra interminável contra o Estado, eu não relutava em incentivar meus clientes a cooperar com a promotoria quando isso pudesse ajudá-los. Mas isso era obrigação deles, não minha. Eu tinha uma espécie de herança a proteger. Apesar de minha mãe ter se casado, de plena consciência, com o ramo falido de uma família aristocrática da Virgínia, ela conseguiu plantar a bandeira da distinção social que tanto valorizava tendo dado a mim o nome de meu ancestral mais famoso. Acredita-se que George Mason seja o autor da frase "todos os homens são criados igualmente", que Jefferson mais tarde usou, bem como autor da Declaração dos Direitos, que ele concebeu com seu amigo Patrick Henry. O legado de George Mason – o verdadeiro, como eu penso nele – fora meio difícil de trazer comigo, mas eu sempre sentira que, ao proteger os direitos dos acusados, estava mantendo aliança com meu parente distinto e com sua visão. Em nome dele, para não mencionar a minha carreira de advogado, que dependia de minha incansável oposição à promotoria, eu não queria meu nome impresso numa elaborada mentira governamental como o Projeto Petros.

Mas Sennett pressionou: eu precisava de uma desculpa para as minhas visitas frequentes a Robbie e McManis, coisa que alguém no prédio acabaria percebendo. E, desse modo, o fertilizante poderia ser espalhado por Feaver, não por mim. Robbie poderia mandar cartas para o meu escritório, mencionar nosso relacionamento aqui e ali. Eu simplesmente cumpriria o dever de manter a confiança nele. Stan argumentou muito bem, e eu acabei por afundar até os tornozelos no lodaçal familiar do comprometimento onde vivem os advogados de defesa.

Robbie então contou a história sobre o bom e velho George Mason, enquanto Mort piscava várias vezes por trás das refrações dos óculos de aro fino. Destrambelhados pelo uso cotidiano, os óculos cavalgavam seu nariz grosso num ângulo perceptível. Evon, naturalmente, ficou perplexa com o elã com que Robbie mentia, especialmente ao amigo a quem afirmava ter dedicação total, e também com o fato de que Dinnerstein, apesar de todos os anos, não conseguia perceber a verdade. Robbie explicou algumas dúvidas técnicas que Mort ainda possuía com relação ao caso, depois saiu com Evon da sala, onde Mort aparentava estar bem satisfeito.

Evon telefonou para mim uma vez para contar que o plano fora posto em prática, de modo que eu estivesse preparado caso topasse com Dinnerstein no edifício. Mas a notícia me deixou desanimado. Desde o início eu percebera uma onda sutil emanando de Sennett, e sentia que permitir que meu nome fosse usado como adereço no palco do Projeto Petros era apenas o princípio. Com o tempo, ele me pediria para mentir ativamente, ou que convencesse Robbie a entrar em algum estratagema dúbio, exigências cujas premissas não estariam no interesse de meu cliente, e sim na grande importância do Petros para a comunidade da lei, e na minha amizade com Stan. Ele desejaria que eu o ajudasse a fazer seu serviço, à custa do meu. E o incômodo era o seguinte: dada a geometria peculiar de meu relacionamento com Stan, e de meu estranho estado de alheamento na ocasião, nem eu tinha tanta certeza de como iria reagir.

9

Nas tardes de sexta-feira na firma, Robbie e Mort abriam o bar nos armários de pau-rosa do Palácio e recebiam todos os funcionários para uma bebida. Era agradável e democrático. Evon recusava o álcool, detalhando, sempre que perguntavam, a crença na Igreja de Jesus Cristo dos Santos dos Últimos Dias para várias mulheres que não tinham qualquer ideia do que eram os mórmons, afora o Coro do Tabernáculo. Era um clima de tranquilidade. Conversava-se sobre a semana e o jogo decisivo no domingo, Dallas contra Bufallo. Clinton anunciara sua política de não-pergunte-não-conte relativa aos gays no serviço militar, e dois dos advogados estavam discutindo-a. Rashul, o rapaz negro que cuidava da copiadora, entornou várias doses da garrafa de Macallan pela qual Feaver pagara 90 dólares, e tentava se ajeitar com Oretta, que era uns trinta anos mais velha do que ele.

Nos velhos tempos, quando o crepúsculo chegava, Feaver partia para cima de uma ou duas das mulheres mais jovens e as levava para a rua dos Sonhos. Agora, aproveitando esse conhecido comportamento dele, Evon o acompanhava à sua sala pouco depois das 18 horas, fazendo todo o mundo pensar que se recolhiam para uma noite juntos.

– Aquela foi boa – disse ele, enquanto pegava papéis sobre a mesa para levar para casa. – O papo de garota mórmon.

A porta da sala tinha ficado aberta e Evon fechou-a com um pouco mais de força do que pretendera.

– Aqui não, Feaver. Você conhece as regras.

Ele tomara várias doses de uísque. Virando-se para encará-la, empoleirou-se no braço de sua poltrona, com a pasta sobre o colo. Sua gravata estava frouxa e as mangas da camisa enroladas.

– As regras. Muito militarista. – Em seguida ele coçou a cabeça. – Deixe-me perguntar uma coisa que estive pensando. Eles lhe deram alguma escolha com relação a isso? Ou foi como no Exército? Eles ordenaram que você se apresentasse como voluntária? Imagino que o FBI seja um lugar onde seja difícil negar as ordens do chefe.

– Eu já lhe disse, Feaver; nós não vamos brincar de perguntas e respostas.

– Não? Eu esperava que no caminho para casa talvez você me contasse alguma coisa sobre as Olimpíadas.

Evon entendeu o recado. Ele estava com raiva. A irritação com que os dois tinham saído do carro depois do encontro com Walter, quando ela o havia acusado de rotulá-la, contaminara o resto da semana, e o álcool soltara tudo. Ambos estavam desgastados. Mas ela não se sentia melhor do que ele. Ficou olhando-o sem responder.

– Que tal uma dica? – perguntou ele. – Quero dizer, que esporte? Coletivo? Individual?

– Que tal isto? Vou telefonar para Sennett e dizer para acabar com tudo, porque você está tão decidido a me sacanear que nós dois vamos terminar mortos. Você pode ir para Marion agora e eu posso ir para casa. Parece bastante bom para os dois.

– Você sabe – disse ele –, nunca gostei de valentões. Mesmo quando são homens.

Robbie era um homem perigoso quando estava com raiva. O verniz de sua aparência descuidada raramente era arranhado, mas, quando isso acontecia, não havia restrições. O último ataque estalou como um chicote na curta distância entre os dois.

– Acabou, Feaver. Não estou brincando quanto a encerrar este negócio.

– Bom. Ótimo. Encerre. Porque tem umas duas coisas que ando querendo dizer de qualquer modo. Sei que você não gosta de mim. Não diga que não, certo? Tenho certeza de que você tem motivos. E talvez sejam muito bons. Mas tenho uma tremenda notícia para você, agente especial Não-sei-das-quantas: eu não estou me divertindo também, de jeito nenhum. Certo? Se tudo der certo, eu vou preso, talvez meu melhor amigo perca sua licença de advogado graças a mim, e nunca poderei andar pelas ruas da cidade onde passei a vida inteira sem pensar que alguém pode enfiar uma faca nas minhas costas. Isso se tudo der certo. Se não der, eu tenho aquela viagem com todas as despesas pagas para Marion, onde você pode apostar que não vou dormir um segundo de barriga para baixo. De qualquer modo, eu tenho de aturar você bancando a durona, me acompanhando 16 horas por dia a cada local que eu vou, a não ser ao banheiro, onde você só fica perto da porta.

"Então, por mim, se você quer sair com essa bunda empinada daqui, só o que vai ouvir é aplausos. Mas acho que reconheço uma ameaça vazia. O tal de Sennett tem uma aparência magra e faminta. Como Shakespeare. Stan aceitaria esse seu papo de encerrar tudo tão logo minha mãe fosse eleita o papa. A única pessoa nessa cadeia alimentar que está abaixo de mim, irmã, é você. E nós dois sabemos que sua carreira como agente da pesada acabaria assim que você saísse valsando daqui. Eu servi seis meses no corpo de reserva dos fuzileiros para ficar fora do Vietnã. Sei tudo sobre essas organizações, e sobre poder ou não poder fazer as coisas. Se não puder fazer, você vai para o lixo. Você está presa a este negócio tanto quanto eu. Então pare de ser tão escrota.

Ela sentiu o calor passando pelos ombros. Durante toda a vida estivera à mercê do próprio temperamento. Quando estava com 2 ou 3 anos, diziam-lhe regularmente que ela tinha um ar de irritação na cara. Você está mal-humorada, mocinha. As mulheres não deviam deixar o rosto ficar contraído e com ar de tempestade. Mas ela deixava.

– Então acho que simplesmente tenho de chutar sua bunda para conseguir que você se comporte – disse ela.

– É, certo. – Ele deu uma gargalhada boa, comprida, do tipo que lhe renderia uma surra num bar.

– Você vai me obrigar a provar isso, não é? Eu já derrubei homens com o dobro do seu tamanho. Quando trabalhei no Esquadrão de Fugitivos em Boston, peguei um cara de 1,90 metro e 170 quilos, e quando os policiais locais chegaram, eu estava com ele no chão e algemado.

– Você não me ouviu na primeira vez. Por que está sempre alardeando o tamanho do seu pau?

Ela sentiu-se encolher. Em seguida, mandou que ele se levantasse. Ajeitou o corpo para encará-lo.

– Eu luto com você, neném. Só de cuecas? Com um pouquinho de óleo perfumado? Vai ser muito bom. – Zombando, ele chamou-a com as duas mãos em direção à mesa atrás da qual continuava empoleirado.

– Levante-se, Feaver. Estou falando sério. Isto vai acontecer. Ou será que o machão está com medo de uma mulher de 1,62 metro? – Ela diminuiu a distância entre eles a pouco mais de um metro e chutou os sapatos para longe sobre o tapete vermelho-escuro.

Ele fechou os olhos para calcular. Soltou a respiração. Por fim se levantou. Tirou o paletó que tinha acabado de vestir, depois curvou-se e estendeu os braços numa pose de lutador, com o relógio e a pulseira de identificação brilhando nos braços peludos.

– Certo – falou. – Venha me pegar, valentão.

Bastou Robbie virar-se para ela cair no tapete e rolar sobre uma das mãos, mandando as pernas num gancho em direção ao joelho direito dele. Por um momento, enquanto terminava o golpe de perna e o via cair pesado, ela ficou assustada, com a certeza de que a cabeça dele bateria na borda verde vitrificada da mesa. Santo Deus, estava maluca? Algum dia seria capaz de explicar isso? Mas Robbie caiu solidamente sobre o peito. Evon pôde escutar a respiração saindo dele com um som que parecia de pneu furado. O rosto estava pousado no canto do pequeno tapete de plástico que ficava debaixo da cadeira.

Ela perguntou se ele estava bem. Em vez disso, sem responder, Robbie se levantou, apoiando-se primeiro num dos joelhos. Sacudiu a camisa. Agora havia uma mancha sob o bolso onde ficavam os losangos em relevo branco sobre branco, e ele esfregou um pouco o lugar. Pelo modo como ele se movimentou, Evon achou que Robbie estava sentindo dor.

Quando finalmente falou, ele disse:

– Duas quedas em três.

Em seguida, ele rodeou a mesa e tirou duas cadeiras do caminho. Levantou a mesinha de centro e colocou-a sobre o sofá, depois parou no tapete cor de sangue, com os braços de novo abertos.

– Agora temos algum espaço – falou. – Você é rápida, admito. Mas agora estou preparado. Venha.

– Olhe, eu só estava querendo deixar a coisa clara. Não estou tentando machucá-lo. Simplesmente não quero ficar sentada aqui durante seis meses engolindo seu papo furado. Quero que você me leve a sério. E o que nós estamos fazendo é sério.

– Com medo? – perguntou ele.

Ela olhou para o lado, irritada, e, enquanto estava com a cabeça ainda voltada para outra direção, mergulhou para a cintura dele. Durante o movimento, percebeu que não ia funcionar. Os dois tinham visto os mesmos filmes, e ele estava preparado para aquilo. Robbie se desviou, agarrando o braço dela para evitá-la, e em seguida pegou-a pela cintura. Levantou-a do chão, com os braços confortavelmente travados perto dos seios dela. Era muitos centímetros mais alto do que ela, e mais forte, mais sólido do que Evon imaginara. Ela lançou o cotovelo contra um dos braços de Robbie, e trançou um de seus pés. Em resposta, ele largou-a subitamente no tapete e sentou-se em cima antes que ela pudesse sair, apoiando todo o peso no traseiro dela. Quando Evon começou a se sacudir, ele agarrou seu braço e aplicou uma chave.

– Certo? – perguntou ele. – Podemos esfriar agora?

De repente, Evon sentiu-o soltá-la, mesmo antes de ouvir a voz dele.

– Ah, merda – disse Eileen Ruben junto à porta. A gerente do escritório tinha uma voz metálica, devastada pelo fumo, e uma tintura loura malfeita nos remanescentes do que havia anos teria sido chamado de um penteado em colmeia. Um cigarro de plástico, que permanecera pendurado em seus lábios a semana inteira enquanto ela tentava mais uma vez deixar de fumar, ficou colado no batom da boca escancarada.

– Nós estamos praticando luta livre – disse Robbie.

– E o que mais? – perguntou Eileen, e fechou a porta.

Ele já havia se levantado e havia subitamente se recomposto, divertindo-se muito.

– Está vendo? Funcionou. Tudo deu certo. Estamos seguindo os planos. Segunda-feira Eileen vai sair daqui dizendo a todo mundo que eu já joguei você no tapete.

Ele estava certo. De acordo com o plano. Mas ela não se sentiu tentada a sorrir. Jamais se recuperava rapidamente desse tipo de fúria.

– Agora o certo seria sair e tomar um coquetel, enterrar as mágoas. Você consegue isso?

– Eu não bebo. – Evon se levantou e ajeitou a saia. Sua meia-calça tinha girado praticamente 360 graus na cintura, e ela foi ao banheiro das mulheres ajeitá-la. Por cima do ombro, falou:

– Eu sou mórmon.

ELA NÃO ERA MÓRMON. Seu pai fora criado na igreja, e ela também poderia ter sido se a mãe tivesse mantido a palavra aos parentes. Mas durante a vida, dizia a mãe, você vai descobrindo o que é certo para você. Na época em que a irmã mais velha de Evon, Merrell, nasceu, sua mãe abandonara tudo aquilo. Aparentemente ela não tinha dúvida de quem seu marido iria escolher.

Eles viviam de perto de Kaskia, Colorado, uma cidade nas Montanhas Rochosas que perdera a tranquilidade quando Evon ainda lá crescia, pela chegada de resorts, shopping centers e multiplexes. Mas na sua infância as pessoas moravam no vale de Kaskia com uma sensação de privacidade. Na sua família, eles eram sete filhos. Ela era a quinta. Mais ou menos no ponto em que se espera que os filhos comecem a se perder. E ela supunha que estava perdida. Aquela casa apinhada onde antes nove pessoas moravam, e depois dez, quando a avó veio para ficar, girava em volta dela como uma tempestade. Seus pais sempre existiam principalmente nos relatórios das irmãs sobre o que eles queriam ou esperavam. Não ponha os cotovelos na mesa, mamãe não gosta quando você coloca os cotovelos na mesa. Uma espécie de infância de segunda mão, pelo seu ponto de vista, em que frequentemente sentia-se isolada e sem atenção; e um tanto incapaz.

Ela era estranha, e sabia disso. Não sorria nas horas certas, dizia sim quando deveria dizer não, sempre percebia tarde demais quando alguém estava tentando ser engraçado. Tinha um traseiro que, não importando a excelente forma em que ela estivesse, jamais parecia se ajustar à sua estrutura. Nunca se sentira à vontade com pessoas de fora da família e vivia sentindo-se embaraçada. As pessoas a chamavam de valentona ou mal-humorada. Mas o fato é que ela jamais tivera a sensação de meio-termo. Se alguém fizesse uma pergunta, ela respondia diretamente. Não tinha ideia de como fazer de outra forma. E quando as pessoas recuavam, ela sempre pensava a mesma coisa. Ninguém *a* conhecia. Ela não se ajustava. O que havia dentro dela não era o que as pessoas viam.

Nesse humor, no humor que trazia de toda uma vida, ela voltara para o apartamento. Tinha machucado o ombro brigando com aquele idiota. Relembrando a cena, quis rir, mas uma sombra de vergonha atravessava seu coração. Supostamente o agente controlava o IC, mas Feaver parecia incontrolável. Ou será que ela é que estava meio fora de controle?

Seu apartamento não era ruim; tinha um quarto, e a mobília era alugada de um motel. Jim se referira à equipe secreta de Washington que providenciara tudo para ela como "o pessoal da mudança". Havia um ar misterioso, até que eles chegaram com um caminhão, vestindo uniformes de uma empresa de mudança nacional. Cada item que ela empacotara tinha sido vetado. Qualquer indício sobre quem ela tinha sido em Des Moines até a semana anterior – cada objeto com um número de série, todos os remédios para suas alergias – tiveram de ser substituídos. Evon Miller era como uma boneca que vinha com acessórios totalmente novos.

Uma vez lá dentro, os encarregados da mudança procuraram grampos, verificaram os ângulos de todas as janelas e a grossura das paredes, depois fizeram uma longa lista de coisas que ela podia e não podia fazer. O chefe da equipe, Dorville, entregou-lhe a carteira de motorista, cartões de crédito, número do seguro social e até um seguro de saúde particular e fotos de três garotinhas que supostamente seriam suas sobrinhas. "Não pense em fazer uma farra de compras", dissera Dorville enquanto tirava os objetos do plástico. "Nós vamos pagar as contas com o seu salário."

No pequeno saguão ela parou diante de um espelho iluminado, cutucando o ombro para verificar o dano. Talvez encontrasse algum lugar onde fazer uma massagem neste fim de semana. Alguma esperança brotou com o pensamento, uma lembrança desenterrada dos perdidos prazeres físicos da sala de treinamento e da perspectiva de algum bálsamo para o tédio do fim de semana. De segunda a sexta ela ficava em ação. Assim que Robbie a deixava, ela ia malhar na academia, e no caminho para casa pegava alguma comida que pudesse esquentar no micro-ondas. No início da noite, enquanto lavava roupas ou assistia à ESPN, ditava seus 302, relatando as atividades do dia, e largava o microcassete num compartimento fechado da pasta. No dia seguinte, sob algum pretexto, iria entregá-la no escritório de advocacia de James McManis.

Mas os fins de semana se arrastavam. Nos domingos ligava para a mãe, ou para a irmã Merrell, de um telefone público; um telefone diferente a cada semana, algumas vezes a quilômetros de seu apartamento. O aeroporto era o local predileto, porque tinha visão ampla dos longos corredores para ver se estava sendo seguida. No mês seguinte, quando não parecesse tão estranho para alguém de fora, ela poderia fazer amizade com alguns dos outros agentes que trabalhavam no falso escritório de McManis. Por enquanto, estava só. Iria assistir sozinha ao Super Bowl num bar de esportes a alguns quarteirões de distância, onde beberia algumas cervejas sem álcool. Podia administrar isso. Já tinha feito antes.

Estava olhando para si mesma. Mesmo depois de um mês, havia momentos em que passava por um espelho e pensava estar usando máscara. Toda aquela maquiagem! Já havia usado lentes de contato durante anos, no campo. Mas a tintura e o corte de cabelo ainda faziam seus joelhos estremecerem; ela parecia ter caído nas mãos de um estilista com enjoo do mar. Era a falsidade que ela odiava. Quando tinha 11 anos, uma vez vestida para ir à igreja na Páscoa, ouviu uma conversa entre sua mãe e Merrell no corredor. Merrell havia enrolado o cabelo de Evon e afofado sua saia. "Ela não está linda?", perguntou Merrell. "Está, está", respondeu a mãe, e depois deixou o peso da preocupação sair num suspiro. "Mas ela nunca vai ser algo de se orgulhar." Não como Merrell, é o que queria dizer, a filha linda, que chegou a representar o condado duas vezes no concurso de Miss Colorado.

Sempre fora uma disciplina primária olhar num espelho e ver o que havia ali. Parecia uma desconsideração cruel o fato de a obrigarem a andar pintada e disfarçada. Será que a vida já não era suficientemente confusa? Como ela permitira isso?

Sabia que era nessa direção que estivera indo, para confrontar o desapontamento em que essa tarefa, que um dia fora antecipada com tanto prazer, acabara se tornando. Encolheu-se mais uma vez pela dor no ombro e pela lembrança do entrevero com Feaver. Quando abriu os olhos, a luz que vinha da fileira de lâmpadas sobre o espelho pareceu dolorosamente intensa. Dava para ver os grãos de pó no rosto, a cor falsa do blush. Seus olhos verdes estavam encolhidos em pequenos pontos pretos que, de algum modo, pareciam o minúsculo esconderijo da verdade. Ela sabia o motivo pelo qual estava ali naquele momento. Não pudera responder a McManis em Des Moines, mas nessa noite sabia por que ficara tão ansiosa, e por que então se sentia tão frustrada.

Tinha 34 anos. Levava uma vida em que algumas pessoas, até mesmo um fragmento seu que era impossível erradicar – acreditavam que o melhor era o passado, resumido por um disco metálico de 10 centímetros pendurado numa caixa plástica especial na sala dos pais. Tinha o seu trabalho. Seus casos. Seu gato. As irmãs e os filhos delas. Igreja no domingo e ensaio de coral nas tardes de quinta-feira. Mas acordava no meio da noite, frequentemente demorando a voltar a dormir, com o coração tremendo com ansiedades sem nome, os sonhos logo além do alcance da memória, enquanto era varada pela consciência de que a vida não estava sendo o que deveria. E então houvera um pequeno teletipo amarelo com um mensagem do diretor interino. Alta voltagem no seu coração. Maiúsculas. Iniciais. Jargão do FBI. Mas ela podia decodificar o texto, e sentia que cada palavra começava a cantar. Aventura. Importância. Um passo adiante dos rapazes, em vez de um passo atrás. Mas a melhor parte, a melhor de todas, o segredo mais profundo, a nota mais doce, só ela podia ouvir. Entre seis meses e dois anos. Talvez para sempre. Outra pessoa. A bênção. A chance. Ela poderia ser outra pessoa.

Fevereiro

10

Havia muito tempo eu confessara a Robbie como ficara surpreso com relação a Silvio Malatesta. Eu tinha trabalhado com Malatesta num comitê judicial enquanto era presidente da Ordem dos Advogados do condado de Kindle e o achara inteligente e honrado, ainda que meio confuso. Antes de entrar na magistratura, ele fora professor de direito na *alma mater* de Robbie, a Faculdade de Direito Blackstone, aqui na cidade. Era um estudioso de delitos civis que gostava de argumentar sobre os casos incomuns que apareciam ocasionalmente no Tribunal de Apelações. Isso não me pareceu um caminho para a corrupção, mas Robbie raramente se incomodava com julgamento de caráter nessa área. Alguns recebiam. A maioria não. Segundo ele, era impossível prever quem receberia.

A história contada por Walter Wunsch era que Malatesta, como muitos estudiosos do direito, sonhava com a magistratura e a chance de fazer a lei que passara anos estudando. Silvio carecia de contatos políticos e se voltara para o chefão de seu antigo bairro, Toots Nuccio, o lendário político, mafioso, e elo entre a polícia e os criminosos. Toots colocou Silvio no cargo de magistrado em seis meses. Só então Silvio ficou sabendo que seu gênio exigia mais do que uma esfregadela na lâmpada em troca de apoio.

De vez em quando, Toots telefonava com sugestões sobre como deveriam prosseguir as questões apresentadas a Malatesta. Na primeira vez o juiz disse a Toots que não achara apropriado seu telefonema. Toots gargalhou e fez uma referência a um repórter local que ficara cego quando um agressor desconhecido jogou um vidro de ácido muriático em seu rosto. Segundo Toots, o repórter fora a última pessoa que lhe pediu um favor e se recusou a pagar. Se você recebe, você dá, disse Nuccio a Malatesta. Silvio ficou apavorado demais para se recusar a ceder. Com o tempo aprendeu a aceitar os envelopes que chegavam depois dos telefonemas de Nuccio, e até mesmo juntou coragem para pedir outro favor, a designação para a Vara Cível. Agora eram os asseclas de Tuohey, Kosic e Sig Milacki, que passavam orientações ocasionais com relação aos advogados que deveriam ser favorecidos. Malatesta continuou na esperança de ser promovido ao Tribunal de Apelações, onde poderia atuar mais no âmbito da erudição e da teoria, e onde os painéis formados por três juízes que decidiam cada caso reduziam as perspectivas de venalidade.

Talvez pela inquietação causada por sua situação, o comportamento de Malatesta no tribunal, segundo Feaver, costumava ser confuso. Sem dúvida foi assim no caso Peter Petros. Numa manhã do início de fevereiro, Evon encontrou na correspondência um aviso estabelecendo uma argumentação oral a respeito da moção de encerramento do caso, enviada por McManis. Tanto Stan quanto Jim ficaram alarmados, ainda que por motivos diferentes. Malatesta poderia ter negado a moção sem uma audiência, preenchendo uma breve ordem escrita. Sennett não via motivos para o juiz atrair atenção para o caso fazendo uma sessão pública. Ficou preocupado com a possibilidade de Wunsch e Malatesta estarem desconfiando de Robbie. Este desconsiderou a hipótese. Segundo ele, Silvio nunca fazia sentido.

As preocupações de McManis eram mais práticas: ele jamais estivera num tribunal como advogado. Sem dúvida já havia testemunhado, durante seus anos como agente. Mas jamais tivera de argumentar com um juiz, e pela primeira vez Evon percebeu que ele denotava certo nervosismo. No dia da audiência, Robbie passou rapidamente no escritório de Jim para colocar o equipamento de gravação e assinar os formulários de consentimento. Como as baterias do FoxBIte podiam acabar durante uma longa espera no tribunal, Evon levaria o controle remoto e ativaria o gravador de lá. McManis estava perceptivelmente taciturno. Robbie garantiu que, quanto pior ele parecesse, melhor seria, nas circunstâncias, mas McManis parecia tenso demais para sentir algum consolo com a brincadeira. Estava usando um terno azul com camisa branca, e seu cabelo, em geral ligeiramente despenteado, estava grudado com gel como se fosse um capacete.

Evon e Robbie saíram para o tribunal separados de Jim. Nesse dia Feaver estava totalmente relaxado. De fato, quando ia entrar no elevador da vasta rotunda do Templo, algo atraiu sua atenção e ele deu um pulo, indo até o balcão de miudezas que ficava do outro lado. Chamou o proprietário cego pelo nome.

– Leo! – O homem era idoso e robusto, com cerca de 70 anos. Sua bengala listada estava pendurada num gancho ao lado do mostruário de cigarros, aspirinas e jornais. Usava uma camisa branca impecável, abotoada no colarinho sem gravata, mas estava mal barbeado. Por algum motivo seus óculos escuros tinham sido postos ao lado da caixa registradora, e ele mirava adiante, com os olhos imóveis, leitosos.

Leo e Feaver trocaram observações tristes sobre os Trappers, um lamento interminável agora renovado pela iminência dos treinos de primavera. Enquanto falavam, Robbie pegou dois pacotes de chiclete numa das gôndolas sobre o balcão.

– O que você pegou? – perguntou o velho.

– Um chiclete de hortelã.

– "Um"! Pelo som parece que você pegou a gôndola inteira.

– Só um, Leo. – Robbie virou-se para Evon e piscou, enquanto mostrava os dois pacotes para ela. Ela estava perplexa demais para falar.

De novo Feaver insistiu que havia apanhado só um pacote. Em seguida, pegou no bolso da calça a carteira de couro de jacaré e colocou uma nota de 100 dólares no prato de plástico sobre o balcão de vidro. Havia uma foto impressa nos contornos do prato, mostrando uma jovem alegre e o logotipo dos cigarros Cool. O velho pegou a nota e tateou-a cuidadosamente. Esfregou um canto durante longo tempo, rolando-o entre o indicador e o polegar.

– O que é isto?

– Uma nota de um, Leo.

– Hoje você ficou grudado no "um". Se eu perguntar quanto é uma dúzia você vai dizer "um"?

– É uma nota de um, cara.

– Hum. Eu conheço você, Robbie.

– Juro, Leo, tem um número um nela. – Sua voz mal continha o riso, de tanto que ele estava se divertindo. – Só não coloque na gaveta junto das notas de um. Ponha embaixo. No fundo da caixa registradora. É um Um especial.

– É, especial. – O velho fez um rasgo minúsculo num canto e levantou a gaveta da caixa. Colocou quatro moedas de dez centavos e uma de um no prato sobre o balcão, e Robbie recolheu-as.

– Você precisa parar de fazer isso, Robbie.

– Não, não preciso, Leo. Não tenho motivo para parar. Vejo você na semana que vem. – Em seguida ele segurou a mão pintalgada do velho para puxá-lo para a frente, depois deu-lhe um beijo chapado no topo da careca brilhante.

Enquanto voltava para o elevador, explicou a Evon que Leo era primo de seu pai.

– Ele era o melhor amigo de meu pai na infância. Com 13 anos ficou cego em decorrência do sarampo, mas o meu velho continuou grudado nele. Até mesmo depois de meu pai ir embora, minha mãe sempre deu-lhe crédito por isso. "O seu pai nunca virou as costas para o Leo, isso eu devo dizer, ele não esqueceu o primo."

Evon já escutara a voz da mãe de Robbie emergindo do viva-voz na sala dele, e o filho havia captado precisamente a inflexão da velha senhora. Evon teve de rir, e Robbie gargalhou com ela.

– Minha mãe costumava convidar o Leo. Sabe, quando chegava da escola eu encontrava os dois sentados lá, tomando chá, rindo como dois velhos numa taverna. Eu adorava ver os dois. Leo é uma tremenda figura. E ele me contava histórias sobre meu pai. Boas histórias, claro. Boas para um garoto ouvir. Como eles costumavam correr de Flavin Mau-Olhado. Ou achatar moedas de um centavo nos trilhos do trem. Ou jogar bola. Eu o via sentado ali com minha mãe e naturalmente pensava o que um garoto pensaria, você sabe, querendo que fosse o meu pai, em vez dele. – Robbie olhou pelo corredor, pensativo. As sinetas dos elevadores tocaram, e veio um cheiro de bacon da cafeteria. – E sabe quem conseguiu essa banca para ele aqui?

– Você?

– Bom, quero dizer, eu pedi por ele. Mas sou pé-rapado. Eu peço para esperarem com o elevador aqui e eles nem fazem isso. Sabe quem eu fui procurar? Sabe quem escutou toda a triste história de Leo e conseguiu com o juiz Mumphrey, com o comitê e todos os outros figurões que costumam ter suas mãos beijadas? Dá para adivinhar.

Não dava.

– Brendan Tuohey. É, Brendan. – Em seguida ele emitiu um som e fez mais uma cara triste. Sem outro recurso, ela de repente bateu no relógio. Robbie havia esquecido. – Merda – disse ele, e fez um muxoxo, momentaneamente desesperando-se. Em seguida percebeu os pacotes de goma de mascar na mão e entregou-os a Evon. E bateu no maxilar. – Ponte dentária – disse, e entrou no elevador assim que este chegou.

Como todo o templo, o tribunal do juiz Malatesta tinha um ar pesado, funcional. Havia bancos de espaldar reto, de bétula amarela, combinando com os assentos para os juízes. O banco de testemunhas ficava mais baixo do que o do juiz, ao qual era conectado. A taquígrafa e o escrevente tinham mesas na frente do juiz, e o pódio dos advogados ficava centrado mais ou menos um metro adiante. Tudo tinha a forma quadrada. O grande brasão do estado ficava pendurado por trás do juiz, entre duas bandeiras em mastros. Na parede esquerda, em frente às janelas, ficava um retrato em moldura dourada do falecido executivo do condado Augustine Bolcarro, que todos chamavam de O Prefeito.

A convocação de Malatesta já estava acontecendo. Advogados entravam e saíam com as pastas e os sobretudos nos braços. Jim entrou sozinho e sentou-se rígido no lado oposto da sala, esperando que seu processo fosse mencionado. Teve o cuidado de não olhar na direção deles, de vez em quando mordiscando o lábio, distraído.

Walter, com seu terno grosso, estava na sua mesa atulhada diante do juiz. Ele chamava cada um dos casos e trocava papéis com o juiz, recebendo os das questões concluídas enquanto entregava os relatórios e as ordens que Malatesta necessitaria em seguida. Ele também agia como se não houvesse percebido os dois, coisa que Evon não recebeu como um sinal especialmente de boas-vindas. O nervosismo de Sennett com relação à audiência a afetara. Se por algum motivo Malatesta decidisse naquele dia a favor de McManis, todo o projeto estaria encrencado. Seria difícil explicar em Washington, ou em qualquer outro lugar, por que o intermediário deles havia fracassado. Este seria o primeiro teste concreto para ver se Robbie Feaver era mais do que pura presunção.

– *Petros versus Standard Railing* 93 CL 140 – gritou Walter finalmente, com voz letárgica, depois de quase meia hora de espera. Evon enfiou a mão na pasta e apertou o controle remoto do FoxBIte. No pódio de bétula, Robbie e McManis identificaram-se para a taquígrafa, uma jovem negra, que registrou a informação sem olhar para nenhum dos dois. Evon acompanhou Robbie e parou, como lhe fora instruído, cerca de um metro atrás. McManis levara ao pódio várias páginas de anotações à tinta, em papel amarelo.

De perto, Evon achou que Silvio Malatesta não parecia um bandido. O que não era surpreendente. Em geral, os bandidos não aparentam o que são. Todos os vigaristas imprimem-se de certo ar, mas os ladrões de banco, por outro lado, pareciam vir de qualquer lado: muitos eram valentões de gangues, mas podiam ser nossos vizinhos. Diziam que os casos de corrupção pública também eram assim, cheios de trambiqueiros óbvios, mas com frequência eram pessoas com aparência totalmente digna de confiança.

Malatesta ajustava-se a esta última categoria. Parecia um tio-avô agradável, com cabelo grisalho rareando e óculos de aro preto e grosso, olhos pequenos e rápidos flutuando dentro das distorções. Mesmo na toga, parecia ligeiramente magro demais para as roupas, com a camisa folgada no pescoço. Ele lambeu os lábios antes de falar em seu tom ligeiramente oficioso, meio sacerdotal.

– Bom – disse Malatesta, e sorriu para os advogados. – Esta é uma questão *muito* interessante. Muito interessante. Os papéis aqui são muito bem-redigidos, de ambos os lados. Ambas as partes têm a vantagem da advocacia de alto nível. Bom, o advogado da Standard Railing... McMann?

Jim repetiu seu nome.

– O Sr. McManis traz o argumento atraente de que uma pessoa não deve ter a permissão de beber até o ponto de perder o sentido e depois culpar outra pessoa pelos problemas que decorrem disso. O

Sr. Feaver contrapõe dizendo que a posição da Standard destina-se a desviar a atenção: segundo ele, os corrimões dos balcões precisam ser construídos com altura e durabilidade suficientes para impedir uma queda, quer o reclamante tropece porque foi empurrado deliberadamente por outra pessoa, quer se embarace nos próprios pés ou tombe bêbado. Segundo a visão do Sr. Feaver, um corrimão é como um cortador de grama ou um medicamento, cujo fabricante é estritamente responsável por qualquer dano que resulte do uso do produto. Em outras jurisdições, os casos supostamente poderiam ir nas duas direções.

Com uma manifestação súbita de sua frequente aparência irritadiça, Walter levantou-se da mesa e interrompeu o juiz. O assento do magistrado ficava no nível do seu olhar, e ele estava na ponta dos pés, estendendo-se, como se estivesse num parapeito de janela, para apontar um papel que havia entregado antes ao juiz. Malatesta estava evidentemente confuso, e cobriu o microfone com a palma da mão enquanto Walter falava. Estava sorrindo levemente quando retomou o assunto.

– Bom – disse ele. – Eu pretendia ouvir a argumentação, mas a agenda está atulhada, e o Sr. Wunsch me lembrou de que, em vista disso, ontem à noite eu havia assinado e preenchido uma ordem negando a moção do Sr. McManis. De modo que não há necessidade de fazer de novo o que já está feito. Isto é o que o tribunal decide, com as devidas desculpas aos advogados. O caso prosseguirá. – Malatesta emitiu outro sorriso hesitante e mandou que Walter determinasse uma data para o estatuto. No breve silêncio, os únicos sons vinham de um aparelho de contagem abaixo do pódio e da caneta de Walter rabiscando uma ordem para confirmar o que o juiz tinha dito.

– Mas, meritíssimo – disse McManis de repente. A cabeça de Robbie girou. McManis estava inclinado sobre o pódio com uma expressão de desamparo. Antes que ele pudesse dizer algo mais, Feaver agradeceu ao juiz e, enquanto girava, chutou Jim no tornozelo, ao mesmo tempo em que guiava Evon pelo braço. Olhando para trás, viu McManis juntar lentamente seus papéis.

Quando Jim voltou do tribunal, Klecker tinha interrompido a gravação do FoxBIte e retirado o aparelho de Feaver na sala de reuniões.

– "*Mas, meritíssimo*"? – gritou Robbie assim que viu Jim. McManis era muito discreto e aparentemente vulnerável a ser provocado com muita frequência, e Robbie aproveitava ao máximo as oportunidades. – *O que* você ia fazer? Tentar convencer o juiz a mudar de ideia?

Apanhado em algum ponto entre o embaraço e a diversão, McManis sentou-se numa cadeira. Sua gravata estava frouxa, e ele parecia exausto pela experiência. Fora um momento muito confuso, disse por fim. Depois de todos os preparativos, seu instinto foi realmente reagir como qualquer perdedor. Na verdade, o breve protesto de McManis no tribunal significara um bom disfarce, o que tornava muito mais fácil para Robbie pegar no seu pé. Evon e Klecker chamaram alguns outros agentes do corredor para ouvir.

– Você é o *otário* – gritou Feaver. – Você *deve* perder.

Sennett e eu tínhamos chegado enquanto Robbie continuava a zombar. Klecker havia baixado a gravação para o computador e fez com que ouvíssemos a breve conversa no tribunal. Escutando, McManis balançou a cabeça e disse que continuava totalmente perdido com relação ao que Malatesta pretendera. Não conseguiu entender então, e nem agora, por que o juiz marcara uma audiência só para anunciar que havia chegado a uma decisão na noite anterior. Mas, em pouco tempo, Sennett viu o que acontecera.

– É uma cortina de fumaça destinada aos registros oficiais – respondeu ele a Jim. – É uma estratégia. Esse cara é mesmo inteligente. Haverá uma desculpa perfeita para tudo. Essa moção é arriscada. Por isso Malatesta montou a audiência: para mostrar que tinha tão pouco interesse em quem ganharia e quem perderia que até mesmo havia esquecido que já se decidira. Se algum dia alguém questioná-lo com relação ao caso, a transcrição de hoje será a prova "A" da defesa. Nós não podemos deixar a menor brecha, ou Malatesta passará direto por ela.

Um segundo silencioso de admiração pela inteligência hábil de Stan penetrou o ar imóvel da sala de reuniões. Para os agentes, talvez, nunca tivesse sido totalmente claro por que Sennett era o chefe. Ele sustentou a atenção por mais um instante; o menor dos homens ali, olhando em volta, incutindo seus avisos e sua disciplina em cada um deles.

11

Apesar de sua abertura superentusiasmada diante de tudo o mais, Robbie se mostrava defensivo com relação a Lorraine. No início, praticamente não disse nada a Evon sobre a esposa, como se quisesse enfatizar que, apesar de seu acordo com o governo, nessa área eles não poderiam se intrometer. Mas, depois de seis semanas com ele, Evon ouvira muito sobre Rainey e sua doença. Ficara sabendo algumas coisas com Mort ou com os outros funcionários. E, passando na sala de Robbie, ouvira dezenas de conversas alegres por telefone com a mulher, bem como outras mais sóbrias com a legião de pessoas que cuidavam de Rainey – médicos, fisioterapeutas, terapeutas ocupacionais, massagistas, enfermeiras e a auxiliar que eles empregavam 24 horas por dia. No momento, ele já chegara até mesmo a fazer observações isoladas a Evon com relação a Rainey, mas apenas uma ou duas frases, em vez de suas longas digressões costumeiras. Recentemente informara, taciturno, a necessidade de transformar em purê tudo que Lorraine comia.

– Purê de bife, dá para imaginar? Purê de bolo? Pelo menos ela ainda consegue sentir o gosto.

Seu rosto magro assumiu o ar distante e saudoso de um homem no mar.

Para Evon foi uma surpresa, em meados de fevereiro, um convite que ele lhe fez para conhecer Lorraine. Os dois estavam nas vizinhanças, na verdade no quarteirão da casa dele, contatando uma possível cliente. Sarah Perlan, uma mulher baixa e corpulenta, queria processar o clube de tênis local por causa do tendão de aquiles que havia torcido quando caiu tentando pegar uma bola desviada. Quando terminaram, Robbie sugeriu uma visita a Lorraine. Evon relutou em ser invasiva, mas ele insistiu dizendo que Rainey queria conhecer sua nova assistente.

– Acho que eu falei muito sobre você. – As grossas sobrancelhas dele deslizaram-se testa acima, como se esse fenômeno lhe parecesse inexplicável.

Da entrada dava para imaginar como o interior tinha sido um dia. Um tanto fanática por arrumação, Rainey Feaver tendera para a austeridade, e havia mobiliado a casa quase que exclusivamente em branco. A sala de estar, como Robbie observara uma vez, era o tipo de local onde uma criança de 3 anos com uma barra de chocolate poderia provocar tanto dano quanto um tornado.

Mas a doença tinha um desígnio próprio. Do lado de fora, Robbie referiu-se à casa como o museu da doença, com uma área e uma exposição para cada equipamento, simples ou complexo, que pudesse de algum modo melhorar a vida que restava a Lorraine. Ao longo do corrimão de nogueira trabalhado à mão, que acompanhava a escada dominando o saguão, um elevador elétrico zumbia num trilho enegrecido de graxa. Corrimões metálicos, hospitalares, tinham sido aplicados a todas as paredes, e havia muitas campainhas elétricas, que Rainey já usara para pedir ajuda.

No primeiro degrau da escada, Robbie se virou para Evon.

– Tem certeza de que pode enfrentar isso?

Ele deveria ter pensado naquilo antes, mas era tarde demais para desistir. A verdade é que ela não era boa com doenças. Sua avó, paralisada depois de um problema numa cirurgia de coluna, fora morar com seus pais quando Evon tinha 15 anos. A partir de então, toda a sua existência havia se baseado no bem-estar físico, e frequentemente ela se apavorava na presença da idosa, chegando a ficar enjoada quando um cobertor ou uma manta escorregava e ela via as pernas da avó, devastadas a ponto de parecerem bastões de hóquei. Mantinha uma distância possível. "Você sabe que isso não pega", disse-lhe a mãe finalmente numa tarde, ao seu modo brutal de sempre.

Este encontro seria pior. O declínio de sua avó fora longo, mas natural. Rainey Feaver tinha 38 anos e estava morrendo. Não havia esperança. Algumas pessoas, uma clara minoria dos pacientes com ELA, viviam vinte anos com a doença espalhando-se pelo corpo. Stephen Hawking era de longe o mais famoso desses casos de progressão lenta. Mas o processo de Lorraine era "normal" – caminhando num dia, caindo no outro, e numa cadeira de rodas em 18 meses. Suas mãos haviam se enfraquecido ao ponto de ela não conseguir mais segurar um lápis ou levantar os braços acima da cabeça. E naquele momento, dois anos e meio após o diagnóstico, não conseguia comer sozinha ou engolir direito. Precisava de ajuda até mesmo para ficar sentada no vaso sanitário. Não conseguia controlar as glândulas salivares, e, pouco depois de Evon chegar, elas tinham sido sugadas para impedir que Rainey se afogasse no próprio cuspe.

Não havia vencedores para o prêmio de pior doença, dissera Robbie a Evon. Ele sabia disso pela prática. O corpo podia se desmoronar de maneiras abomináveis que não eram vistas sequer em pesadelos. Mas esta, "esta doença escrota e filha da puta", como ele dizia repetidamente, talvez fosse a mais insidiosa. O corpo abandonava a pessoa. Os músculos voluntários se enfraqueciam, entravam em espasmos dolorosos e depois paravam de funcionar. Até mesmo os minúsculos reflexos da vontade iam desaparecendo, e a capacidade de piscar costumava ser a última a ir embora, deixando o paciente totalmente inerte. Enquanto isso, as funções intelectuais permaneciam inabaladas. Rainey pensava. Via. E, pior de tudo, disse Robbie, sentia. Por dentro e por fora. Com a ELA, o movimento diminuía. Mas não a dor. Rainey sofria intensamente e não conseguia se retorcer ou levantar a mão o suficiente para massagear os músculos atados no sofrimento.

Os Feaver haviam tentado todo tratamento possível: herbalistas, homeopatas e acupuntura. Tinham se apresentado como voluntários para drogas experimentais e foram aceitos para tentar um medicamento, e depois de noventa dias Rainey continuava caindo. Tinham até mesmo ido ver uma mulher com uma máquina ridícula, feita de antigos aspiradores de pó e um comprido tubo de néon, que ela balançava sobre o torso de Rainey enquanto fazia um barulho do tipo "uuu-uuu" com a boca. A cena, segundo Robbie, valeria uma gargalhada se eles não tivessem ficado tão humilhados diante das profundezas irracionais do desespero.

O quarto dos Feaver, onde Robbie ainda dormia, estava cheio de equipamentos. Evon foi pé ante pé até a porta, mas não entrou, já que Rainey estava no banheiro. Na ausência dela, Robbie circulou pelo quarto, apontando para várias máquinas que tinha descrito anteriormente. Havia algo chamado de elevador Hoyer, que trazia Lorraine, quando ela tinha energia, da grande cama hospitalar para sua cadeira de rodas. Numa bandeja ajustável ficava um telefone viva-voz, o Easy Writer – um instrumento para segurar um lápis –, um virador de páginas mecânico para leitura e dois controles remotos para a TV gigantesca. Um monitor de computador, iluminado, estava ao lado da cama, junto com uma prancha alfabética na qual Rainey apontava as letras quando ficava frustrada com os esforços para falar.

Tudo isso, claro, tivera um custo, e monumental, que incluía o pagamento à atendente, a figura de quem ela ouvira Robbie dizer que valia mais de 2 milhões de dólares. Logo ele estouraria a cobertura de seu seguro e já tinha um processo pendente contra a companhia, pedindo centenas de milhares de dólares em despesas que ela se recusara a cobrir. Mas numa situação com poucas bênçãos, o dinheiro era uma exceção. Ele tinha dinheiro, baldes de dinheiro, cem vezes mais do que os recursos da maioria das famílias a quem essa doença rotineiramente levava à beira da falência. No caso deles, Mort dissera uma vez a Evon, Rainey simplesmente não viveria o bastante para que Robbie gastasse tudo.

O processo de retirar Lorraine do banheiro estava acontecendo. Evon recuou enquanto Robbie ajudava a auxiliar, uma filipina minúscula chamada Elba. Do corredor Evon ouviu-os encorajando Rainey enquanto ela era recolocada na cadeira e empurrada de volta.

Na noite anterior, um domingo, Robbie fora a um casamento. Rainey estava fatigada demais para ir, mas como prometera levar a mãe, Robbie compareceu, levando e trazendo a idosa de volta para a casa de repouso onde morava. Rainey dormia intermitentemente entre ataques de cãibras, e aparentemente não vira a volta dele à noite, tampouco sua saída naquela manhã. Robbie descrevia agora os acontecimentos da noite.

– Foi o protótipo do casamento judeu. Tinha até fígado picado esculpido. Comida ótima, vinho ruim. E mesmo assim meu tio Harry ficou bêbado como sempre e vomitou tanto que não percebeu que havia deixado a dentadura descer pela descarga.

Com voz muito mais baixa, Rainey respondeu. Sua fala ligeiramente murmurante, um tom embolado e fantasmagórico com um soluço da glote no final de cada palavra, estava piorando a cada dia. Para isso, Robbie também programara uma ajuda mecânica, um simulador de voz controlado por computador que poderia funcionar quando Rainey fizesse algum movimento voluntário, mesmo que fosse o flexionar da sobrancelha. Evon ouvira as conversas de Robbie com os antigos colegas da mulher na indústria de computadores, que estavam ajudando. O equipamento fora comprado e guardado em algum lugar da casa, mas os Feaver tentavam evitar cada uma dessas mudanças pelo maior tempo possível, já que, mesmo sendo tão convenientes, não havia como evitar o impacto emocional da sombra do declínio avançando.

– Nos trinques – respondeu ele, depois. – Inez comprou um vestido de 3 mil dólares; não imagino onde ela arranja 3 mil para um vestido. E, assim que entrou, lá estava Susan Schultz usando um igualzinho. Então minha tia Myrna apareceu vestindo um negócio branco, apertado, e ela tem quantos anos? Sessenta? E através do tecido e da meia-calça dava para ver o contorno da tatuagem na bunda. A gente não escolhe família, certo? Eu levei minha mãe para a pista de dança na cadeira de rodas e girei com ela algumas vezes. Ela adorou de verdade.

Evon escutou de novo a voz de Rainey.

– Eu gostaria que você também estivesse lá – disse ele, num tom mais triste.

Robbie se recusou a permanecer no desânimo. Independentemente de seu humor particular, com Lorraine ele era decidido a ser o espírito do otimismo e coragem. Ao telefone, Evon frequentemente o ouvira contrapor os relatórios de deterioração feitos pela mulher, lembrando a ela alguns outros elementos físicos que pareciam estar negando as previsões nefastas dos médicos. Frequentemente ele se virava para o computador na sala para mandar uma mensagem para ela, especialmente quando tinha ouvido uma boa piada. "E-mail", explicou ele a Evon, uma inovação à qual Lorraine o apresentara. Agora seu tom de voz subiu, alegre, enquanto ele anunciava Evon. Ela se preparou.

Um jato de purificador de ar não poderia esconder por completo os muitos odores que tomavam o enorme quarto: cheiros de excreção, linimentos e loções, indistintos cheiros corporais e o eflúvio oleoso de máquinas. Quando Evon entrou, Robbie estava massageando o braço de Rainey para aliviar um espasmo. Ela estava em sua cadeira de rodas, a HiRider, um negócio gigantesco e impressionante, motorizado, com estofo elaborado e rodas menores. Robbie a havia descrito antes. A cadeira não somente se movimentava com suavidade em qualquer direção a partir de uma alavanca de controle, mas também se erguia para uma posição vertical, de modo que, quando estivesse presa a ela, Lorraine podia até mesmo receber convidados à porta. Esta noite ela simplesmente ficou sentada, segura por dois cintos que passavam pela cintura e pelo peito. Usava um agasalho esportivo elegante, cujos zíperes tinham sido substituídos por velcro. Do canto de sua boca saía um tubo retorcido, preso a um frasco de água destilada num suporte para soro, que pingava constantemente para substituir a saliva.

Mesmo com toda essa imobilização, a beleza de Rainey Feaver não a abandonara por completo, apesar de ela parecer décadas mais velha do que a mulher na foto atrás da mesa de Robbie. A devastação dos músculos a deixara emaciada, e também deixara sua cabeça ligeiramente inclinada para a esquerda, mas pelo visto ela pedia que a auxiliar a maquiasse todos os dias, e o cabelo escuro mantinha o brilho. Ainda que um pouco fundo, seu rosto continuava marcante. Os notáveis olhos violeta da fotografia permaneciam vívidos e estavam focados em Evon enquanto ela se aproximava.

Totalmente sem jeito, Evon fez o melhor que pôde: disse que tinha ouvido muito sobre Rainey. Robbie sentia orgulho da coragem dela.

Lorraine considerou isso e lentamente forçou a boca a produzir várias palavras. Os lábios tinham perdido a maior parte da elasticidade e mal reagiam. "Ao rei te convencer?" Não fazia sentido, e Evon teve de se virar para Robbie em busca de ajuda.

– Adorei te conhecer – traduziu Robbie. Ele explicou que algumas letras tinham ficado inarticuláveis. Ele sorriu para a mulher e tocou a mão dela. – Ela sempre chamou a si própria de uma JAP.

– Piada particular – disse Rainey com grande esforço. Evon riu com Elba e Robbie mas, apesar de todos os avisos, a acuidade de

Lorraine era surpreendente, um registro melancólico do vasto inventário de pensamentos e sentimentos que naquele momento mesmo deixavam de ser verbalizados. O riso, que atravessara Rainey como uma leve corrente, provocara-lhe a um ataque de tosse. Esse reflexo também estava enfraquecido e, para liberar as vias aéreas de Lorraine, a pequena Elba inclinou-a e bateu repetidamente com a mão em concha nas suas costas, falando com doçura em seu sotaque forte.

Quando se recuperou, Lorraine retomou o assunto de onde havia parado, como se não tivesse havido interrupção. A vida era o que podia ser agarrado nos intervalos. Perguntou a Evon sobre o trabalho. Quanto tempo? De onde? Ela só conseguia fazer perguntas de duas palavras. Robbie se inclinava sobre a cadeira e intermediava. Até para aquela mulher à beira da morte Evon respondia referindo-se a sua identidade falsa. Robbie, que não compartilhara com Rainey nada sobre sua situação, não desejaria outra coisa.

– Mor on? – perguntou Rainey. – Per? – Ela estava perguntando se Evon morava perto, aparentemente curiosa pelo motivo de Evon estar ali no fim da tarde. Robbie explicou a reunião com Sarah Perlan, e disse que teria de levar Evon de volta para casa. Algo o incomodou enquanto ele falava, uma implicação estranha nos detalhes, e Rainey reagiu de imediato à aparente ansiedade do marido. No momento hesitante em que Robbie tentava se justificar, explicando que Evon era nova na cidade e ainda não tinha carro, um ar diferente entrou no quarto. Rainey Feaver já ouvira muitas histórias sobre o marido, especialmente com relação a outras mulheres, e sem dúvida sabia que agora estava escutando mais uma. Seu rosto estreito, de queixo comprido, era pouco expressivo, mas mesmo assim as pálpebras estremeceram de um modo elaborado, e seus olhos bonitos ficaram mais sombrios.

– Vem cá – disse a Evon. Evon lançou um olhar para Robbie, mas era solícito demais com a esposa para negar-lhe algum pedido. Deixou Evon se aproximar da cadeira. Ela se inclinou ainda mais, porque não conseguiu ouvir quando Rainey falou a primeira frase.

– Ele 'ment.

Demorou um instante. Ótimo, pensou Evon quando entendeu. Perfeito para a testemunha do governo. Um testemunho à sua honestidade vindo da pessoa que o conhecia melhor. Rainey, depois de um momento de recuperação, tinha mais a dizer:

– Ele a-menta tudo – disse ela. – Embre.

De repente, Evon entendeu que estava recebendo um alerta, em parte vingativo, mas talvez também compartilhado num espírito fraternal. Robbie não era digno de crédito. Se ele dissesse que se importava, não deveria prestar atenção. Se dissesse que iria se casar com ela quando Lorraine morresse, não passava de outra mentira. Os olhos de Rainey cravaram-se nela enquanto sua mensagem chegava ao ponto. Robbie interveio para salvar Evon.

– Ela já sabe disso, meu doce. Todo o mundo que fica um tempo perto de mim sabe disso. – De volta ao lado da cadeira, Robbie riu sozinho de sua piada. – Ela só vai levar alguns anos para ver meu lado bom.

– An – disse Rainey. Anos, ela queria dizer, e prosseguiu deliberadamente em sua voz monótona e aquosa. – Aí eu vou tá mor. E você feliz.

Robbie demorou-se um tempo pensando naquilo. Sua língua estava presa à bochecha. Ele lançou-lhe um olhar, um pedido digno: não fale assim. Mas não disse nada. Curvou-se para ajeitar as pernas de Rainey sobre pedaços de espuma cortados para acomodá-las e, ainda sem dizer palavra, virou-se para levar Evon de volta à cidade.

No carro, depois de algum tempo, ele disse:

– Elas falam coisas. As pessoas com esclerose lateral amiotrófica. Isso faz parte da doença. Por causa dos neurônios que ficam afetados no tronco cerebral. Elas perdem o controle dos impulsos. Na verdade, chega a ser engraçado. Você sabe, irônico. Lorraine sempre foi uma daquelas pessoas que não conseguiam dizer nada. Isso simplesmente foi surgindo. Ela fazia buracos nos meus ternos. Jogava meus charutos cubanos pela descarga. Uma vez colocou pimenta-de-caiena no meu suporte atlético. Dá para imaginar por quê. – Um breve sorriso surgiu, em admiração pela ousadia da mulher. – Mas era incapaz de dizer o que lhe passava na cabeça. Agora? Minha nossa, meu Deus, o que eu já ouvi.

Olhando para ele, Evon não tinha ideia do que dizer. Ela começava a ter noção do problema que pairava sobre Rainey e Robbie.

Todo o episódio deixara seu coração parecendo que queria correr por dentro do peito.

O carro parou junto ao meio-fio perto do toldo marrom que se estendia do prédio dela. Pedestres passavam apressados, ao longo da parede de tijolos restauradas, com chapéus e casacos pesados, ansiosos para chegar ao calor de seus lares. Evon ainda não conhecia nenhum vizinho. Havia um clima insular na área. Apesar do amplo trabalho de restauração e renovação, mendigos e viciados podiam ser vistos frequentemente de manhã, dormindo nos portais ou debaixo das árvores novas que lutavam para sobreviver nas elegantes caixas de madeira. Os moradores locais tinham o hábito de passar sem cumprimentar ninguém.

Ela estendeu a mão para a maçaneta, depois olhou para Feaver. Apesar de toda a falta de jeito, conseguiu demonstrar algo em sua expressão. Em resposta, uma centena de emoções pareceram inundar o rosto dele.

– Você sabe o que é uma vela Yahrzeit? – perguntou ele. Ela não sabia. – É o que os judeus fazem para lembrar uma morte na família. Mãe. Irmão. Todo ano você acende a vela. No aniversário da morte. E é a coisa mais triste do mundo. A vela queima durante 24 horas, por exemplo, num copo d'água. E mesmo quando você levanta no meio da noite, aquela coisa está tremulando, a única luz na casa. Minha mãe sempre acendia uma para a irmã dela. E logo antes de ela ter o derrame, eu ia lá, sabe, ia vê-la de manhã cedo; ainda estava escuro, e eu olhava para aquilo sobre o fogão, aquela luz estranha pipocando e balançando, escurecendo o copo e ficando mais baixa a cada vez, E de repente falei para mim mesmo, isso é Rainey. É assim que ela está agora, só uma vela comprida e triste derretendo, queimando até se transformar naquela poça macia de uma coisa que finalmente afoga a luz. Isso é Rainey.

Ele se deixou cair contra o volante de madeira. Evon esperou um tempo, que pareceu ser eterno, mas ele não olhou em sua direção. Em vez disso, ela saiu do carro e ficou olhando enquanto Robbie disparava para longe do meio-fio e fazia um retorno perfeito, apesar do tráfego pesado, partindo de volta para casa.

12

Os protocolos do UCORC destinavam-se a evitar julgamentos dos processos inventados. Uma apresentação para um tribunal cheio, com testemunhas de ambos os lados, exigiria o elenco e o orçamento de uma produção de Hollywood e aumentaria enormemente os riscos de detecção. O plano A era que Robbie vencesse uma moção que descartaria um processo inteiro ou prevalecesse em alguma outra sentença significativa, em seguida declarasse que a questão estava favoravelmente resolvida e fizesse um pagamento. Assim, a negativa do juiz Malatesta para a moção de McManis abriu caminho para que Robbie fizesse sua primeira entrega com gravação a Walter Wunsch. Com isso, o projeto passaria do que os agentes chamavam de "conversa suja" para a criminalidade real. Presumindo que não houvesse nenhum erro, Walter ia se transformar no primeiro troféu, na primeira condenação garantida, e na primeira pessoa a ser espremida quando Stan começasse o cerco definitivo destinado a derrubar Brendan Tuohey.

Cerca de duas semanas depois da sessão no tribunal de Malatesta, Robbie telefonou para Walter dando a boa notícia de que a decisão do juiz forçara McManis a fazer um acordo no caso *Petros versus Standard Railing* e marcando a entrega do dinheiro no lugar de costume, o edifício-garagem ao lado do Templo. Naquela tarde, Klecker chegou ao escritório de McManis com outro de seus equipamentos especiais, uma câmera de vídeo portátil com uma lente de fibra ótica que se ajustava à dobradiça de uma pasta exatamente igual à de Robbie. McManis examinou-a, e imediatamente vetou o seu uso.

– Robbie jamais passou dinheiro antes usando equipamento. Já é difícil manter o disfarce sem se preocupar em apontar e focalizar. Usaremos a câmera mais tarde.

– Jim – argumentou Sennett, nitidamente irritado. – Jim, o júri vai querer ver o dinheiro trocar de mãos. Se for só áudio e Robbie não conseguir convencer Walter a dizer algo sobre o suborno, isso tudo não valerá muito.

Jim não quis ceder. Ele raramente afirmava a autoridade que o UCORC lhe dera para os detalhes operacionais. Na teoria, Stan decidia qual era a prova necessária, e Jim tomava as decisões táticas sobre o modo de obtê-la, mas em geral Jim deixava Stan tomar as decisões. O melhor que Stan conseguiu naquele momento foi demonstrar uma cortesia fria para esconder o fato de que estava furioso.

A discussão voltou-se para como Robbie poderia fazer uma referência aberta ao dinheiro – algo que a etiqueta rígida desse mundo sombrio desencorajava severamente. Feaver surgiu com a ideia de entregar 15 mil dólares a Walter, em vez de os 10 de sempre. A explicação racional para essa generosidade foi encontrada, estranhamente, num problema que vinha irritando Sennett havia vários dias.

Sennett já havia inventado mais seis processos fictícios. Para espanto e contrariedade dele próprio e de McManis, metade dos casos novos tinha sido entregue a Malatesta, e nenhum fora para Barnett Skolnick. Sennett estava especialmente ansioso para pegar Skolnick, o único juiz que tratava com Feaver sem um intermediário para pegar o dinheiro, mas Robbie não via motivo para reclamar das designações. Seu único interesse deveria ser entregar o caso a um juiz com quem ele pudesse "falar". Entretanto, com três casos especiais acrescentados recentemente à agenda de Malatesta, Robbie tinha a necessidade de ser particularmente generoso, e a quantia adicional proporcionaria uma justificativa para se referir à quantidade de dinheiro que ele estaria entregando a Walter.

Mas isso deixava os agentes com 5 mil dólares a menos. Com certa angústia, McManis preencheu um cheque para fazer uma retirada da conta da firma de advocacia, sabendo que isso exigiria horas de papelada para Washington, e quando desceu encontrou o banco fechado. Sennett acabou tendo de dar uma série de telefonemas. O promotor federal voltou meia hora depois e tirou 5 mil dólares em dinheiro de um envelope do seu sobretudo. Havia requisitado a verba fazendo um vale para o DEA, o departamento de controle de drogas, que mantinha dezenas de milhares de dólares em dinheiro à mão, "para compra".

Em seguida, cada nota foi fotocopiada para que pudesse ser identificada caso aparecesse numa busca. A pilha de quase duzentas notas, na maioria de 100 e de 50, com algumas de 20, tinha mais de 2 centímetros de espessura, mesmo presa com elástico. O hábito de Robbie com Walter era entregar o dinheiro num maço de cigarros. Wunsch fumava muito, era um daqueles dependentes de nicotina que frequentemente ficavam andando de um lado para o outro na frente do Templo, sem casaco, independentemente da temperatura e parecendo que estava tentando sugar o cigarro de uma vez só, na corrida para voltar ao tribunal antes que o juiz retornasse ao assento.

Por fim, Robbie foi preparado com o grampo. Dessa vez baixou as calças sem pensar muito. Depois pegou o maço de cigarros com o dinheiro, e Evon também vestiu seu casaco. Ela ficaria no carro enquanto Robbie e Walter se encontrassem. Seria muito constrangedor para Wunsch se Feaver entregasse o dinheiro na presença dela, mas a necessidade de superar as defesas comuns no tribunal significava que ela tinha de estar vendo Wunsch para confirmar que era a voz dele na gravação. Além disso, ela precisava vigiar Robbie para que pudesse testemunhar, num julgamento, que ele não tivera oportunidade de ficar com o dinheiro para si. Para confirmar a entrega, McManis revistaria Feaver cuidadosamente assim que ele voltasse.

– Bom, já está com tudo pronto? – perguntou Sennett, lembrando mais uma vez a Robbie para falar do dinheiro. – E veja se consegue descobrir que diabo Malatesta faz com toda essa grana. A Receita Federal não pode ver tudo – disse ele

A observação pareceu incomodar McManis, que ergueu a cabeça abruptamente. As rivalidades entre os órgãos são ferozes, e aparentemente Jim sabia pouco sobre a participação contínua da Receita Federal na investigação, ainda que devesse ter previsto isso. Num mundo onde pegar bandidos dava sentido à vida, os agentes da Receita que tinham batido na porta de Robbie jamais concordariam em ficar totalmente fora do caso. Mesmo assim, conhecendo Sennett, eu suspeitava de que ele estava colocando Jim em seu devido lugar, lembrando-lhe de quem ainda tinha os maiores segredos no jogo do "saber necessário".

Devido à importância do primeiro pagamento, Stan queria ouvir enquanto ele fosse feito, o que significava que eu, também, fui convidado a me juntar a McManis e Klecker na parte de trás do furgão de vigilância. Cada um de nós caminhou separadamente até o novo edifício federal, onde um guarda nos deixou entrar na garagem do porão. O furgão era um Aerostar cinza, com detalhes chamativos cor de marfim na lateral. A única luz na parte de trás vinha de duas lentes de observação, de vidro fosco, em cada lateral do veículo, que proporcionavam uma visão fraca, num ângulo amplo, do mundo que passava. Cabos serpenteavam por toda a parte, e Klecker se ajoelhou sobre os tapetes de borracha, curvando-se para perto dos mostradores nas fileiras de equipamento elétrico presos com cintas de aço aparafusadas ao piso. O ar viciado tinha um cheiro forte de borracha. Quando saímos da garagem, Sennett, McManis e eu estávamos sentados nos bancos estreitos e baixos presos com dobradiças às paredes, sob instruções rígidas de ficarmos imóveis e em silêncio, para não impedir o trabalho dos agentes.

O motorista do furgão era Joe Amari, um veterano de meia-idade do FBI que sem dúvida trabalhara antes com Jim, e que posava de investigador do escritório de advocacia. Joe tinha uma pele siciliana, acobreada, e cabelo tão denso e perfeitamente cortado que parecia algo saído da prateleira de um peleteiro. Era atarracado e tinha aparência de durão. Já trabalhara sob disfarce uma dúzia de vezes, e quase sempre em casos contra a máfia.

O edifício-garagem do município, junto ao tribunal, era uma construção de cinco andares, aberta, construída no mesmo tijolo amarelo-claro do Templo. Segundo o plano, Wunsch, vestindo um velho sobretudo Chesterfield, já estaria esperando no segundo andar. Robbie passaria por ele sem qualquer sinal de reconhecimento, chegando até as pistas circulares que levavam ao andar de cima, que, nessa hora, ficava quase totalmente deserto. Depois de algum tempo, nós ouvimos a alavanca de câmbio do Mercedes passar para ponto morto e os passos de Robbie indo até o elevador. Se tudo acontecesse segundo o acordo padrão, quando as portas marrons do elevador recuassem, Wunsch estaria lá dentro.

Robbie e Wunsch vinham usando o elevador para as entregas havia anos. A cabine minúscula era apertada até mesmo para quatro pessoas e se encontrava em péssimo estado. O piso de ladrilhos desaparecera quase todo, e fedia por servir de mictório para vários vagabundos urbanos. Aquilo subia e descia num ritmo infinitesimal, com sons medonhos de cabos e freios, ressoando como tubos de vapor sempre que a máquina reduzia a velocidade até parar. Praticamente ninguém o usava, particularmente para descer. Robbie começou a falar antes mesmo que as portas se fechassem.

– Meu Deus, Wally, o velho me fez molhar as meias com aquela interpretação do Hamlet lá em cima. Eu redigi uma petição fantástica. O que mais ele estava procurando? Sinais de fumaça?

– Merda. O Silvio? Ele quase nunca sabe se é hoje ou amanhã E, além disso, você poderia provocar um ataque cardíaco no velho escroto se dissesse "revertido por apelação". Qualquer chance de os rapazes lá de cima mandarem um caso de volta para ele deixa-o arrepiado. Ele imagina que alguém, em algum lugar, está rastreando.

Uma reversão por apelação atrairia suspeitas para um caso. Malatesta, como Stan deduzira, estava decidido a eliminar até mesmo os riscos mais remotos de descoberta.

– Acredite, eu tive de falar com ele durante muito tempo sobre este caso. Mereço a porra do Oscar. Tive de enxugar o nariz dele e trocar a fralda antes que ele fizesse a coisa certa. Bem, então... – concluiu Walter, num tom que significava vamos aos negócios.

Robbie disse que trouxera alguns cigarros. O som do maço sendo rasgado foi nítido.

– É – disse Walter depois de um tempo. – É a marca certa.

– Quinze longos aí dentro.

– Humm – murmurou Walter em voz baixa.

– Porque eu quero que o velho se lembre de que eu sou um sujeito correto. Você vai me ver muito. – Robbie lembrou a Wunsch dos três processos novos. Previsivelmente, Walter se mostrou mais grosseiro do que agradecido.

– É melhor que isto não seja o milagre do mês – respondeu ele – porque, depois desta, o pescoço de Silvio vai recuar para dentro do casco durante um longo tempo.

– Não foi um milagre. Eu já fiz entregas ótimas.

– Merda – respondeu Walter. – Não foi isso que eu ouvi. É melhor que você garanta que Papai Noel me coloque no topo da lista de Natal. É melhor que Papai Noel *me adore* este ano.

– Vamos marcar para você um presentão, um beijo e um abraço no cangote.

– Porra.

– Não, olha só. – O barulho do que eu sabia ser um folheto de viagem foi audível, junto com o farfalhar de tecido, enquanto Feaver o retirava do bolso. Walter, como os outros coletores de dinheiro, esperava uma gorjeta. Mas preferia que não fosse em dinheiro. Ele dissera a Robbie que tinha dinheiro suficiente, uma referência, possivelmente, à parte que Malatesta lhe dava. Para ser mais claro, no correr dos anos a Sra. Wunsch descobrira onde Walter provavelmente escondia o dinheiro e, segundo contava ele, frequentemente o pegava. Consequentemente, ele preferia itens tangíveis e não se incomodava em ligar para Robbie pedindo mercadorias que houvessem atraído seu olhar. Robbie mandava tudo para a casa de campo de Walter, que sua mulher raramente visitava. Recentemente ele vinha pagando a Wunsch viagens a vários centros de golfe. Ele começou a elogiar o balneário na Virgínia retratado na brochura.

– Bem, eu vou – disse Walter. – Mas, escute, como eu precisei levantar a sua carga tão alto neste caso, tive uma ideia. Eu andei olhando uns tacos. Com cabos longos de grafite. Já viu aqueles Berthas? Belos tacos.

Com resmungos pertinentes, Robbie concordou em acrescentar os tacos. Depois levou a conversa em direção aos tópicos que Sennett desejava que ele abordasse.

– Escute, Wally, preciso fazer um pergunta sobre o velho, sobre algo que sempre me incomodou tremendamente. Eu olho para ele lá em cima no assento. O cara se veste como um mendigo. – Pelo som, Walter gostou da descrição. – E sempre que o vejo perto do tribunal, ele está dirigindo um calhambeque velho, certo?

– Um Chevy 83.

– E ele e a mulher ainda moram no velho bangalô da mãe dele em Kewahnee, certo? Não é essa a história? Então, qual é? Eu fico maluco pensando: para onde a coisa está indo?

Nos alto-falantes, houve um lapso momentâneo, durante o qual o movimento ruidoso do mecanismo do elevador e o farfalhar do folheto entrando no sobretudo de Walter foram audíveis. Estava claro que Wunsch não gostava da curiosidade de Robbie.

– Feaver, isto aqui não é um programa de auditório. Você acha que *eu* faço perguntas. Eu não me importo se ele está usando a coisa no banheiro. Em que isso interessa a você? De qualquer modo, eu não consigo entender o que se passa na cachola de Silvio. – Houve silêncio novamente, pontuado quase de imediato pelo som aterrorizante do freio do elevador funcionando. As portas trovejaram de novo abrindo-se, seguidas pelos passos de Walter se afastando. Depois houve um barulho inesperado de uma pancada, e a voz de Walter foi ouvida de novo. Aparentemente ele colocara uma das mãos entre os protetores de borracha nas portas do elevador. No furgão, McManis ficou tenso, ansioso com o significado da volta de Wunsch. – E ouça – disse ele. – Há uma grande procura por aqueles tacos. Eles têm de ser encomendados, certo? Então você já sabe, para conseguir eles têm de ser encomendados agora.

– Entendi – respondeu Robbie. – As portas, finalmente fechadas, lacraram o som da cidade que se escutava ao fundo, na garagem aberta.

No furgão, enquanto ouvíamos os estalos do elevador, Robbie voltando ao carro e o motor sendo ligado, houve um ar imediato de celebração. Agora Walter Wunsch confirmara uma reserva numa penitenciária federal, e tinha dito coisas danosas o suficiente sobre Malatesta para a gravação ser útil tanto para forçar Walter a entregar o juiz quanto para corroborá-lo assim que ele se denunciasse. Stan levantou um polegar e afrouxou o cinto de segurança, para poder se mover no furgão, acocorado, apertando mãos. Percebi que ele fez questão de começar por Jim.

No entanto, enquanto Amari dirigia o furgão de volta, eu me senti meio distante. Estava suficientemente feliz por ver o projeto ter sucesso, mas me sentia mais perplexo do que previra com os acontecimentos. Eu sempre soubera que havia algum tipo de trambique acontecendo no Tribunal Superior do condado de Kindle. Quando comecei a trabalhar como novo defensor público assistente, no fim dos anos 1960, Zeb Mayal, um emprestador de fianças e chefão do distrito, ainda se sentava à vista de todos no tribunal da Divisão Central dando instruções a todos os presentes, com frequência até ao juiz. Mas na Vara Criminal, fazendo oposição ao obstáculo criado pela Lei Federal 843, eu era sempre um forasteiro. Tinha chegado à lei sentado à mesa de meu pai, ouvindo-o falar sobre os grandes princípios das decisões, momentos que permanecem mágicos e intensos na memória, como o círculo branco de um refletor num palco escuro. Não entendia os que diziam ver a lei somente como uma mercadoria ou um lubrificante social. Tampouco, francamente, eles sabiam como me avaliar. Eu não tinha um vereador, nem uma paróquia para ser citada, e desdenhava sempre que alguém sugeria que eu tomasse atitudes, vendendo ingressos, por exemplo, para uma festa destinada a levantar verbas, para superar essas deficiências. Com o passar do tempo, percebi que o sistema que existia, qualquer que fosse, tinha como um de seus principais objetivos afastar pessoas como eu, com meu leve sotaque sulista, meu comportamento impecável, minhas roupas da Brooks Brothers e meu diploma de Easton. Eu era alguém que tinha perspectivas no centro da cidade, em meio aos ternos e às torres. A maioria dos frequentadores da Vara Criminal sabia que contava pouco naquele âmbito, o que era uma de suas principais desculpas, ainda que não verbalizadas, para cada um cuidar do outro. E por fim, como esperavam, eu parti para aquele outro mundo, o dos tribunais federais, onde havia oficiosidade, mas virtualmente nenhuma corrupção descoberta, além do que se suspeitava sobre alguns agentes que lidavam com drogas.

As histórias de Robbie sobre a justiça a varejo eram espantosas, mas também um tanto instigantes para mim, porque sugeriam de novo algum segredo que eu viera buscando durante todos os anos na estrada. E agora, na zombaria trocada entre Robbie e Walter, eu o ouvira: o duro conhecimento de seu mundo clandestino. Uma mensagem estranha foi comunicada na passagem do dinheiro: eu sei o pior sobre você, você sabe o pior sobre mim. As afirmações da lei, das regras, da comunidade mais ampla, as distinções de classe, lendárias e falsas, são todas, no fim das contas, tão insubstanciais quanto os sonhos. Deixando de lado a conversa fiada, a verdade negra, da qual somente nós ousamos falar e que nos dá um poder insuperável, é que somos todos servos de apetites egoístas. Todos. Todos nós.

Todos.

– Hóquei de campo?

– É, hóquei de campo. É esporte olímpico há mais tempo do que o basquete.

– Eu sei. Verdade, sei disso. Morrem pessoas, não é? No Paquistão. Tem sempre alguém com a cabeça arrebentada nessa coisa. O porrete.

– O taco.

– O taco. Ele pode ser perigoso.

Ela parou e levantou o lábio para mostrar onde ainda havia uma cicatriz rosada. Os olhos negros dele, prateados pelas luzes da rua, iam e voltavam do trânsito. Agora ultrapassara a surpresa inicial, ele assentiu seriamente, quase com humildade, claramente esperando afastar dela qualquer medo por ter finalmente contado.

Mas Evon sentiu pouco arrependimento. Era uma noite boa. Nenhum deles ainda havia superado a empolgação por apanhar Walter. E, na verdade, ele tinha adivinhado. Havia cerca de duas semanas Robbie havia comprado *O livro dos fatos olímpicos* e uma ou duas vezes, na ida para o trabalho ou para casa, o abria aleatoriamente em alguma modalidade de esporte para ela, fazia um comentário qualquer. Tinha começado com o arco e seguiu em ordem alfabética. Robbie levava aquilo na brincadeira, claro, transformando sua decisão numa piada, fazendo beicinho, como criança. Naquela manhã chegou à esgrima. E à noite não teve dificuldades para ler o sorriso dela. Evon estava revelando somente uma pequena fração do que acabaria sendo conhecido a seu respeito, agora que sem dúvida haveria um processo. E ele estivera certo desde o início: era um ator bom demais para estragar o disfarce.

– As Olimpíadas – disse ele, admirado. Os homens eram sempre assim, pasmos ao ver que uma mulher tinha ultrapassado suas fantasias. – Provavelmente você nem pôde acreditar que era real.

Alguns diriam que não tinha sido. Foi em 1984, de modo que o bloco soviético não participou. Mas naquele ano nenhuma das equipes de lá era uma potência, e, para ela, o brilho não fora diminuído.

– E você era fantástica, não? Para estar nas Olimpíadas, você tinha de ser ótima.

– Ótima? – Fazia calor demais no carro e ela estava quase grogue. Já havia pensado que era ótima. No ensino médio, era a melhor do Colorado, onde no máximo metade das escolas mal jogavam. Candidatou-se para o prêmio de atleta feminina do ano no estado e recebeu uma bolsa para Iowa, um dos grandes programas do país, o melhor de todos a oeste do Mississipi. Partiu com grandes esperanças. Foi escolhida para a seleção nacional no segundo ano. Isso significava que estava sendo preparada para as Olimpíadas. Mas duas de suas colegas de time em Iowa também estavam na seleção, uma era jogadora de defesa e meio-campo, como Evon, e ambas eram melhores. Eram estrelas, e estrelas maiores do que Evon. Ela jogou nas Olimpíadas mas não começou jogando. Sempre que ouvia as pessoas falarem sobre o Princípio de Peter, ou seja, de alçar-se ao maior nível de incompetência pessoal, ela pensava em sua experiência no hóquei de campo. Havia trabalhado, lutado e jogado contra as melhores do mundo, e descoberto, no fim, que as melhores eram melhores do que ela. Quando o time levou para casa uma medalha de bronze, ela pensou: que adequado, que coisa mais adequada!

Para Feaver, Evon manteve a história num nível simples: ela não começou jogando.

– Mas você esteve *lá*. – Ele ficou empolgado com a ideia, sem dúvida de novo preso a alguma lembrança de sua própria esperança e paixão pelo estrelato. Estava interrogando-a como a uma especialista, alguém que havia chegado lá, que poderia lhe dizer, talvez, onde ele havia errado em seu objetivo. Como ela havia encontrado a força para pagar o preço? De onde vinha? O impulso, a fagulha?

As respostas foram lacônicas. Evon descreveu os treinos até muito depois de escurecer, e contou que caiu no sono segurando um taco, não uma ou duas vezes, mas uma centena, reproduzindo movimentos na cabeça. Houve um período, em Iowa, em que ela não passara sequer um único fim de semana com a família, um período em que, para ela, o Dia de Ação de Graças só significava tempo de preparação para o campeonato nacional, quando pensava no Natal como o acampamento "A" em Nova Jersey, quando até o 4 de julho foi perdido para o torneio nacional do futuro, e em que o tempo dedicado ao esporte significou que ela demorou seis anos para tirar o diploma na faculdade. O hóquei de campo tornou-se um túnel em sua vida, uma longa passagem em que pouca luz entrava. Quando terminou subitamente, ela parecia voltar do subterrâneo para a luz do dia, cega, ofuscante.

Mas, além de detalhar sua dedicação ao esporte, ela não pôde dar outra resposta às perguntas dele. Simplesmente não era tão aberta, piegas, e não sabia escolher as palavras como ele; jamais poderia sentir a alegria ou o consolo que ele parecia sentir quando se revelava. Aquele simplesmente fora o caminho que estava aberto para ela. Seu pai fora um astro no beisebol. E por acaso a habilidade dele havia saltado gerações, como um arco elétrico. Evon tinha a força dele, a velocidade surpreendente que ele demonstrava com as pernas arqueadas e a precisão para encontrar aquela triangulação espantosa para saber onde uma bola que voava, seu corpo e seu taco iriam chegar. No jogo, com o ponteiro do relógio parecendo apertar seu coração, com a dimensão do universo conhecido encolhida para 100 metros por 60, e a população reduzida às outras 21 mulheres no campo, com a graça e a fúria possuindo-a como se estivessem fazendo uma visita de outro lugar – naqueles momentos ela era finalmente e integralmente ela própria, e não a garota estranha, desconhecida, mal-humorada, perdida em seu lar decadente.

Seu pai se iluminava como uma lanterna quando ela estava jogando; andava de um lado para o outro junto ao campo, às vezes nervoso demais para olhar, mas a mãe jamais pareceu se importar realmente em vê-la, mesmo quando ela saía correndo vitoriosa do campo. Seu cabelo molhado ficava grudado no rosto em anéis, o uniforme manchado de lama e as joelheiras e as meias caídas. Frequentemente, no fim do jogo, ela via que estava onde havia começado, estranha e vagamente mal recebida. Não simplesmente porque era uma garota boa em algo que ainda era visto como destinado aos garotos, mas porque em sua paixão, no modo explosivo e furioso com que atravessava o campo, ela revelava um pouco de si, como seu mau humor, que as outras pessoas não queriam conhecer.

– Eu tinha talento – ela falou. – E trabalhei o talento. Não sei se valeu a pena. – Ela deu de ombros, não querendo expressar muito mais. Nesse momento o Mercedes havia parado diante do toldo e das belas portas restauradas de seu edifício.

– Até que ponto vocês chegaram? O time? Vocês chegaram perto de uma medalha?

Ela balançou uma das mãos, rejeitando mais perguntas. Lembrou-se dos alertas corrosivos da mãe sobre contar vantagens e se mostrar. E ainda estava cautelosa, segundo os seus princípios, evitando ir longe demais, rápido demais. Mas nenhuma das duas preocupações era o problema verdadeiro.

– Eu fiz o melhor possível, Robbie. Mas agora acabou. Tive de deixar tudo isso de lado.

As ruas brilhavam no calor de um degelo noturno que traria a névoa de manhã. Na luz refletida, dava para ver o olhar fixo dele em direção a ela. Ele conhecia isso, pensou Evon: abandonar as maiores esperanças. O sentimento de perda fazia sua expressão pesar.

– É – disse ele. E demorou-se um pouco antes de falar outra vez. – Se eu dissesse: deixe-me pagar o jantar, isso não estaria certo, estaria?

Estaria? Ela suspirou num reflexo, avaliando. Mas ainda era arriscado demais. Robbie ficou desapontado, claro.

– Bom, certo – respondeu ele. Mas estava muito chateado para olhar na direção dela. Sua dor, como quase todo o resto, era aberta demais.

Que diabo, pensou ela. Que droga.

– Nós ganhamos um bronze.

– Não brinca. Verdade?

Ela cedeu a ambos absorvendo o culto momentâneo que ele lhe dirigia. Uma medalha. Uma medalha olímpica! Dava para ver o coração de Robbie voar com o pensamento. Evon não costumava se render ao orgulho, temendo que pudesse permanecer ali pelo resto da vida; mas essa noite, sob influência dele, sentiu-o preenchê-la. Ela fizera isso. Decidira, escalara as alturas e voltara com o troféu desejado. Ironicamente, ele também reconhecia o custo.

– É uma altura grande demais para se descer.

– É – respondeu ela. – Você percebe que está muito mais atrasada do que as outras pessoas para começar a vida.

Falaram por mais um instante. Antes de Evon sair do carro, ele estendeu a mão. Querendo dar os parabéns, talvez.

Ela animou-se com outro pensamento.

Paz.

13

— As pessoas falam sobre o Brendan, porque Kosic e Milacki estão sempre grudados nele como chiclete no sapato – disse Robbie. – Vocês sabem, é algo do tipo "qual é a deles?", especialmente com relação ao Rollo, porque Rollo mora há mais de trinta anos no apartamento do porão daquela casa grande, de pedra, que o Brendan tem em Latterly, na margem oeste. E Rollo tem sido uma espécie de vassalo fiel de Brendan a vida inteira. O que dizem é que os dois vêm da mesma paróquia, mas Brendan é alguns anos mais velho, de modo que os dois realmente só se ligaram quando foram parar no mesmo pelotão na Coreia. De qualquer modo, eles participaram de alguma batalha tremenda para ocupar o morro das Costeletas de Porco, ou sei lá o quê. Os comunistas estavam chutando a bunda deles, e Brendan olhou em volta e um china pulou de um arbusto e quase esvaziou o fuzil em Rollo. Quando eles contam a história, e eu só ouvi umas setecentas ou oitocentas vezes, é como no cinema, quando o cara meio que fica ali parado, chacoalhando com o impacto das balas, já morto e só o fustigo da arma o mantém em pé. Rollo foi rasgado em farrapos, mas sob nenhuma circunstância o bom e corajoso Brendan quis desistir; jogou Rollo nas costas e carregou-o morro acima durante meia hora até entregá-lo a um enfermeiro. E isto, a propósito, não é só uma história. Brendan tem em casa a estrela de prata para provar. – Robbie fez uma pausa para olhar Sennett do outro lado da mesa de reuniões, um alerta de que Brendan Tuohey iria arriscar a própria vida para desafiar seus inimigos.

– De qualquer modo, quando Rollo se recuperou, parecia um personagem num romance antigo ou no livro de Ruth. Minha vida é vossa, aonde fordes, irei. Não sei exatamente o que ele prometeu, mas desde então manteve o nariz grudado em Brendan. Brendan tornou-se policial, Rollo tornou-se policial. Brendan tornou-se promotor. Rollo foi designado para a unidade de investigação da Promotoria. Brendan tornou-se juiz, e em pouco tempo Rollo era o oficial de justiça do tribunal de Brendan.

Por causa dos arranjos de moradia, algumas pessoas zombavam. Mas ele apostava que o que se via era o que havia: dois solteirões velhos e empedernidos, peidando e andando dentro de casa vestidos com roupa de baixo. Para começar, disse Robbie, Brendan tinha um caso com sua secretária Constanza, havia mais de vinte anos. Constanza era casada, o que servia muito bem a Brendan. Uma vez ele contara a Robbie que não via diferença entre morar com uma mulher ou com um papagaio. "Adoro a plumagem, mas falam demais. Assim é mais fácil." De fato, num dos seus comentários ferinos, ainda que bem-humorados, Robbie nos contou que Tuohey fizera um monólogo bastante divertido sobre por que a bebida era uma companheira mais confiável do que uma mulher. Kosic, que não dizia praticamente nada a ninguém, parecia compartilhar essas atitudes. Ele também tinha uma namorada, uma viúva, prima em segundo grau, com quem, convenientemente, nunca poderia se casar.

Na opinião de Robbie, o motivo para o modo de vida de Kosic e Tuohey não era o sexo, mas o dinheiro. Brendan estendera os deveres de Kosic como coletor de dinheiro muito além do papel usual de um simples intermediário. O "aluguel", como chamava Robbie, que alguns juízes da Vara Cível pagavam para permanecer em seus tribunais era entregue a Kosic e nunca ia mais adiante. Durante mais de uma década, Robbie jamais vira Brendan enfiar a mão no bolso, nem para pegar uma moeda para comprar um jornal. Kosic cuidava de tudo; pagava todas as despesas da casa, as contas de luz e de telefone, com ordens de pagamento compradas em casas de câmbio e bancos aleatórios. Brendan não tinha cartões de crédito e raramente usava seu talão de cheques. Refeições, férias, roupas, dívidas dos jogos de baralho no Rob Roy, o seu clube de campo, até mesmo o pouquinho que ele sempre dava a Constanza, eram sempre entregues por Rollo. "Esqueci minha carteira", era a desculpa diante dos que não o conheciam bem; os outros não se davam o trabalho de perguntar. Ocasionalmente, a troco de nada, Brendan mencionava as lições aprendidas por sua mãe na época da Depressão sobre os males do crédito e as virtudes do dinheiro vivo. Robbie jamais ouvira algo semelhante da parte de Sheilah, a mãe de Mort. Era só um jogo de Brendan, que estava sempre um passo ou dois adiante de seus inimigos imaginários.

As informações sobre Kosic foram transmitidas vários dias depois de Robbie ter feito o pagamento a Walter. Foram decorrentes do alerta de Wunsch de que Robbie não podia esperar um "milagre do mês" com relação aos três casos novos que tinham sido postos na mesa de Malatesta. Desde o início, Sennett e McManis sabiam que havia um número finito de processos que eles poderiam abrir num período curto. O séquito de Tuohey acharia estranho e suspeito se houvesse muitos "especiais"; Mort poderia ficar curioso com relação ao número extraordinário de referências dadas por mim; e os juízes poderiam ficar cautelosos se Robbie e McManis aparecessem frequentemente como opositores, como Tracy e Hepburn. Por outro lado, Stan estava sofrendo pressão contínua de Washington para fazer o projeto andar. Agora ele conseguira juntar um pequeno grupo de assistentes da promotoria federal, jamais vistos por nós e raramente mencionados, mas cuja presença era indicada pelos volumes de papéis que chegavam, relativos a cada um dos novos processos que Stan produzia aproximadamente a cada dez dias.

Mas as designações dos juízes nos novos casos continuavam a cair de modo inconveniente. Além de Malatesta, dois casos tinham ido para Gillian Sullivan, que estava temporariamente impossível de ser abordada. No momento, a juíza Sullivan se encontrava no foco da mídia em consequência de algumas observações duras que fizera a um advogado hispânico que havia chegado tarde no tribunal. Apenas um caso fora para Sherm Crowthers, que cuidava deste com seu ritmo fleumático de sempre. E nenhum fora designado para Barnett Skolnick, o único juiz que aceitava dinheiro diretamente de Robbie e que Sennett estava doido para pegar, como um modo de acalmar as dúvidas em Washington. Quando Sennett sugeriu tentar transferir um caso ou dois de Malatesta para Skolnick, Robbie ironizou.

– Claro, Stan, eu vou simplesmente dar uma bronca pelo telefone em Rollo Kosic e dizer a ele que o FBI prefere o juiz Skolnick. – Além disso, Robbie alertou que sem dúvida Kosic estava favorecendo Malatesta no momento, provavelmente porque sua mesa estivera ocupada por uma longa disputa ambiental que lhe limitara os possíveis negócios por fora. Até então McManis havia reconhecido que uma oportunidade fora apresentada pelo alerta de Walter, de que durante um tempo Malatesta não iria se arriscar a tomar mais decisões favoráveis a Feaver.

– Esta é a sua desculpa para falar com Kosic – disse McManis. – Porque você precisa de resultados imediatos num desses casos.

Naturalmente Stan estava empolgado pela perspectiva de romper tão cedo o círculo interno de Tuohey. Mas Robbie continuou a insistir que era impossível.

– Eu não me dou com Rollo. Quero dizer, eu falo com ele. Ele aparece de vez em quando no bar que eu frequento, e algumas vezes eu pago uma bebida para ele. Mas Rollo é o tipo de cara de quem você tem notícias quando *ele* quer. Eu *nunca* telefono para ele. Independentemente de qualquer coisa, não falo sujeiras com o cara. Eu não poderia vender isso. "Sempre represente quem você é" – concluiu Robbie, com outra citação de Stanislawsky.

– Claro que poderia, Robbie – disse McManis em tom tranquilizador. Jim havia retirado os óculos. Fazia isso quando ficava atento. Tanto que eu começara a me convencer de que os óculos eram adereços, simplesmente parte de um disfarce. Agora ele elogiou as capacidades de Robbie como ator e vendedor e disse que não haveria problema em armar um encontro que parecesse acidental. – Nós temos essa coisinha que chamamos de vigilância. – Em seguida, McManis apontou para fora, referindo-se a Joe Amari. – Nós seguiremos Kosic durante um tempo. Quando ele aparecer no seu bar, você receberá um telefonema.

Jim jamais havia pressionado Feaver antes. Ele era um modelo de racionalismo e cautela, mas sem dúvida percebera o mesmo que eu na resistência de Robbie, algo que eu não havia observado nos meses em que era seu advogado. Aquilo não era desânimo ou nervosismo antes do jogo. Robbie Feaver estava simplesmente apavorado.

NUMA TARDE do fim de fevereiro, enquanto Robbie e Evon estavam preparando uma cliente, Heidi Brunswick, para depoimento, Bonita passou um telefonema para Robbie. Ele estava sentado na alta poltrona de couro atrás de sua mesa e ficou imóvel enquanto escutava. Evon presumiu que Lorraine havia piorado. Mas ele terminou dizendo:

– Você é fantástico. – E pediu a Bonita para chamar Mort, que estava defendendo um depoimento no palácio. – Vamos – falou a Evon. Susie, a outra assistente, foi chamada para terminar com Heidi, e Robbie, desculpando-se com a cliente, correu para a porta. – Um novo – disse a Evon, no elevador. Agora ela já reconhecia o olhar. Depois de quase oito semanas no escritório, ela vira Feaver passar por grandes depoimentos, e até mesmo um processo no qual ele conseguira um acordo depois da escolha do júri. Mas nada empolgava Robbie ou Mort como a perspectiva de assinar com um novo cliente. Eles chegavam a um estado de alerta máximo, como se tivessem sentido cheiro de pólvora no ar. O fato de que os dias de carreira de Robbie eram contados e que ele talvez fosse esperar o pagamento desses casos numa cela de cadeia em nada diminuía seu entusiasmo. Mas, para Robbie, encantar e atrair um novo cliente era uma empolgação especial, um momento supremo de desempenho em que o sucesso significava que ele havia persuadido pelo menos uma pessoa de que era um advogado melhor do que qualquer outro na cidade.

O caso corrente era do tipo que Robbie chamava de "bom", significando que havia perspectiva de um ganho gigantesco. A possível cliente era uma mulher de 36 anos, mãe de três filhos. Na véspera seu médico a mandara para casa dizendo que as dores no seu peito eram bronquite. Os paramédicos tinham acabado de levá-la à emergência do Sisters of Mercy, inconsciente e com convulsões após um grande infarto das coronárias. Evon entendia o bastante da alquimia dessa área do direito, em que o infortúnio era transformado em ouro, para perceber que os danos poderiam crescer dramaticamente se ela morresse, deixando três crianças sem mãe. Feaver forçou o Mercedes a 120 quilômetros por hora na autoestrada. Quem lhe dera a dica do caso tinha sido a gerente da emergência.

– Nós fomos muito bons amigos durante um tempo – explicou ele.

Sem dúvida, Robbie sabia circular pelo hospital batendo na placa de pressão das paredes que fazia abrir as portas da emergência com um sibilo hidráulico. Seu sobretudo aberto flutuava atrás do corpo, como uma capa, quando ele entrou na sala da administradora.

A mulher era impressionante, afro-americana e algo mais, talvez polinésia. Havia um traço de alguma beldade ancestral com malares ressaltados. Tinha trinta e poucos anos e estava muito bem-arrumada, usando uma grande echarpe elegante, amarrada no peito, que cobria os ombros. Robbie beijou-a no rosto. Ela passou o braço ao redor dele e conduziu-o imediatamente pelo corredor até a área de espera da emergência.

O espaço estava apinhado; a maioria das pessoas nas quatro filas de cadeiras plásticas demonstravam um ar desmoronado de tamanha ansiedade que beirava o torpor. Uma jovem inchada, com o cabelo levemente desarrumado, tinha uma criança no colo, um recém-nascido, enquanto outras duas, dois meninos de cerca de 3 anos, subiam e desciam nas cadeiras criando um tumulto. Ela falava rudemente com os meninos e ocasionalmente fazia um gesto rápido com a mão para dar um tapa que as crianças habilmente evitavam. Ela finalmente agarrou uma delas, cujos uivos preencheram a sala pequena.

Apesar do frio, um adolescente afro-americano usava na parte superior do corpo apenas uma camiseta branca, manchada de sangue seco. Ele segurava um dos braços, onde um curativo grosseiro feito com gaze e esparadrapo era visível perto do ombro. Uma mulher mais velha, que Evon imaginou ser sua mãe, estava sentada ao lado, encolhida num grosso casaco marrom, e de vez em quando balançava a cabeça, contrariada. O garoto, pelo que Evon percebeu, fora esfaqueado.

Na última fileira estavam as pessoas que Robbie e Taylor procuravam: a família da mulher que estava em algum lugar atrás das cortinas, a uns 30 metros dali, lutando pela vida. Um homem jovem, de aparência envelhecida, com a palidez de uma batata e cabelo rareando, parecia ser o marido. Tinha as mãos cruzadas piedosamente, e parecia totalmente perplexo. A seu lado estava um casal idoso: um homem gordo, de rosto duro e cabelos pretos, em cujo bolso da camisa um maço de cigarros fazia volume, e sua mulher, cujo maxilar já estava tremendo com a tensão do choro prolongado. Ela chorou de novo assim que viu Robbie com Taylor. Mal podia esperar para contar a história. Ainda vestindo o sobretudo, Robbie sentou-se na cadeira ao lado dela e imediatamente pegou sua mão.

– Robbie Feaver – disse ele. De uma caixinha dourada no bolso do paletó ele tirou um cartão, que lhe ofereceu.

Sozinha, algumas cadeiras adiante, estava a filha mais velha que provavelmente insistira em vir junto. Bem-vestida, com alguns cachos, tinha cerca de 9 anos. Estava afundada na cadeira, olhando para o colo. Somente ela parecia ter assumido por inteiro a gravidade da situação, reconhecendo o abismo emocional em cujo limite toda a família se equilibrava.

Depois de algum tempo, Robbie pegou seu bloco de papel amarelo e começou a escrever. Acompanhava atentamente cada um dos membros da família enquanto lhe contavam a história. Cerca de dez minutos depois, Mort chegou com seu passo lento e arrastado e ocupou a cadeira entre a filha e o pai. Falou primeiro com a criança. Foi calmo e não fez qualquer esforço para animá-la, mas aguardou atento as respostas. Quando finalmente ela lhe dirigiu um movimento de cabeça decidido, ele enfiou a mão na pasta e tirou uma revista de palavras cruzadas e uma caneta. Em seguida, virou-se para o pai.

Os dois advogados estavam assim, literalmente envolvendo a família de ambos os lados, quando um médico chamou:

– Rickmaier, quem está com Cynthia Rickmaier? – Ele estava usando roupa cirúrgica, inclusive a touca verde, e era acompanhado, um tanto timidamente, por duas residentes, uma também vestida para a cirurgia e a outra com um jaleco branco e comprido e um estetoscópio pendurado ao pescoço. O cirurgião, ansioso para resolver aquilo, aparentemente presumiu que Robbie e Mort fossem membros da família. Fez um gesto para que todos o acompanhassem a uma sala adjacente e começou a falar assim que fechou a porta. Não tinha falado muito quando a velha soltou um grito primal. O sofrimento a levou a um canto da sala, onde olhou para um crucifixo no alto e gritou expressões que não chegavam ao limiar das palavras. O marido lançou um olhar perplexo na direção dela e balançou a cabeça. O médico continuou a falar, e Robbie rabiscou algumas palavras no bloco amarelo até uma das residentes começar a fazer anotações, e ele largou a caneta de lado. Ele então aproximou-se da mãe da falecida no canto e passou o braço ao redor dela.

Enquanto isso, Mort conduziu a garotinha até o pai, que, mesmo de pé, continuava com as mãos cruzadas. Ele não dissera praticamente nada, mas lágrimas se acumulavam por trás dos óculos quando a filha se encostou nele. Mort, do outro lado, segurou a mão da garota. Ele também estava chorando em silêncio. Mais espantoso para Evon, Robbie, ao se voltar para os outros membros da família, também estava chorando; lágrimas reais deixavam traços de luz no seu rosto. Evon jamais chorava. Essa era outra lição do campo de jogo. Sem lágrimas, não importa o tamanho da pancada.

Com o tempo, Robbie começou a falar com a família sobre os arranjos, oferecendo ajuda com a funerária. Fez um gesto para Evon e deu-lhe um número de telefone. Quando ela saiu, viu-o enfiar a mão na pasta em busca do contrato. Agora Evon já conhecia o formulário de cor. "Através deste contratamos com exclusividade a firma Feaver & Dinnerstein para nos representar..." Ele entregou o papel e a caneta Mont Blanc para o marido, agora sentado relaxadamente numa cadeira. Estava com o braço ao redor da filha e os olhos fixos no grande relógio de parede. A sogra exigia que o homem assinasse. Iriam pegar os merdas que tinham feito isso com Cynthia. Ela não seria capaz de deixar este local, disse, sem saber que o processo começara.

Quando Evon voltou, Robbie estava de pé. Seus olhos já estavam secos. O sobretudo abotoado, o cachecol no lugar e a pasta debaixo do braço. Sem dúvida, o contrato estava ali dentro. Robbie deu um beijo de despedida na sogra e disse-lhe outra palavra em particular. Antes de sair, lembrou aos dois homens, e até mesmo à menina, para não falarem com mais ninguém sobre o assunto, especialmente com alguém da companhia de seguros. Que repassassem todos os telefonemas para eles. Mort continuou ao lado da garota.

– Tome nota – disse Robbie para Evon, assim que estavam no Mercedes. – Ligue para Ozman County e descubra quando será a autópsia. Nós precisamos estar lá. Há muitas variáveis quando o legista determina o tempo de um grande infarto. Se ele diz que foi há três dias, o médico vai afirmar que todos os danos já tinham acontecido, e que ainda que ele tivesse feito o diagnóstico correto ontem, isso não iria salvá-la. – Robbie deu a Evon o nome de um patologista que ele queria que comparecesse à investigação, uma testemunha especializada que poderia chegar a uma conclusão contrária à do legista, caso necessário.

Feaver dirigia pensativo, afastando o pior temor de Evon, de que ele pudesse comemorar. Haviam chegado à autoestrada, e o Mercedes era um ambiente plácido. O Sisters of Mercy estava longe, para além dos subúrbios. Ali, os pés de milho do outono, congelados, estavam caídos, acotovelando-se através da neve que preenchia os vastos campos ao longo da estrada.

– Posso fazer uma pergunta? – disse Evon depois de um tempo. No centro dela se agitava uma tempestade de sentimentos estranhos. – Quando eu o conheci, você disse que seu nome era pronunciado como favor. Como em "faça-me um favor". Mas agora mesmo você disse "Fever". Você geralmente pronuncia assim.

– Fever. Favor. Eu respondo a ambos. Mas quando estava para ser uma estrela, achava que Fever era melhor. Lembra febre, certo? Eu vou para a frente e para trás. Talvez eu estivesse tentando marcar pontos com você naquele primeiro dia. – Ele deu de ombros, com a avaliação excêntrica de sempre para seus próprios desvios. Na verdade, a maior parte das pessoas perto dele dizia "Fever". – E, além disso, há a questão das relações-públicas.

Ela não entendeu.

– O nome original era Faber. No país de origem. É uma daquelas histórias da ilha Ellis. O funcionário da imigração não conseguiu entender o sotaque, e meu avô tentou corrigi-lo, de modo que terminou sendo escrito em seus documentos F, E, A, V, E, R. Mas, você sabe, algumas pessoas pensam assim... olham para mim, e pensam: Favor. Faber. Judeu. De modo que eu sou Fever. Para os Rickmaier. Faz parte da representação.

Ela demorou pensando naquilo. Robbie sorriu brevemente, satisfeito como sempre em provocá-la.

– E quanto ao choro? Também faz parte da representação?

– Acho que sim. É como se fosse nossa marca registrada. Minha e de Mort. Você sabe, nós competimos na rua. Cada homem, cada mulher neste negócio, todos nós achamos que somos o maior advogado que já houve, todos queremos o trabalho, é cobiça e ego. Como com essas pessoas. Este é um bom caso, certo? Bom de verdade. A notícia vai circular rápido. Provavelmente uma dúzia de caras vai ter algum tipo de proposta. A tia ou o policial da vizinhança, ou o pastor, todos vão bater na porta dos Rickmaier para dizer que conhecem advogados melhores do que Feaver & Dinnerstein. Durante pelo menos três semanas eu terei de ficar mais grudado nessas pessoas do que as etiquetas das camisas delas, só para lidar com isso. Mas, de qualquer modo, quando esses outros advogados quiserem nos derrubar, vão perguntar: eles choraram por você? Você sabe, como se este fosse o nosso truque. Eles se levantaram e fizeram o truque?

– Mas é?

– O quê?

– Um truque. Você simplesmente pode fazer isso?

Robbie pediu que ela segurasse o volante e apertou o nariz com a mão, aparentemente refletindo. Quando ele finalmente encarou-a, gotas de mercúrio transbordavam dos dois olhos. Ele piscou, lançando as lágrimas pelo rosto, mas de imediato sua expressão triste deu lugar a um sorriso maroto.

– Eu sou bom – disse enquanto retomava o volante. Ela observou-o recostar-se no couro cinzento, a face ainda úmida do ato dramático, enquanto ele desfrutava da reação que inevitavelmente inspirara. Robbie achava o desprezo dela tão autêntico, percebeu Evon. E, com isso, certa premonição atravessou a comoção interna. Será que *ela* estava sendo manipulada?

– E você simplesmente pode dizer a si próprio para chorar? Assim como eu digo a mim mesma para abrir e fechar a mão?

– Não exatamente. Eu penso em coisas.

– Que coisas?

– Coisas tristes.

– Bom, em que tipo de coisa triste você pensou agora?

Ele balançou um pouco o queixo. Não iria dizer.

– Eu lhe contei sobre as Olimpíadas.

– Isso é diferente. Isso é como um fato. E, além do mais, eu tinha adivinhado.

– E eu admiti – disse ela, acrescentando: – Como uma idiota.

Ele olhou-a, aparentemente tentando determinar se a autocensura era sincera. Ela enrijeceu o rosto um pouquinho, para convencê-lo. Robbie dirigiu durante 1,5 quilômetro e o único som era o zumbido enervante dos pneus sobre a estrada fria.

– A garota – disse ele de repente.

– O quê?

– Eu estava pensando naquela garotinha. Estava pensando em como será para ela amanhã de manhã. Quando ela acordar. Quando seus olhos se abrirem e ela pensar, meio tonta, na escola, no cinema, ou em algo em que tiver sonhado, e então, como uma flecha atravessando o coração, ela vai perceber que perdeu a mãe. E simplesmente vai cair cada vez mais no medo, no medo horrível, porque ela é inteligente e sabe que ainda nem consegue imaginar como isso é gigantesco e horrendo. Era nisso que eu estava pensando.

– Então *não* é uma representação, o choro?

– Hein?

Ela repetiu.

– Acho que eu já expliquei isso. Sobre representar. – Irritado, ele balançou a cabeça entre Evon e a estrada. – Você não vê a situação como um todo? O que eu estou fazendo no hospital? Ou numa funerária? Ou em outro lugar qualquer em que vou arrumar um negócio? Eu digo para aquelas pessoas: ei, você está passando por uma dor, uma dor terrível, mas eu posso ajudar, confie. Eu sofro por você. Consigo dinheiro para você. Acalmo o seu ultraje. Mas é uma representação. Lembra-se do caos e da escuridão? Eu precisaria de poder para levantar os mortos a fim de conseguir fazer realmente algo por aquela garota. Certo? O dinheiro vai ser bom. Mas olha...

– Então você *não* se importa?

– O quê? Você acha que fico noites acordado durante um julgamento porque não me importo? – Olhando-a, subitamente ele não estava prestando atenção à estrada. Levou o Mercedes em direção a uma pequena encosta, onde mesas de piquenique tinham sido viradas para não se quebrarem com o peso da neve. As pernas marrons, cruzadas, pareciam braços acenando em busca da atenção de alguém. – É isso que você realmente pensa?

Evon teve medo de responder. Na ira, os olhos dele tinham ficado sombrios. Robbie ia falar de novo, arengar. E ela não se importava. Na verdade estava satisfeita. A não ser por raros momentos remotos de raiva, Robbie Feaver poucas vezes podia ser motivado à sinceridade total. Mas naquele momento algo elevado estava sendo transmitido à sua beleza superorquestrada.

– Eu adoro os refletores. Sou louco por grana. Amo ter a chance de curtir minha volta olímpica pela Marshall Avenue sempre que ganho um caso. Mas, que diabo, você acha que eu suborno aqueles juizes *só* por mim? Caia na real. Eu não suporto a ideia de voltar para aquelas pessoas e dizer: eu perdi, você perdeu, foda-se a esperança, é só dor, e ela só vai piorar. Não posso fazer isso. Por isso é que é uma representação. Eles precisam disso. E eu preciso. – Empolgado, ele havia segurado as mãos dela brevemente. Evon não soube se ele recuou em seguida porque havia despertado para o perigo do gesto ou simplesmente para se refugiar do que devia ter transbordado dos olhos dela. Robbie tocou seu cachecol claro e disse algo mais em voz baixa antes de engrenar o Mercedes:

– É uma *peça*.

14

Alguns dias depois, quando Robbie e Evon estavam para sair no fim do expediente, McManis telefonou. Amari havia acompanhado Rollo Kosic até o antigo bar frequentado por Robbie, um lugar elegante chamado Attitude. Depois de uma corrida até o andar de baixo em busca do equipamento, Evon e Robbie juntaram-se à multidão depois do trabalho, nas calçadas iluminadas pelos carros engarrafados nas avenidas. Feaver estava surpreendentemente animado. Suas apreensões com relação a Kosic pareciam momentaneamente afastadas pela perspectiva de voltar ao lugar onde muitas noites boas tinham sido passadas até cerca de um ano antes, quando a debilidade de Rainey passou de uma perdição iminente para uma calamidade.

As janelas altas do Attitude davam para a Cahill Street, mas entrava-se no bar através do saguão de uma elegante galeria de lojas onde manequins sem cabeça posavam elegantes nas vitrines. A academia de ginástica Dr. Goodbody's, onde Robbie antigamente se exercitava todas as noites, também ficava ali, no subsolo. Ele disse que os que se preocupavam seriamente com a forma física permaneciam no porão depois de malhar, tomando suco de cenoura e comendo hambúrgueres de soja. Os que subiam para o Attitude tinham mais a ver com ele. Frequentavam aulas de step, jogavam squash e tênis, levantavam pesos durante uma hora, depois paravam ali para uma tequila e cigarros, para ver se o regime físico rígido poderia render algum benefício mais imediato do que a boa saúde.

Havia um elegante letreiro preto pendurado sobre a porta, e a decoração no interior era discreta, com mesas de granito e corrimões de cromo polido e luminárias italianas em forma de lírios invertidos que lançavam uma luz baixa. Todo o mundo usava terno. Alguns rondavam a área dos encontros, ao redor do balcão, um arco comprido de granito e madeira. Outros estavam sentados para aproveitar a noite nas mesas estreitas no mezanino de ardósia, suspenso no meio da fumaça.

Um coro se elevou assim que Robbie passou pela porta giratória.

– Ei, caçador de ambulâncias! – gritou um homem, que atravessou a agitação para abraçá-lo. Era uma versão mais gorda de Feaver, moreno, elegantemente vestido, com cabelos pretos e brilhantes, penteados para trás com gel.

– Onde você tem andado, pelo amor de Deus? Está no hospital de reabilitação, tentando fazer com que as enfermeiras passem seu cartão para todos os tetraplégicos? Eu já estou esperando que você consiga um número para ligações gratuitas. 1-800-PARALISADO.

Aquele era Doyle Mersing, corretor imobiliário. Passou o braço em volta de Evon enquanto apertava sua mão.

– Venha, tome algo – disse Doyle. Havia duas mulheres ao lado do banco onde ele estivera sentado. Uma próxima dos 40 anos, a outra, ligeiramente mais velha, ambas com perucas e unhas pintadas com cores chamativas, ambas fumando e agradavelmente bêbadas. Divorciadas, adivinhou Evon. Nenhuma das duas usava aliança e havia algo desanimado por trás de seu bom humor. Evon observou enquanto uma delas, Sylvia, mais morena e mais magra do que a amiga, começou a se concentrar em Robbie. O gesto parecia espantosamente previsível, como algo da natureza, como uma flor virando na direção do sol. Sylvia começou a fazer perguntas, a jogar o cabelo de modo a poder lhe dar total atenção. Diante das piadinhas de Robbie, Sylvia e sua amiga gargalhavam deliciadas. Depois de uma daquelas explosões de risos, Evon percebeu que Sylvia colocara a mão no braço de Robbie, aparentemente achando que Evon não era um impedimento.

Virando-se, Evon levantou o rosto para a fumaça, a música, os risos, as emanações elegantes, mas desesperadas, que pairavam como vapores na atmosfera do Attitude. Ela jamais ficara muito à vontade nesse tipo de lugar. Poderiam ter usado um cirurgião plástico e um brinquedo de armar para montá-la no salão da Elizabeth Arden, e mesmo assim ela jamais iria se destacar aqui. Mesmo fingindo ser outra pessoa, ela não conseguia projetar o ar de interesse franco e destemido que exalava das Sylvias do mundo. Como elas faziam isso? Para Evon, continuava sendo um eterno mistério.

A balconista, Lutese, era uma negra estupenda, de feições fortes e maquiagem perfeita, inclusive sombras dramáticas ao redor dos olhos. Media quase um 1,90 metro e estava em excelente forma. Tinha unhas pintadas de amarelo, do tamanho de garras. Lutese era quiromante profissional, disse Robbie a Evon. A princípio, ela entendeu isso como uma piada.

– Ele está falando a verdade – disse Lutese. – Isso acontece de vez em quando. É melhor você ficar de olho neste garoto por aqui – alertou. – Ele é mais ladino do que uma raposa. – Robbie gargalhou, mas Lutese não desistiu. – Fique de olho nele, estou dizendo. Ele é como uma cobra, ataca tudo o que se mexe.

– Eu sou um zoológico num homem só.

– Em parte é um asno, também.

Mersing, que tinha ido pegar cigarros, bateu com o maço na palma da mão enquanto voltava ao banco.

– Então, o que está acontecendo aqui? – perguntou Robbie. Apesar do barulho, Evon podia ouvir Robbie claramente no fone de ouvido. O modo como o instrumento impunha a voz de Feaver acima do burburinho estava ligeiramente incômodo. Klecker prendera as unidades do FoxBIte apressadamente na coxa de Feaver, reclamando da ideia de gravar num salão apinhado.

– É som ambiente *demais*. Copos batendo. Conversas de outras pessoas. O réu sempre termina afirmando que o sujeito que disse "eu fiz isso" estava sentado em outra mesa. – Robbie continuou insistindo no fato de que sua única chance com Kosic seria ali, depois de Rollo ter tomado umas duas doses. Mas por enquanto não parecia com pressa de procurá-lo.

– O mesmo de sempre – respondeu Mersing. – Sua amiga, que você costumava chamar VPC, tem aparecido de novo.

– Ah, é? Dê lembranças a ela. – Robbie inclinou o copo e ficou olhando as bolhas subirem. – VPC – disse em voz baixa, e sorriu.

Vestido preto curto, explicou Mersing quando Sylvia perguntou. Depois ele e Robbie conversaram sobre um sujeito chamado Connerty. Ele tivera três casamentos que, no total, não haviam durado um ano. Atualmente estava saindo com uma pessoa a quem Mersing se referiu como "a garota siciliana".

– Brilha no escuro – disse Robbie.

– Verdade? – Os dois riram juntos.

Agora Sylvia estava totalmente entrelaçada com Robbie. Seu braço estava ao redor dele, e ela o havia puxado para perto ao se sentar no banco de aço polido. Seus joelhos, nos quais brilhavam as meias de náilon, estavam vagamente separados, e o quadril de Feaver ocupava o espaço livre. Uma gargalhada gigantesca atravessou Mersing, Robbie e as duas mulheres. Evon perdera a piada.

Ao olhar de novo para outro lado, vindo do nada sentiu-se praticamente nocauteada pela ansiedade. Aquilo chegava mais ou menos como sua menstruação, sempre um pouco surpreendente e não desejada, com uma intensidade de foco tão súbita que por um único instante ela teve medo de chorar. E então, abençoadamente, como sempre, passou, deixando-a latejando como um sino depois de um alarme. A ideia de uma bebida de verdade, em vez de sua Perrier sabor lima, tentou-a brevemente, mas de súbito Robbie empurrou Sylvia. Tinha visto Kosic. Deixou uma gorjeta generosa para Lutese e fez um sinal para Evon.

Robbie dissera que Kosic parecia uma anchova recém-saída da lata, e com essa descrição Evon não teve dificuldade em identificá-lo. Um homem magro, pálido, silencioso, sentado na extremidade do bar. Logo acima dele, no mezanino, um pianista tocava músicas de teatro. Rollo estava só, estava sempre só, segundo Robbie. Se alguém se sentava ao lado, ele passava para o banco seguinte, e se não sobrassem bancos ele simplesmente ficava olhando para a parede ou para as garrafas no bar à frente. Em geral, só falava com Lutese ou com as outras garçonetes. Era educado com elas, se é que se pode chamar de educação a troca de algumas palavras. Colocava duas notas de 20 dólares sobre o balcão ao assumir o banco e saía quando havia apenas uma de 10 dólares, que deixava como gorjeta. Enquanto os dois se aproximavam dele, Kosic estava se olhando no espelho do bar, ajeitando o cabelo ralo.

– Rollo K, como vai? – Robbie sentou no lugar vazio que geralmente havia ao lado de Kosic. Este balançou a cabeça e tragou o cigarro. Em cima, o pianista começou a tocar "Yesterday". Vestido totalmente de preto, o músico cantava junto, letargicamente, suportando mais uma noite de indignidade em que qualquer atenção vinha apenas quando os clientes chegavam a um momento de impasse em suas cantadas. Evon sabia que a música seria um problema na gravação, mas não havia o que fazer. De qualquer modo, Kosic ainda não dissera uma palavra.

Quando Robbie apresentou-a, Rollo virou o rosto sobre o ombro e a examinou de cima a baixo de um modo franco demais. Ele estava deslocado ali, onde o ar latejava de fingimento e moda. Usava um paletó esporte de tweed, muito velho, e uma camisa xadrez desbotada. De seu cabelo preto, os restos oleosos de um penteado antiquado escorriam sobre o colarinho. O rosto parecia ressecado pela bebida.

Robbie fez um gesto para o piano-bar e contou uma piada rápida a Kosic: um sujeito entra num bar, abre a pasta e coloca sobre o balcão um Steinway miniatura e um homenzinho de 30 centímetros de altura. O homenzinho toca durante uma hora e o sujeito recolhe uma boa quantidade de gorjetas. Quando o garçom expressa sua admiração, o homem da mala faz uma careta.

– Já ouviu falar de um gênio com surdez? Você realmente acha que eu pedi um penista de 30 centímetros?

Rollo recebeu aquilo como se estivesse tentando se desviar de um soco, retorcendo os restos azedos de um sorriso. Depois esmagou o cigarro e balançou a cabeça. Bebia drinques fora de moda, e ficava com a mão direita no copo durante a maior parte do tempo, o indicador torcido para dentro. Robbie explicara que a unha tinha uma aparência sinistra, como a casca de uma amêndoa podre. Fora esmagada durante o serviço militar, quando Rollo estava carregando uma peça de artilharia. Ficou preta e áspera, e ele costumava escondê-la. Feaver disse que esse era o único modo de saber quando Rollo estava com raiva, já que, além disso, havia nele ausência mórbida e assombrosa de emoção. Mas quando ele estendia aquele indicador, com aquela coisa feia na ponta, não era bom sinal.

Naquele momento, Kosic estava segurando a haste da taça entre o polegar e o dedo médio. Girou-a rapidamente e depois virou-a, engolindo a bebida e deixando na boca um dos cubos de gelo. Mastigou-o enquanto Robbie e Evon estavam ao lado em silêncio. Quando Lutese veio na direção deles, Robbie colocou uma nota de 50 sobre o balcão e cedeu o banco para Evon, pedindo a Lutese para servir outra dose a Rollo e contar a Evon o seu futuro. Ela e Robbie, e até mesmo Kosic, ficaram olhando enquanto Lutese embaralhava e colocava habilmente as cartas de tarô, apesar das unhas amarelas, curvadas como garras de papagaio.

– E em casa? – ela ouviu Kosic perguntar a Robbie em voz muito baixa, aparentemente pensando que Evon estava distraída. A voz dele era aguda, praticamente de contratenor. Ela se perguntou se o tom feminino do assunto explicava a relutância dele em falar.

– Nada bom – respondeu Robbie.

Kosic grunhiu. Não ficou claro se era uma resposta ao estado de Lorraine ou ao fato de que Lutese tinha acabado de derrubar sua bebida.

– Ouça – disse Robbie a Kosic. – Gostei de encontrar você; eu tenho algo. Estive pensando com quem deveria falar. Talvez você me dê uma orientação. Você não se importa em ouvir, certo? Isso aqui é um bar. Todo o mundo precisa contar os problemas. – Robbie riu. Quando os olhos de Evon se desviaram, ela viu Kosic jogar outro cubo de gelo na boca.

– De qualquer modo, estou com alguns problemas num caso que iniciei há umas duas semanas. – Robbie disse qual era.

– Quem você pegou para esse caso? – perguntou Kosic em tom neutro. Não havia como saber se ele realmente não lembrava.

– Malatesta.

– Bom juiz – disse Kosic. Depois acrescentou: – Conhece a lei.

Lutese continuou trabalhando com as cartas no balcão de granito, falando para as figuras como se elas pudessem ouvi-la.

– Certo – Evon escutou Robbie dizer no fone de ouvido. – Normalmente, você sabe, fico muito feliz quando consigo Malatesta. Mas estou com um problema muito grande. O caso tem a ver com a Lei de Trabalho Estrutural. Meu cliente estava pintando um átrio e um andaime desmoronou. Teve ferimentos muito sérios na coluna. Hérnias de disco na L-4 e 5. Aí eu liguei para dizer que nós havíamos aberto o processo, os clientes sempre querem saber, e ele disse: "Eu estou meio atordoado, acabei de ter uma consulta com meu clínico e estou com câncer no pulmão em estágio 4." Câncer! Agora estou com um problema gigantesco. O caso não valerá nada se a companhia de seguro descobrir que ele está quase batendo as botas, certo? Não haverá perda de rendimentos futuros.

Com grande circunspecção, Robbie detalhou seus problemas para levar o caso a Malatesta. Para ter alguma esperança de recuperar algo, o juiz teria de suspender rapidamente o processo de revelação compulsória enquanto Robbie tentasse fazer um acordo. Mas Malatesta jamais concordava em adiar a revelação compulsória, prática que apenas o juiz Skolnick costumava permitir. O aviso de Walter tornava certo que Malatesta não consideraria um desvio neste caso.

– De modo que eu estou com as mãos atadas – disse Robbie a Kosic.

Como sempre, Robbie fizera o discurso exatamente do modo que Sennett e McManis haviam escrito. Ele não estava pedindo uma substituição, e sim dando um alerta. Todo o mundo sairia perdendo se o caso permanecesse com Malatesta. Enquanto falava, Robbie se concentrou na TV acima do balcão, onde passava uma corrida de bicicross. Evon fingia escutar o piano. Olhando para trás, viu os olhos pequenos de Kosic direcionados para Feaver. Uma luz pura e mortal se projetava deles. Ele estava coçando nervosamente o corte acima do lábio, tocando-o repetidamente com a unha preta. Não disse absolutamente nada.

Entendendo a dica, Robbie mudou imediatamente de assunto, falando do time de basquete do Indiana, que na semana passada havia vencido os Hands, o time universitário. Kosic não demonstrou interesse. Levantou-se do banco e engoliu os restos diluídos de sua bebida. Naquele momento, Lutese colocava a última carta, uma Rainha de Copas, e ficou olhando-a. Quando seus olhos grandes e castanhos levantaram-se para Evon, tinham um ar de alarme.

– A rainha de dois rostos vive uma mentira – disse ela.

Não ficou claro se Kosic ouvira isso enquanto saía, sem qualquer palavra de despedida.

A GRAVAÇÃO FOI TERRÍVEL. Nos momentos críticos, Robbie, como Klecker havia instruído, havia encurvado os ombros e se inclinado para a frente, para canalizar o som em direção ao microfone, que nessa noite fora posto debaixo da gravata. Mas o piano e a cantoria se intrometiam em cada frase; era como se Robbie estivesse falando entre os compassos num bar de karaokê. Uma mulher a quem Evon não prestara atenção podia ser ouvida claramente, cantarolando junto. "*Now I long for yesterday-ay-ay.*" A gravação não oferecia prova sequer de que Kosic tinha ouvido Robbie.

Mas tinha. Evon ficara palpavelmente assustada com a onda de ameaça primal que ele transmitiu. O mesmo acontecera com Robbie. Sennett e eu tínhamos ido às pressas para a sala de reuniões de McManis ouvir os resultados, e nesse momento Feaver voltou a atenção para Stan.

– Eles vão me matar – disse ele. – Se eu continuar pressionando assim. Eu falei demais.

Sennett franziu a testa.

– Ouça, Stan – disse Robbie. – Você pode achar que eu só estou com medo do lobo mau, mas Brendan é o único sujeito que eu conheço que é um verdadeiro matador. Quero dizer, que matou com suas próprias mãos na Coreia. E faria isso de novo hoje, se achasse necessário. Ele já mandou matar. Estou falando sério. É por isso que ele se manteve ligado. Não é só pelo dinheiro. Ele é capaz de apertar um botão para alguém, se for necessário.

Até eu tive dificuldades para acreditar nisso. A maioria dos papos sobre violência, mesmo em casos da máfia, não passavam de boatos, e eu tinha dificuldades para imaginar um juiz-presidente orquestrando um assassinato. Robbie olhou para as pessoas ao redor da mesa, e Alf, Jim e Joe Amari lhe lançavam expressões igualmente céticas. Como McManis lhe dissera havia muito tempo, os ICs ficavam sempre apavorados com o que estavam fazendo.

– Olhem, vou contar uma história – disse Robbie, olhando cada um de nós. – Eu já contei antes que Brendan tem um caso há mais de vinte anos com Constanza, no escritório. Constanza é como uma joia, uma coisinha minúscula, exótica, 1,65 metro, formas perfeitas e um nobre rosto mexicano, traços holandeses e malares índios. Agora tem mais de 50 anos, e continua com uma beleza muito calma e digna. Senhora casada, o que é outra história, com dois filhos, um garoto que nunca deu para grande coisa, e uma filha, totalmente o oposto.

"E Brendan, vocês sabem, tem sido bom para aqueles garotos, como para mim, francamente, sempre atento e preocupado. De qualquer modo, a filha foi para a universidade e fugiu às convenções, comum na juventude, arranjou um namorado: um rapaz negro. E não era mau, verdade. Cheio de si, afinal, tinha 19 anos. Constanza não estava gostando. Não porque ele era negro. Acho que se ele fosse negro e católico, talvez ela aceitasse. E a filha, claro, a princípio não estava nem aí, mas por fim, vocês sabem, ela adorava a mãe, a vida foi em frente, ela deu adeus ao rapaz negro e conheceu um bom rapaz porto-riquenho, o que para a mamãe é quase tão ruim quanto o outro, mas este esteve no seminário, de modo que vai servir. Só que o negro, Artis, não queria aceitar o rompimento. Ficava telefonando. Seguia a filha. Não queria recuar. E nesse meio-tempo a vida começou a virar um inferno. Ele abandonou a escola. Começou a usar algum tipo de droga. Foi ficando cada vez mais desesperado, e finalmente, numa noite em que havia enchido a cabeça de pó, pulou na frente da filha e do namorado porto-riquenho, bateu no rapaz com um revólver, segurou a garota na ponta da arma, ameaçou estuprá-la até que, não sei com que tipo de prazer, obrigou-a a olhar enquanto se masturbava.

"Bom, Constanza foi direto ao Brendan. E quando se trata de poder, Brendan conhece todos os canais. Por isso jamais abandonou suas alianças na polícia. Se ele desse um telefonema, poderia ter trinta policiais uniformizados procurando o garoto. Podia assegurar de que Artis não poderia pagar fiança, que receberia na cadeia o tratamento até que seu esfíncter anal tivesse a mesma consistência de creme *chantilly*. Mas isso não bastava. Porque Brendan, eu acho, tinha dito pessoalmente a esse rapaz numas duas ocasiões: saia fora ou você dança. De modo que agora era o você dança. Ele pegou o telefone, ligou para Toots Nuccio, que sempre foi seu contato. E Brendan é Brendan, ele não pede nada em voz alta. Simplesmente abriu-se com Toots, contou de passagem a história daquela coisa terrível que aconteceu com sua secretária, Constanza, e a família dela. 'Dá para acreditar num gorila tão filho da puta? De que zoológico será que deixaram ele fugir? É uma vergonha você se chamar de ser humano quando gente como ele anda por aí no mesmo planeta. Eu não suporto respirar o mesmo ar.' Só isso.

FIM para Artis. Tchau, *au revoir, sayonara, bye bye*. Quando o encontraram, havia ácido de bateria jogado em seus órgãos genitais pouco antes de acabarem com ele. E o negócio foi fichado na polícia como rixa de quadrilhas. 'É uma pena o que eles fazem uns com os outros.'

"E vejam por que Brendan é um gênio: porque ele fez questão de que todo mundo por perto soubesse da história. As impressões digitais dele não estavam em lugar nenhum, claro, mas ele conta a história do pobre Artis e sorri. 'Faz a gente pensar que há um Deus no céu.' Mas ele estava tentando criar um tipo diferente de crente.

"De modo que se algum dia o tio Brendan descobrir que eu armei para ele, vai acontecer o mesmo comigo, se ele tiver a chance. Ele vai fazer com que me estripem como um peixe, e aparecerá para ver meu coração dando a última batida no cais.

Por acaso, menos de uma semana depois a juíza Gillian Sullivan, ainda sofrendo críticas implacáveis da imprensa devido à sua falta de sobriedade, tirou uma licença administrativa de noventa dias. Oficialmente foi hospitalizada por "estresse". No intervalo, boa parte de seus casos foi designada para outros juízes. Os dois casos falsos de Robbie, que vinham esperando sobre a mesa dela, foram transferidos – um para o juiz Crowthers, outro para o juiz Barnett Skolnick. Em seguida a essas mudanças, o processo do pintor que tinha câncer também foi tirado do juiz Malatesta e mandado ao juiz Skolnick. A única explicação no pedido foi "transferido por conveniência do tribunal". Kosic, independentemente de suas suspeitas, fizera exatamente o que Robbie havia pedido. Mas naquela noite nós não sabíamos disso. O que sabíamos era apenas o que Robbie, com suas habilidades para causar impressão, conseguiu transmitir.

Aqueles homens eram perigosos. Qualquer um que atravessasse o caminho deles corria perigo.

DEPOIS, NO MERCEDES, as sombras do medo e do desapontamento os mantiveram em silêncio durante bastante tempo enquanto Robbie manobrava através do tráfego que ia diminuindo nas ruas escuras. Ao parar num sinal, foram apanhados sob a luz trêmula de uma lâmpada de mercúrio com defeito. Isso fez Evon se lembrar de uma pergunta.

– "Brilha no escuro"?

– Implantes – respondeu ele, dando um sorriso desanimado. Ela riu, mas não havia admiração naquilo. Fez uma observação sobre os homens.

– Ei – disse ele. – Você acha que aquelas mulheres ali são melhores? Elas estão procurando sujeitos ricos e um passeio grátis.

– É uma coisa *tão* irritante. Aquele tipo de conversa.

– Todos eles são irritantes. A maioria. Porque são solitários e a caminho de se sentirem piores quando a noite acabar. E sabem disso. Todos eles. Os caras. As mulheres. São solitários e estão se acabando. Sabem que vão pegar o que for possível. Se eu fosse mudar o nome daquele lugar, chamaria de Mais Triste, Porém Mais Sábio.

– Então por que você gostava de ir lá?

– Quer dizer que você nunca saiu para caçar em lugares assim?

Assim, não. Não que ela não tivesse suas noites, suas idas a lugares secretos. Depois das Olimpíadas, depois de seu corpo parar de ser um templo tão sagrado, ela saía para beber e ver se conseguia enxergar o que perdera. Fizera parte do grupo dos bons tempos que se divertia nas noites de sexta-feira em casas de agentes esportivos em todo o país. E houvera noites de entrega, bebendo cegamente para se preparar nada menos do que para fazer sexo. Mas nada disso durou. Para ela, aquelas noites tinham sido, na melhor das hipóteses, equívocos, e na pior, notas ásperas de vergonha pessoal. E não se lembrava de nenhuma delas com a mesma animação de Robbie. Longe de estar triste, ele se incendiara no minuto em que os dois passaram pela porta. Quando Evon repetiu essa observação, ele balançou a cabeça, quase numa negativa.

– Bom, eu vivia atrás do mito. Como todas as outras pessoas lá. Sabe? O mito do amor. Certo? O amor me tornará diferente. O amor me tornará melhor. O amor vai fazer com que eu me entenda.

– Mas isso não funciona. – Era a primeira coisa que ela dissera por si mesma. Naturalmente Robbie não percebeu que ela não estava falando dele.

– Na época? Arranjar um romance, chegar ao ponto? Dava certo. Na cama? Dava certo. Muito. Porque eu realmente estava lá. E ela realmente estava lá. Toda a experiência estava além do papo furado. Estava além de tudo o mais que eu estraguei na minha vida. Eu não tinha um passado, uma carreira de advogado ou uma mulher doente em casa. Nem ela. Eu podia ser feliz. E ela também. Cada um de nós podia fazer o outro feliz. Eu podia ser uma coisa ótima e boa para ela. E ela podia ser assim para mim. E durante uma hora ou uma noite, durante um tempo, cara, nós podíamos nos *amar* por causa disso.

"Sabe, algumas vezes eu simplesmente acordava daquilo como se fosse: cá estou eu, compartilhando essa experiência, a intimidade, quero dizer, perto assim, de uma pessoa que eu nem sabia que existia seis horas antes, e perguntava a mim mesmo: isso é tão ruim? Isso é tão tremendamente errado? Você sabe, eu não sou um daqueles caras que acham que sexo é tudo na vida, mas era uma coisa gloriosa. Só isso. Nós éramos gloriosos. – Ele soletrou. – É assim que eu penso na palavra.

Ele ficou quieto e olhou para Evon no carro escuro. Tocava algo suave no rádio, e ela se descobriu incapaz de responder. O modo despreocupado com que ele falava de si próprio – como uma pessoa aberta para si mesma e para qualquer outra ao alcance do som de sua voz – costumava ser de tirar o fôlego.

– Só quando acabava – disse ele. – No fim, não funcionava. Meu Deus, depois era como se eu nunca pudesse sair dali suficientemente rápido. Não sei o que era. Ficava embaraçado, acho. Você sabe, a necessidade daquela criatura me transformava num grande imbecil. Ou porque eu tinha pensado que ela era mais bonita. Mas o pior era provavelmente simplesmente ver como nossas vidas eram diferentes, no fim das contas. Ela estava ali, com o que quer que fosse: sua aula no dia seguinte na faculdade de cosmetologia, seu pai era um policial que se entupia de conhaque todas as noites, e sua mãe rezava novenas. Tinha sua vida, e o nosso minuto juntos não mudara nada. Todas as mulheres... eu nunca ficava para passar a noite. Mesmo quando era solteiro. Mesmo com Lorraine. Depois de nós ficarmos noivos, você sabe, naturalmente. Mas não antes. E mesmo ali, nas primeiras vezes... quero dizer, ela dizia: Robbie, venha cá. Por isso eu ficava. Mas não dormia. Não piscava o olho.

"Mas no ano que vem, daqui a dois anos, quando acontecer – disse ele, com a mesma consciência inabalável do futuro e de si mesmo. – Dê-me três uísques numa noite de sexta-feira, dê-me a cena inteira, os esbarrões junto ao balcão, as piadas, os cigarros, os gritos acima da música tão altos que pareçam asas batendo no ar... dê-me a coisa toda e eu vou acreditar. Na diversão. No mito. Estarei de volta lá, vendo alguém do outro lado do salão e pensando: é, é ela. Se eu conseguir ficar com ela, vai ser ótimo.

Evon não tinha dificuldade para visualizar isso. Podia vê-lo com duas ou três Sylvias ao redor, o belo advogado milionário vendo outra pessoa, mais jovem, mais bonita, mais perfeita, aquela que por um segundo poderia torná-lo melhor do que ele era. Um jorro do que passara por ela revisitou-a brevemente, e Evon olhou pela janela, para os prédios escuros da cidade. Ele perguntaria àquela jovem perfeita que tipo de números ela preferia, pares ou ímpares. Sabia disso. Ele riu quando Evon previu isso, perguntando o que viria em seguida.

– Todo o mundo gosta de números pares – disse ele. – É assim que acontece.

– Então o que você diz em seguida?

– Não sei. Provavelmente falaria sobre mim, do que eu gosto, do que não gosto. Eu não gostava de filmes de terror quando era criança, e ainda não gosto. Aposto que você gosta, não é?

– Gosto.

– Claro. Mas eu gosto de trovão. A maioria das pessoas não gosta de trovão. Bam! Acho isso fantástico. – Ele bateu com as luvas.

– E depois?

– Eu provavelmente perguntaria: de que você tem medo? Você sabe, de que você tem realmente pavor. Esta é fantástica.

– E que tipo de resposta você consegue?

– Bom, depende do quanto você estiver bêbada, de quanto for honesta. Já ouvi todas. Câncer no seio. Esta é grande. Dirigir à noite ou com neve. Estupro, naturalmente. Aranhas. Roedores. Elevadores. Uma mulher... eu realmente gostei dela por causa disso... contou que há um pedacinho dela que ainda sente pavor quando ouve a descarga do banheiro. E há muita coisa que as pessoas realmente não podem citar. Coisas que aparecem de noite. O bicho-papão.

– E de que você diz a elas que tem medo?

– A verdade? Eu invento. O que funcionar. Se ela disser câncer no seio, eu digo: "Espantoso, meu Deus, meu pai morreu de câncer no peito." Quantos homens têm câncer no peito? Dois em dez mil. Mas eu morro de medo disso.

– Mas não é verdade, certo?

– Pelo que eu sei, meu velho pode estar vivo.

– Mas elas engolem?

– Algumas. As que querem sair comigo. Ou engolem ou pelo menos sabem que eu me importo em deixá-las confortáveis. De modo que não ficam com medo do que pode acontecer em seguida. Sabe de uma coisa?

Evon não respondeu.

– Se for perfeito – disse ele –, nós temos uma boa refeição e dividimos uma garrafa de um vinho tinto tão fantástico que é capaz de fazer um buraco na sua meia. E depois vamos para a casa dela ou para o Dulcimer, e eu sempre pergunto... – Ele ousou olhar para ela durante um segundo. – Onde eu devo tocá-la primeiro?

Evon teve a breve consciência do rio de sensações passando por seus ombros.

– Talvez você queira que eu chegue suavemente por trás e coloque as mãos nos seus quadris. Talvez você goste de ter os seios tocados assim, quase sem tocar. Uma leve sugestão. Um roçar. Como uma respiração. De modo que seus mamilos fiquem tão duros a ponto de doer na roupa.

– Meus, não – disse ela em voz baixa. – Não fale de mim.

As palavras não tinham chegado a limpar sua garganta. Quando começou a falar, ela pensara que ia pedir que ele parasse definitivamente.

– Eu demoro com as roupas. Nunca gostei do estilo ficar pelado e agir rapidamente, como se houvesse um taxímetro. Algumas pessoas têm todo aquele trabalho e depois é: ei, vamos terminar com isso. Eu demoro. Uma saia. Uma blusa. Gosto das camadas. Gosto de dizer olá para cada parte nova, como se fosse uma joia. Ei, olhe este cotovelo! Este ombro. E então algo súbito. Talvez eu enfie a minha língua no ouvido dela. Mas quero que a coisa seja certa. Todo mundo é *tão* diferente quando chega a hora, você sabe, os pequenos maneirismos do prazer. Brusco ou lento. Toque-me aqui mas não ali. Eu sempre quero saber. Quero que nós dois sejamos livres. Essa aqui enlouquece esfregando meu negócio com os peitinhos, e aquela não consegue gozar enquanto eu não enfiar o dedo no seu traseiro. Mas é sempre um presente. Sempre. Mesmo que seja umazinha de cinco minutos, de pé numa cabine telefônica. Eu guardei um pedaço de cada mulher com quem fiz amor. Nós somos gloriosos – concluiu.

Ela não dissera nada. Algumas vezes era espantoso que a vida tivesse continuado. Continuava e ela não sabia exatamente o que acontecera. Evon não sabia agora. Na cidade, em algum lugar, soou a buzina de um caminhão. Iria pedir que ele parasse, de uma vez por todas. Se ele prosseguisse, ela diria. Mas ele não prosseguiu.

– Então, de que você tem medo? – perguntou Robbie. Ela riu, mas ele insistiu. Disse que não precisaria revelar nenhum detalhe de sua identidade oculta, mas que apenas não podia ser a interrogadora. – Qual é o seu grande medo?

Ela olhou pela janela. Quase às 21h, um garoto que aparentemente fora mandado comprar algo na esquina esperava o sinal abrir, sem casaco no frio e segurando um saco de papel pardo.

– A morte – disse ela.

– Isso não conta. Todo o mundo tem medo da morte.

– Não, quero dizer, é muito estranho. Em alguns momentos eu simplesmente *sei*. Como se houvesse um disco enfiado na minha cabeça. "Isso vai terminar. Isso vai terminar. Isso vai terminar." Simplesmente vejo a luz se apagando, eu desaparecendo. Nem consigo me mexer de tão apavorada.

Sozinha. De algum modo essa era a pior parte. Total e inalteravelmente sozinha. Não disse isso.

Ele ficou em silêncio. Reflexos da rua corriam pelo para-brisa enquanto o carro se afastava de novo de um sinal. Com a seriedade, a beleza dele se aprofundou mais uma vez.

– E você? – perguntou ela. – Qual é o seu grande medo?

– Eu? – Ele balançou a cabeça.

– Conte.

– Não ria, está bem? Isso faz parte do trato. Eu nunca rio. Quero dizer, uma vez uma garota me contou que tinha medo de ficar com os pés feios quando envelhecesse. E estava falando sério. Eu não ri dela.

Evon prometeu, mas ele se demorou de novo.

– Algumas vezes acordo à noite, quero dizer, isso é ridículo, mas algumas vezes acordo, está escuro, e eu não sei quem eu sou. Fico petrificado. Não sei se não consigo lembrar porque eu estou tão apavorado ou se é o contrário. Quero dizer, eu lembro meu nome. Se alguém me chamasse de Robbie, claro que eu responderia. Mas na verdade não me sinto parte de qualquer outra coisa. Só fico meio flutuando, tateando no escuro, esperando, esperando e esperando, até que tudo volta, quem eu sou, o que eu sou, o centro. E eu fico simplesmente aterrorizado. Isso parece estranho demais?

– Não.

– Você está sendo gentil.

– Não, não estou. – Ela tentou de novo, por um segundo, chamar-se de volta, pensar no que estava fazendo, e de novo sucumbiu. – Agora. Fazendo isto. Estando sob disfarce. Eu acordo e é exatamente assim que me sinto. "Quem eu sou? Quem eu sou?" Como se tivesse de esperar para que me contassem.

Estavam na frente do apartamento dela.

– Apavorante.

– Verdade. – Então ela se virou para Robbie, mas ele teve o bom senso, ou, como quer que chamemos, a intuição, de não fazer qualquer movimento. Ia deixar que ela chegasse para ele, e numa fração infinitesimal de tempo pareceu saber que mesmo naquele momento não era isso que Evon escolheria. Ela suportou um instante de dor tão intensa e familiar que quase parecia uma amiga, e depois, com um único movimento solene de cabeça na direção dele, deixou o conforto do Mercedes e, no vento áspero do inverno do Meio-Oeste, abriu caminho entre os trechos de gelo na rua, voltando ao lugar onde morava.

Março

15

— Existem portas que não são tão burras quanto Barnett Skolnick - disse Robbie Feaver. - Você fica parado na frente do assento do juiz e pensa: como é que esse jumento passou na prova da magistratura? Depois percebe que não passou. Knuckles, o irmão dele, ajeitou isso.

Knuckles, falecido havia muito, supostamente providenciara muito mais arranjos em sua época do que o exame para magistrado. Sócio de Toots Nuccio, bebia nas mesmas fontes de influência: pistolões políticos incrementados por substanciais ligações com a máfia. Seu apelido se refere em inglês à mão direita, machucada em resultado de uma famosa briga racial no campo dos Trappers na década de 1940. Ele fora membro do Comitê do Partido no centro da cidade e proprietário de uma grande agência de seguros que desfrutou de um sucesso incrível em firmar contratos com departamentos municipais.

- Pelo que diz a história - contou-nos Robbie -, Knuckles precisou colocar Barnett na magistratura porque ele era muito ruim. O sujeito não consegue fechar a braguilha sem um manual de instruções. Hoje em dia, pelo menos, ele se *parece* com um juiz. Lindos cabelos brancos. Mas fica ali sentado com aquela expressão doce e aterrorizada. "Olha, eu gosto de todos vocês, por favor não me façam perguntas difíceis." Pareceres sobre provas? Aquele imbecil é juiz há 26 anos e não consegue imaginar o que dizer se você lhe der múltipla escolha. Só Deus sabe o que Brendan devia a Knuckles. Skolnick está aqui desde que Brendan se tornou juiz-presidente.

Era fim de tarde. O sol estava morrendo com estilo, parecendo capaz de abrir um buraco no rio. Nós estávamos sentados com biscoitos e refrigerantes na sala de reuniões enquanto Robbie falava. Todos os agentes disfarçados adoravam se apinhar na sala durante as sessões de informação dadas por Robbie, já que eram extensas aventuras na tradição oral. Com as mangas da camisa enroladas e as mãos flutuando no ar, Robbie trabalhava a plateia com cuidado, lançando algum gesto de conexão para cada pessoa, como um sorriso hábil, um movimento decisivo de cabeça. Observando, eu costumava pensar em como ele devia ser mágico diante de um júri.

– Com tudo isso, é difícil odiar Barnett. Sei que você nunca vai acreditar, Stan, mas ele é um sujeito doce. Não quer magoar ninguém. Juro por Deus, ele aceita o dinheiro porque seu irmão mais velho mandou. Existe uma história sobre Skolnick, só Deus sabe se é verdade, mas é uma grande história. Há uns vinte anos ele estava na Vara de Família, cuidando de divórcios, pouco depois de ter entrado para a magistratura. Não consigo lembrar quem eram os advogados, dois dos deuses de lá, caras que podiam falar com os juízes. Bom, aparentemente Skolnick estava se preparando para começar o julgamento, e de súbito ele chama os dois advogados para a sala reservada, só eles, e os leva para o canto mais distante e, numa vozinha tatibitate, diz: "Só para que vocês saibam, a grana não fede nem cheira, por isso vou ter de decidir isso direito."

Segundo Robbie, Skolnick usara como coletor de dinheiro durante vários anos seu escrivão do tribunal, um judeu hassídico chamado Pincus Lebovic. De olhos azuis e jeito de raposa por trás da barba densa e castanha, Pincus, com seus ternos escuros e fora de moda, presidia o tribunal num estilo que chegava às raias da tirania. Tinha sangue-frio e era peremptório. Diziam até mesmo que às vezes interrompia os procedimentos supostamente para mudar o papel em sua máquina de estenografia, mas, na verdade, para levar o juiz de volta à sua sala de audiência e lhe dar orientações ou até mesmo uma bronca. Cérebro reconhecido da dupla, Pincus cuidava de todos os arranjos com os advogados que "falavam" com o juiz.

Até que, na primavera anterior, o sétimo filho de Pincus, o único do sexo masculino, teve encefalite. Como um corpo num esquife, o garoto flutuou em direção aos portões da morte e ficou ali durante três dias. Pincus, a mulher e as filhas ficavam sentados ao lado do leito do menino no hospital, cantando para ele, rezando junto da forma pequena e sonolenta, e implorando, sempre que o menino podia ser acordado, para que não os abandonasse. Não abandonou. Ninguém sabe exatamente quais foram os termos da barganha entre Pincus e o Todo-Poderoso, mas ele passou a ser outra pessoa. Ficou quase afável, e só era desagradável quando abordado em seu papel de intermediário. Agora era rígido na recusa em participar de qualquer outra sujeira.

Durante vários meses, de fato, houve um embargo na corrupção no tribunal de Skolnick. Ele era gentil demais para demitir seu escrivão e, de qualquer modo, não tinha muita certeza do que Pincus, em seu estado de santidade reformada, poderia dizer quando pessoas como Stew Dubinsky, que fazia a cobertura do fórum para o *Tribune*, o interrogassem sobre os motivos da saída. Durante algumas semanas, o juiz conseguiu convencer sua secretária, Eleanor McTierney, a cuidar dos envelopes, mas o marido de Eleanor era um tenente da polícia, cujos escrúpulos não iam além do viva e deixe viver. Com 68 anos, Skolnick podia simplesmente ter continuado assim, mas isso significaria afastar Tuohey também. Consequentemente, Skolnick seria obrigado a aceitar o rebaixamento para um tribunal menos importante, a Vara de Moradia, ou, pior, o definitivo buraco do inferno – da Juventude –, o tipo de golpe no ego que Barnett, como a maioria das vítimas da dúvida justificável com relação a si próprio, consideraria devastador. Assim, em desespero, Skolnick começou a tratar pessoalmente com alguns advogados bem-aceitos, dentre eles Robbie.

Pelo menos Skolnick tinha o bom senso de não deixar que o dinheiro fosse entregue dentro do tribunal. Em vez disso, estabeleceu uma rotina sentimental em que o subornador deixava um recado sobre "o almoço do comitê amanhã". No dia seguinte, às 12h30 em ponto, o advogado assumia uma posição junto ao meio-fio, em frente ao Templo, de posse de um envelope cheio de dinheiro e uma expressão vexada. Skolnick passava em seu Lincoln e, notando um rosto familiar, parava, perguntando se havia algum problema. Em seguida, o advogado contava uma história de problemas com o carro: não dava partida, tinha sido rebocado, roubado, abalroado; em seguida, o juiz Skolnick oferecia transporte de emergência. Skolnick circulava pelo centro da cidade e o advogado, no banco do carona, enfiava o envelope no espaço entre o encosto vermelho, de pele de bezerro, e o banco da frente.

Robbie fizera isso uma vez no mês de setembro anterior, não muito antes de Stan e seus companheiros da Receita Federal terem chegado à porta de sua casa. Ele deveria fazer outra visita a Skolnick no início de março, porque este dera um parecer a favor de Robbie apenas um ou dois dias depois de o caso tirado da juíza Sullivan chegar à sua mesa. No processo *Hall versus Sentinel Repair*, Skolnick determinara que o cliente de Robbie, um motorista paralisado em decorrência de falha do freio de seu caminhão, poderia receber danos punitivos da oficina mecânica que considerara o veículo em condições. Diferentemente de Malatesta, Skolnick lidara com a questão sumariamente, emitindo uma breve ordem por escrito. Robbie diria então ao juiz que o caso fora resolvido por meio de um acordo favorável e deixaria o envelope como agradecimento.

Sennett estava sofrendo uma pressão cada vez maior por parte de Washington para justificar os gastos do projeto, marcando pontos contra um dos alvos principais. Por isso, e pelo fato de que este seria o primeiro pagamento direto do Petros para um juiz, Sennett o queria em *technicolor*. Na tarde antes de Robbie marcar o encontro com Skolnick, Klecker visitou a sessão reservada para os carros dos juízes no primeiro andar da garagem do Templo, o mesmo prédio onde Robbie e Walter haviam se encontrado. Com agentes locais cobrindo Alf de todos os lados, ele enfiou um furador de gelo em três dos pneus do juiz Skolnick. Quando Skolnick saiu do tribunal no fim do dia, com um velho chapéu de pelo de coelho e um cachecol grosso tricotado por sua neta, os agentes tinham-no sob vigilância. Eles se comunicaram com Alf pelo rádio, e assim que Skolnick chegou ao automóvel danificado, Klecker veio descendo a rampa de concreto num caminhão reboque com um enorme motor soltando fumaça. Ele pisou no freio e saltou do veículo usando um macacão sujo de graxa e um boné velho. Alf tinha uma ponte dentária, lembrança do tempo em que jogava hóquei no gelo no ensino médio em Minnesota, e como parte do disfarce havia tirado os dentes da frente. Os agentes disseram que quando ele falava ficava idêntico ao gato Frajola, dos desenhos animados.

– Pegaram o senhor também? – perguntou Alf.

– Hein? – respondeu Skolnick. Ele ainda estava balançando a cabeça de espanto e raiva ao ver os pneus vazios.

Alf relatou que aparentemente alguns jovens arruaceiros haviam percorrido o estacionamento furando os pneus de vários carros. Ofereceu-se para rebocar o Lincoln de Skolnick. Dada a hora, ele não poderia devolvê-lo naquela noite, mas prometia entregar o carro na casa do juiz às 8 horas do dia seguinte. Fez um preço ótimo pelos pneus, e até mesmo reduziria a taxa de reboque, presumindo que o juiz não iria se esquecer de Alf quando precisasse falar novamente com alguém de influência no tribunal se um de seus empregados entrasse numa encrenca.

Quando o veículo foi devolvido, estava bem melhor. Conforme prometido, tinha três pneus Dunlop X80 novos em folha. Tinha também um retrovisor novo: um espelho unidirecional, onde fora inserida uma lente de fibra ótica e um microfone. Esses instrumentos de captação estavam ligados a uma câmera sem fio de 2,4 GHz encaixada nos suportes do teto do carro. Fios desciam do teto, através da haste oca ao lado do para-brisa, até uma caixa de conexão que já existia sob o capô, de modo que a bateria do carro alimentava a câmera.

– Vai fritar o cara na própria gordura dele. – Alf estava felicíssimo com suas realizações. Descreveu o aparato para Robbie quando nós nos encontramos no escritório de McManis, mais ou menos às 11h30 de 5 de março, para nos prepararmos para o encontro com Skolnick. A câmera, que era ligada e desligada por controle remoto, operava mais ou menos como um telefone sem fio. Emitia um sinal de vídeo em preto e branco em quatro canais. Juntamente com a saída de áudio, o impulso poderia ser captado de um furgão de vigilância a até 120 metros de distância. A transmissão estava sujeita a interferências ocasionais, e, como reforço, Robbie também estava grampeado com o FoxBIte. Nesse dia o equipamento havia sido preso com velcro nas costas, na linha da cintura, para evitar qualquer volume revelador na coxa quando Feaver se sentasse com o juiz no banco de couro vermelho-cereja do Lincoln.

Junto com Sennett e McManis, eu tinha meu lugar reservado no furgão de vigilância. Nós circulamos na frente do Templo, esperando que Skolnick pegasse Feaver. Em meio aos densos odores elétricos, Klecker se arrastava pelo piso do furgão num emaranhado de cabos. Um pequeno monitor com tela de 12 polegadas e um videocassete haviam sido acrescentados no topo da pirâmide de equipamentos que tinham estado lá no dia em que Robbie pagou a Walter.

– Estamos indo – gritou Joe Amari da frente, querendo dizer que Skolnick havia chegado e Robbie estava a bordo. A responsabilidade de Joe no Projeto Petros era de vigilância. Sennett lhe permitira montar um grupo seleto de agentes locais do Departamento de Inteligência do condado de Kindle, para ajudar. Enquanto serpenteava pelo tráfego, ele fazia sinais com a mão para os outros carros. Usava um fone de ouvido com microfone, que atrapalhava seu penteado bem-feito, mas Klecker queria que ele ficasse fora do ar, se possível, para evitar interferência no sinal da câmera, mesmo motivo pelo qual ele removera o componente de transmissão do FoxBIte.

Por enquanto, a tarefa de Joe era se manter suficientemente perto de Skolnick para que a câmera pudesse ser ativada pelo controle remoto manipulado por Klecker. Apesar de a câmera transmitir a alguma distância, o equipamento de infravermelho que a controlava só funcionava a menos de 10 metros. Pelas instruções tensas que Stan dera a Alf e Joe, estava claro que ele tivera algum problema para convencer Moira Winchell, juíza-chefe do Tribunal Federal do Distrito, a assinar um mandado autorizando a instalação da câmera. Aparentemente, a natureza da intromissão a deixara mortificada, uma vez que Moira era juíza e dona de um automóvel. Stan lembrara aos agentes que a juíza Winchell havia determinado que a câmera só poderia ser ligada quando Feaver fosse visto com Skolnick no carro.

– Pode ligar – gritou Amari agora.

O pequeno monitor em preto e branco iluminou-se, e todos nos adiantamos ansiosos enquanto Klecker ativava o videocassete.

O suborno aos juízes é eterno. Na lei comum, antes de haver estatutos e códigos, a palavra "suborno" significava apenas isso: um benefício dado para influenciar um juiz. Começou assim que o rei João assinou a Carta Magna e estabeleceu os tribunais. Provavelmente antes. Com toda a probabilidade, quando tentou argumentar com Deus a respeito de Eva, Adão ofereceu a Ele algo por fora. O que nós estávamos ali para ver tinha a atração feroz e básica de qualquer iniquidade quintessencial.

A princípio, o quadro estava fora de foco, uma cena infernal em que Robbie e Skolnick eram reduzidos a borrões tão indistintos quanto fumaça. Klecker gritou orientações para Amari, enquanto Alf apertava botões freneticamente no minúsculo controle remoto. Como sempre, a imagem ficou pior antes de melhorar, e então

Skolnick fez um desvio pelo Lower River, um trecho de rua coberta onde a luz era fraca. Mas quando saiu, apareceu um quadro relativamente nítido: Feaver e Skolnick ligeiramente distorcidos pela lente grande-angular. Se ficássemos bem atrás, a imagem digital assumia um alinhamento estranho, e Robbie e Skolnick ficavam cortados. Mas quando Amari conseguia se manter a uma distância menor do que sete ou oito carros, a recepção era boa.

Os dois homens começaram com cumprimentos calorosos e abordaram afavelmente vários assuntos. Segundo instruções de McManis, Robbie também reclamou de que seus pneus tinham sido furados na véspera, na garagem do tribunal, e ele e Skolnick reclamaram do infortúnio e da deterioração da sociedade.

– Esses garotos! Que imprestáveis – disse Skolnick, e agitou o dedo grosso. – Eles são quase tão maus quanto nós éramos! – e riu, parecendo a figura cordial e bovina que Robbie havia descrito. Era corpulento e espalhafatoso, com nariz grande e largo, e aquela espuma majestosa de cabelos de um branco puríssimo subindo num topete alto e fora de moda. Skolnick perguntou por Mort, cujo pai ele aparentemente conhecia por serem ambos sócios de uma organização judaica, e depois, mais gentilmente, pela mulher de Robbie.

– Ah, Robbie – disse ele depois de Feaver terminar a narrativa resumida do sofrimento esmagador da doença. – Meu coração se despedaça. Verdade. Você tem sido uma rocha para essa garota.

– Eu não, juiz. Ela é que é espantosa. Eu olho nos olhos dela toda noite e só vejo coragem. – A voz de Robbie ficou ligeiramente embargada, e Skolnick, enquanto dirigia (e bem no centro da imagem transmitida) tocou brevemente a mão de Feaver.

À minha frente, Sennett fez um muxoxo, aparentemente imaginando o efeito da ternura de Skolnick sobre um júri.

Afastando o desespero, Robbie enfiou a mão na pasta e, circunspecto, retirou o envelope que os agentes haviam preparado. Sabendo antecipadamente qual era a linha de visão da câmera, ele segurou o pacote de encontro ao peito, para que ficasse totalmente visível. Depois, com o palavreado sem nexo que essas cenas aparentemente exigiam, deixou o envelope escorregar dos dedos para o banco e, não exatamente sob a visão da câmera, enfiou-o na fenda entre o assento e o encosto. Skolnick, que supostamente deveria permanecer cego a essas manobras para poder negá-las depois, previsivelmente esqueceu seu papel. Em determinado momento chegou a afastar os olhos da rua para espiar Feaver, ainda que fosse suficientemente sensato para evitar qualquer comentário direto.

– E então, Robbie, como vão as coisas? – perguntou num tom neutro. – Não vejo você há algum tempo. Fiquei surpreso ao vê-lo ser convocado.

– Caso novo, juiz – respondeu ele, e descreveu o processo que Kosic transferira de Malatesta. – Stan insistiu para que Robbie pedisse um favor com relação a esse processo. Se Robbie simplesmente entregasse um pagamento pelo primeiro caso, o do motorista de caminhão, que tinha sido passado de Gillian Sullivan para Skolnick, um advogado de defesa poderia tentar caracterizar o pagamento como algo próximo de um presente, uma vez que Robbie jamais falara com Skolnick sobre o processo do motorista de caminhão. Assim, Stan queria se certificar de que o dinheiro trocando de mãos fosse ligado a um pedido de ação favorável, ainda que num outro processo. Robbie contou de modo comovente a história do pintor com câncer, mas deixou claro que esperava enganar seu oponente.

– Veja, juiz, eu tenho de conseguir um adiamento da revelação compulsória. A defesa, aquele chato do McManis, não tem ideia do câncer, sabe? Se nós começarmos com depoimentos e registros médicos, num segundo eles vão descobrir. Depois disso, o que será das perdas futuras que compõem meu caso? Sairão pela janela. "Sinto muito por sua invalidez, mas você vai morrer de qualquer modo." Por isso, eu preciso do adiamento, enquanto tento *embromar* McManis. E a pior parte, juiz, é que o pobre-diabo é viúvo. Então, se eu não levar o leite para casa, teremos três crianças sem mãe, sem pai, e sem nem mesmo um penico para mijar.

– *Oy vay* – disse Skolnick. – Quantos anos têm as *kinder*?

– O mais velho, 8 – respondeu Robbie.

– *Vay iz mir.*

Sennett se encolheu de novo ao ouvir a última parte. Robbie estava improvisando, mentindo com seu elã costumeiro, mas ao pintar um quadro sombrio das consequências para a família, ia dando um elemento de justificativa humana para o desvio de conduta que estava requisitando. Skolnick na verdade foi rápido em explicar que, segundo sua perspectiva, todo o processo era bastante rotineiro.

– No meu tribunal, Robbie, você sabe como é; se alguém entra com uma moção para encerrar um caso, uma moção para julgamento sumário, algo que possa determinar todo o processo, eu embargo a revelação compulsória. Hoje em dia todo o mundo quer que o litígio seja como um trem expresso. Quem se importa com o preço, desde que ande rápido? Mas eu embargo a revelação compulsória. Esta é a minha prática há 26 anos. Então faça você uma moção, digamos, para o julgamento do pedido, eu embargo a revelação compulsória. É assim que é. *Nu*? – Skolnick deu de ombros como se tudo aquilo estivesse muito longe de seu controle. – Agora: você quer ajuda com o seu julgamento do pedido? Não fale comigo. Minha angina vai piorar. – O juiz estremeceu numa gargalhada. Um julgamento sobre o pedido declararia a vitória para Robbie baseada unicamente em sua entrada de processo e na resposta de McManis, algo que raramente ocorria. Na minha frente, Sennett havia franzido mais a testa, enquanto o juiz delineava alegremente os limites do que era adequado. Skolnick estava sugerindo que na verdade não faria nada errado.

– Espero que não seja por isso que você está se remexendo no banco – acrescentou Skolnick. – Por causa desse novo caso.

Robbie foi brevemente surpreendido pela referência inesperada ao dinheiro. Todos nós fomos.

– Não, juiz. Esse é para o caso *Hall*. Nós tivemos um resultado fantástico depois de o senhor ter negado a moção deles para desconsiderar meu pedido de compensações. Quero dizer, é por isso que eu estou aqui. – De maneira vaga, Robbie lembrou Skolnick do caso do motorista do caminhão cujo freio tinha falhado. Os olhos de Skolnick se contraíram enquanto ele rebuscava na memória. Concluiu com um movimento forte da cabeça.

– *Neh*, isso era da Gillian, Robbie. Ela já havia redigido a ordem quando eu recebi o caso. Nós só encaminhamos. Você deveria vê-la, coitadinha. – Ele fez alguns comentários complacentes sobre a batalha da juíza Sullivan com a bebida. Habilmente, Robbie prometeu a Skolnick que visitaria Sullivan também, mas Skolnick continuou balançando vigorosamente a cabeça. – *Neh* – disse ele de novo. – Leve isto – ele ousou fazer um gesto na direção do envelope. – Leve para casa.

– Ah, porra! – gritou Sennett. Seu grito atravessou o furgão. Lá na frente, Amari apertou o freio e se virou bruscamente para ver o que havia de errado. Stan fez um gesto para que ele continuasse, mas era tarde demais. Tínhamos perdido o sinal seguinte. Enquanto Robbie e Skolnick prosseguiam, nós vimos a pequena tela oscilar, tremular e finalmente se dissolver em neve. Em seguida, o som começou a falhas também, e chiou até silenciar. Klecker girou os botões inutilmente enquanto Sennett xingava, com as mãos e o rosto retorcidos em aflição.

Quando Amari conseguiu retornar a transmissão, o negócio entre Robbie e Skolnick estava terminado. Não houve mais outra referência ao envelope. Até deixar Robbie numa esquina perto do LeSueur, Skolnick regalou-o com uma série de piadas de judeus. A melhor foi sobre Yankel, o fazendeiro, que anos antes na velha pátria foi comprar uma vaca leiteira. Havia duas à venda. Uma, pelo que o vendedor explicou, vinha de Pinsk e daria à luz um rebanho inteiro; custava 100 rublos. A outra, de Minsk, custava 10 rublos mas só poderia dar à luz um bezerro. De qualquer modo, a vaca mais barata, de Minsk, pareceu melhor para Yankel do que a de Pinsk, e Yankel decidiu economizar seu dinheiro. Ele conseguiu que a vaca parisse com sucesso uma vez, mas em seguida ela chutava e se desviava de modo selvagem sempre que um touro tentava cobri-la. Perplexo, Yankel foi consultar o sábio rabino, que tinha algo a dizer em quase todas as situações.

– Esta vaca por acaso é de Minsk? – perguntou o rabino.

Yankel ficou pasmo com a perspicácia do rabino. Como ele sabia? O rabino coçou a barba demoradamente.

– Minha mulher é de Minsk – disse ele.

Alf não conseguiu conter a gargalhada, mas cobriu a boca com uma das mãos, em deferência a Sennett. Em seu banquinho dobrável, Stan estava morrendo de desapontamento e fúria. Depois de Robbie ter desembarcado do Lincoln vermelho de Skolnick, Stan apontou para McManis e exigiu saber como, diabos, Joe podia ter simplesmente parado. Ninguém queria sequer olhar na direção de Stan. Ele deixou os olhos se fecharem nas órbitas que pareciam feridas, e subitamente ergueu uma das mãos e apoiou-a no peito.

– Culpa minha – disse ele. – Tudo culpa minha. – Repetiu isso várias vezes. Depois de quase trinta anos, eu sabia que Stan exigia mais de si mesmo do que dos outros. Ele demoraria dias para se recuperar do fato de ter estragado o negócio. Paralisado no banco estreito, Sennett era aquilo em que se tornava rarissimamente, e que ele menos desejava ser: alguém de quem todo o mundo sentisse pena.

COMO FEAVER IA voltar primeiro para o edifício LeSueur, Evon fora designada para esperá-lo no escritório de McManis para poder desligar o FoxBIte. Ela ficou lá sentada, batendo com a unha do polegar no dente, irritada pelo suspense, até que Shirley Nagle, a agente disfarçada que bancava a recepcionista do escritório, passou um telefonema de Jim para a sala de reuniões. Ele estava no telefone do furgão, e explicou o que dera errado. Amari havia se atrasado no tráfego atrás de Skolnick, e demorou a se aproximar o suficiente para desligar a câmera, esperando que no intervalo Skolnick pudesse ser visto pegando o envelope. Mas isso não acontecera, e fez parecer, pelo menos para um advogado de defesa, que o dinheiro não estava mais lá.

– Não deixe Feaver saber o que há de errado – instruiu McManis –, mas, antes de desativar, você precisa fazer com que ele descreva em detalhes o que aconteceu. Depois reviste-o cuidadosamente. Se ele disser que Skolnick pegou o dinheiro, esta será nossa única confirmação.

Feaver entrou na sala de reuniões alguns instantes depois. Quando Evon perguntou como os fatos sucederam, ele levantou os dois polegares nas luvas de couro, mas sinalizou para as costas, onde o gravador ainda estava rodando. Um dos protocolos que Feaver tentava seguir com sucesso irregular era evitar conversa fiada enquanto estava com o equipamento de gravação. Até a observação mais inócua poderia voltar-se contra ele num interrogatório de tribunal.

– Hoje nós precisamos falar. – Evon prometeu explicar mais tarde.

Robbie disse que simplesmente havia desconsiderado a sugestão de Skolnick para pegar o dinheiro de volta. Houvera alguns gestos de discussão entre os dois, mas com o tempo Skolnick sucumbira com um dar de ombros elaborado.

Então ela pediu que ele ficasse de pé.

– Preciso revistá-lo.

Os olhos de Robbie se estreitaram com um brilho estranho, indo da descrença para a luxúria, mas ele se levantou de braços abertos.

– Sou todo seu.

Ela havia revistado homens antes, claro. Os regulamentos não eram muito favoráveis. Mas quando se era a primeira pessoa a chegar num indivíduo que estava sendo preso, não se ficava girando os polegares esperando para ver se ele puxaria um canivete de 12 centímetros. Mas ela nunca havia revistado uma pessoa conhecida. Era estranho. E quando os dois haviam lutado, ele parecia maior e mais sólido do que ela imaginara. Evon tateou as pernas das calças, revirou os bolsos e passou o mais rápido possível sobre a virilha. Teve um medo súbito de que ele tentasse algo medonho, que segurasse sua mão lá ou projetasse os quadris para a frente. Nesse momento ela percebeu que deveria ter pedido a Shirley para ficar ali. Mas Robbie não reagiu. Tinha noção de palco suficiente para perceber como poderia deixar os dois mal na gravação. Ela era quem estava tensa. Virou-o e repetiu o procedimento nas costas. No fim, revistou sua pasta e o sobretudo, depois descreveu tudo o que havia descoberto, pegou o controle remoto e desligou o FoxBIte.

– Foi bom para você como foi para mim? – perguntou ele então.

– Escute, meu chapa, eu quase tinha dito que não encontrei absolutamente nada nas calças desse garoto.

Ele pôs a mão no coração, mas estava sorrindo. As insinuações, as brincadeiras; ela sentiu que ele estava achando que estava atraindo-a para seu lado.

Nesse ponto, ele já havia deduzido que a câmera não tinha funcionado. McManis pedira que ela ouvisse imediatamente o que o FoxBIte capturara e informasse a eles no furgão. Robbie puxou o microfone pela casa do botão e tirou a camisa, e ficou feliz em se livrar do aparelho. Suas costas estavam irritadas por ter ficado sentado pressionando-o. Nesse ponto, Klecker já deixara instruções com Shirley sobre como baixar as gravações para o computador. Shirley, uma mulher de cabelos encaracolados próxima dos 50 anos, ajudou, e os três ouviram juntos. No momento crítico, enquanto Feaver e o juiz tinham trocado seus gestos de duelo com relação ao envelope, houve algumas palavras; na verdade, os dois tinham dito: "qual é!", mas nada indicava claramente o que fora feito do dinheiro. A única prova direta de que Skolnick havia aceitado seria a palavra de Robbie. Desde o início Sennett soubera que um criminoso confesso diante de um juiz era derrota garantida diante da maioria dos júris.

– Minha nossa – disse McManis quando Evon telefonou para ele. – Tudo o que pode dar errado dará. – Ele pediu para falar com Robbie, para dizer que ele fizera um grande serviço.

Depois, Feaver, que havia vestido a camisa sem abotoar, tirou-a de novo e pediu a Evon para ajudar a retirar os metros de fita adesiva que haviam prendido o FoxBIte e ainda estavam em volta de seu abdome.

– Puxe a fita rápido – disse ele. – Vai doer feito o diabo.

Ele estava certo. A parte superior de seu corpo era densamente coberta de pelos pretos e crespos, chegando à espessura de uma pele de animal sobre o peito e descendo pela linha média da barriga. Ele parecia um lêmure, ou algo que despertava vontade de acarinhar. Klecker sugerira que ele raspasse os pelos, mas McManis disse que não, isso poderia provocar muitas perguntas na loja de roupas, ou no consultório médico, ou no vestiário da academia onde Robbie ainda aparecia ocasionalmente nos fins de semana.

– Eu passei minha vida arrancando fita adesiva – disse Evon. Ela cortou a fita com uma tesoura, depois soltou as pontas, fazendo uma abertura logo acima dos quadris, onde a carne ficava macia. Ela estava a centímetros, suficientemente perto para captar todo o seu perfume, o calor do corpo e o seu tamanho, a sensação áspera de todo aquele cabelo na parte superior do corpo. As pessoas que eram bonitas, mulheres *e* homens, sabiam disso. Orgulho, um sentimento de atenção e de confiança no efeito que causava irradiava-se de Robbie Feaver o tempo todo. Com ele ainda seminu, era como se fosse removida uma veste de veludo que continha essa emanação.

– Pronto? – perguntou ela.

Robbie pôs as mãos no ombro dela para se firmar.

– Diga que você não vai gostar disso.

– Mamãe me ensinou a não mentir. Segure-se. – Evon encostou os joelhos contra o dele, procurando apoio. Naquele momento sentiu algo pulsando. Talvez Robbie tivesse estremecido, ou apertado subitamente seus ombros. Durou só um segundo e ela evitou o olhar dele. Em seguida, puxou as camadas da frente com um único gesto, espantada com o vigor, a pura selvageria da gargalhada que irrompeu dela enquanto ele emitia um grito de dor meio contido.

16

Tendo prometido um juiz a Washington e tendo fracassado em entregar Skolnick, Sennett voltou sua atenção para Silvio Malatesta. Stan contou-nos que havia proposto grampear a sala de audiência de Malatesta, mas a juíza Winchell não aprovaria uma escuta que levasse ao risco de audição prolongada de funções judiciais inocentes. Ela queria provas, assim como quisera antes de a câmera ser posta no carro de Skolnick, de que um incidente criminoso específico estava para acontecer.

Assim, o único modo de conseguir provas diretas contra Malatesta era se Robbie tivesse um encontro com o juiz levando um equipamento de gravação. Fora do tribunal, Feaver jamais tivera uma conversa com Silvio Malatesta que durasse mais de trinta segundos, e ele considerava a ideia um tanto absurda. Mas Sennett achava que, sem um juiz, Washington poderia desligar a tomada dentro de poucas semanas, na próxima revisão. O caso contra Walter era sólido, mas não havia certeza de que ele entregaria Malatesta. Assim, não haveria evidências suficientes contra o juiz para acusá-lo se o projeto fosse interrompido. Portanto, raciocinava Sennett, era melhor mandar Robbie contra Silvio agora. McManis concordou com relutância, embora Feaver continuasse a prever que isso seria infrutífero.

Amari começou uma vigilância de 24 horas por dia a Malatesta, mas isso mostrou que as oportunidades de um encontro casual entre

Feaver e o juiz eram limitadas. A não ser para o trabalho, Malatesta raramente saía de casa sem levar a mulher pelo braço, um ser humano miniatura, de 1,40 ou 1,45 metro, que andava com saltos altos gigantescos. Amari chamava-a de "Minnie Mouse", e Minnie Mouse era onipresente. Ia com o marido à igreja, visitar a filha e os netos, a concertos na sinfônica. Minnie era harpista, e várias vezes por semana o juiz Malatesta foi observado colocando e tirando o instrumento dela na antiga picape da família. Muitas noites ele a acompanhava em suas apresentações em casamentos ou outras grandes festas onde seu toque suave geralmente se perdia no barulho de louças e vozes. Silvio sentava-se sem atrapalhar, estudando processos e memorandos e aplaudindo reservadamente ao fim de cada música.

Depois de uma semana, Amari concluiu que o único momento para abordar o juiz era quando ele dava aulas. Na época professor adjunto da Faculdade de Direito Blackstone, onde anteriormente trabalhara em tempo integral, Malatesta continuava com uma única cadeira de direito civil. Todas as terças e quintas ao meio-dia ele caminhava os dois quarteirões do tribunal até o prédio de setenta anos da Faculdade Blackstone. De cabeça baixa enquanto recitava a aula do dia, ele passava pela elaborada fachada de concreto da faculdade para o interior de carvalho escuro. Fora de sua sala, segundo Amari, Malatesta observava invariavelmente o hábito de muitos homens de mais idade, e se demorava um momento no banheiro. E era ali que Robbie teria sua chance. Com o objetivo de impedir intrusões, Klecker faria o papel de zelador, barrando a entrada com os pequenos letreiros de plástico amarelo usados pelos funcionários da faculdade, cujas equipes na verdade faziam uma visita todos os dias às 16 horas. Klecker tinha certeza de que ninguém prestaria muito atenção em alguém esfregando o chão do mictório. Havia uma centena de possibilidades de isso fracassar, especialmente se outra pessoa acompanhasse Malatesta na entrada, mas os riscos eram considerados toleráveis. Se questionado, Alf responderia em polonês e continuaria o serviço, enquanto Robbie bateria papo com o juiz.

Eu já havia pensado algumas vezes na ubiquidade dos banheiros masculinos nos processos de corrupção pública. Desde que entrei para a chamada Vara dos Colarinhos-Brancos, onde casos de suborno são extremamente comuns, havia pelo menos um caso por ano em que alguma situação importante havia acontecido no banheiro. Eu continuava perplexo tentando entender por que dois sujeitos optariam por trocar dinheiro diante do mictório. Seria por que só se tem uma mão livre e nenhum dos dois poderia pegar uma arma? Por que estão, por assim dizer, expostos? Por que todos sabem que isso é na verdade um negócio sujo? Devia haver algo profundamente simbólico. Qualquer que seja o motivo, acontece com frequência suficiente que um caso de suborno praticamente sem saída para o réu seja rotineiramente resumido como "eu estava dobrando dinheiro no banheiro masculino". Inevitavelmente os jurados não se sentem dispostos a acreditar que as duas partes quisessem fazer algo bom.

De modo que às 11h30 de quinta-feira, 18 de março, Robbie recebeu o equipamento de gravação e partiu para a Blackstone. Ele estudara direito lá e, se necessário, diria que sua presença se relacionava com atividades de ex-alunos. Evon ia junto como testemunha, de novo para confirmar que Malatesta era a única outra pessoa a ter entrado e saído do local e que, portanto, a voz dele era a outra presente na gravação.

Feaver se imobilizou assim que os dois entraram no saguão gótico da Blackstone. Havia odores misturados, de cera de assoalho e encanamento em deterioração, e ele examinou os arredores até as arcadas do teto. Disse que não voltava ali havia anos.

– Más lembranças?

– Mais ou menos. Eu não gostaria de cruzar com o velho reitor. Ele teria um ataque cardíaco se soubesse que eu estava exercendo advocacia.

– Por que outro motivo ele achava que você entrou na faculdade de direito?

– Ah, ele sabia que era por isso que eu havia entrado. Mas quando saí ele já conhecia o meu show. Ele não seria minha principal referência para conseguir o registro profissional. – Como sempre, Robbie se divertia com suas extravagâncias do passado.

Ele entrou rapidamente no banheiro masculino, onde o plano exigia que se trancasse num reservado. Evon sentou-se num banco de carvalho, com boa visão da área, e Alf, assobiando baixinho uma

Polonaise de Chopin, apareceu menos de um minuto depois com seu balde e seu letreiro. Ele manteve a porta entreaberta para induzir o único outro ocupante a sair.

Às 12h05 Malatesta apareceu vestido com o sobretudo que, como todas as suas roupas, parecia ligeiramente grande demais. Parou quando viu Alf e seu letreiro, mas Klecker fez um gesto cortês e Malatesta entrou, sorrindo em humilde gratidão.

Do lado de fora, com o fone de ouvido, Evon pôde escutar a porta do reservado se abrir e os sapatos de Robbie rangendo nos ladrilhos. O roteiro exigia que ele se colocasse num dos mictórios. Não houve engano quanto ao som de sua braguilha sendo aberta. Malatesta chegou ao lado de Robbie, cantarolando em voz baixa algum tema musical, talvez o mesmo que ouvira Alf cantar.

– Ei, juiz – disse Robbie. – Robbie Feaver.

– Ah, sim, Sr. Feaver. É um prazer vê-lo. Um grande prazer vê-lo.

Robbie se desculpou por não oferecer a mão. Um riso, um tanto sem graça, emergiu de Malatesta, que previsivelmente era tímido com relação ao humor de banheiro. Robbie perguntou o que o juiz estava fazendo ali, e Malatesta fez um resumo rápido dos casos que ensinaria naquele dia, numa aula sobre risco presumido.

– Aquele processo *Ettlinger* – disse Robbie. – Foi uma decisão meio incompetente.

– Bom, é um pouco mais interessante do que isso.

– Quero dizer para um reclamante. É ruim.

– Bom, é – disse o juiz. A descarga trovejou em cachoeira. Feaver fora instruído por Klecker para não tentar nada de significativo antes disso; aparentemente ele tivera alguma malsucedida experiência anterior nesse tipo de ambiente. Nesse instante a voz de Robbie baixou.

– Juiz, com relação àquele caso Petros, obrigado. Foi uma decisão fantástica. Nós conseguimos um acordo ótimo.

A isso seguiu-se um silêncio de duração apavorante. Malatesta, pelo que Robbie informou mais tarde, ficou claramente espantado. Ele ergueu a mão para tocar o aro preto de seus óculos. Dada a cautela de Silvio e às chances limitadas de sucesso, a situação não pedia que Robbie fizesse qualquer declaração impetuosa. Ele deveria cortar a conversa de imediato se Malatesta partisse para algo abertamente defensivo. Pela imobilidade de Feaver ficou claro para Evon que ele já estava com medo de ter passado do ponto. Ela o ouviu andando, e depois água correndo na pia. Depois, acima do farfalhar de uma toalha de papel, Malatesta falou inesperadamente:

– Na verdade, eu deveria agradecer ao *senhor*, Sr. Feaver.

Dessa vez foi Robbie quem perdeu o prumo por um segundo.

– Tudo bem, juiz. O prazer foi meu. Verdade. Eu tenho muito respeito pelo senhor. Só queria que o senhor soubesse que agradeço o que fez.

– O seu agradecimento foi evidente, Robbie.

– Eu tentei.

– Os seus papéis estavam excelentes. Excelentes. A maioria dos advogados, francamente, não mostram esse tipo de respeito pelo tribunal. Lamento dizer que nem todos têm tantos recursos. Vocês tinham feito uma pesquisa profunda. Os advogados no meu tribunal usam com tanta raridade alguma citação de fora do estado, ou federal, especialmente alguma que tenha criado precedentes significativos. Isso ajudou os senhores. Além disso, a questão era muito difícil. Mas o senhor me convenceu de que tinha as cartas mais fortes. Não dá para dizer se o tribunal de apelações teria concordado. Nós dois estaríamos prendendo o fôlego. Sabe, quando saí da faculdade de direito, eu trabalhei no Tribunal Federal do Distrito, com o juiz Hamm, e ele sempre me dizia: "Os advogados acham que estão sendo anulados. Eles acham que perderam. Mas é o meu nome que vai estar na opinião. Eles dirão que fui eu quem cometeu o erro." – Malatesta deu um leve riso, lembrando-se dessa frase. – Ele me diria que eu deveria ficar satisfeito em saber que você conseguiu um acordo.

Robbie, perplexo durante toda a conversa, hesitou de novo.

– O senhor não sabia?

– Eu sabia? Talvez tenha escapado da minha mente. – A tampa de uma lata de lixo bateu. – Mas tenho certeza de que foi uma boa ideia. Assim foi melhor para todo o mundo. Certo? Naturalmente. As partes querem um resultado com o qual possam lidar, não querem seus nomes num livro didático. Claro, eu sempre terei um mínimo de curiosidade sobre o que o Tribunal de Apelação teria dito. Mas suponho que podemos simplesmente passar para o próximo. *Nós* sabemos, certo? – Malatesta tossiu outro risinho, e o arrastar de seus sapatos foi se afastando. – Vejo-o no tribunal – gritou. – Espero achar o próximo igualmente interessante.

– Será.

Quando Evon viu Malatesta sair, ele parecia estar sorrindo. Levava o sobretudo dobrado no braço e entrou na grande sala de aula com suas fileiras de arquibancadas. Dois estudantes receberam-no com perguntas assim que ele começou a descer.

– Meu Deus – disse Robbie logo que McManis desligou o FoxBIte, de volta no escritório. – Que sujeito pirado! Esse cara tem um parafuso a menos. Num instante ele está comigo, e depois... – Robbie soltou um suspiro e lançou a mão para o espaço.

Eu tinha sido chamado assim que Feaver voltou. Klecker havia terminado de baixar a gravação e adiantou-a até o encontro no banheiro quando Sennett chegou.

– Muito inteligente – disse Sennett depois de ouvir. Ele estava radiante. – Muito inteligente. O sujeito captou a mensagem. E agradeceu. Adorei a frase sobre os seus papéis serem excelentes. Principalmente os de 50 e de 100.

Vários dos agentes que apinhavam a sala de reunião riram.

– E os papéis federais cheios de significado – disse Evon. Ninguém mais havia captado a frase, e Alf voltou a gravação para repassar essa parte. Robbie havia se mexido um pouco, e as palavras estavam um tanto obscuras, mas dessa vez todos ouvimos.

– Que raposa – disse Sennett. – Adorei esse show bancando o visitante de outro planeta. Mas nós o pegamos. Gostei do alerta sobre se desviar de tudo que possa causar problemas no Tribunal de Apelações. – Stan evitou o "eu disse a vocês". Mas mesmo assim isso irradiava dele.

McManis lançou um olhar na minha direção. Aquilo era menos do que o tiro certeiro que Stan imaginara. O advogado de defesa de Malatesta diria que tudo não passara de uma discussão sobre um processo. Por que a preocupação com o Tribunal de Apelações se Malatesta estivesse reconhecendo um suborno? E se ele tinha sido pago, saberia que o caso fora resolvido por um acordo. Mas agora Stan tinha alguma prova, particularmente se primeiro conseguisse fazer com que um júri visse Malatesta como extremamente cauteloso. Nesse caso, as observações casuais ganhariam forma.

– Nós precisamos de mais – disse McManis de repente. Jim nunca tinha sido tão direto. As lutas entre ele e Stan iam ficando mais explícitas dia a dia. Sennett recebeu mal a observação de McManis, mas, refletindo, assentiu.

– Precisamos. E conseguiremos mais – disse Stan. – Precisamos continuar trabalhando nos casos levados ao Malatesta. Mas agora nós o temos falando com Robbie. E com isso eu posso conseguir convencer Moira de novo. – Sennett permitiu que um pouco mais do jorro de vitória entrasse em seu sorriso. – Mas estamos no caminho certo, Jim. Não estamos? Você precisa admitir isso. Washington verá.

McManis respondeu apenas com um leve movimento de cabeça. Que eu lembrasse, era a primeira ocasião em que ele não se mostrava absolutamente gentil. Em vez disso, olhou para o outro lado, e elogiou os agentes e Robbie pelo trabalho.

17

– Temos um problema. – Era o fim do dia, quase 16 horas de 22 de março, a segunda-feira depois do encontro de Robbie com Malatesta na faculdade de direito. Pelo telefone, Sennett estava no estilo imperial. Não disse seu nome, simplesmente ordenou que eu me encontrasse com ele no escritório de Jim dentro de dez minutos. Ao chegar, encontrei McManis e Alf Klecker com Sennett na sala de reuniões, todos de rosto caído e sério. Sennett estava com seu terno azul bem-passado e no comando de sua pessoa pública, maxilar proeminente, controlando tudo. Girou um dedo e Alf abriu outra parte dos armários de carvalho revelando um grande gravador de rolo, um Grundig de aço inoxidável que começou a rodar imediatamente.

Os sons demoraram um instante para serem identificados. Havia papel sendo amassado com uma clareza estranha, o barulho de vários objetos se aproximando do microfone. Algo bateu com o impacto parecido com o de uma tora de madeira.

Perguntei a Klecker se era uma "escuta", a expressão delicada dos federais para um grampo.

– O microfone está no telefone da mesa. O som vem direto para cá pelas linhas existentes. – Alf sorriu com orgulho inocente, até que Sennett girou e fulminou-o com um olhar por estar violando os limites do "saber necessário".

Havia novas vozes, ambas de mulheres. A distância, alguém estava falando com a mulher mais próxima sobre a duração interminável de um interrogatório.

– Alguém que você reconhece? – perguntou Sennett. Eu não reconhecia.

– Vou lhe dar uma pista – disse ele. – Dois anos à nossa frente na faculdade de direito. – Nada me chamou atenção, até que a voz distante dirigiu-se à primeira mulher como "juíza".

Magda Medzyk! Magda tivera uma longa carreira na promotoria, supervisionando apelações, depois entrara para a magistratura. Era uma solteirona impassível, de cabelos frisados, uma daquelas pessoas que pareciam ter chegado à meia-idade já na época da faculdade. Seu guarda-roupa jamais mudara, seus conjuntos eram sempre suficientemente grossos para parecerem blindados, guardando uma figura de proporções matriarcais. Perguntei a Stan onde ela estava trabalhando no momento.

– Ela está julgando moções especiais na Vara Cível. Fique ligado. Vamos chegar à parte boa. – Stan permitiu-se um sorriso fino. Parecia que Magda voltara a escrever em sua mesa, quando a secretária anunciou uma visita. O Sr. Feaver.

– Robbie! – um cumprimento feliz, escancarado. Ele se dirigiu a ela como "juíza" e fez uma piada com a secretária sobre o fato de que a pegara comendo uma caixa de chocolates no almoço. Quando a secretária se retirou trocaram amenidades, e ouviu-se um estalo quase imperceptível, que num instante reconheci como a fechadura da porta. Fiquei enjoado ao perceber o que acontecia: Robbie estava para resolver um caso com uma juíza de quem não tínhamos ouvido falar nada.

Houve pouquíssima conversa fiada.

– Venha cá – disse Robbie. Dava para ouvi-lo se aproximando. As molas da poltrona dela cantaram, houve um barulho áspero de roupas e, para minha perplexidade, Magda Medzyk emitiu um gemidinho de prazer. Tive certeza de que havia entendido errado quando ele disse que ela tinha os peitos mais fantásticos do mundo.

As coisas progrediram rapidamente, a percussão que comumente acompanhava o animal humano excitado: zíperes, sapatos batendo no chão, respiração agitada. Robbie e a juíza finalmente afastaram-se do telefone, imaginei que para um sofá, mas os sons continuaram reveladores. Magda adorava gemer. E do jeito como as coisas foram, também se divertiu tremendamente quando Robbie empregou certas palavras anglo-saxãs. Ele não poderia ter produzido uma gravação mais explícita se fosse uma narrativa de viagens. Enquanto descrevia suas atividades seguintes, gargalhadas graves brotavam dela. Xota rosada. Pauzão duro. O riacho corrente dos sons felizes de Magda era o que impedia que aquilo parecesse totalmente um show erótico.

– É o suficiente? – perguntou Stan.

Claro, falei. Klecker tapava a boca com os dedos, mas estremecia de tanto rir. McManis, por outro lado, havia se afastado dos alto-falantes assim que a gravação se iniciou. Tinha passado a maior parte do tempo olhando para o próprio polegar.

– E então? – perguntou Sennett.

Ele tem um velocímetro no zíper, lembrei-lhe. Não tinha visto o que havia de tão importante.

– Você conhece a definição de suborno, George? Qualquer tipo de benefício destinado a influenciar a ação de uma autoridade pública.

Cheguei a rir dele. Promotores! Para mim, Robbie parecia o beneficiário.

– A dona que está naquela fita não é de parar o trânsito, George.

– E ele não livra a cara de ninguém.

– Olhe, George, diga o que quiser. Moira Winchell não teve qualquer problema para assinar o mandado.

Stan estivera jogando em seu próprio campo. A juíza-chefe Winchell, gélida e oficiosa, teria ficado escandalizada com aquilo, especialmente como mulher com poder semelhante. Mas eu não podia acreditar que Sennett iria abrir um processo por causa daquilo, e falei isso.

– Não sei o que vou fazer, George. Mas uma coisa eu sei – com olhos de mira de arma, Stan inclinou-se sobre a gigantesca mesa de reuniões –, o seu cliente tem segredos. Ele está comendo a juíza e depois levando moções para ela. Nas quais ele tem uma taxa de sucesso estratosférica, devo acrescentar. Quero saber o que mais ele está escondendo. Ainda não levei isso para Washington. E você sabe muito bem que eu não quero acabar com o projeto. Gostaria de apresentar a fita como informação adicional surgida no curso da investigação. Mas só posso fazer isso uma vez. Na próxima, eles vão encerrar com tudo e mandar Robbie passar entre quarenta e 72 meses na cadeia. De modo que é o seguinte, George: dia de anistia na biblioteca. Quero todos os livros abertos, e sobre a mesa.

Sentei-me numa das cadeiras giratórias, confuso. Havia muito eu estava acostumado com as atitudes idiotas dos clientes. Em vez disso, me encontrava perturbado com um enigma jurídico. Independentemente do quanto a juíza-chefe Winchell estivesse apoiando, a lei exigia uma causa provável, uma prova confiável, relativa a esse encontro supostamente corrupto antes que um grampo fosse autorizado. De onde viera essa prova? Perguntei a Stan, e me arrependi imediatamente quando ele deu um sorriso afetado.

– Você deveria estar pensando nisso em particular, George. A resposta do governo à pergunta é: não é da sua conta. Mas eu o alertei. Eu disse que nós saberíamos.

Gemi quando a resposta me veio: eles haviam grampeado Robbie também. Sennett ficou absolutamente estoico quando propus essa ideia. Ele foi até o equipamento eletrônico nos armários e examinou-o minuciosamente, como um comprador numa loja.

Falei que aquilo era baixo demais, fazer um trato com o sujeito e em seguida sacaneá-lo, independentemente do que os loucos do UCORC estivessem exigindo. Mas foi um erro ser tão direto com Stan, dado que tínhamos uma plateia. O lado pessoal do nosso relacionamento não fora realmente manifestado diante dos agentes. Sennett sentiu-se forçado a se defender, particularmente porque o silêncio contínuo de McManis telegrafava um mal-estar profundo com os acontecimentos do momento.

– George – disse Sennett. – Você pode gostar desse cara. Mas para mim ele é um cavalo de Troia com um gravador no corpo, só isso. Ele poderia muito bem ser um robô. Preciso de duas coisas para vencer esses casos: gravações mortais e provas de que o governo o fez manter a barganha e não o deixou simplesmente entregar dinheiro aos juízes que ele odeia. Se um júri achar que isso aconteceu, é preferível nós deixarmos todo o mundo solto do que permitir que um bandido como Robbie use o seu favoritismo. E, francamente, pelo que eu ouvi, parece que foi isso o que aconteceu.

– Mas *grampeá-lo* – insisti. – Um trato para cooperar não autoriza esse tipo de intromissão grosseira na vida privada dele.

– Nós estamos na legalidade – reagiu Stan. Como promotor, ele se ressentia contra a sugestão de abuso. – Estamos totalmente na legalidade. É só isso que vou dizer. – Em seguida, lançou-me mais um olhar furioso, pegou o paletó pendurado numa cadeira e vestiu-o.

– Não. Vou dizer outra coisa, George. Porque não gosto da sua carolice. O seu amado cliente é o que as pessoas têm no pensamento quando usam a palavra "advogado" como um termo pejorativo. Ele tratou a profissão da qual você e eu temos orgulho como um equivalente à cafetinagem. E ficou rico fazendo isso. E quando nós o pegamos, ele fez um acordo para contar toda a verdade e nada mais que a verdade, acordo que ele parece não ter cumprido. E é melhor que você e ele entendam que farei tudo o que estiver no limite da lei para proteger esses processos. Porque preciso, George. Porque as pessoas do outro lado, os colegas do seu cliente, os Brendan, os Kosic, têm uma lei própria. Para eles não há limites. São homens implacáveis. – Meu amigo Stan Sennett olhou da porta, com os olhos escondidos na sombra da aba do chapéu. Estava apontando para mim, um gesto querendo indicar que ele não queria cortesia ou qualquer de meus outros fingimentos.

– E se eu não estiver disposto a ser tão duro quanto eles, a pegar cada vantagem permissível; se eu não estiver disposto a isso, algo terrível acontecerá, George. Eles vão sair dessa. E farão tudo isso de novo e de novo. Eles vencerão, George. E nós perderemos. Você e eu. E a profissão da qual temos orgulho. – Ele olhou de novo da entrada. – E eu não quero perder.

Feaver andava de um lado para o outro da minha sala, furioso.

– Isso é corrupção? – perguntou. – Deixar que uma mulher solitária tenha um pouquinho de afeto?

Segundo a gravação, sugeri, não foi tão pouquinho. O humor grosseiro, um esforço para acalmá-lo, provocou um sorriso fugaz, mas ele praticamente não diminuiu o passo.

– Certo, eu como a dona. E daí? Ela é uma mulher, uma pessoa, pelo amor de Deus é uma pessoa fantástica. Você acha que ela estava procurando isso? Eu vinha sussurrando bobagenzinhas no ouvido dela há anos. Você sabe quem é Magda? Ela foi noviça, morou num convento até os 19 anos. Ainda mora num apartamento com a mãe de 88 anos. E nós trepamos na sala dela porque ela preferiria morrer a ser vista saindo de um quarto de hotel com um homem. Essa mulher, George, não fez sexo com ninguém antes dos 40 anos, e depois só porque não podia suportar a ideia de ser virgem, ela se encheu disso e deixou que o zelador do prédio transasse com ela num dia em que sua mãe tinha ido visitar um parente. Tremenda história. O cara falando com ela em polonês, do qual ela não entende uma palavra, e cheirando, segundo ela, meio como europeu. E então, claro, ela ficou tão sem graça que se mudou no mês seguinte. Quero dizer, ela é tremendamente engraçada quando fala disso. Você sabia que Magda era engraçada?

Eu tivera um julgamento de quatro semanas com a juíza Medzyk quando ela estava na Vara Criminal, e não me lembrava de um momento que tivesse rendido mais do que um sorriso momentâneo. Ela tinha boa conduta e uma capacidade melhor do que a média, mas para os objetivos de Robbie e meus, só o que importava nela era o fato de que ela era uma juíza, diante de quem ele se apresentara no correr dos anos.

– Eu *gosto* de Magda, pelo amor de Deus. Realmente gosto dela. Nós nos divertimos muito juntos. Gosto dela, quer ela decida a meu favor ou não. E ela não decide sempre a meu favor. Eu recebo um sorrisinho e um dar de ombros quando a situação vai para o lado errado, como se dissesse: o que eu posso fazer, esse é o meu serviço, não é?

Ela não devia julgar de um modo ou de outro, não naquelas circunstâncias. Era a vergonha, dava para ver, que a impedia. Ela não recusara os casos de Feaver porque morreria se algum dia fosse chamada a explicar os motivos ao juiz-presidente.

– Então eles vão colocá-la na penitenciária por ter transado?

Provavelmente não. Não havia qualquer menção a algum processo na fita que eu tinha ouvido, e Robbie insistiu que nunca houvera. Mas isso não obscurecia a mensagem mais ampla de Sennett, de que Robbie não tinha o direito de escolher de quem iria falar.

– Por que eu estaria escondendo algo? – perguntou. – De verdade?

Minha primeira resposta foi Mort. Robbie deu um salto. Eu o havia apavorado, ou assustado, talvez ambas as coisas. Minha preocupação contínua era que Sennett e eu algum dia teríamos uma conversa franca como a daquele dia mas nela Mort é que estaria na fita, enfiado até as orelhas em tudo aquilo. Disse a Robbie que o trem estava saindo da estação. Qualquer coisa que devesse ser dita sobre Mort ou alguma outra pessoa tinha de ser ouvida naquele momento. Ele insistiu, como sempre, no fato de que Mort estava limpo.

– Não acredita? – Seu rosto moreno era um farol de inocência batismal.

Mesmo antes de convocar Robbie, eu havia telefonado para um investigador particular chamado Lorenzo Kotrar, a quem eu representara alguns anos antes, quando ele foi acusado de violar o estatuto federal para escuta eletrônica. O pobre Lorenzo pegara o marido de sua cliente, um capitão da polícia, com a boca na botija, mas o capitão recebeu mais do que uma recompensa quando Lorenzo foi passar seis meses na penitenciária federal de Sandstone. Quando Lo foi solto, descobriu que a notoriedade de seu caso levara a uma demanda significativa por sua especialidade técnica. Agora trabalhava do outro lado da rua, por assim dizer, fazendo varredura e tirando grampos, geralmente para grandes empresas, mas também para pessoas que temiam estar sendo vasculhadas por cônjuges e sócios, para não mencionar o governo. Ele estava telefonando do escritório de Robbie, onde Feaver o recebera antes de vir se encontrar comigo.

– Está limpo – disse Lo, mas não podia dizer que Sennett não houvesse tirado o grampo, antecipando a varredura. Klecker tinha um acesso tão livre à central telefônica do prédio que poderia ter sido uma questão de nada mais do que apertar o interruptor. Lo ofereceu-se para examinar o carro e a casa de Robbie em seguida, mas Feaver tinha certeza de que suas duas ligações para Magda tinham sido feitas do escritório.

Olhei para o rio lá embaixo, onde as luzes da cidade nadavam na corrente. Continuava sendo possível que Sennett houvesse grampeado a sala de Magda por outros motivos. Talvez Robbie tivesse caído numa armadilha feita para outra pessoa. Mas ele considerou a ideia risível.

– Magda é uma pessoa de qualidade. Ela nem saberia como ser uma bandida.

– Então onde? – perguntei. – Onde Stan conseguiu uma causa provável para plantar o grampo?

Os olhos negros de Feaver estavam imóveis mas, se ele sabia, não iria me dizer.

18

McManis telefonou para Evon naquela noite. Ele jamais fizera isso antes, e manteve o disfarce, dizendo que não tinha recebido uma cópia do sumário de Feaver num processo em que ele deveria dar a resposta no dia seguinte. Insistiu, cordial mas com firmeza, que ela o levasse ao escritório dele imediatamente.

Ele mesmo destrancou a porta. Depois das 20 horas o edifício LeSueur tinha um ar de cidade fantasma. Um faxineiro passava uma enceradeira no corredor, mas, exceto os guardas de segurança, foi a única pessoa que ela viu.

Em algum lugar, jovens advogados faziam horas extras, mas eram confinados como segredos, revelados apenas pelas ocasionais luzes visíveis da rua.

McManis contou-lhe a história em pinceladas rápidas. O coração de Evon estremeceu no momento em que pensou que ele iria rodar a fita, mas Jim era antiquado demais para isso. De qualquer modo, a reação predominante de Evon foi a vergonha. Era como se alguém tivesse jogado ácido de bateria em suas veias. Ela fora colocada no escritório de Feaver para impedir ou detectar episódios exatamente como esse.

– De modo que eu fiquei realmente bem nisso – disse ela, quando Jim terminou. Pela experiência, Evon teria esperado algo magnânimo da parte de McManis, seu sorriso usual, leve e silencioso. Mas os olhos dele permaneceram imóveis enquanto a observava. Jim estava com a gravata frouxa e as mangas da camisa enroladas. Duas embalagens de comida chinesa estavam na extremidade da comprida mesa de reuniões, uma delas emitindo um forte cheiro de alho.

– E você não tinha nenhuma pista disso? – perguntou ele. – Não tinha nenhuma ideia desta juíza.

"Baque" era a palavra usada pelos agentes, o jorro de merda no coração quando subitamente você via que tinha estragado tudo. Claro, ela sabia. Houvera aquela observação sobre transar com uma juíza feita por Feaver depois da primeira vez em que os dois tinham visto Walter.

– Mais alguém ouviu falar nisso? – perguntou McManis. Ele estava totalmente concentrado, atento.

Ela tamborilou os dedos. Tinha contado a Alf, que mostrava uma persistente curiosidade mórbida com relação às escapadas de Robbie.

– Alf? – McManis olhou para o veio falso da mesa de reuniões enquanto ponderava. Atrás da porta de aço, os sons da noite na cidade eram espantosamente distantes. – Alguém passou por cima de mim nesse negócio – disse Jim finalmente. – Alf deve ter deixado escapulir. Talvez para os agentes locais da vigilância. Mas Sennett soube. E passou por cima de mim. Ele me entregou um mandado assinado na sexta-feira de manhã, pediu que eu mandasse Alf fazer a instalação. Sem detalhes. Deve ter usado os caras da Receita para conseguir a causa provável. Eu não entendi por que ele estava tão agitado. – McManis flexionou a mão, cujos dedos eram ligeiramente tortos. Seus modos usualmente afáveis haviam se transformado. Se ele era de Washington, e seus comentários nas últimas semanas vinham confirmando isso em grande parte, já passara por isso antes. Naquela cidade é sempre briga de cachorro grande. Você é passado para trás, empurrado para o lado e cortado nos joelhos. Mesmo assim, aquele não parecia o McManis.

– Ele estava mandando uma mensagem para nós – disse Jim. – Para mim. E para você. Para ficarmos mais atentos. Ele quer que, a partir de agora, você fique dentro da camisa desse sujeito. Ele já disse isso. Fique com Robbie sempre que ele sair de casa.

Como sempre, o impulso dela foi se defender. Robbie dera a entender que o relacionamento havia acabado havia muito.

– Então aprenda a lição. Qualquer coisa assim no futuro, alguma menção a outros juízes, qualquer sugestão, é melhor me contar. – A censura foi feita com amenidade, mas queimou-a por dentro. – E quando ele começar a falar... – McManis pesou o que estava dizendo. – Você precisa tentar arrancar o que puder dele. Mais. Veja se consegue. Deus sabe o que mais pode haver.

Mais. Evon quase gargalhou. Se houvesse mais, ela precisaria pegar um divã emprestado com um psicanalista. Ou um traje de mergulho. Mas a expressão de McManis não deixava espaço para humor. Sua boca pareceu preparar o que ele ia dizer em seguida.

– Esta não é a melhor parte. – E olhou-a diretamente, para que ela não perdesse o significado. Avaliou o conselho no estranho silêncio do prédio e tentou não balançar a cabeça. – Não é fácil. Trabalhar sob disfarce é o que há de mais difícil. E você sabe, o Feaver... – Jim deu de ombros. – Eu até que gosto do sujeito. Ao modo dele.

– Ao modo dele – concordou ela.

McManis sorriu.

– Eu gosto dele... – Em seguida parou e deu uma pequena balançada de cabeça e em seu penteado juvenil. Disse que havia um carro alugado para ela na garagem do porão. A partir de então, ela iria levar e trazer Feaver na porta de casa.

Enquanto ia para casa, Evon relembrou suas emoções de um modo familiar, escorregando para a humilhação. Sentia-se esmagada por aquilo, muito mais agora que estava sozinha. Quando aquilo voltasse, no momento em que fechasse a tranca do apartamento, teria se transformado inevitavelmente em fúria, sua feroz companheira. Ela fora *manipulada*! Manipulada por Robert S. Feaver, futuro criminoso e figura desprezível. Estava furiosa até com McManis, que fazia o que os chefes fazem nas situações ruins, mandando-a em duas direções diferentes ao mesmo tempo, pedindo que ela fosse mais cautelosa ao mesmo tempo em que deveria guiar o sujeito. Tinham apanhado a mulher errada para o serviço. Esse tipo de arte não existia nela. Se não respeitasse tanto McManis, deveria ter lhe dito isso.

– Sennett escroto – disse em voz alta. Jogador. Traficante de poder. – Odeio essa merda. – Bancando a garota mórmon, durante meses ela voltara ao vocabulário que havia usado no segundo grau. Os palavrões ressoando no apartamento lhe pareceram infantilmente divertidos. Sennett escroto. Em seguida gargalhou. Tinha acabado de descobrir o que McManis iria dizer sobre Feaver, no final.

Ele ia dizer: gosto mais dele do que do Stan.

ÀS 6 HORAS estava parada do lado de fora da casa de Feaver, bloqueando a saída. Ele não perguntou o motivo. Sabia que aquilo viria. Mas, para o disfarce, eles ainda precisariam ir no Mercedes. Depois de entrar, ela bateu a porta com força. Robbie não olhou enquanto Evon se remexia no banco.

– Vou estar aqui todas as manhãs, meu chapa. E vou ficar olhando enquanto você entra pela porta toda noite. E vou telefonar a cada duas horas para me certificar de que você está quietinho. Vou até amarrar um barbante no seu tornozelo quando você for ao banheiro.

Ele esboçou um sorriso, depois aparentemente reconsiderou, dadas as circunstâncias.

– Você tem a mínima ideia de como fez com que eu ficasse *mal*? – perguntou ela.

Quando ele se virou, sua expressão áspera era visível.

– Pare com essa merda. Eu sei que você me entregou. Sei que foi direto ao Sennett quando eu disse que tinha tido um caso com uma juíza.

– Eu gostaria de ter ido, Robbie.

– Então você ouve meus telefonemas também?

– Claro. Sem dúvida. Eu gravo no grampo que eu estou usando. Sennett fica acordado a noite inteira captando do outro lado.

Eles estavam a caminho. Na noite anterior havia geado outra vez, e os para-brisas dos carros junto ao meio-fio estavam cobertos com o que parecia ser grandes flocos de neve. Ele fez uma observação amarga: com ela, tudo eram negócios.

– Você não vai fazer isso – disse Evon. – Não vai me embaraçar e depois tentar fazer com que eu me sinta mal porque você foi apanhado com a boca na botija. Você não vai fazer isso, Feaver.

– Ei, eu sou adulto. Eu me arrisquei e perdi.

Evon brigou consigo mesma. Ele era sempre salvo pela intuição. Porque, claro, havia uma parte dela que inevitavelmente precisava explicar.

– Você mentiu para mim de cara limpa, e agora quer desculpas?

– Menti?

– Você não disse que tinha parado com esse negócio?

– Ah, por favor.

– Não disse? Foi o que você disse. "Parece desleal", não foi? – Muito em breve ele estaria solteiro de novo. Ela pulou essa parte por pura piedade.

– O que isso significa para você?

– Só o meu serviço. Só. Só aquilo que eu levanto todo dia para fazer. Eu estava deitada na cama ontem à noite, dando a maior bronca em mim mesma. "Como você deixou isso escapar?" Depois percebi que você tinha olhado direto nos meus olhos verdes e imbecis e me contado aquela mentira.

– De qualquer modo, você não acreditou.

– Pare de arranjar desculpas, que droga! Que tipo de pessoa você é? Como pode simplesmente dizer coisas que não são verdade? Que você *sabe* que não são verdade?

– Ei, não venha com aquele velho número: "Os homens sempre foram enganadores." Shakespeare, certo? Todo o mundo mente. "Ah, eu adoro seu cabelo." "Que grande ideia." "O cachorro comeu meu dever de casa." Meu Deus, cada minuto que você vive é uma mentira. Olhe para você. "Meu nome é Evon Miller. Sou uma mulher mórmon de Idaho."

– Mas isso tem motivo. Um bom motivo.

– E daí, eu também tinha um bom motivo.

– É? Transar e conseguir sentenças favoráveis?

Ele tentou falar, depois parou. Suas mãos se mexeram primeiro.

– Escute, quando eu fazia travessuras no palco, sempre sentia que estava experimentando fatos a respeito de mim mesmo. Pequenos pedaços de mim. Vendo se eles podiam ser remexidos até encaixar. Como se estivesse fazendo um vitral. Você pode me chamar de mentiroso, e as pessoas fazem isso. Mas pelo menos eu tentei. Não fiquei sentado por aí com as mesmas fantasias de desenho animado como todo o mundo, mantendo-as numa caixa escura e quente até que comecem a feder. Se você conversa, se você conta, se você representa a peça, se você diz "este sou eu", pelo menos isso lhe dá a chance de descobrir se você está certa.

Ela pensou num milhão de velhos ditados. Robbie era tão cheio de si que chegava a irritar.

– E quem você acha que era, tentando bancar a babá para mim?

Ele engoliu em seco.

– Alguém de quem você gostava.

Ela ficou quieta. Lembrou-se de que ele era um ator. Um ator. Um ator. Num sinal de trânsito, uma mulher no carro ao lado estava se maquiando, retocando as sobrancelhas, enquanto se esticava para o retrovisor tentando ver o resultado. Seguiram por mais algum tempo sem falar, e a agitação matinal de dois apresentadores de rádio preenchia o carro, cada um gritando para o outro na tentativa de atrair a audiência.

– Então você ouviu? – perguntou ele.

Ela simplesmente olhou para o lado. Agora Robbie conhecia o olhar.

– Ah, qual é. Eu sei que você ouviu a fita.

Continuaram com isso umas duas vezes, cada um atiçando a raiva de novo.

– Por que eu iria *me importar*? – perguntou ela.

– Porque você tem um interesse fervoroso na minha curiosa vida pessoal.

– Eu?

– Ah, qual é! É só disso que você quer falar comigo. Praticamente desde o primeiro dia. – Ele fez uma lista que aparentemente vinha guardando, começando com a garota da bandeira. Não mencionou o dia em que ela o havia revistado, mas ficou claro que o incidente lhe dera mais ousadia. Quando terminou, ela mal conseguia ouvir acima do latejamento do sangue nos ouvidos.

– Epa, epa. Lá vamos nós de novo. Como eles chamam isso? Um tema recorrente? Eu simplesmente não consigo resistir a você.

– Você tem curiosidade a respeito de uma coisa.

– Por que você não morre de vez? – disse ela como se falasse a sério. E falava.

Em vez disso, ele repetiu: ela sentia curiosidade.

– Sabe, Feaver, você tem metade da inteligência que imagina. Eu pensei que você tivesse me dito que havia captado o quadro geral. Quando fez a grande palestra sobre Shaheen não-sei-das-quantas que você beijou no palco, lembra? Pensei que você tivesse dito que tinha me decifrado inteiramente.

Uma vozinha por dentro perguntou, em nome de Deus, o que ela estava fazendo. Mas era um negócio com McManis. O único modo em que conseguia traduzi-lo era simplesmente deixar sair.

Apesar do tráfego, Robbie tinha se virado totalmente para olhá-la. Ela não se intimidou, simplesmente deixou a raiva queimar nos olhos. Por um instante, o deixou confuso. Não porque ele não lembrasse, mas porque não conseguia tirar as palavras da boca.

– Eu nunca disse isso – insistiu ele.

– O diabo que não disse.

– Não disse.

– Bom, e se eu dissesse que você estava certo? O que você diria, espertinho?

Ele se demorou um tempo tremendamente longo.

– Que você gosta de mulheres?

– O que você diria?

Ele continuou dirigindo em silêncio. Mas dava para ver que estava pensando. Seus olhos pareciam ter encolhido infinitesimalmente para dentro do rosto.

– Eu diria: bom.

– Bom!

– É – disse ele, e finalmente arriscou um olhar para ela. – Eu diria que nós temos algo em comum.

– Você sabe, eu sei que foi só uma frase. Ontem? Sobre você ser uma...

Ela ergueu uma das sobrancelhas esperando a ofensa. Estavam no Mercedes, a caminho do trabalho.

– O que eu deveria dizer? – perguntou ele. – "Sáfica?"

– "Lésbica" parece a palavra certa, se você for hétero.

– Mas você não é, é?

– Hétero?

– Não hétero.

– Olhe, o que eu sou não é da sua conta.

– Então por que você me diria?

Ela estivera pensando naquilo durante um dia inteiro. Precisava derrubá-lo de seu cavalo alto, recuperar certo controle, fazer com que ele soubesse que não a tinha totalmente sob controle. Mas sempre que sua mente se iluminava no que ela tinha *dito*, sentia vontade de se arrastar para longe.

– Acho que é uma representação – disse Robbie.

Ela disse para ele pensar o que quisesse, mas não conseguia aceitar isso. Em seguida ajeitou-se sobre o couro liso do banco do carona.

– É uma piada. Eu estou lhe contando coisas, meu Deus, contando coisas que não contei às minhas irmãs. E você fica ali dizendo: prove. O que você quer que eu faça? Que descreva minha primeira vez?

Ele pareceu pensar nisso.

– Você sabe, eu já fiz isso – disse ele, um ou dois quarteirões depois. – Já disse que eu era assim. "Invertido"? Não é esta a palavra?

– *Você* já disse que era gay?

– É, disse. Muitas vezes. Como uma representação.

– Naturalmente – disse ela com secura.

– O que isso significa?

– Esqueça.

– Você acha que eu estou sempre representando, certo?

– Olhe, conte a história. É o que você ia fazer de qualquer modo, não é? Você acha que eu estou lhe dizendo uma fala sobre ser lésbica e vai provar isso contando que já disse que era gay. O que, *claro*, é uma representação, porque ninguém jamais poderia acreditar *nisso* a respeito de *você*.

Ele encarou-a durante algum tempo. Tinham acabado de entrar na garagem do LeSueur e estacionou o carro. Meu Deus, de onde tinha vindo aquilo? Ela era má. Dava para ouvir claramente a voz de sua mãe fazendo esse julgamento: ela era *má*. Evon agarrou o pulso dele.

– Conte a história.

– Outra hora. – Ele ajeitou o cachecol olhando-se no retrovisor antes de se apresentar ao público no saguão do LeSueur.

– Certo, tudo bem.

– Olhe, não é grande coisa. Eu lhe disse que era uma representação. De qualquer modo, você vai me odiar por isso.

– Então vou tentar perdoá-lo – disse ela. Sua mãe sempre dissera que o perdão era uma virtude. Então Robbie aproveitou para olhá-la e verificar se ela estava falando sério antes de espiar pelo para-brisa em direção aos confins escuros da garagem.

– Foi só na faculdade, certo? Era uma frase feita. Eu dizia isso às garotas. Você sabe que eu estava tendo uma crise. Que achava que era assim. Que estava realmente preocupado com aquilo. E naquela época elas ficavam horrorizadas. Por minha causa. Você sabe, elas diziam: "Não, você não, você não pode ser assim. Você já fez alguma coisa?" "Não, não", eu dizia, "mas só me preocupo com isso algumas vezes." Olhe, era a idade das trevas. Ninguém falava alto sobre esses assuntos. Hoje em dia provavelmente parece ridículo. Mas para uma garota de 18 anos vinda do fim do mundo, era bem convincente. E você percebe qual era o objetivo, certo? Você sabe o que eu realmente queria.

– E dava certo? As garotas caíam?

– O tempo todo. Depois elas ficavam tremendamente orgulhosas de mim. Até as garotas para quem eu nunca mais ligava não se importavam. Era o nosso segredinho o fato de que elas tinham meio que curado o leproso. Acho que eu não devo rir, não é?

– Certo. – Ela olhou para o outro lado.

– Você disse que ia me perdoar.

Ela disse que iria perdoá-lo. Sua mãe, que pregava essa lição, raramente parecia perdoá-la. Um som gutural escapou de Evon. A cada vez que sentava sua grande bunda rosa nesse automóvel, alguma coisa dava errado.

– Quem se importa? – perguntou. – Eu perdoo você, você me perdoa. A quem estamos enganando? Você só está falando besteira, e eu estou deixando.

– Não é besteira.

– Não? Então o que é?

Ele demorou a responder.

– É amizade. Não é? Nós não somos amigos? Nós estamos falando como amigos, só isso.

Amigos. Ela não podia acreditar. Sentia o peso dele observando-a.

– Então eles sabem? – perguntou ele.

– "Eles" quem?

– Seus chefes. O quartel-general. Quem quer que esteja na patrulha da homofobia, agora que não existe mais J. Edgar Hoover.

Ela conseguia ver onde aquilo iria dar. Num cataclismo. Jamais terminaria. Recusou-se a responder.

– Eu achava que essa era uma questão importante – disse Robbie. – Eles não querem que ninguém seja chantageado.

– Você está me ameaçando?

– Não. Por Deus, não.

– Você está me ameaçando. Eu lhe digo que sou lésbica...

– Ei – disse ele. – Não me importo se você disser: "Eu sou um bulezinho de chá." Isso fica aqui. Eu não entrego meus amigos, Evon. Independentemente de qualquer coisa. É por isso que todo o mundo estava pegando no meu pé ontem.

Ela se perguntou o que Walter Wunsch ou Barnett Skolnick diriam disso. Esse cara nunca fazia sentido.

– Eu só estava pensando – disse ele. Quando fez uma pausa, um pequeno tremor irônico flexionou suas feições regulares. Ela sabia o que viria. Algo de gosto dúbio, sem dúvida insultuosa. Algo que trataria sua vida como uma piada suja.

– Não ouse – disse ela. Em seguida, abriu a porta do seu lado.

– Não. – Ele estendeu a mão para ela. – Não, eu acabei de pensar.

– No quê? – Em que ele poderia ter pensado?

– Você está sempre sob disfarce.

Abril

19

Quando conheci Sherm Crowthers, eu era um jovem defensor público do Estado, e ele era um dos astros dentre os advogados de defesa criminais. Durante toda a minha carreira sempre houvera homens negros e talentosos que tinham fama no tribunal, grandes oradores que pegavam emprestado o estilo dos pregadores batistas. Mas Crowthers era único. Era uma fortaleza de pedra, quase 2 metros de altura. Suas proporções gigantescas tinham pavimentado o caminho para uma bolsa na faculdade estadual, onde se tornou um lendário astro do futebol nos anos 1950. Depois de ter literalmente derrubado a trave de madeira do gol enquanto pegava um passe, ele adquirira o apelido de Sherman, em referência ao tanque de guerra, e raramente eu vira alguém chamá-lo de Abner, que era seu nome. Seu tamanho também era a base de uma personalidade tremendamente imponente. No tribunal, ele costumava atuar belicosamente. Aterrorizava testemunhas, inclusive policiais, tratava juízes com desdém e nem sequer poupava jurados. Tentava algum charme nas primeiras fases de um julgamento, mas na hora do sumário entrava num estado de fúria absoluta em que praticamente dava aos jurados ordens que, para dissabor da promotoria, costumavam ser seguidas.

Sherm era brilhante. Mas era o caráter agressivo de sua mente que me impressionava de modo especial. Ele jamais recuava. Acusava, discutia, ridicularizava e raramente recebia qualquer reação de frente. Seu sotaque ainda tinha um forte sabor do sul da Geórgia, onde ele fora um menino descalço, mas não chegava ao ponto de enrolar a língua. Falava em ritmo de metralhadora, jamais chegando totalmente ao fim das palavras antes que outro pensamento viesse na direção do interlocutor, com o objetivo de derrubá-lo.

No início de minha carreira, estive num processo em que o tive como codefensor. Fiquei totalmente apavorado com ele, assim como todo o mundo que eu conhecia. Nossos clientes tinham sido acusados de assassinato num jogo de dados; o cliente de Sherm fora enganado, e as impressões digitais do meu cliente estavam na arma. A defesa deles era que a arma do assassinato na verdade tinha sido sacada pela vítima que, segundo eles, fora morta enquanto eles lutavam para arrancar o 38. As testemunhas pareciam não lembrar de tal curso dos fatos, mesmo tendo admitido que tudo havia acontecido muito depressa. Mas a prova patológica parecia mostrar que a arma fora apontada a pelo menos um metro de distância.

O interrogatório de Sherm com o patologista da polícia, o Dr. Russell, foi espantoso. Ele pegou a arma do crime e carregou-a enquanto Russell estava no banco, tirou a bala da câmara, depois colocou a arma na mão do patologista e forçou-a de volta contra o rosto dele, ao mesmo tempo em que fazia uma quantidade espantosa de perguntas sobre a fisiologia de pulsos e dedos. Com a arma encostada na têmpora, a voz de Russell ficou frouxa e ele parecia não ter qualquer confiança em seus depoimentos. Depois o chefe da Defensoria Pública me perguntou o que eu tinha aprendido com a experiência de estar num caso com o lendário Sherm Crowthers. A resposta foi: nada. Ele era inimitável. Era difícil convencer qualquer pessoa de que eu vira um advogado de defesa apontar uma arma carregada para uma testemunha durante um interrogatório. Menos ainda que o juiz e os promotores jamais pensassem em objetar.

Mesmo assim, o caso me deixou com muitos pensamentos. Sherm via a vida em termos de coisas furiosamente essenciais, categorias inevitáveis, como rico e pobre, preto e branco, que, para ele, definiam tudo e cuja existência o enfurecia. Pior ainda: em sua visão, a hipocrisia era praticada por virtualmente todo mundo, menos ele, na recusa de reconhecer o poder determinante desses fatores. Quando o júri saiu, fiquei perplexo ao ver que Sherm não tinha nenhuma dúvida de que eles iriam dar a absolvição.

– Nós vamos ganhar esse caso, não sabe disso? Não há problema. Porque é só um crioulo atirando num crioulo. Acontece todo dia. Nós demos àquele júri toda a desculpa de que eles vão precisar. Esse caso foi só de alguns bêbados num jogo de dados, e não de alguém que invadiu a casa deles. Agora eles não se importam. Não vai demorar duas horas até que mandem os dois sujeitos para casa, não estão nem aí se eles se embebedarem e atirarem em mais um ou dois crioulos esta noite. – Sherm era gigantesco em todas as partes, rosto enorme, sobrancelha larga e comprida, olhos grandes e latejantes. Por um instante, seu ódio exacerbou-se em todas as suas expressões escuras. E ele me desprezava, não tanto por ser branco, mas por não ver o que era claro para ele. E em cerca de noventa minutos o júri voltou com um veredicto de inocente.

Quando ele foi nomeado para a Promotoria, eu fiquei pasmo. Sherm levava a vida de um negro burguês, não muito diferente da de Robbie: carros grandes, diamantes, roupas chiques. E eu não conseguia imaginá-lo desfrutando algo na lei que não fosse o combate no tribunal. Além disso, cada advogado que eu conhecia, negro ou branco, ficava aterrorizado em enfrentar Sherman. Na Ordem dos Advogados havia uma corrente implacável de oposição. Mas era o início dos anos 1980; o eleitorado afro-americano, sem posses, estava exigindo mais mãos negras nas alavancas do poder; e ninguém podia duvidar da capacidade de Sherm. Como me disse meu amigo Clifton Bering, provavelmente o político negro mais respeitado no condado: "Ele é um filho da puta, George. Mas é um filho da puta de quem todos nós precisamos."

Os dois processos falsos que Robbie tinha com Crowthers, um designado diretamente para ele, o outro transferido da juíza Sullivan, estavam andando devagar. O primeiro, *King versus Hardwick*, era supostamente um processo por assédio sexual, cujo enredo Robbie havia sonhado, aparentemente inspirado pela história que contara mais tarde sobre a filha de Constanza e seu ex-namorado. Nessa versão, uma jovem, a quem nós chamamos de Olivia King, fora secretária de Royce Hardwick, executivo da Forlan Supply, vinte anos mais velho que ela. No primeiro ano de trabalho, ela e Hardwick tiveram um caso breve. Mais tarde ela conheceu um homem com idade mais próxima da sua e rompeu o relacionamento, deixando Hardwick furioso. As reações magoadas dele, que iam de súplicas dignas de pena a acessos de fúria ridículos, tinham-na forçado a deixar o emprego. Mesmo assim, Hardwick insistiu. Acompanhava-a ao trabalho, assediava-a por telefone e mandava cartas difamatórias idiotas a seu novo chefe. Cartas que, mesmo não sendo assinadas, vinham claramente dele. Por fim, em desespero, Olivia havia contatado uma mulher que ocupava um cargo superior ao de Hardwick. Foi iniciada uma investigação em que um advogado da empresa o entrevistou. Hardwick admitiu informalmente quase tudo o que Olivia afirmava, descartando como uma brincadeira. Ficou perplexo quando a empresa o despediu.

Com o processo aberto por Olivia, a história de Hardwick havia mudado. Sua defesa era uma mistura de negação total e falta de memória, explicando provas objetivas – registros telefônicos e colegas de trabalho de Olivia que o tinham visto espreitando nos elevadores – como simplesmente parte de seus esforços para recuperar informações necessárias da secretária que havia partido. Quanto à confissão de Hardwick na empresa, seu advogado no momento, James McManis, garantia que ela não poderia ser considerada prova por causa do sigilo entre advogado e cliente. A questão central para determinar se a entrevista era sigilosa se prendia à possibilidade de Hardwick acreditar que o advogado da Forlan estava agindo a seu favor, e não a favor da empresa.

No dia 1º de abril, Dia da Mentira, Robbie e McManis se apresentaram diante do meritíssimo juiz Crowthers para argumentar a questão.

Como juiz, independentemente do que pudesse ser dito contra ele, Sherm jamais tivera problemas em chegar a uma opinião sobre um assunto. Era pontifical e costumava ser brutal com os advogados diante dele.

Ele balançou sua cabeça poderosa enquanto lia os papéis que Robbie e McManis haviam apresentado.

– Onde está seu cliente? – perguntou a Jim. Com o banco dos juízes elevado a quase 2 metros acima do piso do tribunal, Crowthers parecia ter o tamanho de Zeus. McManis estava sem palavras quando Sherm inclinou-se para ele. – O senhor quer que eu negue esta moção, não é, Sr. McManis?

– Sim, senhor – disse McManis, quando finalmente encontrou a própria língua.

– E o motivo é porque o seu cliente acreditava estar falando na confiança do sigilo entre advogado e cliente, com esse advogado da Forlan Supply. Não é o que o senhor está dizendo aqui nos seus papéis?

– Sim, senhor.

– E eu devo aceitar a sua palavra?

– Senhor?

– Eu devo deixar que o senhor me diga o que o seu cliente pensava, ou o seu cliente vai se levantar aqui no banco das testemunhas do meu tribunal e dizer por si próprio? – Crowthers sempre tinha um prazer particular em se desviar das expectativas dos advogados. Apresentar-se diante dele era um pouco como lançar uma bola para a parede da frente de uma quadra de squash sem saber se ela poderia voltar e acertá-lo pelas costas. – Então, onde está o seu cliente? – perguntou Crowthers outra vez.

O caso foi adiado durante uma semana para que Hardwick fosse trazido. McManis mandou mensagem via teletipo para Washington, pedindo que encontrassem um agente especial do FBI que faria o papel do executivo. Mas o UCORC interveio. Uma coisa era Robbie e Jim fazerem declarações enganosas para Crowthers e os outros juízes sob investigação; havia muito tempo os tribunais tinham aprovado esse tipo de mentira governamental como parte de uma operação secreta. Mas um agente do FBI, sob juramento, dizer que era Royce Hardwick e testemunhar sobre acontecimentos que jamais tinham ocorrido parecia e fedia a perjúrio. Esse era um dos motivos de os protocolos do UCORC serem reivindicados, para evitar julgamentos dos processos falsos.

McManis e Sennett tiveram de pegar um avião para ir pessoalmente ao Departamento de Justiça, e parece que a decisão de prosseguir foi dada pela própria Janet Reno. De qualquer modo, na manhã de 8 de abril, um agente de cara impassível, vindo de algum lugar da América, estava no escritório de McManis preparado para fazer o papel de Royce Hardwick.

Jim continuava abalado por seu desempenho na semana anterior, e perplexo com o espanto primitivo que Crowthers era capaz de inspirar com aquele olhar assassino comprimido entre as sobrancelhas grisalhas. Robbie e Stan passaram mais tempo orientando McManis do que o nosso pseudo Sr. Hardwick. O agente estava relaxado e parecia entender seu papel, ainda que fosse menos convincente caso precisasse mostrar o lado mais deprimido de Hardwick.

Enquanto todos se dirigiam para o tribunal, Sennett me puxou para o escritório de McManis.

– Vá com eles.

Fiquei perplexo.

– Você é o advogado que indicou o cliente – disse Stan. – Faria sentido você estar lá. E eu estou preocupado com Jim na frente do Sherm. Não queremos que as pessoas comecem a se perguntar se McManis é realmente advogado. Se ele precisar de algumas dicas, vai parecer menos estranho se elas não vierem de Robbie.

Era exatamente desse tipo de coisa que eu estivera com medo. Mas Stan afirmou que o pedido tinha a bênção de McManis, que na verdade repetiu-o. Crowthers era difícil de enfrentar, mesmo para veteranos do tribunal, e Robbie não teve objeções, por isso fui junto, prometendo a mim mesmo não fazer nada, a não ser que houvesse um alarme de incêndio.

McManis havia ensaiado pelo menos uma dúzia de vezes o interrogatório com o agente visitante e se mostrou bastante equilibrado. "Royce Hardwick" testemunhou segundo o roteiro, dizendo que acreditava que o advogado da Forlan estava ali para agir no seu interesse e que imaginara que tudo que iria contar era confidencial. McManis preparou a testemunha para o interrogatório da outra parte, mas Sherm não permitiu que Robbie se levantasse, ou que Jim saísse do caminho.

– Agora, espere um segundo aí – exigiu Sherman. – O senhor se importa se eu fizer umas duas perguntas ao seu cliente, Sr. McManis? – Apanhado de novo sob os refletores, Jim não conseguiu responder e Sherman fez um gesto, descartando. Ele poderia fazer o que quisesse numa questão assim. – Agora escute, Sr. Hardwick, está me dizendo que, quando aquele advogado da empresa lhe perguntou o que aconteceu, o senhor estava pensando que ele ia manter em segredo tudo que o senhor fosse contar?

"Hardwick" ficou em silêncio por algum tempo. Suas mãos estavam cruzadas sobre o corrimão de madeira envernizada do banco de testemunhas, e ele manteve um impressionante timbre de executivo ao responder "sim".

– Então o senhor deve ter lhe contado a verdade, não é?

Apanhado desprevenido, Hardwick recuou. Sherm havia arrastado sua cadeira até a divisória entre o assento do juiz e o banco de testemunhas, mas aparentemente isso não era vantagem suficiente. Ele então se levantou, pairando a cerca de 2 metros acima de Hardwick.

– O senhor me ouviu, não é? O senhor não iria mentir para seu próprio advogado, iria?

– Bom, juiz, realmente... não sei.

– Não sabe? Está dizendo que mandou o Sr. McManis vir aqui e contar mentiras a *mim*?

Hardwick, que tivera de se inclinar cerca de 45 graus para olhar para Sherman, obviamente respondeu com uma negativa.

– Não – disse Sherm balançando a cabeça enorme. – Foi o que eu pensei. De modo que se esse advogado tomou algumas notas sobre o que o senhor disse quanto ao que havia acontecido entre o senhor e Olivia King, esses fatos devem ser verdadeiros, certo?

– Bom, eu não lembro de verdade o que aconteceu naquela época – disse Hardwick, repetindo as frases que havia ensaiado. – Minha vida inteira desmoronou. É simplesmente uma confusão enorme.

– Eu ouvi quando o senhor disse isso. Mas o senhor não se lembra de ter mentido para aquele advogado, lembra? É o que estou perguntando agora. O senhor mentiu, pelo que se lembra? – Sherm colocou as mãos sobre a divisória e baixou o rosto grande na direção de Hardwick, rompendo um espaço entre interlocutor e testemunha, que o teria feito censurar qualquer advogado pelo gesto de violação. Na verdade, Hardwick chegou a levantar um dos braços defensivamente antes de dizer não.

– É isso que eu estou dizendo. Claro que o senhor não iria mentir. De modo que, se aquele advogado disse que o senhor admitiu que estava dando em cima de Olivia King, que o senhor a estava incomodando e assediando, acompanhando-a ao trabalho e xingando-a com palavrões naquelas cartas, o senhor estava dizendo a verdade, não estava, pelo que se lembra?

Os olhos de Hardwick procuraram primeiro McManis, que estava ali mudo, depois passaram por ele enquanto procuravam ajuda no tribunal. Eu tivera uma ideia fugaz de passar um bilhete a Jim dizendo-lhe para objetar, mas talvez isso apenas inflamasse Crowthers ainda mais. Além disso, lembrei a mim mesmo que McManis estava ali para perder.

– Acho que sim – respondeu Hardwick finalmente.

– Eu não tenho nenhum motivo para pensar de outro modo, certo?

– Certo.

– Ótimo – disse Sherman, e depois ficou balançando sua grande cabeça para cima e para baixo. Com isso, voltou a atenção para McManis no pódio. – Ótimo. De modo que estou tentando descobrir o que todos nós estamos fazendo aqui, Sr. McManis. O cliente acaba de admitir oficialmente neste caso alguns fatos que ele supostamente confidenciou àquele advogado, não é? – Sherman exibiu seus dentes grandes e irregulares num sorriso travesso. – Não há nada para eu decidir então, há? Não importa se as declarações que ele fez antes eram sigilosas, porque não há como o que ele acaba de dizer agora não entrar para as provas, há?

Quando gargalhava, Sherman deixava a língua deslizar por entre os dentes e emitia um som úmido sob o grande bigode grisalho. Ele se divertiu enquanto a lição se assentava em todo o tribunal. Obviamente ele exigira que McManis trouxesse o cliente para poder arrancar uma nova série de confissões da parte de Hardwick, evitando uma decisão difícil no processo. Sennett, quando ficou sabendo disso, deliciou-se. Vá falar de um juiz passível de suborno! Mas, sentado lá, eu não tive ideia de que a corrupção representava qualquer papel no que Crowthers tinha feito. Era apenas Sherm sendo ele próprio, saboreando a gratificação que obtinha batendo num panaca como Hardwick e demonstrando que o melhor advogado do tribunal era o que estava no assento do juiz.

Quando Sherm voltou ao seu lugar, ainda dando risinhos e balançando a cabeça, divertindo-se, McManis veio com sua única frase de protesto.

– Mas, meritíssimo! – disse ele.

Crowthers balançou a mão enorme na direção de Jim, desconsiderando a objeção, e passou a esboçar a sentença.

Saímos todos juntos do tribunal e subimos num elevador, onde só estávamos nós. Robbie, que tivera o bom senso de não dizer uma palavra durante a audiência, finalmente abriu a boca.

– "Mas, meritíssimo"– gemeu, só uma vez. Hardwick não fez a menor ideia do motivo da gargalhada.

20

Feaver brincava dizendo que Evon estava trabalhando metade do dia, já que agora ficava com ele todos os minutos, das 6 às 18 horas, levando-o e trazendo-o entre a casa e o trabalho. A residência de Feaver era em estilo senhorial inglês, com um telhado comprido e estuque amarelo entre os detalhes nas extremidades do andar de cima. A estrutura era rodeada por um gramado impecável e por jardins, mas parecia totalmente deslocada em meio às pradarias a oeste da cidade, onde as únicas árvores tinham sido plantadas por jardineiros havia alguns anos.

Glen Ayre, o subúrbio, havia anteriormente um campo de milho onde alguns empreendedores tinham construído dúzias de casas gigantescas. Todo o mundo ali era como Robbie, rico e ansioso para demonstrá-lo. Enormes carros de luxo ficavam nas entradas de veículos, e as formas assustadoramente esquisitas das antenas parabólicas erguiam-se nos telhados. As crianças obviamente eram mimadas; dava para ver simplesmente pelas traves de basquete que os pais haviam fincado no chão ao lado das entradas de veículo, com engrenagem para levantar e baixar o aro, e vistosas tabelas de acrílico.

Para Evon, os ricos eram Outras Pessoas. Ela jamais invejara muito do que vinha junto com o dinheiro. O marido de Merrel, Roy, era empresário, com mestrado em administração. Viajava pelo mundo inteiro e parecia despachar para casa malas cheias de dólares, mas Evon não tinha certeza de que isso fizera muito bem à sua irmã. Clubes, moda e a competição para se manter em dia pareciam ter restringido a vida de Merrel.

Quando Evon entrava no Mercedes toda manhã, Robbie estava alegre como um raio de sol e partia com tudo, divertindo-a com a conversa fiada, enquanto ela permanecia no ritmo carrancudo dos que eram privados de sono, ainda chateada porque o número de circo dele com a juíza Medzyk lhe custara outra hora acordada na cama.

A primeira parada dos dois, alguns quilômetros na direção oposta, era na casa de repouso onde estava a mãe dele. Enquanto Robbie estava lá dentro, Evon lia o jornal. Empurrava o banco do carro para trás, se reclinava, captava o aroma do couro. O motor ficava ligado, e ela tinha a máquina enorme e sólida só para si.

Num dia de manhã, ele decidiu convidá-la a entrar.

– Ora, entre, você vai conhecer minha mãe.

Para Robbie, parecia impensável que ela não tivesse interesse. E na verdade tinha. Estava curiosa sobre a mulher que o trouxera ao mundo.

O resultado do derrame da Sra. Feaver no ano anterior era uma hemiplegia quase total. Ela não podia mexer a perna esquerda e só conseguia alguns poucos movimentos no braço desse lado. Mas ainda era capaz de falar, por mais que ocasionalmente Robbie desejasse que esse não fosse o caso; depois da terapia, ela não tivera melhora na capacidade auditiva. A casa da Sra. Feaver, o apartamento onde Robbie crescera, era um sobrado de onde ela tivera de sair por causa da deficiência. Robbie quisera levá-la para sua casa, mas a mãe, mesmo fraca, não quis saber disso. Ele já tinha trabalho demais com Lorraine. Depois de muita discussão, essa casa de repouso pareceu a melhor alternativa. Robbie dizia que lhe custava os tubos, o que o fazia sentir-se um pouco melhor.

Nesse dia Estelle Feaver estava empertigada numa poltrona almofadada, vestida e pronta para o café da manhã, que ainda demoraria.

Firmava no rosto os óculos de aros pretos e grossos com uma das mãos, como se isso pudesse melhorar a visão, enquanto estendia o pescoço como uma tartaruga, num esforço para acompanhar a TV suspensa na parede oposta. A julgar pelo volume, sua audição estava realmente diminuindo. A total imobilidade de seu lado esquerdo era aparente mesmo a distância. O braço pendia como roupa molhada. Ela não percebeu que os dois haviam entrado até Robbie estar bem perto. Quando viu o filho, lançou a mão direita para o ar, depois recuperou-se o bastante para tirar os óculos do rosto e enterrá-los nas dobras da saia.

– *Rob*-biiie! – Ela caiu nos braços dele e levantou a mão boa até o ombro do filho. Segurou-o durante um bom tempo até que seus olhos nublados, escuros, perceberam Evon.

Ele apresentou sua nova assistente. Para explicar o fato de estarem juntos tão cedo, Robbie disse que iam para o tribunal. A boca de sua mãe passou por uma série de reflexos amargos que significavam descrença, mas ela olhou para o outro lado, em vez de censurar o filho por suas estripulias. Como sempre, Robbie evitava alegremente as situações desagradáveis.

– Ela está ótima, não está? – perguntou a Evon. Na verdade, a Sra. Feaver parecia simplesmente velha. Sua pele era marcada com rugas fundas, que a base e a maquiagem grossas não chegavam a esconder, e a papada debaixo do queixo pendia em várias dobras que sem dúvida a desagradavam. Estava claro que ela continuava a se preocupar com a aparência. Mesmo se Robbie não tivesse contado a Evon que contratara uma manicure e uma cabeleireira para virem à casa de repouso toda semana, isso estaria evidente. Não havia como se enganar com o incrível laranja orangotango da tintura de cabelo ou com o esmalte vermelho escandaloso das unhas; essas cores contrastavam demais com o ambiente sem graça e com a decrepitude dela: a coluna curva, as mãos pálidas e cheias de pintas, a tosse áspera. Olhando para a Sra. Feaver, Evon achava difícil até mesmo dizer que um dia ela pudesse ter sido atraente. O nariz era aquilino e a dentadura, borrada com parte do batom, parecia ter alterado a linha de seu maxilar. Mas a mulher era uma força; isso dava para sentir. Ela desconsiderou os elogios do filho, fingindo timidez.

– Bom, é só para ele – disse Estelle. – Quem mais vem me ver aqui?

Em seu estilo de animador de torcida, Robbie exortou de novo o modo como sua mãe cuidava de si mesma, mais uma vez convidando Evon a participar com elogios. Ela poderia se dispor a elogiar uma velha, apesar de nunca ter sentido muito entusiasmo por damas com pintura de guerra, pelo modo como elas achavam que era responsabilidade das mulheres ser muito mais coloridas, mais brilhantes e glamourosas do que Deus e a natureza as fizera. Naqueles dias, seu cabelo mal estava penteado; ela estava ficando mais informal a cada manhã com sua maquiagem da Elizabeth Arden, e tirara o esmalte das unhas havia várias semanas.

Mas não houve necessidade de paparicar. A Sra. Feaver continuou como se Robbie não tivesse convidado Evon para a conversa. Evon viu rapidamente que, pelo menos para a Sra. Feaver, ninguém realmente se intrometia no relacionamento entre ela e o filho. E, de fato, enquanto Robbie e a mãe continuavam falando dos acontecimentos da casa de repouso, Evon percebeu que o mesmo era verdadeiro para ele. Os dois ficavam tão felizes na presença um do outro! Robbie costumava falar da mãe como se ela fosse uma chatice. Mas o seu desinteresse, a sua objetividade, é que eram fingidos. O sujeito realmente era de uma falsidade absoluta. Sem dúvida, era tão ligado a ela quanto ela a ele; sua litania de elogios até parecia sincera enquanto o corpo dela desmoronava, uma medida do conforto que ele sentia na presença física da mãe. Segurou as mãos dela enquanto perguntava sobre o último relatório do médico, e a mãe se estendia contente à luz calorosa do interesse dele.

– Ah, os médicos. O que eles sabem? Você acha que há ganhadores do prêmio Nobel aqui? – Ela piscou para Evon, com a voz áspera reduzida a um sussurro. – São todos estrangeiros. Estão aqui por causa do plano de saúde. Que paga a eles, sei lá, seis pratas para cada velharia que eles olham. Eles passam por aqui como se estivessem com as calças pegando fogo. Que Deus me ajude se algum dia eu precisar chamar um. Vou estar morta.

Robbie recebeu esse discurso, como tudo o mais que a velha senhora dizia, divertindo-se muito. Abraçou-a de novo, e então, depois de mais caçoadas, fez um gesto para Evon indicando que deveriam ir. Para detê-lo, a Sra. Feaver perguntou por Lorraine.

– Na mesma... – respondeu ele.

– Meu filho, com a esposa e a mãe, cada uma mais doente que a outra. Algumas vezes, quando estou sozinha, choro por ele, é uma situação tão terrível. Quem cuida de Robbie?

Ele ficou rindo o tempo inteiro em que a mãe falava. Mas aparentemente ouvia. Deu lembranças de Mort.

– Ele sempre vê o lado bom das coisas – respondeu a Sra. Feaver. – Vive fazendo piada. Ele tem o plano econômico da Hospital Supply, meu Deus.

– Ei, não vai calar esse bico, minha senhora? – Robbie se inclinou e beijou a testa da mãe.

– Então você vem amanhã? – perguntou a Sra. Feaver, num tom meio lamentoso.

– Não perderia isso por nada do mundo. No fim do dia. Eu vou ao tribunal de manhã. – Ele acenou e seguiu rapidamente para o corredor. A Sra. Feaver ficou olhando sua partida com tristeza e não respondeu quando Evon parou na porta e disse que fora um prazer.

– Esta é minha mãe. Uma heroína, não é? Só resta parte dela, e mesmo assim é cheia de gás. – Avançando pelo corredor, onde cada porta revelava outro corpo frágil, despedaçado pela idade e pela doença, com a pele cor de pergaminho e como uma vela frouxa, de boca sem dente e desesperadamente aberta, Robbie emitiu outro riso empolgado.

Percebendo que era o momento adequado, Evon fez a observação anteriormente interrompida sobre como a Sra. Feaver se mantinha em boas condições.

– É – disse ele de novo. – Ela tem uma aparência ótima. Sempre teve uma aparência ótima. Quero dizer, quando eu era criança... – Ele revirou os olhos. – Você olha para as fotos agora, não sei, não é como se ela fosse Liz Taylor ou algo do tipo. Mas ela tinha algo. Vitalidade. Como era a velha expressão de Jackie Gleason? "*Va va va voooom!*" Ela sempre se arrumava muito bem. Ela saía para vender e era muito boa nisso. Ainda hoje sinto cheiro de Chanel nº 5... Canal 5, como eu costumava chamar... e penso na minha mãe me abraçando antes de sair correndo para a loja.

“Os homens gostavam dela. Dava para ver. E ela era como muitas mulheres bonitas que eu conheci, gostava de que gostassem dela. Gostava do poder daquilo, acho. Dava para ver que ela adorava andar pela rua vindo do trabalho para casa. Com aquelas saias retas e saltos altos, sabe? O vizinho, de camiseta sem manga, fumando cigarro e empurrando um cortador de grama no pedacinho de gramado, parava, tragava e dava um olhar bem penetrante, balançando a cabeça e pedindo misericórdia assim que ela acabava de passar. Ela adorava isso. Metade das mulheres da vizinhança queria que ela fosse presa. Chamavam-na de ‘Sophia Loren’, e não por gentileza.

Naquele momento estavam atravessando o estacionamento. A temperatura havia aumentado e o sol já era visto havia alguns dias, mas o inverno, uma bruxa velha e teimosa, demorava-se. O céu estava cheio de massas de nuvens pesadas e manchadas. Apanhado em seu devaneio, Robbie olhou para a calçada onde arco-íris oleosos se amontoavam.

– Eu acho, você sabe, que quando se tratava do ato em si, ela provavelmente era muito pudica, como tantas mulheres naquela época. Quer dizer, eu não sei de verdade. Durante algum tempo ela teve um namorado, anos depois de o meu velho se mandar, mas isso terminou do modo triste de sempre, e depois ela praticamente deixou a ideia de lado. Uma noite eu a peguei chorando, dizendo a si própria e a mim que tinha sido melhor. Ele era *goy*. Um gentio. E mais novo do que ela. Fiquei frenético. Não conseguia suportar vê-la chorando. Eu tinha 11 anos e queria ir atrás daquele sujeito com um porrete, especialmente quando comecei a captar a imagem. Com *minha mãe*? – Subitamente Robbie gargalhou. – Eu *ainda* gostaria. Ainda gostaria de matá-lo. – Sua respiração, transformada em fumaça pelo frio, se acelerou, e ele sorriu para Evon, convidando-a a rir com ele diante do súbito reconhecimento de si próprio.

21

O estrago que Sennett fizera no primeiro contato com o juiz Skolnick deixou-o com sérios problemas táticos. Robbie poderia ter empregado a jogada de sempre, anunciando que conseguira um acordo no caso do pintor com câncer e fazendo a entrega de dinheiro. Mas Stan sentiu que ficaria com uma vantagem relativamente fraca com relação ao juiz, muito menor do que a que ele precisava para finalmente tirar Washington de suas costas. O advogado de Skolnick argumentaria a um júri que o primeiro pagamento fora recusado, e a gravação corroborava isso, e que o segundo, ainda que aceito, não se destinava a influenciar nenhum ato oficial, já que no Lincoln ele havia enfatizado que adiaria a revelação compulsória para qualquer processo.

Em vez disso, Sennett decidiu que Robbie deveria se apresentar diante do juiz Skolnick com McManis e pedir que ele aprovasse a moção de julgamento das requisições, afirmando que seu cliente merecia ganhar a fase preliminar do processo sem julgamento, ou mesmo revelação compulsória. No carro, Skolnick dissera claramente que jamais aceitaria um pedido desses. Assim, Sennett sentiu que tinham pouco a perder, particularmente porque achava que havia alguma chance de que Robbie pudesse até mesmo ganhar.

– Se você se apresentar – explicou Stan a Robbie –, isso indica ao juiz que McManis não aceitará um acordo. De modo que, se negar a moção, Skolnick saberá que a revelação compulsória terá início e que McManis descobrirá que seu cliente tem câncer. Você não receberá nada, as crianças não receberão nada... e Skolnick não receberá nada. – Stan estava convencido de que colocara o juiz contra a parede.

– Você está deixando escapar algo – disse Feaver. – Barnett não é suficientemente esperto para deduzir tudo isso.

Quando McManis e Feaver chegaram ao tribunal para argumentar a moção, Skolnick estava sentado em seu lugar com o penteado perfeito de juiz e o rosto corado encolhido entre seus muitos queixos. Parecia não entender nada, a não ser o fato de que uma moção de julgamento dos pedidos de um reclamante praticamente jamais era aceita. Como Robbie previra, o juiz negou rapidamente sua moção.

No entanto, esse recuo foi apenas momentâneo. Depois de decidir, Skolnick convidou Feaver, Evon e McManis de volta à sua sala de audiência. Foi totalmente agradável sentado atrás da mesa, ainda de toga. Ofereceu café. Contou algumas de suas piadas de sempre. E depois começou a pressionar McManis impiedosamente para fazer um acordo no caso.

– Você sai daqui hoje com os seus *gatkes*, Jim – disse ele, dirigindo-se a McManis, que jamais estivera antes no tribunal de Skolnick, como se fosse um amigo de infância. – Sabe o que isso significa? Numa tradução aproximada, você sai calçando as suas botas. Mas quem sabe o que acontecerá na próxima vez, quando Feaver apresentar outra moção? Não que eu esteja prejulgando. Não estou. Estou mantendo a mente aberta. Totalmente aberta. Acredite, depois de 26 anos como juiz, esta é uma coisa que a gente aprende. Você precisa aprender os fatos e ouvir os dois lados. Da próxima vez, quem sabe, talvez eu ainda veja isso exatamente do seu modo. Mas eu poderia aceitar a moção do reclamante. Poderia muito bem. Eu estive pertinho disso. – O juiz levantou o polegar e o indicador, que não estavam sequer separados. – Então, em que pé você está, Jim? Não sei por que as companhias de seguro gostam tanto de se agarrar ao dinheiro. É como naqueles desenhos animados em que as traças saem voando da carteira. Um caso assim. Ele tem família? – perguntou Skolnick a Robbie com ar inocente. – O reclamante?

No fim, Skolnick adiou a revelação compulsória por mais um mês, para permitir que as partes reconsiderassem suas observações. Ele não conseguiu fazer isso com autodomínio total – seus olhos jamais se afastaram do mata-borrão de couro sobre a mesa.

O FoxBIte havia capturado perfeitamente a cantilena do juiz. Sennett aceitou os parabéns sem se envaidecer, sabendo, como todos nós havíamos visto, que não havia limite para as maneiras com que tudo poderia dar errado. Skolnick ainda precisaria pegar o dinheiro, e o complicado equipamento no Lincoln tinha de funcionar. Em 12 de abril, depois de informar a Pinkus que o caso do pintor fora resolvido por meio de um acordo, Robbie se preparou para visitar de novo o juiz em seu carro.

– Nós precisamos disso – disse Stan a Feaver antes que ele partisse do escritório de McManis. Consideravelmente mais baixo do que o meu cliente, Stan pousou as mãos magras nos ombros de Robbie e olhou-o quase com melancolia. O apelo fraterno, o fato de que estava pedindo, e não ordenando, pareceu impressionar a todos nós, até Robbie.

– JUIZ, DESTA VEZ é um pouco menos – disse Robbie, praticamente no instante em que se sentou no couro vermelho vivo do banco da frente. Ele vira a fita anterior várias vezes e estava na marca exata. Segurou na mão esquerda o envelope que continha o dinheiro e balançou-o na frente das lentes. Nesse dia a imagem era perceptivelmente melhor. Alf acrescentara um amplificador de sinal e, a um custo considerável, Sennett requisitara um segundo furgão de vigilância do Departamento de Controle de Drogas, que também estava recebendo a imagem como garantia extra. Alf cuidava dos mostradores calorosamente, enquanto Stan, McManis e eu continuávamos imóveis pelos cintos de segurança em nossos bancos minúsculos presos às laterais.

– Hein? – perguntou Skolnick. O juiz viera dando sua análise do que os Clinton deveriam fazer sobre a reforma no sistema de saúde e parecera sinceramente distraído enquanto Robbie se preparava para fazer o pagamento. Mesmo com a câmera, Feaver tinha de descobrir algum modo de fazer com que Skolnick falasse do dinheiro. Se o envelope fosse simplesmente largado no banco, sem ser percebido, um advogado de defesa argumentaria que Skolnick não sabia dele. Assim, Feaver empregara uma variação da artimanha usada com Walter.

– Juiz, o senhor sabe, como eu disse, é um pouco menos; mas para conseguir isto eu tive de diminuir a minha parte no acordo. E gostaria de deixar o máximo possível para a família, as crianças. Só que não quero que o senhor pense que eu o estou enganando.

O rosto largo de Skolnick esforçou-se com os cálculos inspirados por esse desvio da norma. Por fim, olhou direto para o envelope.

– *Veefeel*? – perguntou em voz baixa, querendo dizer "Quanto?".

– Oito. Está bom?

Skolnick gargalhou.

– Meu Deus, todo mundo deveria se preocupar como você. *Genug.* Nós somos amigos, Robbie. Já fizemos muita coisa juntos. O que você achar que está certo, tudo bem. Além disso, você me deu da última vez. Em troca de nada. – Robbie bancou o idiota e Skolnick acrescentou: – Com o caso da Gillian.

Na minha frente, Sennett sacudiu o punho no ar, mas não emitiu nenhum som. Havia aprendido.

No Lincoln, a tagarelice de Skolnick suplantara sua cautela.

– Veja só, você sabe. A gente ouve histórias, alguns dos meus irmãos são como bandidos com revólveres, verdade, o que eles fazem é um assalto a mão armada. Aqui, comigo, se está bom para você, tudo bem, está bom para mim. Não sou de guardar rancor. Aprecio o que você faz. E se você não fizer nada, será a mesma coisa, você sabe disso.

– Sei – disse Robbie. Sennett encolheu-se, mas Feaver rapidamente conduziu as coisas na direção certa. – É que desta vez o senhor realmente saiu do seu estilo, juiz. Sabe, quando o senhor negou aquela moção eu fiquei...

– Deu para ver – disse Skolnick. Parecia que eu tinha posto o dedo nos seus *kishkes.* Certo? Ora. Deu para ver. Você estava pensando: o que esse cara está fazendo comigo? Estou certo? Deu para ver isso.

– Bom, o senhor sabe, juiz. Eu vi o sujeito, os filhos dele. Mas o que o senhor fez, na sala de audiências. Aquilo foi brilhante. Verdade. Foi fantástico. Aquele escroto do McManis não teria dado um tostão se o senhor não tivesse cutucado.

– Bom, obrigado. Você sabe, quando vi aquele olhar no seu rosto, falei: o que eu posso fazer para que isso se resolva como deve? Na verdade, este caso não é diferente de nenhum outro; a gente fala com os dois lados, pede que sejam sensíveis. Foi o que eu fiz.

Stan continuava contorcendo o rosto – a insistência contínua de Skolnick, dizendo que não se comportara de modo inadequado, seria um pequeno impedimento –, mas o fato era que o juiz havia se aniquilado. Ele já estava voltando para o LeSueur, mas deteve Robbie para terminar outra piada, esta sobre um padre e um rabino que tinham batido no trânsito. Depois de um início cauteloso, cada um dos dois concorda que tem culpa parcial. Para cimentar a solução amigável, o rabino oferece ao padre um gole do vinho do sabá, que por acaso ele tem no porta-malas. O padre toma um longo gole, depois oferece a garrafa ao rabino.

– "Depois que a polícia chegar", diz o rabino. – Skolnick ficou mais vermelho ainda enquanto gargalhava com o desfecho, e até mesmo no furgão houve uma corrente de risos reprimidos. Robbie saiu do Lincoln dando risinhos, mas Amari continuou seguindo o carro de Skolnick. Dados os resultados da primeira gravação, Stan persuadira a juíza Winchell a ampliar ligeiramente sua ordem, permitindo que a câmera continuasse ativada por mais dez minutos, para ver se Skolnick pegava o envelope no banco da frente. Nesse momento o segundo furgão de vigilância estava na garagem do Templo, perto da seção reservada aos juízes, onde Alf havia furado os pneus de Skolnick cinco semanas antes. Nós ficamos na rua, onde, apesar das apreensões de Alf, a imagem estava nítida.

Sozinho, Skolnick usou o telefone do carro para ligar para a mulher para falar-lhe de um jogo de carros de corrida que ele deveria pegar para o aniversário do neto. Depois, enquanto subia a rampa em círculos, o juiz começou a cantar em voz baixa "Parabéns para você", balançando grande cabeça no ritmo. Depois de estacionar, desligou o motor, e um jorro de estática lançou-se sobre a imagem. A câmera só continuaria ligada durante mais uns dois minutos, já que ela se desligava automaticamente assim que o carro era desligado, para que a bateria não descarregasse. Mas isso deveria bastar.

Por um instante perturbador, Skolnick se espremeu entre o banco e o voltou para sair do carro, sem pegar o dinheiro. Depois bateu na cabeça.

– Que *draykopf*! – reclamou, falando de sua distração. Em seguida, forçou a vista através do para-brisa e olhou para cima e ao redor, depois deu um grunhido audível enquanto se revirava. O envelope surgiu como uma planta que ele tivesse desenraizado. Segurou-o no alto, apenas a centímetros da câmera, depois enfiou-o num bolso interno da capa de chuva. Em seguida, pegou o retrovisor onde a lente estava escondida e virou-o para baixo, para poder se olhar. Suas feições grandes se incharam na tela enquanto ele ajeitava a gravata. Os poros no nariz estavam distorcidos em dimensões que pareciam crateras, e ele passou a língua sobre os dentes. O pobre coitado sorriu com todo o seu bom humor desmiolado e começou de novo a cantarolar "Parabéns para você".

TODOS OS AGENTES se reuniram para ver a fita. Evon saiu brevemente do escritório para juntar-se a eles. Como disse Klecker, era mais divertido do que ir ao cinema. Depois, Sennett falou com o grupo. O sucesso do dia o deixara mais decidido, com mais vitalidade. Ele ficou ereto em sua camisa branca sob as luzes embutidas no teto.

Este foi um grande feito, falou, como uma espécie de alívio e um tributo ao trabalho gigantesco e ao sacrifício que cada um deles tinha feito, aos meses longe das famílias e à tensão que haviam suportado vivendo sob disfarce. Disse que nenhum deles precisava mais se preocupar com a possibilidade de aquilo não ter valido nada. Eles tinham conseguido um caso do qual Skolnick jamais poderia se defender, e outro, contra Malatesta, que em breve chegaria ao mesmo ponto.

Mas ninguém deveria esquecer que aqueles eram simplesmente os primeiros passos. Homens como Skolnick, disse Sennett, não eram o maior problema. Eles poderiam prender dúzias de Skolnick, e com sorte fariam isso. Mas os Skolnick tinham nascido dentro desse sistema. Não tinham capacidade de mudá-lo. Alterar os fatos permanentemente significava alcançar as pessoas que estavam no comando, que desejavam que isso continuasse como questão de privilégio pessoal e gratificação.

– Tuohey – disse Sennett, cutucando cada um deles com seu olhar decidido. Quando chegarmos ao Tuohey, todos os seus esforços magníficos terão culminado não apenas em estatísticas, manchetes ou cartas de elogio de Washington dizendo: passível de enquadramento – houve uma gargalhada apreciativa –, mas também por uma mudança duradoura na vida desta comunidade.

Evon sentia-se empolgada por tudo aquilo, pelo sucesso com Skolnick e o discurso de Sennett, mas encontrou Feaver num humor decididamente inverso quando os dois foram para casa uma hora depois. O resultado daquelas representações com o grampo estavam começando a assumir um padrão. Por mais que Robbie gostasse do momento, aquilo exigia uma intensidade, um estado de alerta e agilidade para dançar na ponta dos pés, que o deixavam arrasado e um tanto deprimido na confrontação dos resultados.

– Algumas vezes eu fico sentado à noite pensando nas pessoas que estou sacaneando – disse agora. – Isso está começando a ficar muito grande. – À medida que o número de processos sólidos crescia, Feaver costumava ser apanhado entre impulsos conflitantes de autocongratulação e desprezo. De certa, forma ela entendia. Não era possível odiar Skolnick. Mesmo para ela, não havia pressa em imaginá-lo numa cela. Mas não sentia arrependimento.

– Ele sabe o que está fazendo – disse Evon.

– E você? Quero dizer, colocar para fora o que há de pior nas pessoas e fazer com que elas paguem o preço? Você acha realmente que isso é bom?

– Necessário. – Evon não achava terrível o que estavam fazendo. Havia boas e más ações, como os dois lados diferentes da estrada, com uma faixa no meio. E assim que as pessoas atravessavam, podiam simplesmente continuar. Essa era a lição triste da experiência.

– Eu não me importaria – disse Robbie, enquanto o carro galopava a rampa de entrada na via expressa. – Mas tenho certeza de que vamos pegar os peixes pequenos e jamais colocar a mão em Brendan. – Era um choque ouvir isso logo depois do discurso de Sennett. Mas ele balançou a cabeça para firmar sua opinião. – Nunca. E não estou falando de mim. Quando nós chegarmos lá, vou andar na linha reta, fazer o que me mandarem. Stan, de qualquer maneira, me pegou pelas costas. Mas Brendan é muito mais do que ardiloso. Ele vai ver a sombra de vocês no escuro. Minha previsão é de que vocês não vão nem sequer chegar perto.

– Nós vamos pegar todos eles, Robbie.

– O FBI é que nem a polícia montada?

– Pode apostar. – E ela falava a sério. Inspirada por Sennett, sentia-se cheia de orgulho. As pessoas perguntavam o tempo todo: uma garota legal como você, no FBI, hein? E a verdade é que ela tinha dificuldade em dizer de onde vinha aquilo, ter se tornado uma agente, Efe Bê I. O fim da carreira no hóquei de campo foi como cair num buraco. A maioria de suas colegas do time olímpico planejavam ser treinadoras. Para elas, a vida continuaria no campo: a grama verde molhada antes da hora do jogo, o contínuo barulho áspero da bola contra o taco, e pensar em como eram fantásticas quando eram jovens. Para ela, estava acabado. Porque, de algum modo, a ilusão tinha sido exposta. Ela estava com 24 anos. Fora para as Olimpíadas. Mesmo assim, não havia um lugar no mundo onde se encaixasse.

Só para procurar opções, ela fizera um curso de assistente judiciário na faculdade de direito em Iowa, enquanto terminava as matérias necessárias para seu bacharelado. Com a mesma disposição foi a uma feira de empregos na faculdade. Atrás de uma mesa dobrável, sentados com pessoas que recrutavam para a RJR Nabisco e a American Can, havia dois sujeitos do Bureau com ternos cinza e óculos fornecidos pelo governo, protótipos, se é que isso algum dia existiu. Mas foi um estalo. O pai da sua mãe tinha sido xerife. Foi policial durante toda a vida e ocupou o cargo quando seu chefe morreu em serviço, enterrado numa avalanche que ele próprio provocara tentando explodir uma geleira que ameaçava uma estrada. Valente. Essa foi a palavra que seu avô usou para falar do amigo durante o enterro. Como o príncipe, pensou ela, com seu lindo cabelo de pajem que lembrava o de Merrel. Aquilo tomara proporções fantásticas, no emaranhado de coisas dentro da cabeça de uma garotinha. A estrela de xerife, um medalhão pesado e dourado, duas vezes maior do que o usado pelos policiais, a fazia achar que todo o poder e a obrigação estavam ali, no peito de seu avô. Ela estava na metade do treinamento em Quantico quando descobriu que não ganharia um distintivo. Hoover jamais quisera que a força policial da nação parecesse uma polícia. Por isso usam ternos em vez de uniformes, e portam credenciais em vez de um distintivo. Mas, mesmo assim, de vez em quando ela desejava ter uma estrela.

No entanto, jamais se arrependeu do Bureau. Poderia fazer um discurso até o dilúvio universal seguinte sobre o que havia de errado, todas as siglas imbecis que os faziam parecer que estavam falando em línguas estranhas, ou o modo agressivo com que as mulheres eram tratadas. Durante o treinamento em Quantico teve as melhores notas em uso de armas de fogo em três anos; os instrutores levavam-na para o STAAF, Sistema de Treinamento Automatizado com Armas de Fogo, onde as armas disparavam raios laser, e não balas, e se maravilhavam com seus tempos de reação. Mas não a deixaram sair como instrutora em tempo integral porque alguém estava convencido de que as mulheres não podiam manusear pistolas .45. Ela tinha sorte por, a cada 18 meses, poder ensinar durante duas semanas uma sessão de treinamento para policiais ou outros agentes federais, a maioria dos quais estava ali apenas para adquirir alguma vantagem no emprego.

Mas ser do Bureau significava ser dos melhores. Diziam isso para você em Quantico, tão alto e com tanta frequência que parecia um eco vindo das montanhas. E era verdade. Havia McManis, Alf, Amari e Shirley Nagle para provar. E ela também. Acreditava em cada palavra sobre missão e dever. Vivia isso, gostava disso e gostava de si própria por fazer direito um bom trabalho. E iriam pegar Brendan. Juntos. O FBI.

– Por mim, tudo bem – disse Feaver quando ela repetiu essa previsão. – Você coloca Brendan atrás das grades, eu tiro fotos e mando emoldurar. Não vou me sentir mal durante um minuto. Quero dizer, talvez eu devesse. O sujeito sempre me tratou como ouro. Em nome do Mort, da mãe dele e da minha mãe. Eu sou do núcleo íntimo de Brendan. E é por isso que Sennett acha que eu tenho uma possibilidade tão boa de enfiar uma faca nas costas dele. – Robbie balançou a cabeça de novo, pensando no trabalho de traição de sua vida. Ela disse a frase, a frase especial e gasta dos agentes, sem saber se seria de algum consolo.

– Ele faria isso com você, Robbie. Não se preocupe.

– Brendan? Nunca. Se Sennett aparecesse na porta de Brendan, uma mariposa não seria capaz de bater as asas tão rápido quanto o tempo em que ele mandaria Stan dar no pé. Brendan não se ajoelha para ninguém. Isso é como um credo. Eu posso falar um monte de coisas ruins sobre Brendan, mas essa mesa nunca vai virar.

– Então o que você tem contra ele?

Robbie retorceu o rosto como fazia ao pensar que ela estava sendo difícil. Mas em um segundo pareceu ceder.

– Ao conhecer Brendan, você diria que ele é encantador. Agradável. Equilibrado. Bem-humorado. Especialmente se você tem algum poder. Para repórteres, políticos, celebridades, qualquer um que possa lhe fazer algum bem, ele vai latir que nem um cão se achar que isso pode chamar sua atenção. Mas quando você ultrapassa as camadas, Brendan é um ser humano absolutamente escroto. Olhe, isso vai lhe dizer algo. Eu falei de Constanza, não falei?

A secretária de Tuohey. Evon lembrava.

– Até hoje ela fica sentada do lado de fora da sala dele. Uma senhora pequenina e linda. Mas escute como Brendan colocou a mão nela. Durante todo esse tempo, já faz cerca de vinte e poucos anos, Constanza é casada. Constanza falava inglês melhor do que o marido, Miguel. Ela fez escola de secretariado, mas Miguel era garçom e, depois de todo esse tempo trabalhando perto de muita bebida, também virou um bêbado. O mundo o espancava e ele espancava Constanza. E ela contava as mágoas para o chefe, claro, o juiz Brendan. Ele ficava ali, tocando suas feridas e em breve tocando outras partes, mas, sabe, Constanza era uma garota católica de grande virtude, Miguel foi o que Deus lhe deu, ela não podia ser má relacionando-se com Brendan e olhar nos olhos do marido à noite.

"Brendan, naturalmente, agia de modo muito compreensivo com relação a tudo isso. 'Bom, nós teremos de transformar Mike num homem melhor. Ele precisa recomeçar, conseguir um novo emprego, uma chance de sentir orgulho de si mesmo.' E Brendan levou-o para a cadeia como cozinheiro; de súbito, ele estava atrás do fogão, e não carregando pratos. Miguel ficou *muy contento*. E então chegou a má notícia. Ele foi despedido. Tudo que o departamento de segurança podia lhe oferecer era uma transferência para Rudyard, no sul do estado. 'Ah, mas isso fica a 500 quilômetros de *mi familia*.' Que pena, disseram eles. Claro, haverá um aumento de 3 mil dólares, e um auxílio de viagem. Um auxílio de viagem para um cozinheiro, certo? É desnecessário mencionar que quando Miguel chegou, descobriu que seus dois dias de folga eram segunda e terça. Ele podia ir para casa talvez uma vez por mês. E nunca parecia perceber que o seu lado da cama ainda estava quente. Até hoje (atualmente ele é chefe dos serviços de alimentação da penitenciária e, por mágica, os patrões ficam adiando sua aposentadoria) sempre que vê Brendan, Miguel beija a mão dele. E Brendan, o escroto... – Robbie parou para fazer um sinal obsceno para um sujeito de aparência agressiva numa picape que havia cortado o Mercedes. – O sacana do Brendan deixa. Como é possível não odiar um sujeito assim? Sempre que Miguel vem ao tribunal pegar Constanza, a emoção número um de Brendan é chamá-la para um ditadozinho de última hora e obrigá-la a pagar um boquete enquanto o marido está do outro lado da parede.

– Ah, meu Deus.

– É. E você acha que a sua vida sexual é estranha.

Robbie estava falando por falar, mas a observação acertou-a com força. Desde o início Evon estivera com medo de que ele fosse humilhá-la.

– Minha vida sexual não é estranha. – Ela o encarou com severidade.

– Então você é a única. Sexo é sempre estranho. Quer seja estranho ao estilo Brendan, ao meu estilo ou ao seu, é sempre estranho.

Ela ainda não ouvira essa teoria.

– Quero dizer, é o que há de mais particular, mais íntimo, na vida, não é? – perguntou ele. – É só um pouco diferente em cada um de nós, como uma impressão digital. Com quem você faz o quê. E suas fantasias. E de que parte você gosta mais. E em que você está pensando. É único. Por isso é íntimo. Por isso é mágico.

Uma vez ela estivera numa boate de sexo em São Francisco, onde vira uma mulher foder outra com um consolo preso no topo de um capuz de couro sobre a cabeça. Não houvera muita magia naquilo. Não para ela. Mas isso não era da conta dele.

Robbie interpretou seu silêncio como se ela exigisse um convencimento.

– Olhe o que eu estou dizendo. Uma noite eu fiquei com uma mulher. Bom... eu não diria que peguei. Ela trabalha no tribunal. Eu a conhecia fazia tempo. Uma garota solteira. Joyce... Bom, esqueça o nome dela, mas eu gostava dela. De qualquer modo, nós dois estávamos bastante excitados. E quando chegamos à casa dela, ela disse: sente-se. E pegou um álbum de fotografias. Disse que ela mesma tirava as fotos. E eram fotos dela. Estava fazendo uma espécie de striptease para a câmera. Mais do que um striptease. Muito explícito. Não sei se ela mandava aquilo para a Coleção de Esquisitices da América. Mas estava doida para mostrar a alguém. E o alguém era eu. E você sabe, se eu fosse um panaca, poderia ter rido. Mas fiquei fascinado. E muito emocionado. E também realmente excitado. Ainda que eu não pudesse dizer exatamente que ela fosse uma maravilha. Tinha pernas bonitas. Mas praticamente nada além disso e, você sabe, a câmera pode ser muito má. Mas ela estava compartilhando aquilo comigo. Seu segredinho estranho. O que era legal. – Ele espiou na direção de Evon para ver como ela recebia isso. – Assim – concluiu – você devia ficar tranquila.

– Eu? Como é que eu entrei nessa história?

– Não venha com essa. Eu já entendi você.

Ela riu e, quando terminou, sentiu um tremor.

– Ria o quanto quiser. Eu sei por que você sempre quer falar sobre isso.

– É você que sempre fala disso.

– Mas você quer ouvir.

– *De novo*?

– É verdade.

– O diabo que é verdade.

– Você não consegue.

– Não consigo? – Ela sentiu uma pontada de apreensão. – Não consigo o quê?

– Ser assim. Ou pelo menos como você acha que eu sou. Livre. Você não consegue ser assim. – Ele virou-se para encará-la ao parar num sinal de trânsito perto de um shopping center cheio de gente no início da noite. – Quero dizer, eu não sei se o seu negócio são garotas, garotos ou vaga-lumes, mas o que quer que seja, você não consegue. Não como gostaria. Talvez você não consiga gozar, ou talvez seja gélida demais, inibida, como quer que você chame, para transar com alguém. Ou então você se encheu e partiu para cima de tudo o que chegou perto, e ainda há um país inteiro de prazer que você sabe que não pode alcançar. Mas é algo do tipo. Não diga que estou errado, porque sei que não estou.

Era uma forma de punição ter de encontrar o olhar dele. O calor de seu rosto ruborizado chegara ao couro cabeludo, e ela sentia uma pontada no estômago, mas não afastou o olhar. E, nos poucos segundos que se passaram, aconteceu uma daquelas situações que pareciam ocorrer entre eles. Foi Robbie que ficou parecendo perplexo e meio embaraçado. Foi o primeiro a quebrar o clima, virando a alavanca do teto solar e mexendo sem sentido em todos os outros mostradores do painel de nogueira. Foi ele quem não ousou encará-la no resto do caminho até em casa.

22

— George, eu ia telefonar para você – disse Morton Dinnerstein. – Eu tinha acabado de entrar num dos elevadores ao lado do grande saguão do LeSueur. Assim que Mort me viu, iluminou-se com seu sorriso torto e bobo. Eu era um advogado que estava dando referências, uma fonte de rendimentos e alguém a quem ele sentia-se obrigado a mostrar gratidão e fazer agrados. Mas por acaso ele estava com coisas sérias na cabeça. – Por acaso você não recebeu o cheque do acordo daquele caso *Petros versus Standard Railing*, recebeu? O cara que caiu da arquibancada no jogo dos Hands. O negócio aconteceu há dois meses e esse tal de McManis está embromando o Robbie.

No elevador com grades de latão e festões artísticos, senti-me de súbito um pássaro numa gaiola. Permaneci decidido a não mentir em nome do governo.

– Que eu saiba, não – falei.

– E o cliente, esse tal de Peter Petros, não está batendo na sua porta? Isso é um milagre. Onde você encontrou esse cara, George? Talvez haja mais uns dois assim em algum ponto da Terra.

Eu ri alto demais da piada de Mort, e olhei desesperado para o mecanismo antigo que contava os andares.

– Vou cuidar disso esta semana, George – prometeu Mort enquanto eu percebia o motivo. O dia 15 de abril estava se aproximando, e eu achei que Mort, como a maioria dos americanos, estava juntando dinheiro para pagar o imposto.

Repetidamente, o Projeto Petros confirmava a lição que eu aprendera nos anos em que observava minha mulher, Patrice, praticar a arquitetura: você jamais consegue planejar o suficiente. A vida sempre é mais esperta. Os instrumentos empregados para evitar a detecção do projeto eram elaborados. Sem fazer perguntas, o conselho geral da Moreland concordara, como parte de sua cooperação contínua com o departamento de Stan, em confirmar o papel de McManis com a companhia. Cada reclamante e cada réu dos casos falsos tinha uma ficha e um número de telefone que era passado diretamente para a mesa de Amari, bem como caixas postais de onde os agentes recolhiam a correspondência. As companhias criadas, como a Standard Railing, eram registradas na Secretaria de Estado. Mas não havia como controlar acontecimentos aleatórios.

No dia em que Skolnick pressionara McManis para fazer um acordo no caso do pintor, Klecker correra até o tribunal para corrigir um problema com o FoxBIte e descobriu, enquanto passava pelo detetor de metal, que deixara a arma debaixo do macacão. Espantosamente, conseguira se sair bem batendo nela e dizendo aos policiais que era uma ferramenta. Mas todo o projeto poderia ter desmoronado naquele instante. Até que na semana anterior um estudante de direito da turma de Malatesta ligara para Feaver. Por acaso ele estivera no tribunal, e viu o juiz atuar no dia em que Silvio decidira sobre a moção que pedia o encerramento do processo Petros, e o estudante estava pensando em fazer uma dissertação sobre o caso para um seminário. Feaver disse-lhe que não podia discutir o assunto sem que o cliente consentisse, mas todo o mundo estava vivendo o pavor de que o estudante pudesse decidir investigar por conta própria.

Que eu soubesse, ninguém pensava muito no fato de que Dinnerstein esperaria ver dinheiro. Já fora o bastante manter todo o fingimento no tribunal. Mas se você acreditasse na papelada criada para enganar Mort, ele tinha várias centenas de milhares de dólares para receber, algo que provavelmente não seria esquecido. No escritório, com Robbie e Evon, ele foi naturalmente muito mais direto do que tinha sido comigo. Recentemente ela já vira várias vezes em que Mort havia lembrado Robbie de ir atrás de McManis, e o fracasso de Feaver em produzir resultados deixara o sócio ligeiramente desconfiado.

– Sem dúvida você está passando muito tempo com aquele cara – disse Mort num dia dessa semana. – Não se esqueça de que você deveria estar chutando a bunda dele.

– Ei – respondeu Robbie.

Mort virou-se para Evon.

– Ele costuma se apaixonar pelas pessoas, sabe.

Dinnerstein passara a aceitar sua presença regular, habituado às mulheres que aleatoriamente se entranhavam na vida de Robbie. Evon, de sua parte, aprendera a gostar das alfinetadas gentis trocadas pelos dois homens e, ainda mais, da intimidade que inevitavelmente suplantava a frequente exasperação de Mort com o sócio. Mas as finanças eram uma das responsabilidades de Mort na firma e, apesar de sua boa natureza, ele era rigoroso. Era capaz de dizer o rendimento mensal, com diferença apenas de alguns dólares, sem examinar o relatório financeiro. Além disso, investia habilmente, segundo Robbie.

– Aquele jeito de cabeça nas nuvens – dissera-lhe Robbie uma vez – é em parte um truque que ele aprendeu na infância para ignorar um monte de coisas cabeludas. Você é nova demais para lembrar como era, mas até Salk descobrir a vacina, as mães ficavam em cima dos filhos o verão inteiro, atentas até mesmo para perceber um nariz escorrendo, sabendo que alguém... algum garoto da escola, ou primo em terceiro grau de seu vizinho do andar debaixo... ia acabar contraindo aquela praga horrível. E o alguém foi Mort. Ele ficou durante meses num pulmão de ferro. Aquela lata deixa a pessoa meio esquisita. A paralisia recuou bastante. Mas depois a mãe ficava o tempo todo em cima dele. Algumas vezes, quando ele estava dormindo, ela colocava um espelho debaixo do nariz para ter certeza de que ele estava respirando. E ela o obrigava a usar um suporte na perna, de modo que

Mort se sentia o maior panaca do mundo. Quando ele saía da casa, nós tirávamos aquilo e escondíamos nos arbustos. Era de couro com hastes de aço e cadarços como os de sapato. Eu devo ter amarrado aquilo uma centena de vezes, ajudando-o. Sheilah nunca soube. Ele voltava para a mamãezinha em casa com aquele sorriso sonso.

Feaver achava essa história cativante, como tudo o mais a respeito de Mort, mas o que queria dizer estava claro. No mesmo dia em que Mort havia telefonado para mim, Shirley Nagle entrou na sala de reuniões de McManis para anunciar que ele se encontrava na recepção. Por acaso Evon estava com Jim, fazendo uma verificação da papelada de cada um dos casos falsos. Shirley descreveu Mort como educado, mas decidido. Ele já dera uns dois telefonemas para McManis naquele dia, sem obter resposta. Agora anunciou que simplesmente iria esperar até que Jim pudesse recebê-lo. Dinnerstein ocupara uma das poltronas e tirou de uma pasta um esboço no qual começou a fazer mudanças em sua letra pequena e cuidadosa.

– Eu devo me esconder? – perguntou Evon a McManis.

– Diabo – disse Jim. – É melhor você ir ver o que ele quer.

Na recepção, Evon explicou sua presença com algo próximo da verdade: tinha ido lá embaixo confirmar as programações de audiência para vários casos e, ao ouvir o nome de Mort, pensou que ele poderia ter ido ali procurá-la. Mas era o dinheiro, claro, que ele queria.

– Por que você não fica por aqui? – sussurrou Mort. – Uma testemunha não faria mal.

Finalmente os dois foram levados à sala de McManis. Durante toda a visita, Mort manteve-se sorrindo. Disse que depois de todos aqueles meses ouvindo o nome de Jim, achou que os dois deveriam se conhecer. Na tentativa de construir uma ponte, chegou a citar nomes de algumas pessoas do departamento jurídico da Moreland, que ele considerava que fossem conhecidos mútuos. McManis não foi totalmente convincente ao responder, mas ter um débito de várias centenas de dólares com um sujeito não costuma proporcionar uma aparência relaxada.

Quando finalmente Mort chegou ao assunto do dinheiro devido à sua firma, Jim, no seu estilo advocatício de sempre, culpou o cliente.

– Bom, nós também temos um cliente. – Dinnerstein gargalhou. – E teremos uma enorme dificuldade para explicar a ele por que não apresentamos uma moção reclamando. – Por acaso Mort tinha um esboço dessa moção na pasta e, sem qualquer lapso em sua atitude jovial, entregou a Jim antes de sair com Evon.

Naturalmente, Sennett, Robbie e eu fomos convocados com urgência logo em seguida. O problema só iria piorar. Além da Standard Railing, logo Dinnerstein estaria procurando um cheque do acordo do pobre pintor com câncer, julgado por Skolnick, e também do caso *King versus Hardwick*, o processo de assédio sexual sobre o qual Robbie informara ao funcionário do juiz Crowthers que houvera um acordo dois dias após a audiência. A situação não era totalmente ruim, já que Feaver imediatamente reembolsaria sua parte para o governo. Mas tirar o dinheiro de Mort quando o projeto terminasse poderia ser uma tarefa legal complicada, especialmente se Mort estivesse com raiva, como provavelmente estaria. O pessoal do UCORC, que vivia pressionando McManis e Stan por conta dos custos significativos do projeto, não parecia disposto a entregar 250 mil dólares que talvez jamais visse de novo.

Todos ficamos olhando Sennett calcular, batendo os dedos contra os lábios. Isso me fez lembrar de um daqueles programas de jogos que eu assistia na infância, quando a plateia esperava a resposta correta sair numa pilha de cartões IBM da parte de baixo do Univac.

– Eles vão topar – disse ele de súbito. – Sei como dar um jeito. – Ao redor da mesa nós esperamos mais explicações, que não vieram. Sennett deu-nos um sorriso seco, mas sua ideia, qualquer que fosse, estava trancada no baú de tesouro do "saber necessário". No entanto, ele estava certo. Dois dias depois o dinheiro foi transferido de uma conta fantasma para McManis.

– Sabe – disse Robbie a Evon na noite em que entregou o cheque a Mort. – Eu não fiquei realmente apavorado. Sempre achei que, se o negócio com Mort chegasse às vias de fato, eu poderia lhe dizer para fechar a boca e confiar em mim.

Sennett não gostaria disso, e se Mort deixasse algo escapar para o tio? Mas Robbie estava certo. Apesar de todos os seus lapsos e enganos, Robbie estava comprometido com o bem-estar de Mort, e Dinnerstein sabia disso. Anos antes, apesar de Joan ter reclamado um pouco sobre Robbie viver pulando a cerca, Mort e a esposa haviam-no nomeado no testamento como tutor dos seus filhos, reconhecendo o laço forte que Robbie formara com os dois garotos. Ele era o "tio Robbie", e durante anos fora treinador do filho mais velho, Josh, no time infantil de beisebol, nos "velhos bons tempos", como Robbie dizia, quando aparecia para o treino às 8 horas de sábado ainda vestido de terno. O garoto mais novo, Max, não era atleta. Mas desde a infância fora um ator exuberante, um talento que Robbie ajudara a cultivar dirigindo a produção de teatro anual das crianças no Centro Comunitário Judaico. No verão anterior, pela primeira vez, ele se esquivara da tarefa por causa da deterioração de Rainey, mas Evon ouvia frequentemente Robbie falar pelo telefone com o garoto, instruindo-o para diferentes papéis.

– Você tem algum amigo assim? – perguntou Feaver então. – Como Mort e eu?

– Eu? – Evon ficou meio espantada com o pensamento. Seu primeiro impulso foi mencionar a irmã. Mas família não era exatamente a mesma coisa. Sabia disso. A resposta honesta era não. O fato em si deixou-a desanimada, mas contou a verdade.

– Não são muitas pessoas que têm – disse ele, oferecendo consolo, tendo lido claramente a reação dela.

Mas depois disso a noite não foi boa. Quando Evon chegou ao pequeno apartamento, estava abalada. Sentia muita irritação pelo modo como Robbie conseguia se esgueirar sobre ela, e odiou-se por ser quem era, tão simples e manipulável em suas carências. Ficou sentada no sofá bastante tempo, sob um cobertor, antes mesmo de ter energia para colocar Reba cantando "It's Your Call". Teria de sair e telefonar para Merrel. Não havia outra opção. No centro da cidade, em alguns hotéis chiques, havia luxuosas cabines telefônicas, espaços elegantes e isolados, com enfeites de latão e uma pequena prateleira de granito, um lugar onde ela não se sentia em perigo ao falar com sua voz original.

Tirou uma caixa do freezer, sem ter certeza exatamente do que havia dentro, e apertou os botões sonoros do micro-ondas. Foi tomar um banho enquanto o jantar girava nos raios. Quando se despiu, avaliou-se no pequeno espelho do armário do banheiro, cujos cantos já estavam ficando turvos com o vapor. Bons peitos. Essa vantagem havia. A visão, sem qualquer expectativa, trouxe a primeira fantasia vívida de ficar com Feaver que ela experimentara em todos aqueles meses. Foi súbita, fascinante e breve: só uma imagem tensa dele na escuridão. Uma exata memória tátil da dureza masculina dos membros dele, inesperada, revisitou-a. Seus mamilos se eriçaram de imediato; ela soube que se baixasse a mão para se consolar se sentiria molhada. Mas afastou a ideia, quase como um lutador escapando de um golpe. Não. *Não*. E, em seguida, se preparou para recuar do choque. Mas não ficou chateada. Era só parte de algo que ela vivenciara, sabendo o tempo todo que jamais se encaixaria; era, só algo mais pululando dentro dela.

Olhou para o espelho, esperando alguma confirmação que viesse dessa mulher, mas seu rosto já estava obscurecido pelo vapor.

23

No dia seguinte ao pagamento feito a Skolnick, Stan se encontrara com a juíza-chefe Winchell e lhe mostrara a fita da gravação. Queria que ela soubesse que o Projeto Petros estava no trilho certo, que as acusações de Feaver estavam dando resultado. A esperança de Stan, de novo, era que ela se dispusesse a autorizar a instalação de um grampo na sala de audiências do juiz Malatesta. A juíza-chefe teve o cuidado de não lhe dar qualquer conselho; ela era a juíza, não a promotora. Mas Sennett sentia que, se conseguisse definir um período, alguns dias em que o governo estivesse procurando um acontecimento em particular, ela assinaria o mandado. Assim, buscou a ajuda de Robbie para imaginar uma situação para uma moção de emergência, sobre a qual Malatesta teria de decidir rapidamente, o que daria ao governo uma justificativa para a aplicação do grampo.

Ainda havia dois casos falsos a serem julgados por Malatesta. Confirmando o alerta de Walter, eles tinham ficado praticamente parados, supostamente cochilando através do estágio de interrogatórios para a revelação compulsória. Um dos casos, *Drydech versus Lancaster Heating*, era sobre um aquecedor de água a gás que teria explodido no celeiro do cliente de Robbie, um fazendeiro. O caso *Drydech*, baseado numa decisão de fora do estado sobre a qual Robbie tinha lido, era conhecido como "o caso do peido" no escritório de McManis. A defesa planejada era que a combustão resultara não do aquecedor e da água, e sim do acúmulo de grandes quantidades de metano emitido por um celeiro cheio de vacas.

Para criar a emergência, Robbie propôs apresentar uma moção pedindo o depoimento de um engenheiro de uma empresa que supostamente alertara sobre o perigo potencial de explosões, caso o aquecedor fosse instalado em espaço fechado ocupado por animais. A moção exigiria decisão imediata porque o engenheiro, supostamente, estava muito doente e piorando cada vez mais.

Assim que os papéis foram datilografados, Robbie e Evon foram ao tribunal para apresentá-los e visitar Walter. O objetivo do grampo seria uma conversa, parecida com a do caso de Peter Petros, quando Feaver contou a Wunch que o resultado do processo dependeria da decisão de Malatesta. Então o governo esperaria para ver como Wunch levaria a notícia ao juiz e como Silvio reagiria.

Quando eles chegaram, Walter já estava na sala do tribunal, preparando-se para uma audiência às 14 horas. Assim que a sessão começou, Robbie teve dificuldade para manter qualquer conversa com Wunch, e os dois foram correndo pelo corredor. Enquanto atravessava a porta de vaivém atrás de Robbie, Evon foi de encontro a um sujeito com o dobro do seu tamanho e quase o derrubou, era uma pessoa que ela tinha visto ali antes, e pela aparência era policial. Enquanto ela se desculpava, ele ficou olhando incrédulo, não tanto irritado, mas estranhando, imaginou Evon, receber uma pancada tão forte de uma mulher.

Walter estava andando de um lado para o outro junto ao corrimão de madeira amarela abaixo do juiz, com sua costumeira expressão mal-humorada, dando ao meirinho e à escrivã as orientações da sessão que estava para começar. Evon ficou para trás, deixando que Robbie se aproximasse sozinho de Wunch, apesar de as vozes soarem claras através do infravermelho. Enquanto entregava a moção, Feaver declarou, entredentes:

– Este cara é um caso meu, Wally.

O rosto amarrotado de Walter se contraiu de desagrado, mas ele não disse nada. Quando Robbie perguntou quando o juiz decidiria, Wunch recitou a regra do tribunal com relação a moções de emergência: McManis teria dois dias para responder, e então o juiz poderia levar até dois dias para dar a decisão. Isso significava que ele avaliaria na quinta ou sexta-feira.

– Agora você vai querer me perguntar quanto é um mais um? – perguntou Walter a Robbie, antes de dispensá-lo.

Quando Stan ligou ao meio-dia de sexta-feira para perguntar se Robbie e eu podíamos encontrá-lo no escritório de McManis, eu achei que estávamos sendo convocados para outra comemoração. Mas não fomos recebidos com cumprimentos corteses da parte dos agentes. Na sala de reuniões, Jim e Stan estavam sentados com expressões carrancudas. O olho cinzento do monitor de vídeo estava exposto nos armários de carvalho vermelho. Quando perguntei o que havia de errado, os dois se entreolharam. Em seguida, Robbie chegou, e antes mesmo que ele se sentasse, Stan apertou o botão do videocassete.

A tela iluminou-se com uma imagem em preto e branco. A data e a hora, até décimos de segundo, apareciam num contador em letras brancas no canto superior direito. As imagens, quaisquer que fossem, tinham sido feitas às 17h05 do dia anterior, e a perspectiva era estranha. A câmera estava posicionada em algum lugar perto do teto, num falso detetor de fumaças, disse-me Klecker depois, e a lente era olho de peixe, encurtando as laterais da sala como o espelho parabólico, de moldura dourada, que ficava pendurado no saguão dos meus pais. Os meios-tons estavam borrados à luz fraca.

Por fim, reconheci uma mesa grande, pesada como uma bigorna, com a bandeira americana e a do condado em mastros atrás. Havia duas figuras na borda da imagem. Quando elas se enquadraram, vi que eram, como previsto, Malatesta e Wunch. O juiz segurava um maço de documentos que, como ficamos sabendo, eram decisões sobre vários casos. Silvio, com seus óculos Harry Carey, olhava para cada papel e depois assinava embaixo. Espreitando por cima de seu ombro, Walter pegava a ordem assim que ela estava assinada. Enquanto prosseguia, Silvio fazia observações para Walter e para si próprio. Este ainda precisava de uma reunião para fazer acordo. O julgamento de *Gwynn* duraria a vida inteira. Em resposta, Walter não demonstrava a austeridade tão evidente em outros lugares. Enquanto o juiz trabalhava, ele era uma torrente de elogios sobre a sabedoria de cada decisão.

– Minha nossa – disse Robbie. – Que puxa-saco.

Klecker havia entrado e Stan fez um sinal para que ele adiantasse a fita. Quando as imagens começaram a aparecer de novo, Malatesta estava se demorando um pouco com o papel que tinha nas mãos.

– O que é isto, Walter?

– *Drydech*. O senhor olhou os papéis ontem à noite, depois de o réu ter apresentado os documentos, juiz. Lembra? Este é o caso em que a defesa diz que as vacas tinham gás. É alguma besteira para atrasar o caso. Como sempre. O réu está atolado na lama.

Malatesta tocou o centro dos óculos para recolocá-los sobre o nariz.

– Walter, como você se mantém a par desses casos? Eu não consigo lembrar de metade. É uma bênção ter você. Lembre-me de novo da situação aqui.

Walter explicou que Feaver queria o depoimento, do protocolo, de um engenheiro que supostamente estava à beira da morte.

– Me deu um branco completo, Walter.

– Juiz, o senhor leu.

– Li? – Distraído, Silvio repuxou as mangas de sua camisa barata, grande demais para ele, e ajeitou as ligas sobre os bíceps insignificantes. – Pegue os papéis, Walter. Só quero ter certeza de que não fiz algo impulsivo no fim do dia.

Malatesta havia terminado a pilha de pedidos que restavam quando Walter voltou com a moção de Robbie e a resposta de McManis. O juiz balançou a cabeça enquanto lia.

– Walter, não devo ter prestado atenção a isto. É uma questão bastante complicada. Não tenho certeza de que o réu não tenha sem razão. – McManis argumentara que era injusto Robbie tomar o depoimento do engenheiro antes de avaliar várias questões técnicas relacionadas com o testemunho. Se Feaver queria acelerar esse depoimento, também tinha de acelerar os depoimentos de outras testemunhas especializadas. Pairando atrás do juiz, a princípio Walter ficou quieto.

– Bom, tudo bem, juiz. Mas só uma coisa. O reclamante aqui, Feaver, irá direto ao Tribunal de Apelações.

Malatesta recuou sua cadeira grande.

– Vai?

– Direto para lá. É a impressão que me deu. Ele diz que não pode completar o processo sem o engenheiro. Vai estipular o pedido de um veredicto e ir direto lá para cima.

– Sei. – Malatesta cobriu a boca e estudou de novo a moção de Robbie.

– Não sei; o senhor é o juiz, mas o senhor sabe, todo esse negócio de apelação não vai acontecer se o senhor decidir a favor do reclamante. Por que não vemos o que esse engenheiro tem a dizer? Se não for nada importante, Feaver perde. Se for coisa quente, o Tribunal de Apelações jamais reverterá sua sentença. Eles não vão se interessar por um réu tentando varrer um mau testemunho para debaixo do tapete.

– Bem. – Malatesta ficou balançando a cabeça de um lado para o outro. – Estou sentado aqui para fazer meu melhor julgamento, e não para colocar o Tribunal de Apelações em má situação.

– É, bem, naturalmente, juiz. Mas o senhor sabe. O senhor tem uma ficha fantástica. O juiz Tuohey fala o tempo todo sobre como o senhor está liderando a corrida para cima. Ninguém do Tribunal Superior chega perto, juiz.

Malatesta, um homenzinho dado às gargalhadas, chegou a soltar um risinho, um som estranhamente infantil.

– Verdade, é bem verdade, Walter. Eu vi Brendan semana passada, e ele estava elogiando meu nome para três ou quatro outros juízes, dizendo como sou bem-visto lá em cima. Foi meio embaraçoso, na verdade. Mesmo assim, confesso que tenho orgulho da minha ficha. Há alguns juristas muito bons aqui no Tribunal Superior, Walter. É um grande feito ter julgamentos revertidos com menor frequência.

– E, juiz, não sei, mas eu tenho em mente que o Tribunal de Apelações mandou um caso de volta nos últimos dias; acho que foi assim: "Deixe o reclamante ter sua revelação compulsória." E não é isso que eles costumam dizer?

– Bom, sim, normalmente, Walter. Mas tem de haver alguma compensação. – Malatesta continuou a deliberar. Ele fez muxoxo e deu um tapa numa das bochechas. – Não vejo as partes citando um caso como este.

– Acho que acabou de aparecer. Uma opinião nova em folha. Nem foi publicada. Qual é o nome? – Walter ficou andando, batendo com os dedos na cabeça. – Por que eu não lembro disso? – perguntou-se. – Mas eles reverteram. Quase exatamente como este caso.

– Uma reversão? – perguntou Malatesta de novo.

Walter assentiu sério. Malatesta levantou as mãos cautelosamente como se não quisesse afrouxar as mangas.

– Você tem bom senso nessas coisas, Walter. Isso eu tenho de admitir. Bem, tudo certo. Redija a ordem. Nesse negócio, o primeiro instinto é sempre o melhor. Eu aceitei a moção ontem à noite; provavelmente era o certo a fazer.

– Está bem. – Walter quase fez uma reverência enquanto se virava.

Stan parou a fita. Levantou o queixo enquanto nos encarava. Perguntou o que achávamos.

– Você está brincando, certo? – respondeu Robbie. Durante um tempo ele se mostrara incapaz de esconder que estava se divertindo. – Pelo amor de Deus, Stan; Walter está guiando o pobre filho da puta pelo nariz. Está levando-o a assinar decisões às cegas. Não é isso o que parece? Ele vai e divide com Rollo Kosic o dinheiro que eu lhe dou, e morre de rir ao ver como Silvio está se esforçando tanto para pensar a ponto de não conseguir amarrar os sapatos. E então o Brendan, só para manter tudo em movimento, aparece e dá um tapinha nas costas de Silvio por seu grande recorde de jamais ter tido uma decisão revertida.

Atrás de Stan, McManis lançou-me um olhar. Eu percebi o diálogo de Robbie com Sennett como uma repetição do que já tinha acontecido entre Stan e Jim.

– Então quer dizer que você foi enganado o tempo todo?

– Enganado? Meu Deus, Stan, com quem eu vou reclamar? Eu consigo o que eu quero. Walter pega o dinheiro e guarda para ele? E daí? Para mim dá no mesmo.

Sennett ficou irritado.

– Não é a mesma coisa. Um funcionário ridículo que se desvia do dever não é um juiz corrupto. – Ele lançou um olhar duro para Robbie. – Para nenhum de nós dois – acrescentou com um toque ameaçador de honestidade. Estava certo. Walter era um lacaio, tanto no tribunal do júri quanto para um juiz prestes a dar uma sentença.

– O que eu estou pensando – disse Sennett – é que você está ferrado.

Feaver encarou-o, sentindo-se insultado. A cobertura para o projeto, mantida por um esforço mútuo gigantesco, era um tesouro compartilhado. A pessoa que fosse detectada atuando para o governo teria de prejudicar todo o mundo.

– Pense nisso – disse Sennett. – Deve haver um modo de eles terem descoberto que a câmera está lá. Walter sabe que ele é café-pequeno, por isso está ajudando Malatesta a escapar. Se... – ele parou, interrompido por nossas reações. McManis, Robbie e eu parecíamos reunidos num momento de espanto e maravilha como a Escritura descreve, não de celebração ou alegria, mas de perplexidade e pavor. A força e a velocidade do pensamento de Stan e o modo como ele era capaz de afastá-lo até mesmo das realidades mais ofuscantes eram espantosas.

– O que foi? – perguntou ele, reagindo ao olhar. Em seguida, cruzou as mãos e se inclinou para a frente na cadeira, rígido. – É possível. É completamente possível. Completamente.

24

Na quinta-feira seguinte, 30 de abril, Evon estava sozinha no Mercedes no último andar da garagem do Templo. O carro estava à vista do vestíbulo de vidro que abrigava o elevador arruinado, e ela tinha visto quando as portas se abriram e Robbie se juntou a Walter Wunch. Depois de algumas palavras calorosas, eles saíram totalmente do alcance do infravermelho enquanto o elevador descia, gemendo e chacoalhando. Ela ficou ali sentada, distraída, isolada, temendo que aquilo desse em desapontamento, e sentindo uma irritação inesperada na bexiga.

Depois de alguns dias de debates confusos, a melhor opção tática parecia ser fazer outro pagamento a Walter, agradecendo pela decisão favorável no caso *Drydech*. Isso testaria a teoria de Sennett de que Wunch, de algum modo, estava alerta. Independentemente do quanto fosse leal para com Malatesta, Walter não compraria mais tempo na cadeia aceitando um segundo envelope.

Mesmo antes de o elevador ter voltado ao quinto andar, Evon soube que algo estava errado. O jorro marítimo de estática em seu fone de ouvido começou a ceder lugar às vozes. Em vez de ter saído no primeiro andar, Walter ainda estava com Robbie. Os dois falavam de uma mulher, com o tom desagradável de sempre. Feaver ria, ao seu modo bem-humorado, e Wunch rosnava de um modo grave que tornava as palavras difíceis de discernir.

As portas do elevador, gravadas com sinais enferrujados e pichações de gangues, abriram-se lentamente. Incólume, Feaver se adiantou sorrindo, ainda na companhia de Wunch. Apesar do sobretudo pesado no tempo agradável de primavera, os ombros estreitos de Walter estavam encolhidos quase até as orelhas.

– Impossível – Evon escutou Robbie dizer. Ele acenou para Wunch e saiu do vestíbulo. Walter ficou onde estava. Olhou através do vidro sujo na direção de Evon, e sua pele parecia uma tigela de aveia enquanto, o olhar feio espreitava-a. Inesperadamente, Evon escutou Feaver falando pelo infravermelho, enquanto ia na direção do Mercedes.

– Certo; quando eu entrar no carro, vou dizer algo a você, blá-blá-blá, e quero que você ria alto. Riso histérico. Certo? Eu terei acabado de lhe contar algo que é de matar de rir.

Feaver entrou no banco do motorista e, como dissera, falou várias frases, sem fazer qualquer som, uma pantomima destinada a Walter.

– Ria! – exclamou então entredentes. Ela riu, enquanto ele continuava a dirigir a cena. Sua mão estava erguida para obscurecer o movimento dos lábios, enquanto ele dizia para ela balançar a cabeça, gargalhar tanto a ponto de tossir. Finalmente, Robbie virou-se para o para-brisa e fez uma careta, deu de ombros para Walter, e Walter deu de ombros em resposta. A porta do elevador tinha acabado de abrir, e ele se virou para entrar.

Ela esperou algum tipo de sinal, mas Feaver não deu qualquer explicação. Em vez disso, engrenou o carro e partiu a toda da garagem. Depois de vários quarteirões, entrou num beco, até parar no estacionamento de cascalho atrás de uma pequena loja. As portas dos fundos do lugar estavam protegidas por um portão enferrujado. Robbie apontou enfaticamente para a própria barriga e disse:

– Desligue.

Nesse dia ela não estava com o controle remoto. Os dois se encontravam a apenas alguns quarteirões do LeSueur, e tinham pensado em desativar o FoxBIte no escritório de McManis.

– Merda – disse Feaver em voz alta. – Reviste-me.

Ela perguntou o que estava acontecendo.

– Droga, pode me revistar – respondeu ele. Robbie ficou rígido o tempo todo, olhando pela janela. Mandou que ela declarasse o que havia descoberto e a hora em que o havia feito, e depois, sem dizer outra palavra, tirou o microfone da camisa e o arrancou do fio. – Acabou o show – disse ele.

– Ele não pegou o dinheiro?

– Pegou tudo. Como sempre.

Seguindo o conselho de Klecker, Feaver comprara botas sob medida para ter um local mais seguro e mais confortável para esconder o FoxBIte, e nesse momento ele levantou o pé para tirar uma delas.

Teve bastante dificuldade devido à falta de espaço do carro. Ela perguntava repetidamente o que havia de errado, mas ele se recusou a responder.

Por fim, tirou o FoxBIte da presilha no tornozelo e o enfiou na bolsa dela.

– Pelo amor de Deus, qual é o problema?

– O problema é que quando Walter e eu estávamos terminando ele me contou uma história. Para ele é meio uma piada, talvez não. Parece que quando nós estávamos no tribunal de Malatesta semana passada, você esbarrou num sujeito, não foi? Bom, ele é um policial. Um velho colega de Walter da época da Vara Criminal. O cara está com um processo, uma apelação administrativa contra uma decisão do Conselho de Bombeiros e Polícia. Ele pegou trinta dias por alguma coisa. Seu nome é Martin Carmody. – Feaver encarou-a, esperando um reação.

– Eu já o vi por aí. Achei que já tinha visto.

– É, bem. – Evon seguiu o olhar de Robbie enquanto ele espiava pela janela em direção aos tijolos aparentes nos fundos do prédio baixo. Uma pequena gavinha ou algo verde se retorcia no cano enferrujado de escoamento de chuva. – Ele disse que havia uns cinco, seis anos, pelo que contou a Walter, fora mandado a Quantico para passar umas duas semanas fazendo instrução avançada em armas de fogo. Lá, ele conheceu sua instrutora, uma agente do FBI, DeDe não-sei-das-quantas. De verdade mesmo, ele a conheceu uma noite. "Conheceu" no sentido bíblico. E ele seria capaz de jurar, pelo que disse a Walter, que a garota em quem esbarrou, ou seja, você, é ela. DeDe. Tingiu o cabelo. Perdeu os óculos. Está com uma aparência menos caipira, mas, meu Deus, aquilo era difícil de esquecer. O único motivo de ele estar perguntando isso a Walter é porque a Sra. Carmody está comparecendo todos os dias à audiência e ele preferiria não ser reconhecido.

Agora Evon estava com os olhos fechados.

– Então eu fiz a grande representação – disse Robbie. – FBI? Ridículo. Vamos perguntar a ela. Walter, graças a Deus, é puritano demais para enfiar o nariz no carro e perguntar a uma dama com quem ela pode ter trepado, e, claro, seu show foi do tipo "por que eu vou me preocupar com o FBI?", mas mesmo assim ele se sentiu curioso o bastante para subir e olhar.

– Porra – disse ela, quando conseguiu falar. Percebeu que jamais tinha usado aquela palavra na frente dele. Era o seu personagem mórmon.

– Então, DeDe, neném, é melhor me dizer o que vai fazer agora.

– Droga. – Sua mente era como um navio encalhado em gelo. O motor girava, mas a proa não conseguia atravessar. Se Walter aceitara o dinheiro, ela não estava acabada. Mas não havia como ter certeza. Todo o seu corpo tremia. E, como sempre, ela sentia o coração sendo escavado pela vergonha. O pior era que aquilo tinha sido transmitido para o furgão de vigilância. Todo o mundo sabia. Agora Sennett estaria girando como um cata-vento no meio de um tornado. Todos eles estariam furiosos.

– Então será que eu entendi? – perguntou Evon. – Ele só estava sendo cauteloso? O Carmody? Ele não tinha certeza? Quero dizer, nós estávamos bêbados, Robbie. Bêbados de cair. – Ela tamborilou os dedos. – Ele não tem certeza. Por isso perguntou a Walter.

– Provavelmente. Mas mesmo assim Wally continua meio desconfiado. Ele parecia mais tranquilo quando saiu. Mas a questão continua lá.

Ela falou principalmente para si mesma:

– Eu não consegui identificá-lo. Realmente não consegui identificá-lo. Passei direto por ele. – Aquilo devia ter acontecido por volta de 1996, porque ainda estavam construindo a Hogan's Alley, uma cidadezinha onde eram representados crimes para treinamento. Foi a primeira vez em que ela fora convidada a voltar a Quantico para ensinar a usar armas de fogo. História antiga. Outra vida. Um risinho inadequado escapuliu de sua garganta. Naturalmente lembrava-se dele com uma aparência muito melhor.

– É – disse Robbie. – Uma transa de uma noite. Só um pau desgarrado no fim do expediente. Eu já fiz isso. – Quando ela viu o olhar, entendeu o resto. As emoções rolavam pelo rosto dele. Robbie estava agarrando o volante de madeira com as duas mãos, e o olhar profundo saltou para ela como acontecera no primeiro dia, quando ela disse que já haviam apanhado um bandido.

– Robbie – disse Evon, e silenciou. Ele ligou o carro voltando de ré pelo beco.

– Grande disfarce – disse ele.

Maio

25

– Você lembra? – perguntou ela. – Nós conversamos. Naquela noite. Depois do Kosic. Você lembra daquilo? E você contou que ficava deitado na escuridão. E se sentindo inseguro. Lembra?

Evon escutou o eco da glote enquanto ele bebia.

– Então você está dizendo...

– Vou dizer o que estou dizendo. Mas primeiro responda. Você lembra daquilo?

– Claro.

– Bom, eis o que eu preciso saber. Aquilo era uma representação?

Ele fez um som grave, talvez um gemido.

– Não – disse por fim. – Foi uma merda sincera.

– Então, você consegue imaginar que está penetrando dentro de si próprio sem ter certeza do que há lá dentro? Sem ter certeza de que realmente pode sentir o que você quer? Você consegue imaginar isso?

No escuro, ele demorou-se pensando. Depois de ter retirado o FoxBIte e contado o que Walter dissera sobre Carmody, os dois tinham andando de carro por um tempo antes de voltar ao LeSueur. O desprezo se projetava dele – logo dele, furioso porque achava que tinha sido enganado. Mas a raiva de Robbie se mostrava estranhamente difícil de suportar. Ela se sentia perdida e mutilada, ainda tentando calcular os custos desse rompimento do disfarce para o projeto e para si própria, chocada porque aparecera alguém de sua vida anterior, como alguma relação mal vinda, para reivindicá-la. Se Feaver a tivesse deixado numa esquina, ela jamais poderia ter ido até em casa.

Ele finalmente perguntou qual era a verdade. Era ela ou não era? A princípio, Evon se recusou a responder.

– Não vamos entrar nesse assunto, Robbie. Não é adequado. Eu tenho um serviço a fazer.

– E você fodeu com isso também. – Enquanto subia a poeira daquela bola de máquina de demolição, ela recebeu um olhar de lado, mais suave do que tudo o que vira desde que os dois haviam deixado Walter. – Não foi justo – disse ele depois de um momento, e voltou ao silêncio.

De algum modo tinham chegado a um consenso de não ficar no LeSueur. Feaver circulou o quarteirão, enquanto ela jogava o FoxBIte para McManis da porta do escritório. Jim não falou grande coisa. Quis saber se Walter parecia ter engolido a história quando voltou ao elevador. Ela achava que sim. Feaver também. Mas, pensou, mesmo que Walter tivesse dúvidas, não havia chance de ele confrontá-la.

Perguntou se Sennett tinha ficado maluco.

– Sim – respondeu Jim. – Ele acha que o pessoal da mudança deveria ter descoberto isso na investigação de passado.

Por mais que a situação fosse grave, ele sorriu à ideia daquele funcionário: faça uma lista de cada noite louca nos últimos dez anos. Depois assentiu com gentileza quando ela disse que só queria se livrar daquilo.

– Isso não é da sua alçada – disse ele.

Evon sabia que isso era verdade. Não passava de uma coincidência maligna. Não era incomum agentes disfarçados serem descobertos por policiais ou promotores que os reconheciam. Mas era lógico. Se o projeto afundasse agora, aquilo iria acompanhá-la para sempre. De volta a Iowa e a qualquer coisa que pudesse vir em seguida. Não complique o Bureau. O alerta de Quantico era gravado em brasa na mente de cada recruta. De qualquer modo, McManis e Sennett estavam conversando. Avaliando os riscos. Era por isso que ele admitiu deixá-la ir embora. Ainda não sabiam o que iriam fazer.

De volta ao Mercedes, Feaver perguntara se ela precisava de uma bebida, e Deus sabia que sim, e ele se ofereceu para entrar numa loja e comprar uma garrafa. Até que abandonassem o navio, a garota mórmon não deveria ser vista comprando bebida alcoólica. Na verdade, ela não estava pronta para ficar sozinha, e deixá-la em casa parecia ao menos uma forma de recompensa. Ela misturou a vodca com um pouco de limonada congelada que tinha no freezer, e, depois de os dois beberem a maior parte do tempo em silêncio, o impulso crescera dentro dela, quase como o empuxo de um enjoo. Queria explicar. Por quê?, perguntou a si mesma, esperando encontrar uma razão clara para se conter. Por quê?

Porquê. Porque o silêncio seria fatal para algo frágil dentro dela. Porque parecia insuportável ver a verdade preciosa, tão difícil de falar, ser tomada como mentira.

O sol havia desaparecido. Ela não havia fechado as cortinas. Refrações das luzes da rua e de um letreiro de néon do outro lado da avenida riscavam a sala. Por quase todo o tempo os olhos dela permaneceram fechados. Robbie sentou-se no chão encostado no sofá florido que o pessoal da mudança havia alugado. Quando ela se deitava à noite para assistir TV, podia detectar nas almofadas os restos de fumaça velha de cigarro e dos produtos químicos que não tinham conseguido remover. Feaver havia tirado o paletó e as botas. Os dedos de seus pés se retorciam na meia estampada enquanto ele bebia, mas por um instante ele ficou parado enquanto pensava na resposta. Será que podia imaginar?

Depois de um tempo disse que sim. Podia imaginar, sim.

– É assim para você? – perguntou a ela.

– Foi assim, durante anos. Anos. Eu achava que simplesmente não estava interessada ou que não me importava. Não tinha certeza. Talvez estivesse colocando tudo aquilo no esporte. – Os atletas *eram* seus corpos. Depois de um jogo havia uma consciência supersensória: os machucados, os empurrões, as dores internas. Era como se algum objeto pontiagudo tivesse furado cada folículo de sua pele até as camadas mais profundas da derme. Para a maior parte de suas colegas de time, aquela eletricidade devia ter se transformado em expressão sexual. Mas para ela o jogo era a excitação. As entranhadas sensações de si própria pareciam quase supersticiosamente proibidas. Não apenas por causa do sentimento de praga ou de perigo ensinado pela igreja, mas porque de algum modo isso iria exauri-la, colocar em risco o âmago radiativo de paixão que a projetava numa tempestade pelo campo.

No segundo grau, ela foi uma grande atleta. Isso era demais para muitos garotos quererem se aproximar. E, de qualquer modo, aquela era uma cidade mórmon; mais da metade dos jovens não tinha permissão de namorar até os 16 anos. Ela queria sair com os outros, naturalmente, assim que tudo aquilo fosse posto em movimento. Queria pertencer a um grupo. Tinha 17 anos. Foi ao baile de formatura, e naquela noite fez sexo, como se isso fizesse parte da cerimônia, o que era verdade para muitas pessoas em Kaskia. Deitou-se na grama, no lado abrigado da montanha onde se praticava esqui, e deixou Russell Hugel arrancar sua roupa de baixo e mergulhar nela. Não durou um minuto. Ele a ajudou a se levantar. Tirou cuidadosamente cada folha e cada haste de grama de seu vestido, depois voltou com ela descendo o morro em silêncio. O pobre rapaz provavelmente estava embaraçado, provavelmente achava que tinha estragado tudo. Um galo no quintal, balançando as asas inúteis, demorava mais do que Russell. Assim era o sexo. Ela revia isso periodicamente no pensamento. O interlúdio passou como o próprio baile. Antecipado durante muito tempo, e breve e desapontador. Ela guardou o vestido. E concluiu, enquanto partia para a faculdade, que aquilo tudo era uma chateação grande demais.

Os gays – a ideia de que houvesse alguém assim na terra – ainda eram uma espécie de lenda, para ela era um daqueles fatos terríveis que as pessoas contam sobre o mundo e que você suspeita de que seja exagerado ou nem mesmo verdadeiro. Ela parecia uma caipira, e sabia disso. Mas crescera num rancho. Carneiros com ovelhas. Touros com vacas. Ouvira falar de Sodoma na igreja. Mas Deus destruíra a cidade.

– Eu passei o primeiro verão no campo de hóquei sem ter a menor ideia. E algumas daquelas garotas eram tão sapatões, tão assumidas; uma delas, Anne-Marie... as garotas faziam piadas sobre não ficar sozinhas com ela. Eu *ainda* não entendo.

Na época havia uma colega no time, disse a ele, uma mulher chamada Hilary Beacom, boa jogadora de meio de campo, mas não uma estrela. Dois anos à frente de Evon, Hilary vinha de uma família importante de perto da Filadélfia. O hóquei de campo, estranhamente, tinha uma herança de classe alta. Lá estavam todas aquelas mulheres, correndo, batendo nas bolas, golpeando as pernas das outras e até mesmo, de vez em quando, a cabeça. O sangue costumava correr. Não era o que Evon considerava um esporte para uma escola de moças, mas era de onde muitas garotas vinham. Escolas particulares. Escolas de ricos. Hilary Beacom emergira daquele mundo. Cabelo louro denso como veludo, puxado para trás e preso numa faixa de tecido xadrez. Roupas Laura Ashley. E o encanto feliz de alguém que de fato era dona do mundo.

Ela cuidava de Evon, sentava-se ao seu lado no ônibus, contava segredos sobre os treinadores. Longe do campo, as duas cavalgavam juntas. Uma noite, em maio do segundo ano de Evon na faculdade, as duas se embebedaram. Beber era proibido dentro ou fora da temporada. Todas haviam assinado declarações. Mas Hilary ia se formar logo, e elas beberam loucamente, circulando por metade das festas das fraternidades antes de irem para o quarto de Hilary. Estavam simplesmente doidas. Imitavam personagens de programas de TV da infância e depois coisas de *Jornada nas estrelas*, todas diferentes espécies humanas, a não ser por uma característica que fora ampliada, ou transformada, ou substituída. Spock, sem emoção.

– Estou vendo a sua aura – disse Hilary do outro lado do quarto, fingindo ser um personagem vindo da galáxia de Canis, e que supostamente tinha a capacidade dos cães, de ver o halo de descarga emocional ao redor de um ser humano. – Estou vendo a sua auuu-ra – disse ela, e balançou as mãos como um guru indiano enquanto se aproximava. Evon havia desmoronado na cama de Hilary com a cabeça encostada num almofadão. As duas estavam rindo.

– E o que você vê?

Hilary chegou mais perto, colocando as palmas das mãos abertas na cabeça de Evon, como se estivesse massageando alguma presença no ar.

– Eu vejo – disse Hilary, cujos olhos pareceram se clarear brevemente – ...que você está bêbada.

Elas esbarraram uma contra a outra. Finalmente, Hilary se ajeitou e recomeçou o mesmo número.

– Vejo que você está insegura. – Seus olhos se iluminaram sobre Evon. – Vejo que você está com medo.

– Certo – disse Evon, rindo, apesar de perceber que a hora de rir havia passado. Hilary moveu as mãos de novo, primeiro em volta da cabeça de Evon, depois deixou que elas corressem por todo o seu tronco, separadas do contato por um micrômetro praticamente invisível. – Eu sinto desejo – disse Hilary.

Evon não respondeu. O rosto de Hilary, grosso de maquiagem para esconder os hematomas numa bochecha, continuava a centímetros do seu. As cortinas do quarto estavam fechadas.

– Você sabe o que está acontecendo? – perguntou Hilary. Sim, ela sabia. Sabia. De algum modo. As duas ficaram se olhando, medindo a incerteza. Então Hilary trouxe o rosto até o dela. Evon ficou ali parada, sentindo o cheiro doce e forte do rosto de Hilary. Por trás dos perfumes falsos, sua carne tinha a doçura vaga do leite. Os olhos de Evon ainda estavam abertos quando os lábios das duas se encontraram. Secos pelo esporte e pela ânsia do momento, elas sentiram como se fosse a crosta frágil que se forma num pedaço de laranja deixado ao ar e, como na laranja, havia por baixo uma doçura empolgante. Lentamente, Hilary colocou todo o peso sobre ela.

– Então você sabia – disse Feaver.

– Não. Apenas aconteceu. Eu não sabia o que significava. – Evon jamais deixou de admitir que havia prazer naquilo. Mas depois disse a si mesma que não soubera o que fazer. De um modo estranho, não era muito diferente de estar naquele morro com Russell. Permaneceu longe de Hilary, cuja graça nobre, e, mais do que isso, sua gentileza, a impedia de ao menos falar uma palavra. Um mês depois, Hilary se formou. O acontecimento recuou junto com o tempo. Perdeu os contornos no pântano da memória. Havia muitas coisas a seu respeito, raciocinou Evon, que a tornavam diferente da maioria das pessoas que ela conhecia. Ela vinha de uma cidadezinha minúscula da qual ninguém ouvira falar. Fora escolhida para a equipe nacional de um esporte olímpico. E uma vez dormira com uma garota. Ela era assim.

Mas será que isso significava que não teria a felicidade que todas as outras pessoas queriam? Que não merecia isso? Se lhe perguntassem, então, depois de Hilary, ela ainda teria previsto que iria se casar, ter filhos, uma casa e um marido, um bom sujeito, quieto e sincero, como ela pensava no pai e nos irmãos mais novos. Quando isso acontecesse, Hilary não importaria. Nada disso importaria. Agora ela estava com 34 anos. Trinta e quatro, e a visão daquela serenidade à espera ainda nadava ocasionalmente através dela como um conforto, e quando percebeu que isso jamais aconteceria, estava imóvel; aos 34 anos, esmagada.

Havia pouco mais de três anos ela fora destacada para fazer uma investigação em São Francisco sobre suspeita de suborno contra inspetores do Departamento de Agricultura no porto. Outro agente a levara a uma boate de striptease, para se divertirem. Uma das garotas de lá era informante dele; ela costumava andar com um monte de malandros e tinha boas informações. Mas Evon não riu. O colega achou que fosse porque ela estava tensa, e os dois saíram depois de uma bebida. Mas o que dominou a atitude dela foi o modo como uma mulher olhou-a enquanto dançava. Estava com os peitos nus nas mãos, massageando-os, juntando-os, os mamilos pequenos, muito vermelhos, e visivelmente eretos, e lançou um olhar desejoso, voluntarioso, conhecedor, para Evon. Era uma provocação, percebeu ela, parte do número, as garotas representavam para todo o mundo, sabendo que ninguém estava ali por acaso; todo o mundo vinha procurando alguma empolgação. E Evon recebeu a sua. Foi para casa e não dormiu a noite inteira. Quando se serviu de uma dose de vodca, sua mão tremia tanto que ela mal conseguiu colocar o líquido no copo. Sentou-se numa poltrona do minúsculo apartamento onde o Bureau a havia colocado e tentou se acalmar. E depois de cerca de uma hora bebendo, finalmente disse a si mesma: é assim que eu sou.

– E eu voltei. Não fazia a mínima ideia do que diria se alguém soubesse que eu havia aparecido lá. "Eu esperava encontrar você"? Acho que foi isso que decidi na cabeça. Voltei como se fosse um negócio, uma investigação. Sentei na primeira fila. Fiquei olhando aquela mulher... Teresa Galindo era o nome dela, pelo que soube depois Fiquei olhando Teresa, sorri para ela, ela me olhou de novo daquele jeito, e então eu meio que cedi, sucumbi. Senti meu corpo se levantar para ela... – Mesmo agora, a lembrança era espantosa. Espantosa.

"De qualquer modo, elas circulavam, as garotas, sabe; elas queriam que a gente pagasse bebida. E aquela garota, Teresa, não era especialmente uma beldade. As garotas das boates, na maioria, o principal atributo que elas levam ao trabalho é que se dispõem a tirar a roupa e a dançar na frente das pessoas. Teresa era cheia de marcas, como de varíola. Quando passava naquele biquíni minúsculo, dava para ver que estava maquiada até o peito. Mas eu fiquei *muito* atraída. Porque não tinha de trabalhar pelo que queria. Porque Teresa simplesmente viu e soube que eu estava lá. Quando ela voltou com as bebidas, jogou um guardanapo no meu colo e sussurrou: 'Eu faço particular.'

"'Particular o quê?', eu quase perguntei. 'Danço', é o que ela teria dito. Mas não achei que ela estivesse realmente falando de dançar. Vi um número de telefone e simplesmente amassei o guardanapo na mão. E telefonei. Naquela noite, para não perder a coragem. E ela veio ao meu apartamento na manhã seguinte, às 11 horas. Pleno dia, antes de irmos para o trabalho. Foi estranho demais. Não por causa do que estávamos fazendo (e em cerca de dois minutos aquilo foi além da dança), não porque eram as mãos de uma mulher em mim, não por causa dos incríveis brinquedinhos que ela havia trazido (havia um que ela chamava de varinha mágica, com três bolinhas que giravam na ponta, sabe?) mas porque no meio eu pensei: isto é um sonho, meu Deus, eu *sonhei* isto, eu sonhei mil vezes.

"Eu pagava a ela. E ela sempre aceitava o dinheiro. Dizia que só fazia aquilo com mulheres, e não frequentemente, mas eu não tinha ideia se era verdade. Ela gostava de mim. Descobriu rapidamente que eu era da polícia. Mas nunca adivinhou que fosse do Bureau. Achava que eu era uma policial do xerife. Inventou uma história inteira a meu respeito. Eu trabalhava na cadeia. Odiava os homens de lá. Exatamente como ela e a maioria das outras garotas odiavam os homens na boate. Por isso faziam aquilo. Pela chance de olhar os homens de cima para baixo. Que querem aquilo tanto, tão abertamente, e que não vão conseguir. Além disso, tinha seus motivos. Fora molestada anos antes pelo avô, um grande *patrón* de quem todo o mundo tinha medo. Cursara faculdade; isso era uma surpresa. Tinha diploma de contadora. Mas ganhava mais dinheiro fazendo aquilo.

"De modo que eu sabia. Em voz alta para mim mesma, eu sabia. E as pessoas heterossexuais, eu as escuto falando, e algumas vezes elas parecem achar que o saber é apenas a parte difícil. Como se tivessem facilidade de se ligar a outra pessoa e não sofressem com o fato de que não conseguem. Eu tentei ficar com aquela mulher, Teresa. Algumas vezes, antes ou depois, nós saíamos para beber. Mas ela tinha inventado uma história a meu respeito, e eu tinha inventado uma história a respeito dela. A minha é que ela era suave, gentil e realmente só queria alguém, e não era verdade. O pessoal dela era barra-pesada. Gostava de dor. Ela me levou às boates de sexo. Eles chamam de boate, mas é só o apartamento de alguém e você paga para entrar. E eu não gostava do que via. Uma mulher com uma batata de Idaho? Eu queria uma vida. Aquilo era um show de aberrações. Pelo menos para mim. De modo que... – Ela deixou a frase no ar, desanimada.

– Quero dizer, algumas vezes eu penso nisso e fico simplesmente pasma. Uma stripper. Uma stripper, pelo amor de Deus. É como se a minha vida fosse algo sonhado por um bebum numa estação de ônibus. Uma stripper.

Feaver disse que aquilo era um jogo. Ela se enrijeceu, mas tinha entendido errado.

– Era um ensaio – disse ele. – Você não ia levar uma stripper para apresentar à sua mãe.

Evon riu da ideia. Não levaria ninguém para apresentar à mãe. Nunca tivera força para isso. Mas sabia o que Robbie queria dizer.

– Então, onde Carmody entra nisso, diabos? – perguntou ele. – Foi depois?

– Antes. Aquele foi um período bastante previsível. Quero dizer. Eu sabia que não conseguiria tirar daquilo (do ato) o mesmo que as outras pessoas. Eu achava que eu tinha medo. Bem, eu tinha medo. Por isso achava que se ficasse bastante bêbada... e eu estava longe de casa. Aquela não foi a única vez. Nem de longe. Na verdade, a mecânica era legal. Mas isso não tem a ver com mecânica. Tem a ver com paixão. Com ser o tipo de mulher que sente paixão por outras mulheres. E que quer que uma mulher sinta paixão por ela.

Ele perguntou por quem ela sentia paixão naquele momento, quem ela deixara em casa, e de algum modo Evon riu de novo da ideia. Des Moines não era exatamente São Francisco, e ela tinha de ser sensata, havia muita coisa para a qual o Bureau ainda não estava preparado. Iowa City era outra história, mas ficava a grande distância, e havia um aspecto desconfortável no que ela encontrou lá, lembrando o que tinha visto em São Francisco. Várias daquelas mulheres estavam numa missão, e praticamente exigiam que você também fosse homossexual. Tudo bem andar por aí com calças de couro e os mamilos cobertos por fita adesiva, mas que Deus não permita uma garota parecida com Lee Greenwood ou Travis Tritt. Ou George Bush. Mas, no geral, ela continuava tensa. Percebia isso. Mesmo naquele momento, deveria haver alguma pequena parte nela que esperava que tudo aquilo fosse embora.

Cerca de um ano e meio antes começou a acontecer algo com uma mulher da igreja chamada Tina Criant. Era casada com um policial com quem Evon trabalhara, e as duas tinham muito em comum, a mesma mistura estranha de hobbies, bordado e tiro com pistola. Faziam tudo isso juntas. Tina gostava de lhe dar livros. As duas riam. Ela era apenas uma pessoa calorosa, especial, e Evon podia ver algo começando, provavelmente o mesmo que Hilary Beacom vira nela. Nunca disse uma palavra, nenhuma das duas disse. Em retrospecto, sabia que deixaria aquilo escapar de algum modo. Se tivesse tido coragem, poderia ter dado o exemplo ou a coragem para ambas. Mas talvez fosse melhor assim. Tina e Tom, o marido dela, tinham dois filhinhos, de 5 e 7 anos. Durante uns dois meses Evon observou Tina resolvendo aquilo sozinha. E decidindo. Abandonou o grupo de bordado. Parou de ir à área de tiro. Doera bastante. Só então Evon percebeu como vinha tendo esperanças.

Algumas vezes agora, contou, nos piores momentos, ela procurava uma daquelas mulheres que apareciam em situações completamente masculinas, no meio de equipes de trabalhadores de estrada, ou a única pessoa branca em meio a um grupo de jardineiros hispânicos. Um daqueles tipos atarracados de cabelo curto e rosto seco, sem maquiagem, e com um suéter largo para esconder o que, por algum motivo, era sempre um par de peitos gigantescos. Ela olhava para aquelas mulheres e pensava, é isto que eu sou? É isto que eu vou ser? Uma desajustada com sua coleção de armas e três canais esportivos na TV a cabo?

– Corta essa – disse Robbie inesperadamente, baixo.

– Hein?

– Não faça isso com você. Quero dizer, você pode dizer que eu não sei, mas eu sei que *isso* não é você. Meu Deus, você não aceita isso com tanta facilidade.

Provavelmente não era engraçado, mas ela riu durante longo tempo, e ele riu junto. Nessa noite, naquele momento, estava pronta para rir. Porque ele estava certo. De ambos os modos. As boas e as más notícias. Ela não era um tipo. Era ela própria. Careta, certo. Mal-humorada. Sem jeito. Confusa, claro. Mas não *completamente* inadequada ao mundo, não tão dominada por essas questões a ponto de elas suplantarem todo o resto. Tinha seus segredos. Todo o mundo tinha. Coisas revoluteavam dentro dela. Indeterminadas, como a poeira do cosmo que ainda não é um cometa, um planeta ou uma estrela. Mas quem não era assim? Todo o mundo. A vida sexual de todo o mundo era estranha. Certo?

– Então, o que mais você precisa saber, Robbie? – perguntou depois de um tempo, num tom mais seco. Em frente a ele ouviu os cubos de gelo batendo no copo dele. No apartamento ao lado, um vizinho repetia a trilha sonora de *O guarda-costas*, o que fazia desde janeiro, a ponto de furar o disco.

– De onde você tirou "Evon"?

Era o nome da prima, uma garota mais ou menos da sua idade; uma grafia americana destinada a ser pronunciada do mesmo modo que Yvonne. Mas as pessoas se confundiam. Os professores. Outras crianças. Passaram a chamar a prima "E vem" e ela se cansou de corrigir. Às vezes era uma espécie de tormento, já que as crianças são como são. "E vem ela." "E vem a burra." "E vem a feia." "E vem a gorda." Mas a tal garota, a prima, tinha alguma coisa. Não cedia. "E vem a boa", respondia ela, e falava a sério. Agora ela era médica em Boise, divorciada, com dois filhos, bastante feliz sozinha. As duas tinham se visto apenas uma vez nos últimos dez anos, mas fora uma ocasião calorosa. "E vem a boa." Ela sempre quisera poder dizer isso como a prima dizia.

Uma motocicleta acelerou na avenida. Evon perguntou se havia algo mais.

– De uma vez por todas – disse ele finalmente – você está com um grampo ou não?

Ela teve de rir. Já havia rido bastante.

– Você acha que eu teria dito tudo isso para você com um gravador funcionando?

Mas Robbie havia pensado nisso. Disse que sempre imaginara que ela poderia, como uma agente, ligar ou desligar o gravador. Evon encarou-o no escuro. Até então os dois tinham evitado se olhar.

– Só me diga que não – disse ele. – Eu vou acreditar. – Só *diga* que não.

– Eu já disse que não, antes. Quer olhar?

– Hein?

– Olhar. – Ela se levantou. Ergueu os braços. – Olhe. Ande. Pode me revistar. Você vai acreditar em mim.

Ele estava espantado. Mas acabou indo, sem sapatos e com um passo estranhamente leve, até onde ela esperava.

– Eu não preciso fazer isto.

– Sim, precisa. Só não invente. Faça como eu faria. Verifique a bolsa.

Ele ficou imóvel por um tempo, embaraçado ou simplesmente sem habilidade para colocar as mãos numa mulher sem os envolvimentos usuais. Por fim, segurou os ombros dela. Mas não foi adiante. Em vez disso, puxou-a devagar, até que a cabeça dela estivesse diretamente abaixo de seu queixo, em seguida curvou-se e deu-lhe um beijo no topo da cabeça, como fizera no tribunal com Leo, seu velho primo.

Depois disso, pegou o paletó e demorou algum tempo calçando uma das botas. Uma lâmina de luz surgiu na porta.

– Você está bem – disse ele.

– Não pareça tão surpreso.

– Vejo você amanhã.

– Se eles não encerrarem o caso esta noite.

Ele deu de ombros. Disse que tinham feito o máximo. Ambos. Deixou-a no escuro, sentindo que estava certo.

NA MANHÃ SEGUINTE, quando deixou o apartamento, Evon foi seguida. Pegou um táxi para Glen Ayre, onde deixara o carro durante a noite, e no momento em que estava entrando viu se acenderem os faróis de um veículo parado numa área de estacionamento proibido, do outro lado da rua. O horário de verão recomeçara, e havia pouca luz àquela hora. Usou o espelho de maquiagem para olhar. O carro ficou mais para trás na autoestrada, mas aparecia de vez em quando, e logo ela percebeu um segundo automóvel, algumas vezes mantendo-se um pouco à frente do táxi na pista da direita. Num determinado ponto, aquele veículo, um Buick envenenado, cujos ocupantes eram negros, mais velhos, com cara de bandido, seguiu ao lado do táxi. O que estava no banco do carona tinha barba e músculos de cadeia, e usava um agasalho de chuva escuro e óculos escuros, ainda que o sol não tivesse sequer subido no horizonte. Ele se virou para Evon com um sorriso rápido, de quem sabia das coisas, que congelou seu coração.

Os dois carros pararam a meio quarteirão de distância enquanto ela pagava o táxi. Contou a Robbie assim que entrou no Mercedes. Ele pareceu não engolir, mas Evon tinha descrito os carros e ele os reconheceu no retrovisor alguns minutos depois de deixar o quarteirão.

– Eu devo me livrar deles? – perguntou.

– Deixe McManis decidir. Vou ligar para ele. – O celular de Evon não era realmente seguro, mas não havia escolha. Ninguém atendeu no número de emergência.

O telefone do carro de Robbie tocou um minuto depois. McManis nem disse bom-dia.

– Eles são nossos – falou. – Estamos cobrindo você desde ontem à noite. Só para garantir. – Antes de desligar, Jim disse que queria vê-la assim que ela chegasse.

Ela subiu direto da garagem. Jim cumprimentou-a de trás da mesa e pediu para fechar a porta. Tomou o resto de um copo de café e demorou bastante até encará-la. Estava bem-arrumado, mas com pequenas olheiras cinzentas por falta de sono.

Tinha preparado um discurso. A suposição inicial, falou, era de que estavam lidando com gente da pesada. Já acontecera de agentes disfarçados terem sido desmascarados e passarem por maus momentos. E serem mortos. Alguns agentes disfarçados tinham sido torturados para revelar o que sabiam. Seu tom de voz permaneceu inabalável, mas ele não poupou detalhes explícitos, a ponto de por um momento a situação ficar quase tão ruim como se ele tivesse colocado os cadáveres sobre a mesa. McManis disse que, por ele, Evon tinha o direito de sair do caso naquele momento.

– Eu sou uma mulher adulta – respondeu ela.

– Você precisa pensar nisso. Não fique somente citando o manual.

Ela havia pensado. Durante quase toda a noite.

– Está começando a ficar empolgante – ela falou.

– Talvez nós possamos ir em frente sem você.

Isso era ridículo. Ambos sabiam. Se ela saísse naquele momento, seria o mesmo que mandar um telegrama a Walter dizendo que Carmody estava certo. Ela tentou se manter inabalável, como McManis, e balançava a cabeça.

Às 10 horas, nós nos encontramos. Jim levantou-se vestido com sua camisa branca e se dirigiu ao grupo – Sennett, Robbie, eu e os outros agentes disfarçados. Washington havia devolvido a bola. A decisão de ir em frente devia ser tomada no local, onde os agentes estavam mais bem posicionados para julgar se estavam prestes a serem descobertos. Ele disse que Evon estava disposta a ir em frente Mas pediu que todo o mundo parasse um segundo para refletir. Ao redor da mesa ninguém se mexeu. Para mim não estava claro se Stan teria oferecido a Robbie a mesma chance de optar, mas Feaver e eu já havíamos conversado, e ele estava convencido de que, por enquanto, Evon era a única que corria perigo sério.

Stan recebeu a decisão coletiva com um sorriso rígido, e assumiu o controle. Para estimular a equipe, ele decidira compartilhar notícias que antes estavam retidas no âmbito do "saber necessário". Todo o mundo percebera que Amari e seu esquadrão de vigilância haviam seguido os alvos depois das entregas de dinheiro. Tanto Walter quanto Skolnick tinham visitado Kosic poucas horas depois de Robbie lhes passar o dinheiro. E a vigilância não terminara aí. Amari e seu pessoal vinha seguindo Rollo quando ele comprava jornal, salsicha no mercado ou ia trocar dinheiro. Assim que Kosic ia para a caixa registradora, um agente se aproximava o bastante para olhar as notas que ele estava usando para pagar. Então, assim que ele saía, outro agente fazia uma compra com uma nota de valor maior. A ideia era pegar a nota de Rollo de volta como troco, na esperança de que fosse parte do dinheiro registrado anteriormente, que Robbie havia entregado. E dera certo. Eles já haviam acertado na mosca três vezes, pegando duas notas que Robbie passara a Skolnick. De uma delas, Washington até mesmo conseguira tirar as impressões digitais de Rollo. Naquela manhã, no Paddywacks, o lugar famoso por ser frequentado pelo pessoal do tribunal e onde Rollo, como sempre, pagara o café da manhã de Brendan, Amari havia recuperado uma nota de 50 dólares que Robbie dera a Walter no dia anterior, às 17 horas. Stan ia pedir à juíza-chefe que aprovasse um grampo na sala de Kosic quando o dinheiro trocasse de mãos.

– O jogo está mudando – disse Stan. – Estamos no segundo tempo. Depois de ontem, temos de pensar que o relógio está correndo. Mas, pessoal – seus olhos escuros estavam brilhantes como os de uma gralha –, nós estamos literalmente, *literalmente*, na porta de Brendan Tuohey.

26

Como Sherm Crowthers tratava todas as almas da Terra como inimigos prováveis, ele se recusava a empregar o coletor de dinheiro comum do tribunal. Em vez disso, segundo Robbie, Sherm fazia negócios por intermédio de sua meia-irmã, Judith McQueevey, proprietária de um bem-sucedido restaurante de *soul food* no North End. Judith começara com um espaço pequeno e o expandira no correr dos anos. Apesar de somente os brancos mais ousados se aventurarem no bairro depois do anoitecer, em geral, no almoço, todas as cores se reuniam ali, atraídas pelo lendário frango frito ou pelas costeletas estilo sulistas, cozidas até que a carne se separasse do osso.

Robbie e Evon tinham chegado às 12 horas de um dia do final de abril. Depois de almoçarem, ele se aproximou de Judith na caixa registradora. Ao pagar a conta, entregou um envelope destinado ao irmão, dela, agradecendo pelo belo acordo supostamente alcançado depois de Crowthers ter maltratado McManis no caso de assédio sexual de Olivia King.

Assim como eu, Stan conhecia Sherman havia anos, apesar de ter uma opinião muito pior do que a minha sobre o juiz, em resultado de haver se confrontado com ele como oponente. Mas, com essa vantagem, Sennett imaginara um modo de colocar Crowthers numa armadilha. Normalmente, o envelope que Feaver oferecia tinha quase 2,5 centímetros de espessura, contendo cem notas de 100 dólares Empregando a jogada já familiar, decidiu que Robbie deveria diminuir a parte de Crowthers, achando que nesse caso o juiz confrontaria Feaver, em vez de admitir ter sido passado para trás.

– Preciso falar com ele – sussurrou Robbie para Judith no meio do barulho do almoço no restaurante. O ar estava denso com cheiro de fritura e a pungência das verduras. – Há algo que ele não vai entender.

Judith, que era esperta demais para não saber o que estava acontecendo, rapidamente se recusou a tomar conhecimento do que se passava. Era uma mulher grande, de sapato alto ficava maior do que Robbie, e sem dúvida adorava sua própria cozinha. Ao meio-dia usava um vestido de noite justo e cheio de lantejoulas, carregadas sombras roxas nos olhos e um pesado colar de Gana, aparentemente de ouro sólido. Quando Robbie entregou o envelope, Judith, hábil nessas questões, franziu os lábios muito vermelhos enquanto avaliava o pacote. Só havia 2 mil dólares ali.

– Hummm – murmurou para si mesma.

– É por isso que eu preciso falar com ele – sussurrou Robbie.

– Não sei nada disso – disse Judith, uma frase bem-ensaiada. Seus brincos pendentes, pequenos deuses africanos, e seu cabelo comprido e alisado sacudiram-se enquanto ela balançava a cabeça.

– Por favor – respondeu Robbie. Geralmente ele pagava a Judith 200 dólares pelo almoço, recusando o troco e deixando-o de gorjeta. Mas nesse dia pegou cinco notas de 100 no bolso. Judith, uma mulher próspera, examinou o dinheiro com um dos olhos. Sua animação usual foi sumindo, e ela lançou um olhar para Evon, que estava a uma distância segura, ouvindo a conversa pelo infravermelho. A cozinha ficava logo atrás, e ao redor deles ressoavam as vozes de garçonetes, com seus uniformes cor-de-rosa, fazendo os pedidos para os cozinheiros num tom de voz característico do desapontamento cauteloso com o desempenho dos homens. Algo que Judith aprendera na vida era que dinheiro era dinheiro, nunca se tem de mais, e finalmente pegou as notas de 100 e apertou-as na mão. Em seguida, acenou em despedida para Robbie, enquanto este ainda implorava que ela lhe conseguisse uma conversa com o irmão.

Mas seja lá o que ela tenha dito a Sherman, não funcionou. Crowthers não fez qualquer esforço para contatar Robbie. Em vez disso, quando este se apresentou diante dele, na primeira semana de maio, chegando com McManis com o caso que fora transferido de Gillian Sullivan para a agenda de Sherman, o juiz escaldou Robbie com um olhar furioso. Sem explicação, concedeu a McManis o pedido padrão para anular o caso.

– Que coisa – disse Stan. – Ele está esmagando os seus bagos porque você não cumpriu com o prometido.

Provavelmente Sennett estava certo, ainda que um advogado de defesa pudesse argumentar que o juiz simplesmente julgara o caso como achara melhor, como tinha feito no processo *King*. Além disso, havia uma explicação mais nefasta para a conduta de Sherman: eles sabiam. Se Walter dera crédito às suspeitas de Carmody e fizera a notícia circular, isso podia explicar tanto a fúria de Sherm quanto sua pressa em decidir contra Feaver.

De qualquer modo, McManis e Sennett concordaram: Robbie tinha de forçar um encontro com o juiz. Não havia muito a perder. Com o potencial de suspeitas contra Evon, havia menos tempo para paciência, e o que eles tinham contra Crowthers era muito pouco para abrir um processo. Era improvável que Judith entregasse o irmão, e as proezas de Walter com Malatesta tinham enfatizado a falibilidade de se tratar um pagamento com um coletor de dinheiro como prova do envolvimento de um juiz. A vigilância de Amari não conseguiu rastrear o dinheiro que Robbie entregara a Judith para o juiz. Os dois tinham se encontrado, mas ninguém poderia pedir que um júri visse um crime num encontro de irmãos.

Na quinta-feira, 6 de maio, Robbie apareceu na pequena área de recepção da sala de audiências de Crowthers e pediu para vê-lo. O simples tamanho e o caráter agressivo de Sherm apresentavam um novo risco. Não havia como dizer exatamente o que ele faria caso se sentisse pressionado ou provocado. Por esse motivo, de novo equipada com o fone de infravermelho, Evon ficou esperando do lado de fora da porta. Stan, McManis e eu estávamos no furgão de vigilância estacionado na Sentwick, uma das ruas laterais junto ao tribunal.

Os vigilantes de Amari tinham confirmado que Crowthers se encontrava em sua sala. Depois de longa espera, durante a qual Robbie nos brindou com uma versão assobiada de grande parte da partitura do *Fantasma da ópera*, a secretária de Sherm anunciou que o juiz iria recebê-lo. A voz firme de contrabaixo de Sherman interrompeu os cumprimentos alegres de Feaver.

– O que o traz aqui, Sr. Feaver?

Robbie pareceu hesitar.

– Juiz, acho que este é um negócio pessoal. Eu só...

– Feaver, eu jamais recebo advogados aqui. Parece que você já está neste tribunal há tempo suficiente para ter ouvido isso. Eu sempre peço que a Sra. Hawkins fique aqui. Ou que fique logo do lado de fora, junto à porta aberta. Nada pessoal. Só boa prática.

Que merda, murmurou Sennett em seu banco dobrável à minha frente. Robbie, que jamais abordara Crowthers diretamente, foi sem dúvida apanhado de surpresa.

– Bom, juiz, desse modo fica tremendamente embaraçoso.

– Não há nada de embaraçoso nisso. Diga a que veio.

Inspirado, McManis pegou o celular na pasta e discou o número da sala de audiência de Crowthers. Pudemos ouvir pelo FoxBIte o telefone tocando, mas aparentemente a Sra. Hawkins não estava disposta a atendê-lo. Mas Robbie também teve uma inspiração.

– Bom, juiz, surgiu uma jovem no meu escritório hoje de manhã, e ela quer abrir um processo de paternidade contra o meritíssimo.

A Sra. Hawkins reagiu primeiro, um trinado de espanto, como se tivesse sido espetada.

– Processo de paternidade! – trovejou Crowthers. – Quem é ela? Quem, diabo, é essa vagabunda que está tentando arrancar dinheiro de mim? Não, espere. A Sra. Hawkins não precisa ouvir isto. Não vai querer, tenho certeza. Pode sair, Sra. Hawkins. Não há uma palavra de verdade nisto, Sra. Hawkins, garanto. O Sr. Feaver e eu vamos sozinhos resolver isto agora.

A porta fechou-se com barulho suficiente para sugerir que a Sra. Hawkins estava indignada.

– Bom, juiz, sinto muito sobre isso. – A voz de Robbie havia diminuído e ele claramente se aproximava da mesa atulhada de papéis atrás da qual estava Crowthers. – Estou tentando entrar em contato com o senhor há semanas. Tenho de explicar. Sobre o *King*, lembra? – disse ele, falando do caso do executivo que havia assediado a ex-secretária.

Não houve resposta. Crowthers simplesmente pigarreou.

– Veja, juiz. Isto é realmente embaraçoso. Sei que o senhor não recebeu o que estava esperando, mas essa garota, a reclamante, Olivia... Ela não assinou, juiz. Eu pensei que a assistente havia pedido para ela assinar, e a assistente pensou que eu tinha pedido. Mas o que interessa é que eu não tenho um contrato de emolumentos. E o senhor sabe, juiz, ela é uma oportunista, a tal de Olivia. Ela sabia o que estava fazendo. Já arranjou outro advogado que me disse que ela vai à Comissão de Disciplina da Ordem se eu não entregar todo o cheque. Quero dizer, é uma sacanagem, juiz. Eu disse que havia um contrato implícito, e ele disse: certo, 300 dólares por hora; mande a conta para ela. Dá para imaginar, juiz? Um acordo de 500 mil dólares, e ela está querendo pagar por hora.

Nada. Pelo modo como eu imaginei a cena, Crowthers, uma presença imensa, estava sentado atrás de sua mesa grande, os olhos com o branco enorme virados para Robbie e quase latejando de raiva e as narinas alargadas num fogo primal. O primeiro instinto de qualquer pessoa seria interromper a conversa e sair correndo. Mas Robbie continuou com suas desculpas por ter dado pouco dinheiro ao juiz.

– Se eu conseguir 5 mil com o processo, vai ser muito. Quero dizer, o que eu posso fazer, juiz? Por isso entreguei pouco a Judith. Entre o senhor e sua irmã, e pense nos impostos e nos gastos, vocês ficaram com tudo neste caso. Tudinho.

Ainda nenhum som. Nada, nem mesmo um grunhido que poderia ter passado por consentimento. Diante dessa gravação, um advogado de defesa provavelmente afirmaria que o juiz não estava mais lá, que Robbie estava falando sozinho como um modo desesperado de aumentar a contagem de cadáveres e melhorar sua sentença.

Ao meu lado, McManis sussurrou:

– Ele está sendo desmascarado.

Sennett confirmou com a cabeça.

E então a situação piorou.

– Que *diabo* é isto? – perguntou Crowthers de repente. – Que merda maluca você está falando? Em toda a minha vida nunca ouvi uma merda tão estúpida e maluca.

Dessa vez até Jim gemeu. Como acontecera com Malatesta, as instruções de Robbie eram para cortar a conversa se o juiz começasse a negar. E suas roupas passaram asperamente sobre o microfone enquanto ele partia para a porta.

– Certo, juiz, o senhor está certo. Eu fui estúpido mesmo. Sei disso. Da próxima vez eu me emendo. Palavra de escoteiro. E vou dizer a ela lá fora, à Sra. Hawkins, que foi um engano e tal, que... o quê? – A voz de Robbie foi diminuindo de volume, alarmada. Uma mola cantou. Dava para ouvir a cadeira rolando com velocidade e um som de balanço quando ela bateu na parede.

– O quê? – disse Robbie. – Há...

O barulho de carne contra carne foi claro. Eu tive certeza de que Crowthers lhe dera um tapa. O microfone deu um solavanco áspero enquanto Robbie balançava e gritava ao mesmo tempo, mas o grito foi rapidamente contido, enquanto ele tentava falar. Sherm o agarrara. Pela boca ou pela garganta. Agachado, McManis foi para a frente e mandou Amari alertar as unidades de cobertura. Enquanto isso, pelos sons engrolados de Feaver e pelas batidas dos calcanhares de suas botas, eu imaginei que ele estivesse sendo arrastado. Uma porta bateu, de um modo estranhamente alto, e depois houve um som sibilante, uma espécie de sussurro no fundo, quase como estática.

– Qual é a sua? – era Crowthers, num sussurro áspero, meio abafado pelo som persistente no fundo.

– Isso é água – disse Amari na frente, identificando o som.

– Meu Deus, ele o levou para o banheiro – disse Star.

Jim estava com o celular fora do bolso. Estava discando um número, o do pager de Evon, imaginei, pronto para sinalizar para que ela entrasse.

Os dois tinham de estar muito perto um do outro, no pequeno banheiro adjacente à sala de Crowthers. Eu já vira as instalações do Templo em várias ocasiões, e mal havia espaço para uma pessoa, especialmente alguém do tamanho de Sherm.

– Escute aqui – disse o juiz. – Eu estou aqui tentando pensar quem, diabos, você acha que é? De que eu deveria chamá-lo? De velha faladeira? Que diabo você está fazendo, cara? É melhor que você saiba. Não quero ouvir essa merda maluca.

– Juiz, eu não estou tentando sacaneá-lo. – Foi um alívio ouvir a voz de Feaver. – Só queria ter certeza de que o senhor não estava chateado.

– Eu estou chateado, sim, especialmente pelo modo como você se comportou. Agora, pare com essa merda. E se eu não estiver satisfeito com o modo como faz os seus negócios, você vai saber. E parece que você sabe. Estou certo?

– Sim, senhor.

– Então da próxima vez você vai cumprir com o seu negócio, certo?

– Sim, senhor.

– É só isso. E não fale dessa merda maluca comigo. – Sua voz baixou. – Você coloca nós dois num saco de gatos.

Sennett lançou-me um olhar, marcado por um riso rápido. "Saco de gatos." Nós dois sabíamos que era uma daquelas frases que podem dar uma reviravolta num processo diante de um júri. Os pés de Feaver ressoaram nos ladrilhos, mas Crowthers falou rapidamente.

– Feche esta porta. Eu disse que nós havíamos acabado?

– Não, juiz.

– E venha aqui. Aqui. Venha aqui agora. O que você falou sobre minha irmã? Entre mim e minha irmã. O que foi aquilo?

– Senhor?

– Você ouviu. Não venha com esse olhar de sonso. Eu sei muito bem. Quanto você deu a ela?

Feaver pareceu perplexo com o desfecho. Crowthers repetiu a pergunta.

– Cinco, juiz.

– Cinco dólares?

– Cinco notas de 100. Quinhentos para ela e 2 mil para o senhor.

– Então ela recebe um quarto do que eu recebo? E eu sou o juiz. Algo aí não está certo.

– Bom, eu disse, meritíssimo. Isso foi para que eu pudesse conversar com o senhor. Pedir desculpas. Esse dinheiro saiu do meu bolso.

– Bom, há mais algum naquele bolso?

Houve um claro gorgolejo de surpresa vindo de Feaver, mas eu achei que ele estava representando um papel.

– O senhor sabe, juiz. Quero dizer, eu tenho um escritório. Estou cheio de despesas.

– Uma merda. Com quem você acha que está falando? Acha que é só um moleque de uma plantação de amendoins?

– Meu Deus, juiz, não.

– E agora você vem aqui me incomodar desse jeito. Isso vai lhe custar. Humm-hummmm – disse o juiz a si mesmo. – Vá ver Judith, leve para ela o que trouxe para mim antes. Ouviu?

– Sem dúvida.

– E nunca mais venha falar essa merda comigo de novo. De fato, agora que você me fez pensar, leve para ela o que deveria ter levado antes.

– Meu Deus, juiz. Mais 8 mil?

– Não, 10. Você continua pão-duro; só deixo você sair dessa droga de banheiro se concordar com 25. E não vá reclamar com ninguém. Não quero ouvir mais nada disso. Só quero que este seja um daqueles casos desagradáveis que todo o mundo resolve e que nunca mais vai ser mencionado. Vir falar essa merda maluca comigo... – disse Crowthers para si mesmo. Estava furioso.

Na antessala, Robbie trocou algumas palavras com a Sra. Hawkins. Veja que confusão! Ele tinha ligado pelo celular e a cliente disse que era Carruthers, e não Crowthers. A Sra. Hawkins gargalhou. Ela sabia o tempo todo.

– O juiz às vezes se altera – disse ela. – Mas é um indivíduo correto.

Num momento houve outro estalo de instinto, não muito diferente do primeiro. Depois de um silêncio momentâneo, percebi que Evon, que estava com o fone de ouvido, tinha acabado de dar um tapa comemorativo na mão de Robbie, no corredor. Stan havia se levantado de seu banco metálico e, semiagachado, deu uma dançadinha no primeiro sinal de trânsito.

– Extorsão clara – ficou repetindo.

Entretanto, enquanto o furgão voltava para o prédio federal, eu não conseguia compartilhar o clima. Meu pai sempre fora considerado um agitador porque tentara fazer a integração racial entre os advogados de nosso condado em 1957, mas apesar disso eu cresci cheio de culpa com relação ao que ficara entranhado em nosso estilo de vida. Como muitas outras pessoas de minha idade, eu prometera viver num mundo melhor. Ficara desalentado ao ouvir o nome de Sherman dito por Robbie. Mas não era difícil acreditar. Sherm era o maior dos cínicos. E eu estivera na mesma estrada apenas alguns anos antes, com meu colega Clifton Bering.

Clifton fora colega meu e de Stan em Easton, o primeiro afro-americano a aparecer na *Law Review*. Era encantador e talentoso, bonito e alegre com as grandes perspectivas que tinha na vida. Seu pai era um policial do condado de Kindle, e Clifton sempre tivera os pés nos dois campos, em casa com os progressistas dos direitos civis e com as figuras do partido. Era vereador por Redhook, no North End, e considerado um candidato forte para a prefeitura quando Augie Bolcarro finalmente morresse. E então, não muito tempo depois de Sennett ser nomeado promotor federal, foi iniciada uma investigação de corrupção no North End, e eu comecei a ouvir o nome de Clifton. Ele caiu presa de todas as melhores tecnologias correntes. Foi a um quarto de hotel grampeado, para aceitar 50 mil dólares destinados a garantir uma mudança de zoneamento do centro da cidade. Mas tudo não passava de uma armação do FBI, e durante o encontro ele sujou completamente. Não apenas recebeu o dinheiro, não apenas prometeu fazer a mudança, mas declarou ousadamente que na próxima vez gostaria de que no encontro seguinte houvesse uma garota no quarto para depois. Em seguida, acrescentou a palavra que selou seu destino, imperdoável para qualquer tipo de júri: "branca".

Depois de ser condenado, ele me pediu para ajudar com a apelação. Eu fui à cadeia, e quando o vi no macacão laranja, não pude me controlar. Fiz a pergunta que prometera não fazer: por quê? Por que, Clifton? Por que isto, com toda sua boa sorte? Ele me olhou solene e disse: "É assim que é, é assim que sempre foi, e é a nossa vez. É a nossa vez."

Eu sabia que se falasse com Sherm Crowthers, ouviria algo semelhante. O tom seria mais irado, ele seria mais amesquinhador, dizendo que eu era um idiota por acreditar que a vida algum dia seria diferente. Mas, no fim, sua explicação estaria enraizada na injustiça de lhe pedirem para se comportar melhor do que as gerações de homens brancos que tiveram a mesma autoridade que ele, e que a usaram para construir seus ninhos.

Acho que havia uma lógica nisso, mas não pude acreditar quando Clifton deu essa resposta. Não podia acreditar que Clifton Bering, sábio e maravilhoso, iria se voltar contra todos os outros valores característicos dele de modo que pudesse, quase por dever, exercer um privilégio havia muito negado a outros como ele. Clifton nem sequer entendia totalmente os brancos que ele pensava estar imitando. Os Brendan Tuohey do mundo tinham coletores de dinheiro, intermediários, e mil camadas de proteção; jamais negociavam pessoalmente, de modo a evitar se dar mal. Eram voluntariosos e arrogantes, mas não descarados. Como é que ele podia não reconhecer que a imagem que fazia do poder branco era uma caricatura grotesca? Mas era como ele via. Assim como eu jamais reconhecera como ele se sentia isolado – e como sem dúvida o estava frequentemente, apesar de seus grandes talentos. Nossa verdadeira divisão continental, a fenda entre negros e brancos, ficou aberta, deixando-nos, amigos de trinta anos, de lados diferentes, olhando enquanto Clifton e todo o bem ao qual ele estivera destinado desapareciam lá dentro.

E agora Sherman mergulhara no mesmo abismo. Parecera orgulhoso e feliz, mesmo enquanto afundava. E o mais doloroso de tudo é que não tinha a menor consciência de que fora empurrado da borda, levado pelas próprias forças que havia muito tempo ele alardeava entender e dominar sozinho.

27

Apesar dos sucessos intermitentes do projeto, o humor de Robbie estava piorando visivelmente, sem dúvida devido à preocupação com Lorraine. Um dia depois de se encontrar com Crowthers, ele recebeu um telefonema aflito da mulher no meio da tarde, e disse a Evon que iria para casa. Nem por esse motivo ela iria deixá-lo fora das vistas, e desceu com ele até a garagem e entrou no Mercedes.

A deterioração de Rainey parecia estar se acelerando. No último mês, enquanto sua capacidade para engolir começava a diminuir, ela fora hospitalizada para implantar algo chamado GEP, gastrostomia endoscópica percutânea, um pequeno botão de plástico que permitia que uma dieta líquida fosse levada diretamente ao estômago quatro vezes por dia. Fora um procedimento simples, mas ela nunca mais pareceu recuperar a mesma energia. Muitas funções passaram de deficientes para inexistentes.

Sua fala diminuíra ao ponto de que nem Robbie ou Elba conseguirem entender. Por um breve tempo conseguira se virar com um quadro de letras, usando a mão direita, com a qual ainda tinha um bom movimento, para escolher as palavras que estava tentando dizer. Finalmente, na semana anterior, eles haviam feito a transição para o sintetizador de voz computadorizado. Lorraine dominara rapidamente o software, que falava as palavras que ela escolhia em várias árvores de vocabulário, mas o equipamento tivera problemas. O módulo substituto, que chegou no fim de semana, funcionava bem, mas tinha voz masculina. Fora um choque inesperado descobrir que a fala de Rainey não fora restaurada, mas essencialmente desaparecera, transformada no ruído atonal de um androide masculino. O ritmo deliberado da máquina, com seu tom opaco, fizera com que ela se sentisse mais embaraçada.

– E, no meio de toda essa tempestade de merda, chegou minha sogra – disse Robbie no carro. – Veio da Flórida para passar o fim de semana. E, você sabe, era de esperar que a presença da família melhoraria as coisas, mas nós estamos contando as horas para ela ir embora. Quando Betty passa pela porta, começa a chorar sem parar durante dois dias. Ela se agarra comigo e diz: "Robert, Robert, eu quero ajudar, mas isso me deixa tão arrasada, simplesmente não suporto ver." Ela é assim. Se não estiver olhando, aquilo passa. Meu Deus.

Quando chegaram à casa, Robbie virou-se para Evon.

– Entre só por um segundo, está bem? Diga que o som da caixa de voz é bom. Você se importa? Betty se desmorona cada vez que Rainey tenta falar com ela.

Evon ficou menos apavorada do que na última vez. Mas a sensação de afastamento entre aquela casa e o resto do mundo continuava espantosa. Assim que entrava, era como se mergulhasse de um penhasco. Lá em cima, à luz do dia, os saudáveis dançavam ao som de suas pequenas delícias, mas ali embaixo, no meio da escuridão e dos cheiros de esgoto, o jogo básico e obstinado da sobrevivência estava sendo disputado a cada respiração.

– Toque nela – sussurrou Robbie antes de entrarem no quarto. – Ela gosta de ser tocada. Segure na mão dela quando disser olá.

Ao pensar nisso, Evon sentiu um tremor. Já estava preocupada com a possibilidade de sua presença provocar outra cena entre Robbie e a mulher, mas ele já havia entrado no quarto cheio de equipamentos onde Rainey estava sendo cuidada pela enfermeira.

– Digam olá, crianças. – Ele beijou a mulher. Agora era um homem todo alegre, brilhante como uma moeda nova.

Naqueles dias, Rainey estava dormindo numa cama d'água, onde ficava mais confortável. Ao lado dela se empoleirava uma confusão de frascos de comprimidos, antiespasmódicos e remédios para dormir – e uma cadeira movida a motor elétrico que ela usava durante o dia. Parecia encolhida entre as cobertas, que permaneciam estranhamente serenas por cima. Evon se aproximou devagar e segurou a mão fria de Rainey. Havia uma sensação ressecada na pele. A carne quase não tinha tônus; ela podia apertar até os ossos em meio àquela coisa macia.

– Como. Vai. Você? – disse o menino robô que era Rainey Feaver agora.

Evon foi em frente. Que grande avanço! As coisas ficariam muito mais fáceis. Mas não havia engano quanto ao que acontecera ali no fim de semana, e não era o maquinário e nem mesmo a presença da mãe inepta de Rainey que causara essa perturbação. O fim estava começando. Quando Evon a conhecera, havia menos de três meses, não podia imaginar como um ser humano poderia ficar pior, mas Lorraine ficara. De algum modo dava para ver a vitalidade se retirando do corpo, como em uma folha caída. As observações cada vez mais francas de Robbie tinham dado a Evon uma ideia da enormidade do que se aproximava. A parte superior do corpo de Rainey estava perdendo a força com velocidade alarmante. Apenas três dedos, de sua mão esquerda, se moviam. E, muito pior, os músculos que sustentavam sua respiração logo não funcionariam mais.

Alguns pacientes de ELA só iam até esse ponto. Mas a ventilação era uma opção. Uma máquina poderia inflar os pulmões de Rainey; havia até mesmo um equipamento portátil que poderia ser transportado em sua cadeira de rodas, para que ela não ficasse imobilizada Mas continuava sendo uma decisão séria. Assim que Rainey foss ventilada, não havia ponto lógico para parar. Ela poderia prossegui durante algum tempo, e esperar a infecção oportunista que finalmei te acabava com a maior parte dos pacientes ventilados, vivendo alén do tempo em que até mesmo os impulsos voluntários mais remotos poderiam atravessar seu corpo. Sabe-se de pacientes de ELA que terminaram totalmente inertes, com pedaços de gaze sobre os olhos que não piscavam e atendentes aplicando uma solução umidificadora a cada cinco minutos, para impedir a agonia que resultaria caso as membranas sensíveis da córnea secassem em contato com o ar. Essas pessoas sobreviviam, enxergando, sentindo cheiros, ouvindo, sofrendo, sem qualquer meio de comunicação.

Rainey e Robbie tinham concordado em dar um passo de cada vez. Ele lhe pedira para viver; *ele* queria que a vida dela continuasse, e disse isso claramente, tão enfaticamente que ninguém poderia imaginar aquilo como um cavalheirismo final para retirar dela o fardo de se agarrar egoisticamente à vida. Em algum ponto, brevemente, ela teria de decidir se estava disposta a concordar.

No momento, como de costume, Robbie acentuava o lado positivo.

– Ela pode falar ao telefone. Durante mais de um mês ela não conseguia falar. Para quem você quer ligar?

– Cansada – respondeu a voz. – Muito. Cansada. Minha mãe. Me esgotou.

– É – disse Robbie.

Falaram da primavera que estava chegando. Evon se inclinou na direção de Rainey para ver a macieira visível da janela, uma massa de flores rosadas. Mas Rainey estava claramente exausta, e mesmo depois de alguns minutos Evon sentiu que ficara tempo demais. Rainey levantou os dedos na única mão que se movia livremente, como um gesto de adeus.

– Vou levar Evon até a porta. Então podemos fazer sua massagem, e talvez a gente leia o quarto ato. – Na escada circular, Robbie explicou que massageava Rainey todas as noites como um ritual, depois lia para ela, algumas vezes durante horas. – Quando eu escolho, prefiro peças. Você sabe. Eu dou uma de canastrão. Leio todos os papéis. Agora nós quase terminamos *Sonhos de uma noite de verão*. Depois ela escolhe outra coisa.

– Isso não é Shakespeare?

– Você não acha que há espaço para Shakespeare na minha cabecinha comum?

– Não quis dizer isso.

– Quis sim. Ei, escute, nós passamos por todas as comédias clássicas no ano passado. *Tartufo*. *A importância de ser prudente*. *O homem que veio para o jantar*. Estamos nos divertindo bastante. Sabe, algumas vezes ela gosta de uma pausa. Então eu leio um romance. Ela gosta dos caras que escrevem sobre advocacia.

Em seguida, Robbie mostrou o texto que leriam a seguir, *Circunstâncias atenuantes*, que estava numa mesa do andar térreo. A sogra, com seu toque fatal, trouxera alguns livros que não interessavam a Rainey ou a ele, como guias de autoajuda, e até uns dois livros de fotos sobre lugares distantes, escritos para jovens.

– Queria que ela não fosse tão idiota. Quero dizer, eu gosto de Betty. Ela não tem um mínimo de maldade. Era uma pobre garota de South End que achava gostar de uma vida agitada e se casou com um fracassado total, que por acaso é pai de Lorraine. Bom, o cara é o panaca em pessoa. A foto dele está no dicionário, junto à definição da palavra. Verdade. Ele tem um barco. Supostamente o sujeito vende imóveis. Mas a vida inteira dele está na merda daquele barco. Os peixes que ele pegou, as mulheres que ele comeu lá, os seis dias seguidos que ficou bêbado no mar. Se a coisa não acontece na água, não tem a ver com ele.

"De qualquer modo, ele se casou com Betty porque era o tipo de garota que sua mãe queria que ele levasse para casa. E aí, bem, ele bebia. Bom, ela bebia também. Os dois bebiam juntos. Visualize a casa: fedendo a fumaça de cigarro e cerveja derramada. Eles tiveram a filha. E ele disse: isto não é para mim. Com o tempo, Betty se casou de novo. O que foi bom. Mas Lorraine meio que se perdeu naquilo. Estava morando com três outras crianças, mas o padrasto não queria contribuir com nada. Só pagava uma conta de vez em quando. Havia muita tensão e muita merda. Não sei. Betty fez o melhor possível. Ela diz que fez, de qualquer modo. Não é o que elas sempre dizem? Não que isso tenha ajudado muito à filha. Na verdade, Rainey estava encrencada quando eu a conheci.

Tinham chegado ao saguão. Havia um candelabro enorme acima da escada circular, com 1,30 metro de diâmetro e um milhão de penduricalhos. O piso era de mármore de Carrara, as paredes eram espelhadas. A exuberância parecia quase dolorosa naquele momento, com absoluta inadequação para ter qualquer significado real.

– Quero dizer, a princípio eu não sabia. Foi há muito tempo. Eu estava morando na rua dos Sonhos. Mort era casado desde a infância e eu fazia o gênero "elas nunca vão me agarrar. Rá, rá, rá". Gostava da rotina. Trabalhava feito um doido. Depois enchia ligeiramente a cara toda noite e, em geral, trepava. Tudo bem. Saía com uma garota. Saía com outra. Tinha uns 34 anos, e não dava para dizer que tivesse namorado firme com alguém. Não mais do que três ou quatro meses, desde o segundo grau.

"E Lorraine era só mais uma. Bem, era linda. Demais. Tão linda que parecia brilhar. Mas eu tinha conhecido algumas garotas muito bonitas. De qualquer modo, naquela época eu estava na minha fase de cheirador. Bem, todo o mundo estava. É o padrão dos bons tempos: 'Ei, neném, venha à minha casa, vamos bater um papo.' E batíamos. E eu realmente gostei daquela garota. Tinha senso de humor. Muito inteligente. Era um gênio da computação antes que a maioria das pessoas soubesse que isso existia. Ela vendia sistemas de informática, software para estoque. E era tão inteligente, uma companhia tão fantástica, que eu demorei um tempo para perceber. Mas quando estávamos juntos eu podia sentir que ela ficava nervosa. Ria alto demais. Nos lugares errados. Havia algo muito tenso. Bom, eu também conheço gente nervosa. Um monte de mulheres tem esse negócio frenético, retesado, do tipo "eu sou bastante perfeita", e cara, aquela garota parecia perfeita, de modo que isso fazia certo sentido. Algumas vezes eu me elogiava pensando: é tensão sexual, ela mal pode esperar para voltar ao meu quarto e fazer as coisas. E era um sexo de embotar a mente, inacreditavelmente, gigantescamente fantástico. E eram as únicas vezes em que ela relaxava de fato. De modo que não era isso também. Não sei como eu entendi. Mas quando você está se ligando em alguém, você simplesmente entende. E até que uma noite nós estávamos ali deitados nos meus lençóis de seda... minha nossa, eu era um tremendo almofadinha... e eu entendi: ela não vinha pelo meu charme ou minha companhia, nem para ser comida. Vinha pela droga.

"Fiquei devastado. Meio perplexo. Porque quando a gente está levando essa vida, são intermináveis, francamente, as coisas que a gente não sabe sobre alguém. Quero dizer, você pode ser meio sério com uma mulher, mantendo um relacionamento razoavelmente regular, e vem pegá-la uma noite e há um bilhete preso na caixa de correspondência: 'Mudei para Tucson.' Ria o quanto quiser. Eu também ri. Mas esse tipo de situação me aconteceu. Em minha experiência eu dissera muitas vezes: ei, e daí?

"Mas dessa vez fui chorar com a minha cerveja. 'Que droga de gata, só queria a droga', e os caras morriam de rir. Quero dizer, de verdade. Sempre o último a saber. O Mersing, você conheceu Mersing, ele curtiu muito com a minha cara. 'Pelo amor de Deus, Robbie. Você não conhecia o apelido dela, Lorraine Cocaína? A rainha da neve? Mas e daí? Tem peitos fantásticos, não é? E, além disso, você não estava ali só para andar de trenó.' 'Rainha da neve.' Acho que eu tinha ouvido isso. Mas achei que fosse porque ela era, sabe, não era quente, digamos. E eu considerei isso um desafio. Para ver que tipo de panaca eu sou.

"Cara, não sei o que me deu. Mas eu só pensei: que merda, isso não está certo. Essa pessoa tem coisa demais na cabeça para só ficar transando com qualquer maluco que tenha o bagulho, porque sente medo demais de sair e comprar sozinha, e esse, francamente, era o tamanho da situação. Por isso resolvi encará-la. 'Que diabo está errado com você? Uma pessoa linda e brilhante como você?' Primeiro ela ficou chocada. Depois puta. Mas quando falei o apelido, foi o maior auê. Cara, as cataratas do Niágara. Ela estava morrendo de vergonha. 'Vou ajudar você a acabar com isso', falei como se eu tivesse alguma ideia do que significava. Mas coloquei-a no Forest Hills. E paguei a conta. E seis meses depois nós nos casamos.

"Foi a melhor coisa que eu já fiz por ela. Eu sou o homem que salvou a vida dela. Foi isso o que ela disse. – Então ele abriu a porta e finalmente olhou na direção de Evon. – Até, claro, que me transformei no cara que a arruinou.

28

Quando Patrice está fora da cidade trabalhando em um projeto, eu costumo montar acampamento no escritório perto da cozinha, com tudo de que preciso espalhado ao alcance da poltrona confortável onde passo o início da noite. Eu estava lá quando a campainha tocou quase às 22h30, muitas noites após a visita de Robbie a Crowthers. Através do olho mágico vi Sennett chutando a soleira. McManis estava ao lado dele, com o paletó do terno, sem gravata, fechando um guarda-chuva comprido. Isso só poderia ser desastre, eu sabia. Normalmente, Stan jamais se arriscaria a uma reunião em que nós três pudéssemos ser vistos juntos. Puxei a tranca. Já vira carrascos de aparência mais alegre.

– É ruim? – perguntei de cara.

– Terrível – respondeu Stan.

Será que Feaver havia feito alguma besteira?

– Não – disse Stan. – Bem, sim. Só que não apenas isso. George, pelo amor de Deus, deixe-nos entrar.

Nem mesmo a raiva fora capaz de cumprir a função usual de minimizar o desespero de Stan. Seu terno tinha ficado frouxo na chuva. McManis, por outro lado, parecia despedaçado. Conseguiu um leve sorriso ao passar pela porta, mas continuou, perplexo. Ambos disseram sim quando ofereci uma bebida.

Stan balançava seu uísque no copo.

– Por que você não mostra simplesmente a ele? – disse ao Jim. McManis me entregou uma pasta vermelha expansível e eu tirei um dossiê. Disse que era uma listagem dos advogados do estado, todos cujo sobrenome começava com F.

– Procure o seu cliente – instruiu Stan.

Não estava ali. Será que ele não tinha pagado a mensalidade? Sugeri.

Stan lançou um olhar mais quente do que magma. Achou que eu estava agindo como advogado de defesa. E estava, instintivamente, procurando desculpas.

– Ele não é advogado – gritou Stan.

Eu ri, naturalmente. Era ridículo. Talvez Robbie tivesse sido registrado com um pseudônimo, ou com uma grafia diferente do nome, ou talvez em outro estado. Havia uma explicação. Andando pelas ruas do triângulo do tribunal com Robbie, como eu fazia ocasionalmente naquela época, eu fora apresentado a meia dúzia de advogados com quem ele cursara a faculdade.

McManis pediu que eu olhasse os outros itens na pasta, mas Sennett não teve paciência.

– Ele cursou Blackstone – disse Sennett. – Está no anuário da faculdade. Mas nunca obteve licença para exercer a profissão. Não neste estado ou em qualquer outro que pudéssemos encontrar. Ficamos o dia inteiro no telefone.

Depois do pânico por causa de Carmody, eles haviam começado a se perguntar com que facilidade Jim poderia ser descoberto. Isso fizera com que verificassem a listagem de advogados. Uma coisa levara à outra.

Eu continuava pasmo demais para imaginar o que isso significava.

– O que significa? – perguntou Stan. – Significa que a cada dia, durante quase duas décadas, Robbie Feaver cometeu uma fraude contínua: contra seus clientes, contra os tribunais, contra você e contra mim. Significa que cada carta que ele assinou, cada moção, cada cartão de visita que ele entregou foi uma mentira. Significa que cada centavo que ele recebeu como advogado é fraudulento. E significa que cada porra que estamos fazendo no Projeto Petros provavelmente sairá pela janela, já que a regra número um do UCORC é: nenhuma fraude contra pessoas inocentes. E agora acontece que nós deixamos a fraude em pessoa agir durante quase um ano.

"E isso significa que Robbie está totalmente ferrado. Significa que o trato era uma fraude desde o início, e que cada coisa horrível que eu disse que aconteceria se ele nos sacaneasse está para acontecer. Significa que ele vai para a penitenciária o mais rápido que eu puder colocá-lo lá, com ou sem mulher, e que ele ficará lá dentro até que cada fio de cabelo daquela cabeça vazia tenha ficado totalmente branco. – Sennett fechou os olhos e inspirou, talvez lembrando a si mesmo que eu era seu amigo, ou pelo menos que eu não era o meu cliente. – É isto que significa.

Era isso que significava. Mas não era por isso que Stan estava sentado em meu escritório enquanto o ponteiro dos minutos se aproximava da meia-noite no relógio Howard Miller no canto. Eu tinha uma tarefa óbvia. Minha função era descobrir como salvar todos eles.

– NA FACULDADE DE DIREITO há uma série de cursos obrigatórios. Você sabe disso. Processo civil. Criminal. Contratos. Corporações. Aquela coisa toda. Eu cursei todos. E passei. Não com grandes notas. Eu andava de um lado para o outro, como funcionário de uma firma de advocacia, e ainda fazendo testes para comerciais. Mas passei. Eu sempre dizia ao Mort: sabe o que o cara que termina em último lugar da sala recebe? Um diploma.

Robbie ergueu os olhos para ver se conseguia provocar um sorriso. Eu girei um dos dedos para a frente, como uma ordem para que ele prosseguisse.

– Então chegou o último ano, 1973, o ano de Watergate, e, de repente, que filho da puta, surgiu um *novo* requisito. Ninguém podia mais se formar sem fazer um curso de ética legal. Como se isso tivesse impedido Nixon. Só que eu *não podia* cursar ética legal. Porque era às terças e quintas às 16 horas, quando eu estava trabalhando para Peter Neucriss. Já tinha sido um milagre maior do que o dos pães e dos peixes ele ter me contratado. Cursando a Faculdade de Direito *Blackstone*? Segundo a avaliação, alguém nem seria digno de cuidar da máquina de xérox do Peter. Mas eu o conhecia da rua dos Sonhos, ele gostava das garotas com quem eu andava, acho, por isso me deu a oportunidade. Aquilo para mim era maior do que a Broadway. Porque se eu realmente me desse bem, poderia conseguir um emprego em horário integral no melhor escritório do universo, entre os que existem ou ainda vão existir. Estava tudo em letreiros luminosos: processos, ganhar dinheiro, ser uma estrela. De modo que eu não ia fazer o curso de ética legal em duas das quatro tardes em que deveria estar no escritório de Neucriss. E, além disso, na secretaria da faculdade, eles eram completamente atolados, nunca iam saber a diferença. Certo?

"Errado. Na semana de formatura o reitor me chamou. 'Robbie, Robbie, que porra nós vamos fazer com você? Você não fez a cadeira de ética legal.' Se fosse só eu, ele teria chutado a minha bunda mais rápido do que eu poderia coçá-la, mas havia cerca de meia dúzia de outros caras na mesma situação, inclusive, que Deus o abençoe, um cara que era o terceiro lugar da classe. Então o trato era: nós podíamos ir para a formatura. E fazer o curso de ética legal no verão, o que significava escrever um trabalho enquanto estávamos estudando para a prova para o licenciamento profissional. Um trato honesto. Francamente, eu fiquei tão grato que chorei, porque a ideia de dizer à minha mãe que ela não iria àquela formatura, para a qual suas duas irmãs estavam vindo de avião de Cleveland, era inconcebível. Era como a ideia da antimatéria.

"De modo que naquele verão eu estava trabalhando para Neucriss, que ainda não havia se comprometido em me oferecer um emprego em horário integral, e estava fazendo o curso de ética legal e um curso de revisão para o exame de licenciamento. Eu estava mais ocupado do que um coelho na primavera, e então Peter arranjou um processo... era um processo gigantesco, um dos primeiros casos de delito civil por causa de substâncias tóxicas, mesmo antes do Love Canal. Eu estava trabalhando diretamente com Neucriss, à mão direita de Deus, sem dormir, e, claro, não consegui fazer o trabalho final de ética. Eu só sabia que estava atolado, com uma oportunidade única, e ninguém ia tirá-la de mim.

"Assim três semanas antes da prova de licenciamento eu estava de volta à sala do reitor. 'Meu Deus, Robbie, nós não podemos certificá-lo para a prova, você não completou ética legal.' Sabe, eu tentei toda abordagem possível. Eu doaria órgãos e metade dos meus rendimentos durante toda a vida se ele simplesmente carimbasse o papelzinho azul. Não adiantou. 'Termine o trabalho agora, então você pode fazer a prova em dezembro com o grupo que não passar na primeira vez.'

"E, não sei, eu achei que ia fazer isso. Claro, não havia como dizer a Neucriss que eu não tinha conseguido meu diploma de advogado. E, naturalmente, tudo isso funcionou a meu favor. Peter ficou achando que eu era um troiano, porque os outros dois estagiários ficavam saindo da reta para estudar à medida que se aproximava o dia do exame, e eu parecia que estava com tudo na mão. Até mesmo fui trabalhar na tarde do primeiro dia do exame. Neucriss ficou mesmo impressionado!

"Então eu consegui o emprego. O que ia fazer então? Os resultados da prova saíram. Todo o mundo festejava. E, sabe, no dia 3 de dezembro os três novos advogados da empresa – Robbie, da Blackstone, e dois figurões vindos de Easton e Harvard – tiveram a tarde livre para fazer o juramento. A cerimônia não passa de um arrebanhamento na Corte Suprema, oitocentos garotos parados nos degraus da frente. Por isso eu levantei a mão junto com todo o mundo. A única diferença foi que os outros acabaram recebendo um diploma pelo correio, dando-lhes o direito de exercer a advocacia, e eu não. Foi assim que aconteceu.

Ele ficou sentado na poltrona de couro diante da minha mesa com uma expressão inabalável, parecendo um fauno, absolutamente compelido por sua explicação do comportamento ridículo. Não assumiu nenhuma responsabilidade pelas milhares de horas de trabalho que havia desperdiçado – de Stan, dos agentes, de Evon, de mim – ou pelo perigo e a dor a que iria expor a si próprio e a Lorraine. O Robbie que eu viera a conhecer e de quem passara a gostar estava longe dali, como um espírito liberado de um corpo, pairando num canto da sala. Observando minhas reações, ele fez uma careta e olhou pela janela.

– Desculpe – falou. – Você tem atitudes na juventude das quais não se desapega. Eu era um garoto.

Alertei para o fato de que, quando não me contou, ele era um adulto.

Ele ergueu uma das mãos para a têmpora, num gesto de proteção. Não devia passar das 8 horas da manhã, e Robbie parecia estar observando a luz se arrastar, como uma mão gentil, pelas laterais dos grandes prédios ao longo do rio – tudo, menos me olhar.

Perguntei se Lorraine sabia.

– Ninguém sabe. *Ninguém*.

Eu podia receber o consolo de sempre: minhas contas estavam sendo pagas. E havia percebido o tempo todo que havia motivos para estarmos os dois sentados como estávamos, cada um de um lado da mesa. E tampouco poderia fingir que fatos semelhantes, talvez não nessa escala, mas não totalmente diferentes, não houvessem acontecido antes: clientes que tinham perdido os acordos porque tentaram esconder dinheiro que deveriam revelar: um executivo que recentemente recebera *sursis* para testemunhar contra o traficante de quem ele comprava drogas, e depois se ferrou no primeiro exame de urina mensal e passou um ano na cadeia. Não havia fim para as decepções que os clientes nos causavam. Mas poucas vezes eu fora tão absolutamente enganado.

Por fim, Feaver pareceu estar absorvendo o peso daquilo tudo. Estava encurvado, com os dois pés apoiados no chão. Finalmente, foi em direção à porta.

– Você é meu advogado? – perguntou de lá. Era a pergunta certa. Não tanto por nos focalizar nas questões pragmáticas, mas porque o olhar frágil que a acompanhou redimiu-o um pouco. Robbie era um eterno farol de necessidade, como aquelas estrelas mortas que, mesmo implodidas, continuam emitindo um sinal de rádio pelo espaço. Mas sua sujeição canina fazia parecer que ele realmente se preocupava com o que eu responderia, e não simplesmente porque, se eu recuasse, isso representaria uma inconveniência monumental para ele. Percebi o que estivera implícito desde o início: Robbie viera me procurar não por causa de minha oratória no tribunal ou minhas conexões, mas por respeito pessoal. Raramente eu me tomava como exemplo, ou no valor do que eu tentava fazer a cada dia. Coloquei-o para fora com um aceno e sem resposta, mas já havia resolvido a questão comigo mesmo. Eu era seu advogado. No melhor sentido da palavra.

PERTO DAS 2 HORAS da manhã a campainha do saguão despertou Evon, como um pato grasnando em seus sonhos.

– É o tio Peter – disse uma voz distorcida pelo interfone. "Tio Peter" era a senha do projeto, um codinome para momentos de problema. Foi McManis quem apareceu à porta de Evon. Ele era educado demais para ir entrando no apartamento. Simplesmente se encostou no portal de aço.

– É sobre o Robbie – falou. O primeiro pensamento de Evon foi que ele havia morrido. E havia, morrido mesmo, para ela, assim que ouviu a história.

– Eu estava errado – disse McManis antes de sair. Ele usava um terno leve, salpicado de chuva. – Sempre falei que Mort era a pessoa mais perigosa para o projeto. O que era uma idiotice. Nós sabíamos desde o início onde estava o risco, e esquecemos. Bom, é por isso que você está aqui. Nós sabíamos que o sujeito era trambiqueiro, e ele armou um trambique para cima de nós.

– Ele representou para nós – disse Evon. Foi mais por impulso do que por bom humor, mas Jim respondeu com seu sorriso ameno.

– Com essas pessoas, nunca existe um fundo. É como olhar para espelhos. Você simplesmente afunda e afunda. – McManis instruiu-a para não ir pegá-lo de manhã, para ir direto para o escritório, de modo a estar à mão quando eles começassem a resolver a situação.

Por volta das 9 horas da manhã Robbie apareceu na porta do cubículo dela. O nó de sua gravata já estava 12 centímetros abaixo do colarinho aberto. Queria falar com ela.

– Acho que não, Robbie.

– Olhe, desculpe. Eu quero dizer isso. – Ele estava enfraquecido demais para levantar as mãos; simplesmente abriu as palmas do lado do corpo. – Para mim isso era o passado. Um erro do passado.

Ela empurrou a cadeira até o pequeno aparador que ficava logo atrás dela e, esperando que ele saísse, curvou-se sobre um uma pilha de cópias impressas de processos hospitalares que ela vinha guardando. Mas qual era o motivo daquilo? Pensou de repente. Um processo com o qual ela não se importava, clientes que não eram realmente seus. Os meses, o tempo, o trabalho, a esperança de algo de valor – o tamanho espantoso do que provavelmente fora destruído, do que lhe estava sendo arrancado, trouxe um redemoinho momentâneo de desespero e, como sempre, vergonha. Robbie deu um passo, aproximando-se.

– Não seja idiota – disse ela.

– Um idiota ainda maior. você quis dizer

– Você não poderia ser um idiota ainda maior, Robbie. Você chegou ao máximo. Explodiu o medidor.

O disfarce ocorreu-lhe remotamente, independentemente do que valesse naquele momento. Os dois estavam expostos. No entanto, tinha a ver. Briga de amantes. Se ela quisesse, poderia jogar algo nele. Em vez disso, quando ele tentou falar de novo, Evon enfiou um dedo em cada ouvido.

Com o tempo, sentiu a sombra dele se afastar. Ficou sentada, imóvel, lutando contra a raiva. Uma vez acesa, poderia incinerar todo o resto, inclusive meios de contenção normalmente confiáveis. Tentou permanecer na cadeira, estar nesse lugar, não pensar, mas foi inútil. Dentro de um minuto ela irrompeu pelo corredor.

– O que *importa* para você?

Ele ergueu os olhos, indiferente, de sua cadeira de braços cromados.

– Ouviu o que eu perguntei?

– É, ouvi. – Robbie fez um gesto para que Evon fechasse a porta. Ela bateu-a.

– Então qual é a resposta?

– O que você quer dizer?

– Você sabe o que eu quero dizer. O que importa para você. Não consigo descobrir. Realmente não consigo.

– Merda, o que importa para você? Receber medalhas de honra do Bureau? Você acha que a sua cagação de regra é melhor do que a minha?

– De jeito nenhum, meu chapa. Quero uma resposta. O que importa para você? Você pode ao menos dizer? Ou será que é apenas qualquer peça em que você possa representar? É isso, não é? De modo que você possa olhar para nós, pobres imbecis, engolindo a história?

– É isso que você acha?

– É, Robbie. É, é o que eu acho.

– Bom, então, é isso que você acha.

– Não tente me descartar. Não ouse. Diga o que importa para você, merda!

No rosto dele, Evon podia detectar um aspecto fugaz do medo. Robbie não tinha ideia até onde ela iria levá-lo. Tampouco ela, na verdade.

– Você pode me dizer?

– Não sei. Provavelmente.

– Então eu quero ouvir.

O maxilar dele girou.

– É o amor, está bem? São as pessoas que eu amo. É isso que importa. Meus amigos. Minha família. Vários dos meus clientes. Só isso. O resto das pessoas? Elas podem se danar. Todo o resto? É só merda flutuando no oceano. Destroços. O resto da vida não passa de pessoas fazendo coisas para as pessoas em benefício próprio. A não ser o amor.

Ela fechou os olhos, tão contrariada que se sentia capaz de sair voando.

– Foi por esse motivo que você fez isso? Por amor? Era por isso que você atravessava aquela porta todo dia, onde está escrito "advogado" debaixo do seu nome, e simplesmente não morria de vergonha?

– Não sei. Acho que fazia parte. Havia pessoas que eu não queria desapontar. Meu Deus, do que nós estamos falando? Não ter escrito um trabalho de vinte páginas? Não é homicídio. Eu não tentei magoar ninguém. Pelo contrário. Durante vinte anos vim fazendo o meu serviço, cuidando de pessoas e ganhando os processos delas.

– Isso é uma representação, Robbie. Você queria por você mesmo. Você queria o cargo, o status, o dinheiro. Mas não ganhou nada disso, e mesmo assim pegou, como um ladrão. E por causa disso ferrou com todo o mundo que não teve o bom senso de se perguntar se você estava mentindo quando dizia "um", "e", "o". Como não consegue ver isso? Olhe o que você fez com Mort. Ou com os clientes que você disse que ama. Meu Deus. Pense nos pobres dos Rickmayer; aquela garotinha por quem você chorou quando ela perdeu a mãe. O que você vai dizer à menina, Robbie, se alguém processá-la para pegar de volta aquele grande cheque do acordo que você entregou semana passada para a família? Como é que você simplesmente esqueceu de fatos como esse? Durante vinte anos.

– Não sei. Eu fiz isso. Eu sabia, mas não pensava a respeito. Acho que me perdoei, ou afastei da cabeça, não sei. Não sei como vivi com isso. Eu minto, certo? Minto o tempo todo. Você acha que eu realmente beijei Shaheen Conroe? O máximo que eu me aproximei dela foi enquanto dançava no corpo de baile. Aquele carro em que eu ando com você? É um S500, 30 mil mais barato do que o S6. Eu tinha o carro havia uma semana quando vi Neucriss descendo a Marshall Avenue nº 600. De repente, me senti um tremendo cagalhão de fundo de rio, a ponto de voltar e pagar a um funcionário 500 pratas para trocar a placa na tampa do porta-malas e o volante, para que parecesse um 600. Mas não é.

O carro! Ela chegou a gemer.

– Eu sou uma pessoa fraca, fodida. O que posso dizer? Eu nunca disse que faço sentido para mim. – Ele tinha outra citação da vida teatral à mão para qualquer encrenca: – "Peça para eu representar a mim mesmo, e não saberei o que fazer."

Evon tinha de admitir que também sentia raiva de si mesma. Durante meses tivera uma intuição, quase uma visão, de uma selva fervilhante, cheia de árvores de cascas cobertas de musgos e cipós densos, com animais de todos os tipos, e com águas esverdeadas que borbulhavam com gases fétidos e quentes vindos do fundo da terra. Aquela era a grande selva primal que havia no centro de Robert Simon Feaver.

Sentado em sua alta poltrona de couro, tendo ao fundo as formas dramáticas da cidade, ele continuou a procurar misericórdia contra o ataque dela.

– Alguma vez eu já lhe contei quando soube que estava apaixonado por Rainey?

Evon encarou-o friamente, não querendo que ele a distraísse, mas isso não o deteve.

– Na verdade, é uma história engraçada, muito engraçada. – Ele deu um risinho para provar que era verdade. – Eu estava levando-a a um jogo de hóquei. E Rainey se atrasou. Não lembro por quê. Ela estava atrasada e ficou, você sabe, chateada. Os lugares eram ótimos. Terceira fila. Logo atrás do vidro. Ela ficou se censurando o tempo todo. E eu disse uma daquelas coisas que eu digo: "Ouvi dizer que o jogo começou mais tarde esta noite. Não, é verdade: o avião dos Red Wings atrasou." Não posso imaginar o que eu diria quando ela visse que o jogo estava no meio do segundo tempo. Mas falei: "Não, não. Verdade. Eles estão atrasados." E como se eu pudesse ver aquele sorriso, a meio quilômetro de distância, e aquilo acontecendo atrás dos olhos dela. Ela entendeu. Que eu queria que fosse verdade. Quero dizer, ela acreditou, verdade. Não naquilo, mas no fato de que eu próprio acreditava. Ali, na hora. E, por ela, tudo bem. Foi então que me apaixonei.

– Foda-se – respondeu Evon. – Este é o problema. Você acha que o mundo lhe deve isso. Você quer que todo o mundo lhe dê um abraço enorme, quando você deveria estar sentindo uma culpa terrível, Robbie, ou pelo menos um pouco de arrependimento. E não entendo como você se perdoa com tanta facilidade. *Como* faz isso? Todo santo dia? Como você não é verdadeiro nem consigo mesmo? Como olha as pessoas nos olhos sabendo que elas acham que você é algo que não é? Como sai da cama todas as manhãs para fazer isso? Não entendo.

– *Você* não entende? – O olhar dele continuou opaco; não iria ser subestimado ou desprezado. Só ficou espantado pelo lapso de algum companheirismo que achava haver entre os dois. Mas quando Evon entendeu o que ele queria dizer, a ignição de raiva praticamente levantou-a do chão. Olhou a espátula de prata sobre a mesa dele, que ela usava para abrir a correspondência todas as manhãs, com uma leve ideia de cortar a língua traiçoeira de Robbie e arrancá-la da sua garganta.

Em vez disso, saiu logo da sala. Não trocou uma palavra com ele durante o resto do dia, ou no dia seguinte. Passava o maior tempo possível no escritório de McManis, mas Amari, com pouco para fazer, dava-lhe nos nervos referindo-se a Robbie com a maior frequência possível como "o saco de bocetas".

À medida que a semana ia terminando, com a situação do projeto ainda em dúvida enquanto a situação era resolvida em Washington, sua raiva foi se transformando em tristeza. Era como estar presa numa panela cheia de cola. Não conseguia sair, e parecia se exaurir com o esforço inevitável. Ainda que supostamente fosse para sua segurança, passara a odiar estar sob vigilância constante. Sentia-se exposta e menos segura. Na quinta-feira o zelador, limpando as caixas de correspondência, disse que um homem estivera perguntando por ela e por vários outros moradores do terceiro andar. Alarmada, Evon passou uma mensagem para Amari, e ficou sabendo que um agente estivera vigiando e procurara se informar. Era um policial local, do condado de Kindle do esquadrão de detetives, presumivelmente trabalhando numa pista. A inutilidade do seu medo parecia típica da situação em que as coisas se encontravam. Estava tudo ferrado, tudo. Ela. E Feaver. Tudo. Caminhava pelas ruas e sentia-se solenemente imune às tulipas com suas faces luminosas saltando no ar de primavera.

29

Meu plano para salvar o Projeto Petros – e Robbie – exigia que ele se afastasse imediatamente do exercício da advocacia. Jamais veria de novo os clientes, iria ao tribunal ou assinaria documentos. Não havia outra alternativa. Mesmo que pudéssemos conseguir com um pistolão o diploma de advogado, a Ordem dos Advogados jamais licenciaria alguém que eles inevitavelmente descobririam que estivera atuando ilegalmente como advogado nos últimos vinte anos.

Revelar a mudança de status de Robbie a Dinnerstein exigiria uma história muito bem-inventada, mas independentemente do que preparássemos, havia uma certeza quase total de que Mort manteria em segredo a notícia sobre Robbie, de modo que os opositores não tentassem se aproveitar disso enquanto ele lutava para contratar outro advogado que pudesse substituir Feaver no tribunal. Enquanto isso, Robbie poderia continuar passando dinheiro para Crowthers através de Judith McQueevey e para Gillian Sullivan, que estava para reassumir o cargo de juíza e ainda não recebera sua parte pela decisão favorável no caso transferido para Skolnick. Mais importante, Robbie poderia continuar no jogo que Stan pretendia fazer com Kosic e Tuohey. Isso, por sua vez, me daria o apoio que eu necessitava para barganhar. Era praticamente certo que Robbie terminasse na penitenciária; meu objetivo agora era minimizar sua sentença.

A maioria das minhas negociações com Stan eram realizadas durante a corrida que tínhamos voltado a fazer no Warz Park. Nem a escuridão do inverno nem alguma coisa que não fosse uma nevasca impedia Stan de correr, mas eu parara durante alguns meses até que o tempo melhorasse. Agora havia me encontrado com ele várias vezes para conversar. Apesar de o UCORC ter ameaçado durante uma semana não permitir a continuação do projeto, eles estavam metidos muito fundo, com dinheiro gasto demais e muitos crimes descobertos, para simplesmente jogar tudo de lado. Em última instância, Stan e eu concordamos que o governo não prometeria mais *sursis* a Robbie; em vez disso, eles informariam ao juiz todas as questões relevantes – a extraordinária cooperação de Robbie e toda a extensão de seus delitos, inclusive a prática ilegal da profissão – e deixariam que o juiz impusesse a pena que achasse adequada. Minha melhor hipótese, quando toda a história surgiu, presumindo que houvesse condenações significativas, era que Robbie cumpriria cerca de dois anos de prisão. A ordem de restituição relativa à prática ilegal por parte de Feaver poderia ser gigantesca, mas a maioria dos juízes deixaria as questões financeiras caírem no inevitável atoleiro de processos civis por fraude que as companhias de seguro iriam abrir. Mesmo com tudo isso resolvido entre nós, Stan precisava que Washington assinasse.

– Nós aceitamos – finalmente me disse ele uma manhã, em meados de maio. – Mas existe outra condição da qual você não vai gostar. – De algum modo, Sennett conseguia terminar 10 quilômetros toda manhã parecendo a própria imagem da organização. Tinha equipamento perfeito; short de neopreno e uma camisa sem manga, tênis do tamanho de sapatos de neve e uma garrafa d'água num suporte levado às costas. Seu duro cabelo mediterrâneo permanecia impecável, e o suor sempre parecia se evaporar. A face já estava barbeada. E naquele momento ele me lançou seu olhar elevado, com o queixo ascendente, tentando parecer inabalável diante das reclamações que esperava de mim.

Ele tinha muitas desculpas para o que propôs. Cada processo, pelo que disse, até mesmo contra Skolnick e Crowthers, corria perigo. O governo provavelmente podia vencer as inevitáveis moções da defesa culpando-os pela fraude de Robbie, mas haviam crescido significativamente as chances de que um júri simplesmente desconsiderasse os processos, enojado de Feaver. Assim, o futuro do Projeto Petros repousava mais do que nunca em justificar o trato do governo com esse demônio demonstrando o maior sucesso possível em descobrir a corrupção. Mas eles já haviam perdido Malatesta, e Feaver não podia mais levar ao tribunal os casos falsos, já que isso estragaria sua pose com Dinnerstein. Em vez disso, Sennett tinha um plano para uma questão nova, uma moção fictícia para reabrir um dos nossos casos antigos. Uma moção em que basicamente o papel de Robbie não seria de advogado, mas de réu sob ataque.

– O caso terá de ser levado ao juiz de Moções Especiais. – Stan ficou olhando para ver quanto tempo eu demoraria para entender, depois confirmou o pior. – Nós queremos que ele tente subornar Magda.

Ele estava certo. Eu não gostei. Nós ficamos no parque, discutindo durante um bom tempo. Falei que ele não tinha prognóstico, não tinha motivos para achar que Magda iria se corromper. Mas Stan afirmou que Washington havia decidido que o relacionamento pessoal entre a juíza e um advogado que regularmente se apresentava diante dela no tribunal significava a porta da corrupção. Disse que na verdade isso fora ideia do UCORC.

Para mim, o negócio todo parecia julgamento por meio de provação, o ritual medieval em que as mãos e as pernas de uma pessoa suspeita de bruxaria eram amarradas antes de ela ser jogada num poço para ver se poderia flutuar. Stan recebeu minhas críticas como sempre: sem paciência.

– George, quantas vezes, quantas centenas de vezes, você teve um cliente culpado que se livrou? Não por ser considerado inocente, mas alguém de quem nós nunca soubemos. Quantos executivos se borrando de medo você teve em seu escritório, um cara que recebeu uma intimação e ficou aterrorizado com o que poderia surgir se lhe fizessem a pergunta errada, ou um cara que está no meio de um divórcio e tem espasmo de cólon cada vez que pensa em todos os segredos medonhos que sua ex-esposa furiosa poderia revelar? Você já teve uma centena deles, George. E eles se livraram. A maioria. Porque nós nunca soubemos. Não é que não podemos pegá-los. A verdade é que dificilmente pegamos alguém. E assim a coisa segue, George. Eu não posso ter úlceras pelo que não sei. Mas quando sei, George, eu sinto responsabilidade. Não é o meu serviço ser uma pessoa gentil, ou dizer que foi só um acidente termos descoberto. O meu serviço é proteger as pessoas que vivem neste distrito. Eu não devo esperar que Magda não faça algo pior no futuro. O meu serviço é apanhá-la, se ela merecer ser apanhada.

Sua inteligência mantinha sua imagem pessoal tão imaculada quanto aço inoxidável, mas eu lancei-lhe um olhar duro que dizia "não venha com essa".

– Eu lhe disse que você não iria gostar – respondeu ele enquanto se virava para correr de volta até o carro.

Robbie, graças a Deus, não concordou.

– Ela não é uma bandida. Eu entrego bandidos para eles, mas não vou tentar sacanear uma pessoa honesta só porque ela é suficientemente idiota para gostar de mim.

Amei-o por ter dito disso, admito. Não era a desfaçatez ou o blefe arrogante de um covarde. Ele estava preparado para cumprir o tempo extra, anos, na verdade, que lhe custaria desafiar Sennett. Admirei sua força e sua lealdade, sem ter certeza de se, nas mesmas circunstâncias, eu teria a mesma decisão. E então fiz o que tinha de fazer como seu advogado. Expliquei por que ele tinha de ceder.

Se Robbie fosse qualquer coisa que não um autômato de controle remoto, o governo não teria escolha a não ser puxar a tomada do projeto. Eles já estavam correndo risco desse jeito, porque um advogado de defesa já teria um caminhão de armações contra eles, retratando o promotor federal como a ingênua criadinha do pior tipo de dedo-duro hipócrita. Deixar que Robbie vetasse a escolha de alvos simplesmente provaria isso, e pavimentaria o caminho para o desastre diante de um júri.

– Mas Stan seria capaz de entregar um órgão vital em troca de Brendan – disse Robbie.

Sim, mas para as pessoas na fortaleza do Departamento em Washington, Brendan mal importava. Eles se importavam com o Congresso, o presidente, a mídia, as ordens de advogados nacionais. E quando o UCORC encerrasse o Projeto Petros, Sennett liberaria sua fúria. Os casos que lhe restassem, contra Skolnick, Crowthers,

Walter, estavam preservados em mídia magnética, e agora poderiam ser provados mesmo sem colocar Robbie no banco de testemunhas. E se o governo decidisse chamá-lo como testemunha, prefeririam que ele fosse vestido num macacão de prisão, uma ajuda visual demonstrando ao júri que eles não o haviam deixado escapar. Assim, Stan prenderia Robbie naquele momento e usaria a mentira dele com relação à licença de advogado como uma prova importante de que não se poderia confiar em deixá-lo livre sob fiança. No fim, Stan tinha a mesma alavanca que tivera desde o início: Lorraine.

Quando falei o nome de sua mulher, Robert Feaver fez o que muitas outras pessoas fortes já haviam feito ao receber más notícias de minha parte. Posicionado naquela cadeira marrom em que ele sempre se sentava, virou-se de novo para a minha janela. Então, enquanto os fatos tristes tomavam forma, ele ergueu a mão para a testa. A decisão de não ceder fixou-se no seu rosto e depois atravessou-o. Ele fechou os olhos com força e esforçou-se pelo menos por alguns segundos, para não chorar.

O OUTRO COMPROMISSO que eu assumira com Stan era que eu "explicaria" a nova situação de Robbie a Dinnerstein. Evon continuaria no escritório deles como observadora que poderia testemunhar que Robbie não fizera mais nada como advogado. Mas Mort precisava entender onde estavam os limites, já que qualquer fracasso em admitir poderia terminar prejudicando também seu trabalho como advogado. Stan não confiava em Robbie para passar a mensagem.

Para efetivar nosso plano, Robbie apresentou a Mort uma invenção um tanto desesperada: depois de uma cena particularmente angustiante com Lorraine, em que ela o acusara das milhares de diferentes traições no correr dos anos, Robbie supostamente correra aos escritórios da Ordem dos Advogados e, no gesto mais dramático imaginável para a sua mulher, abrira mão da licença de praticar advocacia. Agora ela saberia que era sua prioridade absoluta. Somente depois ele havia pensado em verificar comigo, como conselheiro ético, sobre as implicações desse ato emocional. Como conselheiro de Robbie, eu concordara em ajudá-lo a explicar a Mort.

A firma Feaver & Dinnerstein existia havia 14 anos. Depois da faculdade de Direito, o tio de Mort lhe arranjara um bom emprego no Departamento de Lei do Condado. A ideia original, pelo que Robbie me disse, era que cada um deles tivesse um ou dois anos de experiência em outros escritórios e depois reunissem forças. Assim que Robbie foi contratado por Neucriss, esse plano foi posto de lado até que Robbie começara a se estabelecer no ramo de danos pessoais. Somente depois de ter atuado por conta própria durante um ano, Feaver persuadiu Mort a juntar-se a ele.

Naquele momento, sem dúvida Mort estava lamentando a decisão. No meu serviço, eu dou muitas notícias ruins. Apenas oncologistas que rotineiramente davam diagnósticos fatais eram os únicos profissionais que pegavam mais pesado. Muitas vezes, durante todo o ano, era minha responsabilidade dizer a pessoas, muitas delas gentis, bons seres humanos que tinham cometido um único erro ou que sofriam de falhas de caráter que não lhes impediam de ser pais amorosos ou amigos, que eles seriam flagelados por sua comunidade, capturados e engaiolados. Pior ainda, frequentemente eu os ajudava a explicar esses fatos inimagináveis a seus cônjuges e filhos, a maioria dos quais inevitavelmente sentia, com algum motivo, que eram as verdadeiras vítimas do sistema penal. Enquanto ouvia, Mort tinha esse tipo de expressão frenética. Estava sentado à minha frente, com a boca coberta por uma mão, os olhos pequenos saltando de um lado para o outro atrás das lentes grossas, enquanto tentava aceitar minha longa lista de restrições.

– Ainda não acredito – disse Mort. – Não pode ser verdade. Ainda não acredito que você fez isso – disse ele a Robbie, que estava sentado ao seu lado. Mort tentou sorrir. – É 1º de abril seis semanas atrasado, não é? Você está tentando curtir com a minha cara. George, não deixe que ele faça isso comigo.

Apesar de eu ter tido um grande papel na segurança do relacionamento entre advogado e cliente, na realização dessa última fantasia, sentia minha relutância costumeira quanto a falar pessoalmente alguma invencionice. Mas me senti seguro dizendo a Mort que ele poderia ligar para a ordem e pedir que verificassem a listagem de advogados. O nome de Robbie não estaria lá. Quando essa afirmação chegou ao alvo, Mort segurou a testa com as duas mãos.

– Isto é impossível. Você não pode reverter isso? E se ele simplesmente for até lá e disser que mudou de ideia?

Falei, estoicamente, que tinha certeza de que não daria certo. Robbie acrescentou que não queria mudar de ideia. Queria ficar com Rainey, não importando se ela teria pouco ou muito tempo de vida.

– *Fique* com ela – disse Mort. – Eu quero que você fique com ela. Nós poderíamos ter resolvido isso, você sabe. Você não precisava cometer suicídio como advogado. Veja o que fez *comigo*.

Mort ficou sentado, fazendo ruídos e abraçando-se. De novo passou as mãos pelos cabelos crespos que formavam um halo diante da luz que vinha da janela. Então, sem olhar para o sócio, foi para a porta o mais rapidamente que seu passo desajeitado permitia.

– Mort! – gritou Robbie, indo atrás.

Na minha mesa, eu me senti péssimo com relação a Mort, e ainda pior quando pensei o quanto ele ficaria furioso ao descobrir toda a verdade. Ficaria enterrado durante anos em litígio com ex-clientes e ex-opositores vingativos. Deus sabe o que diria a meu respeito.

Mas não fiquei muito tempo sentado. Pedi ao recepcionista, Danny, a chave do banheiro masculino e fui com urgência naquela direção. Calvície típica masculina, cabelo em todos os lugares errados, os volumes de gordura que se assentavam permanentemente sobre os ossos dos quadris: um amigo meu sugerira que as mudanças na meia-idade no homem eram um mecanismo darwiniano para garantir que as mulheres mais jovens não fossem persuadidas por nossas tentativas de romance. Segundo essa teoria, a próstata aumentava só para ter certeza de que nós não poderíamos ficar sentados o tempo suficiente para tentar. Circulei a saída lateral, seguindo pela minúscula passagem de serviço entre o meu espaço e o do meu vizinho. A porta pesada para o corredor principal fora aberta e, da escuridão, vi Robbie chegar ao elevador onde Dinnerstein já estava esperando.

Eu esperava reclamações ou, por outro lado, esforços de reaproximação. Em vez disso, Dinnerstein deu um leve sorriso para Feaver. Depois de um segundo Robbie enfiou a mão no bolso e jogou uma moeda no ar; imediatamente Dinnerstein fez o mesmo. Eu já os vira nesse mesmo jogo algumas vezes, enquanto esperavam o elevador no saguão. Acontecia desde a infância, uma das poucas formas de competição física em que Mort tinha chances iguais. A disputa combinava malabarismo e jogo. Eles jogavam as moedas simultaneamente, cada um dizendo cara ou coroa enquanto a moeda estava no ar e o outro a apanhava. Havia regras complexas sobre como ganhar, apostas duplas em algumas circunstâncias, e uma regra de que não apanhar uma das vezes significava perder tudo o que já se havia ganhado. Depois de quase quarenta anos eles lançavam as moedas de um lado para o outro numa velocidade espantosa, pegando e soltando num único movimento, enquanto as moedas brilhavam no ar. Jogaram animados por um momento antes que a campainha do elevador tocasse. Feaver foi na frente para mantê-lo aberto enquanto Mort entrava mancando.

Continuei olhando para o corredor vazio, pensando naquilo. Sabia que ninguém se reconcilia tão rapidamente. Mesmo assim, fiquei tão desconcertado que demorei um segundo para aceitar que fora enganado de novo, e dessa vez não apenas por Feaver. Descobrir o motivo foi mais rápido. Mort sabia. O tempo todo Mort soubera que Robbie não tinha licença. De repente não era imaginável que Robbie Feaver, amigo íntimo de Mort desde os 6 anos e colega de quarto na faculdade, não tivesse contado a sua situação. De fato, isso explicava por que Mort demorara tanto para começar a trabalhar com Robbie. Os dois tinham esperado até haver certeza de que Robbie poderia se safar. Então seguiram com um plano óbvio. No caso de ser descoberto, para proteger a licença de Mort, ambos negariam que Dinnerstein algum dia tivesse sabido.

Eu já não me chocava mais com Robbie. Mas Mort... eu havia engolido totalmente seu papo no meu escritório. Mort sabia, pensei de novo, e com isso percebi que ele quase certamente sabia muito mais. Sobre seu tio. Sobre Kosic. Sobre juízes. Robbie estivera protegendo-o desde o início, como Sennett, um cínico rematado, sempre insistira, e até mesmo, como eu, frequentemente temera.

Tudo isso provocou as reações previsíveis: contrariedade, frustração e vários palavrões aleatórios. Dado o que Robbie já fizera consigo mesmo, estremeci ao imaginar o tamanho de sua sentença se algum dia Stan pudesse provar isso. Mas Robbie sabia, e mesmo assim ia em frente. Enquanto eu corria os últimos passos até o meu destino, senti-me afligido por uma sensação inesperada: – inveja. Eu invejava Mort, invejava tudo que ele recebia de Feaver. A dedicação. O companheirismo. E, especialmente, a verdade.

30

— Magda, é o Robbie.

– Robbie?

– Feaver.

– Robbie Feaver? – Por um instante houve silêncio, como se ela estivesse tentando analisar a própria confusão. Era 17 de maio. O fio do gravador ligado ao telefone que Robbie estava usando ia direto para o gravador no armário, onde os rolos de 17 centímetros giravam com a lenta precisão do destino. McManis e Evon estavam ao meu lado à mesa. Nem eles nem Klecker, que se encontrava de pé, tinham coragem de olhar muito tempo para Robbie. Sennett nem mesmo aparecera, reconhecendo que sua presença seria inflamatória.

– Eu estava pensando em vê-la.

– Ver-me? – Por natureza, Magda era cautelosa, exata. – Robbie... – disse. E a seguir assumiu o tom rígido do tribunal. – Acho que não é uma boa ideia.

– Não, eu *preciso* ver você. Só um minuto. Preciso falar.

– Falar?

– Falar.

– Não. – Ela demorou um tempo para pensar naquilo e disse de novo: – Não.

– Magda, isto é muito importante. Questão de vida e morte. Sério. Verdade. De vida e morte.

– Robert, o que poderia ser questão de vida ou morte às 21 horas?

– Magda, não posso falar isso pelo telefone. Preciso ver você. Preciso. Por favor. – Robbie prendeu o lábio inferior entre os dentes para se controlar, depois continuou adulando.

– Só um minuto – disse ela por fim, e lhe deu o endereço.

Mais cedo, naquela tarde, McManis havia redigido uma moção de emergência segundo a Lei de Mandados Extraordinários, pedindo que fosse posto de lado o julgamento anterior no caso *Hall versus Sentinel Repair*, o processo inventado que fora transferido da juíza Sullivan para Skolnick. A acusação original alegara que Herb Hall, motorista de caminhão, sofrera sérias queimaduras e ficara paraplégico quando o veículo de 16 rodas que ele estava dirigindo para uma empresa de transportes perdera o freio numa ladeira. Hall processara o serviço de reparos que supostamente havia examinado o caminhão logo antes de ele sair para a estrada. Segundo a moção de McManis, a Moreland Insurance, em nome da oficina mecânica, entrara em acordo logo depois de Skolnick emitir a decisão da juíza Sullivan permitindo que Hall reivindicasse reparação por danos.

Depois a Moreland tinha ficado sabendo, por intermédio da ex-amante de Herb, que na verdade Herb havia dormido ao volante. Era esse fato, e não um problema nos freios, que explicava não terem sido encontradas marcas de pneus no local do acidente. Além disso, McManis alegava que a ideia de Herb em culpar a oficina mecânica, em vez de ter vindo dele próprio, viera de seu advogado, Robert Simon Feaver, que instruíra Hall com relação ao que dizer.

A esperança, como sempre, era que se Robbie tivesse sucesso com Magda, a juíza decidiria baseada nos relatos escritos. Mas se fosse necessária uma audiência, eu concordara, de coração pesado, em aparecer no tribunal, agindo como o advogado que Feaver, se ele não fosse o tolo proverbial, deveria contratar.

Assim que terminou o telefonema para a juíza Medzyck, Klecker equipou Feaver. Naquela noite eles mandariam Robbie não somente com o FoxBIte, mas também com a câmera portátil que Klecker havia instalado numa pasta igual à de Robbie. Uma lente de fibra ótica estava escondida na dobradiça, e a câmera, igual à instalada no Lincoln de Skolnick, era alimentada por uma bateria de lítio do tamanho de um tijolo, escondida na pasta. Mas o objetivo não era melhorar a coleta de provas. As instruções eram para Robbie manter a câmera o tempo todo apontada não para Magda, mas para ele próprio. Queriam ter certeza de que ele não faria algum sinal para a juíza.

Antes que Robbie saísse, McManis me puxou de lado, declarando-se tenso:

– Nós esperamos o desempenho de sempre, digno do Oscar. – Ele não se desculpou por não confiar no meu cliente, e Robbie, quando falei com ele sozinho para lhe dar o alerta, não precisou de alerta nenhum. De qualquer modo, sua mente estava em Magda.

– Quero que você saiba de uma coisa – disse-me, parando para me lançar um olhar rígido. – Eu agi certo por não ter contado a esses caras sobre ela.

EM SUA PORTA, Magda segurava a gola do vestido de andar em casa, e olhou para os dois lados do corredor antes de deixar que Robbie entrasse. Com o peso da pasta, Robbie não conseguia impedir que o braço balançasse. Consequentemente, os dois entravam e saíam da mira da lente olho de peixe. Mas ainda na rua dava para ver que ela estava preocupada. Pelo jeito de seu cabelo, imaginei que Magda havia tirado os seus *bobs* enquanto Robbie estava a caminho. Os dois ficaram parados no saguão mal-iluminado do apartamento dela.

– Espero que isso seja mesmo necessário. Eu me sinto *muito* desconfortável, Robert. Não posso acreditar que deixei você me convencer. Eu pensei que estivesse enganada, mas estou com os papéis na minha pasta. Esta tarde foi entregue uma moção. Percebe que você faz parte de um caso que eu devo julgar?

– Ei, eu convenci você a fazer um monte de coisas que você acha terríveis. – Adiantando-se, ele pousou a pasta e ficou momentaneamente fora da vista. Mas a voz de Magda soou clara.

– Não, absolutamente não! Agora não. Verdade. – Em voz mais baixa, acrescentou: – Minha mãe está dormindo ali, no fundo do corredor. – Ela recuara entrando de novo na câmera, e lançou um olhar desesperado sobre o ombro. Nas distorções da lente, que pareciam provocadas por um espelho de parque de diversões, eu podia ver o apartamento atrás dela, comprido, com os cômodos enfileirados. A sala de estar era cheia de mobília escura, inclusive uma TV de armário com tela de 13 polegadas, do tipo que não era fabricada havia pelo menos uma década. Enquanto os dois iam para a cozinha, a imagem balançava loucamente no monitor do furgão de vigilância. Nós estávamos estacionados sob um dos olmos seculares que cresciam em frente ao prédio de três andares. O som também zumbia um pouco debaixo das luzes fluorescentes da cozinha, enquanto Feaver tentava estabelecer a conversa. Ela o interrompeu abruptamente.

– Robbie, seria melhor que você simplesmente dissesse a que veio.

E enquanto ele fingia arrancar de si próprio a história inventada, ela afundou numa cadeira junto a uma mesinha. Robbie disse a Magda que estava com alguns problemas, referindo-se diretamente à moção entregue por McManis. O negócio não acontecera do modo como eles queriam dar a entender, ele jamais forçara um processo desse jeito, mas durante anos vinha arrancando muito dinheiro da Moreland, e a companhia de seguros queria pegá-lo. Eles já estavam fazendo um trato com Herb Hall para se voltar contra Robbie. Se ela aceitasse aquela moção, segundo Robbie, a companhia iria processá-lo, em vez de a Hall, para recuperar tudo que havia pagado. Então, assim que tivessem arrancado um milhão de dólares do seu bolso, iriam mandá-lo para a Ordem e para o promotor. Ele teria sorte se não fosse para a cadeia, e a única coisa de valor na licença que estava pendurada em sua parede seria a moldura.

Robbie colocara a pasta sobre o balcão da cozinha, e nós tínhamos uma boa visão da cena. Ele estava à frente de Magda na pequena mesa onde ela e sua mãe idosa jantavam todas as noites. Ele estendeu as mãos compridas e tocou-a, balançando a cabeça, perturbado. Ela ficou ouvindo, a princípio com a mão sobre a boca. Quando ele terminou, ela se recusou até mesmo a olhá-lo, ou a falar.

– Eu *preciso* disso, Magda. E vou recompensar você. Eu *desejo* fazer isso. Nenhuma quantia é alta demais. Mas esta é a minha vida, Magda. Esta é toda a minha vida ferrada passando diante dos meus olhos. Não posso deixar que esses sacanas tirem-na de mim. Quero dizer, pelo amor de Deus...

– Nem mais uma palavra. – Com o rosto virado para longe de Feaver e para a câmera, sua voz estava um tanto distorcida. Mesmo assim, um som de desespero saiu dela com o esforço para falar. – Quando você telefonou, enquanto eu estava esperando... – Ela parou. – Eu cheguei a rezar para que isso não tivesse nada a ver com o seu processo. Rezei. Cheguei a chamar pela mãe de Deus. Como se eu merecesse a misericórdia dela. Eu só tenho a mim mesma para culpar, não é?

– Magda, qual é? Pare com o melodrama. Eu já tive processos julgados por você um monte de vezes nos últimos dez anos. Você já decidiu a meu favor.

– E contra você. Você sabe, Robert. Você sabe *muito* bem. Não quero você aqui fingindo que não entende a magnitude disso, do que está pedindo. Isso não é o de sempre, e você sabe. – A simples contemplação da ideia a forçou a afastar o olhar de novo. – Ah, meu Deus. Meu Deus.

– Por favor, Magda. Pense nisso. Magda, olhe, você não sabe o que está acontecendo ao seu redor. Você nunca parou para perceber. Você não faz ideia.

– E eu não *quero* saber. – Seu tom cortante pareceu surpreender até mesmo a ela, e ela apertou a boca na palma da mão.

Robbie continuou implorando até que ela cobriu os ouvidos.

– Vá embora – disse ela baixinho. – Vá.

Assim mesmo ele implorou – ela precisava, *precisava* fazer isso – até que ela finalmente perdeu até mesmo a capacidade de mandar-lhe parar, e sua cabeça já grisalha pareceu baixar, consentindo.

– Obrigado – disse ele. – Por ter me recebido. Por fazer isso. Obrigado. – Ele repetiu mais uma dúzia de vezes. Quando rodeou a mesa para abraçá-la, ela se encolheu com os braços grossos erguidos. Nos últimos enquadramentos antes de Robbie arrancar a câmera de cima do balcão, ela estava encolhida no vestido simples, praticamente amorfa em seu sofrimento.

– Ela vai fazer – disse Alf no furgão, enquanto Robbie estava descendo. Eu também chegara à mesma conclusão melancólica. McManis e Evon assentiram.

Mas Robbie tinha uma opinião própria. Assim que entrou no Mercedes, aparentemente Feaver segurou a pasta trazendo as lentes para junto do rosto. No monitor, suas feições se esparramavam monstruosamente na lente olho de peixe. Mas ele não queria que ninguém que estivesse olhando perdesse uma palavra.

– Essa foi a coisa mais escrota que eu já fiz na vida – gritou. Depois, aparentemente, jogou a câmera no chão, porque primeiro a tela se sacudiu, depois ficou completamente preta.

31

Na manhã seguinte, quando Evon foi pegar Feaver, ele já havia saído.

Ela esperou 15 minutos junto à entrada de veículos, com o carro aberto para o ar fresco da manhã. Por fim foi até a casa. Normalmente, a pontualidade era a única virtude confiável dele.

A enfermeira era nova. Elba tinha ido para o casamento da sobrinha nas Filipinas; ficaria fora por duas semanas, e estava sendo substituída por Doris, uma afro-americana encurvada que parecia também precisar de assistência. Não tinha ideia de para onde Robbie havia ido, tinha apenas ouvido-o partir no meio da noite.

Evon disse a si mesma que jamais sentiria pena outra vez de Robbie Feaver. Mas na noite anterior, enquanto via a silhueta dele mergulhar cansada pela porta, essa decisão havia se desmoronado. A verdade sobre Feaver era que, de fato, ele não era nada do que dizia ser. Coisa nenhuma. Não era advogado, obviamente. E nunca poderia ser ator. Nem mesmo era um marido, se isso significava manter o compromisso sete dias por semana. Mas a resposta dele a tudo isso era que pelo menos era amigo. Foi isso que lhe dissera quando ela exigiu saber o que importava. Os amigos. E como punição por ter sido apanhado na mentira mais colossal de toda a história, Sennett, com seu gênio traiçoeiro, apontara a espingarda para Robbie e o pusera de joelhos, fazendo-o olhar para os dois canos escuros da arma e descobrir que nem mesmo o que ele dizia para si próprio era mais verdadeiro do que o resto.

Talvez Robbie só tivesse saído para se embebedar, pensou ela. Ou para olhar o rio.

Depois de outra meia hora percebeu que ele provavelmente havia fugido.

Ligou para McManis de uma farmácia ali perto, para poder usar uma linha com fio. Jim ficou quieto por tanto tempo que Evon precisou perguntar se ele continuava ali.

– Ele não poderia fugir – disse Jim finalmente. – Ele não abandonaria a mulher. Em seguida parou. – Meu Deus. É melhor você voltar e ter certeza de que ela ainda está lá.

Evon correu de volta pelas limpas ruas suburbanas. Ele havia fugido! O que Jim tinha dito? Gente como ele não tem princípios.

Quando ela chegou, Robbie estava na entrada de veículos, acabando de sair do Mercedes. Andou devagar na direção dela. Provavelmente era a primeira vez que ela o via desarrumado. Não fizera a barba. O cabelo estava desalinhado e o rosto parecia desgastado pela falta de sono. A camisa meio aberta pendia frouxa sobre o cinto das calças elegantes. Sem dúvida, não estava indo para o escritório. Pela opacidade de seus olhos, ela pensou que estivera certa na primeira vez, que ele estava bêbado, mas ele caminhava bem demais. Ele virou a cabeça para acompanhar algum pensamento, como se fosse uma borboleta, antes que a atenção caísse de novo sobre ela.

– Minha mãe morreu – disse ele –, ontem à noite. – Teve outro derrame. Morreu quando chegou ao hospital, mas tentaram algo na emergência. – Ele ergueu momentaneamente a mão ao lado do corpo, reconhecendo a futilidade daqueles esforços, e de algum modo a mão bateu na de Evon. Pareceu quase acidental, mas ele se permitiu um breve aperto antes de soltá-la. Olhou na direção da macieira no quintal, pesada com as flores cor-de-rosa, e contraiu o rosto. Disse que o derrame tinha sido do lado oposto, de modo que achava que, afinal de contas, fora melhor assim.

Havia dois anos o pai de Evon fizera uma cirurgia de ponte de safena. Sua mãe, ela, algumas irmãs e um dos irmãos ficaram sentados juntos durante quase seis horas na sala de espera. Em sua ansiedade a mãe fora ela própria, mais uma vez, reclamando das enfermeiras e apontando defeitos em cada filho. Evon decidira sair, e chegara a se levantar quando o médico chegou para dizer que o pai não sobrevivera.

Ele tinha sido um homem grande, de rosto vermelho, braços grossos e uma barriga substancial, que forçava os botões da camisa. Seus dedos grossos eram cheios de calos, e as unhas, sempre rachadas e sujas. O tempo todo cheirava a terra. Ela lembrava dele principalmente como uma presença. Falava pouco, mesmo quando estava conversando com os vizinhos. Tratava sua mãe com gentileza, mas com o mesmo ar meio distante com que tratava todos os filhos. Não se sentia confortável com os sentimentos e sempre parecia querer afastá-los, ficar em segurança no âmbito das tarefas e da rotina. Havia deixado de se relacionar com a própria família quando a mãe de Evon largou a igreja. Falava ocasionalmente com os irmãos, mas não com os pais. Em toda a sua vida, Evon não conseguia se lembrar de ele ter mencionado a mãe ou o pai mais do que duas vezes. Como conseguira isso? *Ele* se fora, sem que ela tivesse conhecido totalmente, mas ainda surgia nos seus sonhos e pensamentos incontáveis vezes por dia, e sempre com uma dor forte e duradoura, como se, em algum lugar dela, algo tivesse sido arrancado pela raiz.

Robbie disse que já havia telefonado para Mort, que estava providenciando os arranjos para o enterro. Tinha de ir contar a Rainey. Antes de começar a subir pela entrada de veículos, pediu que Evon fosse para o escritório, cuidasse da correspondência e ajudasse Mort a reprogramar os depoimentos e outros compromissos para os dias seguintes.

– Sem problema. – Não lhe restava mais coragem para censurá-lo.

Ele olhou-a pateticamente, sem querer se mexer. Evon percebeu o que ele queria. Em casa, a sua mulher nem mesmo poderia levantar os braços para consolá-lo. Evon estendeu a mão, só para tocá-lo, mas ele se aproximou dela e engolfou-a num abraço, a que ela correspondeu relutantemente.

– Você é durão. Vai sair dessa. Só me diga o que eu posso fazer.

Ele não a soltou. Tinha começado a soluçar. Quando recuou, apertou os lábios e continuou a chorar, com o rosto retorcido de dor.

– Ela significava muito – ele disse. – Ela era *demais*.

A notícia da morte havia circulado pelo escritório quando Evon chegou. Havia um ar de desânimo que parecia ir além do mero respeito pelo chefe. Mort estava indo para a casa de Robbie, e pediu a Evon para cuidar de vários detalhes relativos aos processos. Ficou parado na porta do cubículo dela. Estava de terno, mas já havia tirado a gravata, um sinal de que os negócios estavam suspensos.

– Como Robbie vai suportar tudo isso? – perguntou Mort. Ele também parecia à beira de sucumbir a sua famosa vulnerabilidade às lágrimas. – É demais. – Em seguida soluçou e apertou o rosto com a mão, mas não conseguiu se mexer, desolado com o futuro do amigo.

O enterro foi no dia seguinte. Por tradição os judeus são enterrados rapidamente, explicou Eileen. Todos do escritório iriam, de modo que Evon não teve de tomar qualquer decisão.

Mort telefonou quando ela estava saindo do apartamento.

– Temos um grande problema – disse ele. – Doris, a enfermeira, não tinha aparecido. Desde o início, Robbie suspeitara de que o serviço era demais para ela, e a ideia de cem pessoas andando pela casa aparentemente a levara além de seu limite. Mort mandara Robbie para a funerária, prometendo cuidar disso, mas ligara para várias agências e nenhuma conseguiria mandar alguém antes do início da tarde.

– Minha mãe foi enfermeira – disse Mort. – De modo que ela poderia fazer isso mas, você sabe, eu acho que ele realmente gostaria de que ela estivesse lá, considerando as circunstâncias. Eu posso ligar para uma das primas dele, mas achei que você poderia pensar em alguém. De qualquer modo, Lorraine está dormindo a maior parte do tempo, mas seria bom se fosse alguém que ela conhecesse.

Dava para ver que Mort estava fazendo uma chantagem. Seu lado astuto sobressaía-se mais aparente a cada dia. Continuou minimizando o que pedia. Faltava menos de uma hora para o enterro. O serviço fúnebre não demoraria muito, e então várias pessoas voltariam para a casa. Parecia não haver como recusar, e ele agradeceu entusiasmado quando ela finalmente se ofereceu. Mas Evon sentiu-se exasperada assim que desligou o telefone. As pessoas iriam se perguntar, não é, sobre a namorada de Robbie estar cuidando da mulher dele no dia do enterro de sua mãe. Não, pensou ela, não perguntariam. Achariam que era típico de Robbie Feaver.

Quando Evon chegou a Glen Ayre, Mort já havia saído para a funerária, deixando lá sua mulher, Joan. Ela era uma mulher minúscula, magra, de certo modo bonita, mas que ia secando e se encurvando um pouco no recuo hormonal da meia-idade. Usava um vestido de crepe preto e pérolas, e estivera preparando bules de café para a multidão que chegaria do cemitério. Mostrou a Evon o que Mort lhe mostrara sobre o cuidado com Rainey, como Mort fora instruído por Robbie. Não havia como dizer o que fora esquecido ou mal interpretado nas muitas passadas de informações. Mas o básico era aparente. A comadre. O Sustacal na cozinha, para o almoço de Rainey. Quando momentos depois Evon percebeu que estava sozinha com Lorraine, quase lançou um grito ecoando pela casa vazia. Meu Deus, e se ela a matasse? Em seguida, lacrou todo esse pensamento como as escotilhas de um submarino prestes a afundar.

Rainey dormiu durante quase meia hora depois de Evon ter chegado. Estava usando uma máscara de oxigênio inteira, uma forma de plástico transparente cobrindo a boca e o nariz. A cada dia sua respiração ficava mais fraca. Ela não tinha energia para sair da cama, e Evon soube que em breve Lorraine estaria presa num negócio chamado de couraça, um instrumento de pressão negativa destinado a puxar o ar para seus pulmões. Mas isso só poderia adiar um pouco a crise definitiva para decidir se ela permitiria a instalação do ventilador mecânico. Robbie continuava esperançoso de persuadi-la, enquanto a hora da decisão se aproximava.

Quando Rainey acordou, Evon lembrou-a de quem ela era, e colocou no lugar a bandeja hospitalar que segurava o mouse do computador, levantando os dedos de Rainey até ela. Lorraine melhorara muito sua habilidade com a máquina de falar em apenas algumas semanas. Fez girar listas de palavras, clicando rapidamente.

– Ah, Eu Sei Quem Você É – disse a voz alta, de garoto. Mesmo sem nenhuma ênfase, havia algo maligno na escolha das palavras. Evon não tinha ideia do que fazer se Rainey começasse a incomodá-la com uma linguagem ofensiva, como algumas vezes lançava sobre

Robbie. Ele disse que diminuíra o volume dos alto-falantes em duas ocasiões, mas ela não tinha o direito de ser tão grosseira. Em vez disso, ocupou-se. Puxou as cobertas para trás, na cama, e esfregou os braços flácidos de Lorraine com loção cheirando a amêndoa, mas Rainey não queria ser ignorada.

– Ele É Um Tremendo Mentiroso – disse Rainey. – Sabe O Que Ele Fala Sobre Você?

Evon parou. Um nó já estava se formando em seu peito.

– Ele Diz Que Você É Lésbica.

Evon riu. Por mais tempo do que deveria, mas de alívio.

– Eu sou.

A expressão continuou viva nas profundezas submersas dos olhos de Rainey, que se contraíram um pouco em dúvida.

– Ele Fala De Você.

– Nós trabalhamos juntos. Somos amigos. Robbie tem um monte de amigos. – Evon encontrou um travesseiro, puxou Rainey para o lado e colocou-o atrás dela. Tinha visto tudo isso sendo feito com sua avó. Sua habilidade espantou-a: a facilidade e a naturalidade daquilo assim que começou. Ao lado da cama, chegou o rosto perto do de Rainey, no travesseiro.

– Nós não somos amantes.

Mesmo com o corpo em ruínas, Rainey sem dúvida se esforçava para acreditar, mas endurecera pelos desapontamentos que Robbie provocava regularmente. Rainey ficou ali, circulando no arruinado labirinto da dúvida e do desejo.

Evon leu um pouco para ela. Robbie havia começado *Circunstâncias atenuantes*, e Evon leu vários capítulos. Sem dúvida, não era uma boa substituta para Robbie e sua habilidade de palco. Mesmo para si própria, Evon mal parecia mais dramática do que a voz computadorizada, e não ficou surpresa quando Rainey apagou de novo. Ela acordou com um tremor pateticamente contido que só chegou ao braço e ao pé direitos. Seus olhos se abriram subitamente e um som fraquíssimo emergiu, quase certamente um grito. Evon pôde sentir o latejamento quando tocou o rosto de Lorraine.

– Eu Sonho Que Estou Morta. O Tempo Todo.

Evon fechou os olhos, apanhada no arame farpado de seu próprio pavor. Aquilo voltou-lhe um segundo, como um bolo amargo, regurgitante, subindo junto com o soluço.

– Deve ser apavorante – falou.

– De Certa Forma. – Lorraine demorou-se pensando, depois descreveu o sonho. Tinha visto a sogra. – Nós Estávamos Usando O Mesmo Chapéu. Tinha Uma Pena De Pavão Na Frente. – Rainey parou para respirar várias vezes em meio ao som sibilante do tanque de oxigênio. – Mas Então Eu Quis Tirar. E Percebi Que Não Podia. Isso Era Apavorante. Mas Em Geral Não É Assim. Dizem Que Sonhos São Desejos. Já Ouviu Falar Disso?

Ela se formara em psicologia, de modo que provavelmente tinha ouvido. Achara que aprenderia a entender as pessoas desse modo. Hoje em dia a ideia fazia-a rir.

– Você Sabe Que Ele Me Prometeu. – De algum modo Evon estava começando a discernir as expressões nos guinchos do alto-falante do computador. Não era possível, ela percebeu, no entanto, aquela voz masculina, seca e adenoide correspondia cada vez mais à pessoa devastada, agora na forma de um ponto de interrogação, sobre a cama.

– O que foi que ele prometeu? – perguntou Evon. Em seguida, pegou a mão de Rainey e tocou na sua testa.

– Ele Prometeu. Ele Vai Me Ajudar. Assim Que Eu Disser. Ele Jurou.

Inconscientemente ela apertara os dedos de Rainey, e demorou a se dar conta e soltá-los. Lorraine não parou. Continuou descrevendo o arranjo que fizera com Robbie muito tempo antes, ao saber da progressão inevitável da doença. Obrigara-o a reafirmar o acordo recentemente, quando começou a perder o controle dos membros. Evon ficou petrificada ao ouvir. A voz de Rainey brotava dos alto-falantes, no mesmo volume de antes, com palavras que deveriam ser sussurradas. Não era o ato ou a ideia que apavorava Evon, tanto quanto contemplar o momento em que aquilo aconteceria para os dois. Mas Rainey parecia à vontade. A certeza de uma comutação da pena, de uma saída, de uma forma de acabar com o sofrimento, parecia fazer parte da capacidade de suportá-lo.

– Não Deixe Que Ele Recue. Não.

– Não – disse Evon, mais como um reflexo.

– Prometa.

Meu Deus, ela era uma imbecil, pensou Evon sobre si mesma; jamais sequer suspeitara isso, particularmente dado o desesperado desejo de Robbie de estar se liberando enquanto Lorraine estava em declínio. Robbie, pensou. Bom ou mau, simplesmente nunca se chegava ao fim.

– Você não pode me pedir isso, Rainey.

– Acho Que Não. Mas Peço A Todos Os Amigos Dele.

Ela dormiu de novo, e Evon também cochilou, acordando com o som súbito de vozes no andar de baixo. Joan tinha voltado, junto com a mãe de Mort, uma mulher atarracada com cabelos brancos em coque. Linda, uma das primas de Robbie, usava um penteado, que parecia mais duro do que a carapaça de um inseto, e muitas joias, que brilhavam como uma árvore de Natal. As mulheres tinham voltado depois do serviço fúnebre para preparar a casa para os demais, que começariam a chegar depois do enterro. Tinham aparecido quase novecentas pessoas na funerária, disseram-lhe, o bastante para encher uma segunda capela, para onde a cerimônia foi transmitida por circuito fechado de TV. O centro da cidade deve ter se transformado numa cidade fantasma com o êxodo dos amigos de Feaver – advogados, clientes, gente do tribunal, a legião a quem Robbie divertia e ajudava. Joan estava preocupada com a possibilidade de a casa não comportar tanta gente.

Evon ajudou as mulheres a carregar bandejas cheias de frios, que tinham sido mandadas por amigos para a casa de Mort, como consolo. A nova enfermeira, uma imigrante polonesa com jeito de avó, chegou ao mesmo tempo. Carregava uma mala pesada, e Joan, que conhecia a casa, mostrou-lhe onde ela ficaria.

Rainey estava acordada quando Evon retornou.

– A cavalaria chegou. Acho que eu estou indo.

– Volte.

Ela prometeu voltar.

– Desculpe. Por Antes. Eu Digo Coisas Agora. Algumas Vezes Não Acredito Mesmo Quando Penso Que As Palavras Estão Saindo.

Evon segurou sua mão de novo. Disse que não fazia mal. O que Rainey temia não era verdade, e que estava feliz em poder tranquilizá-la.

– De Qualquer Modo É Você Quem Está Perdendo – disse Rainey. – É O Que Ele Lhe Diria.

Humor. Evon sorriu. Tinha certeza de que ele faria isso, pensou. Os olhos de Rainey ficaram sombrios na tentativa de um esforço mais sério.

– É De Imaginar Que Eu Não Me Importaria Agora. Finalmente. Com O Corpo Doente E Retorcido. Mas Eu Ainda O Desejo. E De Todos Os Modos. Ainda Consigo Sentir Aquilo. E Fazer Aquilo. Você Sabia?

De jeito nenhum. A perplexidade deve ter ficado evidente em seu rosto.

– É A Única Coisa Que Sobrou. Acho Que Sinto Mais Tesão Do Que Nunca. Isso Provavelmente Parece Vulgar. Ou Pervertido. Mas Não É. É Maravilhoso. Senti-lo Em Volta De Mim. Pensar Que Ele Me Quer. Mesmo Agora. Tão Arrasada E Feia. Dizem Que É O Parceiro Que Perde O Interesse. Mas Ele Não Perdeu. E Eu Agradeço Muito. Nós Nos Amamos, Você Sabe.

– Eu sei – disse Evon, e encontrou um lenço de papel para enxugar as lágrimas de Rainey, escorrendo para o travesseiro enquanto sua mão clicava o mouse.

– Ele Me Magoou. Demais. E Eu O Magoo De Volta. Nós Nos Magoamos De Todos Os Modos Possíveis. Mas Eu O Amo. E Ele Me Ama. Eu Nunca Soube, Como Passei A Saber Depois Que Isto Aconteceu. Mas É Por Isso Que Estou Vivendo. Isso Não É Espantoso? Eu Não Estou Realmente Viva. E Continuo Vivendo Por Amor.

A nova enfermeira entrou energicamente, falando num sotaque que Evon mal conseguiu identificar, mas cumprimentou Rainey amorosamente e sem dúvida conhecia o serviço. Levantou Rainey e ajeitou os lençóis, transformando a cama tão rapidamente que Evon ficou, como era previsível, embaraçada por sua relativa incompetência. Depois de um momento de incerteza, inclinou-se sobre a cama e abraçou Rainey rapidamente.

Pouco depois, no andar térreo, através das grandes janelas da sala de estar viu Robbie chegando numa limusine comprida. A irmã mais nova da mãe dele, vinda de Cleveland, estava junto, e ele segurava com força o braço da mulher enquanto ela se esforçava para sair do carro. Evon alcançou-os no saguão. Robbie estava pálido, e suas feições pareciam frouxas com uma incerteza lacrimejante. Sua velha tia, corcunda pela idade, parecia temperamental e inabalada pelos acontecimentos do dia. De um modo um tanto grosseiro, perguntou onde ficava o toalete. Quando ele voltou, Robbie ofereceu-se para levar Evon até a saída. Estava no piloto automático de novo, falando enquanto desciam pela passagem de veículos.

Disse que uma vez, quando tinha 8 ou 9 anos, sua mãe o levara para pescar na época da migração de peixes rio acima perto de Skageon. Ele estivera encrencado por roubar coisas na mercearia, e sua mãe estava convencida de que o problema era falta de atividade masculina e atenção. Robbie disse que se maravilhou ao ver Estelle, que jamais saía de casa com uma ruga nas meias de náilon, aparecer naquela manhã de camisa de flanela e um chapéu velho. Mais tarde contou a ele que depois de duas horas balançando no rio ela ficara enjoada ao ponto de o suicídio parecer sensato, mas naquele dia não lhe dera a menor pista.

Estavam perto do carro de Evon, estacionado diante do terreno. Os lilases do vizinho, brancos e roxos claros, estavam abertos, e tão doces no ar como uma colônia. A mãe dele fora enterrada num dia glorioso. Evon ergueu o rosto para o céu perfeito e o descobriu observando-a quando ela olhou de volta.

– Foi espetacular de sua parte – disse ele. – Nem posso dizer o que significa para mim, não posso mesmo. É uma das melhores coisas que já me fizeram na vida.

Ela respondeu com o pensamento que estivera circulando, não verbalizado, durante quase toda a manhã.

– Você teria feito isto por mim – falou, e aquela corda de harpa em seu centro cantou, tocada pela verdade. Era impossível contar com Robbie em termos de honestidade, uma vez que ele nem sequer sabia o que era isso. Ele era desregrado e incorrigível. Mas se ela tropeçasse, ele viria correndo. Evon nem poderia dizer com certeza se seria capaz de segurar a mão dele quando ele a estendesse. Mas ele estaria lá. Ela não iria perdoá-lo, verdade. Mas parara de fingir consigo mesma. Novecentas pessoas tinham comparecido para ajudar Robbie Feaver em seu sofrimento; praticamente todos eram amigos que conheciam sua abertura e o calor de seu carinho. E ela também. Não se podia lutar contra os fatos.

Ela perguntou como ele estava.

– É... – respondeu Robbie, e deixou o sentimento levá-lo para outro lugar durante um instante.

– Perder o meu pai foi terrível – disse ela – mas minha mãe, sendo a última e sendo minha mãe... nem posso imaginar.

– É. Mas uma vez eu li algo em que fico pensando agora. "Todo menino perde a mãe pela primeira vez no dia em que percebe que é um homem."

Evon não entendeu, e Robbie disse que também não entendia. Não a princípio. Mas a ideia parecia ser a de que os meninos tinham de se conformar com o fato de não poderem ser como suas mães, tinham de ser outra pessoa. Ele ficou imóvel, e o rosto parecia pesado à luz. Não parecia totalmente feliz com esses pensamentos.

Havia muito tempo ela decidira que não seria como a mãe, provavelmente porque sua mãe deixara claro que não se parecia nem um pouco com ela. Mas a ideia da mãe desaparecendo de sua vida pareceu sugar o centro do mundo. Seria como se a força da gravidade, que estava ali no meio da Terra e que a impedia de se despedaçar, desaparecesse repentinamente. Sua mãe, com mais de 70 anos, ainda pendurava a roupa lavada todos os dias, menos quando nevava, preferindo o toque do ar da montanha ao sopro quente da secadora. No pensamento, Evon viu a mãe com pregadores na boca, prendendo uma camisa ou um lençol no varal, firme no chão, reafirmando suas intenções, enquanto a roupa cedia e estalava ao vento.

Robbie perguntou se Evon se dava com a mãe.

– Um pouco. Ela julga. Você está sempre sendo pesado na balança dela. Mas ela é forte. – Os braços de Evon se abriram. – Ela é grande. Sabe o que eu quero dizer?

Robbie acompanhou-a até o meio-fio. Os dois foram interrompidos por uma vizinha que havia esperado a volta dele para trazer uma bandeja enorme, como as outras, atulhada com montes de comida que Evon jamais vira de verdade, e que duvidava ser capaz de engolir. A mulher prestou seus respeitos e em seguida seguiu pela entrada de veículos.

Então ele abraçou Evon antes que ela se afastasse. Aparentemente isso seria um padrão a partir de então. Ela só esperava que ele tivesse bom senso de não fazer isso na frente de McManis ou Sennett. Quando estava na metade do caminho para casa, Robbie virou-se e gritou enquanto andava de costas, logo antes de desaparecer na sombra:

– Você é fantástica. Eu amo você, verdade.

Ela percebeu que em algum lugar ali perto provavelmente havia um agente vigiando-a, cobrindo-a. Deus sabe o que ele vira. Ou ouvira. Seria um tremendo 302. "O indivíduo cooperador declarou então à agente Miller: Eu amo você." Grande. Evon reconheceria o agente pelo tamanho do riso de quem come merda que ele lançaria através da janela do motorista. E o que ela responderia? "Nós somos apenas amigos."

Mas quando se acomodou no Chevette, captou um vislumbre de si própria no retrovisor e percebeu traços de um olhar alegre. Como isso era possível em meio a toda aquela angústia, àquele infortúnio e à confusão absoluta? Tentou se conter, depois desistiu. Que diabo, pensou de súbito. Verdade. Que diabo. Engrenou o carro e sentiu o vento lépido e vivaz da primavera assim que baixou a janela.

32

Quando cheguei na manhã seguinte, Danny, meu recepcionista, recebera uma mensagem do promotor federal, Stan Sennett, perguntando se eu poderia recebê-lo em meu escritório às 12h30 com meu colega, que era como ele se referia ao meu cliente. Robbie, que estava na casa de repouso para começar o trabalho triste de separar os pertences da mãe, irritou-se ao ser chamado, mas chegou na hora, com os olhos ainda lacrimejantes e parecendo vagamente desalinhado, como estivera na noite anterior, quando eu fizera uma visita de pêsames.

– Qual é o motivo disso? – perguntou ele.

Eu não tinha a menor pista.

O humor de Stan, quando Danny mandou-o entrar, era bastante formal. Estava com seu terno azul imaculado de sempre e fez questão de apertar a mão de Robbie, coisa que eu não me lembrava de tê-lo visto fazer antes. Expressou suas condolências e, ao ver que tinham sido recebidas com tepidez, sentou-se na poltrona marrom que Robbie geralmente ocupava. Sennett passou um tempo arrumando-se, abaixando-se para ajeitar o vinco da calça, antes de começar.

– Queria falar com vocês de um encontro muito incomum que eu tive anteontem à tarde. Eu teria vindo antes, não fossem as circunstâncias de Robbie. Foi com uma velha amiga nossa. De todos nós. Magda Medzyck. – Nesse ponto, Stan olhou para o colo, com a expressão tensa.

– Naquela manhã ela havia consultado um advogado, Sandy Stern. – Stan assentiu na minha direção. Stern, que odeia Stan por motivos que eu jamais entendi por completo, é meu melhor amigo dentre os advogados. – Esta foi a nossa sorte: o Sr. Stern recusou-se a representá-la, dizendo que tinha um conflito não revelado, mas sugeriu que ela me procurasse, em vez de procurar o escritório da Promotoria, onde alianças políticas poderiam ocasionalmente tornar-se problemáticas. Ela esperou mais de uma hora antes que eu voltasse e, quando entrou, contou-me uma longa história, um tanto quanto mal contada, sobre seu relacionamento com um advogado que cuida de danos pessoais, chamado Robert Feaver.

"Segundo ela, na noite anterior o Sr. Feaver tinha lhe pedido para intervir num processo. Parecia estar oferecendo dinheiro para que ela fizesse isso. Ela não teve muita certeza, porque ficou perturbada, tão alarmada, que não acompanhou palavra por palavra. Mas não havia dúvida de que ele queria que ela alterasse o resultado do caso. A juíza me disse que encaminhará um pedido recusando-se a cuidar do assunto. Mas queria me informar primeiro porque estava disposta, caso necessário, a usar antes disso um grampo contra o Sr. Feaver.

Mesmo tentando se manter sério, Stan não conseguiu conter um sorriso diante da ironia.

Ele falou que Magda aceitara sua orientação. Além de se afastar do caso, ela não tomaria nenhuma atitude ou alertaria qualquer outra pessoa para permitir que o governo investigasse. Ela esperaria mais notícias da parte de Stan.

Sennett balançou o queixo para afrouxar o pescoço do aperto do colarinho, antes de se virar para Feaver, que estava ao lado.

– Ela é uma pessoa extraordinária – disse.

Robbie não se mexeu. Seus olhos sombrios permaneceram fixos em Sennett que, para seu crédito, não afastou o olhar.

– "Uma pessoa extraordinária"? – perguntou Robbie por fim. – Stan, você sabe como Magda Medzyck passou a noite depois que eu saí de lá? Você tem alguma ideia? Porque eu tenho. Eu estava lá, enterrando minha mãe ontem, e vi Magda, como uma visão, como se fosse na TV. Vi Magda a noite inteira naquela mesa da cozinha. Ela praticamente não se mexeu. Só se levantou uma vez. Para pegar seu terço. Ficou lá, implorando à mãe de Deus que lhe ajudasse a encontrar um pedacinho de si própria que pudesse prosseguir com o que restava de sua vida, só alguma fatia de sua alma, porque o resto fora engolido pela vergonha. – Em seguida ele se levantou. – "Uma pessoa extraordinária" – repetiu. Depois lançou um último olhar duro para Sennett, chutou meu cesto de lixo, pegou-o e o colocou na posição correta e saiu.

Stan demorou pouco tempo para se recuperar. Junto à minha porta, encostou os dedos num chapéu imaginário.

Achei seu comportamento estranhamente coerente com a experiência que eu tivera durante toda a vida com ele. Assim que eu me preparava para desistir de Stan, ele se redimia. Como promotor comum, mostrara toda a ternura de uma pedra lapidada, mas quando se tornou chefe interino da Promotoria, sob as ordens de Raymond Horgan, exibiu uma força monumental na reforma do departamento, e especialmente, no afrouxamento do aperto da força policial, com suas correntes políticas, sobre a Promotoria. Pouco antes de se casar com Nora Flinn, a mãe dela, esperando que o casal tivesse filhos, optou por revelar o fato de que não era portuguesa, como sempre dissera a Nora e ao seu irmão, e sim negra. Stan, pelo que eu soube, nem se abalou. Em vez disso, deu um apoio admirável, até mesmo um exemplo, ajudando Nora a aceitar não apenas sua raiva contra a mãe, mas aquilo que de mais feio escorre do coração da maioria dos americanos brancos na mesma situação. E quando, segundo o destino, mais tarde a idade impediu-os de conceber, foi Stan quem primeiro sugeriu adotar uma criança mestiça.

Nesse dia ele havia chegado ali, a montanha indo a Maomé, com a clara intenção de ser o que antigamente era chamado de Um Homem, sabendo que Feaver faria exatamente o que fez. Mesmo assim foi, não apenas para admitir um erro, não apenas para se desculpar com Robbie ou para admitir que minha contrariedade tivera sentido, mas para reconhecer que Feaver, dissimulado e comprometido como era, continuava sendo um hábil juiz de caráter. Sendo tão friamente objetivo quanto Stan, só poderíamos dizer que ele era melhor em entender princípios do que personalidades. Mas enquanto ele saía, esforçando-se ao máximo para parecer incólume, deixou para trás a ressalva de que permanecia sujeito à disciplina de suas próprias crenças.

NA QUINTA-FEIRA SEGUINTE, na semana anterior ao feriado do Memorial Day, Robbie retomou suas atividades. Voltou com Evon ao restaurante de Judith para entregar o dinheiro que Sherm exigira. Judith, que sem dúvida tivera uma briga implacável com o irmão, se recusou até mesmo a olhar para Robbie, mas o envelope foi para a gaveta da caixa registradora. Dessa vez, Amari e seus vigilantes tiveram mais sorte em rastrear o dinheiro. O próprio Crowthers chegou para almoçar à tarde e casualmente pegou com Judith o pequeno envelope branco, e manteve a mão baixada do lado do corpo enquanto conversava com o pessoal da cozinha. A primeira parada no tribunal, mesmo antes de ir para sua sala, fora na pequena sala de Kosic, adjacente à de Tuohey.

O grampo, ativado por pouco tempo, revelou pouco mais do que cumprimentos. Algo bateu na mesa, mas ninguém poderia dizer com certeza que era dinheiro. De algum modo Kosic já sabia a fonte do pagamento ou talvez, por cautela extrema, as fontes nunca fossem identificadas, porque nada foi dito a respeito.

Mas não havia dúvida de que Rollo tinha recebido uma parte. Não mais do que duas horas depois, Kosic pagou um jantar para Brendan no Shaver's, um restaurante fora de moda, não muito longe da casa deles. Um dos agentes de vigilância, sentado a apenas duas mesas de distância, vira Rollo colocar uma nota de 100 na capa de plástico em que a conta foi apresentada. O agente se aproximou imediatamente e perguntou se Kosic se importaria em trocar cinco notas de 20 pela de 100, alegando que queria mandar um cartão de formatura para seu sobrinho. Não apenas o número de série combinava com uma das notas que Robbie entregara a Judith antes, mas a impressão digital tirada pela perícia deixou todos os agentes convencidos, corretamente, de que era de Sherm. Kosic já não se encontrava muito longe de ser pego. E Crowthers estava totalmente enrascado. Não haveria como argumentar que qualquer coisa que Sherm tivesse dito a Robbie fosse apenas uma pilhéria. Apesar dos maus resultados com o grampo, Stan tinha confiança de que a juíza Winchell concordaria com trinta dias de escuta na sala de Kosic. Algo sobre Brendan certamente apareceria.

Naquela noite, Sennett passou essa informação para os agentes disfarçados, sem dúvida querendo inspirar todo o mundo à medida que entravam no estado crítico. Evon tinha voltado ao centro da cidade para comparecer à reunião, depois retornou ao seu apartamento.

Havia um grande espelho com moldura de vidro bisotado junto à porta do elevador no seu andar. Enquanto olhava com o jeito solene de sempre para seu reflexo, ela soube que havia algo de errado. Jamais poderia identificar o que era, mas quando virou a esquina do corredor estreito, viu a porta de seu apartamento aberta.

Foi pé ante pé até a parede, onde se encostou com o ombro junto ao portal do lado esquerdo, usando a palma da mão esquerda para abrir lentamente a porta. Pela centésima vez desde que Walter tinha contado a Robbie que Martin Carmody achava que ela era agente do FBI, sentiu falta de sua arma.

Ouviu alguém pigarrear do lado de dentro, e depois outra voz. Chame o pessoal da área, disse a si mesma, pensando na polícia do condado de Kindle. Volte e disque 911. Tinha um celular na bolsa. Mas era para isso que ela vivia. Os caras metidos a caubói, quando davam uma batida, iam sempre com tudo, apontando suas Magnum 44 na orelha de alguém e chamando-o de filho da puta, esperando que o sujeito se cagasse; ela jamais conseguira ver isso como um troféu, já que era preciso tolerar o fedor ao levar o pobre coitado para a delegacia. Mas para Evon todas as estradas levavam de volta ao dia do jogo, ao momento revelador de reação precisa. Ela adorava ganhar, adorava a si própria quando triunfava, do modo puro e descomprometido que transplantara da primeira parte de sua vida. Não chamaria a polícia local.

Já estava na metade do corredor da frente, esgueirando-se com as costas junto à parede. Recentemente estivera jogando *softball*, um jogo de domingo num parque ali perto, uma espécie de acontecimento do tipo "rapazes encontram moças"; mas muitos participantes competiam seriamente, e ela havia comprado na semana anterior um bastão de grafite preto, que continuava encostado num canto a pouco mais de um metro de onde ela se encontrava naquele momento, na sala de estar. Adiante, viu uma sombra se mexer. Grudou-se à parede e prendeu o fôlego. Vozes ressoaram mais uma vez. Tinha acabado de identificar a fonte quando um policial de meia-idade e barrigudo parou na extremidade do corredor e olhou-a de cima a baixo. Tinha nariz chato e uma aparência bastante alegre, apesar dos olhos, tão pequenos que mal expunham a parte branca. Ele estendeu a mão ao cinto para desligar o rádio.

– É a dona da casa? – perguntou.

– Mais ou menos. – Ela mostrou a chave.

– Recebi um chamado – disse ele. – Um roubo estava acontecendo. Mas acho que escaparam. Se você sair um momento, eu já termino. Vai levar um minuto. Ou então espere na cozinha. Eu já examinei lá.

Todo o apartamento tinha sido revirado. Armários, gavetas. O policial estava com uma lanterna e ia passando cuidadosamente por cima das gavetas do armário do quarto e de todo o conteúdo que havia sido jogado no tapete castanho. Ele era ágil, para um homem tão grande, para alguém de sua idade.

Na cozinha, a porta dos fundos estava escancarada. Nada havia de sutil. A tranca fora arrancada do reboco, deixando, mesmo naquele momento, um pó branco no ar e uma cratera na parede, na forma de um chapéu-coco. Um pedaço de papel de parede pendia, como se exaurido, e a aduela fora arrancada, revelando os pregos de três polegadas usados pelos carpinteiros. Pé de cabra, pensou ela, e ficou surpresa, ao ir até a porta, em ver a ferramenta do lado de fora, ainda encostada na escada de incêndio.

– O pé de cabra que eles usaram ainda está na varanda de trás – gritou. – Talvez o senhor queira para pegar impressões digitais.

O policial tinha voltado para a sala de estar. Ele olhou para o quarto procurando algo e demorou a responder.

– Não se consegue muito com esse tipo de superfície. Mas vou levar.

Na cozinha, uma sacola de plástico vazia, de supermercado, estava sobre o balcão. Ele perguntou se poderia levá-la, e usou-a para pegar o pé de cabra. Colocou-o sobre a bancada de fórmica do café da manhã, pegou um minúsculo caderno espiral no bolso de trás e perguntou o nome dela e a data de nascimento. Por um segundo ela ficou em pânico até lembrar que as datas de nascimento coincidiam, a de Evon Miller e a dela.

– Provavelmente eram garotos – disse o policial. – Não parece muito profissional o modo como eles trabalharam naquela parede. Deve ter sido uma bagunça só. Há algo especial que eles poderiam querer com você? – Ela balançou a cabeça em silêncio. Mas a pergunta deixou-a inquieta. Provavelmente eram garotos, disse a si mesma. Perguntou se poderia ver se faltava algo.

– A televisão ainda está aí. Parece que a maior parte dos objetos grandes continua no lugar. Eu devo ter assustado os caras. Mas Deus sabe o que eles podem ter levado nos bolsos. Provavelmente você vai levar dias até descobrir o que está faltando. Mas vá em frente, olhe. Algum objeto de valor pode aparecer no North End. É bom saber disso.

Ela andou pelo apartamento. O estrago era perturbador. Todas as portas de armários estavam abertas. Tinham revirado seu quarto com uma velocidade espantosa, provavelmente procurando joias.

Todos os vestidos estavam fora dos cabides, e quase todos os bolsos tinham sido virados ao contrário. Uma pequena caixa de joias em sua escrivaninha fora virada de cabeça para baixo, e o conteúdo estava espalhado pelo quarto. Ela jamais saberia o que faltava, mas de qualquer modo era tudo bijuteria falsa, que o pessoal da mudança havia trazido. Até sua cama fora desarrumada. A colcha e as cobertas tinham sido arrancadas, e agora o colchão estava torto sobre as molas. O espaço debaixo do colchão é um esconderijo de rotina, apesar das piadas. Provavelmente tinham sido garotos, disse de novo a si mesma.

Quando ela passara a trabalhar sob disfarce, o pessoal da mudança lhe dera a opção de manter as credenciais do FBI. Era uma medida para situações extremas, caso a situação ficasse ruim. Mas se um namorado curioso a encontrasse, o mais provável é que seu disfarce fosse para o espaço. Essa havia sido a explicação do líder do grupo, Dorville. Muitos agentes disfarçados no mundo da droga, do roubo, mantinham suas credenciais, porque tinham a probabilidade de ser presos. Mas ela não visualizara essa necessidade e agora sentia-se aliviada por ter tomado a decisão de tê-las dispensado. Até mesmo sua arma, por mais que ela sentisse falta, poderia ter sido um problema. Finalmente, viu a lógica.

Voltou para a sala. As gavetas de uma mesinha pequena tinham sido arrancadas. Ela estivera ditando o 302 do dia antes de sair de casa e revirou o que estava no chão, procurando seu gravador. Havia sumido. Bem como os microcassetes de reserva que estavam também na gaveta. Que ela se lembrasse, ainda não havia muita coisa na gravação: o número do caso, sua voz referindo-se a si própria como "Agente abaixo assinada". Mesmo assim, em mãos erradas, aquele cassete poderia identificá-la.

– Sumiu alguma coisa? – gritou o policial.

– É difícil dizer. – Havia tanta bagunça, tantos objetos jogados por todos os lados, que ela sabia que o gravador e as fitas ainda poderiam estar ali. Revirou roupas, livros, CDs pelo chão. Foi para o quarto e começou a examiná-lo sistematicamente.

Na sala de estar, encontrou o gravador, mas a fita do dia tinha sido retirada. Esperançosa, procurou na bolsa, mas o microcassete não estava na bolsinha onde ela costumava colocá-lo ao terminar. Medindo 5 centímetros por 2,5, o cassete seria algo fácil de perder. Acabaria aparecendo, disse a si mesma.

Andou pelo apartamento mais uma vez, examinando tudo. Nada mais parecia ter sumido. Então percebeu que um cartão de aniversário que ela escrevera para a mãe, lacrado num envelope branco e endereçado, também fora retirado da mesa. O medo fluoresceu escuro perto de seu coração. Ela o assinara "DeDe".

Mesmo assim, isso era nada; quem poderia deduzir algo a partir de DeDe? Só Martin Carmody, pensou. E Walter.

À medida que a ansiedade se intensificava, Evon ainda alimentou-a. Será que garotos deixariam de lado os CDs e levariam um cartão de aniversário? Será que levariam as fitas e não o gravador? Por isso os bolsos de sua roupa tinham sido revirados, por isso sua cama tinha sido desarrumada. A informação de Carmody finalmente fechara o círculo, indo de Walter para alguém que tinha algum interesse.

O policial estava pronto para ir embora. Ele parou para pegar o quepe na mesinha de centro. Nesse momento, o canto branco de um envelope apareceu no bolso de trás dele, e Evon prendeu o fôlego.

Muitas coisas eram postas em envelopes, disse a si mesma. Muita gente carregava coisas nos bolsos de trás. Mas ela se lembrou de todos os alertas de Robbie a respeito das antigas conexões de Brendan com a polícia. Os chefões, quase todos, eram colegas de Brendan. Ele servira na polícia com grande parte dos comandantes da área e cultivara os outros durante anos. Na verdade, Milacki ainda estava no cargo.

– Como foi que o senhor recebeu o chamado? – perguntou Evon, tentando parecer casual.

O policial passou a mão grossa sobre a boca.

– Acho que foi um dos vizinhos.

– O senhor sabe qual? Eu gostaria de agradecer.

– Não. Foi só o 911. Vim direto para cá, você sabe como é. – Ele estava olhando pela sala como se tivesse esquecido algo. Talvez não quisesse encará-la. Ou talvez já estivesse se perguntando o que dera a dica a ela.

Evon tinha voltado para a janela da frente e olhou pelas minipersianas em direção à avenida. Não havia radiopatrulha do lado de fora.

– Foi uma tremenda surpresa encontrar o senhor aqui – disse ela. – Eu nem vi um carro de polícia do lado de fora.

O policial olhou-a com uma objetividade súbita. Seus olhos minúsculos haviam se endurecido e ela xingou a si mesma. Era o mesmo que ter entregado um bilhete ao sujeito, dizendo que ele fora descoberto. E, como um morcego voando de repente pela sala, Evon percebeu abruptamente que aquele homem estava avaliando a ideia de matá-la. Não era necessariamente algo que ele quisesse fazer. Só que ele nunca considerara de fato essa alternativa. Mas se ela passasse uma mensagem para o Bureau pedindo ajuda, se eles lhe dessem uma busca e encontrassem o cartão e as fitas do gravador em seus bolsos, a vida dele estaria acabada. Havia um revólver 38 Smith & Wesson, Chief Special, na cintura dele. E o policial poderia usar qualquer desculpa: ela entrou sem avisar, ele confundiu-a com outro bandido.

– Você conhece o velho truque – disse o homem por fim. – Venha a pé. Eu não queria que o bandido visse um carro da polícia. – Ele manteve o rosto rosado meio desviado, verificando com um dos olhos para ver como aquilo era recebido. – Em que tipo de polícia você trabalha?

– Eu?

– Você parece que sabe o que está fazendo. Com as impressões digitais, e tudo o mais. O modo como estava se arrastando encostada na parede.

Pela primeira vez ela notou o crachá com o nome dele acima do bolso. Dimonte. Mas afinal, podia nem ser dele.

– Eu só assisto muita TV.

Com isso ela conseguiu um riso, ainda que meio formal. Queria desesperadamente esfriar aquele sujeito, deixá-lo à vontade. Já era ruim que estivessem vasculhando-a, mas seria ainda pior se percebessem que ela sabia. Foi ao seu armário na cozinha. Também estava aberto. A vodca estava na parte da frente da prateleira. Será que tinha deixado ali? Alguém que tentasse descobrir seu disfarce procuraria bebida alcoólica. Ela trouxe a garrafa, junto com uma caixa de biscoitos, e ofereceu-as a Dimonte.

– Não no serviço, moça. De qualquer modo, eu sou mais de beber cerveja. Prazeres de homem pobre.

Ela se desculpou por causa da garrafa. Disse que o namorado tinha comprado. Ela mesma não bebia álcool, devido ao modo como foi criada.

– Metodista? – perguntou o policial.

– Não, não. Mórmon. Igreja de Jesus Cristo dos Santos dos Últimos Dias.

Ele balançou a cabeça, demonstrando que jamais tinha ouvido falar.

– Cada um na sua – disse ele. Em seguida, olhou-a mais uma vez, sem dúvida ainda ponderando. Depois, não vendo mal algum, estendeu a mão e pegou um biscoito.

Saiu logo depois. Evon agradeceu profusamente, e ele levou a mão ao quepe. Ela se encostou na porta de aço pintado do apartamento logo depois de fechar. Houvera um minuto ruim. Seus joelhos estavam latejando. De volta à cozinha, encontrou o pé de cabra, ainda sobre o balcão, na sacola com o logotipo do supermercado. Mas isso fazia sentido. O policial Dimonte já encontrara todas as provas de que precisava.

Sennett não queria acreditar.

– Um cartão de aniversário? – perguntou. – Se eu fosse um ladrão, poderia levar um cartão de aniversário. Talvez houvesse uma nota de 20 lá dentro.

Mas Joe Amari arranjara agentes do Departamento de Inteligência do condado de Kindle que trabalhavam regularmente com o pessoal do local, para desvendar o significado. Na área seis, Dimonte preenchera um relatório dizendo que respondera à denúncia de um roubo que estava acontecendo. Mas o pessoal de Joe havia apanhado uma cópia das fitas do 911 e vários técnicos tinham ouvido todas as 12 trilhas. Não havia qualquer anúncio de invasão de domicílio em DuSable entre 20 e 22 horas.

McManis conhecia Sennett suficientemente bem para perceber que ele teria de ouvir essa notícia diretamente. Grandalhão, mas ágil,

Joe sentou-se calmamente na extremidade da mesa e fez o relatório. Sennett começou a especular sobre o motivo pelo qual a chamada poderia não ter sido gravada, e Amari perdeu a paciência.

– Stan, ninguém manda uma unidade, quanto mais um carro com um homem só, reagir a um roubo que está acontecendo. Desse jeito, policiais acabam sendo mortos. E, pelo que Evon diz, esse sacana já estava bastante desconfiado. – Amari, que raramente era reticente em suas opiniões, enfiou o queixo no peito e deu a Sennett toda a medida de seus olhos castanhos e solenes. – Encare a situação, Stan. Os caras estão em cima dela. Eles têm a fita do gravador. E sabem que Carmody disse que andou transando com uma agente do FBI chamada DeDe, e esse é o nome que está no cartão.

A luz fraca de uma manhã chuvosa entrava na sala de reuniões através das janelas abertas. Tentando absorver aquilo, Sennett batia o dedo médio ritmicamente no pequeno "o" escuro que fez com os lábios.

Stan tinha seu ponto de vista. Iria arrebanhar cada advogado e juiz corrupto da cidade. Usaria todos os equipamentos tecnológicos à disposição da lei e abriria um processo contra cada um deles, dúzias, talvez uma centena. Iria guiá-los como um rebanho de gado marcado pela Marshall Avenue à vista do mundo, andando de cabeça baixa enquanto iam na direção do matadouro pessoal de Stan no prédio federal. E à frente daquela legião de desgraçados estaria Brendan Tuohey, o sujeito que todo mundo dizia que Sennett jamais iria pegar. E agora não pegaria. Os bandidos estavam em alerta.

Por fim, virou-se para Evon e perguntou o que ela pensava.

– Eu gostaria de ficar no trabalho – respondeu ela.

Do outro lado da mesa, o sorriso de McManis era quase doce.

– Nós sabemos disso, Evon. Todos sabemos. Mas o chefe quer sua opinião. Você esteve lá. Você acha que se queimou?

Ela poderia ter embromado Sennett, mas jamais embromaria McManis. Acreditava nas mesmas verdades que ele.

– Fui cremada – respondeu.

Até Sennett conseguiu sorrir. Levantou-se e andou pela sala durante algum tempo enquanto avaliava a verdadeira questão. O que fariam agora? Todo mundo estava ali no suspense de sempre. As buzinas e o rumor do tráfego na avenida chegavam até ali. Subitamente, Sennett encarou-os com um sorriso vago e a cabeça no mesmo ângulo inquisidor praticado pela maioria dos mamíferos.

– E se nós *continuarmos* com isto? Presumam que eles saibam que ela é do FBI. Não podemos não presumir. Mas quem diz que eles sabem o que ela está fazendo? Talvez Robbie seja o sujeito sob o microscópio, o que ela está investigando. – Impulsionado no ímpeto dessa ideia, Sennett ficara feliz de novo. Ninguém mais parecia ver o que lhe agradava. – Desse jeito, podemos ter uma mira limpa apontada para Sennett. Robbie acha que está com um espião do FBI em seu escritório. Então vai pedir conselho a Brendan: o que eu devo fazer? Sabendo quem ele é, Tuohey não pode se dar ao luxo de não alertá-lo.

Evon sempre sentira uma admiração relutante por essa característica de Sennett. Ele era como uma broca que continuava girando independentemente da dureza da superfície que deveria penetrar.

McManis falou depois de um minuto.

– Você quer fazer isso enquanto Evon ainda estiver trabalhando no escritório de Robbie?

– Por que não?

– Esses caras têm muitos meios, Stan. Eles mostraram isso ontem à noite.

– Evon é uma mulher adulta. – Sennett abriu a palma da mão na direção dela. McManis, que já ouvira a frase antes, fez uma careta, depois lançou um olhar para Amari, que também balançou a cabeça negativamente. Stan continuou seu discurso. Depois de todo o trabalho, de todos os meses, eles tinham de partir para cima de Brendan. E ela precisava permanecer no lugar para dar credibilidade a Robbie enquanto ele ia perguntar a Tuohey o que deveria fazer. O fato de ela ainda estar lá significaria que Evon, e o Bureau, não suspeitavam quem contratara o policial Dimonte, tampouco tinham percebido que ela fora descoberta.

– Stan – disse McManis. – Esses caras não têm falta de hormônios. Há uma verdadeira chance de que tomem uma atitude.

– Tanto melhor – respondeu Sennett animado. Em alguns momentos, era chocante ver como Stan pouco se importava se as pessoas gostavam ou não dele. Sua lógica era de sangue-frio. Se Robbie fosse procurar Brendan na segunda-feira, e se na terça descobrissem algum vagabundo cortando os freios do carro de Evon, isso fecharia o círculo, garantiria o processo. Jim, sempre no domínio de suas emoções, estava visivelmente chocado. Seus lábios se abriram uma ou duas vezes antes de ele falar.

– Eu não faço armadilhas usando agentes como isca. Não se puder evitar. E o UCORC também não.

– Jim, eu posso lidar com isso – disse Evon.

Os olhos de McManis alcançaram-na sem o menor movimento de cabeça. Evon estava deslocada. Ele fechou a pasta de papelão que tinha diante de si e disse que precisava de algum tempo com Stan. Evon e Amari saíram juntos rapidamente.

– Coisa grande – disse Shirley atrás da mesa de carvalho da recepção. Evon havia se sentado diante dela. Gorducha e confiavelmente alegre, na vida real Shirley fora da polícia estadual antes de entrar para o Bureau. Nem ela nem os outros agentes disfarçados sabiam exatamente o que acontecera na noite anterior, mas todos pareciam sentir que algo se aproximava. Klecker surgiu vindo do outro lado do cômodo.

– *¿Qué pasa*? – perguntou ele.

Evon balançou a cabeça como se não soubesse.

McManis saiu depois de dez minutos e sinalizou para que ela entrasse em sua sala. O pessoal da mudança havia decorado o lugar com uma concessão mínima aos gostos dele. Havia fotos das montanhas Blue Ridge, na Virgínia, sobre as paredes forradas de lambri. As supostas lembranças de toda uma vida estavam nas prateleiras do escritório. Ele tinha uma carta de elogio do presidente da Moreland Insurance, em bronze e com moldura de latão, e um moitão de estanho, de seus velhos dias como velejador. Também havia uma fotografia autografada de Mike Schmidt, dedicada a "Jim". O autógrafo era falso, mas McManis confessara a Evon que sua família, mulher e filhos, estavam em alguma parte da foto, provavelmente, supôs ela, nos bancos do estádio. A única outra coisa que Evon sabia sobre Jim é que ele fora chefe de escoteiros. E que pelo menos um de seus filhos também era. Ele tinha dito algo a respeito numa festa.

McManis sentou-se, depois pensou em algo e levantou-se para fechar as persianas. A partir de então presumiriam que Tuohey estava com uma operação de contravigilância em força total. Jim inclinou-se na mesa do lado dela. Antes que ele começasse, Evon soube que iria pressionar, e começou a tentar convencê-lo do contrário antes que ele pudesse encontrar palavras.

– Jim, eu sei o que estou fazendo.

– A escolha não é sua.

– Você pode colocar todo o esquadrão de vigilância atrás de mim.

– DeDe... – Ele não a havia chamado assim desde o dia em que a conhecera em DesMoines. – Nós *estávamos* vigiando você. E esse sacana passou direto pelos agentes. Temos sorte de ele não tê-la matado. Na próxima vez em que a pegarem, vão ser caras com máscaras de esqui espancando você a noite inteira para descobrir o que nós sabemos.

– Então certifique-se de que eu tenha companhia. Vinte e quatro horas por dia. Mande Shirley ir morar comigo, e eu posso me mudar agora. Estarei em segurança, Jim. Sei o que estou fazendo.

– Não, não sabe – disse McManis, mas sorrindo gentilmente outra vez, como antes. Com admiração. Em alguns momentos, Evon se surpreendia ao perceber o quanto Jim gostava dela. Gostara dela desde o início.

Evon implorou. Ele tinha mais mil objeções. Com relação ao UCORC e à viabilidade do plano de Sennett. Mas dava para ver que estava cedendo.

– Jim, todos nós merecemos dar o golpe contra Tuohey. Eu mereço. Você merece. Sennett merece. Não podemos parar aqui. – Ela estava quase desesperada com esse pensamento. Como poderia simplesmente voltar para DesMoines? Para os ladrões de bancos, o coro da igreja e o desejo de arranjar um gato novo? – Estou falando sério, Jim. – Em seguida, emitiu uma de suas raras tentativas de humor, uma piada que na verdade não era piada: – Eu sou Evon Miller.

Junho

33

No reduzido monitor granuloso preto e branco que olhávamos, o meritíssimo Brendan Tuohey, juiz-presidente da Vara Cível do Tribunal Superior do condado de Kindle tinha um bigode de açúcar de confeiteiro quando surgiu na imagem. A transmissão havia tremido enquanto Robbie entrava no restaurante, dando os cumprimentos matinais, com o brio característico, ao dono e vários funcionários. Ao chegar à mesa de Tuohey, aparentemente pousara a pasta com a câmera numa cadeira extra, ou talvez numa mesa ao lado. Qualquer que fosse o lugar, dava uma imagem bem enquadrada dos três homens com quem ele estava se reunindo.

O Paddywacks era outra instituição venerável do condado de Kindle. Seu apelo não estava na decoração exagerada, com enfeites de latão, bancos estofados e pisos que eram lavados uma vez por semana. Em vez disso, o lugar era conhecido pelos omeletes gargantuescos e pela clientela da manhã, que incluía pessoas importantes do condado: autoridades, figurões do partido – e as figuras que gostavam da oportunidade de se misturar com eles. Enquanto vivo, Augie Bolcarro aparecera ali pelo menos uma vez por semana, e Toots Nuccio, o octogenário intermediário entre a polícia e os mafiosos, tinha uma mesa grande no canto, onde todos os dias fazia a corte com seus muitos vassalos na política e no crime organizado. No mundo do Democratics Farmers & Union Party, onde os valores da classe trabalhadora ainda proibiam uma ostentação muito aberta, um dos sinais mais confiáveis de status era se o proprietário, Plato, liberava a corda de veludo vermelho com que restringia a passagem comum e o chamava para uma mesa assim que se chegava.

Do furgão de vigilância estacionado do outro lado da avenida, diante das portas de vidro do Paddywacks, Sennett, McManis e eu, como as bruxas do *Macbeth* ao redor do caldeirão, víamos as imagens em preto e branco dançarem no monitor. O jogo de adivinhação sobre o que o pessoal de Tuohey sabia a respeito de Evon deixou todo mundo inseguro sobre como poderiam reagir a Robbie. Ele poderia encontrar qualquer coisa: uma bronca, indiferença ou algum drama preconcebido destinado a revelar a inocência deles. Amari e vários agentes locais circulavam pelo tráfego moderado da manhã, com silêncio de rádio, mas conectados para qualquer emergência. Dependendo das reviravoltas na conversa, Stan estava preparado para reagir com a vigilância, ou mesmo, na sua fantasia, com uma invasão.

Eu fora ver Robbie na sexta-feira para lhe dizer o que seria necessário nesse dia. Ficamos sentados na sala de estar de um branco perfeito, que fora rearrumada para os dias de visita após a morte de sua mãe. Robbie continuava preso àquele humor retrospectivo e, sem muito esforço, sua conversa vagueou para as lembranças que ele tinha de Tuohey na infância, e que permaneciam intensas.

Faminto com relação aos homens, aos cheiros deles, ao comportamento deles, à sua companhia e seu exemplo, Robbie amava o tio de Mort mais do que o próprio Mort. Tinha a permissão de chamá-lo de tio Brendan. E apesar de o domingo ser o único dia que Robbie podia passar inteiro com a mãe, ele raramente perdia um dos jantares quando Tuohey aparecia à mesa de sua irmã. Na época, Brendan ainda era policial. Com sua arma e seu uniforme azul de patrulheiro, parecia tão imponente e heroico a Robbie quanto Roy Rogers, e era recebido com um deleite ruidoso pelos meninos quando chegava à porta da casa dos Dinnerstein. Depois do jantar, ele deixava Mort e Robbie galoparem pela casa usando seu quepe pesado com a faixa prateada na borda da aba. Ocasionalmente até mesmo abria o coldre preto do quadril, esvaziava o revólver e deixava os meninos segurarem a arma e inspecionarem as balas dundum com cartucho de latão, que ele colocava em pé na beira da mesa de jantar, cada uma com um corte letal escuro e profundo na ponta de chumbo.

– Mesmo naquela época – disse-me Robbie – eu tinha medo de Brendan. Era preciso ter. Havia algo que saía dele, como um cheiro.

Dava para ver que ele não gostava inteiramente de ninguém, que fingia com todo o mundo, menos com a irmã.

As histórias que ele gostava de contar eram das situações barras-pesadas na rua, arrochando algum negro desbocado que ele havia encontrado num beco.

Algumas vezes, nos domingos, Estelle também ia com Robbie para o jantar. Durante um período, segundo ele, ela pareceu ter se interessado um pouco por Brendan, e Robbie podia até mesmo se lembrar de uma esperança infantil de que Brendan iria se tornar seu padrasto. Mas Estelle era uma década mais velha, e realmente não interessava a Brendan, e a mãe de Robbie, por sua vez, acharia mais provável se casar com um macaco do que com um gentio. Sempre voltava para casa falando de como Tuohey e Sheilah bebiam, lamentando com espanto o fato de o pai de Mort, Arthur Dinnerstein, suportar aquilo. Para Robbie, fascinado por Brendan, aquelas críticas eram incompreensíveis.

Por fim, Estelle deixou de acompanhar o filho. Brendan passou no exame para exercer a advocacia, entrou para a Promotoria e apareceu no domingo vestindo o terno que tinha usado na igreja, em vez de o uniforme da polícia.

– O negócio foi por água abaixo – disse Robbie. Algo tinha dado errado. Ele não foi específico, mas seus olhos se congelaram no passado, golpeados num momento curtíssimo por um arrependimento evidente. Em seguida, ele voltou-se para mim com um olhar demorado e sombrio.

– Então, o que você acha, George? É só um papo idiota quando eu falo que Brendan pode acabar comigo?

Eu não achava idiota. Havia alguns incentivos práticos. Se o carro de Robbie explodisse, se ele fosse atropelado por um automóvel a toda velocidade, se seus restos fossem encontrados nos penhascos ao longo do rio, Tuohey teria uma vantagem incomensurável, não tanto porque Robbie não estaria mais disponível como testemunha, mas porque qualquer outra pessoa prestes a virar a casaca pensaria várias vezes.

Mas em 25 anos de profissão eu só tivera um cliente que descobrira ser fatal mudar de lado. John Collegio era executivo de uma empresa de petróleo que na juventude jogava bola com a bandidagem, e após ter subido na carreira foi reclamar com o governo sobre o modo como a gasolina era distribuída, dizendo que as empresas ligadas à máfia recebiam os primeiros suprimentos. Foi morto com um tiro de espingarda quando atendeu à porta de sua casa na hora do jantar. Mas, dentro da máfia, isso teria acontecido sob a rubrica de assuntos internos. Eles raramente alvejavam civis.

No geral, matar uma testemunha federal era uma ideia muito ruim. O FBI não aceitava com tranquilidade. Como uma ameaça a todo o processo, isso ficava logo abaixo de matar um agente, um promotor ou um juiz. Por esse motivo, o fato provocaria uma reação que faria os esforços colocados no Projeto Petros parecerem coisa pequena. A verdade era que, se Robbie iria ter um problema, o mais provável era que isso acontecesse depois, na prisão. Ele iria para uma das prisões federais – Sandstone, Oxford ou Eglin, na Flórida, – onde os internos jogavam golfe e tênis depois do trabalho. Nos velhos tempos, antes de Reagan e Bush terem federalizado os crimes de rua, isso não era realmente uma preocupação para alguém como Robbie. O pior dano que outro interno poderia infligir era ganhar de você no jogo de baralho. Mas havia então muitos bandidos nos campos de trabalho federais, traficantes que estavam lá dentro por ofensas limpas como lavagem de dinheiro, o único crime que o governo poderia provar. Garotos irresponsáveis, fanfarrões, sem futuro, tinham matado antes e se saído bem com isso, e fariam de novo pela farra ou pelo preço certo. Robbie teria de cumprir sua pena segregado e, mesmo assim, vigiar as costas. Mas eu sempre considerara remota a chance de que Brendan orquestrasse algo na rua, agora.

Robbie olhou pela janela, em direção às casas enormes de seus vizinhos e aos gramados bem-cuidados, refletindo sobre minha opinião de que ele deveria ficar tranquilo.

– Independentemente de como você avalie isso, o melhor para mim é entregá-lo. Certo? Ir lá e pegá-lo. A coisa inteira desmorona. – Robbie pensara nisso com clareza. Estaria mais seguro no dia em que Brendan fosse indiciado e arrancado das alavancas do poder.

Assim, Robbie tinha um ar de decisão quando nós nos encontramos às 5 horas da manhã para repassar a situação. Em seguida, ele fora andando sozinho até o Paddywacks, enquanto nós ocupávamos o posto do outro lado da rua. Ele estava com a elegante capa de chuva italiana, que chegava até o tornozelo e era fechada no pescoço, apesar de o dia não estar particularmente frio.

Fora fácil encontrar Brendan. Seus rituais matutinos eram invariáveis. Às 5 horas da manhã comparecia à missa na catedral de St. Mary, um dos poucos homens entre as velhas beatas. Depois se juntava a Rollo Kosic e a Sig Milacki ali no Paddywacks, onde Plato costumava abrir as portas para eles muito antes que a multidão usual para o café da manhã de gala chegasse. Os três sentavam-se numa pequena mesa redonda perto das janelas, onde Brendan, mestre das relações-públicas, podia fazer sua saudação aos muitos cidadãos importantes que se aproximavam da porta da frente. Quando me virei no banco do furgão, pude vê-los claramente através das estrias pálidas da janela em forma de bolha, que só permitia ver de dentro para fora. Milacki batia papo, Brendan parecia estar se divertindo, enquanto Kosic primeiro terminou seu desjejum, depois ficou olhando para o cigarro que se queimava.

Com a chegada de Robbie, Tuohey deu um leve sorriso indicando a bagunça que havia feito, deixando o bolinho, ainda inchado de geleia escura, no prato à sua frente. Em seguida, limpou-se cuidadosamente com o guardanapo antes de estender uma das mãos para Robbie. Kosic e Milacki cumprimentaram, e Milacki afastou sua cadeira para deixar que Robbie se juntasse a eles; mas, em vez disso, pensando na câmera, Robbie foi para a extremidade oposta. Passavam poucos minutos das 6 horas, e ao fundo duas garçonetes de uniforme branco estavam na área de fumantes, a pouca distância da mesa de Tuohey, batendo papo antes do início da agitação. Era a manhã de terça-feira depois do feriado do Memorial Day, e apesar do barulho ocasional dos pratos e dos gritos vindos da cozinha, o restaurante, na transmissão do FoxBIte, parecia bem calmo, enquanto o mundo retomava devagar o ritmo depois do feriado.

– Nós estávamos acabando de falar coisas boas sobre o pobre Wally – disse Tuohey.

Robbie não entendeu.

– Wunsch – disse Milacki. – Você não ouviu? Câncer?

Walter fora diagnosticado na semana anterior com câncer no pâncreas. No furgão, Sennett gemeu ao ouvir a notícia. Era difícil condenar um homem que não tinha esperança de sobreviver.

– O médico lhe deu seis meses com quimioterapia e a merda toda – disse Milacki. – Wally disse que a mulher dele já está marcando os dias no calendário. Isso a gente tem de admitir. O sujeito é uma força. Sempre pareceu infeliz, e isso não piorou nada.

O pensamento na mortalidade levou a conversa para a mãe de Robbie. Tuohey e Kosic tinham ido rapidamente à casa dele na semana anterior, para dar os pêsames. Era um gesto previsível vindo de Tuohey, que gostava de ocasiões cerimoniais, mas naquele momento Robbie exprimiu untuosamente seu agradecimento.

– Por nada, Robbie. Hoje de manhã acendi uma vela para a sua mãe. Juro por Deus. Estelle era uma grande dama. Eu estive pensando em vocês dois, meu filho. – Na imagem do monitor, como uma paisagem vista através de um vidro molhado de chuva, Brendan ergueu gentilmente a mão na direção de Robbie e aproveitou a ocasião para dar mais conselhos. Com a mãe de Mort, Tuohey nascera na Irlanda e imigrou aos 5 anos. De vez em quando, em sua fala ainda era possível distinguirem-se os leves ecos de um sotaque. – Agora você está num caminho difícil, Robbie. Sabemos disso. Com o que aconteceu com sua mãe, e Rainey numa situação tão difícil. Mas você precisa manter a fé. Eu ainda lembro do dia em que perdi minha mãe, como se fosse ontem. O melhor consolo é a oração. – Brendan apontava-lhe seu dedo comprido e nodoso.

Milacki, volúvel na apreciação das muitas devoções de Brendan, murmurou amém. Enquanto isso Robbie viu sua abertura.

– Que merda, juiz, eu estou rezando, mas não do jeito que o senhor pensa. – Sua cadeira raspou no chão quando ele se aproximou e se inclinou sobre a mesa. Como o atraso causado por uma fita amassada, a imagem correu alguns milissegundos à frente do sussurro enquanto Robbie contava sobre Evon. Sennett quisera que ele tentasse encontrar Tuohey sozinho, mas Robbie disse que Brendan estaria muito mais relaxado na presença segura de seus capangas. Ao se inclinar, Robbie cortou um pouco do ângulo da câmera, e eu me virei de novo para a bolha, onde percebi que era quase divertida a visão de quatro cabeças reunidas numa conspiração tão clara através da janela da frente. A vida, geralmente tão sutil em suas texturas, nos deixa de vez em quando desarmados em sua ostensividade. Menos de 30 centímetros separavam os cocurutos – a cabeça grisalha e bem-penteada de Brendan, o penteado gorduroso de Milacki, Rollo naquele momento ajeitando o cabelo ralo, cada um deles se inclinava para Robbie enquanto a história ficava mais calamitosa.

Ele descreveu o que Walter dissera sobre Carmody. A garota tinha rido daquilo, e consequentemente ele não levara a sério. Mas a história começou a corroê-lo, e na semana seguinte, como se fosse um jogo, pedira que ela deixasse sua secretária revistá-la no banheiro, em busca de um microfone. Ela havia se recusado, e concordou no dia seguinte, quando a secretária, previsivelmente, não encontrou nada. Mas a assistente estava ficando desconfiada. Seu apartamento tinha sido roubado na semana anterior, e ela chegara ao escritório na sexta-feira frenética. Passara quase uma hora revistando o cubículo, perguntando às colegas se elas tinham visto algumas fitas de gravador. O problema, segundo Feaver, era que ninguém no escritório usava um gravador daquele tipo; o sistema deles exigia cassetes diferentes. O que ela estaria fazendo com seu próprio gravador?

– Quero dizer, meu Deus, será que os agentes do FBI são desse jeito? – perguntou ele. – Que diabo, essa garota estava se enfiando dentro do meu saco de dormir.

– Isso significa que ela certamente é do governo – sussurrou Milacki. Todo o mundo na mesa gargalhou, até Kosic. Parecera uma piada à custa de Robbie, particularmente considerando-se a fonte. Robusto, barrigudo, policial à paisana da delegacia central, Milacki sempre se divertia. Usava um penteado fora de moda, com as laterais puxadas para trás, onde as trilhas do pente eram marcadas com precisão na vaselina.

Milacki fora parceiro de Brendan durante o breve tempo em que ele trabalhava na rua. Tuohey não permaneceu como patrulheiro durante muito tempo mas, como todos os velhos soldados, ficara nostálgico do período de fortaleza e coragem, e carregava Milacki como um emblema duradouro. Robbie dissera que até então já ouvira um relato de praticamente todos os dias em que os dois eram do esquadrão 4221. Durante os anos de Tuohey na Vara Criminal, Milacki fora destacado pela polícia para chefiar a Seção de Mandados, perdendo os mandados de prisão que Brendan queria ver destruídos, geralmente em benefício de seus colegas mafiosos. Num daqueles arranjos misteriosos que ninguém de fora da polícia jamais poderia entender, quando Tuohey passara para a Vara Cível, Milacki fora com ele. Continuou como policial, para poder receber a pensão, mas agora estava designado diretamente para a sala do juiz-presidente como elemento de ligação com o pessoal do xerife no tribunal. Na realidade, cumpria as ordens de Brendan. Tudo, desde andar com ele num Buick preto da polícia até passar telefonemas como os que Robbie dava de vez em quando, destinados a designar certos processos como "especiais".

Agora Milacki insistiu que não estava brincando. Disse que tinha ouvido montes de histórias. Uma das artimanhas prediletas dos agentes disfarçados, especialmente os do sexo feminino, era dormir com os suspeitos para se estabelecerem como confiáveis. Claro que negavam isso no tribunal. Era como os policiais que se fingiam de clientes de prostitutas e diziam que tinham anunciado qual era o seu posto antes do boquete, e não depois. Os quatro homens gargalharam disso também.

Depois de um tempo, Robbie perguntou de novo o que deveria fazer.

– Despeça-a – disse Milacki. Tuohey e Kosic mantiveram-se pétreos, como se Milacki não tivesse feito a observação. Olhando a fita depois, tive a forte impressão de que Milacki sabia menos a respeito de Evon do que os outros dois. Robbie, como sempre, manteve-se no papel e humildemente virou-se para Tuohey, para confirmar o conselho de Milacki.

– Se você tem uma funcionária em quem não confia, provavelmente é sensato pensar em despedi-la. – Num gesto mínimo

Brendam elevou os ombros magros. O pensamento não era nem um pouco revolucionário.

– Mas vai parecer que sou culpado se eu despedi-la? Ela sabe que eu estou desconfiado porque falei com ela depois da conversa com Walter. Quero dizer, eu fico pensando, será que há algo que eu posso fazer para desviar a atenção dela?

Tuohey era comprido e magro, mas de rosto agradável. Diante da última observação, recuou um pouco. A cabeça grisalha se levantou, e era possível ver no monitor que ele estava avaliando Feaver.

– Robbie, essas são perguntas que eu acho melhor você fazer a si próprio.

– Bom, eu pensei que você ficaria preocupado.

– Eu *pareço* preocupado? A gente não deve estampar os problemas na cara, Robbie.

– Bom, juiz, nós dois nunca falamos de coisas...

– E não deveríamos começar agora. – Tuohey fez uma pausa e depois soltou um riso curto e exasperado. – Robbie, vocês dois já não têm mais idade para eu ficar cuidando de vocês o tempo todo. Não posso ligar para a delegacia como fiz quando você e Morton tinham 14 anos e roubaram revistas de sacanagem.

– Bom, isso não tem a ver com mulheres nuas, Brendan. Você sabe disso.

– Sei? Não sei. Como eu saberia, Robbie? Eu não fico rastreando o que você faz ou não faz. Não posso. Você aparece no meu tribunal. Entende como eu devo me comportar. Se você fez algo que o está deixando apavorado, sinto muito, Robbie, mas eu sou juiz e não um padre confessor. Se você começar a me contar seus pecados, eu não terei opção a não ser entregá-lo, e Deus sabe, nenhum de nós dois gostaria disso. – Tuohey havia se empertigado na cadeira, fazendo seu breve monólogo com a seriedade adequada.

– Ele está embromando – disse Sennett angustiado atrás de mim. Mas era mais uma encenação do que uma simples negação. Brendan era um mestre, o tipo de homem que não dava bom-dia tendo apenas uma ideia em mente. Um objetivo extra acompanhava cada observação, como se ela tivesse sido subornada, e na verdade ele estava derrubando Robbie facilmente com esse discurso, explicando sua posição.

– Ele vai ter de correr atrás – exigiu Sennett. – Agora. Colocar a coisa ali na mesa. Ande, Robbie. "O que você quer dizer quando fala que não sabe o que estou fazendo?"

Mas, para Stan, era tão útil instruir a tela quanto se estivesse falando com uma cadeira. Quando Robbie repetiu o primeiro nome de Tuohey, o juiz censurou-o com um movimento sério de sua cabeça estreita. Não queria ouvir mais. Milacki e Kosic, que haviam recuado certos de que Tuohey saberia o que fazer, agora se inseriram. Milacki chegou a levantar um dedo acusador na direção de Robbie. No silêncio, Brendan Tuohey baixou os olhos e espanou mais um pouco o açúcar de confeiteiro da lapela de seu terno apertado.

– Robbie, está parecendo que você deve arranjar um advogado – disse ele. – Consiga um homem experiente na área federal. Talvez você precise de conselho.

– O que eu direi a um advogado, Brendan? O que você quer que eu diga?

Sennett antecipara como Tuohey poderia agir e tinha passado essa frase para Robbie, palavra por palavra, mas Brendan não se abalou.

– Diga o que é preciso, Robbie. Diga o que ele deve saber.

– Meu Deus, Brendan. Você não entende? Ela viu muita coisa.

Um som breve, de escárnio, brotou não de Tuohey, mas de Kosic. Rollo lançou um olhar depreciativo para Robbie, através de um dos olhos, e se deu o trabalho de apagar o cigarro. Não houve qualquer outra reação de nenhum deles.

– Juiz, você não entendeu. Não é comigo que eu estou realmente preocupado. É com Mort. Alguém que começar a olhar para as coisas pode ter ideias a respeito dele.

Mencionar Mort não fizera parte do script. Poderia gerar grandes dificuldades se Tuohey decidisse falar com o sobrinho. Mas, como a maioria das improvisações de Robbie, foi inteligente e eficaz. O juiz-presidente finalmente foi apanhado de surpresa.

– Morton?

– O senhor o conhece. É um mestre em não enxergar. Houve umas duas coisas... quero dizer, eu nem quero falar com ele sobre essa merda. Ainda não disse uma palavra.

– Boa ideia, Robbie.

– Mas, juiz, houve um negócio com o Sherm...

– Não! – disse Tuohey subitamente. A censura, ainda que não passasse de um sussurro, foi dada no tom severo de uma professora carrancuda. – Não, Robbie. Não posso ouvir isso. Você precisa falar com seu advogado. É assim que deve acontecer. Já pensou em alguém?

– Bom, meu Deus, não, quero dizer, eu queria falar com você...

– Pense um pouco. Isso merece uma atenção cuidadosa.

Com toda a atenção de Tuohey sobre ele, Robbie fez uma série de gestos perplexos. Finalmente, como se tivesse quase que surgido do ar, mencionou meu nome como vizinho no edifício LeSueur, e como advogado que indicava casos para o escritório deles. Tuohey baixou o rosto um pouco, quase até a linha da câmera, e refletiu.

– Maravilhoso advogado. Estive muitas vezes com ele quando era presidente da Ordem, há alguns anos.

McManis, ao meu lado, observava a cena com sua determinação muda de sempre. Tinha se inclinado para o monitor sem fazer qualquer gesto, a não ser quando a situação ficou particularmente tensa, quando se permitiu girar os polegares. Mas nesse momento olhou por cima do ombro, levantando uma das sobrancelhas e mostrando um calombo feito pela língua na bochecha, de modo que eu cheguei a me sentir meio sem jeito. A afirmação de Tuohey, de que me conhecia, era principalmente lisonjeira. Eu o encontrara duas vezes, por causa de uma iniciativa de mediação que ele havia sugerido. Ao visitar a enorme área destinada a Brendan no Templo, eu sempre me pegava pensando na palavra "apartamentos", como na expressão "apartamentos papais" ou reais – uma enorme quantidade de salinhas, uma enorme quantidade de empregados parecendo lépidos e alegres, todos com uma reverência inabalável pelo homem a quem se referiam como "o presidente". As antessalas eram cheias de relíquias: fotos de Tuohey e vários Alguéns; martelos de juiz, placas e homenagens emolduradas. Mas a sala interna, onde Tuohey trabalhava, era discreta, com uma estante decorada apenas com uma balança da justiça e um retrato realista de Jesus impondo as mãos. Dado seu cultivado senso político, Tuohey sabia que favorecer um, qualquer um, significava excluir outros.

– Muito cuidadoso. Advogado dos advogados – disse Brendan a meu respeito. – Mas nessas circunstâncias... – Ele segurou o queixo, pensativo, antes de emitir o julgamento que pretendia manter. – Não creio que eu o escolheria.

– Verdade? – apoiando-se num dos cotovelos, Robbie ergueu os olhos obedientes para Brendan.

– Ele é padrinho de casamento de Stan Sennett. – Pelo minúsculo movimento de Feaver, eu suspeitei que havia passado por cima desse detalhe. Estava espantado com tudo o que Tuohey sabia. – Foi padrinho dele no segundo casamento, se me engano. Muito tocante, porque esse é o tipo de coisa que poderia ser útil, você sabe. Mas no todo eu diria que ele é muito íntimo do sujeito para ser confiável.

McManis deixou o olhar vir na minha direção com mais uma piscada irônica, mas eu me senti lancetado pela observação de Tuohey. Muito íntimo para ser confiável. Eu me sentia totalmente incapaz de olhar para Stan. Mesmo duvidando de que no momento ele se concentraria em algo mais do que a habilidade com que Tuohey ia dançando cada vez mais para longe.

– Mas você é que sabe, claro – disse Tuohey. – Nunca se pode ter certeza. Mas se eu fosse você, iria me inclinar mais para alguém conhecido por não dar tréguas ao governo. Conhece Mel Tooley? Mel é sólido como um carvalho. Pergunte por aí a respeito dele. Acho que você vai gostar do que ouvirá. – De fato, Mel era famoso por jamais recusar um cliente. – Se você conversar com Mel, talvez ele até mesmo venha me procurar.

Com isso, Brendan afastou ruidosamente da mesa sua cadeira de pernas cromadas. A reunião estava terminada. Tuohey estava aprumado e orgulhoso. Sabia que havia se comportado com a habilidade costumeira, andando na ponta dos pés pelas linhas de giz com a delicadeza de Nijinsky. De pé, com Milacki e Kosic ao lado, colocou sua mão seca na gola do paletó de Robbie e disse mais uma frase perfeita.

– Eu não estou preocupado, Robbie. Nem um pouco. Você é o tipo de sujeito que pode manter o rumo nos tempos difíceis. – Tuohey reafirmou esse suposto elogio com um movimento firme da cabeça e virou-se, com os dois lacaios nos calcanhares. À minha frente, Sennett começou a gemer de novo assim que Tuohey começou a se afastar. Stan passou as mãos no cabelo. Raramente permitia que as emoções afetassem seu penteado.

– Que desempenho de merda! Ele deveria ter ido fundo. Ele *estava* com o sujeito na mão.

Comecei a defender meu cliente, mas, de modo pouco característico, McManis interrompeu. Jim lançara seu olhar seco, de sempre, para a reclamação de Stan. Balançou uma única vez a cabeça desgrenhada.

– Stan, eu acho que ele nem chegou perto. Esses caras estão numa terra de ninguém. Eles sabem sobre Evon, mas não têm certeza com relação a Robbie. Não querem largá-lo de mão e dar-lhe motivo para entregá-los, mas precisam ser muito cuidadosos.

O furgão tinha saído de perto do meio-fio. Outro agente disfarçado, Tex Clevenger, um sujeito magro e de 1,90 metro, de pouco menos de 30 anos, que posava de mensageiro de McManis, era o motorista, para que da rua Joe pudesse chefiar sua equipe. Tex perguntou se havia instruções para Amari, mas, ainda arrasado, Stan o ignorou.

– Há um modo – disse ele a Jim. Em seguida levantou um punho, com os nós dos dedos brancos. – *Há* um modo.

34

Eles não foram atrás dela. Não que Evon esperasse isso. Jamais se sentiu em perigo. Shirley e ela iam para o escritório todas as manhãs com uma fileira de carros de vigilância passando por elas. Dentro de uma semana, conheciam todos os VOG, veículos oficiais do governo, ou CARROS, como os seres humanos diziam. Enquanto Evon estava trabalhando, um agente local ficava no escuro de seu apartamento, usando uma lanterna para ler revistas. Nada aconteceu.

Finalmente, McManis deixou que ela ficasse com uma arma. Não havia sentido em permanecer lá, esperando o bicho-papão desarmada. A única arma que ele conseguiu num prazo tão curto foi uma das S&W 10 milímetros que ninguém, com uma mente sã, realmente queria. Típica de Washington, era uma boa ideia que deu errado. Depois da morte de três agentes num tiroteio em Miami, as cabeças pensantes queriam penetração de 11 polegadas, munição mais leve, expansão rápida. A Smith & Wesson fizera a arma segundo especificações, mas o negócio era do tamanho de um canhão – Evon precisaria de uma bolsa de praia para escondê-la – e o manuseio era ruim. Em casa ela tinha uma S&W 5904, uma semiautomática de ação dupla e alta capacidade, 9 milímetros. Aquilo era uma arma.

A pedido de McManis, depois da invasão de seu apartamento, Evon passara o feriado do Memorial Day em Des Moines. Ela queria ir a Denver visitar a irmã, mas Merrel, Roy e as crianças estavam no apartamento novo em Vail, pescando, e dada a dificuldade de marcar voos para o final com semana de feriado, Evon não poderia ficar lá mais de 24 horas. Em vez disso, virou a chave para a vida de DeDe Kurtzweil. A casa que ela alugava estava escura e tinha um desagradável cheiro de imóvel fechado. Suspeitou de que os camundongos tinham se divertido muito, mas o cheiro era o que seria de esperar na casa de uma pessoa idosa trancada com um cachorro. Deu alguns telefonemas e foi a um churrasco com Sal Harney, outro agente, que estava usando seu carro enquanto ela estava fora. Antes de ele levá-la em casa, Evon o fez abrir o cofre na sala do agente residente e ela tirou de lá sua 5904. Domingo, depois da igreja, foi a um estande de tiros civil e atirou durante uma hora. Quando ela terminou, notou que o proprietário e dois de seus empregados de aparência sebenta estavam olhando. Evon vinha desde então mantendo a pistola na bolsa, deixando-a no escritório de McManis quando ia até o Templo com os vários processos nos quais estava trabalhando para Mort.

Maternal, bem-humorada, Shirley dormia no sofá. À noite, conversava com Evon sobre seus filhos e bebia um pouco demais. Shirley usava um roupão atoalhado branco enrolado como se fosse um curativo, com fibras compridas e peludas dançando na beira de cada manga. Tinha três filhos, dois deles casados; a caçula, na faculdade, estava pensando em entrar no serviço secreto.

Robbie raramente ia ao escritório. A desculpa imaginada havia apenas um mês, de que o declínio de Rainey exigiria sua atenção integral, havia se tornado verdade, como um desejo nefasto. Alf sentia que não era possível garantir conversas seguras pelo telefone da casa de Feaver, de modo que duas vezes por dia, com a desculpa de levar trabalho do escritório, Evon aparecia lá para levar e trazer mensagens de McManis. A capacidade de Robbie para a negação parecia ter desaparecido por completo depois da morte de sua mãe. Frequentemente, ao chegar, Evon ficava perplexa vendo que ele não tinha se preocupado em fazer a barba. Numa manhã, ele explicou sucintamente:

– Não importa o quanto você diga a si mesmo que sabe o que está vindo. Você não sabe.

Uma vez por dia, Evon subia para cumprimentar Rainey. Ela estava enfraquecendo rapidamente. As funções rotineiras da vida exigiam todas as suas energias. Depois de uma refeição, dormia pelo menos uma hora. Limpeza, vestir-se, massagem, tudo era exaustivo, e por isso ela raramente tinha energia para manter uma conversa, a não ser com Robbie. A couraça, que parecia um aspirador de pó, ficava fixa sobre seu peito, ajudando-a a respirar, mas mantinha-a na cama. O equipamento sibilava com um som enervante, como uma criança chupando com muita força através de um canudinho. Pior, o doutor dissera que pelo nível de dióxido de carbono de Lorraine, provavelmente dentro de duas semanas ela teria de se decidir pela ventilação. A alternativa era afundar na fase final da ELA, uma sufocação lenta e desesperada. Robbie não dava detalhes, mas sua postura sugeria que ele estava perdendo no esforço de persuadir Rainey a continuar.

NA TERÇA-FEIRA, 8 de junho, eu presidi o almoço anual para levantamento de verbas da Fundação da Ordem dos Advogados do condado de Kindle, uma organização que eu havia criado na época de presidente da Ordem. Em alguns momentos eu me perguntava se queria deixar um pequeno monumento a mim mesmo – boa parte do que deveria ser caridade sempre foi refúgio do ego. Na diretoria, costumava me desgastar com as discussões frequentemente politizadas sobre quais dos muitos projetos legais com pouca verba deveriam ser restringidos. Mas continuava participando todos os anos. Fazer menos bem do que você quer não significa que não está fazendo bem nenhum.

Para o acontecimento, juízes e autoridades públicas eram "convidados", como se diz nos acontecimentos destinados a levantar verbas, e sentavam-se, um em cada mesa, com pagantes, de modo que pudéssemos permitir intimidade e acesso em nome da caridade. Com esta e outras artimanhas desavergonhadas, tínhamos conseguido juntar quase quinhentas pessoas no gigantesco salão de baile do Hotel Gresham. Era uma sala antiga, sobra da idade do ouro. Suas pilastras com frisos dourados e o teto que lembrava um bolo de casamento folheado a ouro quase zombavam da pobreza das pessoas destinadas a se beneficiar do acontecimento, e que só eram lembradas no vídeo obrigatório durante o almoço.

Nosso discurso oficial desse ano foi feito pelo juiz da Corte Suprema, Manuel Escobedo, que falou coisas engraçadas durante cinco minutos antes de afundar como um viajante cansado no vale de seu texto previamente preparado. Como muitos ex-advogados de tribunal, ele relutou em deixar o pódio, e eram quase 14 horas quando terminou. Uma falange de ternos escuros, ansiosa para digitar nos telefones e nos computadores, correu entre as majestosas colunas de mármore para o fundo do salão de baile antes mesmo que os aplausos terminassem. Em outros lugares, em círculos menores, alguns apertos de mão e risos que tinham acontecido antes do almoço foram retomados brevemente e advogados lançavam olhares rápidos e cumprimentos em meio às poltronas de braços dourados, viradas em todos os ângulos pelos que iam partindo às pressas.

Desci a escada do tablado frágil e lancei um aceno de despedida para Cal Taft, presidente da Ordem dos Advogados esse ano, que murmurou uma palavra de elogio pelo acontecimento de sucesso.

Quando me virei, Brendan Tuohey se encontrava logo atrás de mim, no espaço entre as mesas. Estava trocando uma palavra com dois homens que eu não conhecia, mas seus olhos foram uma ou duas vezes na minha direção, de modo que eu soube que ele havia me notado.

– George! – gritou ele quando ficou livre. Em seguida, agarrou minha mão direita e colocou a esquerda por cima, para dar um tom especial de sinceridade. Disse que era fantástico me ver. – Vocês sempre transformam essa ocasião num acontecimento maravilhoso, o que é ótimo para a Ordem. Vocês estão fazendo o serviço do Senhor, George, deixam a todos nós orgulhosos.

Temi que minhas dúvidas tivessem chegado à minha expressão.

– Não, não. Quem foi que esteve falando sobre você, George, um dia desses mesmo, dizendo que você tinha asas saindo das escápulas? Um advogado, eu acho, disse coisas tão boas que eu quase senti vontade de ruborizar por você. Quem era?

Tuohey tinha sido um homem bonito, com feições regulares. Com a idade, um olhar enrugado, apertado, amortalhara seus olhos claros, e o uísque ou o tempo tinham sido duros com sua pele. Nas faces havia grandes manchas róseas, cheias de veias, e quando fazia gestos as costas de suas mãos pareciam folhas caídas.

– Robbie Feaver! – gritou Tuohey, e deu um estalo impressionante com os dedos compridos e secos, que lançou um tremor no meu estômago.

Robbie, disse eu; sim, Robbie.

– Ele acha que você é uma maravilha, George.

Brinquei, falando que provavelmente deveria pedir mais de um terço do pagamento da próxima vez em que mandasse um caso para ele.

Tuohey permitiu-se um momento de riso contido. Atrás de nós, os garçons e auxiliares já estavam desmontando o salão, tirando as toalhas de linho para revelar os círculos de compensado com pernas dobráveis. Sempre parecia uma bela ironia revelar que todo o mundo pagara 100 dólares por prato para jantar sobre madeiras bichadas.

– O garoto está carregando um fardo terrível – disse Tuohey, ficando sombrio. – Bom, "garoto", veja só. Mas é que eu o conheço a vida inteira. Já é adulto há muitos anos, mas é assim que eu o vejo. É sócio do meu sobrinho, você sabia? Eu tenho um interesse de pai. Fico preocupado com ele, naturalmente, me preocupo com que... – Tuohey franziu os lábios antes de voltar a falar. – Ele pareceu um pouco, eu diria, estranho quando o encontrei na terça-feira passada. Você o viu ultimamente? Ele lhe pareceu bem?

Eu não era páreo para Brendan. Eu fora criado com uma reserva que, no mínimo, em geral me deixava tempo para pensar, mas não tinha a velocidade ou a astúcia de Tuohey. Sondagens, como a delicadeza da acupuntura, poderiam penetrar sem ser percebidas. O que me chegava por meio de um processo de cálculo lento, Tuohey conhecia principalmente por instinto, mas finalmente percebi que ele estava ao meu lado porque não tivera notícias de Mel Tooley.

Mel era um ex-promotor-assistente federal, que recentemente se transformara de um dos queridinhos de Stan, a um pária satânico. Assim que deixou o governo, os apetites do serviço particular tinham-no levado a defender muitos dos mesmos membros da máfia que ele investigara antes. Houvera indignação na Promotoria Federal, e várias batalhas, que o governo perdeu, destinadas a tirar Mel dos casos. Stan chegara a pensar em mandar Robbie, com suas botas equipadas com grampo, visitar Mel, como Tuohey sugerira. Mas o UCORC achou que não havia provas de um crime potencial e recusou-se a autorizar uma gravação. Num impasse, Sennett imaginara que o silêncio poderia levar Tuohey ou seus lacaios a contatar Robbie de novo por conta própria. Em vez disso, sem dúvida Brendan concluíra que, apesar de seu desencorajamento, Robbie estava procurando conselho legal comigo.

O olhar de Tuohey me percorreu como um farol de busca. Eu não sabia se era a minha fraqueza ou minha honra que Brendan queria explorar, mas ele tinha certeza de que eu não o enganaria, quer por uma retidão elevada ou por uma relutância servil em ofender os poderosos. A conduta apropriada para um advogado seria deixar a pergunta de Brendan passar sem comentário, mas eu sabia que, dadas as suas suspeitas com relação a mim, ele acharia que não poderia mais contar com Robbie.

Assim, nesse salão de baile grandioso e antigo, com cadeiras de veludo e grandes espelhos emoldurados em ouro, balancei como uma aranha apanhada enquanto descia na sua própria teia. Deveria ter saído mentindo sobre uma reunião que me esperava, e deixar que Stan limpasse a sujeira. Mas fiquei firme. Muitos motivos me impulsionavam a querer saber qual deles era o dominante – o compromisso com meu cliente era parte disso; e também aquilo com que Sennett, com sua habilidade, vinha contando há muito, ou seja, meu enorme desdém pela mania com que Brendan se apropriara do poder da lei. O que quer que fosse, como eu sempre suspeitara, fiquei empolgado em provocar o destino. Sabendo bem onde estava a linha que havia muito eu desenhara para mim mesmo, atravessei-a, comprometido em transformar em inimigo de toda a vida o homem que, com toda a probabilidade, comandaria todos os tribunais do condado de Kindle.

Lancei o olhar mais grave e mais direto possível para Tuohey e disse que Robbie Feaver era um sujeito forte, não era do tipo de contar seus problemas. Que Robbie não entendia por que alguém poderia querer arrumar encrenca para ele, mas era um estoico e suportaria o peso do que quer que viesse na sua direção.

Das profundezas ressecadas que davam aos seus olhos claros um aspecto de privacidade, o olhar de Tuohey permaneceu em mim enquanto ele avaliava a mensagem.

– Ah – falou lentamente. – Então ele está bem?

Eu disse que tinha certeza disso, sem hesitar.

– E você me dirá se houver alguma mudança? Eu quero ajudar do modo que puder.

Ao se despedir, Tuohey me cumprimentou de novo com um aperto forte das duas mãos, satisfeito comigo, consigo mesmo e por eu ter dito que Robbie era um sujeito forte. Ele dera outra demonstração de bravura, descobrindo o que precisava saber sem admitir nada. Sua observação de que Robbie parecera "estranho" podia ter baixado um véu de dúvida quanto à confiabilidade de qualquer coisa que Robbie deixara escapar para mim, apesar de eu ter feito o esforço máximo possível para dar a impressão de que Feaver não me contara nada.

– Você não precisava ter feito isso, George – disse Robbie, quando contei os detalhes de meu encontro com Brendan. Estávamos sentados no estacionamento de um McDonald's perto de sua casa, onde eu havia parado a caminho do escritório naquela tarde. Juntos assistíamos às jovens mães enfrentando a angústia da hora do jantar. Robbie conhecia as nuances da profissão e sabia das dificuldades que eu teria se Tuohey escapasse.

Garanti que eu fizera aquilo por escolha própria. Mas tinha um pedido.

– O que quiser – respondeu ele.

– Não vamos contar ao Sennett.

35

Ao meio-dia da sexta-feira, Evon foi até a casa de Feaver levando uma mensagem urgente. Encontrou-o sem condições de receber visitas. Ele atendeu à porta em lágrimas, como uma criança, enxugou os olhos na manga da camisa polo enquanto ela entrava no saguão de mármore. Seu primeiro pensamento foi ir embora, mas ele segurou seu punho, claramente ansioso por companhia.

– Nós estivemos conversando – disse Robbie. – Sobre filhos. Quero dizer, você entende.

Seus olhos pretos ergueram-se brevemente até ela como se o olhar por si só traísse um segredo. E traía. Pela primeira vez Evon fez a conexão imediatamente. Rainey devia ter indicado que não tinha os mesmos motivos para continuar com a vida que teria se fosse mãe.

– Quero dizer, você sabe... arrependimentos, não sabe? Milhões. Mas este é o número um. Filhos.

Os dois estavam no comprido sofá branco da sala de estar onde Robbie enfrentara pela primeira vez os agentes do imposto de renda no outono anterior. Ela não queria perguntar detalhes, mas, como sempre, Robbie falou.

– Isso sempre foi uma questão. Eu era a favor de filhos. Quero dizer, tinha medo de fazer merda como o meu pai, mas, você sabe, queria a chance de ser melhor. Mas Lorraine, com aquela criação ferrada que ela teve... Isso virou algo adiável. Ela tinha seu emprego, e ganhava muito dinheiro. E afinal de contas, você sabe, eu era a própria encrenca. Eu criava encrenca. Ela estava sempre com um pé do lado de fora da porta, e eu dizia que ia tomar jeito, e não tomava. E então, para me dar uma lição, ela tomava alguma atitude. Mas quando recebíamos a notícia, qualquer que fosse, há três anos, era como: não, espere um minuto, nós já íamos resolver isso. Eu achava que resolveríamos. Acho. A cada ano novo, durante talvez cinco anos, o meu último pensamento antes de cair no sono era: este ano nós vamos engravidar.

"Antes de ela ser diagnosticada com a doença, nós falávamos mais sobre isso. Até mesmo demos nome para essa criança que não tivemos. Quer dizer, apelidos. Sparky. Flipper. Falávamos de coisas engraçadas que a criança faria. Não peça pizza com azeitona, ela não suporta comer azeitona. Era sempre uma menina, não sei por quê. E, de algum modo, nós começamos a fazer isso há pouco.

Até então ele estava olhando direto para o tapete branco e grosso, mas, inesperadamente, um pensamento cômico veio aliviá-lo, provocando um riso breve.

– Hoje arranjamos um nome fantástico. Eu falei: quero um bom nome judeu. Nós tínhamos acabado de ler um livro do qual ela gostou muito, então ela olhou para longe e disse: "Nancy Taylor Rosenberg." E foi assim que começamos a falar: Nancy Taylor Rosenberg. Nancy Taylor Rosenberg precisa de óculos escuros para seus olhos grandes e azuis. Nancy Taylor Rosenberg é bonita como a mãe. Só bobagem. Nancy Taylor Rosenberg adora bolo de chocolate e tem alergias terríveis. Nós estávamos alucinados. Estávamos os dois morrendo de rir, e continuamos durante uns vinte minutos. E então – ele bateu nas coxas e concluiu abruptamente: – O que houve?

Evon encarou-o, sem ter certeza de que ele estava pronto para os negócios, mas ele deu a entender que ela deveria falar. Sig Milacki havia telefonado de manhã e queria que Robbie ligasse para ele. O próximo passo poderia ser dado.

– Sig – disse ele, e pensou na mensagem. Ela havia trazido o grampo telefônico. O equipamento usado para gravar o telefonema era um minúsculo fone de ouvido, do tamanho de um bom aparelho de audição. Dentro havia um microfone para captar tanto o sinal vindo do telefone quanto da voz de Robbie, que era transmitida através dos ossos de seu crânio. O fio ia até um gravador portátil que ela trouxera na pasta. Alf quisera fazer isso pessoalmente, mas, como sempre agora, havia o medo de que ele fosse seguido.

Ouvindo numa extensão, Evon pôde escutar Milacki se aproximar do telefone, falando piadinhas de mau gosto aos subordinados.

– Feaver! – Em seguida continuou com o alarde de sempre, falando bobagens sobre advogados. Disse que sua filha havia terminado o primeiro semestre da faculdade de direito. – Eu estou vigiando-a com muita atenção, para ver em que momento exato vai crescer o segundo rosto nela.

– Foda-se, Sig.

– Seja o melhor bundão que você já foi. – Milacki explodiu numa gargalhada. Adorou essa frase, e repetiu-a várias vezes. Por fim explicou-se: – Eu queria dar uma olhada nessa sua cara feia. Pensei que a gente poderia tomar um refrigerante. Pode ser às 18 horas naquele seu boteco de *yuppies* onde a cerveja custa 6 dólares?

Robbie tentou convencê-lo a adiantar o assunto, mas Milacki gargalhou como se Robbie tivesse contado outra piada, e sem dizer mais nada encerrou o telefonema.

Às 18h05 Robbie entrou no Attitude, como fizera em muitas outras noites de sexta-feira. Talvez fosse a atmosfera familiar de suas habilidades como ator, mas ele parecia muito melhor do que nos dias anteriores. Estava usando um terno italiano de espinha de peixe, o cabelo crescido secado com secador, a colônia, como sempre, cheirando a metros de distância.

Para Klecker, conseguir uma boa gravação no ambiente barulhento de uma multidão em noite de sexta-feira era o próprio pesadelo técnico. Para enfrentar isso, ele colocara microfones direcionais em três membros da equipe de vigilância de Amari, na esperança de que pudessem se aproximar de Robbie e capturar um som melhor.

Para compensar o áudio problemático, Klecker e Sennett queriam câmeras. O empurra-empurra na agitação do bar tornava improvável uma imagem estável, e na reunião no escritório de McManis, antes, Feaver dissera que acabaria deslocando um ombro se precisasse ficar ali parado segurando a pesada pasta-câmera durante uma hora. Em última instância, Klecker despachara outra participante da equipe de vigilância levando essa unidade, instruindo-a a pegar uma mesa no mezanino, onde teria uma boa imagem em grande angular de toda a cena. Uma segunda câmera seria manuseada no andar de baixo por três agentes de ascendência asiática, dois japoneses e um coreano, que Amari havia requisitado de última hora. Os três estavam no meio do salão. Seguindo outra das inspirações de Klecker, eles faziam o papel de turistas alegres, passando o que parecia ser uma câmera de vídeo de um para o outro, enquanto aproveitavam para gravar cada momento. Apenas um dos agentes falava alguma língua estrangeira, mas fazia isso aos berros, e os outros dois riam e balançavam a cabeça numa paródia vigorosa das expectativas americanas.

Para conservar as baterias, nenhuma câmera foi ligada até Robbie entrar no bar. No furgão houve o inevitável momento de ansiedade esperando para ver se o equipamento funcionaria. O espaço na traseira estava extremamente apertado essa noite. Agora parecia um estúdio de TV. Klecker acrescentara dois monitores de vídeo e três receptores de som adicionais à pirâmide de equipamentos. Tex Clevenger, que fora treinado no Exército como técnico de som, trabalhava com Alf, ajudando a girar os mostradores. Sennett, McManis e eu não tínhamos espaço para abrir os braços.

Na frente, Shirley dirigia. Evon estava ao lado dela no banco do carona. Como todos de nós, ela recebera fones, mas só escutava por um ouvido; o outro ouvido já estava equipado com o receptor de infravermelho escondido debaixo do cabelo. A tarefa de Robbie nesse dia era direta: tentar conseguir outro encontro com Brendan. Para dramatizar a necessidade urgente de outros conselhos de Tuohey,

Sennett e McManis haviam imaginado uma situação ao redor de Evon. Executar esse plano dependia de quanto tempo Robbie permanecesse lá dentro e do que Milacki desejava. Com relação a isso, ainda não havia pista.

Só pela saída de áudio, ficou claro que o Attitude estava agitado. A multidão, apinhada a partir da porta, parecia cheia de energia libertina. Tinham sobrevivido ao tranco de outra semana, e estavam prontos para compensar. Alf mudava os canais de rádio avaliando o som, que era quase todo uma cachoeira de conversas ininteligíveis, enquanto os gravadores giravam. Um dos agentes com microfone já havia identificado Milacki e estava bebendo perto dele. Um segundo acompanhara Robbie assim que ele entrou.

Uma mulher que Robbie conhecia, e que já trabalhara como secretária na Feaver & Dinnerstein, aproximou-se para cumprimentá-lo assim que ele passou pelas altas portas de vidro. Carla. Podíamos vê-la na imagem da câmera de vídeo que os três agentes estavam usando. Fumava um cigarro e mal se lembrou de tirá-lo antes de beijar Feaver nos lábios. Era convencionalmente bonita, quase da idade de Robbie. Segurou o braço dele acima do cotovelo enquanto perguntava por Mort e contava histórias de seus dois filhos, ambos agora no corpo de fuzileiros navais. Seu cabelo louro e liso, com muito laquê e tratado, dividia-se como um rio ao redor da rocha dos ombros. Ela ficava lambendo as pontas, distraída, enquanto os dois conversavam.

– Já falo com você – disse Robbie por fim. – Preciso falar com um cara.

– Hoje em dia é sempre assim. Todo mundo vive correndo. Eu estou perto da janela com Rick e Kitty.

Ele mandou-lhe um beijo descomprometido e abriu caminho em direção a Milacki, que se encontrava na segunda fila de pessoas de pé junto ao bar. Ele estava com um dedo no ouvido enquanto gritava pelo telefone celular, aparentemente dando uma bronca em alguém que trabalhava para ele. Quando Robbie chegou, Sig apontou para o telefone e murmurou um insulto sobre a pessoa do outro lado da linha.

No furgão, Alf sinalizou, instruindo-nos para mudar os fones de ouvido para o canal três. O microfone na pasta do agente de vigilância que estava ao lado de Milacki transmitia um som muito mais claro do que o FoxBIte de Robbie.

– Escute – disse Milacki, e pegou Robbie pelo braço, depois de os dois terem se cumprimentado. – Aconteceu algo no tribunal. Juro por Deus, quase borrei as cuecas. Um daqueles malucos com folha de alumínio no cabelo, você sabe, para não receberem muitos sinais de rádio do exterior, um daqueles pirados passou direto pelo detetor de metais. Minha nossa, foram campainhas e luzes que nem uma máquina de *pinball*. Então os rapazes o empurraram contra a parede para revistá-lo. Aqui – disse Milacki a Robbie – aqui, levante os braços. Preciso lhe mostrar isto.

No segundo monitor, nós pudemos ver Milacki levantar as mãos, pronto para revistar Robbie.

– Ah, merda! – McManis tentou se levantar, esquecendo-se do cinto de segurança, e foi puxado de volta. Depois de soltá-lo, ele se aproximou mais do monitor. Não havia dúvidas quanto à hesitação de Robbie. Depois de um segundo, McManis empurrou o ombro de Evon e disse-lhe para entrar lá. Ela olhou no retrovisor lateral para ter certeza de que o caminho estava livre, e saltou às pressas.

– Qual é o problema? – Ouvimos Milacki perguntar. – Cócegas?

– Muito.

– Qual é, Roberta. Não vou beliscar. Isso é de matar de rir. – Ele inclinou a cabeça, e ainda parecia estar sorrindo. Mesmo em preto e branco, dava para ver que era corado. Havia anos ele fora alourado, mas agora seu cabelo brilhantinado era predominantemente grisalho.

Robbie levantou os braços vagamente, como um suspeito que não tivesse certeza se deveria ceder.

– Eu paguei 2 mil por este terno no Zegna, Milacki. Deveria fazer você lavar as mãos.

– Certo, é muito bonito. Então começaram a fazer assim. – Ele revistou Robbie, começando da parte de cima das botas, enquanto continuava a conversa. – E Deus me ajude, o cara tinha um salame de 90 centímetros ali, enrolado em papel alumínio. – Milacki enfiou a mão dentro do paletó de Robbie para tatear debaixo do braço. – Dá para imaginar? Nós estávamos gargalhando tanto que eu achei que alguém iria estourar uma artéria.

Enquanto isso, no furgão, ninguém respirava.

– Onde ele está? – perguntou Sennett em voz baixa.

Evon montara a gravação naquele dia, mas McManis disse que, desde que comprara o novo calçado, Robbie se habituara a colocar o FoxBIte num suporte dentro da bota.

– Será que ele não vai encontrar o fio? – perguntou Sennett.

O fio estava preso com fita adesiva por dentro da costura da roupa, disse McManis, de modo que era possível. De fato, até então Milacki não perdera o ritmo. Colocou o braço no ombro de Robbie, depois revistou-o pelas costas enquanto gargalhava. Robbie, de novo no palco, não mostrou outro sinal de se incomodar, mesmo quando Milacki deu-lhe um tapa na bunda.

Sentindo que havia passado no teste, como explicou depois, Robbie achou que a única reação verossímil era o ultraje. Agarrou o paletó pelas lapelas para ajeitá-lo nos ombros e apontou para o policial.

– Por que você não trouxe simplesmente a porra do detetor de metal, Sig?

Milacki fingiu não incomodar.

– Seguro morreu de velho, meu chapa. Esses são os tempos em que nós vivemos. A sua colega deixou todo o mundo meio eriçado, e talvez o negócio acabasse contaminando você. De qualquer modo, uns caras ficaram preocupados com você. Disseram que você parecia meio abalado. – Crowthers e Walter, provavelmente. Isso também não era boa notícia.

Robbie manteve a fachada.

– Verdade?

– É, correram boatos. É como o que a Minnie Mouse contou ao juiz quando pediu para se divorciar do Mickey. Já ouviu essa? Ela disse que precisava se separar porque ele andava comendo o Pateta. – Milacki, mais alto do que Robbie, pôde ver que não estava indo a lugar algum com os esforços para fazer piada, mas mesmo assim bateu no ombro de Feaver enquanto gargalhava.

– Estou passando um momento difícil em casa, Sig.

– Ei, que merda, quem está a fim de você, neném? – Milacki usou a mão grande e vermelha para sacudir Robbie pelo pescoço, como se tentasse melhorar seu humor. – Tem um cara no final do balcão querendo ver você.

No furgão, McManis bateu no próprio peito. Enquanto isso, Sennett se inclinava para o monitor de cima, que mostrava um panorama de todo o estabelecimento. Abrindo caminho pela multidão alegre, Robbie parecia saber aonde ia.

– Tuohey – sussurrou Stan. – Deve ser Tuohey.

– Kosic – disse Alf, e se levantou só por um segundo para tocar na tela de cima. De novo Rollo estava na extremidade do balcão, abaixo do piano branco. Um dos agentes de vigilância que vinha acompanhando Kosic havia semanas tinha-o visto antes, e por acaso se encontrava no banco ao seu lado. O pianista, diferente do da outra vez, estava se acompanhando, cantando no estilo de Tony Bennett, e a música saía alta em todos os canais. Alf girou os botões e tentou controlar a raiva, dizendo o que todo mundo sabia: aqueles caras eram espertos.

Aparentemente os três agentes asiáticos tinham acompanhado Robbie atravessando o salão, já que uma imagem clara de Kosic apareceu subitamente em foco no monitor de baixo. Nesse ponto, Rollo estava em seu terceiro drinque fora de moda. Os copos se alinhavam no balcão à frente, os outros dois vazios a não ser pelas cerejas ao marasquino cujas hastes pareciam mãos pedindo socorro enquanto afundavam entre os cubos que se derretiam. Quando Feaver chegou e cumprimentou Kosic, o agente sentado ao lado pegou abruptamente sua bebida, deixando que Feaver sentasse no banco de aço escovado. As primeiras palavras de Feaver para Rollo foram quase que totalmente perdidas quando os aplausos morriam depois de "Three Coins in the Fountain". Mas conseguiram ver Robbie dirigindo-se a Kosic, que olhava fixamente para o espelho, sem humor. Quando sua voz retornou, ele estava falando indignado sobre o encontro com Milacki.

– É, nós acabamos de ter um roça-roça. Do tipo errado. Tive a impressão de que ele esperava que meus bagos começassem a cantarolar.

Kosic, como da última vez, não mostrou reação. Vestido com um casaco de golfe, levantou as mãos na direção de Lutese com o dedo, o indicador dobrado para esconder a unha ruim, enquanto pedia outra bebida. Depois tirou uma caneta do bolso do paletó e começou a rabiscar num guardanapo, enquanto Robbie continuava.

– Sabe, eu respeito você, Rollo. Mamãe me criou direito. E talvez, certo, talvez meu bonde esteja meio fora dos trilhos ultimamente. Não preciso do ombro de ninguém, mas agora estou com uma carga. Mas preciso dizer: depois de toda a água que passou debaixo da ponte, não acho que eu mereça ser tratado como alguém que ninguém conhece. – Como que esperando ser envenenado, Kosic observava Lutese, num fascínio, sacudir a garrafa de bebida amarga acima do copo novo e jogar outra cereja dentro. – Diga ao Brendan que eu falei isso.

Kosic, que tinha começado a estender a mão para a bebida, estremeceu, reagindo como um religioso conservador reagiria se Feaver tivesse dito "Jeová".

Lutese, que esperava o pedido de Robbie, havia cortado todo o cabelo. Seu couro cabeludo escuro estava áspero e parecendo uma lixa, com os minúsculos pelos que a máquina havia deixado.

– Meio radical – admitiu ela. No mínimo, ela estava mais impressionante, com quase 1,90 metro e os brincos em cascata, que pareciam cristais de um lustre.

Kosic estava captando a conversa usual entre Robbie e a balconista quando se virou subitamente para o salão. Debaixo de seu queixo, onde revelava a maior parte da idade nas dobras cinzentas que haviam ali, seu pomo de adão moveu-se várias vezes e ele finalmente bateu o cotovelo contra o de Feaver.

Evon estava cerca de 1,5 metro atrás deles, segurando um copo e conversando com o agente que tinha acabado de liberar o banco.

– Ah, merda – disse Robbie quando olhou para trás. – Que coisa. Ela está pegando no meu pé. O inferno não tem fim. Ela está enfurecida porque eu lhe dei aviso prévio de duas semanas.

Kosic falou pela primeira vez:

– Duas semanas?

– É. Como eu disse, quero que a situação pareça normal. Falei para ela que estou reduzindo tudo por causa de Rainey. Mas ela não quer sair numa boa. Andou pegando pesado comigo no escritório. E fica me acompanhando metade do tempo quando eu saio de lá. Dá para sentir um processo à vista, do mesmo modo como meu avô sentia o mau tempo chegando em seu lumbago.

Kosic observou Evon pelo espelho, com a aparência insensível de alguns gatos, depois voltou a rabiscar no guardanapo. Agora que tinha sido notada, segundo o plano, Evon afastou-se e manteve uma distância mais segura, enquanto Robbie continuava falando sobre os problemas que estava tendo com ela.

– Quer dizer, Rollo, eu fico me perguntando: que porra estou fazendo? Você sabe. Talvez não seja assim, e eu a esteja transformando num inimigo. Talvez eu esteja dando um tiro no meu próprio pé deixando-a ir embora. Talvez o tio estivesse errado quando mandou despedi-la. Eu gostaria de conversar com ele de novo. Explicar. Não quero encher o saco dele, mas talvez a gente devesse falar sobre isso.

Como sempre, não havia como dizer se Kosic sequer tinha ouvido essa observação. Continuou rabiscando durante um minuto, depois virou-se para o salão, com o olhar por cima do ombro de Robbie enquanto ele aparentemente captava a cena ao redor, em que homens e mulheres esbarravam-se, bebendo e segurando os cigarros no alto para evitar queimaduras acidentais nos passantes. No monitor, Rollo olhou direto para os três agentes e sua câmera sem mudar a expressão desagradável. Olhando a fita depois, deu para ver que, enquanto estava examinando o ambiente, ele empurrou o pequeno guardanapo no qual vinha escrevendo na direção de Robbie. O que chamou sua atenção, pelo que Robbie disse depois, foi que Kosic desenrolara a unha ruim e batera com ela umas duas vezes. Havia coisas escritas em meio a várias formas geométricas, e as primeiras duas linhas estavam inclinadas, afastando-se do que estava escrito abaixo delas:

FBI COM CERTEZA.
LIVRE-SE – AGORA!
NÃO DIGA NADA A NINGUÉM. NEM A MASON.

A fita mostrava Rollo dando um olhar rapidíssimo, para certificar-se de que Robbie captara a mensagem, amassando em seguida o guardanapo e o colocando-o no bolso.

– Nossa – disse Robbie por fim. Ele havia apertado o balcão com força. – Que porra. Tem certeza? – Kosic ergueu os olhos para o piano. – De onde isso vem? Por que eu? Alguém sabe?

Kosic bateu com a unha ruim nos lábios, uma atitude precisa demais para ser casual.

– Rollo, vamos direto ao assunto. Eu estou tentando não sujar as calças aqui. Ajude-me um pouco. O que ela quer? Como vocês sabem tudo isso? Escute, o que eu ouvi dizer é que eles estão procurando fraudes em acidentes, não é? Gente montando acidentes falsos e processando. Um cara com quem eu conversei acha que é isso. Certo? Isso faz sentido?

Kosic lançou seu olhar letal, depois pegou as quatro cerejas e colocou-as ao mesmo tempo na boca. Ficou em pé ao lado do banco e mastigou-as. Robbie agarrou a manga de Kosic entre dois dedos, para impedir que ele se afastasse.

– Escute, sou eu que estou na mira, Rollo. Lá fora. Tudo bem, eu sou adulto. Mas vou ficar puto se não for tratado com algum respeito. Se alguém tiver mais alguma mensagem para mim, eu quero ouvi-la do tocador de realejo, e não do macaco. Diga a Brendan que eu falei isso, também.

Kosic terminou de mastigar com o rosto erguido para o ar enfumaçado, depois se inclinou na direção de Feaver antes de sair. Parecia que ia sussurrar uma última palavra, mas em vez disso segurou subitamente a gravata de Robbie. De modo improvável, Feaver sacudiu-se para trás, praticamente se estrangulando, enquanto se apoiava na curva suave de mogno fixa à borda do bar de granito. No momento não ficou claro o que estava acontecendo. Mas, olhando a fita depois, dava para ver que enquanto Robbie era levantado do banco pelo puxão de Kosic, este enfiara a mão debaixo do balcão e agarrara os órgãos genitais de Feaver. Como Robbie informou, Kosic pegou um testículo e seu pênis dentro do punho e apertou-os durante algum tempo, até que ele finalmente sussurrou algo em sua voz aguda e feminina. O que ele disse foi baixo demais para o FoxBIte captar no meio do clamor, mas Robbie ouviu, e entendeu, assim como o sorriso doentio com que a mensagem foi entregue.

– Eu sou o único tocador de realejo que você conhece – disse Kosic.

36

Evon não percebeu o que estava para acontecer.

Depois de deixarem o Attitude, ela ouviu Jim repassar os relatórios de Feaver e dos agentes sentada na sala de reuniões de McManis. Reviram as fitas. No áudio, os pontos críticos das conversas eram frequentemente obscurecidos pelo piano e pelas gargalhadas; observações ocasionais eram sugadas pelos microfones direcionais tão imprevisivelmente quanto moedas entrando num aspirador de pó. Alguém reclamou da proposta de aumento de impostos feita por Clinton; outro momento revelou a passagem de informações sigilosas sobre a futura venda de uma empresa. A audição demorou mais de uma hora e meia.

Incluindo os agentes de vigilância, o grupo central contava então com 15 pessoas, muito mais pessoas do que cadeiras. Eles passavam saquinhos de batata frita e refrigerante, já que ninguém havia jantado, e como sempre tentavam imaginar o passo seguinte. Sennett continuava falando de outra investida contra Tuohey.

– Desde que você me consiga um transplante aqui embaixo – respondeu Robbie. Houve muitas gargalhadas. – Quando eu voltar a mencionar o nome de Brendan, Kosic vai arrancar minhas coisas, Stan.

Sennett olhou para McManis pedindo sua avaliação. Jim achou que não havia chance de chegar a Tuohey.

– Eles já estão escrevendo bilhetes, com medo de falar.

– Mas Robbie passou na revista. Agora precisam confiar mais nele.

– Não muito. Stan, esses caras sabem que não devem confiar em ninguém. Eles falaram com Robbie sobre Evon porque não querem que ele se afunde mais ainda. Mas sabem que ele é perigoso. Ele está para ser apanhado pelos federais e nesse momento todas as hipóteses são possíveis. Você pode imaginar todas as situações que quiser com Tuohey. Nós só vamos empilhar as fitas que ele vai poder mostrar durante a defesa de seu processo. Ele nunca vai pisar em areia movediça com Robbie.

– Todos pisam – contra-atacou Sennett. – Se você encontrar a coisa certa, *todos pisam*. – Seus olhos saltaram na minha direção. Aquilo era uma conversa de promotores, e provavelmente seria melhor que não acontecesse na frente de um advogado de defesa.

O conselho de Jim era abandonar o ataque frontal. A melhor abordagem com Brendan era pelos flancos. Eles tinham de esperar que alguém o entregasse. Alguém como Kosic, ou Milacki, poderia pegar Tuohey desprevenido. Se continuassem pressionando com Robbie, poderiam desperdiçar a chance.

O bom senso do que Jim estava dizendo pareceu convencer todos os outros. Mas Stan não queria ceder. Sua grande inteligência ardilosa trabalhava a serviço da gratificação que obtinha ao ganhar no confronto direto. O triunfo que ele desejava seria duelar com Brendan, um contra um.

Perto do fim da discussão, os dois saíram. Quando voltaram, McManis chamou Evon para sua sala. Ela ainda não sabia o que ele tinha a dizer.

– Estamos tirando você – disse Jim. – Acabou.

Ela se sentiu como um daqueles ovos que via na infância, dos quais tiravam toda a gema e a clara para fazer enfeites de Páscoa. Frágil. Vazia.

– Porque você está preocupado com o que Kosic quis dizer com relação a se livrar de mim?

– Não vamos esperar para descobrir. Mas o problema não é esse. Você está queimada. E supostamente Robbie sabe disso. Ele precisa tirar você do escritório na segunda-feira. Não resta mais nada para a agente disfarçada Evon Miller fazer.

– O que Sennett acha?

– Isto não tem a ver com Sennett. E ele reconhece a lógica.

– Mas será que eu posso ficar na cidade? Talvez eles tomem alguma atitude.

– Não. Não quero mais colocar você nesta. Não há necessidade operacional. Depois da segunda-feira, é adeus.

Evon sentiu-se totalmente desesperada. Não podia voltar.

– Vá para casa – disse ele. – Veja sua família. Você está com licença acumulada há meses. Provavelmente iremos chamá-la de volta quando começarmos os processos. Você não vai perder o *grand finale*. Mas por enquanto quero você fora do perigo. São ordens. – Ele observou-a absorvendo aquilo, vendo o mal que estava lhe fazendo. – Eu lhe disse, isso não é fácil. Toda a jornada. Do começo ao fim. É duro.

Quando Jim abriu a porta, Sennett estava esperando. Evon desejou que ele estivesse ali para discutir com McManis, mas em vez disso ele pegou sua mão. Disse todas as palavras certas. E falou com sinceridade, pelo que ela pôde perceber. "Extraordinário", ouviu-o dizer. Ele disse "coragem" mais de uma vez. E disse "patriota".

– O povo deste distrito jamais saberá o quanto deve a você, DeDe. Você é uma tremenda profissional. Todo mundo no Bureau tem orgulho de você. E eu me sinto muito honrado de ter trabalhado com você.

Diziam isso sobre Stan: que ele era capaz de raspar o fundo e depois alcançar as estrelas. Não deixou que qualquer amargura sentida com a decisão de McManis tivesse impacto sobre o modo como falou com ela. Seus olhos escuros brilhavam. Nos momentos mais estranhos dava para ver o que realmente importava a esse sujeito. Ela sentiu como se estivesse recebendo outra medalha olímpica.

Depois os três voltaram para a sala de reuniões e anunciaram que Evon estava saindo. As cerca de 15 pessoas reunidas levantaram-se e aplaudiram. Klecker estourou um saco de batatas fritas vazio, e todos na sala abraçaram-na ou apertaram seus ombros.

Estava acontecendo, percebeu Evon. Estava mesmo acontecendo. Ela estava acabada.

Havia já várias semanas um grande caminhão de lixo, pintado de vermelho e azul, as cores do Serviço de Limpeza do Condado, passava periodicamente no beco atrás da casa de Brendan Tuohey, pegando o lixo de cada uma das casas do quarteirão. O caminhão, com sua traseira de dois andares e uma bocarra predadora atrás, era propriedade do DEA, a Força Administrativa de Narcóticos, mas era emprestado de graça para as outras agências federais, e até mesmo tinha uma rotina predefinida a cada dia, apesar de cobrir uma área de 150 quilômetros. Como não é necessário mandado para pegar propriedades que a lei considera abandonadas, o confisco de lixo se tornara um armamento padrão na guerra contra o crime. O lixo dos vizinhos de Tuohey era descartado, enquanto as sacolas verdes-escuras das latas de Brendan eram entregues a Joe Amari, para que ele e sua equipe pudessem examiná-las com luvas de borracha. Coisas interessantes surgiram. Brendan, tinha um improvável interesse na vida dos santos, e a cada dia havia vários recibos de ordens de pagamento, que os cães de caça do imposto de renda rastreariam quando a investigação viesse à tona.

Na segunda-feira de manhã cedo, quando Evon chegou ao escritório de McManis para um relatório final antes de ir pela última vez ao escritório de Feaver & Dinnerstein, Joe Amari colocou sobre a mesa de reuniões o guardanapo onde Rollo Kosic tinha escrito seu alerta para Robbie na noite de sexta-feira. Já estava numa pasta de plástico e cada um dos agentes entrou para dar uma olhada, como se fosse um pedaço da Cruz Verdadeira. O guardanapo, com o logotipo preto do Attitude e rabiscos geométricos nos cantos, fora rasgado em quatro, mas os pedaços se encaixavam. Seria mandado para tirar impressões digitais e fazer análise de escrita assim que Feaver o identificasse.

Ele chegou às 9h30 para montar o cenário do último ato de Evon lá em cima. Depois do fim de semana em casa, Robbie parecia de novo destroçado.

– É ele – sorriu enquanto segurava o envelope plástico, mas isso pareceu exigir um segundo esforço.

Agora Kosic estava feito. Obstrução clara e possibilidade de conspiração. McManis queria começar a planejar uma estratégia para fazê-lo mudar de lado. Rollo era uma figura chave. Ainda não havia provas diretas contra Tuohey, nada que provasse que ele estava mancomunado com Kosic e os outros.

McManis olhou pela segunda vez para o guardanapo e perguntou a Robbie sobre a referência a Mason, o que ele não mencionara na noite de sexta-feira. Feaver deu de ombros. Aparentemente Brendan achou que ele havia procurado Mason porque não tinha batido na porta de Tooley.

Robbie subiu primeiro para o seu escritório. Quando Evon chegou lá, a recepcionista, Phyllida, uma esguia australiana que Robbie contratara porque adorou seu sotaque, disse a Evon que ele queria vê-la. Quando ela fechou a porta da sala de Robbie, foi tomada por um jorro inesperado de melancolia; ela captou a bela paisagem da cidade através das janelas largas e a harmonia da luz de primavera e entendeu também que estava indo embora. Na memória, percebeu, essa experiência seria similar ao hóquei, outro grande marco em sua vida, algo do qual se orgulhar, outro rio em que ela não poderia pisar duas vezes.

– Então – disse Robbie. Os olhos dele estavam sem vida. – Blá-blá-blá, você está despedida.

Ele deveria estar mantendo o disfarce. Evon deveria gritar e dizer palavrões, o que deveria atrair algumas pessoas do escritório para perto da porta. A ideia era criar a impressão de uma briga final de amantes. Mas Robbie claramente não estava pronto para começar.

– Então, nós vamos nos reunir de novo ou isto é adeus? – perguntou ele.

Ela partiria dentro de meia hora. Amari iria levá-la ao aeroporto. Ela contou que McManis disse que ela voltaria assim que começassem a tentar convencer os principais alvos da investigação a colaborar. Ele sentou-se na alta cadeira preta e balançou a cabeça, sorrindo consigo mesmo.

– Você sabe, eu sempre achei que uma das coisas mais fantásticas sobre as mulheres era que elas sempre ficavam. – Robbie olhou para o tapete vermelho durante um tempo. – O tempo muda.

Ela sorriu, triste, e depois, num impulso, atravessou a sala e abraçou-o, esperando o que pareceu um tempo bastante grande para ele soltá-la.

– É melhor você falar alto agora – disse Evon. – Deixe que eles ouçam "você está despedida", como se você falasse a sério.

– Você está despedida – falou indiferente. E então, olhando-a arrasado, começou a chorar. – Não tome isso como um elogio. Eu choro por tudo ultimamente. – Ele pegou o lenço. – É melhor você começar a gritaria. Agora é a sua chance. Diga a eles que monte de bosta eu sou.

Evon decidiu bater a porta e, enquanto saía, murmurou entredentes. Quatro passos depois, parou para não cair no precipício de emoções desordenadas. Bonita, com seus olhos de guaxinim e os cabelos pretos e quebradiços como fibra de vidro, estava olhando. E também Oretta, do arquivo. Perfeito, pensou Evon. Teatro perfeito.

NO MEIO DA SEMANA ela foi a Denver visitar Merrel. Chegou na quinta-feira, e na tarde de sexta as duas foram para Vail, ver o apartamento novo no balneário. Custara 750 mil dólares, e Evon sentiu que poderia atravessar as paredes com a mão se batesse com bastante força, mas Merrel e Roy estavam empolgados, como sempre ficavam com suas posses. Juntos alardearam tudo no lugar: o pátio, a vista da montanha, a banheira quente, a mobília da sala de jogos, até o fogão e o micro-ondas. Na visão de Roy, era a mesma coisa que Jesus entregar a eles um relatório dizendo que estavam fazendo o bem. Roy passava cinco dias por semana viajando de avião. Algumas vezes Evon atendera ao telefone quando estava visitando-os e o ouvira dizer que estava nos lugares mais ridículos, Sumatra ou Abu Dhabi. Mas, quanto mais o conhecia, mais percebia que ele era muito parecido com seu pai, apegado a poucas coisas simples e, além disso, completamente perplexo.

As meninas de Merrel, com idades entre 14 e 3 anos, eram maravilhosas. Grace e Hope, Melody e Rose eram todas louras e imitavam a mãe, todas de unhas pintadas e argumentando como Merrel deveria pentear seus cabelos. Evon gostava especialmente de Rose, a menorzinha, que diziam parecer com a tia. Na verdade, não era um elogio. A pobre Rose não nascera com o ar sedoso e altivo de sua mãe. Era o que Merrel chamava de "atarracada". Rose nunca andava arrumada e, aos 3 anos, já era meio frenética, incorrigivelmente dada a gritar sempre que queria ser ouvida. Mas, por que motivo fosse, adorava a tia. Atraía Evon para seus jogos e já podia jogar uma bola com precisão.

Na noite de sábado, o jantar foi uma bagunça. Roy estava no pátio, reclamando da churrasqueira a gás que não queria acender, e a carne estava ali ao lado, enquanto a luminosidade ia diminuindo e fazia encolher o volume das montanhas. O cheiro de cedro subia do solo da floresta enquanto o frio começava a drenar o pouco de umidade do ar. Merrel, tentando ignorar a agitação crescente de Roy, finalmente deu macarrão para as meninas menores, e ela e Evon comeram metade de uma cunha de brie e beberam uma garrafa de vinho quase inteira.

Evon tentou distrair as pequeninas. Rose disse-lhe que vovó tinha falado que ela seria a menina das flores quando a tia DeDe se casasse.

– Ah, querida – disse ela –, acho que a sua tia DeDe não é do gênero que se casa.

Merrel, que ainda estava desempacotando caixas na cozinha, ouviu isso e gritou de lá com uma história sobre uma colega de Roy, uma mulher chamada Karen Bircher que, aos 41, durante 15 meses, trocara uma carreira influente pelo cargo de mãe e dona de casa.

– Só é preciso o sujeito certo, De – disse Merrel, carregando para a pequena sala de jantar uma bandeja cheia de copos.

Num tom leve, risonho, na verdade extremamente feliz, Evon disse:

– Ah, não creio que seja um cara.

Quem sabe por que essas coisas acontecem? Sua irmã ficou imóvel, com o olhar ansioso dividido entre a bandeja, que claramente receava deixar cair, e Evon. Merrel ficou aterrorizada. Não há outro modo de descrever o olhar que fez evaporar boa parte de sua beleza. Ela literalmente agarrou Rose, dizendo que estava na hora de ir dormir, e saiu correndo com a filha.

Quando voltou à cozinha, estava furiosa. Evon estava empilhando pratos no armário.

– Por favor, DeDe – sussurrou Merrel – *por favor,* nunca sequer diga uma coisa dessas ao Roy.

Roy. Evon riu de novo. Instantaneamente sentiu medo de que fosse outro daqueles momentos em que suas reações saíam totalmente erradas. Mas estava tão feliz! E o pensamento de dizer algo a Roy foi puramente divertido. O simplório Roy era apenas um sujeito andando através de um túnel e procurando a luz.

– Ah, querida – disse Evon. – Faz 15 anos que eu tento dizer isto a mim mesma. – Ela ainda se sentia como uma bolha subindo num refrigerante. Encontrou os olhos da irmã. Demorou um momento para Merrel reconhecer a si própria. Estava tentando voltar para algo. Amor. Merrel a amava. Na família, as duas eram as que se amavam mais. E havia um motivo para isso, porque cada uma sempre carregava um pedaço da outra, a outra pessoa que elas poderiam ter sido.

– Ah, querida, querida – disse Merrel e abriu os braços para a irmã. As duas ficaram ali na pequena copa rindo e chorando, mas só por um momento, porque Melody entrou, chateada com a bagunça que Grace fizera no cabelo de uma de suas bonecas. Sem saber o que fazer, Merrel pegou a filha e abraçou-a com ansiedade. Em seguida pegou DeDe e envolveu-a também no abraço.

37

Na semana em que Evon foi embora, nada aconteceu. Na quarta ou quinta-feira, Stan e McManis tinham percebido que Tuohey e seu pessoal não se manifestaram, esperando para ver o que o FBI faria com Feaver.

Depois que o bilhete de Kosic para Robbie lhe foi apresentado, a juíza-chefe autorizara a instalação de uma câmera de fibra ótica no escritório de Kosic para somar-se ao grampo que Alf havia colocado no telefone semanas antes. Ela deixou que o equipamento permanecesse ligado nas horas de serviço, mas os resultados não foram mais reveladores. Dois telefonemas, um deles de Sherm Crowthers, pareceram suspeitos, mas, segundo os agentes que patrulhavam o tribunal, Kosic descera até a sala de Crowthers para conversar. Na quarta-feira, Kosic contou a Milacki, durante uma conversa sobre várias moções negadas, que ouvira dizer que a namorada de Feaver tinha deixado a cidade. Não houve especificação de como Kosic sabia disso, ainda que presumivelmente tivesse sido a partir de Tuohey, que teria sabido da notícia por Mort. O juiz-presidente apareceu uma ou duas vezes na sala de Kosic, e só parou na porta, mas as trocas de palavras entre os dois foram inócuas. Rollo chamou-o de "meritíssimo". Muito provavelmente as conversas mais significativas, eram reservadas para quando estavam em casa.

Na sexta-feira, Sennett imaginara uma nova situação, garantindo a concordância de McManis para fazer um último esforço diretamente contra Tuohey. Quando Evon voltou a Des Moines no fim do domingo, vinda do Colorado, havia um recado de McManis na sua secretária.

"Volte ao trabalho". Ela pegou o avião das 7 horas da manhã de segunda-feira e chegou a Kindle às 8h30.

Amari e McManis pegaram-na no aeroporto e a levaram ao centro da cidade. Às 9h30 Evon chegou à recepção da Feaver & Dinnerstein, acompanhada por dois agentes do escritório de campo local do FBI. Perguntou de novo por Robbie. Phyllida sabia o bastante para perceber que o surgimento de Evon significava encrenca. Pelo interfone, Feaver mandou Phyllida dizer que ele não estava, mas quando ela passou a mensagem, Evon retirou sua credencial do FBI da bolsa e abriu-a, como se fosse um poderoso truque de mágica. Phyllida era inteligente, mas não pôde entender aquilo. Empurrou sua cadeira para trás da mesa de recepção até bater na parede, colocando no peito a mão estreita, com esmalte cor-de-rosa.

Evon passou por ela, seguida pelo dois agentes. Abriu a porta de Robbie e foi até a mesa de vidro, onde ele estava falando ao telefone. Robbie parecia arrasado, pior do que quando ela tinha ido embora. Evon percebeu que ele estava perdendo peso. Ele interrompeu um sorriso quando ela se aproximou.

– Robert Feaver! – gritou ela numa voz que ressoou pela sala. Em seguida mostrou suas credenciais. – Agente especial DeDe Kurtzweil do Bureau Federal de Investigação. Esta é uma intimação *duces tecum* exigindo que o senhor compareça ao Júri de Instrução Especial de junho de 1993, na sexta-feira, dia 21, às 10 horas da manhã. – Ela jogou o documento sobre a mesa e deu meia-volta. Robbie, representando, correu atrás dela soltando palavrões.

Às 11 horas, ele estava na sala de Rollo Kosic. Não teve dificuldades para parecer abatido e fora de si. Eu sabia que ele tivera um fim de semana horrível. Na sexta-feira, muito antes do que os médicos haviam previsto, Rainey perdera a capacidade de mover o pulso direito o suficiente para operar o mouse do computador. Durante 48 horas ficou ali deitada sem capacidade de se comunicar, a não ser piscando os olhos ou batendo com os dedos. No domingo, um amigo da empresa de computadores colocara um novo equipamento, controlado a laser pelo movimento de seus olhos. No entanto, o período que Rainey passara trancada, sem voz, fora um vislumbre de um futuro intolerável. Ela decidira não tomar outras medidas para prolongar a vida. Quando Robbie apareceu na tela do furgão de vigilância, onde todos nós estávamos olhando, sua angústia parecia tão palpável como numa peça de teatro kabuki.

A sala de Kosic era minúscula, anteriormente reservada para um escriturário. Havia estantes vazias em três paredes. Ao estilo de Brendan, Kosic não se incomodava com qualquer tipo de foto ou de lembrança. Os muitos papéis do tribunal com os quais ele lidava estavam dos dois lados da mesa, em duas pilhas bem organizadas. Com a ajuda do grampo nas linhas telefônicas, Alf podia aproximar e afastar o ângulo da câmera por um controle remoto. Kosic estava bocejando impassível quando Robbie passou pela porta e largou a intimação em sua mesa. A não ser pelas datas, era o mesmo documento entregue a Robbie no fim de setembro pelo imposto de renda. Pedia os registros da conta secreta no River National. Enquanto Kosic lia, Robert disse:

– Eles sabem.

Como sempre, Kosic não deu resposta.

– Preciso falar com ele, Rollo.

Os olhos de Kosic viraram-se para cima, mostrando os brancos.

– Rollo, é onde eu pego o dinheiro. Naquela conta. Eles sabem. Eu preciso falar com ele.

Kosic pareceu perceber que não tinha opção a não ser falar.

– Não vejo o sentido disso.

– Eu preciso, Rollo. Eu não contei merda nenhuma ao Mason. Mas agora preciso contar *alguma coisa*. Essa conta parece muito estranha, com todo o dinheiro que sai. Temos de descobrir um modo de manter o Mort limpo. Não sei se alguém vai acreditar se eu disser que ele não sabia para onde o dinheiro estava indo. E algumas das coisas que eu posso dizer não o ajudariam a manter a licença. Preciso saber o que Brendan pode armar na Ordem.

Rollo balançara a cabeça como um metrônomo durante todas as observações de Robbie.

– Está latindo na árvore errada. Ele não pode ajudá-lo com isso.

Feaver fingiu fúria. Pegou a intimação de novo e jogou-a. Em seguida, se apoiou na mesa de Kosic.

– Esta é a porra da minha licença para advogar. Isso significa que Deus sabe há quanto tempo eu estou ligado a só Deus sabe o quê. Eu seguro a barra, mas preciso de ajuda. E preciso agora, Rollo. Preciso dizer a coisa certa.

Para Kosic, para Tuohey, o dilema era exatamente o que McManis descrevera: eles tinham de manter Robbie de reserva, mas sem dizer ou fazer qualquer coisa que pudesse levar a outros problemas para eles, caso Feaver não aguentasse o tranco. Rollo ponderou com um dedo nos lábios, revelando a unha ruim. Disse que eles entrariam em contato com Robbie.

Enquanto Robbie se aproximava da porta, finalmente Kosic disse algo.

– É uma pena que seu pau não seja um cata-vento para previsão do tempo, Robbie. Com todo o tempo que você passa balançando ele por aí, teria visto isso se aproximar.

Durante mais de 24 horas não houve outra notícia deles, até que na tarde de terça-feira Milacki apareceu sem avisar na recepção de Robbie. Feaver ligou para Alf, esperando que ele levasse o FoxBIte para cima imediatamente. Em vez disso, Klecker mandou que ele simplesmente deixasse o telefone fora do gancho. Embaixo, Alf enrolou a fita e colocou seu aparelho na função *mute*, de modo a não sair algum som comprometedor do telefone de Robbie enquanto a conversa fosse transmitida. Em seguida, Phyllida fez Milacki entrar.

Sig ficou impressionado com a mobília elegante.

– Isso que vocês têm nas paredes é pele de cliente verdadeira?

– Só dos polacos. São os únicos que acreditam que eu vou fazer um *face lift* quando peço para eles se curvarem.

Bonita trouxera uma Coca para Sig, e ele se desculpou depois de arrotar.

– Como anda o seu jogo de golfe? – perguntou ele.

– Quase tão enferrujado quanto meus tacos.

– Uns dois caras acharam que você gostaria de dar umas tacadas antes do trabalho. No Rob Roy. O que acha? – Era o clube de Brendan. – Isto deve ficar na moita, certo? Eles só abrem para jogos às 8h30, de modo que esses caras vão direto para o número cinco. – Milacki deu as instruções. Robbie deveria estacionar o carro na extremidade mais distante do estacionamento do clube, perto da área de manutenção, e depois andar cerca de 400 metros num caminho que atravessava a Floresta Pública. Robbie conhecia o lugar, dos piqueniques da infância.

– Tem um laguinho lá, não é?

– É – disse Milacki. – Tacada inicial às 6 horas.

Chamado à sala de reuniões junto com Stan, ouvi a fita naquela tarde. Parecia ter sido gravada num *canyon*.

– Como ele reagiu quando você falou do lago? – perguntei a Robbie.

Feaver respondeu com um leve sorriso fatalista. Era um lugar remoto. Todos nós estávamos pensando o mesmo. Até Sennett.

– Quero vigilância total – disse Sennett a Amari. Quero gente vestida de pássaro nas árvores. O que for necessário. Não quero Robbie fora das vistas.

Amari encolheu a boca num riso sardônico.

– Nós estamos no terreno deles. Literalmente. Aposto que Tuohey pode jogar naquele campo de golfe no escuro. Ele sabe quando um graveto muda de lugar. E vou ter de colocar meus rapazes durante a noite? Nós teremos uma tremenda sorte se um deles não cair naquele lago e se afogar.

– Eles estão armando tudo para se sentir em segurança – disse Sennett. – Tuohey acha que não precisará olhar por cima do ombro. Se você fizer a coisa direito, Robbie, ele vai baixar a guarda. Ele tem de se certificar de que você vai aguentar o tranco por todos eles. Você só precisa fazer com que o sujeito diga isso em voz alta.

Encostei McManis no canto antes de sair. Queria saber o que ele diria se eu insistisse para que Robbie usasse um colete kevlar, à prova de balas. Ele poderia escondê-lo debaixo do paletó. Jim recusou a ideia. Não falou o que mais tarde eu percebi ser a resposta correta: de perto, o tiro seria na cabeça.

– Olhe, George, não posso dizer que é completamente seguro. Porque não é. Mas teremos vigilância em toda a área. Se aparecer alguém de quem nós não gostarmos ou que não conhecemos, alguém que os agentes do condado de Kindle saibam ter ligações criminosas, se parecer que Milacki ou Kosic estão portando arma... se algo estiver errado, eu encerro tudo, George. Esta é a minha palavra. – Seus olhos claros não se desviaram dos meus. – Mas não os vejo escrevendo mensagens secretas para Robbie e depois fazendo com que ele desapareça dez dias mais tarde. Eles teriam agido na semana passada, se fossem fazer isso. Essa é a lógica, pelo menos. – Em seguida, virou as palmas das mãos para cima, reconhecendo o quão pouco qualquer desses esforços de previsão valiam no fim das contas.

38

Encontramo-nos no Hickory Stick Mall, um daqueles enormes shoppings cujo estacionamento imenso, praticamente vazio na escuridão das 4h30 da manhã, silenciava sobre os apetites triviais que fariam o lugar estar apinhado ao meio-dia. Um grande letreiro para o multiplex, a única coisa iluminada em contraste com um céu fantasmagórico tingido com as primeiras gotas cinzentas de luz, anunciava vários filmes que eu ainda não tinha visto. *O último grande herói.*

Parque dos dinossauros. Por enquanto, eu não tinha necessidade de aventuras imaginárias.

Como disfarce, havíamos concordado em usar roupas de pesca, posando como um grupo de *yuppies* do centro da cidade tentando pegar um ou dois peixinhos antes do trabalho. Eu apanhara emprestado com Billy, um dos meus filhos, um colete cáqui com zíperes e bolsos. O furgão de vigilância percorreu o estacionamento gigantesco pegando cada um de nós, que sinalizávamos no máximo com as luzes de freio.

Robbie e eu estávamos juntos no lado norte do shopping center. Só tínhamos tido alguns momentos para conversar antes da chegada do furgão cinzento. Robbie ficara acordado a noite inteira com Rainey. Examinando-o, percebi que nas últimas semanas ele virara uma esquina importante de sua vida; continuava bonitão, mas a preocupação, a falta de sono, a depressão e a alimentação ruim pareciam tê-lo desgastado permanentemente. Haviam roubado parte de sua glória. No entanto, ele mantivera o espírito de "o show deve continuar" e fizera o máximo para se parecer com o personagem. Vestia uma bonita camisa de golfe, de tecido bordado, e elegantes sapatos de golfe.

Eu falei que ele ainda poderia dizer não àquilo.

– Não, não posso – respondeu ele. – Eu sempre soube que iria pegar Brendan ou morrer tentando. – Ele disse que a melhor notícia era que ele já estivera na floresta, de modo que não teria de se preocupar com o risco de cagar nas calças.

No furgão, eu pedi um minuto com Stan. Quando saímos, McManis entregou uma vara de pesca a cada um de nós. Nem Sennett nem eu fazíamos o gênero vida ao ar livre, e McManis chamou-nos de volta brevemente, alertando-nos, em tom curto e grosso, para tomar cuidado com os anzóis. Stan e eu ficamos parados entre as faixas pintadas do estacionamento vazio, a 100 metros de várias lojas de departamento caras, fingindo testar a flexibilidade das varas.

Falei a Stan que meu cliente parecia bastante preocupado com a possibilidade de ser morto.

– Isso não vai acontecer – disse Sennett. – Se eu não achasse que poderíamos protegê-lo, não estaria fazendo isso. Não deixe que ele recue, George.

Esse não era o caso, falei. Eu só queria que Stan garantisse a Robbie que ele virtualmente cantaria o hino americano a cada vez que mencionasse o nome de Feaver para o juiz do processo.

Ele fez isso, mas Robbie não pareceu muito mais feliz. No furgão, repassamos mais uma vez a situação e Alf preparou o equipamento. As chances eram de que Milacki não revistaria Robbie de novo, com medo de que mais um insulto pudesse jogá-lo nos braços do governo. Mesmo assim, como Robbie não estava usando botas ou paletó, esconder o FoxBIte era um desafio. Considerando tudo, Alf decidira ocultar as unidades na copa de um chapéu de golfe de aba larga, estilo australiano, escondendo-as debaixo de um forro emborrachado. Klecker fez Robbie ensaiar várias tacadas, para ter certeza de que o chapéu ficaria no lugar. O único problema sério era que, para colocar o gravador e o transmissor no pouco espaço disponível, Alf teve de usar uma bateria menor. Isso significava que Robbie não podia ficar passeando pelo campo com Tuohey esperando até que ele começasse a conversar no buraco 19. O FoxBIte deixaria de funcionar depois de 1h40.

Um guincho cheio de estática chegava ao furgão, com os informes dos agentes posicionados na floresta pública. As comunicações eram facilmente ouvidas e algumas vezes inquietantes. A vigilância não era tão ampla quanto planejada. Os rapazes de Amari haviam montado esconderijos em quatro dos carvalhos que cercavam o campo de golfe. O processo de construí-los no meio da noite, com a polícia florestal do condado passando ocasionalmente pelas estradas ali perto, fora cômico e arrepiante. Mas, mesmo com binóculos de visão noturna, fora impossível avaliar totalmente o terreno. À medida que a luz voltava, os agentes iam informando que havia muitos lugares, especialmente nos baixios das armadilhas de areia, em que Robbie estaria completamente fora das vistas.

Houvera alguma discussão sobre colocar a câmera portátil na sacola de golfe de Robbie, mas teria sido quase impossível manter a lente na direção certa. Em vez disso, os quatro agentes de vigilância nas árvores estavam equipados com câmeras, duas de vídeo padrão que gravariam em cor e duas dos modelos 2,4 GH que transmitiriam uma imagem para o furgão. Haveria outra cobertura de agentes, posicionados no perímetro do campo com binóculos. Gente correndo e caminhando à primeira luz do sol não era coisa incomum, mas pela primeira vez Sennett não parecia preocupado com os riscos de serem notados.

– Se formos descobertos, tudo bem – disse ele. De qualquer modo, ninguém poderia avisar a Tuohey no meio do campo de golfe. Sennett, para seu crédito, estava decidido a não perder Robbie de vista.

Por fim, às 5h30, estava na hora de ir. Amari tinha uma unidade seguindo Tuohey, e eles avisaram pelo rádio que Brendan e Kosic tinham acabado de sair da garagem da casa de pedra em Latterly. Dois carros de vigilância, modelos novos do Nova, que tinham sido montados sobre chassis enferrujados de modelos mais antigos, entraram no estacionamento para acompanhar Robbie ao country club. Evon, McManis e eu levamos Robbie até o Mercedes.

– A qualquer momento em que você achar que isso está fora de controle – disse Jim –, só fale "tio Petros" e nós vamos pegá-lo. Você não precisa ter certeza. Se ficar desconfiado, mande ver. Ninguém vai dizer nada depois.

Apertei a mão dele e Evon o abraçou, levantando parcialmente um dos braços até o ombro dele.

– Grande show – disse ela. – Grande estrela. – Ele gostou do pensamento.

Fomos a um ponto predeterminado no parque público, uma pequena área de cascalho onde ciclistas e canoístas costumavam descarregar seu equipamento. Alf e Clevenger trabalhavam febrilmente no material eletrônico, tudo funcionava. Dos postos nas árvores, as câmeras capturavam um panorama impressionante e, com o benefício da operação manual, podiam ampliar imagens até 48 vezes com as lentes zoom. Alf informou que os agentes cinegrafistas estavam amarrados às árvores por cintos, como se fossem lenhadores.

Exatamente às 5h45 o Mercedes apareceu no estacionamento do clube. O rosa quente do nascer do sol quase havia desaparecido no leste. Robbie, que pusera um casaco branco para se proteger do frio da manhã, olhou para as árvores com a expressão determinada treinada no tribunal. Em seguida, jogou no ombro a bolsa de golfe branca e pesada, com a marca gravada em ouro, e com as duas mãos pôs o chapéu na cabeça. Para conservar energia, o FoxBIte fora desligado depois de McManis gravar o discurso inicial de sempre. Nesse momento um dos carros de vigilância patrulhava a beira da estrada, e o agente do lado do motorista apertou o controle remoto do FoxBIte. No furgão, ouvimos Robbie declarar:

– Isto é um teste, isto é só um teste do sistema de alerta de emergência.

Alf mandou um aviso pelo rádio e o carro do agente se afastou.

Como Milacki prometera, o portão da manutenção estava destrancado, e Robbie começou a andar pelos bosques fechados do Meio-Oeste. A mata era predominantemente primária, cheia de madeiras de lei, carvalhos, pinheiros e nogueiras, com samambaias e trepadeiras crescendo à sombra. Narcisos e amoras silvestres amontoavam-se nos pequenos retalhos de sol. Robbie caminhava preocupado, sem prestar atenção ao que havia ao redor, como os colonos que haviam andado pela floresta um século antes. Os comerciantes, agricultores e mercadores que originalmente chegaram a essa área eram figuras rudes, procurando apenas uma oportunidade de lucro. Para eles a terra não era o lar do espírito, e sim uma mercadoria a ser explorada. As florestas em área de reserva tinham sido salvas da espoliação no fim do século XIX pelos esforços de alguns arquitetos e planejadores urbanos educados no leste, filhos de homens ricos cujos desejos eram satisfeitos porque aquelas áreas pareciam distantes demais para valer uma discussão.

No áudio, enquanto Robbie caminhava, havia um fundo quase musical de pássaros e insetos, gritos de esquilos e pequenos roedores, e o barulho da água de riachos que desciam para o lago onde encontraria Tuohey. De vez em quando ele gemia sob o peso da bolsa, evitou as piadinhas ocasionais que algumas vezes pontuavam as gravações quando estava sozinho.

Por fim, chegou à estrada que passava pela floresta pública. O estacionamento onde estávamos não ficava a mais de 300 ou 400 metros. Robbie veio na nossa direção, depois seguiu um caminho de volta em direção ao campo de golfe. Na tela, nós o vimos passar por cima da proteção galvanizada numa curva. O solo estava escorregadio perto da água e, tentando se equilibrar com a sacola, ele tropeçou em determinado momento, apoiando-se no barranco íngreme. Mesmo assim, uma mancha de lama preta sujou seu colete. Sendo os hábitos o que são, Robbie tentou limpá-la antes de prosseguir.

A cerca de aramado entre o country club e a floresta se interrompia nesse ponto por uma ponte que atravessava o pescoço do lago de Galler. As águas da primavera se espalhavam com indiferença entre ricos e pobres, sobre terra pública e particular. A ponte era dividida em todo o cumprimento por uma cerca de madeira com 1,5 metro de altura. O lado de trás, com as tábuas horizontais cruzando os postes, estava virado para Robbie. Ele deveria jogar os tacos por cima e depois pular para a propriedade do clube. Assim que jogou a sacola, lançou para a câmera por cima do ombro, um olhar preocupado.

O agente que operava a câmera mais próxima foi apanhado desprevenido. Tinha mantido Feaver num ângulo fechado, por medo de perdê-lo entre as folhas. Nesse momento, enquanto tentava localizar o que distraíra Robbie, o cinegrafista moveu a câmera rápido demais e não conseguiu recuperar o foco enquanto experimentava um plano mais aberto. Quando reajustou e encontrou Feaver, este estava de volta à ponte falando com um policial do condado de Kindle. Ouvimos Robbie pulando, dando um cumprimento alegre, mas foi um choque ver que era um policial que o abordara.

– Jogando golfe, senhor?

– Isso. Vou me encontrar com alguns amigos.

O policial era gigantesco, parecia um ex-atleta, uma grande presença física no uniforme azul apertado. Ele avaliou Feaver.

– O clube não está aberto.

– Certo, mas esses caras são sócios.

– Andaram tendo problemas aqui recentemente. Gente entrando sem licença e bagunçando tudo. É uma propriedade particular, o senhor sabe.

Robbie disse de novo que seus amigos pertenciam ao clube. Quando o policial perguntou quem eram, Robbie, hesitando, deu o nome de Brendan. O policial apontou através da cerca, observando que não havia ninguém no quinto T. Robbie disse que Tuohey chegaria logo.

– Posso ver algum documento do senhor? – perguntou o policial.

De cima, pudemos ver Robbie assentindo e gesticulando exageradamente, como costumava fazer quando estava tentando cativar. Exalava tamanha confiança que era difícil não acreditar que iria se sair bem. Era um outro miniataque cardíaco, mas nós já havíamos sobrevivido a muitos. Tuohey chegaria a qualquer momento para tirá-lo da situação. Todos nos encolhemos atrás de Alf, inclinados para o monitor. Amari dava ordens pelo rádio. A segunda câmera não podia captar Robbie, mas encontrara a radiopatrulha estacionada atrás de uma curva da estrada. Era um carro da polícia, e não do Departamento da Floresta Pública.

O policial pegou a carteira de Robbie e, sem devolvê-la, pediu que ele se afastasse da cerca. Em seguida, trocou de lugar com Feaver e, com uma das mãos, puxou a sacola de golfe para perto deles enquanto Jim ouvia os relatórios de Feaver e dos agentes; depois caminhou atrás de Robbie induzindo-o pelos 10 ou 12 metros até a estrada. Quando chegaram à radiopatrulha, o policial disse:

– Ponha as mãos no veículo, senhor, e se encoste nele, com as pernas abertas.

– Deus o ajude, Alf – sussurrou Stan. Klecker, ocupado com os mostradores, fez uma saudação. Se fosse detectado, o FoxBIte, que tinha o preâmbulo gravado, entregaria tudo, assim que alguém descobrisse como fazê-lo funcionar.

O policial revistou rapidamente as laterais do corpo de Robbie. Durante um segundo esperançoso, parecia certo que Robbie estava livre. Em seguida, o policial se empertigou.

– Agora levante as mãos devagar até a cabeça e tire o chapéu.

– Ei – respondeu Robbie bem-humorado. – O senhor não acha que isso já foi muito longe?

– Tire o chapéu, por favor.

– Acha que meu cérebro vai cair? Eu não poderia ter uma arma no chapéu.

O policial pegou o cassetete e disse a Robbie que estava pedindo pela última vez que ele tirasse o chapéu.

– E se eu chamar meu advogado?

Com isso, o policial levantou o cassetete até a altura do ombro.

– Santo Deus! – exclamou Evon. Mas o policial não bateu nele. Em vez disso, tirou o chapéu com a ponta do cassetete. O chapéu caiu no asfalto com uma velocidade suspeita. O FoxBIte emitiu um ruído e, com isso, o transmissor de frequência parou. Klecker se aproximou ainda mais do equipamento, girando mostradores e trocando *plugs*, sem solução, e gritando para Clevenger. Agora aquilo havia se transformado num filme mudo. Demonstrando bastante irritação, Robbie pegou o chapéu no asfalto antes que o policial pudesse alcançá-lo. O homem balançou o cassetete duas vezes e Robbie acenou as mãos indignado. Por fim, recolocou o chapéu na cabeça, parecendo carrancudo e claramente preparando-se para partir. O policial deu outro passo atrás, numa outra advertência. Por fim, tirou o revólver do coldre.

A visão da arma fez com que houvesse um intenso silêncio, como já era previsto. Eu ainda não tinha certeza quanto às intenções do policial, mas Sennett chegara a uma interpretação muito mais clara dos acontecimentos.

– Meu Deus, não! – gritou ele. – Não, não. Mexa-se!

McManis já estava com o fone junto aos lábios.

– Atenção! – gritou McManis. – Todos os agentes ao mesmo tempo. Agora!

Antes que ele terminasse, Evon saiu pela porta do furgão, correndo pela linha amarela no centro da estrada estreita na floresta. McManis, com seu terno azul, disparou a toda atrás dela. Mais tarde disse não ter pensado no fato de que estava desarmado. Até então, o passado esportivo de Evon fora pouco mais do que uma curiosidade para mim, mas a velocidade com que ela desapareceu adiante, abrindo cada vez mais espaço à frente de McManis, parecia quase um desenho animado.

Dentro do furgão, Amari estava gritando instruções em dois walkie-talkies diferentes. Quando olhei para trás, Sennett estava agachado, segurando as laterais do monitor, com o rosto suficientemente perto para ser iluminado pelo brilho cinzento.

Robbie continuava vivo. Tinha as duas mãos levantadas e assentia vigorosamente para o policial, que estava segurando o chapéu. O policial balançou-o várias vezes enquanto Robbie murmurava o que, dada a sua natureza, era certamente uma explicação ridícula. Depois, ficamos sabendo que ele disse ao policial que o chapéu era equipado com um medidor de biorritmo para ajudar a melhorar ainda mais sua tacada. O policial parecia estar refletindo sobre isso, mas mesmo assim colocou o chapéu debaixo do braço em que estava segurando a arma e arrancou o forro. Ficou olhando por algum tempo para a copa, onde o complexo equipamento elétrico estava enrolado num casulo de fios coloridos. Em seguida levantou a arma direto para Robbie. Pela primeira vez pareceu seriamente furioso.

– Não! – gritou Sennett de novo. – Meu Deus, não!

Mais tarde, o policial disse que pensou tratar-se de uma bomba.

ANTES DE CHEGAR à curva onde o carro da polícia estava estacionado, Evon saltou por sobre o trilho de segurança e começou a atravessar o mato, sacudindo os braços para se livrar dos arbustos espinhentos. Quando se aproximou de novo da estrada, viu o policial com o braço totalmente esticado e o revólver a 60 centímetros da cabeça de Feaver. Sua própria arma estava acima da barriga, num negócio chamado *Gunny Sac*, uma bolsa que se abria, expondo a arma. Ela sacou a 5904 e assumiu posição, gritando o mais alto possível:

– FBI! FBI! Largue a arma ou eu atiro.

A cabeça do policial deu um quarto de volta. Ela estava a uns 50 metros dele próxima às árvores, e obviamente o sujeito não tinha certeza de onde a voz tinha vindo.

– Eu sou instrutora de tiro em Quantico. Posso colocar uma bala dentro do seu ouvido cinquenta vezes em cinquenta tentativas, de onde eu estou. Largue a arma.

Em vez disso, o policial dobrou o braço, mantendo o revólver na direção de Robbie, mas a uma distância 30 centímetros maior. Ele pegou o FoxBIte debaixo do braço e, com a mão esquerda, apertou o botão de transmissão no rádio fixo ao ombro e falou nele.

Ela repetiu a instrução, mas o policial havia relaxado a postura, e pela primeira vez ela percebeu que não precisaria atirar. Dava para ouvir a cavalaria chegando pelo meio do bosque, e toda uma guarnição de agentes brotou de súbito do meio do mato, cinco ou seis, todos gritando "FBI!". Três usavam casacos impermeáveis azuis com as iniciais do Bureau em enormes letras amarelas. Agachados num semicírculo, eles rodearam o policial e Robbie. Evon correu para juntar-se a eles, e McManis chegou logo depois, praticamente sem ar. Pôs as mãos nos quadris para recuperar o fôlego, depois girou até onde o policial pudesse vê-lo.

– Quero pedir a todo mundo para baixar a arma assim que eu contar até três – disse ele.

No três, o policial olhou rapidamente para se certificar de que os agentes haviam obedecido, mas depois apontou a arma para baixo. O FoxBIte continuou na outra mão.

McManis disse ao policial que ele se metera no meio de uma operação do Bureau.

– Então vocês estão dizendo que esse cara é de vocês? – perguntou o policial, falando de Robbie. As mãos de Robbie haviam descido quando o policial baixou sua arma, mas ainda estavam a pouca distância da lateral do corpo, em um gesto de obediência.

Seus olhos permaneciam seriamente fixos no policial. Em determinado momento, ele viu Evon mais atrás e piscou mas, nas circunstâncias, não conseguiu sorrir.

McManis não respondeu a pergunta. O que ele queria era o FoxBIte. Devido à herança militar de muitos dos seus agentes, o Bureau vivia segundo um código de que a pior coisa depois de perder um corpo para os bandidos era perder o equipamento. Mesmo que não pudessem salvar o disfarce de Robbie, precisavam do FoxBIte de volta para manter a segurança de operações possíveis. Além disso, a unidade era de último tipo; Klecker a pegara emprestado com o pessoal do submundo do Bureau que trabalhava com contrainteligência internacional. Evon sabia que dessa vez estava escrito em letras maiúsculas: Não Atrapalhe o Bureau.

O impasse continuava quando Sennett chegou correndo. Eu estava 100 metros atrás, já que, como sempre, Stan havia me ultrapassado. Quando cheguei, ele tinha acabado de falar com o policial.

– Eu sou promotor federal. – Do paletó azul, Stan tirou suas credenciais federais. – Vou ficar com isto, por favor. – E estendeu a mão para o FoxBIte.

O policial afastou o equipamento mais ainda, mas olhou para o que estava segurando e finalmente recolocou o revólver no coldre. Ele assistia à TV como todo o mundo, e reconheceu Sennett do noticiário. Finalmente, se convenceu de que aqueles eram realmente os federais.

Sennett aproximou-se mais um passo e pediu o equipamento de novo. Ele era quase 30 centímetros mais baixo do que o policial, mas não cedeu, e parecia suficientemente ameaçador.

– Se quiser, ligue para o meu comandante – disse o policial.

– E quem é ele?

– Brenner, área 6.

– Seis? – disse um dos agentes que estava parado no estreito semicírculo atrás. – Que diabo você está fazendo aqui? Você está a 80 quilômetros do North End.

– Eu moro aqui. Ele pediu para dar uma olhada aqui a caminho do trabalho.

A distância, eu pude ouvir sirenes se aproximando. Em menos de um minuto outro carro preto e branco apareceu guinchando na estrada. Mais dois chegaram em seguida, vindos da outra direção. Os seis policiais desceram juntos e ficaram ao lado do que fora cercado.

Todo mundo manteve as posições durante algum tempo. O sol aparecera através da névoa da manhã e brilhava agradavelmente. Por fim, vários policiais, inclusive o primeiro, tiraram seus quepes. Não havia muita cordialidade, apesar de uns dois agentes locais que estavam trabalhando para Amari conhecerem vagamente alguns outros policiais. Era o de sempre, pensou Evon: o Bureau contra os locais. Os agentes frequentemente consideravam os policiais que eram menos instruídos, mais intuitivos e recebiam menos – como preguiçosos, e geralmente amargos, porque muitos tinham fracassado nos testes para o Bureau. Os policiais tendiam a ver o pessoal do Bureau como almofadinhas que sabiam mais sobre preencher papelada do que lidar com crime verdadeiro.

De repente, Amari veio correndo pela estrada, acenando. Segurava um dos grandes walkie-talkies, e dois outros agentes vinham atrás. McManis encontrou-os na curva. Depois de ouvi-los, reuniu alguns de nós, inclusive Stan, Evon e eu, a uns 15 metros de distância.

A unidade que seguia Tuohey informara que havia cerca de 15 minutos ele mudara de rumo abruptamente. Brendan acabara de chegar na Catedral de St. Mary, uma hora atrasado para sua missa de sempre. Amari havia mandado um agente para a sede do clube. O funcionário da sala dos armários, que tinha acabado de chegar, disse que Tuohey não aparecia havia duas semanas, por causa da bursite.

Jim olhou para nós, com os cachos grisalhos da testa esvoaçados por uma brisa.

– Nós temos um policial do município parado aqui, só esperando por ele? E nada do Brendan? E Robbie termina completamente desmascarado? Nós simplesmente caímos na armadilha de Tuohey. – Ele olhou para o outro lado, tentando enfrentar a amargura de ser vencido assim.

– Meu Deus, o cara é esperto – disse Stan. Em seguida, contraiu o rosto para absorver a própria perturbação e falou algo que eu nunca o ouvira dizer nos mais de vinte anos em que nos conhecíamos. – Esse cara é mais esperto do que eu.

39

À porta da casa modesta de Barnett Skolnick, no subúrbio de Chelsea, Sennett e seu grupo, que incluía Evon, foram recebidos por uma mulher idosa e atarracada. Ela usava um vestido simples, e por baixo, vestia uma camisola suja, com a bainha irregular aparecendo por baixo. Seu rosto velho, cheio de pintas e enrugado, brilhava de vaselina ou hidratante. Na mão livre segurava uma barra de chocolate consumida pela metade.

Sennett apresentou-se como promotor federal e apontou para Evon, Robbie, McManis e Clevenger, que estavam atrás dele.

– Gostaríamos de falar com o juiz Skolnick.

– Isto tem algo a ver com o tribunal?

– Exato – disse Sennett. – É assunto oficial.

Ela deu de ombros enquanto abria a porta de tela.

– Barnett! – gritou. – Barnett. Tem uns amigos seus aqui! – Aparentemente ela estava acostumada com visitas noturnas de advogados. Skolnick era do tipo que deixava o trabalho exatamente às 17 horas. Se os advogados quisessem mais de seu tempo, poderiam procurá-lo, e sendo como que eram, os advogados o faziam para tratar de assuntos urgentes. Sem dúvida, também havia visitas ocasionais com objetivos menos plausíveis.

A voz de Skolnick ergueu-se a distância com a mesma alegria fleumática ouvida no tribunal. Pediu à esposa para mandar que eles entrassem. Atrás de Sennett, Evon e os outros desceram por uma escada estreita. Faltando apenas alguns degraus, Sennett balançou um dedo para Robbie, pedindo que ele parasse. Feaver seria uma surpresa, a caixa de surpresas de Sennett.

Já passava bastante das 22 horas, e eles haviam batalhado o dia inteiro. Com a ajuda de um sargento do Departamento de Relações Comunitárias que chegara mais tarde, o impasse na estrada do parque público fora resolvido com um acordo para entregar o FoxBIte a Linden Seilor, promotor-chefe, que era um ex-colega de julgamentos de Stan. Sennett recuperou o gravador pessoalmente. Linden ouvira o nome de Tuohey nos relatos subsequentes e decidiu não fazer perguntas. Mas testemunhou em favor do policial, que se chamava Beasley. O tenente de Beasley mandara que ele ficasse de tocaia na ponte às 5h45 e parasse qualquer um que tentasse passar. O tenente alertara que o vigia do lugar havia expulsado alguém na semana anterior, e parara de persegui-lo quando o sujeito apontou uma arma. De modo que uma revista completa era necessária. Se o policial encontrasse algo, tinha as ordens de chamar pelo rádio da polícia. Seilor já trocara uma palavra com o tenente para saber de onde vinham as informações e as instruções dele, mas a pista terminava em fumaça na cadeia de comando do

McGrath Hall, a sede da polícia. Como sempre, havia vários advogados entre Tuohey e a pessoa de quem ele recebia os favores na força policial.

Mas era certo que a história do policial sobre sete agentes do FBI sacando armas para ele logo se tornaria uma lenda no departamento, junto com a dedução inevitável de que Robbie Feaver era informante do Bureau. Certamente Tuohey ficara sabendo disso na manhã seguinte, mas seu pessoal espalharia a notícia aos poucos, com medo de que alguém com quem eles falassem pudesse estar gravando. Mesmo assim, dado o pânico que isso provocaria em todo o mundo com quem Robbie tratara, o juiz-presidente e seu círculo precisariam fazer grande esforço para mantê-los na linha. Apesar de as chances diminuírem, Stan mantinha ainda a esperança de que, na atmosfera carregada, Tuohey pudesse cometer um erro. Se Sennett pudesse rapidamente atrair alguém de quem Brendan teria pouca probabilidade de suspeitar, ou com quem ele não pudesse deixar de falar, talvez ainda restasse uma oportunidade naquela noite, ou no dia seguinte cedo.

Para esse projeto, o FBI disponibiliza todo o escritório de campo do condado de Kindle. Sennett convocara todo um esquadrão de assistentes da promotoria federal que estavam mandando intimações para bancos, casas de câmbio e para o tribunal, e que serviriam no dia seguinte para impedir que os registros desaparecessem. Enquanto isso, várias "equipes de atração" haviam sido organizadas. Klecker e o principal assistente de Stan, Moses Appleby, foram atrás de Judith e Milacki. Outro grupo iria às casas de vários funcionários: Walter, Pincus Lebovic e o assessor de Crowthers, Joey Kwan. Sennett reservou os alvos principais para si próprio.

O pessoal de Amari tinha vigiado Kosic o dia inteiro. A ideia era pegá-lo sozinho, de modo que Sennett pudesse confrontá-lo com a quantidade de provas incriminadoras que o governo juntara e lhe oferecer uma oportunidade imperdível de entregar Tuohey. Mas em nenhum momento Rollo saiu do lado de Brendan, ainda que isso, mais provavelmente, fosse para proteção e aconselhamento num instante de crise, e não para atrapalhar os planos de Stan. Assim que a vigilância viu os dois entrando na casa de Tuohey em Latterly, Sennett decidiu ir atrás dos outros, deixando Rollo para a manhã seguinte.

Na base da escada, encontraram Skolnick aninhado num sofá novo, de tecido xadrez – uma peça colonial com braços escuros de madeira de bordo –, assistindo ao jogo dos Trappers pela TV. Vestia pijama verde com acabamento preto, e um roupão de banho de veludo, adornado no bolso com o brasão de uma família à qual, com certeza, ele não pertencia. A sala era forrada de pinho nodoso laqueado e estava recém-acarpetada. O cheiro adstringente de fábrica do tapete não conseguia disfarçar um odor de mofo. Ao longo das paredes forradas de lambri, prateleiras de pinho estavam cheias de lembranças da família: fotos de filhos e netos, troféus ganhos pelos filhos de Skolnick em triunfos atléticos havia muito esquecidos, e algumas fotografias da vida oficial de Skolnick, inclusive uma de sua nomeação como juiz mais de um quarto de século antes. Nela, ele estava ladeado por um grupo grande, inclusive Tuohey e o falecido prefeito Bolcarro, além de Knuckles, o irmão de Skolnick ligado à máfia. Evon reconhecia todos os rostos, que pareciam tão mais atraentes na juventude a ponto de ela precisar reprimir um impulso de gargalhar. Olhando ao redor, percebeu que o porão fora remodelado recentemente. Fez uma anotação mental para mandar os caras do imposto de renda, que Sennett deixara esperando, examinarem os registros financeiros de Skolnick em busca de provas de como ele pagara a reforma. Havia 90 por cento de chance de que não encontrariam registros de cartão de crédito ou cheque. Barnett certamente comprara tudo a dinheiro.

Skolnick levantou-se em um salto para recebê-los.

– Entrem, entrem.

Sennett apresentou-se enquanto Skolnick puxava as cadeiras de baixo da mesa de pôquer, forrada de couro, formando com elas um círculo, uma tarefa à qual Tex Clevenger prestou assistência muda.

– Conheço você, conheço você – disse Skolnick. Mencionou uma reunião em Blackstone onde os dois haviam se encontrado. Em seguida, ocupou de novo o lugar no sofá, amarrando o roupão para assumir a dignidade possível nas circunstâncias. Em seguida, lançou rapidamente um olhar para o jogo e usou o controle remoto para escurecer a tela.

– E então, colegas, o que os traz aqui?

Ele sempre se mostrava tão obtuso quanto o retrato inicial feito por Robbie. De vez em quando, dadas as peculiaridades de certos estatutos, o governo era forçado a se apresentar diante da Vara Cível, e Skolnick parecia acreditar que Sennett e seu cortejo tinham chegado por esse motivo. Alguma moção de emergência.

– Juiz, eu não estou aqui como advogado, pelo menos não como um advogado com um processo a ser decidido pelo senhor. Preciso lhe fazer algumas perguntas. Em nome do governo dos Estados Unidos.

– Às 23 horas? Isso não pode esperar até de manhã?

A confusão revelou-se no rosto grande e rosado de Skolnick, e ele olhou para os outros como se eles pudessem explicar. Quando seus olhos pousaram em Evon, a única mulher, ele deu um leve sorriso e ela se viu um tanto surpresa pelo impulso de corresponder gentilmente. Era como ser gentil com um bebê ou um cachorrinho.

– Há um caso com o qual estou preocupado, meritíssimo. – Stan citou o processo. – Envolvendo um pintor que caiu de um andaime, lembra? Um viúvo? Houve uma moção para fazer um julgamento a partir da reclamação. Lembra?

Devagar, muito devagar, Skolnick estava começando a perceber que havia alguma gravidade nessa situação.

– Sr. Sennett. Posso chamá-lo de Stan? Stan, centenas de moções me são apresentadas. Milhares. Milhares, na verdade. Você deveria aparecer no meu tribunal um dia. Não é como a corte federal, você sabe. Eu conheço a maioria dos juízes federais... Larren Lyttle eu conheço há anos e anos... e não é a mesma coisa. De vez em quando, nós ainda temos debates. Não temos funcionários trabalhando em tempo integral. O serviço se acumula. E uma moção, você sabe, pode ser igual a qualquer outra. Agora, se você tivesse os papéis, os documentos, tenho certeza de que lembraria.

Sennett assentiu, e Evon tirou de sua pasta a moção de Robbie e a resposta de McManis. Sennett deixou-as cair sobre a mesa de centro colonial nova, que combinava com os braços do sofá.

– Então eu devo começar a ler isso às 23 horas? – murmurou ele em iídiche, entredentes. – Sabe o que isso significa? Um cavalo deveria ter uma sorte dessas. Espere. Onde estão meus óculos? – Ele encontrou os óculos no bolso. – Certo, certo. – Em seguida, balançou a cabeça para trás e para a frente como se estivesse lendo uma partitura, murmurando algumas frases em voz alta. Não havia indicação de que realmente estivesse entendendo-as. – Certo, tudo bem, então há um problema aqui?

Em seu perpétuo terno azul, Sennett foi implacável. Virou o rosto por um segundo para coçar o queixo.

– Juiz, o senhor conhece um advogado chamado Robbie Feaver?

Skolnick recostou-se na poltrona. Finalmente, Sennett tinha toda a sua atenção.

– Feaver? – A língua de Skolnick, como um animal furtivo, apareceu rapidamente e circulou os lábios. – Conheço Feaver. Conheço milhares de advogados.

– Juiz, o senhor teve alguma reunião particular com Feaver enquanto estava julgando este caso?

– Falei com ele, claro. Ele é um sujeito agradável. Se você conta uma piada, ele conta outra. Se eu o vi na rua? Em algum lugar do tribunal? Claro. O senhor deve me perdoar, Sr. Sennett, Stan, mas esse não é exatamente um caso federal.

– Não, juiz; estou perguntando se o senhor se encontrou particularmente com Feaver para discutir os méritos desse processo e o resultado.

– Quer dizer sem... sem quem está do outro lado desta coisa? – Ele folheou os papéis. – Este cara, McManis? – Skolnick fez uma pausa, o rosto gravitando lentamente junto com os movimentos do pensar. Isso era problema dele? Desse cara novo, o McManis? Ele andou reclamando? De súbito, a lembrança inundou sua expressão. Ele apontou para Jim, finalmente captando a impressão desejada, ainda que muito mais tarde do que alguém poderia ter previsto. – É você! Eu sei, eu *sei*! Então você correu para o promotor federal sem sequer me avisar? Eu sou um sujeito equilibrado. Diga o que está pensando. Você acha que nós precisamos disto no meio da noite?

Sennett perguntou de novo se Skolnick havia se encontrado em particular com Feaver durante o caso, e Skolnick deu uma falsa versão do que deveria ser um sorriso sincero. Mas perdeu o fôlego e não conseguiu exalar forte, como pretendia. Sua cor também estava ficando mais intensa.

– Bom, certamente não lembro nada disso.

– O senhor lembraria, não é, juiz? De ter discutido em particular com um advogado sobre como iria decidir esse processo?

– Bom, você sabe, Stan; os advogados podem dizer quase tudo. Não são criaturas tímidas. Os *baytzim*, os bagos de alguns caras... francamente! Algumas vezes, quando saio do tribunal, eu digo a mim mesmo: Barnett, você é bom demais, você deveria ter censurado aquele rapaz. Mas não. – Sua forma bovina subiu e desceu quando ele deu de ombros, como se ele próprio estivesse perplexo com sua natureza benevolente.

– Juiz, o senhor não se encontrou com Feaver no dia 5 de março, em seu automóvel?

– Ah! – disse o juiz, de repente. Estava feliz como uma criança. Agora lembrava: Feaver teve um pneu furado e Skolnick pegou-o quando ele estava chamando um táxi. Riu enquanto fazia um gesto na direção de Jim: – Então você viu e teve uma ideia errada? Tolice. Stan, meu chapa, posso dar uma sugestão? Seja claro. Diga quem disse o quê e eu lhe dou uma resposta honesta. Do melhor modo possível. Do melhor modo que eu lembrar.

Sennett perguntou de novo se Skolnick havia conversado com Robbie sobre o resultado do processo do pintor no dia 5 de março em seu Lincoln. Por fim, Skolnick negou.

– O senhor se encontrou de novo com ele em seu carro no dia 12 de abril?

– Esta é uma discussão maluca. Nós estamos brincando de gato e rato. Se Feaver esteve lá, e eu disse "se", foi por um bom motivo. É isso que sei. É só o que posso dizer.

– E lhe dar dois subornos... 10 mil dólares em 5 de março e 8 mil em 12 de abril... não seriam bons motivos, seriam, juiz?

Skolnick demorou um bocado de tempo, aparentemente pensando na resposta correta, e depois forçou-se a aparentar ultraje. Depois de uma ligeira hesitação, ele se tornou quase convincente.

– O senhor vem aqui, na minha casa, me dizer uma coisa dessas? *Eu* aceitei suborno? Eu? Barnett Skolnick? Depois de 25 anos na magistratura? Eu, que poderia ter me aposentado com pensão integral há quatro anos? Eu não preciso dessa *tsouris*, Stan.

– O senhor está dizendo que isso não aconteceu, juiz? O senhor jamais se encontrou com Robbie Feaver para falar do caso do pintor? Não recebeu 10 mil dólares dele em março, ou 8 mil em abril, porque tinha forçado McManis a um acordo antes que ele pudesse pedir uma revelação compulsória? É isso o que está dizendo?

– Isso é o que você está dizendo que eu estou dizendo. Você é que está dizendo. Ninguém dá dinheiro a Barnett Skolnick. Dizer que eu forçaria o resultado de um processo? – Seu rosto parecia em vias de desmoronar; um dos lábios estremeceu e os olhos se encheram de água diante da insinuação medonha. Ele apontou de novo para McManis. – Vá para o inferno. Vá perguntar ao Feaver. Isto é lorota de fofoqueira. Ele vai dizer isso a vocês.

Stan assentiu para McManis, com a sombra levíssima de um sorriso aparente. Evon achou que ele refreara um impulso maligno ao simplesmente se inclinar para trás e gritar: "Venha para baixoooo!"

O andar de Robbie era lento. Ele chegou com a aparência abatida, baixando a cabeça para evitar um ressalto do teto que ocultava um cano de aquecimento. Evon deu crédito a Robbie. Ele olhou direto para Skolnick, e fez isso sem presunção, raiva ou orgulho. Não iria entrar no jogo de Sennett. Estava infeliz por se encontrar ali. Então, quando Sennett ergueu um dedo, Robbie abriu o botão de seu paletó, desabotoou a camisa e mostrou o FoxBIte, que estivera posicionado para aparecer debaixo de seu coração. Mesmo ela sabendo o que viria, o momento tinha o efeito cortante de um daqueles filmes de ficção científica em que um personagem totalmente agradável se revelava como um robô ou alguma outra criação com cérebro mecânico e sem sangue, e não uma pessoa.

Enquanto continuava a encarar Skolnick, havia certo vazio na expressão de Robbie. Depois de seis meses andando na corda bamba do governo, ele começava a perder o equilíbrio. Claro, ele tivera um dia digno de ser lembrado, começando às 6 horas da manhã com um revólver apontado para a testa. Depois, no furgão, tinha contado que, devido ao que acontecera no apartamento de Evon, assim que viu o policial ele percebeu que Tuohey o havia mandado. Entendeu o que era, um pretexto esperto para uma revista, e não poderia reclamar. Ainda estava pensando que Tuohey apareceria, quando o revólver foi sacado.

– Eu ouvi o coldre sendo aberto, e pensei: bom, claro, é assim que vai ser. E, na verdade, estava tudo bem, e pensei, ah, meu Deus, Rainey, como posso estar fazendo isso com Rainey.

Naquele ponto, ele chorou. McManis, Sennett, Evon e eu estávamos juntos no furgão, e eu vi as lágrimas como sinal do terror gigantesco que ele havia suportado. Tenho certeza de que somente Evon entendeu todas as implicações. Sennett, que continuara visivelmente perturbado pelo desfecho dos acontecimentos, despachou Robbie para casa. Ele ficaria sob guarda 24 horas por dia, e seu telefone seria grampeado. Não fosse pelo estado de Rainey, McManis teria preferido tirar os dois de casa.

Enquanto Robbie tirava a roupa, Skolnick havia se levantado do sofá. Em seguida soltou um pequeno grito, contido, inclinando a cabeça sem acreditar. Mas Barnett Skolnick não era totalmente desprovido de recursos.

– Seu filho da puta ordinário – disse ele a Robbie. E pareceu momentaneamente surpreso pela própria demonstração de grosseria. Então tossiu, segurou o peito e finalmente, por pura frustração, começou a chorar. Os extraordinários cabelos brancos pareciam uma fonte jorrando, quase luminosa, contra o tom sanguíneo que subiu pela sua testa.

Enquanto Skolnick chorava, Sennett mandou Tex passar parte da conversa gravada no Lincoln. Tex ligou a TV que Skolnick estivera assistindo e encontrou o videocassete. Passou o trecho em que Skolnik reconhecia o envelope que Robbie havia enterrado no banco, dizendo a Feaver: "*Genug*. Nós somos amigos, Robbie. Já fizemos muita coisa juntos." Skolnick se sacudiu no sofá com os olhos fechados, chorando e murmurando:

– Ah, meu Deus, ah, meu Deus, ah, meu Deus. – Ele podia não ter visto as imagens, mas já entendera o significado. – Não vou sobreviver a isso – disse a Sennett quando tudo terminou. – Nunca. Eu sou um homem morto. Sou um homem totalmente morto.

– O senhor sobreviverá, juiz. Fica por sua conta decidir o quanto isso será difícil para o senhor.

Skolnick soltou um ruído fraco, enojado. Ele não era estúpido e conhecia o discurso.

– Claro. – E apontou para Robbie. – Eu preciso ser um *schtoonk*, um idiota, como ele. Certo? É isso que você quer dizer, certo? É por isso que vocês estão na minha casa no meio da noite.

Sennett permaneceu como sempre, calmo e inabalável. O anjo da morte. Skolnick estava exatamente onde ele queria. Já quebrado.

– O senhor pode ajudar a si mesmo. Pode se ajudar muito. *Muitíssimo*. O senhor tem muito para nos contar. Mas não posso lhe oferecer a mesma oportunidade mais tarde. Agora, esta noite, o senhor precisa contar tudo e concordar em nos ajudar a identificar as pessoas que procuramos. Não acreditamos que o senhor seja o cérebro. – De novo, pelo instante mais fugaz, um riso maligno surgiu nos cantos da boca de Stan. – Nós sabemos que alguém o colocou naquele tribunal. Sabemos que nem todo dólar que o senhor recebe permanece com o senhor. Há um nome em especial. – Sennett sentou-se na mesinha de centro nova de Skolnick e, com os joelhos praticamente encostados no dele, falou num tom baixo, intenso:

– Juiz, o que pode nos contar sobre Brendan Tuohey?

A boca de Skolnick movimentou-se num muxoxo.

– Tuohey? – perguntou em voz fraca.

– Juiz, alguma vez o senhor entregou dinheiro pessoalmente a Brendan Tuohey, ou recebeu algum tipo de instrução dele, explícita ou implícita, sobre como ele queria que o senhor lidasse com um advogado ou um caso?

– *Pessoalmente*? – Ele pareceu perplexo, até mesmo lisonjeado com a ideia. – Eu mal falo com o sujeito. Meu irmão, Maurice, você sabe, Knuckles, falava com Tuohey. Eu falo com o lacaio dele. Como é o nome? Kosic. Eu falo com Kosic.

– Mas o senhor disse que fala com Brendan Tuohey ocasionalmente. O senhor poderia ter uma conversa com ele? Poderia tentar, por exemplo, pedir o conselho dele sobre como lidar conosco? O que dizer para nós?

Os olhos vermelhos de Skolnick se arregalaram enquanto ele captava a ideia.

– Com uma traquitana na barriga como ele? – Skolnick apontou para Robbie. – Ah, com certeza. Com certeza. Eu estaria morto com certeza. Teria uma bala atravessada na cabeça.

– Isto aqui é o governo dos Estados Unidos – disse Sennett. – Ninguém vai matar ninguém aqui.

– Ah, claro, sabichões. E eu? Vou viver com guarda-costas, uma operação plástica e um novo nome?

– O senhor estará seguro onde está. E depois sua segurança também estará garantida.

Depois. A boca de Skolnick se abriu quando ele percebeu que Sennett estava falando da penitenciária. Nem mesmo havia pensado nisso. Só pensara, em vergonha e escândalo. Fofocas medonhas. Em perder o cargo de juiz e a pensão. Nesse momento outro espasmo intenso contraiu seu rosto. Gemeu humilhado e caiu de novo em lágrimas incontroláveis.

– Acho que o senhor deve pensar em algumas outras pessoas – disse Sennett, apontando para as prateleiras com fotos da família.

– *Oh!* – disse Skolnick, aparentemente rejeitando as sugestões de Sennett. Começou a se levantar, e somente quando sua mão pulou de súbito para a garganta, Evon percebeu que ele estava com problemas. Sua perna esquerda se desequilibrou e ele se inclinou para trás num ângulo oblíquo, pairando um instante, como uma folha numa corrente ascendente. Depois a gravidade venceu e o juiz caiu pesado no chão; seu ombro bateu no braço do sofá novo e o quadril resvalou pela mesinha de centro, onde estavam os documentos do tribunal.

Todo o mundo correu para ele. Ele estava consciente quando viraram-no de lado. Parecia capaz de responder, não estivesse de novo assolado pelo choro. Chorava em grandes ondas.

– Devemos ligar para a emergência? – perguntou Clevenger. Foi só então que Skolnick falou, enquanto se ajoelhava e balançava uma das mãos fracamente.

– Angina – disse numa voz débil. – Fiquei tonto. Vou tomar um comprimido. Só preciso de um pouco de tempo. Preciso de um tempo para pensar. – McManis segurou-o por um braço e o puxou de volta para o sofá. Todos o rodearam enquanto o velho pousava as mãos no rosto e jorrava lágrimas.

Por fim, McManis fez um gesto para Sennett e Evon, e Tex se aproximou também. Ficaram como os jogadores ao redor do técnico no momento tenso do jogo. O único que não fazia parte do círculo era Robbie, que havia se sentado no último degrau da escada, e parecia arrasado demais para absorver algo.

– Stan – disse McManis em voz baixa –, se nós continuarmos com isso, vamos arrebentar esse cara.

– Pelo amor de Deus! – respondeu Sennett. No dia seguinte, naquela noite, enquanto os bandidos estavam correndo feito formigas depois de o formigueiro ter sido esmagado, algo poderia escapar. Assim que estivessem organizados por advogados que compartilhariam informações e proibiriam o governo de contatar seus clientes, nada de valor aconteceria. – Dê-lhe alguns minutos. Ele vai se acalmar. – Em seguida, pediu a Clevenger para dar água a Skolnick, mas McManis deteve Tex.

– Stan – disse McManis devagar. – Stan, este cara não é dos nossos. Ele não pode entregar Brendan. Não cara a cara. Ele *nunca* fala com ele. Tuohey irá vê-lo chegando a um milhão de quilômetros. Irá bancar os três macaquinhos, como fez com Robbie. E esse cara não será nem um pouco tão bom quanto Feaver. Pode ser o *Titanic*. Quando terminar, Skolnick vai jurar que Brendan não sabe de nada.

Sennett olhou amargamente para um canto da sala.

– Stan – disse McManis em voz baixa. – Este cara pode testemunhar. Nós podemos fazer dele uma testemunha. Vamos preservar essa possibilidade. Não vamos matá-lo esta noite.

– Merda – disse Sennett, e depois de pensar um pouco cedeu, com uma de suas inesperadas observações medonhas. – Acho que esta não é a primeira manchete que nós queremos.

Enquanto isso, Skolnick parecia ter tomado uma decisão. Estava caminhando na direção da escada estreita, como se estivesse bêbado.

– Não posso fazer isso. Não agora. – Ele cambaleou e se apoiou, segurando as duas mãos na parede. Sua aliança de casamento brilhou nas luzes do porão e pareceu atrair sua atenção. – Ah, meu Deus, Molly – falou. Em seguida, deu outro passo e balançou de novo, sem dúvida à beira de um colapso. Robbie, que estava mais perto, segurou-o antes que ele caísse. Passou um dos braços pelo velho e, assim que o juiz se firmou, ajudou-o a subir o primeiro degrau.

– Um de cada vez, Barney – disse Robbie. – Um de cada vez. Vamos devagar. – Com os braços entrelaçados, os dois subiram lentamente.

40

Sherm Crowthers vivia em Assembly Point, uma faixa de terra que se projetava no rio Kindle, que abrigara uma fortaleza francesa na era pré-colonial e vários curtumes quando a cidade foi estabelecida. Na década de 1930, enquanto o tráfego de barcaças diminuía, havia se tornado o enclave mais proeminente da pequena classe média negra do condado de Kindle. Depois da Segunda Guerra Mundial, alguns moradores pioneiros que não tinham medo da mistura racial – ou de tolerar o que vinha inevitavelmente junto com ela – mudaram-se para University Park, um dos primeiros bairros integrados dos Estados Unidos. Mais tarde houve algum êxodo para outras áreas da cidade que tinham se tornado mais receptivas. Recentemente estava havendo uma estranha transformação em Assembly Point, onde jovens de famílias brancas e asiáticas estavam comprando casas, o que provocou reclamações de alguns antigos moradores, segundo os quais o Point estava perdendo seu "caráter único".

Mas para os afro-americanos, Assembly Point guardava um significado especial. Muitos tinham sido criados ouvindo conversas invejosas sobre o Point, a vida melhor levada lá, e os acontecimentos – o clube campestre de golfe, os bailes de debutantes – que eram praticamente desconhecidos da vida afro-americana. Um grande número de negros de posse ainda recusava a ideia de viver em outro lugar.

Sherm Crowthers era um deles. Sua casa na Broadberry era uma gigantesca construção georgiana de tijolos vermelhos, com colunas brancas que sustentavam uma varanda três andares acima da entrada de veículos circular. Quando Evon e o resto do grupo de Sennett chegaram, faltavam apenas alguns minutos para a meia-noite, mas Stan e McManis tinham concordado em prosseguir. Não apenas o tempo, mas também a tática, os impelia. Queriam encontrar aqueles homens em casa, desprevenidos e literalmente despidos, no seio da família, perto dos confortos dos quais estariam exilados na penitenciária. Essa era uma das muitas manobras agressivas que Stan aprendera enquanto estava no Departamento de Justiça em Washington supervisionando promotores em todo o país. Depois do indiciamento, Stan adorava cair em cima de réus de colarinho-branco, inocentes até prova em contrário, segundo a lei, e caminhar com eles algemados diante das câmeras a postos. Chamava isso de dissuasão. Apesar dos uivos de protestos dos advogados – inclusive eu –, o Tribunal de Apelações continuava a tolerar essas técnicas duras como se fossem necessidades de guerra.

Robbie recebera ordens de ficar nas sombras remotas do gramado da frente, enquanto o resto do grupo ia até a porta de Sherman. O lar de Crowthers foi lançado num tumulto assim que Sennett tocou a campainha. Um cão latiu e várias janelas se iluminaram. Por fim a luz da varanda se acendeu e uma voz ribombou através da grossa porta de carvalho, perguntando quem era.

– É Stan Sennett, juiz Crowthers. O promotor federal deste distrito. Preciso falar com o senhor. É urgente.

– Stan Sennett?

– O promotor federal.

– Que tipo de emergência é?

– Juiz, por que não abre a porta de modo que eu possa falar sem acordar seus vizinhos? Eu estou aqui debaixo da luz, e o senhor tem um olho mágico nessa porta. Sei que pode ver que sou eu.

– E quem são essas pessoas com o senhor?

– São agentes do FBI, juiz Crowthers. Por favor, abra a porta. Ninguém irá machucá-lo.

Diante disso, as trancas e as fechaduras foram rapidamente abertas. Sherm Crowthers surgiu descalço junto à porta, sem parecer a Evon menor do que no tribunal. Atrás da tela da porta, ele segurava uma pistola cromada na mão direita. Usava cueca samba-canção, decorada com pequenos emblemas vermelhos, e uma camiseta sem mangas apertada sobre a vasta protuberância do tronco. Os olhos estavam um tanto aquosos, fazendo parecer que estivera bebendo. Ao ver a arma, Evon mudou de posição. Ao seu lado, Clevenger abriu o paletó e colocou a mão sobre o coldre do quadril.

– Acha que eu tenho medo de *você*? – perguntou Crowthers a Stan, claramente inflado pela raiva. – É isso que você imagina, Constantine? É mais fácil eu virar mulher do que ter medo de você. – Avaliando a situação, e talvez pensando na pistola, Sennett optou por não responder. – E que tipo de emergência desgraçada é esta às seis para a meia-noite?

– Juiz, o senhor sabe, eu me sentiria um pouquinho mais confortável se o senhor largasse essa arma. Poderia fazer isso?

– Diabo, não, não vou fazer isso. Eu estou na minha casa. São seis para a meia-noite. Vocês são um punhado de intrusos, quer você seja o promotor federal ou não, e eu tenho a permissão, o registro e o direito constitucional de ter essa pistola, e você pode ir verificar isso. Agora fale o que tem a dizer e se mande.

Gradualmente Evon se esgueirou para trás de Sennett, querendo olhar a arma. Crowthers estava balançando-a, mas ela acabou reconhecendo uma Beretta 92SBC, semiautomática de ação dupla. Ele havia baixado a arma ao lado do corpo depois de falar com Sennett, e finalmente ela conseguiu ver o que queria: o extrator estava alinhado com a trava, e não aparecia nada vermelho, significando que não havia uma bala na câmara. Ela sussurrou para Stan dizendo que a arma não estava pronta para disparar, lembrando que, mesmo assim, podia estar carregada. Sennett fez círculos com a boca, como um peixe, enquanto pensava, depois apontou para a pasta dela, pedindo um documento.

– Juiz – falou depois de pegá-lo –, esta é uma intimação para um júri de instrução federal, exigindo seu comparecimento amanhã de manhã no centro da cidade.

Sennett segurou a folha branca diante da tela, para que Crowthers pudesse ler. Ele calculara, corretamente, que isso alteraria um pouco o ímpeto.

– Dê-me isto aqui – disse Crowthers, e esticou a mão para fora. Pegou o papel de Sennett e fechou a tela, trancando-a antes de olhar para o que havia recebido. Levou apenas um segundo, e abriu a tela de novo, jogando a intimação, que ele havia transformado numa bola, para fora do cone de luz da varanda. O documento pousou em algum lugar na fileira de teixos que fazia o perímetro da casa de tijolos.

– Nenhuma intimação entregue depois da meia-noite pode exigir que alguém esteja em algum lugar às 10 horas da manhã. Você sabe disso e eu sei disso. Então faça o seu serviço, ande. – Em seguida apontou de novo com a Beretta e recuou para fechar a porta.

Sennett se adiantou para pegar a maçaneta da porta de tela, mas, pensando na pistola, resistiu ao impulso de abri-la.

– Juiz, se o senhor objeta a uma intimação, então é melhor pegá-la com a juíza-chefe Winchell no tribunal federal de manhã. O senhor e eu sabemos *disso*. E francamente, meritíssimo; quando o senhor for a julgamento, não creio que o júri vá gostar muito de saber que um juiz tratou uma intimação legal como lixo. – Diante das palavras "julgamento" e "júri", Sherm brevemente permitira-se um recuo de cabeça, revelando as fartas profundezas de seu bigode cinzento. – O senhor está para ser indiciado por extorsão, suborno e fraude postal. Segundo meus cálculos, as diretrizes de sentença irão mantê-lo na penitenciária por cerca de oito anos. E nós viemos aqui porque eu queria falar com o senhor antes que isso acontecesse. Agora podemos entrar na casa?

– Posso ouvi-lo bem onde você está, Constantine. – Um pouco mais contido, Sherm olhou para todos que se encontravam na varanda. A um sinal de McManis, Clevenger entrara nos arbustos, equipado com uma luva de borracha, e estava colocando a intimação embolada numa sacola de plástico para provas. – Não sei nada sobre extorsão ou suborno. Ou qualquer outra coisa que você diga.

– Gostaria de refrescar a memória, juiz? Podemos reproduzir uma gravação para o senhor? Está aqui.

Nesse momento ele acenou, e Robbie, com as mãos enfiadas nos bolsos, apareceu. Ela parecia só um pouco menos infeliz do que na casa de Skolnick. Não chegou até a varanda. Sem dúvida tinha visto a pistola e já vira armas suficientes por um dia. Ficou a uns 6 metros da escada, a uma distância suficiente para que Crowthers visse quem era. E então, como fizera na casa de Skolnick, abriu o paletó e a camisa.

A princípio, Crowthers ficou quieto, e depois seus dentes irregulares e manchados de nicotina apareceram brevemente enquanto ele dava um sorriso amargo. De novo, Sennett perguntou se ele queria ouvir a fita.

– Não preciso ouvir nada, Constantine. Eu sabia exatamente o que aquele vagabundo estava tramando. – Em seguida, olhou para Robbie através da noite, agredindo-o com olhos selvagens. – Que idiota eu fui – acrescentou em voz baixa.

– Juiz, esta é a sua opinião. Há muitas perguntas a fazer. Mas a mais importante é saber para onde o dinheiro vai depois de chegar ao senhor. Porque nós sabemos muito bem que não fica todo nas suas mãos. E se estiver disposto a cooperar conosco, agora, aqui...

Crowthers balançou a cabeça grande uma vez, solene.

– De manhã você terá notícias de meu advogado. Não há mais o que dizer.

– Juiz, eu não posso oferecer o mesmo acordo amanhã. O senhor precisa fazê-lo agora. E vai pagar um preço alto por proteger seus amigos...

Diante de tudo o que foi mencionado – o júri de instrução, o julgamento, a penitenciária –, Crowthers gargalhou. Até mesmo colocou a pistola numa mesinha de canto junto à porta.

– Ouça, eu não tenho amigos, Constantine. Nunca tive. Tenho uma mulher, uma irmã e um cachorro, e só. Não devo nada a mais ninguém e não espero nada deles. É assim.

– Então ajude a você *mesmo* – implorou Sennett, levantando a voz pela primeira vez.

Crowthers gargalhou de novo. Parecia sinceramente bem-humorado.

– É assim que você chama isso? "Ajudar" a mim mesmo? Sabe, onde fui criado, Constantine, lá em Dejune, Geórgia, eu colhia nozes durante duas horas e meia antes de caminhar até uma escola vagabunda, feita de tábuas, que eles haviam destinado para os crioulos, e geralmente havia pouco para comer, praticamente nada, a não ser aquelas nozes, que minha mãe, naturalmente, vivia me implorando para eu não pegar. E então, depois... – Ele parou, levantando subitamente as duas mãos enormes expondo, as palmas pálidas. – Não – disse enfaticamente –; não, não vou continuar. Vocês já ouviram todas essas histórias. Todo mundo já ouviu. Qualquer negro sacana com mais de 50 anos num salão de sinuca pode contar essas histórias. Só que eu não estou inventando. Aconteceu comigo. E com minha irmã, minha mãe e meu avô. E não estou dizendo isso para partir seu coração, Constantine. Sei que não adianta, e não me importo com a sua solidariedade. Só queria que você soubesse disto: você nunca vai fazer para mim nada pior do que eu já suportei. E eu não cheguei até aqui, vindo da Geórgia e tendo comido aqueles sacos de nozes maiores do que eu era, e passando tanta fome que às vezes comia besouros que achava na estrada, para que um bando de brancos... e você não é melhor – acrescentou ele para Clevenger, que era negro – não vim de lá para que me digam o que eu devo fazer antes que vocês me façam algo terrível. Façam o que vieram fazer. Mas ninguém no mundo pode parar na minha porta dizendo "você tem que". E principalmente um cara escroto e metido a besta de Greektown que nem consegue olhar no espelho e lembrar que na verdade não passa disso.

Crowthers deu um rápido olhar carrancudo, depois estendeu a mão para o lado e segurou a trava da pistola. O estalo agudo de uma bala sendo colocada na câmara da Beretta soou estranhamente claro no silêncio da meia-noite do bairro calmo. Todo o mundo na varanda reagiu ao mesmo tempo. McManis gritou:

– Arma! – e quase sufocou Sennett, voando com ele na direção dos arbustos. Clevenger caiu na calçada e rolou de barriga no chão, tentando sacar a arma enquanto girava sobre o concreto. Atrás, Evon ouviu as moedas e as chaves dos bolsos de Robbie chacoalhando quando ele saiu em disparada. Sendo a mais bem treinada, ela simplesmente saiu da luz e se agachou, apontando a arma com as duas mãos. Tinha uma visão clara de Crowthers, iluminado por trás pela luz do elegante saguão de ardósia de sua casa, mas viu de imediato que não teria necessidade de atirar. Crowthers aproximara o rosto da tela com uma larga expressão de júbilo, enquanto examinava o caos que havia criado. Depois que se divertiu o bastante, bateu a porta da frente com tanta força que a aldrava de latão ficou chacoalhando. Lá dentro, enquanto ele fechava todas as trancas, correntes e fechaduras, foi possível ouvi-lo gargalhando por muito tempo, mesmo depois de ele ter apagado todas as luzes e os deixado ali no escuro.

41

Estavam de volta ao centro da cidade aproximadamente à meia-noite e meia, e subiram à sala de reuniões de McManis para conversar. Inesperadamente, o pager de Sennett soou. Por acaso era a seção de cidade do *Tribune*. Eles tinham a história: havia um informante do governo no tribunal. Tuohey descobrira um modo de divulgar a notícia sem risco aos seus seguidores. Stan tinha cerca de dez minutos antes do fechamento da última edição, à uma hora, para decidir como responder. Resolveu não comentar, esperando que o jornal não tivesse informações confirmadas suficientes para publicar a matéria. Nesse caso, os investigadores do Projeto Petros só teriam um dia para atuar com a vantagem da surpresa.

À uma e dez, o repórter, Stew Dubinsky, ligou de volta. Eles publicariam a história. Stan conhecia Dubinsky havia anos e concluiu que não era armação. Depois de conversar com McManis, foi falar com Stew. O objetivo de Sennett era fazer com que o Projeto Petros parecesse já ser um sucesso espantoso. Milhares de horas de fita, disse ele. Dezenas de encontros secretos com muitas pessoas do tribunal.

Sem comentários sobre a que altura o negócio havia chegado, mas sem dúvida juízes, no plural, seriam indiciados.

O grupo, Stan, McManis, Evon, Robbie, Tex e Amari, sentou-se ao redor da mesa de reuniões repassando tudo até quase 2 horas. No dia seguinte, haveria telefonemas de advogados de defesa fazendo sondagens. Se alguma pessoa lá fora ficasse bastante apavorada, poderia fazer uma oferta em troca de imunidade. A situação poderia se romper em qualquer direção.

Naquele momento não fazia sentido ir para casa. Robbie telefonou de novo para ver como Rainey estava, depois subiu ao seu escritório para dormir algumas horas no sofá, o que ele fizera com frequência durante julgamentos. Para quase todo o mundo da equipe, era a segunda noite com pouco ou nenhum sono, mas Evon continuava cheia de adrenalina. Duas vezes nas 24 horas ela tivera uma arma na mão, pronta para disparar. Não era algo do qual se sai muito rápido. Ela ofereceu-se para subir com Robbie e montar guarda. Estava preparada para conversar, mas ele acenou do sofá e caiu de costas, parecendo sucumbir ao sono enquanto deitava.

Às 4h15 ela fez café na cozinha do escritório e levou uma xícara para cada um. Parecia inimaginável que vivera seis meses sem cafeína, enquanto bancava a mórmon. Robbie estava acordado, acabando de pousar o telefone quando ela abriu a porta.

– Rainey? – perguntou Evon.

– Mort. Eu quis avisar antes que ele lesse os jornais. – Robbie não havia calçado os sapatos ainda e demorou um instante examinando os dedos dos pés. Ela perguntou como Mort recebera a notícia.

– Com choque? Descrença? Eu falei para ele contratar um advogado porque, você sabe, porque pode surgir algum problema com a licença, mas ele pareceu mais preocupado comigo. – Momentaneamente Robbie voltara a ser o que era, sorrindo ao pensar em Mort. – Mas ele sabe que estará bem, já a história está vindo de mim. – Robbie olhou para Evon depois de dizer isso, mas ela estava cansada demais para ficar questionando.

Todo o mundo se reuniu de novo às 4h45. Dirigido por Amari, o furgão de vigilância entrou na garagem do LeSueur, e Sennett, Evon,

McManis e Robbie entraram. Assim que estacionaram em frente à catedral de St. Mary, Tuohey e Kosic chegaram ao pé da escada. Rollo olhou para a rua, com o cigarro pendurado nos lábios, enquanto Tuohey subia decidido, com o passo e a postura sugerindo que naquele dia rezaria com determinação especial. Vários veículos da equipe de vigilância de Joe circulavam pelas avenidas.

O verão ainda não tinha chegado, e a primavera não estava amena. Fizera menos de cinco graus durante a noite, e a fumaça das fornalhas se dissipava acima dos telhados, diante dos tons lívidos das primeiras luzes. A grande igreja de tijolos vermelhos impunha-se estreita num terreno triangular. As ruas adjacentes, quase sem trânsito, partiam em ângulo do lado de St. Mary, e os grandes prédios recuados na calçada estavam praticamente vazios nessa hora. Uma beleza árida subia das avenidas quietas naqueles últimos momentos de repouso. Essa era a cidade, com milhares de almas por ali em pleno sono. A corrida, a jornada, começaria de novo em breve.

Rollo saiu andando sozinho. Estava com frio. Enfiou as mãos nos bolsos do casaco, caminhando rapidamente na direção do Paddywacks, onde Milacki iria encontrá-lo enquanto Plato abria as portas.

Assim que Kosic se afastou da igreja, McManis deu o sinal e o primeiro carro parou bruscamente no meio-fio ao lado dele. Os agentes rodearam Rollo, apontando para o furgão. A ideia era levá-lo para dentro, onde haviam planejado uma elaborada sessão de exibição de vídeos e conversa. Mas Kosic simplesmente empurrou-os e continuou andando.

O furgão acompanhou-o junto ao meio-fio, mas ele se recusou a olhar. Por fim, Sennett desembarcou. Teve de correr para alcançá-lo. Evon olhava pela janela em forma de bolha. Kosic não quis parar enquanto Sennett falava com ele. Por fim, McManis foi correndo em direção aos dois. Tocou a manga de Rollo. E, apesar de empurrá-lo com violência, Kosic parou quando McManis falou. Pareceu reconhecer Jim de algum modo, e finalmente aparentou perplexidade. Provavelmente eles ainda não haviam percebido como os disfarces do governo eram intricados.

McManis saíra do furgão com o bilhete amassado que Rollo escrevera no Attitude e com algumas das notas em que havia impressões digitais dele. Estavam todas em envelopes plásticos transparentes, fechados com fita adesiva onde estava escrito PROVA, em vermelho. Jim teve cuidado de não deixar Kosic tocar naquilo. Em vez disso, manteve-se a pouco mais de um metro de distância e mostrou cada item, segurando-os pelos cantos superiores, parecendo um camelô do lado de fora de um templo. Sennett falava o tempo todo. Evon não conseguia ler seus lábios, mas sabia qual era o discurso. Rollo estava perdido. Mais do que isso; estava morto. Havia defuntos no cemitério que, comparados, estavam animadíssimos. Eles haviam grampeado o seu telefone. Vigilância. Rollo tinha apenas alguns minutos para tomar uma decisão que carregaria para o resto da vida.

Finalmente, como golpe de misericórdia, Sennett fez um gesto para o furgão e Robbie e Evon desceram para o meio-fio. Dessa vez Feaver parecia resoluto. Piscou para Rollo cumprimentou levantando a palma da mão num aceno.

Como sempre, os olhos de Kosic eram adagas de malícia.

– Chupe o meu pau – disse ele a Sennett, o promotor federal, e voltou a andar, balançando os braços como asas de galinha para se esquentar. Sennett gritou ameaças pela rua. Iria condenar Kosic, depois imunizá-lo. Iria colocá-lo na cadeia por perjúrio ou desacato se ele mentisse ou continuasse mudo. Kosic cumpriria uma pena, depois outra. Ele tinha duas escolhas: a vida inteira na cadeia ou entregar Tuohey. Seu show estava acabado.

Dez metros depois, Kosic finalmente virou-se. Mas não disse nada a Sennett. Foi para Robbie que ele olhou, com o rosto seco contraído de raiva. Kosic apontou a unha preta, depois levou a mão à altura da virilha, retorcendo o pulso violentamente no ar. Não estava claro se isso era um desejo com relação ao que fizera na última vez em que havia se encontrado com Robbie no Attitude, ou uma ameaça para o futuro, mas era certo que ele não desejava coisa boa.

MEU TELEFONE TOCOU às 6h30 daquela manhã. Corri para atendê-lo na cozinha antes que acordasse Patrice, que tinha acabado de voltar de Bangkok. Era Sennett. Eu já vira a manchete do *Tribune* jogado à minha porta. INFORMANTE DO GOVERNO ENTREGA JUÍZES

Stan recebeu meus parabéns com pouco entusiasmo. A atmosfera inquieta de segredo finalmente desaparecera; não houve palavras em código ou tom discreto. Stan estava sentado na sala do promotor federal depois de uma noite exaustiva e me passou o lado negativo de tudo o que acontecera à noite, com cansaço mas decidido.

Apesar dos fracassos de Sennett com os alvos principais, os promotores tinham obtido algum sucesso. Judith ficara como uma "panqueca" – chapada e virada de um lado para o outro – quando Moses Appleby explicou que o governo poderia confiscar seu restaurante assim que ela fosse condenada por extorsão. Milacki expulsara Moses, mas sem violência; Sig parecia estar pensando em suas opções. Outra equipe, liderada pela promotora-assistente Sonia Klonsky e Shirley Nagle, também tivera resultados diversos. Walter Wunsch não mostrara inclinação para encontrar o seu criador de consciência limpa. Ouvira as gravações de Robbie na sala de estar. Sua esposa, com rolinhos nos cabelos, havia se intrometido e, assim que entendeu o que estava acontecendo, começou a xingar Walter pela falta de cérebro e caráter, uma metralhadora que Walter absorveu como se fosse de pedra. Quando o discurso de Klonsky terminou, Walter referiu-se a Malatesta como "dedo-duro" e declarou: "Nunca dei merda nenhuma ao Silvio." Afora isso, se recusara a fazer comentários, a não ser que agora tinha dois motivos para estar satisfeito com a iminência de sua morte. Não mencionou nenhum dos dois, mas estava olhando furioso para a mulher quando eles saíram.

Depois disso, a situação melhorou para a equipe de Klonsky e Shirley. Dois escreventes, Joey Kwan e Pincus Lebovic, se entregaram sem a troca de qualquer promessa, e foram interrogados durante quase toda a noite. Ambos citaram vários advogados de quem tinham recebido dinheiro; Kwan entregou três juízes que haviam passado a trabalhar na Vara Criminal. Naquele momento mesmo Pincus e Joey estavam ao telefone no prédio federal, com os rolos dos gravadores girando atrás deles enquanto telefonavam para cada advogado e juiz que haviam denunciado, contando-lhes sobre Robbie e supostamente tentando armar histórias que explicariam várias transações financeiras de aparência estranha quando o Bureau batesse na porta. Tirados da cama às 3 ou

4 horas da manhã, muitos ficaram apavorados demais para manter a guarda, e os resultados já eram notáveis. O Projeto Petros, como um pingo de tinta de caneta, já se espalhava sombriamente.

No momento, Sennett estava pensando se deixaria as câmeras de TV entrarem no escritório de McManis. Teria de resolver isso com o UCORC, mas o disfarce elaborado, o equipamento, os gastos e os esforços do governo seriam intimidantes para os bandidos e poderiam abalar alguns deles. De qualquer modo, a notícia de que o FBI estivera operando um escritório de advocacia no edifício LeSueur logo vazaria. Stan parecia estar me pedindo uma opinião, mas fiquei quieto. Agora que o véu fora levantado, todos teríamos de retomar nossos papéis padrões.

Com relação a tudo isso, o tom de Stan fora um tanto indiferente. Presumi que ele estava exausto, ou talvez indo devagar comigo, achando, corretamente, que eu sentia um aperto considerável por não estar lá para testemunhar as últimas cenas do drama. Mas acabou ficando claro que, apesar dos avanços do governo, o mesmo osso ainda estava atravessado na sua garganta.

– Não posso acreditar que não pegaremos Tuohey. Não posso acreditar.

Ele tinha uma possibilidade concreta contra Kosic, mas nada além disso. Independentemente do quanto fosse óbvio, pelo bom senso, que Kosic não poderia estar agindo sozinho, não havia provas, circunstanciais ou diretas, que ligassem Tuohey ao dinheiro aceito por Rollo ou às diretrizes que ele dava ocasionalmente. Como Robbie sempre insistira, Tuohey enxergara muito adiante e planejara tudo cuidadosamente. Kosic estava entre Brendan e a encrenca como um fosso de castelo.

Stan mandara Robbie ir para casa dormir, acompanhado por vários agentes para vigiá-lo, mas havia um problema, que gerou o telefonema de Stan. Robbie insistia em fazer uma visita pessoal a Magda Medzyck, para se explicar pessoalmente. Sabia que jamais seria recebido no apartamento dela, por isso pretendia ir nesse dia ao tribunal. Stan estava preocupado com as reações que a presença dele poderiam provocar. Minha tarefa era convencer meu cliente a não ir.

Quando cheguei à casa de Robbie, havia dois agentes na entrada de veículos. Tive alguma dificuldade com eles, até Klecker aparecer e me fazer entrar. Evon estava dormindo num quarto vazio do andar de cima. Robbie também estava apagado, e decidi deixá-lo dormir um pouco mais.

Eu trouxera uma pilha de jornais para todos eles, e Alf e eu ficamos conversando; ele recebera relatórios das equipes e, como sempre, estava alegre. Joey Kwan, com seu jeito casual, já produzira duas fitas fantásticas sobre juízes da Vara Criminal. Ele bancara o sonso, o chinês com dificuldade com a língua, que precisava de que tudo fosse repetido e explicado várias vezes. Os criminosos haviam se sujado completamente.

Robbie desceu. Tinha se levantado para olhar Rainey, que continuava no mesmo estado. Eu ouvira o sussurro baixo do equipamento de inalação sem identificar o que era. Ela respirava com dificuldade, desesperada, como se estivesse afogando-se na cama.

– Finalmente sou um astro – disse Robbie, ao ver os jornais. – Meu Deus, onde eles arranjaram essa foto? É pior do que a da carteira de motorista. – Era uma foto de arquivo tirada às pressas, que mostrava Robbie saindo do tribunal depois de uma grande vitória. Mostrava um sorriso de raposa, que mandaria exatamente a mensagem desejada por Stan.

Por fim, Robbie e eu voltamos à sala de estar, um espaço gigantesco, alguns degraus abaixo do nível da cozinha. Como o resto da casa, fora glamourosamente decorada num estilo contemporâneo exagerado, as paredes eram revestidas por seda crua e móveis tinham forma de tigela. Como ficava num nível ainda mais abaixo, a sala fora praticamente abandonada por causa da doença de Rainey. O gigantesco telão de TV, que antes ficava ali, fora levado para o quarto dos dois, enquanto as várias máquinas que tinham ajudado Rainey nos primeiros estágios de sua doença estavam guardadas ali, em fileiras: a cadeira de rodas motorizada, elevadores, trapézios e uma cama elevada da qual ela desistira. Era como estar na sala de suprimentos de um hospital.

Robbie literalmente deu as costas da mão para o pedido de Stan

– Na verdade, eu não estou pedindo, George, estou dizendo. Eles podem me ajudar ou não. Eu preciso ver Magda. Eles podem me levar lá no papamóvel, mas eu já estou indo.

Tentei convencer Robbie a mudar de ideia, depois desisti. Ele disse que eu deveria estar preparado para um telefonema do advogado de Mort, quem quer que ele fosse.

Já se aproximavam das 9 horas quando voltei para a cidade. Já havia oito recados de advogados e um de Barnett Skolnick. Pedi à minha secretária para contatar cada um deles e explicar que, se tinham telefonado por causa da investigação do FBI no tribunal – e todos eles tinham –, um conflito me impediria de ter qualquer conversa. As estações de notícias locais, quando liguei o rádio, falavam todas do Projeto Petros. Disse a mim mesmo para não ficar metido a besta, aquilo não era da minha conta. Mas meu cabelo ficou em pé quando ouvi um advogado anônimo que fora contatado na rua observar que exercer a advocacia no condado de Kindle ficaria melhor a partir desse dia.

Mesmo assim, uns bons 80 por cento do que se noticiava estavam errados, parte quase comicamente equivocada. Cada estação, por exemplo, afirmava com autoridade que Robert Feaver era agente do FBI. Consequentemente, não tive certeza de como receber a notícia especial transmitida por volta das 9h30, enquanto me aproximava do centro da cidade. Apesar do tráfego pesado, parei numa área onde era proibido estacionar, para não correr o risco de atropelar alguém enquanto trocava de estação. A mesma história era repetida em toda parte: na última hora, um funcionário de alto posto da Vara Cível, chamado Rollo Kosic, entrara na sauna masculina de uma academia de ginástica do centro da cidade e dera um tiro na cabeça, usando um revólver da polícia. Havia especulação, até agora não confirmada, de que a morte de Kosic se relacionava com a ampla investigação do FBI sobre corrupção no tribunal, cujo codinome era Projeto Petros.

42

Por volta das 14 horas daquele mesmo dia, uma delegação composta por Evon, Amari, Klecker e Robbie chegou ao Templo no furgão de vigilância. A juíza Winchell assinara uma ordem autorizando o FBI a confiscar o Lincoln de Barnett Skolnick e retirar o sistema de gravação. Skolnick contratara Raymond Horgan, o antigo chefe de Sennett na Promotoria, para defendê-lo, e Raymond entrara com uma reclamação quando recebeu a notificação de apreensão. Ele insistira para uma breve audiência diante da juíza Winchell ao meio-dia, mas acabou entregando a chave, em vez de exigir que o carro fosse rebocado. Ainda que provavelmente Raymond estivesse atendo ao objetivo das negociações, Moses Appleby mandara Klecker fazer um vídeo elaborado para ser apresentado diante de um júri futuramente, não apenas mostrando a remoção do equipamento, mas também demonstrando como acontecera a gravação de Skolnick. Quando isso terminou, Sennett e McManis concordaram com o pedido de Robbie para fazer uma curta visita à sala de Magda Medzyck, acompanhado por um agente do FBI.

Na esteira da notícia sobre Kosic, todo mundo parecia abalado. A própria Evon não sabia o que pensar. Haviam passado tantos meses dizendo a si próprios que havia perigos mortais no que estavam fazendo que uma fatalidade não poderia ser considerada algo inesperado. Mas ela jamais imaginara que isso aconteceria com um dos investigados. Ninguém estava esperando uma guirlanda, mas até mesmo Sennett se perguntou em voz alta se não tinha passado do ponto de manhã. Aparentemente Rollo acreditara quando Stan disse que não havia saída.

De qualquer modo, Rollo tivera sua vingança, já que levara consigo a última esperança de processar Tuohey. Agora a defesa de Brendan era patente: culpar Rollo, dizer que ele era o cérebro. Vestido com a autoridade do juiz-presidente, Kosic coletara dinheiro, fizera designações, dera ordens, tudo sem o conhecimento de Brendan, por mais que as provas do governo mostrassem o que havia ocorrido com

Walter e Malatesta. O desgraçado enganara o pobre Tuohey e depois tirara a vida para não enfrentar o chefe e o amigo a quem traíra. Isso poderia ser vendido ao público, até mesmo a alguns segmentos da área da justiça. Kosic salvara Tuohey não somente do indiciamento, mas também do ridículo.

Na garagem do Templo, um agente operava uma câmera de vídeo padrão enquanto Klecker mostrava como havia furado os pneus de Skolnick. Depois o Lincoln foi reposicionado, do lado de fora, na frente do tribunal. Para a câmera, Robbie parou brevemente no lugar onde havia se encontrado com Skolnick, depois entrou no Lincoln e virou a chave para alimentar o sistema. Parado junto ao furgão de vigilância, Klecker usou o controle remoto para ligar e desligar a câmera duas vezes; depois, o furgão circulou para demonstrar o alcance da transmissão. Assim que tudo foi representado para o júri, Feaver desligou o motor.

Com o Lincoln estacionado na frente do tribunal, eles decidiram que o melhor era tirar Robbie dali e remover o equipamento mais tarde. Amari ficou no furgão de vigilância, para fiscalizar tudo. Klecker trouxera um colete à prova de balas para Robbie, mas este recusou, e mostrou-se petulante quando Evon tentou persuadi-lo a vestir.

– Um monte de gente lá quer chutar minha bunda, mas ninguém vai atirar em mim à luz do dia. – E saiu andando sozinho, forçando Klecker e Evon a acompanhá-lo.

Em dez minutos Robbie entrou e saiu da sala da juíza Medzyck Disse que passara a maior parte do tempo esperando que ela saísse da sala do tribunal. Magda fizera seu auxiliar ficar na sala como testemunha, o que acabou se mostrando um erro, porque no fim ela fora incapaz de evitar o choro.

– Ela é muito católica – disse Robbie para Evon na saída. – Ela se entregou ao Comitê Disciplinar da Suprema Corte. – Robbie sugerira que poderia ter economizado tempo se ela tivesse se crucificado com pregos nas mãos, e foi então que ela pediu que ele fosse embora.

Os dois saíram do tribunal com Klecker alguns passos adiante. Evon deveria cobrir Robbie por trás, mas ele ainda estava sofrendo por causa da visita. Disse que o que o fizera sentir-se pior era que

Magda parecia resignada ao mundo de armários fechados e restrições onde estivera enclausurada quando os dois se conheceram.

– Agora ela está abaixo de zero. – Foi como disse Robbie. Qualquer coisa que ele lhe tivesse dado fora jogada fora enquanto ela cedia de novo às palestras *in terrorem* que fizera para si mesma durante a vida inteira.

Evon ficou ouvindo, inesperadamente tocada, sentindo-se solidária a Robbie, e à juíza. Depois deixou-o dar alguns passos à frente enquanto verificava, a grande praça em volta do tribunal, procurando sinais de perigo. Nada havia de notável; advogados com pastas, mensageiros, funcionários, cidadãos andando rapidamente. O frio da primavera persistira, e o vento, anunciando o inverno, balançava as bandeiras no alto, fazendo a corda de uma delas ressoar batendo contra o mastro. Alguns passantes lançaram olhares para Robbie, que subitamente ficara reconhecível graças à imprensa matinal, mas não fizeram qualquer movimento na direção dele.

Chegando ao centro da praça, ele rodeou a grande fonte moderna onde a água corria de novo, cascateando sobre os planos de mármore em degraus. De repente, Robbie parou. Evon correu dois ou três passos, até ver o problema.

Brendan Tuohey estava a no máximo 3 metros de distância, apressando-se de volta ao tribunal com uma pasta pesada. O peso da pasta e o fato de estar estranhamente sozinho fez Evon intuir que Brendan acabara de limpar os cofres que havia compartilhado com Kosic. Independentemente da precisão dessa conjectura, o juiz-presidente, um homem havia muito acostumado a esconder seus problemas, parecia mais grisalho e sério nesse dia. Estava imerso em pensamentos e a princípio não percebeu Robbie, mesmo enquanto este o observava. Mas quando finalmente ergueu os olhos, a fúria que se projetou de sua expressão o expôs até o âmago: a raiva estava no coração de Brendan Tuohey como o fogo numa forja. Seu rosto comprido, de pele irregular, acomodou-se num sorriso duro, uma tentativa precária do esforço costumeiro para revelar sentimentos que não tinham qualquer conexão com o que realmente acontecia dentro dele.

Klecker olhou para trás e viu Robbie parado, mas sem perceber o motivo. Evon girou um dos dedos do lado do corpo pedindo que Alf se apressasse, mas ele não quis chegar muito perto. Assim, ela se aproximou o máximo que ousou e sentou-se na borda baixa da fonte, a pouco mais de um metro de Robbie. Tinha bastante certeza de que Tuohey não iria reconhecê-la. Tentou não olhar para nenhum dos dois, fingindo a expressão perplexa do cidadão comum procurando uma pausa depois de uma decepção comum com a lei. As palavras de Tuohey chegavam a ela, oscilando conforme o vento aumentava e diminuía.

– Por falar no *diabo* – disse ele –, falou-se muito de você hoje, Robbie. Muita gente boa está bastante vexada. Devo dizer que estou meio surpreso em vê-lo por aqui.

Feaver disse que tinha um negociozinho inacabado.

– É de imaginar – disse Tuohey. Com o canto do olho, Evon captou o homem se aproximando. – Eu sempre precisei tranquilizar as pessoas com relação a você. "Conheço Robbie a vida inteira. Sempre confiei no garoto. Não precisa duvidar dele." É o que eu andei dizendo. Mas agora eu li os jornais, Robbie.

– Pode cortar essa merda, Brendan. Minha vida está acabada. Meu preço por entregar você é uma viagem para a cadeia.

Agora Klecker tinha chegado ao outro lado da fonte, mas os dois homens continuavam muito mais perto de Evon. Robbie parecia ter consciência de onde ela se encontrava e dera um ou dois passos em sua direção. Ela ficou diretamente a favor do vento e ainda ao alcance da conversa. Mas Tuohey não iria se arriscar.

– Não consigo imaginar uma palavra sincera que você diria a meu respeito e que pudesse me preocupar. Mas a penitenciária será um bom lugar para você, Robbie. Irá lhe dar tempo para contemplar seus pecados. Você esteve metido em alguma falcatrua terrível nesses anos, se o que os jornais estão dizendo é verdade.

– Brendan, você não está me impressionando com este papo. Eu não estou usando mais minha cueca eletrônica. Um garotão roubou meu brinquedo. – Com isso, Robbie passou por cima da borda e entrou na fonte. A água chegava apenas ao tornozelo, mas, olhando na direção de Tuohey, ele se abaixou por um segundo na água gélida e depois girou como um cachorro, sacudindo a água em longos feixes prateados. Depois estendeu os dois braços lateralmente para demonstrar a falta de volumes reveladores nas roupas grudadas ao corpo. A temperatura ainda não passara muito dos dez graus, até que Feaver dobrou os braços, envolvendo-se no frio. Agora seu suéter elegante se esticava até as coxas, e ele não saíra da água.

Tuohey observou-o com a boca repuxada de lado, perplexo.

– Você é um sujeito dramático, Robbie. Admito. Mestre da cena. Lembro de você aos 6 anos cantando músicas de teatro como se a porta da frente de sua casa fosse a Broadway. Só que não era, era?

– Não, Brendan, eu não estou num musical da Broadway. Mas você também não. Parece uma sacanagem só um de nós estar indo para a cadeia.

Tuohey refletiu, avaliando aquela afirmação amarga e o tom em que ela fora feita. Robbie estava fazendo um trabalho fantástico apertando-o; e, no redemoinho de sentimentos, Tuohey se afastara alguns passos, mas era incapaz de simplesmente ir embora.

– Você sempre careceu de perspectiva, Robbie. Ficava com sangue nos olhos sempre que ouvia meu nome desde que tinha 9 anos, garoto. Você nunca gostou muito do modo como eu pegava sua mãe naquela varanda do seu apartamento e lhe dava uma foda de recreação na noite de domingo. Mas, sabe, Robbie, sendo mãe ou não, a mulher tinha necessidades. Eu sempre soube que havia uma rebarba debaixo da sua sela quando o assunto era eu. E fui bom para você mais de cem vezes, desde então. Pelo bem dela. E pelo seu. Não que isso fizesse a mínima diferença para você. – A fúria, que ele raramente mostrava, ferveu de novo enquanto atacava Robbie, que continuava até os joelhos na água. – Só uma fodazinha misericordiosa de vez em quando com uma divorciada cheia de tesão, e olha no que deu. Dá para imaginar? E uma fodida que já morreu.

Tendo espicaçado-o o máximo que pôde, Tuohey virou-se na direção onde Evon estava sentada e passou por ela e por Feaver, sem olhar para nenhum dos dois. Robbie saiu da fonte. Estava com os braços apertados em volta do corpo dobrado no frio, mas não havia terminado. Chamou Tuohey pelo primeiro nome.

O juiz parou para pensar, mas continuou incapaz de resistir ao confronto, e se virou.

– Que pena o Rollo – disse Robbie. Na curta distância que separava os dois na praça, Evon esperava o salto de uma faísca de alta voltagem. A situação estava empatada àquela altura. Os dois haviam pisado na sepultura um do outro, mas Robbie tinha ainda uma carta na manga, puramente por vingança. Aparentemente estava muito além do ponto de cálculo. – Só lembre-se, Brendan, enquanto ainda está ao ar livre, que a grande diferença entre nós dois é que *eu* cuidei do meu melhor amigo.

Com isso ele dera um golpe fatal em Tuohey, como pretendia. Como uma espécie de vitorioso, Feaver correu os cerca de 20 metros até o Lincoln de Skolnick, que estava numa vaga junto ao meio-fio. Klecker ainda não apanhara a chave com ele, e Robbie entrou. Não estava pensando em muita coisa além de sair do frio e ligar o aquecedor no máximo, contou-me mais tarde.

Evon aproximou-se de Klecker do outro lado da fonte.

– Minha nossa – disse Alf subitamente.

Enquanto voltava, ela viu Tuohey andando rapidamente na direção de Robbie e do Lincoln. Ela começou a correr, mas Tuohey já estava fazendo um gesto para Robbie baixar a janela. Se o juiz abrisse a pasta, ela percebeu que teria de sacar a arma contra ele, mas em vez disso ele colocou a pasta na calçada e pôs parcialmente a cabeça grisalha dentro do carro. Depois enfiou um dos braços. Quando voltou para o tribunal, havia uma leveza clara em seu caminhar.

O que quer que Tuohey tivesse dito, havia abalado Feaver. Ele balançou a cabeça, atordoado, quando ela pediu um relato. Enquanto isso, Amari, com suas botas de caubói e paletó esporte, atravessara a avenida correndo até o carro.

Joe, que era muito mais intenso do que McManis mas geralmente tão contido quanto ele, estava sacudindo as mãos no ar.

– Você é o maior colaborador com quem já trabalhei – disse Amari. Em seguida, agarrou Feaver pelos dois ombros através da janela abaixada. – O mais inteligente. O melhor. Definitivamente o melhor. – Depois de um momento, ela entendeu. Assim que Robbie entrara no Lincoln e ligara a ignição, a câmera havia sido acionada. Amari pudera dar partida no sistema de gravação, capturando o interlúdio em que Tuohey se inclinou para dentro do carro. – Se eu vi o que acho que vi, você acabou de pegar o sujeito.

Os quatro voltaram rapidamente pelo quarteirão até o furgão de vigilância. Alf passou a fita, e a imagem de Robbie com as roupas molhadas brotou da confusão entre cenas. Ele estava com um dos braços em volta do corpo, balançando para trás e para a frente no couro vermelho do carro de Skolnick. Tentava acionar os controles do aquecedor quando de repente saltou reagindo aos movimentos de Tuohey fora da tela. Robbie demorou um segundo a encontrar o botão cromado que abaixava a janela automática. Pelo modo como ele recuou, estava claro que Tuohey havia se inclinado para dentro, mas não estava totalmente visível. Apenas o topo de sua cabeça cinzenta e a mão nodosa apareciam em quadro. Mas, vinda no vento, sua voz soou clara enquanto ele apontava.

– Por falar de seu melhor amigo, Robbie – disse ele. – Quando Morton veio me alertar na terça-feira sobre o que você pretendia fazer, eu deixei um recado para você. Pense bem, Robbie. Tantas línguas estão falando a seu respeito que você pode se confundir. De modo que eu quero que você lembre, quando receber isso, que veio de mim. – Na tela ao lado de Feaver, Tuohey girou a mão com o que estivera apontando. De repente seu polegar subiu. Com o indicador estendido ele formara a pistola imaginária que os meninos costumam apontar um para o outro. E então, para evitar qualquer ambiguidade, num segundo Brendan deixou seu polegar comprido cair como um percursor de revólver, e a mão saltou com o coice da arma.

– Ele está ameaçando você – disse Klecker. – Meu Deus, nós o temos gravado em fita ameaçando uma testemunha federal!

– Eu estou dizendo – confirmou Amari. – É uma obstrução.

Então Amari e Klecker apertaram-se as mãos, depois Alf cumprimentou Evon. Klecker foi na direção de Robbie, mas este já estava voltando a fita. Queria vê-la de novo. Passou-a outra vez, posicionando-se perto da tela para ouvir, e depois rebobinou e passou de novo. Na terceira vez estava claro que frase de Tuohey ele estava ouvindo. "Quando Morton veio me alertar na terça-feira sobre o que você pretendia..." Ela própria ficou pasma com o que isso significava. Alf interrompeu-a, para que todos pudessem ligar juntos para McManis.

– Demais, é o sétimo céu, o máximo dos máximos, um tiro de canhão – disse Jim. Em seguida, ele se permitiu um risinho frívolo.

Ainda precisavam tirar a câmera do teto do Lincoln. Levaram os dois veículos até o prédio federal, onde todo o grupo, menos Robbie, saiu do furgão e trabalhou com dois técnicos da perícia para tirar o equipamento sem qualquer dano permanente ao automóvel. Depois voltaram ao LeSueur, onde ficaram sabendo que uma plateia considerável já estava se reunindo para assistir à fita.

Robbie estava com frio demais para ir também, e preferiu ir ao seu escritório, trocar as roupas por outras que ele mantinha lá. Para sua proteção, Evon acompanhou-o. De manhã tinha havido telefonemas frenéticos do escritório, falando de equipes de TV estacionadas na recepção. Mas a segurança do edifício os havia afastado. Dois seguranças particulares guardavam a porta.

Era a primeira vez que qualquer dos empregados olhava Robbie depois de as notícias se espalharem, e ele caminhou pelos corredores exageradamente decorados de seu próprio escritório sob um silêncio notável, completado pela aparência maltrapilha e pela presença de Evon, que de uma hora para outra parecia oscilar entre amiga e inimiga. Do lado de fora da porta dele, Bonita, meio lacrimejante, sacudiu suas tranças negras.

– Você não vai querer ver nenhuma dessas mensagens – disse a ele.

Evon fez Robbie prometer que não sairia do escritório sem telefonar; depois voltou à firma de McManis, onde estavam esperando que todos chegassem para assistir juntos a fita. McManis e outros agentes disfarçados, bem como os agentes locais do esquadrão de vigilância, acotovelavam-se na sala de reuniões. Por fim, Sennett apareceu, mal-humorado, e atrasou um pouco mais a apresentação para me chamar mas meu escritório informou que eu estava com um cliente.

Alf enfiou a fita no gravador e mexeu nos controles.

A tela se encheu de neve.

Alf rebobinou e adiantou a fita. Mexeu nas conexões. Por fim percebeu que a fita estava em branco. Retornou ao furgão para procurar e voltou somente com uma caixa vazia. Demorou algum tempo antes que começassem a procurar Robbie, e isso foi muito depois de ele ter trazido para mim a fita que eles desejavam.

ROBBIE ESTAVA ALGO digno de ser visto quando chegou a minha recepção. Sua roupa ainda estava molhada, e para se aquecer ele pusera um sobretudo pesado, que guardava no escritório. O cabelo estava grudado no rosto, parecendo, sem a leveza produzida pelo secador, a plumagem de um corvo que fora atacado por um gato. Pediu para me ver a sós. Eu estava numa reunião, mas ele prometeu que seria apenas um minuto. Na saleta de leitura ao lado de meu escritório, entregou-me o cassete e disse o que havia na fita.

Nitidamente, queria aconselhamento legal para saber se teria algum embasamento para manter a fita. Nós dois sabíamos que isso era duvidoso, mas Robbie estava querendo ganhar tempo. Tivera visões de Sennett fazendo uma visita noturna à casa de Mort. A fita seria a apresentação especial na tela da grande TV de Mort, enquanto Stan se esforçava tentando descobrir o que Tuohey quisera dizer ao falar que Dinnerstein o havia alertado quanto ao que Robbie pretendia. Robbie também queria a resposta para isso e, mais importante, garantir que Mort soubesse que não tinha mais tempo e não poderia esperar para contratar um advogado. As táticas de terror de Sennett, especialmente as ameaças de prisão, transformariam Mort num pudim.

Perguntei a Robbie se ele contara a Mort que estava trabalhando para o governo. Havia muito tempo eu suspeitara de que Robbie havia informado Dinnerstein, mas ele insistiu que mantivera segredo, não por algum compromisso com Sennett, mas porque percebera que contar a Mort colocaria o amigo numa posição delicada. Sheilah Dinnerstein jamais perdoaria o filho se soubesse que ele não fizera nada quando teve a chance de salvar o tio Brendan. Mesmo na segunda-feira, depois do surgimento melodramático de Evon no escritório, quando ela se identificara como a agente especial DeDe Kurtzweil, do FBI, e apresentara aquela intimação, Robbie só dissera a Mort que ele estava com a situação "totalmente sob controle".

– Ele deve ter deduzido por conta própria – disse Robbie. – Não sei como. Mas imagino que Brendan deve ter enfiado uma sonda no canal alimentar dele para saber o que aconteceu nas últimas semanas. Algo como: "O que está acontecendo com Robbie, por que ele está tão estranho?" Ainda não posso acreditar que Mort lhe contou o que descobriu. Quero dizer, é o *Brendan*, pelo amor de Deus. O que ele ia pensar que o tio faria, me dar uma festa? – Robbie estava arrasado, incapaz até mesmo de me encarar, o que era bom, já que eu não conseguia pensar num consolo adequado. Sangue mais espesso do que água? Percebi que Robbie vinha tentando evitar esse momento quando optara por não contar a Mort a princípio.

Depois subiu novamente, para se encontrar com Dinnerstein, prometendo telefonar para mim assim que os dois terminassem. Às 18 horas eu não sabia de nada. Eu recebera várias mensagens urgentes de Stan Sennett e não as respondi. Mas tinha certeza de que os agentes haviam se espalhado procurando Feaver, e eu esperava que McManis ou Stan aparecessem a qualquer instante à minha porta. Nesse momento, a minha linha telefônica interna tocou. Era Robbie no telefone do carro. Estivera dando umas voltas de carro, e disse que eu deveria telefonar para o advogado de Mort, Sandy Stern. Quando Feaver ia desligar, eu gritei para que ele esperasse.

Perguntei se Mort havia explicado. Se dissera como fora contar a Tuohey.

– Sim – disse Robbie. Por um momento ele pareceu decidido a não dizer mais. Depois esforçou-se para acrescentar: – Disse que Stan Sennett lhe pediu para fazer isso.

43

Apesar de ser apenas alguns anos mais velho do que eu, Sandy Stern sempre foi uma espécie de herói para mim. Eu o conheci logo depois da faculdade. Éramos dois formandos de Easton trabalhando como advogados de defesa no inferno do tribunal de North End, e eu fui instruído segundo o exemplo de Stern. Ele me mostrou que, não importando qual fosse o crime ou o cliente, o advogado deveria permanecer como um emblema de dignidade. Na aparência, ele não é grande coisa: corpulento, careca, moreno, de feições pequenas avolumadas por carne demais. Mas sua presença é imponente. Ele é argentino de nascimento; sua família são os próprios judeus errantes. Um leve sotaque hispânico canta em ritmo próprio na sua fala cuidadosa, em que a cadência central é sempre de uma inteligência equilibrada com precisão. Como eu, ele pode ser distante e parcimonioso nos sentimentos. Nossa amizade tem fronteiras rígidas que jamais são atravessadas. Mas envelheci pensando nele como o melhor advogado que eu conhecia, e por isso jamais me ressenti pelo fato de que, nas mentes bem-informadas, ele continuava, mais do que eu, sendo o advogado preferido nas questões criminais complicadas no condado de Kindle. Além disso, independentemente de quais fossem, as feridas em meu orgulho eram salvas por suas indicações generosas. Ele mandava suas sobras para mim em primeiro lugar.

Sentado naquele início de noite num canto, em meio ao exato cenário Chippendale do clube de Stern no topo das Morgan Towers, ele me contou uma história perturbadora. Numa noite de junho passado, Stan Sennett e três agentes da Receita Federal tinham aparecido na casa de Mort. Sennett afirmou ter informações confiáveis, segundo os registros da Moreland, pelo que se ficou sabendo, de que Dinnerstein tinha um padrão de sucesso notável na Vara Cível, presidida por seu tio, Brendan Tuohey. Sennett iria descobrir por quê, de um modo ou de outro. Naquele momento, o Sr. Dinnerstein poderia receber imunidade completa e falar com honestidade total. A alternativa era assistir ao governo transformar sua vida num tumulto, mandando intimações de um júri de instrução para seu banco, seu contador, seus clientes, seus empregados, até seus vizinhos. Quando Stan descobrisse o que esperava, o Sr. Dinnerstein estaria detido numa penitenciária federal muito tempo depois de seus dois filhos terem terminado a faculdade, presumindo que eles recebessem bolsas, já que Sennett usaria a lei para retirar cada centavo que Mort havia recebido praticando a advocacia.

Dinnerstein implorou tempo para falar com um advogado, que acabou sendo Stern. Totalmente posto a par por seu cliente, Sandy sabia dois fatos com razoável certeza. O primeiro era que Sennett não tinha nada de concreto no momento; caso contrário a imunidade não seria oferecida. O segundo era que, assim que Stan chegasse à conta secreta de Mort e Robbie no River National, ele teria uma boa base para provar o que Mort contara a Sandy, ou seja, que sob a orientação de seu tio, Dinnerstein e o sócio, Robbie Feaver, vinham pagando havia anos aos juízes da Vara Cível.

Assim, o que Stern ofereceu, e que Sennett acabou aceitando, era que Dinnerstein iria se tornar um verdadeiro informante confidencial, e só isso. Dinnerstein responderia totalmente, e sinceramente, a qualquer pergunta feita por Sennett. Nenhuma das informações que ele desse, e nada que resultasse delas, poderia ser usada de qualquer modo contra Dinnerstein, e ele jamais seria chamado ao banco de testemunhas. Sua identidade como informante seria revelada apenas se ele quisesse, um acontecimento improvável, dado o tumulto que a notícia de que ele havia entregado o tio provocaria na família.

Na melhor das hipóteses, se a investigação de Sennett desse certo, Dinnerstein não sofreria qualquer prejuízo. Na pior das hipóteses, se toda a verdade sobre ele emergisse a partir de outras fontes, Dinnerstein poderia abrir mão da licença profissional, escapando do processo por suas manipulações de vários tecnicismos legais resultantes do fato de que ele jamais tivera coragem para entregar dinheiro.

– E meu cliente? – perguntei. – Ficava sozinho nessa?

Stern fechou os olhos devagar, e em seguida os abriu.

– É. Foi bastante doloroso.

Bastante, pensei, lembrando-me quase contra a vontade das mentiras que Robbie contara para salvar Mort.

O único consolo que Stern oferecera a Mort era que Feaver provavelmente negociaria um acordo para garantir a liberdade. Como Robbie sozinho tivera a força para fazer as entregas, ele era uma testemunha indispensável para Sennett. Stern suspeitava de que o trato de Feaver podia incluir um papel disfarçado, mas eles não tiveram certeza de nada até meados de abril. Nesse ponto, Sennett fora forçado a lhes contar por causa da busca implacável de Dinnerstein ao dinheiro do acordo devido ao pobre Peter Petros, e a seus advogados, pela queda de Petros da arquibancada do estádio. Para manter Feaver no escuro, Mort concordara com um ardil em que ele, como Robbie, imediatamente reciclou sua parte do cheque do acordo que o governo adiantara brevemente.

– Nosso trato com o governo é bastante claro – disse Stern. – Dinnerstein só precisa responder a perguntas, e não dar informações por vontade própria. Mas Sennett é um sujeito traiçoeiro, e eu alertei meu cliente desde o início de que cedo ou tarde o promotor federal utilizaria até mesmo a imprecisão mais insignificante para poder renegociar. E, naturalmente, isso aconteceu. – Stern me olhou por cima de sua bebida, uísque puro num copo baixo com o brasão do clube. – A carteira de advogado fantasma do seu cliente – disse ele.

Como eu deduzira no mês anterior, Mort soubera disso desde a faculdade. Havia alguns meses os agentes da Receita que tinham permanecido como guardiões de Mort, assim como os agentes especiais do FBI que trabalhavam com Feaver, haviam percebido algo nas informações financeiras que Mort dava ao contador da firma todos os anos. Ele listava apenas os seus pagamentos anuais para a Ordem, e jamais os de Feaver, como um gasto dedutível da sociedade. Até então, Mort já havia se referido centenas de vezes a Robbie como advogado, ao fato de que os dois exerciam a advocacia juntos. Sennett considerou isso uma mentira perigosa, e não uma figura de linguagem.

– Você pode imaginar as idas e vindas. Mas isso deu a Sennett a abertura que ele queria. Na segunda-feira desta semana, há três dias, ele me informou que tudo poderia ser perdoado se meu cliente concordasse em fazer um papel com fala no drama elaborado em que o seu cliente estava envolvido. De novo, houve muitas idas e vindas. Mas, francamente, era menos do que os meus piores temores. Ele simplesmente queria que Morton contasse ao tio que Feaver iria ficar de mãos dadas com o governo e entregar todos eles. Eu entendi isso como uma jogada estratégica complicada, parte de uma disputa final. Em algum momento no futuro nós dois vamos tomar umas bebidas juntos, e você vai me contar como os fatos se encaixam. Eu fiquei perplexo, e tive alguns pensamentos sombrios. Mas nunca acompanhei totalmente o caminho tortuoso da mente de Sennett.

Há muitos anos, eu fui um dos advogados que auxiliou Stern quando Stan Sennett estava ameaçando colocá-lo na cadeia por desacato. Apesar de meu trabalho, virando a noite redigindo um documento em apoio a Sandy, seu comportamento formal me impediu de ficar sabendo, ou mesmo de perguntar, exatamente como a questão fora resolvida. Depois disso, Stern permaneceu livre, porém mais sombrio, e inclinado a falar com mais gentileza sobre vermes do que sobre Sennett. Em geral, tentava evitar qualquer menção a Stan nas conversas.

Um garçom de paletó verde cheio de alamares se aproximou e perguntou servilmente se algum dos cavalheiros desejava outro coquetel. Sendo outro ator desempregado, ele tinha forte compromisso com o papel de serviçal, e recuou três passos antes de se virar.

Sennett quisera equipamentos de gravação e testemunhos sobre o encontro de Mort com o tio, coisa que Stern recusou implacavelmente. Dinnerstein havia barganhado para permanecer para sempre no segundo plano; seria um mensageiro, nada mais. Como obter provas, era problema de Sennett. Mas Sennett tinha recursos. Depois de anos de vigilância, o governo conhecia muito sobre os personagens que apareciam no Paddywacks. Na noite de segunda-feira, o Serviço de Imigração e Naturalização fez uma visita a um dos ajudantes de garçom, que tinha um visto falso de trabalho. Às 5 horas da manhã de terça-feira, um agente local da Receita chamado Ramos apresentou-se na porta dos fundos do restaurante para substituir o primo, o ajudante de garçom, que tinha ficado doente. Uma hora depois Mort juntou-se ao tio para o café da manhã.

Mort fora instruído para guardar sua revelação sobre Robbie até que o agente fazendo papel de ajudante de garçom estivesse suficientemente perto para ouvir. Dinnerstein mal conseguira manter o olhar longe do sujeito que circulava as mesas com a calça xadrez e a túnica branca. Por fim, quando Ramos começou a limpar a mesa mais próxima, Mort deu rapidamente a notícia ao tio e aos companheiros dele. Disse que pouco tempo depois de Evon ter entrado no escritório na segunda-feira, anunciando que era agente do FBI, a secretária de Feaver supostamente se aproximara de Dinnerstein, mortificada por uma conversa telefônica que tinha entreouvido: Feaver acabara de ligar para um advogado pedindo para ele fazer um acordo com o governo, no qual testemunharia contra todo mundo: os juízes, Kosic, Tuohey, até Mort.

A princípio, pareceu que o agente não teria mais o que informar. Tuohey não dissera absolutamente nada. Milacki murmurara uma variedade de palavrões, mas Brendan imediatamente estendera a mão para Sig, para que ele se calasse. Os três homens ficaram olhando enquanto Tuohey deliberava. Estavam tomando café na louça pesada, inquebrável, do Paddywacks, e Brendan pegou na mesa um dos misturadores de plástico e ficou brincando com ele um tempo, ocupando-se. Depois, Brendan Tuohey, juiz-presidente da Vara Cível, segurou o misturador pela extremidade. Mort viu o que seu tio havia feito com ele: um nó de forca. Brendan havia feito um nó de forca. Balançou-o um instante entre os dedos, de modo que Kosic e Milacki pudessem vê-lo, depois deixou-o cair sobre a mesa. O agente especial Ramos pegou-o enquanto retirava os pratos do café da manhã e jogou-o no bolso.

– Um nó de forca? – perguntei.

– Aos olhos de um promotor. Ou de um melhor amigo. Sennett pareceu entusiasmado. Mas talvez fosse a letra "B". Ou "R", de Robbie. Ou simplesmente um gesto nervoso. Questão de opinião, não é? E, de qualquer modo, isso poderia passar por uma conversa de mesa, um impulso. Sem algum ato subsequente para tornar o significado mais específico, vale pouco como prova, não? – Stern engoliu o resto de seu uísque e o manteve na boca um instante, para desfrutar melhor a bebida. – Esses são os principais detalhes. Meu cliente me instruiu a falar sobre eles, o que quer que possam significar. Como sempre, George, contamos com sua discrição e agradecemos. – Em seguida, ele pegou minha mão e se empertigou para examinar meus olhos. – Há um sentimento profundo entre aqueles dois homens. Seu cliente já ouviu essa história diretamente de Dinnerstein, em meio a um previsível jorro de lágrimas.

E como Robbie reagira? Eu preferia não tocar num assunto tão delicado com meu cliente, mas aqueles eram os momentos imperiais da vida de um advogado criminal. O que a humanidade diz e faz em situações extremas, quando uma sentença de morte era pronunciada, quando um júri libertava um homem, quando um sujeito descobria que o melhor amigo de toda a vida o traíra? Como os gestos desgastados da existência cotidiana poderiam suportar uma mudança tão portentosa de compreensão?

Stern não precisava que eu explicasse por que desejava saber. Em vez disso, ergueu o olhar até as vigas de carvalho que atravessavam o teto, aguçando a lembrança da resposta à pergunta que ele também fizera.

– Fiquei sabendo que Feaver disse: "O que mais você poderia fazer? Com as crianças? Com Joan? O que mais você poderia fazer?" – Stern moveu os pequenos olhos alertas na direção dos meus. – Sujeito interessante – acrescentou.

44

— Então, o que mais ele poderia fazer, não é? – perguntou Robbie a Evon. Ela ficara apavorada quando ficaram sabendo que Robbie saíra do escritório desacompanhado, mas ele apareceu no primeiro lugar em que ela havia procurou, em casa. Havia dois policiais de Glen Ayre na frente, lembrando a vários cinegrafistas das TVs locais exatamente onde ficavam os limites da propriedade dos Feaver. Os policiais disseram que eles tinham percorrido o quarteirão durante algum tempo, filmando pelas janelas. Alguns tinham ido embora depois de captar vários segundos de Robbie no Mercedes, enquanto ele subia pela passagem de veículos. Um maluco pulou na frente do carro e Robbie o fizera saltar do caminho. Os policiais ainda estavam rindo daquilo.

Ela se aproximou da porta, mal-humorada, mas Robbie estava com uma aparência terrível, e contou imediatamente sobre Mort. Chorou, descrevendo como Mort também berrara como um bebê ao admitir que tinha entregado Robbie ao governo para salvar a própria pele. Ele não tentou enfeitar o bolo, mas ainda queria ser perdoado, e Robbie perdoou. Mort tinha as crianças e Joan. Mort era Mort, e ele era Robbie. Havia coisas que um podia fazer e o outro não, eles sempre souberam disso, e Mort não podia cumprir pena, não havia possibilidade. Então, o que mais ele poderia fazer?

No silêncio que se seguiu, Evon tentou dizer como se sentia, mas, para o bem dela, os dois permaneceram presos ao choque. Havia um milhão de detalhes a examinar, meses de acontecimentos que, pelo que ela sabia intuitivamente, tiveram características totalmente diversas do que ela imaginara. Que diabo *ela* estava fazendo ali? Por que colocar um agente disfarçado no escritório se Mort já estava passando informações para Stan? Mas isso ficou evidente depois de algum tempo. Evon era um disfarce para Mort, para manter Robbie sem suspeitas com relação a quem realmente estava passando informações sobre ele, como aconteceu, por exemplo, com relação a Magda. E, sem reconhecer que estava fazendo isso, ela por sua vez estava vigiando Mort para Sennett. Todos espionavam secretamente alguém, e Sennett era o único a saber a verdade. Ele devia ter se sentido como Deus num mau dia, rindo de todas as suas criaturas.

Mesmo embaraçada, Evon disse a Robbie finalmente o que fora fazer: Sennett queria a fita.

– Bom, eu não estou com ela. Agora não. E George disse-me para não falar mais nada.

Ela ergueu uma das mãos. Não iria discutir. Ligou para McManis dizendo que Feaver estava bem.

– Fico feliz porque um de nós está. – McManıs tinha acabado de saber sobre Mort, por meio de Sennett, que fora forçado a explicar o que Tuohey quisera dizer na fita. Jim passara cerca de dez minutos sozinho, depois entrou em contato com Washington e pediu que eles começassem a procurar um substituto, alguém que comandasse o projeto à medida que passasse para a próxima fase. Trinta dias era o máximo que ele podia dar. Disse que as personalidades ali estavam abaladas demais.

Jim já se despedira dela antes de lembrar de perguntar pela fita de vídeo. Por enquanto não pareceu se importar muito mais do que ela. Pensando nisso, enquanto desligava, Evon percebeu o que devia estar irritando McManis. Não era apenas Sennett. Mas o UCORC. Desde o início, eles tinham concordado que Jim não ficaria sabendo sobre Mort. Parte disso era compreensível. Raramente as agências compartilhavam informantes. A Receita Federal tinha Mort, e o manteve para si. Afinal de contas, era uma estrutura de sigilo. Mas Jim fora mandado para lá a fim de fazer todo o serviço pesado, arriscar a vida de seu pessoal sabendo que ele estava no comando. A verdade era que não passava de mais uma marionete, que trabalhara durante meses longe de casa, num caso em que a Receita, que desenvolvera informações críticas, receberia a maior parte do crédito.

Evon encontrou Robbie na cozinha, um espaço amplo, onde um dos lados tinha janelas deslizantes do chão ao teto. Outra parede tinha uma série de equipamentos de restaurante que Rainey mandara esmaltar no branco mais luminoso que a humanidade conhecia. Robbie pegou na geladeira um frango pela metade. Os dois sentaram-se juntos no pequeno balcão do café da manhã e comeram enquanto bebiam uma cerveja. A princípio disseram muito pouco, e então, inesperadamente, ele começou a falar sobre Mort.

– Sabe, a princípio eu não gostava de Mort. Quando era garoto.

– Verdade? – Ela tentou fazer com que a sua curiosidade parecesse o mais distante possível mas a angústia que restava parecia refrear as palavras.

– Bom, eu tinha 6 anos. Foi quando meu pai deu no pé e minha mãe começou a me deixar com Sheilah Dinnerstein, a vizinha, para ir trabalhar. Naturalmente eu sentia que tinha levado a maior sacaneada desde que Jeová pediu tempo e chutou todo o mundo do jardim. Eu estava sozinho, e preso com aquele otário com aparelho ortopédico na perna, aquele garotinho da mamãe, estranho, doente, que não podia correr, que tinha o nariz escorrendo e cabelo esquisito, que passou um verão num pulmão de ferro, o que o tornou tão assustador para mim quanto a Múmia. Para não mencionar que a mãe dele era uma *goy* num bairro com 13 sinagogas em oito quarteirões.

Robbie começara em tom solene, mas agora havia assumido parte do brilho que inevitavelmente se refletia quando ele contava suas histórias.

– Assim, eu passei uns bons seis meses dando broncas em Mort e batendo nele. E um dia dei-lhe uma surra, como sempre, pelo simples prazer de vê-lo chorar, e algo nos olhos dele... disparou que nem um foguete; esse foi o momento da minha vida. Falei a mim mesmo, quase em voz alta: Mort se sente tão mal quanto eu. Eu estava com 6, 7 anos, de modo que isso era basicamente igual ao $E=mc^2$ para alguém daquela idade, e não sei, tão jovem assim, é preciso dizer que aquilo não passava de um sentimento, mas eu soube então que todo o mundo tinha aquilo, o que eu sentia, aquela dor, todo o mundo tem aquilo em algum lugar do coração. E eu soube que nunca iria me livrar realmente dela, e ninguém também se livraria. E a vida tem isso, não é? É ser pobre, ou sozinho, estar doente, não ser amado o bastante ou não amar como a gente quer, é sentir que você é o capacho do mundo ou um sacana mau, ou simplesmente não é tão bom quanto as pessoas com as quais você quer ser, ou com quem quer estar. Mas há sempre algo, e é uma coisa devorador para a maioria das pessoas, como um parasita fazendo um buraco no coração.

"E eu me perguntei, perguntei e perguntei por quê. Por que Deus fazia um mundo onde o coração de todo o mundo sofre? E ficando com Mort, olhando para ele, sabe o que eu descobri? A resposta. Quero dizer, acho que descobri. Sabe por que é assim? Para que a gente precise uns dos outros. Não para que cada um não ponha a viola no saco e saia, um a um, para a selva, para comer as frutas que caiam das árvores. É para que um fique junto do outro, faça pelo outro, e construa um mundo. Porque o sofrimento adora companhia, e o consolo da alma de outra pessoa é o único bálsamo para as feridas.

"E como você diria isso? Como eles colocaram na Bíblia? 'A sombra de Deus baixou sobre ele.' Olhei para Mort e eu *soube* tudo isso. E Mort sabia disso também. E a partir de então nós simplesmente ficamos grudados um ao outro, por toda a vida.

Evon não sabia exatamente o que isso significava naquele momento, e ele também não. Talvez estivesse dizendo de novo que perdoava Mort, ou estivesse explicando por que precisava perdoar. Ou talvez estivesse dizendo que Mort violara os pressupostos fundamentais do relacionamento entre os dois. Robbie girou nos dedos o osso da sorte e ficou pensando no brilho nuclear da cozinha, retomando o silêncio.

Ao falar com McManis, ela se oferecera para montar guarda a Robbie de novo nessa noite. Vários agentes viriam em breve para dar cobertura à casa, mas, afinal de contas, essa fora sua tarefa desde o início, ficar de olho em Feaver. De qualquer modo, no momento ela não tinha onde ficar. Havia repórteres acampados no saguão de seu prédio, esperando dar uma olhada na agente secreta especial Evon Miller.

Elba ligou para baixo, dizendo que os olhos de Rainey tinham aberto, e Robbie se ausentou durante algum tempo. Rainey vira algo sobre ele na TV durante o dia. Ele disse que iria contar-lhe a história, numas três frases, e pular o assunto da prisão. Ela estava muito fraca para fazer grande coisa, e ocasionalmente fraca demais para usar o equipamento a laser que parecia uma luz de mineiro e com o qual vinha controlando o computador e o equipamento de voz.

Enquanto isso, Evon acomodou-se de novo no quarto do segundo andar, um cômodo enfeitado com elaborados frisos amarelos nas janelas e na colcha. Era uma espécie de sala íntima. Evon ainda não conseguia se acostumar com essa vida na qual o dinheiro era gasto só por gastar. Procurando uma fronha, entrou no que seria o quarto de brinquedos de Nancy Taylor Rosenberg, ao lado do quarto dos Feaver. Um sofá-cama estava arrumado. Elba e Robbie se revezavam dormindo ali, enquanto o outro cuidava de Rainey, massageando, aplicando loção, verificando o oxigênio e a cor de suas unhas. Pela parede dava para ouvir o barulho da couraça terminando o ciclo de compressão. Acima disso, intermitentemente, a voz de Robbie era audível, no timbre lamentoso de algo com que não concordava. O sintetizador de voz podia ser ouvido claramente através do reboco de parede, mas Rainey não tinha energia para empregá-lo com muita frequência. Mas Evon escutou uma frase que lançou um choque direto à medula óssea.

– Você prometeu – declarou o robô.

Robbie surgiu alguns minutos depois, enquanto Evon retornava ao corredor, e chamou-a de novo para o quarto de brinquedos. Ele estava assoando o nariz.

– Ela quer falar com você depois. Agora que sabe que você é do FBI, acha que você me obrigará a manter a palavra. – Ele deu um sorriso sem graça, mas Evon sentiu uma pulsação, mais fria e mais desesperada, daquilo que a atravessara havia um instante. Ela e Robbie nunca tinham falado disso. Rainey devia ter acabado de lhe dizer que contara a ela. Descoberta na posse inesperada de um segredo tão íntimo, Evon sentiu um breve impulso de se encolher, envergonhada. Falou em voz baixa:

– Você não precisa fazer isso, Robbie.

Preciso sim. Não posso dizer que eu estava mentindo. Não desta vez. Eu prometi que, se ela fosse se acostumando a cada dia, estaria sempre no controle. Você também faria isso, Evon. Se tivesse prometido. Se fosse alguém que você amasse.

Será que faria? O horror daquela perspectiva baixou sobre ela. Era fácil dizer: não, nunca. Na igreja e na escola ela aprendera a separar o certo do errado, mas aquelas aulas presumiam que os seres vivos eram criaturas saudáveis e cheias de esperanças, e não a alma pobre e sofredora deitada no quarto ao lado, que já percorrera parte do caminho da morte. O médico passara a vir todos os dias. Ele disse a Robbie que tivera uma paciente de ELA que havia optado pela ventilação no último momento, e ficara viva ainda por muitos anos. Durante dias Robbie esperara essa mudança de ânimo. Mas aparentemente Rainey fizera a outra opção. Como uma mariposa presa batendo suas asas, ela respirava agora, com uma urgência faminta, exigindo esforço demais para permitir um cochilo normal. A privação de oxigênio e sono logo produziria um estado alucinatório. Enquanto alguma clareza permanecia, Rainey estava decidida a ir.

– Amanhã – disse ele –, talvez no sábado. Há algumas pessoas que ela precisa ver. Não sei o que fazer com relação a Mort e Joan agora. E quero passar por essa porra do júri de instrução. – Sennett convocara a primeira sessão do júri de instrução do Projeto Petros para o dia seguinte. Robbie passou os dedos pelos cabelos e sentou-se no sofá-cama. – De qualquer modo, não é como você está pensando. É só deixar a natureza seguir seu curso.

– Não estou julgando, Robbie. Ninguém tem esse direito.

Ele aceitou o consolo, mas, como sempre, falou. Disse que o médico e ele haviam tratado desse assunto como quem pisa em ovos. Havia frascos com sobras de pílulas para dormir alinhados na prateleira perto da cama dela. Só uma dose normal, a mesma quantidade que ela vinha tomando havia um mês, bastaria para mergulhar num sono que persistiria quando ele desligasse a couraça. Só isso. Ela seguiria sozinha, depois de dez a vinte minutos, em paz. Robbie estava totalmente imóvel, imaginando o acontecimento, a realidade de estar lá no momento em que ela fosse do presente ao passado. Suportou o máximo que pôde, depois sua mente, de modo previsível, deu um salto.

– E o que vocês duas fizeram naquele dia, quando ficaram a sós?

Ela foi vaga. Disse que leram. Conversaram algumas vezes.

– Sobre?

– Vocês dois. Amor.

– É, amor – respondeu ele, e balançou a cabeça pensando na amplitude da vida. Depois inclinou o rosto, curioso. – E você? Já se apaixonou? Na vida? Como eu contei a você a respeito de Rainey? Você sabe: bum. Ela é a certa. Ela se encaixa. Ela me pegou e eu a peguei.

– Você quer saber se lésbicas se apaixonam?

Ele recuou.

– Ótimo, se não quer falar disso, tudo bem.

Evon sofreu durante um segundo, depois se desculpou, lutando contra a sua reação de não responder a ele, ou a si mesma. Será que já se apaixonara? Tina Criant, se aquilo havia acontecido, podia ter sido amor. Mas não acontecera, e ela não ia fingir.

Disse que não, não podia dizer que já havia se apaixonado.

– Que pena. Você perdeu uma boa diversão. – Ele olhou-a, sério. – Não há prêmio de consolação, você sabe. – Para suavizar isso, segurou a mão dela por um segundo. Depois pareceu voltar aos seus problemas.

– Meu Deus. Falando na semana do inferno. – Ele se deitou no sofá-cama e ficou imóvel durante um instante, com os braços abertos. – Então, será que violaria o código de honra do FBI se eu pedisse para você ficar aí um pouco, enquanto eu durmo?

– Não.

– Quero dizer...

– Ei – ela disse!

Ele não se incomodou em se despir ou em tirar a colcha da cama. Evon pegou uma revista para ler à luz do corredor.

– Então agora eu posso dizer que dormi com você?

Ela bateu no pé dele com o exemplar da *People*.

– De verdade, você algum dia pensou nisso? – perguntou Robbie.

– Em quê?

– Em dormir comigo.

Santo Deus! Ela virou os olhos em direção à parede atrás da qual a mulher dele estava morrendo.

– Quero dizer, eu entendo que não sou a atração principal – disse ele. – E nem estou sugerindo algo verdadeiro. Mas só pensei, se ao menos durante um segundo...

– As pessoas pensam muita coisa só por um segundo, Robbie. O mundo quase todo está na cabeça da gente, não é? Mas esse não é o meu jogo.

– Não, eu sei – disse ele rapidamente. Mesmo assim ficou satisfeito.

Evon encarou-o com a sensação de algo enorme, como um monumento, movendo-se dentro dela. Como poderia explicar isso? Dizem que alguns escultores costumam ver a forma, a beleza, nas falhas que existem na pedra.

– Vá dormir.

Ele foi. Dentro de alguns instantes sua boca se movia involuntariamente, como a de um bebê, estalando os lábios.

Assim que o silêncio se assentou, ela sentiu a volta de algo que havia muito estava esquecido. Então a caixa de Pandora se escancarou e ela ouviu de novo: não havia prêmio de consolação.

Foi pé ante pé pelo corredor até um dos banheiros, precisando lidar com isso na privacidade. Sabia. Ah, sabia. Havia momentos em que sentia que seria capaz de se derreter de puro desejo. Mas não queria o que outras pessoas aceitavam, o que Merrel tinha com o marido, um amor impossível de ser separado das riquezas que o mundo jogava sobre ele, ou mesmo aquilo que Rainey aceitara: ser amada, mas como cativa, humilhada e paralisada muito antes que seu corpo a abandonasse. Ela precisava de algo melhor do que as duas mulheres tinham. Por isso simplesmente precisava ter esperanças, como tantas outras pessoas do mundo que iam para a cama a cada noite e rezavam: meu Deus, meu Deus, por favor me mande o amor. Evon rezava. Provavelmente seria uma mulher, quase com certeza. Até aí ela havia chegado. Mas nesse dia, examinando-se de novo no espelho sob a luz forte, pela primeira vez na vida acreditava que reconheceria o amor e estaria disposta a aceitá-lo quando chegasse. Tinha perdido suas chances no passado, sabia. Mas acreditava – ah, acreditava realmente, como a gente acredita quando o sentimento do sagrado entra no coração – ela acreditava estar preparada. Abriu uma torneira e lavou rapidamente o rosto, depois deixou o olhar subir para se ver de um modo que nem ousava pensar.

Ela era outra pessoa.

45

Quando nosso amigo da faculdade de direito, Clifton Bering, foi processado pelo suborno que aceitara naquele quarto de hotel, Stan não somente se afastou do processo de Clifton, mas também compareceu como testemunha a favor dele no julgamento. Foi um gesto dramático, generoso e clemente, e sempre o admirei por isso. Mas aquilo também manchara a pátina de sua estátua. Era importante para Stan, o republicano sensível às questões raciais, ser visto como amigo de Clifton. O mesmo, percebi, não podia ser dito a meu respeito.

Sennett estava sentado no capô do meu carro quando voltei à garagem no subsolo do edifício LeSueur, depois de me encontrar com Stern. Como fiquei sabendo depois, alguns agentes estiveram me procurando. Quando um deles me viu caminhando pela Marshall Avenue, Sennett fora chamado e substituíra o agente que estivera de tocaia próximo ao meu BMW. Havia outro agente na porta do meu escritório, e um terceiro esperando a uma distância discreta no quarteirão da minha casa.

Cumprimentei Stan dizendo para ele sair de cima do carro. Ele não se mexeu.

– Quero a fita – disse ele.

Eu tinha passado muito tempo sozinho no clube de Stern, pensando. Costuma-se dizer que um advogado que entra num processo contra um amigo tem a probabilidade de terminar com um amigo a menos. Eu sempre soubera disso. E nunca me iludira quanto à natureza de Stan quando ele estava a serviço. Como disseram uma vez numa piada no show da Ordem, Stan era o verdadeiro homem hobbesiano: maligno, bruto e baixo. Eu não me importava por ele ter mantido Mort em segredo; ele era obrigado a isso, já que prometera segredo total. E desde o início ele tinha me avisado de que Robbie estava mentindo, e que portanto disse por sua conta e risco que Mort não sabia dos pagamentos. Tudo isso estava certo. Mas mesmo assim eu sabia que nossa amizade acabara.

Apertei o controle remoto para abrir o carro. Nessa hora, quase 21 horas, a garagem estava praticamente vazia. A luz das lâmpadas de 60 watts, penduradas intermitentemente em suportes de porcelana nos postes de concreto, era fraca. O ar estava desagradável com a fumaça dos canos de escapamento e do tabaco que se esgueiravam até ali nas pausas para fumar.

– Não finja que não sabe do que estou falando, George. Amanhã é dia do júri de instrução, lembra? Todo mundo foi avisado. E quando Robbie chegar lá, eu vou fazer a grande pergunta: onde está a fita? E não creia que não vou pular em cima dele com os dois pés se ele cometer perjúrio.

Indo para a porta do carro, falei a Stan que estava cheio das suas ameaças.

– Não é ameaça, George. Eu estou avisando das consequências. Há uma diferença.

Eu disse que tinha uma ou duas consequências para informar-lhe. Levante a questão daquela fita diante do júri de instrução e eu vou direto à juíza-chefe, Moira Winchell, com uma moção para suprimir.

Ele fungou.

– Você não pode fazer uma moção de supressão para um júri de instrução.

Mas ele estava errado. Há uma exceção na lei federal, no caso de uma interceptação eletrônica ilegal de comunicações particulares.

– Nada houve de ilegal naquela gravação.

– Não? Mostre o formulário de autorização. Mostre a autorização de Robbie que o governo precisava antes que pudesse ouvir a conversa dele com Brendan Tuohey. – Sem dúvida não havia autorização legal, como houvera com Skolnick.

Era sempre um momento estranho quando eu dava uma rasteira em Stan Sennett. Acontecia raramente, mas ele ficava tão perplexo e indefeso nesses instantes que era difícil não sentir pena. Mas não nessa noite; eu me diverti bastante vendo-o gaguejar.

– Está implícito. O consentimento dele está implícito. Ele ligou o carro.

– Só por causa do aquecimento – respondi.

– Ele tinha um trato, e o dever de cooperar, George. Dadas todas as circunstâncias, Moira vai considerar que o consentimento dele era implícito.

Eu não estava mais preocupado com isso, e disse a ele. Nenhum tribunal consideraria que o consentimento de Robbie fora totalmente informado, ou que ele tinha algum outro dever além de seu acordo. Não depois de o promotor federal ter se envolvido numa tentativa de homicídio.

– *Homi*-cídio!

No mínimo homicídio culposo, falei. Ele mandara Robbie para o parque público acreditando, com uma certeza moral, que alguém tentaria matá-lo em nome de Brendan Tuohey.

Sennett recuou por alguma razão. Sentado no capô, ele se tornou um homem estreito, pequeno, incapaz de controlar um tique nervoso nas narinas.

– Ele estava totalmente coberto. A vigilância, a proteção não poderia ter sido mais intensa. E ele sabia que estava se arriscando, George. Ele sabia no que estava entrando.

Pelo contrário, respondi. O local era apavorante. Mas como McManis explicara, a lógica, baseada no que o resto de nós sabia, indicava que Tuohey e Kosic não contariam segredos a Robbie no Attitude somente para matá-lo uma semana e meia depois.

Mas observando Rollo na segunda-feira, quando Robbie mostrou a intimação que fora entregue por Evon, Stan finalmente aceitara que Feaver não iria se aproximar de Tuohey de novo. E por isso decidira que teria de agarrar Brendan de outro modo. Na terça-feira mandara Mort trair Robbie com Brendan, levando uma mensagem calculada para levar Tuohey a apenas uma conclusão: tinham de matar Feaver antes que este começasse a falar. E Brendan fez o que Stan desejava. Sentado à mesa, Tuohey fizera um nó de forca. E então Stan deixou Robbie ir para o parque, certificar-se de que o governo teria a possibilidade clara de um processo – por conspiração para assassinar uma testemunha federal. Ele poderia muito bem ter pintado um alvo nas costas de Robbie, e Stan não contara isso a ninguém. Não por causa do "saber necessário", ou por sua promessa a Dinnerstein, ou por alguma explicação racional igualmente frágil para a manipulação. Ele ficara quieto porque tinha percebido que, se alguma outra pessoa entendesse o seu plano, ele fracassaria: quase com certeza Robbie não teria ido lá. Tampouco McManis iria o permitir.

– Eu tomei decisões – disse Stan. – Às pressas. Sob pressão. Vejo como você está encarando isto, George, mas essas pessoas são malignas. Verdadeiramente malignas. Elas manipularam esta cidade durante muito tempo.

Em muitos aspectos eu ainda vejo Stan Sennett como um grande homem. Um grande homem público. Ele acreditava no que era certo. E se melhorar o mundo é a medida do valor definitivo de um ser humano, ele será para sempre considerado uma pessoa melhor do que eu. Seu compromisso em vencer o que há de errado e restaurar a justiça era tão poderoso quanto o do Super-homem. Mas os estrategistas militares podem falar sobre o princípio da cópia, um princípio inviolável que diz que, com o passar do tempo, as organizações que se opõem umas às outras tendem a ficar parecidas. Sob essa luz, não era surpresa que a luta contra o mal, como Stan a colocava, tentava-o ao mal. Mas se o respeito próprio não podia restringir seus apetites mais crus, seu zelo e sua ambição, quando eles o levaram para escuridão, por que, perguntei, ele pelo menos não se preocupou comigo? Era uma confusão triste, depois de duas décadas, descobrir que ele não tinha sequer um desejo mínimo de preservar nossa amizade, especialmente quando isso poderia ter preservado também sua decência.

– George, pelo amor de Deus, não seja histriônico. Nós tivemos um dia difícil, você e eu. Nós já estivemos nisso antes. A vida vai continuar.

– Não – falei. – Não.

Ainda sentado no capô, Stan me olhou por cima do ombro, à luz fraca. Num andar acima, pneus guincharam na pintura emborrachada das rampas.

– Vingança, George, despeito pessoal, não é um bom motivo para deixar alguém como Brendan Tuohey se livrar. Não é, e você sabe disso. O que qualquer um de vocês vai obter com isso? Você ou seu cliente?

Eu sempre cedera a Stan. Essa era a nossa história. Não que algum dia eu tivesse vendido um cliente ou deixado de desafiar as posições de Sennett no tribunal. Entretanto, havia muito tempo eu deixava todas as questões se resolverem sob a ideia de que ele tinha a posição mais elevada na convicção moral; eu nadava, como fazem os advogados de defesa, nas águas salobras do comprometimento. Decidira defender Robbie Feaver para descobrir se havia verdades às quais eu pudesse me agarrar com a mesma tenacidade que Stan, esperando que isso me desse algum consolo. E deu. Por enquanto.

Falei a Stan que o fato de ele conseguir ou não aquela fita nada tinha a ver comigo. Se fosse por mim, eu provavelmente a teria jogado no rio Kindle. Mas a decisão era de Robbie Feaver.

– Você terá de pedir a ele. Terá de pedir, sabendo que ele tem todo o direito legal de dizer que a fita jamais deveria ver a luz do dia. Você terá de apelar a ele, Stan. Talvez implorar. E fico feliz por isso. Porque irá lembrá-lo de algo que você esqueceu por completo: o que é estar à mercê de outra pessoa.

Entrei e liguei o motor. Stan pulou do capô suficientemente rápido por achar que eu poderia sair com ele ainda em cima. Não sei se ele já tivera medo de mim antes. Não preciso mencionar que o momento me deu uma satisfação muito grande.

46

A sala do júri de instrução ficava situada no novo prédio federal, um andar acima do escritório do promotor. A juíza-chefe, cujo dever era impedir o abuso processual, ficava a um quarteirão de distância, do outro lado da Federal Square, no tribunal antigo e grandioso para onde os juízes da Corte Distrital voltaram assim que o novo prédio se mostrou quase inabitável. Construído no período áureo de Augie Bolcarro, com contratos de empreitada polvilhados sobre seus lacaios como açúcar na mão de um padeiro, o novo prédio tinha sistemas de aquecimento e ar-condicionado que viviam falhando. As janelas, até que cada uma delas foi substituída, frequentemente estouravam nas ventanias, aterrorizando os pedestres a quarteirões de distância. Durante anos era comum encontrar um rebanho de advogados, vinte ou trinta de cada vez, em meia dúzia de tribunais federais, conversando sobre um dos casos de litígio complicado que a nova construção provocara.

A recepção da sala do júri de instrução parecia ser anexa a um abrigo para sem-tetos ou a um motel barato. As divisórias vagabundas estavam danificadas e esburacadas, e os pretensos móveis de espuma, formas macias sem braços ou almofadas separadas, não eram reformadas desde o fim dos anos 1960. As peças aparentemente haviam sido descobertas em algum depósito do governo e oferecidas a várias agências federais a preços irrecusáveis na antiga era Reagan, de sufocantes restrições orçamentárias. Olhando para os móveis, dava para imaginar hippies aos montes, com suas faixas de cabeça, tomando ácido. Em vez disso, durante mais de uma década, as testemunhas que esperavam para se apresentar haviam se empoleirado ali, abjetamente encurvadas como pássaros na muda.

Naquele dia era um grupo diferente. Como sempre, Sennett agira com inteligência e intimara todo o mundo com quem Robbie fizera alguma gravação. Vários funcionários do tribunal e policiais estavam ali, bem como pessoas muito mais proeminentes. Sherm Crowthers estava sentado como uma pedra ao lado de seu advogado, Jackson Aires, um inimigo do governo, hábil e obstinado, cuja análise de qualquer caso, como a de Sherman, sempre começava e terminava com determinação. Jackson trouxera um colega, uma marionete, para defender Judith McQueevey, que estava com uma aparência arrasada, e que agora havia renegado a confissão feita duas noites antes. No total, havia 13 ou 14 pessoas intimadas, e algumas ausências evidentes, Pincus Lebovic, Kwan e, mais notavelmente, Barnett Skolnick, já que todos até então haviam mudado de lado e passado a atuar como informantes. Todas as outras pessoas que corriam riso de indiciamento estavam presentes, até Walter Wunsch, cujo câncer de pâncreas o deixava com pouca probabilidade de sobreviver até mesmo ao julgamento mais rápido.

O objetivo desse exercício era relativamente claro para mim, e não particularmente agradável. Para forçar o comparecimento, cada um dos supostos réus recebera uma intimação *duces tecum*, exigindo a apresentação de documentos ou objetos físicos que estivessem em sua posse. As agendas pareciam o principal item exigido, ainda que dois ou três funcionários tivessem sido convocados a trazer mercadorias que Robbie presenteara como "gorjetas". Gretchen Souvalek, funcionária de Gillian Sullivan, segurava uma caixa da Tiffany contendo um par de brincos que Robbie lhe dera em troca de boa vontade geral. Walter Wunsch, sentado com seu advogado, Mel Tooley, que representava muitos dos presentes, trouxera não somente vários volumes do tribunal, mas também um caro conjunto de tacos de grafite que Robbie lhe dera de presente havia várias semanas. Walter segurava os tacos de encontro ao joelho, dentro de uma elegante sacola de couro preto, manifestando tal estado de agitação que parecia que só agora ele descobrira que não fora convidado para jogar. Depois do testemunho de Robbie, cada pessoa seria chamada diante do grande júri por Sennett ou um dos muitos promotores assistentes que o ajudavam e, depois de várias ginásticas legais destinadas a se desviar da quinta emenda, seriam forçados a entregar o que haviam trazido.

Mas aquela convocação era apenas um pretexto. Stan tinha outros motivos para arrastar os seus alvos até ali. Queria que eles confrontassem Feaver, que vissem por si mesmos que a cooperação dele não era apenas especulação da imprensa. Queria que se encarassem, figuras familiares, conspiradores silenciosos, agora derrubados. Mas até mesmo isso era apenas um acessório para o objetivo principal. Os jornais matutinos tinham anunciado que o júri de instrução do Projeto Petros estava se reunindo naquele dia, resultado, sem dúvida, de um dos vazamentos oportunos de Sennett. Havia equipes de TV lá embaixo, perto das portas do prédio, e repórteres de jornais percorriam os corredores. Eles não podiam comparecer a sessões do júri de instrução, que eram secretas por lei, mas informariam quem entrara e saíra do tribunal. Consequentemente, cada uma das pessoas que não haviam se acomodado na mobília desconfortável seria execrada no fim do dia. Fotos e trechos de vídeo mostrando-os apareceriam em todos os órgãos da imprensa. Era nada menos do que uma marcha nua pelas ruas, durante a qual sua suposta criminalidade seria apresentada como pelancas ou gordura na barriga para diversão ou horror de cada pessoa que eles conheciam. Esse era o verdadeiro objetivo de Sennett – esmagá-los, dar o primeiro de muitos golpes que viriam à custa da recusa em cooperar, e mostrar-lhes que grande parte da estima que eles possuíam aos olhos dos outros já se fora. Na sala, vendo todo o mundo igualmente arruinado, eles saberiam que, cedo ou tarde, um ou outro, provavelmente muitos, fariam a única coisa sensata: capitular, dedurar, cumprir pena e ir em frente.

Muitas daquelas pessoas não me conheciam. Quando voltei depois de acompanhar Robbie até a sala de advogados e testemunhas mais adiante no corredor, onde Evon e McManis agora lhe faziam companhia, apenas um ou dois dos futuros réus lançaram olhares rancorosos na minha direção. Sherm Crowthers, que estava apertando a mão da irmã, sem dúvida desejou minha morte. Mas a inimizade que eu sentia me ferver como micro-ondas vinha de outra fonte: os advogados. Como pessoas encarregadas de proteger seus clientes exatamente do tipo de violência feita por Sennett, os advogados presentes – Tooley, Ned Halsey, Jackson Aires e vários outros – estavam num péssimo humor.

Tooley se aproximou primeiro. Com seu topete idiota, como o pelo de um *poodle* desgrenhado, e as roupas apertadas, inadequadas para seu físico de barril, Mel era a própria dissimulação.

– Gostaria de falar com seu cliente. Na rua. É possível?

Improvável.

– Você me responderia a uma ou duas perguntas?

Isso estava mais no âmbito.

– Vou ligar para você. Você sabe – disse Mel, virando-se de novo –, quem tem testículos de titânio é você. O seu cliente foi espremido. Mas ninguém estava forçando você a ajudá-lo, George. Espero que eu não tenha o corréu na próxima vez em que você se apresentar num tribunal estadual.

Era uma espécie de advocacia o estilo sorrateiro em que Mel se especializara. Ele estava sugerindo que seria melhor eu me dissociar rapidamente do processo e ajudar os réus, se quisesse que minha carreira sobrevivesse.

Eu já dera meia-volta sem fazer qualquer comentário quando, às 10 horas, Stan apareceu. Estava tenso como uma corda de arco e numa situação difícil, porém feliz, pois esse era o sentimento que o sustentava. A coisa não acontecera como ele esperava, mas mesmo assim era um momento brilhante. Parou entre os acusados como o homem que os vencera. Disse bom-dia apenas ao oficial de justiça do júri de instrução. Depois, enquanto chegava à porta da sala do júri, virou-se para mim.

– Dê-me um segundo para contar aos jurados de que se trata – disse ele.

– *Eu* vou contar a eles! – gritou Walter Wunsch. Wunsch estava mais perto da porta. – Eu conto tudo. Cidadãos americanos! Eu lutei por este país desgraçado e agora isso está parecendo a China Vermelha, com grampos e dedos-duros. Deixe-me entrar aí. – Walter havia se levantado, num movimento um tanto digno de pena, porque ele já estava se desfazendo. Sua carne só se mantinha no lugar o suficiente para deixar a impressão de que, no processo degenerativo do câncer, a pele tentava se soltar dos músculos e ossos. Tooley avançou do meu lado e fez seu cliente sentar-se.

– Ele só está dizendo o que é – disse Sherm Crowthers, em tom cansado, do outro lado da sala.

Stan recebeu isso com um sorriso indulgente. Em outros momentos ele teria odiado a desordem, mas agora sabia que ele a causara. Sugeriu que eu deixasse Robbie a postos.

Voltei para a pequena sala de advogados e testemunhas num dos corredores internos. O espaço costumava ser usado pelos escreventes e pelo oficial de justiça para tomar café e fazer lanches rápidos. Quando entrei lá, antes, quase vomitei com o cheiro forte de cebola branca que estava num sanduíche deixado pela metade durante a noite na lata de lixo. Mesmo tendo tirado a lata, o odor continuava forte.

A não ser por perguntas sobre a fita, o testemunho de Robbie era previsível. Assim que ele entrasse na pequena sala sem janelas onde os 23 jurados esperavam como a plateia de um pequeno teatro, aconteceria uma prática incoerente. Ele identificaria suas iniciais nas dúzias de fitas de gravador e cartuchos de computador, e diria: "Sim, eu confirmo" quando os relatórios de Evon descrevendo vários acontecimentos críticos lhe fossem lidos. Quando isso acabasse, independentemente do que viesse, Robbie não poderia mudar seu relato do que acontecera sem se arriscar a uma condenação por perjúrio. Até mesmo havia alguma chance de que esta fosse a última vez em que ele testemunharia. Compreensivelmente, Stan jamais quisera apoiar seus processos na credibilidade de Robbie, e montara as provas, especialmente as gravações, para provar seus pontos de vista sem colocar Feaver no banco de testemunhas. Se ele o chamasse, seria apenas como uma demonstração de generosidade para com os jurados.

Nós havíamos trazido Robbie pelo corredor de trás e o levamos às escondidas para a sala de testemunhas. Mas havia apenas uma porta para a sala do júri de instrução. Pelos planos de Stan, Robbie teria de passar por um corredor polonês de mais de uma dúzia de pessoas que sentiam que a confiança nele fora rudemente traída. Mas a ideia de que todos estavam lá parecia diverti-lo.

– Hora de entrar no palco – disse Robbie. Seu humor pareceu meio deslocado. Sem dúvida, ele estava exausto demais para passar por isso naquele dia, mas por causa da recusa em entregar a fita, eu não tinha condições de apelar a Sennett. Nesse momento, Moses bateu na porta e nos fez entrar.

– Pronto? – perguntei.

Feaver quis um segundo e fez um gesto para que Evon o acompanhasse pelo corredor, na outra direção.

– Quando Stan me pedir a fita – disse a ela –, se eu disser para ele ir se danar, como é que eu fico com você? – O cassete estava na minha pasta, mas eu ainda não tinha ideia do que Robbie faria. Não esperava que Stan tentasse coagir Robbie a entregar a fita diante do júri de instrução, porque, segundo a lei, eu estava com a vantagem. Se Sennett me forçasse a ir à juíza-chefe Winchell, ele tinha uma boa chance de perder até mesmo o direito de usar a fita contra Tuohey. Em vez disso, eu antecipava um apelo pessoal em algum momento, um pedido de desculpas a Robbie e um pedido para ele entregar a fita e assinar um formulário reconhecendo, um tanto ficticiamente, que consentira a gravação. Eu achava que, no fim, a questão se resumiria a quem Robbie odiava mais, Brendan ou Stan, ainda que a vergonha também fosse um fator: de certo modo, a fita registrava a traição de Mort. Mas, para chegar a uma decisão, Robbie tinha outra preocupação.

– Se você achar que eu estou sacaneando você ao não entregar a fita, eu entrego – disse ele a Evon.

A princípio, ela evitou a resposta, disse que era uma decisão dele, mas Robbie não quis aceitar isso.

– Você me conhece – disse ela –; é preto no branco. Por isso eu tenho uma tremenda dificuldade comigo mesma. Duas coisas erradas não fazem uma certa. É assim no lugar de onde eu vim. Pessoalmente. Mas vou ficar do seu lado de qualquer modo, garoto. Se você mandá-lo se catar, estarei ali, atrás de você. – Ela com um gesto de cabeça assentiu. Sua única hesitação era com McManis. Evon se preocupava com o que ele diria, assim como Robbie se importava com ela, e disse isso. Os dois voltaram à sala de reuniões e Robbie fez a mesma pergunta a Jim. Será que ele iria se sentir pessoalmente prejudicado se Sennett não recebesse a fita? Será que ele acharia que tinha perdido tempo?

Jim ajustou os óculos grandes sobre o nariz. Sua pose traía a ansiedade que acontecia por dentro, mas a voz soou plácida.

– Acho que nós fizemos muito trabalho bom aqui. Sempre sentirei orgulho disso. Gostaria de pegar Tuohey. Ele é um bandido. Mas já vivi 22 anos nesse trabalho e estou convencido de que o governo acaba perdendo se você pega um bandido de um modo ruim. Assim, aceito o que você decidir. Pessoalmente, eu diria para você pensar um pouco. Analisar a situação.

Feaver assentiu e olhou para nós três.

– Não posso entregar – falou. – Não hoje.

Ficamos todos ali parados, talvez esperando para ver se o fato de ouvi-lo dizer aquilo mudaria algo, mas aparentemente isso não aconteceu. Evon cumpriu a sua palavra e deu um tapinha no braço dele.

– Hora do show – disse Robbie então, e abriu a porta ele mesmo.

– Acho que vou junto, só para fazer companhia – disse Evon. – Só para garantir que ninguém crie tumulto.

Robbie lembrou-a de que havia detetores de metal na entrada do tribunal. As armas de fogo e os canivetes presumivelmente tinham sido deixados para trás. Mas ele pareceu contente em prosseguir com sua guarda de honra, Evon na frente e Jim cobrindo a retaguarda, e eu ao lado. Robbie emergiu do corredor sombrio, com os olhos fixos e o passo seguro. Parecia bonito e heroico, de novo muito bem ajustado ao seu papel. Sua vida como advogado já não existia, e ele comemorara aparecendo de camisa preta por baixo do terno, e sem gravata.

– Judas Iscariotes – gritou Walter assim que Robbie virou a esquina do corredor. A notícia de que estava morrendo tomara Walter de abandono e fúria. Evon imediatamente pôs-se entre Robbie e Wunsch, e Tooley voltou de um de seus outros clientes para de novo segurar o braço de Walter. Ele não foi imobilizado com facilidade. – Judas Iscariotes escroto! Você não passa de outro dedo-duro falador e fedorento.

O humor de Robbie continuava sob controle.

– Certo, Walter – disse ele. – E você é o Messias.

Sua frase foi perfeita, e a chuva ácida de um riso humilhante caiu sobre Walter, vindo até mesmo de vários de seus confrades. Apesar de seu estado, a malícia o revitalizara, e foi necessário um esforço considerável da parte de Tooley para empurrá-lo de novo para seu assento, junto dos tacos de golfe.

Ao lado da porta da sala do júri de instrução, Sennett estava parado com as mãos cruzadas.

– Sr. Feaver – falou imponente, com formalidade. Queria que Robbie soubesse que ele estava preparado para qualquer coisa. – Como está nesta manhã?

– Enjoado e cansado – disse Robbie. – Especialmente de você.

Stan não se abalou. Deus sabe o que ele achava que merecia. Sem dizer uma palavra, abriu a porta da sala do júri de instrução e estendeu a mão indicando que Robbie deveria entrar.

Falei a Robbie que estaria do lado de fora e lembrei que ele tinha o direito de interromper Sennett a qualquer momento para me consultar. Robbie deu um sorriso generoso. Apertou minha mão e, como fazia frequentemente, agradeceu por tudo o que eu tinha feito, antes de passar pela porta.

A sequência de acontecimentos depois disso permaneceu confusa para sempre. Nos momentos seguintes, minhas reações estavam constantemente atrasadas; eu ainda tentava entender a primeira sensação quando era golpeado pela seguinte. Inicialmente ouvi um súbito crescendo de vozes, culminando num grito feminino agudo. Por acaso era Judith, mas por algum motivo achei que fosse Evon e fui em sua direção enquanto algo passava rapidamente por mim, agitando o ar. Minha primeira impressão foi a de que tinha sido um pássaro, um pombo, alguma forma prateada. Saltei para trás em pânico e ao mesmo tempo ouvi um som chapado, vagamente parecido com o ruído que eu conhecia da infância, quando por diversão esmagávamos melões no asfalto quente da estrada. Mas percebi que algo havia se quebrado. Uma pequena bola dura ricocheteou no meu rosto e respingou algo que a princípio achei que fosse lama. Um cheiro animal surgiu de algum lugar, um calor súbito, depois veio o som baixo, gutural, da voz de Robbie Feaver enquanto ele caía de encontro a mim.

Peguei-o, e seu peso completamente inerte empurrou-me até o chão. A parte de trás de seu terno e o braço que eu passara ao redor dele estavam aquecidos com o que a princípio, improvavelmente, achei que fosse sopa, depois percebi que era sangue. Nesse momento havia um tumulto enorme; pessoas aos gritos pediam telefone e médicos, ouviam-se gritos de dentro da sala do júri de instrução, e Walter Wunsch berrava para largarem-no enquanto Jim, Evon e três ou quatro outras pessoas o dominavam e desarmavam. Na confusão, quebraram dois de seus dedos, mas arrancaram de seu punho o taco número dois, com cuja lâmina Walter havia atingido a cabeça de Robbie.

Então eu vi o ferimento, que parecia estranhamente deslocado; um buraco enorme, bem distinguido apesar das borbulhas de sangue grosso que já cobriam a cabeça de Robbie. De algum modo, parecia uma boca aberta, quase escancarada, com uma matéria vermelha que poderia ser pele esmagada para dentro, e uma única protuberância, branca e medonha, que eu soube que era um pedaço do crânio de Robbie. Eu não tinha ideia do que fazer. No momento, tudo no universo parecia aberto à dúvida. Percebendo que não havia sentido naquilo, apliquei meu lenço ao ferimento, olhando a mancha de sangue se espalhar sobre o tecido. Evon já havia chegado perto de nós, e eu lhe disse em voz baixa o que senti, desde o instante em que ele havia caído contra mim: achava que Robbie estava morto.

Evon agarrou o pulso de Robbie, depois verificou o pescoço, e finalmente levou o rosto para perto dos lábios dele, tentando sentir a respiração.

– Vire-o! – gritou ela. Vários de nós a ajudamos. Ela bateu no peito dele três vezes, depois segurou seu nariz, de onde já emergia um filete grosso de sangue e, depois de uma inalação tremenda, encostou a boca à dele. Continuou assim durante pelo menos um minuto, enquanto todas as pessoas na sala olhavam, mesmo as que tinham se afastado. Um telefone tocava repetidamente, e ninguém atendeu.

Um instante depois chegaram correndo dois agentes do serviço secreto com formação de paramédicos. Tinham sido convocados por um dos promotores assistentes que saíra gritando, pedindo ajuda. Dentro de mais um minuto um médico que estivera testemunhando em outra sala como perito passou rapidamente pela porta e assumiu o controle. Encostou as pontas dos dedos na carótida, depois ficou de quatro e levantou gentilmente a cabeça de Robbie para examinar o ferimento.

– Meu Deus – disse ele. – Alguém disse que foi um taco de golfe? Parece uma machadinha.

O taco, marrom da ponta até o cabo, continuava na mão de McManis. Walter, confrontando o que fizera e o fenômeno da morte que em breve viria chamá-lo, continuava sentado na mesma cadeira de espuma. Sua cabeça parecia quase separada do corpo, encostada no portal de metal da sala do júri. A mão quebrada estava firmemente erguida. Um segurança aparecera de algum lugar e estava parado ao lado dele.

Em seguida, chegaram os paramédicos da emergência pública. Vinham empurrando galões de oxigênio. Colocaram a máscara sobre a boca de Robbie e o amarraram à maca.

– Não, não quero declará-lo morto – disse o médico.

Evon sentou-se no chão com as costas na parede. Sua mão, pintada de sangue até os nós dos dedos, estava sobre a boca, e ela olhava fixamente, sem enxergar. Sennett, que havia corrido em busca de ajuda, voltou à sala. Quando me viu, afastou o olhar. Dirigiu-se a McManis e perguntou como, diabos, aquilo podia ter acontecido. Jim não se preocupou em responder.

Levantei-me e ajudei Evon a ficar de pé. Eu me dei conta de que deveríamos ir ao hospital.

Enquanto saíamos, Mel Tooley, que tinha enfiado as mãos nos bolsos das calças, fez uma observação para o homem que guardava Walter.

– Não creio que isso vá prejudicar muito a situação dele.

Depois

Hoje o meu cargo é de juiz no Tribunal de Apelações. Enquanto o fedor do escândalo se espalhava pelos tribunais do condado de Kindle, o Partido Democrático de Agricultores e Sindicalistas ficou desesperado para recrutar candidatos ao judiciário cuja independência não fosse duvidosa. Em outro exemplo da capacidade da vida para fugir às expectativas, meu papel no Petros passou a ser visto amplamente como um emblema de minha força. Eu era exatamente a pessoa de quem eles precisavam. Fui eleito para um mandato de dez anos e, ao receber o cargo, jurei segurando a Bíblia de meu pai.

No todo, seis juízes, nove advogados e uma dúzia de policiais e funcionários do tribunal foram condenados por causa do Projeto Petros. O efeito de ricochete que Stan esperara desde o início – o primeiro cooperador implicando um segundo que entregava um terceiro – mais ou menos aconteceu. Skolnick, Gillian Sullivan e um juiz que passara para a Vara Criminal admitiram a culpa e falaram. Sherman Crowthers batalhou bravamente contra o governo durante o julgamento, mas sucumbiu depois de dois anos na penitenciária. Com seu macacão laranja, 20 quilos mais magro e incapaz de se livrar da tosse resultante de vários ataques de pneumonia, Sherm era uma visão triste. Mal levantava os olhos acima do corrimão do banco de testemunhas enquanto acusava dois juízes da Vara Criminal para quem ele havia passado dinheiro havia anos. Parecia mais humilhado ainda pelo simples colapso de sua própria bravata.

Apesar desses sucessos, Stan voltou para San Diego. Estava seguindo sua própria vontade, depois de ter atirado no rei e errado o alvo. Brendan Tuohey jamais foi condenado, nem mesmo implicado em qualquer testemunho público. Apesar de algumas críticas murmuradas, ele sucedeu o velho juiz Mumphrey como chefe do Tribunal

Superior do condado de Kindle alguns meses depois de Robbie ser morto, herdando o poder administrativo acima de todos os outros juízes e tribunais. Aposentou-se há pouco mais de um ano. Sua casa em Palm Beach era suficientemente grande para fazer com que Tuohey falasse frequentemente de seu extraordinário sucesso na bolsa de valores, mas ele morreu um mês depois de ter ido para lá, em consequência de um acidente de barco, quando, bêbado, bateu num píer à noite.

Na semana que se seguiu à da morte de Robbie, Stan Sennett veio me ver. Queria saber o que Robbie fizera com a fita. Implorou durante quase uma hora. Não entendia como eu podia permitir que a morte de Robbie ficasse sem punição, ou como eu poderia deixar um monstro como Tuohey à solta. A morte de Robbie tinha sido suficientemente medonha e incendiária para que, com o videoteipe, Stan ainda pudesse convencer um júri a condenar Brendan por conspiração para assassinar uma testemunha federal. Saber se havia base factual para a acusação já era outra questão. É possível que, com sua atuação sinistra e indireta, Tuohey tenha incitado Walter ao que ele fez. Mas Wunsch, que morreu no Hospital Penitenciário Federal em Rochester, Minnesota, muito antes de qualquer processo ser julgado, afirmou que estava agindo apenas por si mesmo. McManis, que o interrogou várias vezes, disse que até o fim Walter permaneceu agressivo e sem arrependimento.

Depois de longas consultas com Stern no seu papel como advogado do testamenteiro de Robbie, Morton Dinnerstein, nós entregamos a fita à juíza Winchell. Notificado pelo tribunal, Mel Tooley compareceu em nome de Tuohey e, como eu havia previsto, conseguiu uma moção para suprimir a fita. A melhor verdade que a lei conseguiu deduzir a partir das circunstâncias obscuras foi que Robbie jamais consentira com a gravação, que era, portanto, ilegal.

Mort sobreviveu aos anos sem que seu papel nisso tudo fosse revelado, mas seu sofrimento, o mais visível de todos no extraordinário funeral duplo no domingo seguinte, pareceu abalá-lo de modo irreparável. Ele abandonou a advocacia e, após algum tempo, saiu do condado de Kindle, depois de seu filho mais novo, Max, se formar no ensino médio.

Houve finais mais felizes. McManis encerrou 25 anos no FBI e mudou-se para San José, Califórnia. Lá, passou no teste para exercer advocacia e, inspirado em parte por suas experiências no Projeto Petros, começou a atuar no tribunal aos 52 anos. Fiquei sabendo, por de conhecidos mútuos, que os júris consideram tranquilizador seu comportamento impecável.

Evon continuou no condado de Kindle por muitos anos, testemunhando em meia dúzia dos processos gerados pelo Petros, e finalmente tornou-se supervisora do Esquadrão de Vigilância. Há dois anos mudou-se de volta para o Oeste com uma amiga que não podia abrir mão de uma oportunidade de trabalho fantástica. Até então Evon e eu tínhamos repassado em muitas noites os acontecimentos relatados aqui. Ela jamais discutiu detalhes investigativos que estavam sob a salvaguarda dos regulamentos do Bureau, mas sua honestidade com relação a si própria era notável, e eu sempre senti que isso foi feito, de certa forma, como uma homenagem póstuma a Robbie.

Apesar da disposição de relembrar questões notavelmente íntimas comigo, Evon jamais contou exatamente o que aconteceu depois de sairmos do hospital no dia em que Robbie foi assassinado. Entretanto, imaginei com os mesmos detalhes de muitos fatos que descrevi, mas jamais testemunhei. Provavelmente aquelas foram as horas mais desorientadas de minha vida. Senti que a natureza tinha sido revertida, como se meus pulmões, o coração e os nervos estivessem do lado de fora do corpo. O que aconteceu não era inimaginável mas, de fato, algo que parecia confinado apenas ao reino do imaginário. Ao confrontá-lo, perdi todo o sentimento de fronteiras.

Mas Evon, que sempre tivera a uma clareza especial nos momentos mais difíceis, estava segura com relação às tarefas que tinha de fazer. Deve ter voltado à casa de Robbie, já que por enquanto não tinha outro lugar onde ficar, e tomou um banho muito rápido, antes de dispensar Elba para poder falar sozinha com Rainey. Colocou o equipamento a laser sobre o olho de Rainey, para permitir que ela operasse o sinteti zador de voz, mas Rainey, com grande esforço, pediu que ele fosse retirado. Com o ritmo de sua respiração, ela não conseguia focalizar nem mover o cursor de modo confiável, e preferia ver quem estava falando.

No quarto dos Feaver havia um cadinho com pilão, usado para moer os medicamentos de Rainey para que ela conseguisse ingeri-los e, à vista de Lorraine, Evon pegou os tabletes que Robbie havia mencionado na noite anterior e começou a pulverizá-los. O tempo todo conversava com Rainey, contando várias histórias agradáveis sobre Robbie: o modo como ele brincava com Leo, o primo cego, no tribunal, ou como chorava ao se encontrar pela primeira vez com os clientes.

– Um garoto incrível – disse ela a Rainey. – Um garoto incrível.

Depois misturou o pó na água, como Robbie disse que faria, e então, depois de usar um prendedor para interromper o fluxo do tubo de alimento que ia para o estômago de Rainey, colocou a solução no saco plástico transparente do equipo de soro.

– Agora, Rainey – prosseguiu – você está vendo o que eu estou fazendo aqui. E pode se perguntar por que sou eu, afinal Robbie não pode mais fazer isso. Você precisa perdoá-lo. Você o perdoou por muitas coisas nessa vida, e terá de perdoar também esta. O cara tem um monte de fraquezas, disso a gente não pode escapar. É preciso aceitar o lado bom e o lado ruim, mas ele é assim. E simplesmente nunca vai ser capaz de fazer isto, Rainey. Não esta parte. Esta é a verdade nua e crua. Por isso estou aqui. Preferia não estar, naturalmente. Mas estou. E me sinto tranquila com isso. Você sabe como é, Lorraine. Algumas vezes a gente até fica feliz em poder fazer o que ele precisa.

"Mas assim que você estiver a caminho, ele estará aqui, com você. Isso eu prometo. Ele vem pegar sua mão enquanto você estiver adormecendo. Estará contando uma centena de histórias engraçadas sobre algumas coisas fantásticas que vocês fizeram juntos, e rezando algumas orações. Você vai senti-lo ao seu lado. Aqui."

Evon dirigia-se aos notáveis olhos cor de ametista de Rainey, onde sua alma ainda brilhava incólume. Sentia que o próprio Robbie não poderia ter mentido de modo mais convincente; de fato, ela sentia, como ele sentiria, que não estava mentindo de modo algum. Evon tinha puxado uma cadeira para perto da cama e acariciou a mão de Rainey, machucada pelas injeções e pelos soros, os músculos tão devastados que pareciam quase líquidos sob a pele. Continuou dizendo o que tinha de dizer, enquanto Lorraine lutava para respirar sob o plástico embaçado da máscara de oxigênio.

– Agora isto, o fato de eu estar aqui e tudo o mais, você pode achar que é cedo. E, se for, eu posso voltar amanhã. Ou depois de amanhã. Ou quando você quiser. Ou nunca. Porque talvez agora mesmo, enquanto você... você sabe... enquanto você enfrenta isto, eu acho, talvez você possa sentir que, afinal de contas, não é o que você quer. Todo o mundo continuará aqui para ajudá-la. Teremos aquele médico aqui. Teremos aquele equipamento de ventilação num instante, num instante mesmo. Agora, se você estiver pronta, eu estou aqui, e se não estiver, tudo bem, estou aqui com você também. Mas preciso que me diga. Se você estiver pronta, se é isso que você quer, você precisa dizer. Vou contar até três. E depois de eu chegar no três, quero que você pisque os olhos muito devagar, se quiser que isto vá em frente, se esta for a sua hora. Feche-os com força contando até três, você sabe, um, dois, três, e depois abra de novo, e isso significa que eu devo ir em frente. Se você não fizer isso, nada vai acontecer, a não ser eu chamar Elba para colocar um soro novo. Caso contrário, você precisa piscar. Piscar para dizer que é o que você quer. Certo? Está preparada? Vou começar.

Ela piscou.

Nota do autor

Eu me aproveitei da paciência e do conhecimento de muitas pessoas para escrever este livro. Tenho uma dívida para com todas elas.

Vários advogados de Chicago – nenhum deles tendo a mais remota semelhança com Robbie – refletiram muito tempo comigo sobre seu trabalho. Mike Mullen proporcionou o ponto de partida. Jordan Margolis passou horas comigo; seu humor e sua sinceridade foram imensamente úteis. Também aprendi muito com as reflexões e histórias de Howard Rigsby, que também leu e comentou o original, gentileza também proporcionada generosamente por Julian Solotorovsky.

Houve muitas outras pessoas de quem dependi para comentários francos sobre o texto – Jennifer Arra, Mark Barry, Arnold Kanter, Carol Kanter e James McManus (o maravilhoso romancista e poeta, sem qualquer relação, nem mesmo de brincadeira, com o personagem de nome semelhante) –; todos examinaram minuciosamente o manuscrito. Rachel Turow não somente leu, mas trabalhou durante várias semanas como assistente de pesquisas. Também devo agradecer as sugestões caracteristicamente incisivas de minhas agentes, Gail Hochman e Marianne Merola, e a orientação impecável de meu editor, Jon Galassi, bem como de outras pessoas na Farrar, Straus – Bailey Foster, Elaine Chubb e Lorin Stein –, cujas colaborações foram importantes no processo de editoração. E, claro, o tempo todo confiei, como faço há quase trinta anos, na sabedoria e no julgamento de minha principal caixa de ressonância, Annette Turow.

Para orientação técnica sobre armas de fogo, procurei a fonte mais bem informada, meu ex-parceiro de julgamentos e irmão de sangue de toda a vida, Jeremy Margolis, comandante da World Police. Dois amigos no FBI, Kevin Deery, de Charlotte, Carolina do Norte, e Gayle H. Jacobs, de Los Angeles, ajudaram com detalhes sobre a vida no Bureau.

Também gostaria de agradecer a Al Smith, vendedor da Mercedes em Northbrook, Illinois, que continuou a me fornecer informações sobre os sedãs Mercedes classe S de 1993 muito tempo depois de ficar claro que eu nunca iria comprar um.

Finalmente, minha maior dívida é com a comunidade de pessoas que sofrem e se preocupam com a ELA. A crueldade dessa doença não pode ser subestimada, mas o intenso apoio que a PALS, serviço de apoio ao paciente, as famílias, os médicos e outras pessoas envolvidas dão uns aos outros é inspirador. Um paciente de ELA, Doug Jacobson, mantém uma página na internet notavelmente informativa, onde comecei minha pesquisa. Pacientes, médicos, enfermeiros, familiares, patologistas da fala e assistentes sociais foram extraordinariamente francos ao responderem às minhas perguntas, não importando o quanto estas fossem mal-elaboradas ou inconvenientes. Três especialistas em neurologia responderam a vários questionários e me direcionaram a materiais de pesquisa: Jerry Belsh, diretor do Neuromuscular and ALS Center na Robert Wood Johnson Medical School da University of Medicine and Dentistry de Nova Jersey; o professor Lanny J. Haverkamp, Ph.D. do Departamento de Neurologia do Baylor College of Medicine em Houston; e Lewis Rowland, do Neurological Institute do Columbia-Presbyterian Medical Center em Nova York. Os médicos Lisa Krivickas, doutora em medicina, filha de um paciente de ELA e membro do Department of Physical Medicine and Rehabilitation no Spaulding Rehabilitation Hospital, Boston, e da Harvard Medical School; Simon Whitney, da Universidade de Stanford; e Matti Jokelainen, do Hospital Central Lahti, Finlândia, também responderam generosamente às perguntas.

Duas patologistas da fala, Kristi Peak-Oliveira, do Children's Hospital em Boston, e Iris Fishman, diretora executiva do CINI (Communication Independence for the Neurologically Impaired), orientaram-me sobre equipamentos de auxílio à voz. Se atribuí incorretamente inovações posteriores ao ano de 1993, isso é resultado das liberdades de um romancista, e não de informações erradas dadas por elas.

Três enfermeiros com experiência em cuidados para pacientes de ELA – Peary Brown, de Jonesboro, Maine; Meraida Polak, enfermeira clínica neuromuscular no departamento de neurologia da Emory University; e Ovid Jones – compartilharam histórias comoventes.

Alisa Brownlee da ALS Association's Greater Philadelphia Chapter e Claire Owen, coordenadora do serviço de pacientes da Les Turner ALS Foundation, perto de Chicago, me orientaram para chegar a fontes de informações sobre a doença.

Mas nada me foi mais comovente ou de maior importância do que o conhecimento que recebi dos que vivem com a ELA. Familiares, como Kathy Arnette de Fenton, do Missouri; Linda Saran, de Lake Zurich, Illinois; e Sherry Stampler, de Weston, Flórida, ofereceram relatos amorosos e inabaláveis sobre as adaptações cotidianas exigidas pela ELA. Essas pessoas afligidas simplesmente partiram o meu coração com a coragem, a honestidade e a eloquência de suas respostas. Martin Blank, já falecido, de Mundelein, Illinois; Arturo Bolivar, de San Juan, Porto Rico; Jim Compton, de Bethany, Oklahoma; Tom Ellestad, de Santa Rosa, Califórnia; Ted Heine, de Waverly, Iowa; David Jayne, de Circle Rex, Geórgia; Eugene Schlebecker, de Indianápolis; Philip E. Simmons de Center Sandwich, New Hampshire; e Judy Wilson de Stamford, Connecticut, merecem meu eterno respeito. O sentimento é o mesmo com relação ao meu fiel correspondente Dale S. O'Reilly, de Filadélfia, um defensor articulado e exemplo espirituoso da vitalidade, da sagacidade e da imaginação que sobrevivem a essa doença.

Tive tamanho apoio sincero e incentivo dos afligidos pela ELA que me entristeceria tremendamente se alguma parte deste romance, especialmente a conclusão, fosse vista como desrespeitosa com relação a eles. Mais de 90 por cento dos pacientes em estágio final de ELA optam por não aceitar a ventilação, mas não posso imaginar uma decisão mais pessoal ou que exija mais coragem, independentemente do quanto esteja decidida. Em última instância, a ELA merece seu triste apelido de A Doença Mais Cruel.

Repetidamente, disseram-me que a ELA não obedece a regras. Mesmo assim, tenho certeza de que há imprecisões em meu relato, como também é provável que o mesmo aconteça em outras abordagens do livro que precisem de informação técnica. Por esses erros, assumo toda a responsabilidade.

– S.T.

EDIÇÕES
BestBolso

Este livro foi composto na tipologia Minion Pro Regular, em corpo 10/12,5, e impresso em papel off-set 56g/m² no Sistema Cameron da Divisão Gráfica da Distribuidora Record.